완벽한 스파이

완벽한 스파이

①

존 르카레 장편소설
김승욱 옮김

이 책은 실로 꿰매어 제본하는 정통적인 사철 방식으로 만들어졌습니다.
사철 방식으로 제본된 책은 오랫동안 보관해도 손상되지 않습니다.

나와 함께 여행하며
개를 빌려 주고,
자신의 인생도 몇 조각 내어 준
R에게

집필 중 원고를 두 차례 읽고 조언해 준 앨 앨버레즈에게, 자료 조사를 전문적으로 도와준 수전 도슨, 필립 더반, 모리츠 매커첵에게, 워싱턴 윌슨 쿼털리의 피터 브레이스트럽과 직원들에게, 에스커를 제공해 준 데이비드와 J. B. 그린웨이에게 감사한다.

여자가 둘인 남자는 영혼을 잃고,
집이 둘인 남자는 머리를 잃는다.

속담

완벽한 스파이

1

세찬 바람이 부는 10월 어느 날의 깊은 새벽, 주민들에게 버림받은 것처럼 보이는 데번주 남부의 바닷가 마을에서 매그너스 핌은 낡은 시골 택시를 내렸다. 요금을 치른 뒤 기사가 차를 몰고 떠날 때까지 기다린 그는 힘찬 발걸음으로 교회 앞 광장을 가로질렀다. 그의 목적지는 벨라비스타니 코모도어니 유레카니 하는 이름을 달고 있는 빅토리아 양식의 하숙집들이 어두운 불을 밝힌 채 늘어서 있는 계단식 단지였다. 강하고 당당한 체격의 그는 뭔가를 대표하는 사람 같았다. 걸음걸이는 민첩하고, 몸은 앵글로색슨족 행정가 계급의 훌륭한 전통에 따라 앞으로 살짝 기울어 있었다. 영국인들은 가만히 있을 때나 움직일 때나 그 똑같은 자세로 저 먼 식민지에서 국기를 올리고, 커다란 강의 발원지를 찾아내고, 가라앉는 배의 갑판에 당당히 선다. 매그너스 핌은 열여섯 시간째 이리저리 이동 중이었지만 외투나 모자는 보이지 않았다. 한 손에는 딱 공무용으로 보이는 두툼한 검은색 서류 가방을 들었고, 다른 손에는 해러즈 백화점의 초록색 가방을 들었다. 강한 바닷바람이 그의 도회풍 양복을 후려치고, 소금기 섞인 빗줄기가 눈을 찌르고, 물거품이 그의 앞길을 공처럼 굴러갔다. 핌은 그것들을 무시했다. 〈빈 방 없음〉이라고 표시된 어느 집 포치에 다다른 그는 초인종을 울리고 기다렸다. 처음에는 외부의 전등이 켜지기를, 그다음에는 안에서 걸어 잠근 고리를 풀어 주기를. 그렇게 기다리는 동안 교회 시계가 5시를 치기 시작했다. 핌은 종소리의 부름에 답하기라도 하듯이 제자리에서 발꿈치로 방향을 돌려 광장을 빤히 바라보았다. 하늘을 질주하는 구름을 배경으로 자세를 취한 침례교회의 볼품없는 탑도 보고, 장식용 정원의 자랑인 칠레 삼목들이 몸부림치는 모습도 보고, 텅 빈 야외 음악당도 보고, 지붕이 있는 버스 정류장도 보고, 어둑어둑한 샛길도 보고, 늘어선 건물들의 문간도 하나씩 차례로 보았다.

「세상에, 캔터베리 씨 아니우?」 뒤에서 문이 열리며 어느 노부인이 날카로운 목소리로 말했다. 「내가 못 살아. 또 야간 침대차를 타고 왔구먼. 미리 전화라도 좀 하지.」

「안녕하세요, 미스 더버.」 핌이 말했다. 「잘 지내셨어요?」

「내가 잘 지냈는지는 중요한 게 아니지, 캔터베리 씨. 얼른 들어와요. 그러다 죽을라.」

하지만 바람이 횡횡 부는 볼품없는 광장이 핌을 주문으로 묶어 버린 것 같았다. 「〈바다 풍경〉이 매물로 나온 줄 알았는데요, 미스 D.」 핌은 자신을 집 안으로 끌어 들이려고 애쓰는 미스 더버에게 이렇게 말했다. 「쿡 씨가 아내와 사별한 뒤 이사를 나갔다고 하셨잖아요. 그 집에는 발을 들이기 싫다고 했다면서요.」

「그거야 당연한 일이지. 알레르기가 있었으니까. 얼른 들어와요, 캔터베리 씨. 여기 발부터 닦고. 내가 차를 좀 끓여 올 테니.」

「그런데 왜 쿡 씨의 방 창문에 불이 켜져 있는 거죠?」 핌은 미스 더버의 손길에 이끌려 얌전히 계단을 올라가며 물었다.

많은 폭군들이 그렇듯이, 미스 더버도 몸집이 작았다. 나이도 많고, 금방 부스러질 것 같고, 몸도 한쪽으로 기울어 있었다. 등이 굽은 탓이었는데, 그 때문에 실내용 가운에도 주름이 가고 주위의 모든 것이 한쪽으로 기울어진 것처럼 보였다.

「쿡 씨는 위쪽 아파트로 갔어요. 실리아 벤이 그림을 그리겠다면서 그 방에 들어갔고. 정말 딱 캔터베리 씨답네.」 미스 더버가 빗장을 걸었다. 「석 달 동안 감감무소식이다가 한밤중에 돌아와서 하는 말이 남의 방에 왜 불이 켜져 있느냐는 거라니.」 미스 더버는 빗장을 하나 더 걸었다. 「캔터베리 씨는 영영 변하지 않을 사람인데, 내가 왜 이런 소리를 하고 있는지 모르겠네.」

「실리아 벤은 또 누굽니까?」

「벤 씨의 딸이지. 딱 들으면 모르겠우. 바다를 보면서
그림을 그리고 싶답디다.」 미스 더버의 목소리가 갑자기
딱 바뀌었다. 「이런, 캔터베리 씨, 무슨 배짱이우? 그거
당장 벗어요.」

마지막 빗장을 건 미스 더버는 최대한 몸을 똑바로 펴
고 마지못해 포옹할 준비를 하던 참이었다. 하지만 애당
초 아무도 진심이라고 믿지 않는 찡그린 표정을 습관처
럼 짓는 대신, 그녀의 작은 얼굴이 기겁해서 일그러졌다.

「세상에 끔찍한 검정 넥타이라니, 캔터베리 씨. 내 집
에 죽음을 들여놓을 수는 없어요. 절대 안 돼. 그건 누구
때문에 맨 거예요?」

핌은 소년처럼 앳되어 보이면서도 눈에 띄는 미남이
었다. 50대 초반인 그는 아직 한창 나이였고, 이곳에서는
찾아볼 수 없는 열정과 조급함이 가득했다. 그러나 미스
더버가 보기에 그의 가장 좋은 점은 사랑스러운 미소였
다. 너무나 따스하고 진실한 미소여서 그녀는 모든 것이
다 잘되고 있다는 기분이 들었다.

「오랫동안 정부에서 같이 일하던 동료입니다, 미스 D.
별로 얘기할 만한 사람도 아니고, 가까운 사이도 아닙
니다.」

「내 나이쯤 되면 누구나 가까운 사이가 돼요, 캔터베

리 씨. 그 동료의 이름이 뭐유?」

「제가 잘 알지도 못하는 친구입니다.」핌은 강한 어조로 말하면서 넥타이를 풀어 슬쩍 주머니에 넣었다. 「미스 D에게 그 친구의 이름을 알려 줄 생각도 없고요. 그랬다가는 신문 부고 난을 샅샅이 뒤지실 테니까요.」이 말을 하는 동안 방명록에 그의 시선이 닿았다. 그가 지난번에 왔을 때 천장에 끼워 준 오렌지색 야간 등 불빛을 받고 있는 현관홀의 탁자 위에 방명록이 펼쳐져 있었다. 「예약 없이 온 손님들이 있습니까, 미스 D?」그는 방명록의 이름들을 훑어보며 물었다. 「사랑의 도피 중인 커플이나 정체를 감춘 공주는 없었어요? 부활절 때 온 그 청년 커플은 어떻게 됐습니까?」

「그 사람들은 청년 커플이 아니에요.」미스 더버가 절뚝절뚝 부엌 쪽으로 걸어가며 엄격한 목소리로 그의 말을 정정했다. 「둘이 각각 싱글 룸을 하나씩 썼고, 저녁에는 텔레비전으로 축구 경기를 봤어요. 방금 뭐라고요, 캔터베리 씨?」

핌은 방금 아무 말도 하지 않았다. 가끔 그는 이야기를 쏟아 내다가 내부 검열에 걸린 사람처럼 말을 뚝 끊어 버리곤 했다. 그는 방명록을 앞으로 한 페이지, 또 한 페이지 넘겼다.

「이젠 예약 없이 찾아오는 손님들은 받지 말까 봐요.」미스 더버가 가스 불을 켜면서 열린 부엌문 너머에서 이렇게 말했다. 「가끔은 내가 여기 토비와 함께 앉아 있다가 초인종이 울리면 〈네가 가봐라, 토비〉라고 말한다니까요. 물론 토비가 문을 열어 주러 가는 일은 없죠. 얼룩 고양이가 문을 열어 줄 수는 없는 법이니. 그래서 우린 그냥 가만히 앉아 있어요. 가만히 앉아서 발소리가 멀어지기를 기다리는 거예요.」 미스 더버는 핌을 슬쩍 바라보았다. 「우리 캔터베리 씨가 뭐에 홀린 건 아니겠지, 토비?」 그녀는 고양이에게 장난스레 질문을 던졌다. 「오늘은 우리가 아주 **밝은** 것 같은데. 아주 **반짝거려.** 보아하니 우리 덕분에 캔터베리 씨도 10년은 젊어 보이는걸.」 고양이에게서 이렇다 할 반응이 돌아오지 않자, 그녀는 카나리아에게 말을 걸었다. 「뭐, 캔터베리 씨가 우리한테 말해 줄 리는 없지만, 그렇지, 디키? 아마 우리가 가장 나중에 알게 될 거다. 쩍쩍? 쩍쩍?」

「존과 실비아, 어쩌고, 윔블던.」 핌은 여전히 방명록을 들여다보고 있었다.

「존은 컴퓨터를 만들고, 실비아는 프로그램 담당이에요. 내일 떠날 예정이고.」 미스 더버가 샐쭉한 목소리로 말했다. 자신의 세계에 사랑하는 캔터베리 씨 외에 다른 사람이 있다는 사실을 인정하기가 몹시 싫기 때문이었다. 「그래, 이번에는 나한테 뭘 어쩌려는 거유?」 그녀가 성난 목소리로 외쳤다. 「난 싫어. 도로 가져가요.」

하지만 미스 더버는 화가 나지 않았다. 핌의 행동을 받아들일 것이고, 핌도 취소하지 않을 것이다. 이번에 그가 가져온 것은 하얀색과 황금색으로 두툼하게 짠 캐시미어 숄이었다. 해러즈 특유의 얇은 포장지에 싸여 아직 해러즈 백화점 상자 속에 들어 있었다. 미스 더버는 해러즈 포장지를 그 안의 물건보다 더 귀하게 생각하는지, 숄을 꺼낸 뒤 포장지부터 매끈하게 펴서 원래 모양대로 접어 다시 상자 안에 넣고, 상자를 최고의 보물만 놓아두는 장식장 선반에 올려놓았다. 그제야 숄을 어깨에 둘러 주고 자신을 끌어안는 그의 손길을 받아들였다. 그러면서도 쓸데없이 돈을 많이 썼다고 그를 나무랐다.

핌은 미스 더버를 위해 차를 마시고, 그녀를 달래 주고, 그녀가 만든 과자를 한 조각 먹은 뒤 그녀가 과자를 잘못해서 태워 버렸다고 말했는데도 하늘만큼 찬사를 늘어놓았다. 핌은 개수대 배수구 마개를 고치고, 막힌 배수관을 뚫어 주고, 일하는 김에 2층 물탱크도 한번 봐주겠다고 그녀에게 약속했다. 핌은 손이 빠르고 지나치다 싶을 정도로 꼼꼼한 성격이었다. 또한 미스 더버가 약삭빠르게 언급한 밝은 모습도 잃지 않았다. 그는 토비를 자기 무릎에 올려 쓰다듬어 주었다. 그가 생전 처음으로 하는 행동이었을 뿐만 아니라, 토비도 딱히 눈에 띄게 즐거워하는 것 같지 않았다. 그는 미스 더버의 늙은 숙모님인 앨의 소식을 들었다. 앨 숙모의 이름만 나와도 자야겠다며 서둘러 방으로 물러가던 평소와는 다른 모습이었다.

그는 언제나 그러듯이 자신이 지난번 다녀간 뒤 이 동네에서 있었던 일들에 대해 물어보고, 미스 더버가 줄줄이 늘어놓는 불평불만에 기꺼이 귀를 기울였다. 고개를 끄덕이며 그녀의 말을 듣는 동안 이렇다 할 이유 없이 혼자 빙긋 웃거나 졸린 얼굴로 입을 손으로 가린 채 하품하는 모습도 자주 보였다. 그러다 갑자기 찻잔을 내려놓고 벌떡 일어섰다. 기차 시간에 맞춰 서둘러 달려가야 하는 사람 같았다.

「괜찮다면 꽤 오랫동안 여기 머무르게 될 것 같아요, 미스 D. 글 쓸 것이 좀 많거든요.」

「말은 항상 그렇게 하지. 지난번에는 여기서 아예 눌러살겠다고 했잖우. 그래 놓고 쪼르르 돌아가 버렸으면서.」

「어쩌면 2주나 있을지도 몰라요. 편안히 작업하려고 휴가를 냈거든요.」

미스 더버는 기가 막힌다는 시늉을 했다. 「이 나라가 어찌 될까? 캔터베리 씨가 키를 잡고 우리를 이끌어 주지 않으면 토비와 내가 어떻게 무사할 수 있을꼬?」

「미스 D의 계획은 뭡니까?」핌은 서류 가방을 향해 손을 뻗으면서 매력적인 표정으로 물었다. 그가 아주 힘들게 들어 올리는 것을 보니, 가방이 납덩이처럼 무거운 모양이었다.

「계획?」미스 더버가 어리둥절한 얼굴로 아름다운 미

소를 지으며 핌의 말을 받았다. 「이 나이에 계획을 세우는 사람은 없어요, 캔터베리 씨. 하느님께 대신 계획을 맡기지. 나보다 하느님의 실력이 더 좋으니까, 그렇지, 토비? 더 믿음직하잖아.」

「항상 크루즈 얘기를 하시잖아요. 이제 자신에게 선물을 줘야 할 때도 됐습니다, 미스 D.」

「그게 언제 적 이야기인데. 이젠 흥미 없어요.」

「지금도 제가 비용을 드릴 수 있습니다.」

「그건 나도 알아요, 고맙기도 하지.」

「원하신다면 전화 문의도 제가 해드리죠. 저랑 같이 여행사에 가는 겁니다. 사실 제가 봐둔 것이 하나 있어요. 바로 일주일 뒤에 사우샘프턴에서 출발하는 오리엔트 익스플로러호입니다. 제가 물어봤더니, 취소된 표가 하나 있다고 하더라고요.」

「날 치워 버리려는 거유, 캔터베리 씨?」

핌은 잠시 웃음을 터뜨렸다. 「하느님과 제가 힘을 합쳐도 미스 D를 어디로 옮겨 놓을 수는 없을 겁니다.」

미스 더버는 현관홀에서 좁은 계단을 올라가는 핌을 지켜보며, 무거운 서류 가방을 들고도 가볍게 발을 놀리는 그의 젊음에 감탄했다. 어디 고위급 회의에 참석하러 가는 사람 같았다. 그것도 아주 중대한 회의에. 미스 더버는 그가 가벼운 발걸음으로 복도를 걸어 광장을 굽어보는 8호로 향하는 소리에 귀를 기울였다. 그녀의 평생을 통틀어 가장 장기간 임대되어 있는 방이었다. 미스 더버는 그가 잠긴 문을 열고 들어가 부드럽게 닫는 소리를 들으며, 그가 동료를 잃었어도 별로 힘든 것 같지 않다는 결론을 내리고 안도했다. 정부에서 함께 일하던 동료였을 뿐 가까운 사이는 아니라고 했다. 미스 더버는 그를 방해하고 싶지 않았다. 그는 오래전 그녀의 집 앞에 나타나 전화가 닿지 않는 피난처를 찾던 그 완벽한 신사의 모습을 계속 유지해야 했다. 사실 당시 그녀의 부엌에는 아무 이상 없이 작동하는 전화기가 한 대 있었지만, 어쨌든 핌은 그 뒤로 여섯 달마다 한 번씩 현금으로 미리 방세를 지불했다. 영수증도 요구하지 않았다. 그리고 정원 옆에 그녀를 위해 나지막한 돌담을 지어 주었다. 그녀의 생일에 그녀를 놀래 주려고 벽돌공을 재촉해서 어느 날 오후 반나절 만에 이룩한 성과였다. 3월에 폭풍이 지나간 뒤에는 그가 직접 지붕의 슬레이트를 다시 덮어 주었다. 미처 생각지 못한 외국의 어느 곳에서 그녀에게 꽃과 과일과 초콜릿과 기념품을 보내 주기도 했다. 하지만 그곳에 무슨 일로 갔는지는 제대로 설명해 주지 않았다. 예약 없이 찾아온 손님들이 너무 많을 때는 아침 식탁 차리는 일을 도와주었고, 항상 돈을 벌 계획을 세우지만 한 번도 이렇다 할 성과를 내지 못한 그녀의 조카 이야기도 들어 주었다. 조카가 가장 최근에 계획한 일은 엑서터에 빙고 홀을 여는 것이었지만, 마이너스 통장을 만들려면 자산이 필요하다고 했다. 핌은 이곳에서 우편물도 손님도 받지 않았고, 외국어로 된 무선 통신 외에는 아무런 기기도 사용하지 않았다. 인근 상인들에게 볼일이 있을 때가 아니면 전화기도 사용하는 법이 없었다. 그는 미스 더버에게 자신이 런던에 살면서 정부에서 일하고 있으며, 여행을 많이 하고, 이름이 캔터베리라는 것만 이야기해 주었다. 자식, 아내, 부모, 애인 등 그와 가까운 사람은 세상에 하나도 없었다. 여기 미스 D뿐이었다.

「모르긴 몰라도 지금쯤이면 기사 작위를 받아도 될 것 같은데.」 미스 더버는 숄을 코에 대고 털실 냄새를 맡으며 토비에게 소리 내어 말했다. 「캔터베리 씨가 총리가 되더라도, 우리는 텔레비전에서나 그 소식을 듣게 되겠지.」

덜컹거리는 바람 속에서 노랫소리가 아주 희미하게 들려왔다. 음정은 맞지 않지만 그래도 듣기에 나쁘지 않은 남자의 목소리였다. 처음에는 정원에서 누가 「그린슬리브스」를 부르는 줄 알았다가, 나중에는 누가 광장에서 「예루살렘」을 부르는 것 같다고 생각을 바꿨다. 그래서 조용히 하라고 소리를 질러 주려고 창문을 향해 조금 다가가다가, 비로소 그것이 위층에서 들려오는 캔터베리 씨의 목소리임을 깨달았다. 미스 더버는 야단을 칠 생각으로 자기 방 문을 열었지만, 그가 노래한다는 사실이 너무 놀라워서 그냥 가만히 귀를 기울였다. 노랫소리는 저절로 멈췄다. 미스 더버는 혼자 빙긋 웃었다. **캔터베리 씨**

가 **내 소리**에 귀를 기울이고 있군. 그래야 캔터베리 씨지. 그녀는 생각했다.

3시간 전 빈에서, 매그너스의 아내 메리 핌은 자기 방 창가에 서서 밖을 내다보았다. 그녀의 남편이 선택한 세상과는 대조적으로, 놀라우리만치 고요한 세상이 거기에 펼쳐져 있었다. 그녀는 커튼을 닫지도 않고, 불을 켜지도 않았다. 어머니가 그녀를 보았다면 손님 맞을 옷차림을 하고 있다고 말했을 것이다. 그녀는 파란색 풀오버와 카디건 차림으로 1시간 동안 창가에 서서 차가 오기를, 초인종이 울리기를, 남편이 열쇠를 부드럽게 돌리는 소리가 나기를 기다렸다. 그리고 이제는, 매그너스와 잭 브러더후드 중 누구를 그녀가 먼저 받아들이게 될지를 두고 불공정한 경주가 벌어지고 있는 것 같았다. 산꼭대기에는 가을에 일찍 내린 눈이 쌓여 있고, 그 위에 보름달이 떠서 방 안을 검은색과 하얀색 줄무늬로 가득 채웠다. 대로를 따라 늘어선 우아한 건물들에서는 외교 행사의 마지막 불빛들이 하나씩 차례로 꺼지고 있었다. 마이에르호프 장관은 4인조 밴드의 음악에 맞춰 춤을 추며 병력 축소 회담을 했다. 메리도 그 자리에 있었어야 했다. 판라이만 부부가 오래전 프라하에서 일하던 사람들을 위해 뷔페 만찬 자리를 마련했는데, 남녀 모두 환영이었고 식탁에 **정해진 자리**는 없었다. 그녀도 그 만찬에 갔어야 했다. 둘이 함께 가서 마지막까지 남은 사람들을 데리고 와 스카치와 음료수를 마셨어야 했다. 매그너스는 보드카를 마셨을 것이다. 그러곤 전축에 음악을 걸고 춤을 췄을 것이다. 외교적으로 춤을 추는 핌 부부는 아주 인기가 좋았다. 매그너스가 워싱턴의 부지부장으로 있을 때는 두 사람의 손님 대접이 정말로 유명했고, 모든 일이 아무 문제 없이 잘 굴러갔다. 매그너스가 농담으로 사람들의 머리를 자극하며 새로운 친구들을 사귀는 동안 메리는 베이컨과 달걀을 요리했다. 매그너스는 그런 식으로 사람들을 상대할 때 지칠 줄을 몰랐다. 그리고 지금은 1년 내내 입을 꾹 다물고 있던 빈 사람들이 크리스마스와 오페라에 대해 신나게 떠들어 대며, 낡은 옷을 벗어 던지듯이 하지 말아야 할 말을 경솔하게 하곤 하는 성수기였다.

하지만 그런 것은 모두 까마득한 옛날 일이었다. 지난 수요일까지의 일. 지금 중요한 것은 매그너스가 공항에 세워 두었던 메트로 자동차를 몰고 저 길을 달려와 잭 브러더후드보다 먼저 여기 문 앞에 도착해야 한다는 사실뿐이었다.

전화벨이 울리고 있었다. 침대 옆에서. 그가 눕는 쪽. 뛰지 마, 멍청이, 넘어질라. 그렇다고 너무 천천히 가면 전화가 끊어질 거야. 매그너스, 여보, 오, 하느님, 이게 당신의 전화여야 하는데, 탈선을 한번 해봤으니 이제 좀 나아졌겠지, 무슨 일이 있었는지는 아예 묻지 않을게, 다시는 당신을 못 미더워하지 않을게. 그녀는 수화기를 들었다. 그러고는 자신도 이해할 수 없는 이유로 두툼한 이불 위에 털썩 쓰러지듯 앉아서 혹시 전화번호, 주소, 시간, 지시 사항 등을 받아 적어야 할 경우를 대비해 메모지와 연필을 손에 쥐었다. 수화기에 대고 불쑥 〈매그너스?〉라고 말하지는 않았다. 그랬다가는 자신이 그를 걱정하고 있다는 사실이 드러날 것 같았다. 〈여보세요〉라고 말하지도 않았다. 들뜨지 않고 차분한 목소리를 낼 자신이 없어서였다. 그녀는 매그너스가 자신의 목소리를 알아들을 수 있게 독일어로 자신들의 전화번호를 말했다. 그 목소리를 들으면 그는 그녀가 평소와 같은 상태이며 그에게 화나지 않았다는 사실을 알 수 있을 것이다. 자신이 돌아와도 아무 이상이 없을 것임을 깨달을 것이다. 시끄러운 일도 없고, 문제도 없어, 난 언제나 그렇듯이 여기서 당신을 기다리고 있어.

「나다.」 남자의 목소리가 말했다.

하지만 그 〈나〉가 아니라, 잭 브러더후드였다.

「그 소포 소식은 없나 보지?」 브러더후드가 군인 특유의 풍부하고 자신감 있는 영어로 물었다.

「누구한테서도 소식이 없어요. 지금 어디예요?」

「한 30분 뒤 거기 도착할 거야. 가능하면 그보다 빨리 갈 수도 있고. 기다려.」

불. 그녀는 갑자기 이런 생각을 했다. 세상에, 불. 그녀는 서둘러 아래층으로 내려갔다. 이제는 큰 재난과 작은 재난을 구분할 수 없었다. 밤에 나가서 놀다 와도 된다고 하녀를 내보냈으면서 응접실의 벽난로 불씨를 묻어 두는 것을 잊어버렸다. 그래서 틀림없이 불이 꺼졌을 줄 알았는데 그렇지 않았다. 아주 즐겁게 타고 있어서, 장작 하나만 더 넣어 주면 새벽이 장례식처럼 음울해지지 않을 것 같았다. 그녀는 장작을 올린 뒤 방 안을 사뿐사뿐 돌아다니며 꽃, 재떨이, 잭의 위스키 쟁반 등을 정돈했다. 자신의 내면에는 완벽한 것이 하나도 없으므로, 밖에 있는 모든 것을 완벽하게 만드는 중이었다. 그녀는 담배에 불을 붙인 뒤, 안으로 빨아들이지 않고서 연기를 내뿜었다. 화를 내며 키스를 하는 것같이 입술이 움직였다. 그 다음에는 아주 커다란 잔에 위스키를 따랐다. 애당초 그녀가 아래층에 내려온 이유가 이거였다. 어차피 그 파티에서 춤을 추고 있었다면 벌써 술을 여러 잔 마셨을걸.

핌과 마찬가지로 메리 역시 어느 모로 보나 영국 사람이었다. 머리는 금발이고, 턱은 강인했으며, 성격은 솔직했다. 어머니에게서 물려받은 특징이 하나 있다면 세상을 상대할 때, 특히 외국인들을 상대할 때 살짝 코믹하게 군다는 점이었다. 메리의 인생은 훌륭한 죽음의 기록이었다. 그녀의 할아버지는 파스샹달 전투[1]에서 세상을 떠

1 제1차 세계 대전 중인 1917년에 벌어진 전투. 이하 모든 주는 옮긴이의 주다.

났고, 하나뿐인 남자 형제인 샘은 벨파스트에서 목숨을 잃었다. 메리는 샘이 탄 지프를 산산조각 낸 폭탄이 자신의 영혼도 죽여 버린 것 같다는 생각에 한 달 넘게 시달렸다. 하지만 상심 끝에 세상을 떠난 사람은 메리가 아니라 그녀의 아버지였다. 그녀의 곁에 있던 남자들은 모두 군인이었다. 그들은 세상을 떠나면서 그녀에게 궁하지 않게 살 만한 유산과 지독히 애국적인 영혼, 그리고 도싯의 작은 장원을 남겨 주었다. 메리는 머리도 좋고 포부도 있었으며, 꿈도 욕망도 갈망도 갖고 있었다. 그러나 그녀의 삶을 지배하는 규칙들은 그녀가 세상에 태어나기도 전에 이미 정해져서 주위의 사람이 하나씩 죽어 갈 때마다 더 단단히 굳어졌다. 메리의 집안에서 남자들의 몫이 전쟁에 나가는 것이라면, 여자들의 몫은 남자들을 도와주다가 그들의 죽음을 애도한 뒤 다시 앞으로 나아가는 것이었다. 이 굳건한 원칙에 따라 그녀는 핌을 우러러보고, 그와 함께 만찬에 가고, 그와 함께 살아왔다.

지난 7월까지는 그랬지. 우리가 레스보스로 휴가를 갈 때까지는. 매그너스, 돌아와. 당신이 공항에 나타나지 않았다는 이유로 소란을 피워서 미안해. 당신이 6에이커 밖에서도 들리겠다고 한 그 목소리로 브리티시 항공 직원에게 고함을 질러서 미안해. 내 외교관 여권을 막 휘둘러 대서 미안해. 그리고 또…… 잭에게 전화를 걸어서 내 남편이 도대체 어디 있느냐고 물어서 미안해……. 정말 미안해. 그러니까 제발…… 집에 돌아와서 내가 어떻게 해야 하는지 말해 줘. 다른 건 다 괜찮아. 그냥 여기 있으면 돼. 지금 당장.

자기도 모르게 식당으로 통하는 문 앞에 서 있다는 사실을 깨달은 그녀는 두 짝으로 된 문을 밀어서 열고 샹들리에를 켰다. 그러곤 위스키를 손에 든 채, 호수처럼 반짝이는 긴 식탁을 살펴보았다. 마호가니 식탁. 18세기 물건을 재현한 것. 참사관 등급. 누구의 취향도 아님. 열네 명이 편안히 앉을 수 있고, 둥글게 휘어진 부분까지 활용하면 열여섯 명이 앉을 수 있었다. 아, 저 불탄 자국, 갖은 수를 다 써봤는데. 그녀는 생각했다. 생각해 봐. 기억을 억지로 뒤로 돌려 봐. 잭 브러더후드가 저 초인종을 누르기 전에 그 멍청한 머리로 이야기를 제대로 정리하란 말이야. 네가 직접 밖으로 나가서 안을 들여다봐. **당장**. 오늘처럼 상쾌하고 설레는 밤. 수요일이고, 우리는 즐거운 모임에 갈 거야. 달도 한쪽에 누가 베어 문 자국이 있는 것만 빼면 지금 하늘에 떠 있는 달과 비슷해. A 레벨을 획득하고 대학에는 가지 않은 멍청이 메리 핌이 양발을 지나치게 넓게 벌린 채 침실에 서서 집안 대대로 내려오는 진주 장신구를 몸에 걸고 있어. 그동안 옥스퍼드에서 1등을 차지한 똑똑한 남편 매그너스는 벌써 만찬용 재킷을 차려입고 그녀의 목덜미에 입을 맞춘 뒤 발칸의 난봉꾼처럼 노래를 불러. 파티에 갈 사람답게 그녀의 기분을 돋우기 위해서지. 물론 매그너스는 지금 꼭 필요한 기분을 유지하고 있어. 그게 어떤 기분인지는 몰라도.

「아, 진짜.」 메리가 생각했던 것보다 더 거칠게 쏘아붙인다. 「바보 같은 짓은 그만하고, 이 망할 고리나 좀 걸어 줘.」

가끔 군인 집안의 전통이 내 말버릇을 지배하기 때문이야.

매그너스는 그녀의 말에 따른다. 매그너스는 항상 그녀의 말을 따른다. 물건을 수리하고 옮기는 매그너스의 솜씨는 집사보다 더 낫다. 그는 내 명령을 수행한 뒤, 내 젖가슴에 양손을 얹고 맨살이 드러난 목에 뜨거운 숨을 내뱉는다. 「너무 그러지 말고. 무엇보다 신성하고 완벽한 순간을 위한 시간이 아직 있지 않나? 그래, 안 그래?」

하지만 메리는 여느 때처럼 너무 불안해서 미소도 짓지 못하고, 그에게 아래층으로 내려가 고용인인 벤첼 씨가 베버의 생선 가게에서 얼음을 가져왔는지 확인해 보라고 지시한다. 그래서 매그너스가 간다. 매그너스는 항상 간다. 메리의 뺨에 쪽 입을 맞추는 편이 더 현명할 때조차 매그너스는 간다.

메리는 잠시 생각을 멈추고 고개를 들어 귀를 기울였다. 자동차 엔진 소리. 이런 눈 속에서 저런 소리는 나쁜 기억처럼 다가온다. 하지만 이 엔진 소리는 나쁜 기억과 달리 지나가 버렸다.

만찬이다. 외교관들의 해피 아워다. 매그너스가 아직 부지부장으로 출세를 지향하던 시절의 조지타운만큼이나 좋다. 그때 매그너스는 국장 자리를 눈앞에 두고 있었다. 매그너스와 메리 사이의 문제도 모두 해결된 뒤다. 메리가 굳이 생각하지 않을 때도 밤이나 낮이나 가슴에 걸려 있는 검은 구름만이 문제일 뿐이다. 그 구름의 이름은 레스보스. 에게해에 있는 이 그리스 섬은 온통 끔찍한 기억에 휩싸여 있다. 빈 주재 영국 대사관에서 〈언급할 수 없는 일들을 담당하는 참사관〉이지만 언급할 수 없는 사람들이 모두 알고 있듯이 사실은 지부장인 매그너스의 아내 메리 핌은 은촛대 뒤편의 남편을 자랑스레 마주 본다. 메리가 어머니의 요리법대로 항아리에 넣고 삶은 사슴 고기를 고용인들이 이 지역 첩보계의, 언급할 수는 없지만 저명한 사람들 열두 명에게 나눠 주고 있다.

「그러고 보니 따님도 있잖아요.」 메리는 오스트리아 국방부의 고위 사무관 딩켈에게 훌륭한 독일어로 단호하게 말한다. 「이름이 우르줄라…… 맞죠? 제가 알기로 음악 학교에서 피아노를 공부하고 있다던데. 따님 얘기를 해보세요.」 그리고 조용히 지나가는 고용인에게는 이렇게 말한다. 「벤첼 부인, 다음다음 자리의 레더러 씨에게 레드 소스가 없네요. 시정하세요.」

예쁜 밤이야. 메리는 고위 사무관의 가정사에 귀를 기울이며 이런 결론을 내렸다. 그녀가 열심히 애써서 만들어 낸 밤이었다. 결혼 생활 내내, 프라하와 워싱턴에서 그녀는 이런 밤을 위해 열심히 노력하면서 그와 함께 점점 위로 올라왔다. 그와 그녀가 제자리걸음을 하고 있는 지금도 역시. 그녀는 행복했다. 자랑스러웠다. 레스보스라는 먹구름은 바람에 날려 간 것이나 마찬가지였다. 기숙 학교에서 잘 지내고 있는 톰도 곧 크리스마스 연휴를 맞아 집으로 돌아올 것이고, 매그너스는 스키를 즐기기위해 레히에 스위스풍 오두막을 하나 빌렸다. 레더러 씨가족들도 그곳에서 함께 스키를 즐기겠다고 말했다. 요즘 매그너스는 정말로 수완이 좋고, 아버지가 병환 중인데도 메리에게 신경을 많이 써주었다. 레히에 가기 전에그는 메리와 함께 잘츠부르크로 가서 〈파르시팔〉을 볼예정이었다. 만약 그녀가 조른다면 오페라 무도회에도갈 수 있을 것이다. 메리의 집안사람들이 자주 하는 말처럼, 여자들은 춤을 좋아하는 법이다. 운이 좋으면 레더러씨 가족들도 무도회에 함께 갈 수 있을 것이다. 보모 한명에게 아이들을 맡겨 함께 밤을 보내게 하면 된다. 요즘매그너스의 상태를 보면, 사람들이 여러 명 함께 있을 때더 편안하다. 메리는 촛불 빛을 따라 핌에게 언뜻 시선을주며 재빨리 미소를 지어 보였다. 마침 그는 듣지도 말하지도 못하는 왼쪽 사람과 대화하려고 살짝 고개를 돌리는 참이었다. 그녀의 미소는 아까 까다롭게 굴어서 미안하다는 뜻이었다. 그는 다 잊어버렸다고 대답했다. 사람들이 가고 나면 오늘 밤 사랑을 나누는 거야. 그녀는 이렇게 말했다. 술에 취하지 않고 사랑을 나누면 모두 괜찮아질 거야.

그때 전화벨 소리가 울렸다. 바로 그때. 그녀가 이렇게 애정이 가득한 생각을 매그너스에게 보내며 필사적으로 행복한 시간을 보내고 있을 때. 벨 소리가 두 번, 세 번 들려오자 그녀는 조금씩 골이 나기 시작했다. 다행히 벤첼 씨가 전화를 받는 소리가 들렸다. 급한 용무가 아니라면 핌 씨가 나중에 전화를 드릴 겁니다. 그녀는 마음속으로 할 말을 연습해 보았다. 꼭 필요한 일이 아니라면 지금 핌 씨를 방해할 수 없습니다. 핌 씨는 대사관 측에는 짜증스럽고 오스트리아 사람들에게는 놀라운 그 완벽한 독일어로 재미있는 이야기를 들려주느라 지금 너무 바쁩니다. 핌 씨는 필요하다면 오스트리아 말씨도 쓸 수 있으며, 스위스 말씨를 쓸 때는 훨씬 더 재미있습니다. 거기서 학교에 다니던 시절에 배운 말씨입니다. 핌 씨는 유리병을 한 줄로 늘어놓고 식탁용 나이프로 두드려 옛날 스위스 기차의 벨 소리를 낼 수 있습니다. 그러면서 이 역장들의 말투로 인터라켄에서부터 융프라우요흐까지의 역들 이름을 읊어 대면, 사람들은 추억에 잠겨 눈물이 나도록 웃어 댑니다.

메리는 눈을 들어 빈 식탁 저편 끝을 바라보았다. 그리고 매그너스…… 그는 메리에게 은근한 눈길을 보내는 것 말고 무엇을 하고 있었지?

무엇이든 척척 잘해 나가고 있었다. 그의 오른편에 그 끔찍한 고위 사무관 딩켈의 부인이 앉아 있었다. 관리의 아내들 기준으로 봐도 너무나 평범하고 무례한 여자라서, 가장 강인한 대사관 직원들조차 그녀 때문에 말문이 막혀 멍해진 적이 있을 정도였다. 하지만 매그너스는 태양이 꽃을 끌어들이듯이 그녀에게 매력을 발산했고, 그녀는 그의 곁에서 떨어질 줄을 몰랐다. 메리는 때로 이런 매그너스의 모습을 지켜보면서 그의 절대적인 헌신에 감동해 자기도 모르게 연민을 느끼곤 했다. 메리는 짧은 한순간만이라도 그가 편안해지기를 바랐다. 언제든 그가 원할 때 평화를 누릴 자격이 있음을, 항상 남을 편안하게 해주려고 애쓰지 않아도 된다는 것을 그에게 알려 주고 싶었다. 만약 그가 진짜 외교관이라면 대사가 되는 것쯤 식은 죽 먹기일 것 같았다. 워싱턴에서 그랜트 레더러는 매그너스가 지부장이나 끔찍하기 짝이 없는 인간인 대사보다 더 큰 영향력을 발휘한다고 메리에게 귀띔해 주었다. 빈에서도 그는 물론 엄청난 존경을 받으며 엄청난 영향력을 발휘하고 있지만, 확실히 워싱턴에 비하면 좀 처지는 감이 있었다. 뭐, 원래 그러려고 취해진 조치였지만, 상황이 정리되고 나면 매그너스는 다시 본궤도에 오를 테니 지금 중요한 것은 인내심이었다. 메리는 자신이 매그너스에 비해 이렇게 너무 어리지 않았으면 좋겠다고 생각했다. 가끔 매그너스는 나한테 맞춰서 살려고 해. 그녀는 생각했다. 매그너스의 왼쪽에는 딩켈 부인처럼 그에게 홀린 오베르스트 모어 부인이 앉아 있었다. 그녀의 남편은 비너 노이슈타트에 있는 신호국 소속이었다. 그러나 매그너스의 진짜 정복 대상은, 언제나 그렇듯이 그랜트 레더러 3세였다. 매그너스는 그를 가리켜 〈자그마한 검은색 수염과 자그마한 검은색 눈과 자그마한 검은색 생각을 지닌 사람〉이라고 표현했다. 그랜트는 6개월 전 미국 대사관의 법무국장으로 취임했지만, 사실은 정보국의 신임 요원이었다. 워싱턴에서부터 사귄 오랜 친구라 해도 현실은 그러했다.

「그랜트는 멍청이야.」 매그너스는 이렇게 투덜거렸다. 그가 모든 친구들에 대해 하는 말이었다. 「일주일에 한 번씩 우리를 불러 커다란 탁자에 앉혀 놓고, 지난 20년 동안 따로 부르는 이름 없이도 우리가 아무 문제 없이 잘 해 온 일들의 이름을 만들어 내려고 한다니까.」

「그래도 재미있는 사람이잖아.」 메리는 그에게 일깨워 주었다. 「비는 **엄청** 매력적이기도 하고.」

「그랜트는 등산가야.」 매그너스는 이런 말도 했다. 「우리를 깔끔하게 한 줄로 쌓아 올리는 중이야. 우리 등을 밟고 올라가려고 말이지. 두고 봐.」

「그래도 최소한 똑똑한 사람이긴 하잖아. 적어도 당신과 보조를 맞출 수는 있어, 안 그래?」

아닌 게 아니라, 외교적인 우정이 지닌 한계를 감안할 때 핌 부부와 레더러 부부는 훌륭한 4인조였다. 사람들을 험담하면서 다시는 말을 걸지 않겠다고 다짐하는 것은 매그너스가 호감을 표현하는 괴상한 방법일 뿐이었다. 레더러 부부의 딸 베키는 톰과 동갑인데, 이미 사실상 사귀는 사이나 마찬가지였다. 비와 메리는 불길이 확 일듯이 서로 죽이 맞았다. 비와 매그너스는…… 솔직히 메리는 두 사람이 아주 조금이지만 **지나치게** 친한 게 아닌가 하는 생각을 가끔 했다. 하지만 4인조의 경우 이렇다 할 의미가 없어도 항상 대각선으로 엇갈리는 관계가 존재한다는 것을 메리는 알고 있었다. 만약 두 사람 사이에 뭔가 일이 **벌어진다면**, 음, 아주 **완전히** 솔직히 말해서, 메리는 기꺼이 그랜트를 유혹해 복수할 생각이었다. 그렇지 않아도 평소 잘 드러나지 않는 그의 강렬한 성격에 점점 매력을 느끼는 중이었다.

「메리, 건배할까요? 훌륭한 파티예요. 정말 즐거워요.」

비가 모든 사람과 건배하는 중이었다. 메리는 그녀의 다이아몬드 귀걸이와 앞섶이 깊이 파인 옷을 저녁 내내 바라보고 있었다. 아이 셋을 낳았는데도 저런 가슴이라니. 너무 불공평했다. 메리는 비를 향해 잔을 들어 올렸다. 타이피스트처럼 비의 손가락 끝이 구부러져 있는 것이 눈에 띄었다.

「자, 그랜트, 이 친구 왜 이러나?」 매그너스가 반쯤 진담이 섞인 농담을 던졌다. 「너무 그러지 마. 공산 국가에 대해 자네의 그 훌륭한 대통령이 하신 말씀이 모두 진실이라면, 우리가 어떻게 그들과 협상을 할 수 있겠어?」

메리는 그랜트의 익살스러운 미소가 점점 커져서 나중에는 핌의 재치에 감탄하느라 아예 입이 찢어져라 웃는 모습으로 변하는 것을 곁눈질로 보았다.

「매그너스, 내 마음대로 할 수 있는 일이라면, 드라이 마티니가 가득 든 셰이커와 미국 여권이 놓인 커다란 대사관 카펫에 자네를 올려놓고 마법의 힘으로 워싱턴에 돌려보낼 거야. 자네가 민주당 대통령 후보 티켓을 거머쥐게 말이야. 자네처럼 선동적인 연설을 잘하는 사람을 본 적이 없거든.」

「매그너스를 대통령으로?」 비가 허리를 곧추세워 가슴을 앞으로 내밀며 기분 좋은 고양이처럼 말했다. 마치 누가 그녀에게 초콜릿을 내민 것 같았다. 「어머, 좋아라.」

그때 여봐란듯이 고용인 티를 내는 벤첼 씨가 나타나 매그너스를 향해 우아하게 허리를 숙이고는 그의 왼쪽 귀에 귓속말을 속삭였다. 급히 가보셔야 할 것 같습니다, 죄송합니다만, 런던에서 온 전화입니다, 참사관님, 죄송합니다.

매그너스는 양해를 구했다. 매그너스는 누구에게나 양해를 구한다. 매그너스는 실제로는 존재하지 않는 상상 속의 장애물들 사이로 조심스럽게 걸어서 문으로 향하며 미소 띤 얼굴로 힘주어 양해를 구했다. 그동안 메리는 그를 엄호하기 위해 한층 더 밝은 목소리로 수다를 떨었다. 그러나 그의 등 뒤로 문이 닫히자, 미처 예상치 못한 일이 일어났다. 그랜트 레더러가 비를 흘깃 보고, 비 레더러가 그랜트를 흘깃 보았다. 그 현장을 목격한 메리의 피가 차갑게 식었다.

왜지? 경계를 늦춘 그 한순간의 시선으로 두 사람 사이에 무엇이 오간 거지? 매그너스가 정말로 비와 자는 사이인가? 그리고 그걸 비가 그랜트에게 **털어놓았나?** 두 사람이 자리를 뜬 집주인에 대해 당혹스러워하면서도 감탄한다는 점에서 순간적으로 의기투합한 건가? 그 뒤에 이어진 소란 속에서 메리가 이런 의문들에 대해 찾아낸 답은 조금도 변하지 않았다. 둘 사이에 오간 것은 섹스도 아니고, 사랑도 아니고, 시기심도 아니고, 우정도 아니었다. 음모였다. 메리가 허튼 상상을 한 것이 아니었다. 그녀는 그 광경을 직접 눈으로 보고 깨달았다. 그들은 서로에게 〈곧〉이라는 신호를 보내고 있는 한 쌍의 살인자들이었다. 그리고 그 신호는 매그너스에 관한 것이었다. 곧 우리가 그를 손에 넣을 것이다. 곧 그의 오만을 씻어 내고 우리의 명예를 되찾을 것이다. 저 사람들은 매그너스를 증오해. 메리는 속으로 생각했다. 그때도 그런 생각을 했고, 지금도 그런 생각을 했다.

「그랜트는 카이사르를 찾는 카시우스[2]야.」 매그너스는 이렇게 말했다. 「그가 곧 뒤에서 찌를 사람을 찾아내지 못하면, 기관에서 그의 칼을 다른 사람에게 줘버릴걸.」

그러나 외교의 세계에서는 그 무엇도 오래 지속되지 않고, 그 무엇도 절대적이지 않다. 그리고 살인 음모는 대화의 흐름을 위험에 빠뜨릴 근거가 되지 못한다. 분주히 수다를 떨고, 아이들과 쇼핑에 대해 이야기하면서 레더러 부부의 기분 나쁜 표정을 설명할 길을 미친 듯이 찾아 헤매고, 무엇보다 매그너스가 파티장으로 돌아와 한꺼번에 두 언어를 구사하며 주변 사람들을 다시 흘려놓기를 기다리는 와중에도 메리는 런던에서 왔다는 급한 전화가 몇 주 전부터 남편이 기다리던 바로 그 전화인지 생각해 보는 여유를 누렸다. 남편이 뭔가 아주 중대한 일을 하고 있다는 것을 몇 주 전부터 알고 있었기 때문에, 메리는 그것이 남편에게 원래 직위로의 복귀를 약속해 주는 일이기를 간절히 바랐다.

메리가 기억하기로는 바로 이 순간에, 그러니까 그녀가 여전히 수다를 떨면서 남편의 운이 바뀌기를 간절히 바라던 그때에 남편이 식탁 상석의 자기 자리로 돌아가며 손가락 끝으로 맨살이 드러난 그녀의 어깨를 스치는 것이 느껴졌다. 어떤 상황인지 다 안다고 말하는 것 같았다. 그녀는 계속 주의를 기울이고 있었는데도 남편이 문으로 들어오는 소리를 듣지 못했다.

2 카이사르의 암살 음모를 이끈 인물 중 하나.

「무슨 일 있는 건 아니지, 여보?」 그녀가 촛대 너머로 남편에게 소리쳤다. 핌 부부는 겁이 날 정도로 행복한 결혼 생활을 하는 사람들이므로, 아예 대놓고 질문을 던진 것이다.

「여왕 폐하는 안녕하신가, 매그너스?」 그랜트가 넌지시 암시하는 듯한 말투로 느릿느릿 묻는 소리가 들렸다. 「구루병에 걸리신 건 아니지? 후두 기관염도 아니고?」

핌은 편안한 표정으로 눈부신 미소를 짓고 있었지만, 메리도 알다시피 거기에는 별로 의미가 없었다. 「그냥 공무원들의 사소한 불만이야, 그랜트.」 그는 당당하고 편안하게 대답했다. 「내가 언제 만찬을 여는지 그쪽에 알려주는 첩자가 틀림없이 여기 있는 것 같네. 여보, 적포도주가 다 떨어진 건가? 배급 한번 진짜 인색하네.」

오, 매그너스. 메리는 들뜬 마음으로 생각했다. 이 기회주의자 같으니.

커피가 나오기 전에 여자들을 2층 화장실로 데려갈 때였다. 현대인이라고 자부하는 고위 사무관의 아내는 가지 않겠다고 할 생각이었지만, 남편이 인상을 구기자 곧바로 몸을 움직였다. 그때까지 훌륭한 미국 페미니스트처럼 굴던 비 레더러도 섹시한 남편의 단호한 손길에 순한 양처럼 움직였다.

「이제 펀치가 나오는군.」 잭 브러더후드가 만족스러운

표정으로 말한다. 메리의 상상 속에서.

「펀치는 없어요.」

「그럼 왜 우리가 떨고 있는 거지?」 브러더후드가 말한다.

「난 떨고 있지 않아요. 그저 당신을 기다리면서 술을 조금 마셨을 뿐이에요. 나야 항상 몸을 떠는 걸 당신도 알잖아요.」

「내 술은 스트레이트로 줘. 너와 같이. 그냥 원래 그대로 주면 돼. 얼음도, 소다수도, 아무것도 넣지 말고.」

그래, 이 망할 자식아, 원하는 대로 해주마.

밤은 시작할 때와 마찬가지로 완벽하게 끝나 간다. 현관홀에서 메리와 매그너스는 겉옷을 걸치는 손님들을 도와준다. 손님들이 소매를 한 짝씩 훌륭하게 꿸 때마다, 메리는 평생 남들을 배려해 온 매그너스의 팔이 뻣뻣해지고 손가락 끝이 굽는 것을 알아차린다. 매그너스는 레더러 부부에게 좀 더 있다 가라고 말했지만, 메리는 그의 생각에 반대한다는 뜻을 은근히 밝히기 위해 비에게 가볍게 웃으며 매그너스가 일찍 잠자리에 들어야 한다고 말한다. 현관홀이 텅 비었다. 외교관인 핌 부부는 추위를 무시한다. 그런 면은 정말로 영국인답다. 두 사람은 문간에 용감하게 서서 손을 흔들어 손님들을 배웅한다. 메리는 핌의 허리에 한 팔을 두르고, 그의 바지허리 속으로 엄지손가락을 몰래 집어넣고 있다. 그의 엉덩이가 갈라지는 부분까지. 매그너스는 그녀의 손길에 저항하지 않는다. 매그너스는 저항하지 않는다. 메리는 그의 어깨에 다정하게 머리를 기대고, 아까 벤첼 씨가 전화가 왔다고 속삭인 바로 그 귀에 다정하지만 아무 의미 없는 말을 속삭인다. 자신들이 얼마나 다정하고 애정이 넘치는지 비가 눈치채 주면 좋겠다. 포치 불빛 속에서 긴 파란색 드레스를 입은 메리의 젊음이 빛을 발한다. 만찬용 재킷을 입은 매그너스 역시 확연히 돋보이는 모습이다. 틀림없이 조화로운 결혼 생활의 표본처럼 보였을 것이다. 레더러 부부는 가장 마지막에 떠나면서 가장 호들갑스러운 반응을 보인다. 「젠장, 매그너스, 이렇게 즐거웠던 적이 언제인지 기억도 안 나네.」 그랜트가 기묘하다 못해 다소 동성애자처럼 보이는 분노를 드러내며 말한다. 경호원이 또 다른 차를 타고 두 사람을 따라간다. 몹시 영국인다운 핌 부부는 나란히 서서 미국식에 대한 경멸을 나누며 이 순간을 즐기고 있다.

「비랑 그랜트는 정말 무지하게 재미있어.」 메리가 말한다. 「하지만 잭이 경호원을 두라고 제의하면 **당신**도 받아들일 거야?」 그녀의 질문에 담긴 것은 단순한 호기심만이 아니다. 집 밖에서 할 일 없이 빈둥거리는 것처럼 보이는 이상한 사람들이 요즘 걱정스럽다.

「그럴 일은 없어.」 핌이 몸을 한 번 부르르 떨면서 말한다. 「날 그랜트에게서 보호해 주겠다고 잭이 약속하지 않는 한은.」

메리는 바지 속에서 손가락을 빼내고, 두 사람은 돌아서서 팔짱을 낀 채 집으로 들어간다. 「무슨 일 있는 건 아니지?」 그녀는 아까 걸려 온 전화를 생각하며 묻는다. 그는 정말 아무 일도 없다고 대답한다. 「당신을 원해.」 메리가 대담하게 속삭이며 손으로 그의 허벅지를 한 번 훑는다. 핌은 빙긋 웃으며 고개를 끄덕이더니, 넥타이를 잡아당긴다. 준비를 위해 넥타이를 느슨하게 하려는 것 같다. 부엌에서는 벤첼 부부가 일을 마치고 돌아가려고 기다리고 있다. 메리는 담배 냄새를 맡지만 그냥 무시하기로 한다. 두 사람이 아주 열심히 일해 줬기 때문이다. 나중에 임종을 앞뒀을 때, 그녀는 지금 담배 냄새를 무시하기로 일부러 결정한 것을 기억할 것이다. 그 순간 삶이 아주 편안했고, 레스보스는 아주 멀리 있었으며, 자신의 배려심 또한 완벽해서 그렇게 지극히 하찮은 일까지 생각해 줄 수 있었다고. 핌은 벤첼 부부에게 줄 돈을 미리 봉투에 준비해 두었다. 적잖은 팁도 줄 예정이다. 매그너스가 마지막으로 남은 5파운드 지폐로 팁을 줄 거야. 메리는 너그러운 마음으로 이렇게 생각한다. 검소한 상류층 교육을 받고 자란 그녀가 보기에는 남편의 행동이 지나친 것 같지만, 그래도 그녀는 남편의 너그러움을 점차 사랑하게 되었다. 매그너스는 저속하게 굴 때가 거의 없다.

가끔 그가 과용한다 싶어서 그녀가 자신의 개인 소득을
좀 나눠 줘야 하나 싶은 생각이 들 때도 마찬가지다. 벤
첼 부부가 떠난다. 내일 밤 그들은 다른 누군가의 집에서
또 파티의 시중을 들 것이다. 핌 부부는 서로 발걸음을
맞춰 응접실로 간다. 손을 잡았다가 풀어서 자유롭게 놓
는다. 잠자리에 들기 전에 술을 한잔 하면서 오늘의 행사
를 되돌아보고 손님들의 뒷이야기를 하는, 일상적인 전
희를 위해서다. 핌은 스카치 두 잔을 따르지만, 평소와
달리 재킷을 벗지 않는다. 메리는 노골적으로 그를 어루
만진다. 가끔 두 사람은 이러다가 계단을 올라가지 못하
게 되기도 한다.

「사슴 고기 최고였어, 맵스.」핌이 말한다. 그는 항상
이렇게 그녀를 칭찬하는 말부터 한다. 매그너스는 항상
모두를 칭찬한다.

「모두들 벤첼 부인이 그걸 요리한 줄 알던데.」메리가
남편의 지퍼를 찾아 손을 더듬거리며 말한다.

「그럼 전부 땅에 묻어 버려.」핌이 호기롭게 말하면서
팔을 한 번 휘저어 그녀를 위해 어리석은 외교관들 전부
를 물리친다. 순간적으로 메리는 매그너스가 술을 너무
마신 게 아닌가 하는 두려운 생각을 한다. 그런 것이 아
니면 좋겠다. 지금 그녀는 연기를 하는 게 아니니까. 사
람들의 어리석음을 상대하며 걱정 속에서 저녁을 보낸
참이라, 지금 그녀는 그를 몹시 원하고 있다. 매그너스가

메리에게 잔을 건네고 자신의 잔을 들더니 소리 없이 그녀를 향해 건배한다. 잘했어, 부인. 그는 그녀를 똑바로 바라보며 웃고 있다. 그녀의 무릎에 거의 닿을 지경인 그의 무릎은 흔들림이 없다. 그의 긴장된 분위기에 영향을 받은 메리는 여기서 당장 그를 갖고 싶어져서, 양손으로 이런 뜻을 더욱 확실하게 표현한다.

「그랜트 레더러 3세가 저 정도라면……」 그녀는 그 살기 어린 표정을 다시 떠올리며 말한다. 「그 앞의 둘은 도대체 어떤 사람들이었을까 몰라.」

「난 자유야.」 핌이 말한다.

메리는 무슨 소리인지 알 수가 없다. 자신이 던진 농담에 농담으로 응수하는 건가 싶다.

「무슨 소리인지 모르겠어.」 그녀가 조금 부끄러워하며 말한다. 난 이 사람만큼 머리가 빠르지 못해, 속상하게시리. 갑자기 끔찍한 생각이 든다. 「설마 당신 해고당한 건 아니지?」 그녀가 말한다.

매그너스는 고개를 젓는다. 「릭이 죽었어.」

「누구?」 어떤 릭을 말하는 거지? 베를린의 릭? 랭글리[3]의 릭? 어느 릭이 죽으면 매그너스가 자유로워지는 거야? 아니, 어쩌면 매그너스가 승진할 자리가 생겼는지 누가 알아?

매그너스가 다시 설명을 시작한다. 지극히 이성적으

3 CIA의 본부가 있는 곳.

로. 이 가엾은 여자가 자기 말을 이해하지 못한 것이 분명하니까. 그녀는 힘든 저녁 시간을 보내고 지쳐 있다. 술도 너무 많이 마셨다. 「릭, 내 아버지가 죽었다고. 오늘 저녁 6시, 우리가 옷을 갈아입고 있을 때 심장 발작으로 죽었어. 지난번 발작 뒤로 괜찮아진 줄 알았는데, 알고 보니 그게 아니었던 거지. 아까 잭 브러더후드가 런던에서 전화를 걸어 왔어. 인사부가 도대체 왜 직접 나한테 알리지 않고 잭한테 그 소식을 알려서 내게 전하게 했는지는 비밀이니까 밝힐 수 없을 것 같은데, 어쨌든 그렇게 됐어.」

메리는 그래도 제대로 이해하지 못한다.

「그럼 자유라는 건 무슨 말이야?」 메리가 거칠게 소리친다. 자제력이 모두 날아가 버린 탓이다. 「뭐가 자유로운데?」 그러고는 아주 분별 있게 울음을 터뜨린다. 두 사람 몫을 혼자 다 할 수 있을 만큼 큰 소리로. 레스보스에서부터 여기까지 따라온 무서운 의문들을 익사시켜 버릴 만큼 큰 소리로.

지금도 그녀는 다시 울어 버릴까 하는 생각이 조금 든다. 잭 브러더후드 때문에. 초인종이 나팔 소리처럼 집 안에 울린다. 언제나 그렇듯이 짧게 세 번.

핌은 기운차게 커튼을 닫고 불을 켰다. 더는 노래는 부르지 않았다. 몸이 민첩해진 것 같았다. 작게 끙 소리를 내며 서류 가방을 내려놓은 그는 고마운 마음으로 주위를 둘러보며 차근차근 모든 물건과 인사를 나눴다. 황동 침대 틀. 안녕? 그 위에 걸린, 자수로 만든 그림은 그에게 예수님을 사랑하라고 훈계했다. 나도 시도는 해봤는데 럭이 항상 방해했어. 상판을 밀어 넣을 수 있는 책상. 그 옛날 윈스턴 처칠의 목소리를 들었던 라디오. 핌은 이 방에 자신의 존재를 전혀 강요하지 않았다. 그는 손님이지, 식민지를 점령하러 온 사람이 아니었다. 그 어둡던 시절에, 그 오랜 옛날에, 무엇이 그를 이곳으로 이끌었을까? 지금도 다른 것들은 선명히 기억나는데, 이곳에 끌린 이유를 생각해 보려고 하면 졸음이 몰려왔다. 수없이 고독한 여행을 하며 외국의 낯선 도시에서 정처 없이 걷다 보니 여기에 이르렀지. 아무것도 하지 않는 외로운 시간이 너무 많았다. 그는 열심히 시간에 맞춰 기차를 잡아타고 어딘가를 찾아가거나, 어딘가에서 도망치는 생활을 했다. 메리는 베를린에…… 아니 프라하에 있었다. 두어 달 전 그곳으로 이동 배치 되었는데, 그때도 그는 분명히 알 수 있었다. 만약 그가 프라하에서 공연히 여기저기 기웃거리지 않는다면, 그다음에는 워싱턴으로 발령될 것임을. 톰은…… 맙소사, 톰은 그야말로 이제 막 기저귀를 뗀 아기였다. 그리고 핌은 회의 때문에 런던에 있었다. 아니, 그게 아니라, 스미스 광장 인근의 지독한 훈련소에서 최신 비밀 통신 방법을 배우는 사흘짜리 훈련 코스에 참가하고 있었다. 교육이 끝난 뒤 그는 택시를 타고 패딩턴으로 갔다. 아무 생각 없이, 본능이 그를 인도했다. 머릿속에는 음극이니 압축 전송이니 하는 것들에 관한 쓸모없는 지식이 여전히 가득했다. 그는 막 떠나려는 기차에 올라타 엑서터로 간 다음, 거기서 다른 플랫폼으로 건너가 다른 기차를 탔다. 자기가 어디로, 왜 가는지도 모르고 가는 것보다 더 큰 자유가 있을까? 어딘지 도저히 알 수 없는 곳에 도착한 그는 어렴풋이 기억나는 지명이 달린 버스를 발견하고 거기에 올라탔다.

여기는 할머니의 나라였다. 그리고 일요일이었다. 아주머니들이 그동안 모은 동전을 장갑 속에 넣고 교회에 가는 날. 핌은 우주선 상갑판에서 저 아래의 굴뚝, 교회, 모래 언덕, 슬레이트 지붕을 다정하게 내려다보았다. 모두들 마치 누군가가 머리채를 붙잡고 천국으로 끌어 올려 주기를 기다리는 것 같았다. 버스가 서고, 차장이 말했다. 「여기가 종점입니다, 손님.」 핌은 이상하기 짝이 없는 성취감을 느끼며 버스에서 내렸다. 여기야. 이런 생각이 들었다. 마침내 찾아냈어. 일부러 찾으려 한 것도 아닌데. 바로 이 마을, 바로 이 해변. 아주 오래전 내가 떠날 때의 모습 그대로잖아. 햇빛이 화창한 날인데 세상은 텅 비어 있었다. 아무래도 점심시간인 모양이었다. 그는 시간 감각이 없었다. 확실한 것은 미스 더버의 계단이 어찌나 새하얗고 깨끗한지 발로 밟기가 미안하다는 거였다.

집에서 찬송가 소리와 함께 닭을 굽는 냄새, 법정 변호사가 서류 등을 넣어 두는 파란색 자루 냄새, 석탄산 비누 냄새, 하느님 같은 냄새가 풍겨 나왔다.

「저리 가!」 가느다란 목소리가 고함쳤다. 「내가 지금 계단 맨 위에 있는데도 퓨즈에 손이 안 닿아. 더 뻗었다가는 팔이 빠질 거야.」

5분 뒤 이 방이 그의 것이 되었다. 그의 피난처. 다른 모든 안가에서 멀리 떨어진 그의 안가. 「캔터베리. 제 이름은 캔터베리입니다.」 이렇게 말하는 자신의 목소리가 들렸다. 퓨즈 수리는 무사히 끝났고, 그는 여주인의 손에 보증금을 올려놓았다. 도시가 집을 찾았다.

핌은 책상으로 다가가 상판을 꺼낸 뒤, 모조 가죽 상판 위에 주머니의 물건들을 올려놓고 이리저리 살피기 시작했다. 자신의 신분을 바꾸기 위해 수중의 물건들을 확인하는 작업이었다. 지금 이 순간까지 오늘 일어났던 일들을 돌이켜 보는 시간이었다. 매그너스 리처드 핌의 이름으로 된 여권 하나. 눈은 초록색, 머리는 연갈색, 여왕 폐하의 외무부 소속, 생년월일은 아주 오래전. 상징과 암호명 속에서 평생을 살아온 그에게, 전혀 위장되지 않은 채 여권에 보란 듯이 그대로 인쇄된 자기 이름은 언제나 좀 충격적이었다. 송아지 가죽 지갑 하나. 크리스마스에 메리가 준 선물이었다. 왼쪽에는 신용 카드가 있고, 오른쪽에는 오스트리아 돈으로 2천 실링과 영국 돈으로 3백 파운드가 다양한 낡은 지폐로 들어 있었다. 그가 탈출을 위해 조심스럽게 모은 자금이었다. 책상 안에 자금이 더 있었다. 메트로 자동차의 열쇠. 그녀에게도 이 열쇠가 있다. 레스보스에서 찍은 가족사진. 모두 아무런 문제도 없어 보인다. 어딘가에서 만났으나 지금은 잊어버린 여자가 휘갈겨 쓴 주소. 그는 지갑을 옆으로 밀어 두고, 같은 주머니에서 초록색 탑승권을 꺼냈다. 어젯밤 빈으로 가는 브리티시 항공 비행기의 것인 이 탑승권은 아직도 사용이 가능했다. 이것을 눈으로 보고 손으로 만져 보니 흥미가 동했다. 이건 핌이 발로써 의사를 표현한 증거야. 그는 생각했다. 지금까지 평생 동안 그가 완전히 이기적인 행동을 한 것은 아마 그때가 처음이지 싶었다. 지금 앉아 있는 이 방을 고상한 예외로 친다면. 그가 〈해야 한다〉라는 말 대신 〈하고 싶다〉라고 말한 것은 그때가 처음이었다.

조용한 교외의 화장터에서, 그는 원래 극소수였을 조문객이 누군가의 감시자들 때문에 부자연스럽게 늘어난 것 같다는 의심이 들었다. 그 의심을 증명할 길은 없었다. 상주로서 예배당 문 앞에 서 있으면서 조문객 아홉 명에게 무슨 일로 오셨느냐고 일일이 따져 물을 수는 없는 노릇이었다. 릭이 살아온 삶의 궤적이 워낙 변덕스러워서, 핌이 생전 만난 적도 없고 만나고 싶지도 않은 사람들이 그의 곁에 많이 모여든 것도 사실이었다. 그래도 의심은 사라지지 않고 그가 차를 몰고 런던 공항으로 향하는 동안 점점 더 커지더니, 자동차를 렌터카 회사에 반납할 무렵에는 거의 확신이 되었다. 사무실 안에서는 회색 옷을 입은 두 남자가 렌터카 계약서를 작성하는 데 시간을 너무 오래 끌고 있었다. 그래도 그는 굴하지 않고 여행 가방을 탁송 수하물로 먼저 맡긴 뒤, 지금 들고 있는 이 탑승권으로 세관을 통과해 비위생적인 라운지에 앉아서 『타임스』로 얼굴을 가렸다. 비행기 출발이 지연되었을 때는 짜증을 거의 숨길 수 있었지만, 일부러 겉으로 드러내려고 했다. 마침내 탑승을 알리는 방송이 나오자 그는 서둘러 일어나 출발 게이트로 향하는 무질서한 행렬에 얌전히 합류했다. 성실하게 순응하는 사람 그 자체였다. 그러는 중에 거의 느낌이 왔다. 눈으로 볼 수는 없어도, 아까 본 그 두 남자가 차를 마시고 탁구를 치러 기지로 돌아가는 모습이었다. 빈에 있는 새끼들이 놈을 알아서 하겠지. 속이 다 시원하다. 그들은 서로 이런 이야기를 나누고 있었다. 그는 모퉁이를 돌아 무빙워크로 향했지만 거기에 올라타지는 않았다. 대신 뒤처진 일행을 찾듯이 뒤를 돌아보며 느릿느릿 걷다가 반대편에서 몰려오는 승객들의 흐름에 슬쩍 끼어들었다. 조금 뒤 그는 입국 심사장에서 여권을 보이고, 특정한 여권 번호의 소유자들만 들을 수 있는 〈귀국을 환영합니다〉라는 조용한 인사말을 듣고 있었다. 그러고 나서 마지막으로 더 신중을 기하기 위해 국내선 카운터로 가서, 일부러 바쁜 직원을 화나게 할 요량으로 연출된 느긋하고 느슨한 태도를 취하며 스코틀랜드행 비행기에 대해 물어보았다. 글래스고는 아닙니다, 괜찮아요, 그냥 에든버러만. 아니, 잠깐, 글래스고도 말해 봐요. 아, 시간표를 인쇄해 주겠다고요, 그거 아주 좋군요. 그래요, **정말** 고맙습니다. 내가 표를 사면 여기서 발권도 가능합니까? 아, 그래요. 저쪽이군요. 알겠습니다.

핌은 탑승권을 잘게 찢어 재떨이에 버렸다. 어디까지가 계획이고, 어디까지가 임기응변이었을까? 그런 건 별로 중요하지 않아. 지금은 행동할 때지, 고민할 때가 아니니까. 버스 티켓, 히스발 레딩행. 가는 동안 비가 내렸다. 레딩발 런던행 편도 기차표는 상대를 속이기 위해 구입한 것이었다. 그는 레딩에서 엑서터로 가는 야간 침대차 표를 기차에 오른 뒤에 구입했다. 술에 취한 승무원에게서 그 표를 사는 동안, 베레모를 써서 얼굴에 그림자가 지게 했다. 핌은 이 표들도 잘게 찢어 역시 재떨이에 버렸다. 습관 때문인지 아니면 공격적인 심리 때문인지, 하여튼 재떨이에 수북이 쌓인 종잇조각 더미에 성냥으로 불을 붙인 뒤 눈 한 번 깜짝하지 않고 붙박인 듯 불꽃을 바라보았다. 여권까지 태워 버리고 싶은 마음이 조금 있었으나, 아직 남아 있는 결벽증 때문에 참았다. 그는 자신의 이런 성격을 이상하면서도 사랑스럽다고 생각했다.

내가 아주 사소한 부분 하나까지 전부 계획한 거야. 평생 의식적인 결정을 내려 본 적이 한 번도 없었는데 말이지. 회사에 들어가는 날부터 나는 이걸 계획했어. 릭이 죽은 뒤에야 비로소 알아차린 내 머릿속 한구석에서. 미스 더버의 크루즈 여행만 빼고 모든 걸 내가 계획한 거야.

불꽃이 잦아들자 그는 재를 무너뜨린 뒤 외투를 벗어 의자 등받이에 걸었다. 그러곤 서랍장에서 미스 더버가 손으로 직접 짠 낡은 카디건을 꺼내 입었다.

미스 더버한테 다시 이야기를 해봐야겠어. 그는 생각했다. 미스 더버가 더 좋아할 만한 걸 생각해 봐야지. 말을 꺼낼 순간도 더 신중하게 고르고. 미스 더버에게 중요한 건 주변 환경을 좀 바꿔 보는 거야. 걱정할 필요가 없는 어딘가로 가는 것.

갑자기 몸을 움직여야 할 것 같은 생각이 들어서 그는 불을 끄고 재빨리 미끄러지듯 창가로 다가가 커튼을 열어 창밖의 작은 광장을 확인하기 시작했다. 아침을 맞아 점차 깨어나는 창문과 생명체들을 하나씩 차례로 살피면서, 그는 감시자의 흔적을 찾아보았다. 침례교 목사의 아내는 잿빛이 도는 초록색 실내 가운 차림으로 부엌의 빨랫줄에서 아들의 축구복을 걷고 있었다. 그날 있을 경기를 위해서였다. 핌은 재빨리 뒤로 물러섰다. 목사관 입구에서 강철이 번뜩이는 것을 포착했으나, 그것은 기독교인답지 못하게 탐욕을 부리는 사람들을 막기 위해 칠레 삼목 줄기에 묶어 둔 목사의 자전거였다. 흐릿하게 김이 서린 욕실 창문에서는 회색 속치마 차림의 여자가 세면 대를 향해 허리를 숙이고 머리카락에 비누칠을 하고 있었다. 바다를 그리고 싶다는 의사의 딸 실리아 벤이 오늘 누굴 만나기로 한 모양이었다. 그 옆 8번지에서는 건축 업자 발로 씨가 아내와 함께 텔레비전을 보며 아침 식사를 하고 있었다. 픔의 눈이 동네를 체계적으로 훑어 나가다가 주차된 승합차에서 멈췄다. 조수석 문이 열리고, 소녀처럼 보이는 인영이 중앙 정원을 은밀히 통과해 28번지로 사라졌다. 장의사의 딸 엘라가 인생의 즐거움을 발견하는 중이었다.

픔은 커튼을 닫고 다시 불을 켰다. 나의 낮과 밤은 내가 정할 거야. 그가 놓아둔 자리에 얌전히 서 있는 서류 가방은 강철 뼈대 때문에 이상할 정도로 뻣뻣했다. 그 가방을 뚫어지게 보다 보니, 누구에게나 가방이 있다는 생각이 들었다. 릭의 가방은 돼지가죽으로 만든 것이고, 립시의 가방은 마분지로 만든 것이고, 양귀비의 가방은 가죽 비슷한 무늬가 인쇄된, 꾀죄죄한 회색 소재로 만든 것이었다. 그리고 잭은…… 친애하는 잭은 낡았지만 아주 굉장한 외교관 가방을 들고 다녔다. 잭 당신이 쏘아야 하는 개만큼 충실한 가방.

어떤 사람들은 말이다, 톰, 의과 대학에 자기 시신을 기증해. 손은 이쪽 수업에, 심장은 저쪽 수업에, 눈은 또 다른 수업에, 하는 식으로 모두들 시신을 한 조각씩 가져 가지. 그러면서 모두들 고마워해. 하지만 네 아빠한테 있 는 건 비밀뿐이야. 그 비밀이 네 아빠의 기원이자 저주 란다.

핌은 쿵 하고 부딪치듯이 책상에 앉았다.

똑바로 말하기 위해서, 그는 연습을 했다. 한 마디씩 또박또박 진실을 말하는 연습. 말을 회피하지도 않고, 지 어내지도 않고, 술수를 부리지도 않았다. 그저 헛된 약속 에 지친 자아를 자유로이 풀어놓을 뿐이었다.

특별히 누군가에게 말한다기보다 모든 사람에게 말하 기 위해서. 나를 휘둘렀던 사람들 모두에게, 내가 아무 생각 없이 흔쾌하게 나 자신을 바친 사람들에게. 내 담당 자들과 내게 봉급을 준 사람들에게. 메리와 그 밖의 다른 모든 메리들에게. 나의 일부를 갖고, 더 많은 조각을 약 속받았으나 당연히 실망한 모든 사람들에게. 그리고 핌 이 후하게 자신을 여기저기 나눠 준 뒤에도 아직 남아 있 는 나 자신에게.

나의 채권자들과 회사의 공동 소유자들에게. 릭은 밀 린 돈의 처리를 자주 꿈꿨으나 이제는 그가 인정한 유일 한 아들이 여기서 단번에 처리해 줄 것이다. 핌이 당신들 에게 어떤 존재였든, 당신들이 지금 또는 과거에 어떤 사 람이었든, 지금 여기에 있는 것은 당신들이 안다고 생각 했던 핌의 여러 모습 중 마지막 버전이다.

핌은 깊이 숨을 들이쉬었다가 내뱉었다.

그런 일은 한 번뿐이야. 평생 한 번으로 끝이야. 다시 고쳐 쓸 수도 없고, 윤색할 수도 없고, 피할 수도 없어. 이렇게 했으면 더 좋았을걸, 하고 후회하는 것도 안 돼. 넌 수벌과 같아. 딱 한 번만 하고 죽는 거야.

그는 펜을 들고 종이를 한 장 준비했다. 그러곤 무엇이든 머릿속에 떠오르는 말을 몇 줄 끼적거렸다. 일만 하고 놀지 않으면 잭은 둔한 스파이가 된다. 양귀비, 양귀비는 벽에. 미스 더버는 반드시 크루즈를 가야 해. 좋은 빵을 먹어, 가엾은 리키가 죽었다. 리키티키 아버지. 손이 매끄럽게 움직였다. 줄을 그어 지운 단어는 하나도 없었다. 가끔은 말이다, 톰, 어떤 일을 해야 하는 이유를 찾기 위해 그 일을 해야 할 때가 있어. 가끔은 우리의 행동이 대답이 아니라 질문이 되는 거지.

2

어둡고 바람이 휘몰아치는 날이었다, 톰. 이 지역의 안
식일이 대개 그렇듯이. 어렸을 때 그런 날씨를 많이 봤는
데, 화창한 날은 하나도 기억에 없어. 밖에서 뭔가를 했
던 기억도 별로 없고. 잘못을 저지른 아이처럼 서둘러 교
회에 가던 기억뿐. 아니, 내가 너무 앞서 나갔구나. 내가
말하려는 그날은 핌이 아직 태어나기도 전인데. 네 아빠
의 평생을 거슬러 올라간 뒤 거기서 6개월을 더 거슬러
간 시점이다. 장소는 여기서 멀지 않은 바닷가 마을. 하
지만 여기보다는 좀 더 비탈지고, 더 큰 탑이 있지. 그냥
이 마을이라고 해도 아무 문제 없을 것 같지만. 회오리바
람과 습기와 어두운 종말의 분위기가 가득한 오전 중반.
내 말을 믿어. 말했듯이 나는 아직 태어나지 않은 유령
같은 존재로, 누군가 나를 주문한 적도 없고, 낳은 적도
없다. 당연히 누가 날 위해 돈을 치른 적도 없지. 나는 귀
가 들리지 않는 마이크다. 씨앗이 심어졌지만, 생물학적

인 면을 제외하면 모든 면에서 무생물과 같으니까. 오래된 이파리, 오래된 솔잎, 오래된 색종이 조각이 비에 젖은 교회 계단에 달라붙어 있고, 겸손한 신도들은 지옥 또는 구원에 관한 그주의 설교를 들으려고 줄지어 교회 안으로 들어가고 있다. 하지만 사실 내가 보기에는 지옥과 구원 중에 뭘 고르든 비슷할 것 같았다. 나는 말을 하지 못하는 태아 스파이로, 자기도 모르게 첫 번째 임무를 수행 중이다. 보통 첩보 작전의 과녁이 될 만한 사람이 없는 곳인데.

하지만 오늘은 뭔가 일이 있는 것 같다. 주위가 웅성거리는데, 원인이 릭이다. 오늘 사람들의 경건한 표정에는 짓궂은 불꽃이 섞여 있다. 그 불꽃이 희미하게 시들어 있으려고 하질 않는다. 사람들 내면에서, 작고 어두운 영역의 한가운데, 연기가 피어오르는 그곳에서 나오는 불꽃이다. 릭은 그 불꽃의 소유자이자, 기원이자, 선동가이고. 어디서나 눈에 들어온다. 갈색 양복을 입은 교회 집사의 불길하고 비틀거리는 걸음에서, 늦은 줄 알고 서둘러 달려왔지만 사실은 일찍 온 것을 알고 얼굴에 바른 하얀 파우더가 무색하게 얼굴을 붉히며 앉아 있는, 모자 쓴 여자들의 부산스러움과 그들이 내뱉는 숨결 속에서. 모든 사람이 법석을 떨고, 모든 사람이 까치발로 걷는다. 최고의 군중. 릭이 봤다면 자랑스러운 얼굴로 이렇게 말했을 것이다. 실제로도 십중팔구 그렇게 말했을 것이다. 무슨 일이 있어도 사람이 가득한 것을 좋아하는 사람이었으니까. 설사 그곳이 자신이 교수형을 당할 형장이라 해도 상관하지 않았다. 몇 명은 자동차로 왔다. 자동차는 란체스터 총이나 싱어 재봉틀처럼 당대의 경이로운 물건이었다. 다른 사람들은 트롤리버스를 타고 왔다. 걸어서 온 사람도 있다. 하느님의 바닷물 비 때문에 싸구려 여우 털 겉옷 안이 차갑게 젖어 있다. 하느님의 바닷바람은 일요일에만 입는 가장 좋은 옷의 다 해진 서지 천을 뚫고 들어온다. 하지만 어떤 방식으로 이곳까지 왔든 상관없이, 모든 사람이 험한 날씨 속에 1초 더 머무르는 위험을 무릅쓰고 걸음을 멈춰 크게 뜬 눈으로 게시판을 부라리며 며칠 전부터 입소문으로 들려오던 이야기를 직접 확인한다. 게시판에는 포스터 두 장이 붙어 있는데, 둘 다 빗물에 젖었고, 둘 다 행인들 눈에는 식어 버린 찻잔처럼 한심하게 보인다. 그러나 암호를 아는 사람들은 거기에서 충격적인 신호를 해석해 낸다. 오렌지색 포스터는 침례교 여성 연맹이 독서실을 만들어야 한다면서 5천 파운드를 모금하는 내용이다. 그러나 그 독서실에서 누구든 책을 읽는 일은 없을 것임을 모두가 알고 있다. 그곳은 집에서 만들어 온 케이크와 콩고의 불결한 아이들 사진을 펼쳐 놓는 장소가 될 것이다. 릭의 최고 기술자가 설계한 합판 모금 온도계가 난간에 고정되어 있다. 벌써 1천 파운드가 모였다고 표시되어 있다. 초록색 포스터는 오늘 목사님이 설교를 하실 것이라는 내용이다. 신도 여러분을 환영합니다. 그러나 이 공고 내용이 수정되어 있다. 뻣뻣한 재질의 공고문이 그 위에 핀으로 고정되어 있는데, 마치 법적 경고문처럼 전체를 타자기로 작성한 이 공고문에는 대문자 사용법이 엉망이다. 웃음이 나올 정도지만, 이 지역에서는 이런 것을 불길한 징조로 받아들인다.

예상치 못한 **상황**으로 인해, 평화의 법관이자 이 **선**거구의 자유당 의원이신 메이크피스 워터마스터 경이 오늘의 **메**시지를 전하실 겁니다. 모금 위원회는 예배 **뒤** 놀라운 만남을 위해 **남**아 주시기 바랍니다.

메이크피스 워터마스터가 직접 설교한다니! 게다가 이 사람들은 그 이유를 알고 있다니!

세상의 다른 지역에서는 히틀러가 우주에 불을 놓으려고 힘을 모으고 있고, 미국과 유럽에서는 대공황으로 인한 참상이 불치의 전염병처럼 퍼지고 있으며, 잭 브러더후드의 선조들은 이런 일들을 부추기고 있다. 아니, 화이트홀[4]을 그때그때 상황에 따라 지배하는 그럴듯한 독트린에 따르면 그렇지만은 않다고 해야 할 것이다. 하지만 신도들은 하느님의 목적 중 자신이 꿰뚫어 볼 수 없는

4 런던에서 관공서가 많은 거리.

부분에 대해 감히 의견을 품으려 하지 않는다. 그들의 교회는 영국 국교에 반대하는 곳이고, 오늘의 임시 주인인 메이크피스 워터마스터 경은 지금까지 태어난 사람들 중 가장 훌륭한 설교자 겸 자유주의자이다. 이 땅에서 가장 높은 사람에 속하는 그는 자기 돈으로 바로 이 건물을 선사해 준 사람이기도 하다. 아니, 그가 아니다. 그의 아버지 굿맨이 사람들에게 이 건물을 주었으나, 그의 봉토를 물려받은 메이크피스는 자기 아버지가 한때 존재했었다는 사실을 자주 잊어버리는 경향이 있다. 굿맨은 웨일스 사람으로 설교도 하고, 노래도 부르고, 아내를 잃어 불행해진 도공이었다. 그의 두 자식은 무려 스물다섯 살 터울이었는데, 그중에 메이크피스가 장남이다. 굿맨은 이곳에 와서 진흙 견본을 시험하고 바다를 향해 킁킁 냄새를 맡아 보더니 도자기 공방을 차렸다. 그리고 2년 뒤 공방 두 곳을 더 만들고, 값싼 이주민들을 노동력으로 수입해 왔다. 처음에는 자기처럼 웨일스 남쪽 출신을 데려왔지만 나중에는 그보다 훨씬 더 싸고 계급도 낮고 박해받는 아일랜드 사람들을 데려왔다. 굿맨은 사택을 임대해 준다는 말로 그들을 꾀어 데려와서는 형편없는 임금으로 그들의 배를 곯리고 설교를 통해 지옥에 대한 두려움을 그들의 머릿속에 때려 박았다. 하느님이 그를 낙원으로 데려가실 때까지. 도자기 공방 앞뜰에는 높이가 1천8백 미터인 겸손한 기념물이 그를 위해 세워져 있었으나, 몇 년 전 공방 전체가 철거되고 그 자리에 방갈로 단지가 들어섰다. 속이 시원한 일이었다.

그리고 오늘 〈예상치 못한 **상**황으로 인해〉 바로 그 메이크피스, 굿맨의 외아들이 산꼭대기 높은 자리에서 이곳으로 내려온다고 한다. 하지만 이 예상치 못한 상황이라는 것을 사실 메이크피스 본인만 빼고 모든 사람이 예상하고 있었다. 우리가 앉아서 기다리고 있는 신도석만큼이나 생생하고, 신도석 의자들이 고정돼 있는 워터마스터 타일만큼이나 단단하고, 끔찍한 운명과 맞서 싸우며 죽어 가는 암퇘지처럼 종을 한 번 울릴 때마다 쌕쌕, 휘휘 거친 소리를 내는 시계만큼이나 운명적인 상황. 우울함 그 자체. 이런 상황이 젊은이들의 기분을 얼마나 끌어내리는지. 그들이 귀하게 생각하는 모든 신나는 일이 금지되었다. 일요일 신문에서부터 천주교까지, 심리학에서 미술까지, 얇은 속옷에서부터 들뜬 기분과 우울한 기분까지, 사랑에서부터 웃음까지, 그리고 다시 사랑까지. 사람이 겪는 일 중에 그들의 마뜩잖은 시선이 닿지 않는 구석은 없는 것 같다. 그 우울함을 이해하지 못한다면, 릭이 달아나고 있던 세상도 그가 달려가고 있던 세상도 이해할 수 없을 것이다. 마지막 시계 종소리가 후두두 떨어지는 빗소리와 섞이고, 젊은 릭의 삶에서 첫 번째 대시련이 시작되는 이 어두운 안식일에 모든 겸손한 사람들의 가슴속에서 벼룩처럼 붕붕거리며 간질이는 비틀린 홍미도 역시 이해할 수 없을 것이다. 〈릭 핌이 마침내 교수형을 받게 될 것 같다〉는 분위기. 지금 메이크피스만큼 굉장한 사형 집행인이 또 있을까. 이 땅의 가장 높은 사람이며, 평화의 법관이자 자유당 의원인 그가 릭의 목에 걸린 올가미를 조절하게 되다니.

마지막 종소리와 함께 예배 전의 오르간 연주도 끝난다. 신도들은 숨을 죽이고 1백까지 수를 세며 가장 좋아하는 등장인물들을 찾아본다. 워터마스터 집안의 두 여자가 일찍 도착해 있다. 그들은 설교단 바로 아래 귀빈석에 어깨를 맞대고 앉아 있다. 다른 일요일이라면, 메이크피스가 193센티미터나 되는 커다란 몸으로 두 사람 사이에 앉아 고개를 한쪽으로 기울인 채 작고 촉촉한 장미 봉오리 같은 귀로 오르간 연주를 열심히 듣고 있었을 것이다. 그러나 오늘은 아니다. 오늘은 특별한 날이기 때문이다. 메이크피스는 설교단 옆의 공간에서 목사와 뭔가 의논하고 있다. 모금 위원회의 믿을 만한 사람 몇 명도 걱정스러운 표정으로 함께 있다.

레이디 넬이라고 불리는 메이크피스의 아내는 아직쉰 살도 되지 않았지만 마녀처럼 허리가 굽고 쪼그라든모습이며, 마치 파리를 쫓듯이 반백의 머리를 갑자기 확젖히는 버릇이 있다. 잔소리를 하며 어리석게 구는 넬 옆에는 착실함의 표본 같은 자그마한 도러시가 앉아 있다. 작은 몸집에 걸맞게 도트라고 불리는 그녀는 흠잡을 데

없는 숙녀이며, 메이크피스의 동생이라기보다 넬의 딸이라고 해도 될 만큼 나이 차이가 난다. 그녀는 지금 기도하고 있다. 조물주에게 기도하는 중이다. 작은 손을 꼬깃꼬깃 주먹 쥐어 눈에 대고 누르면서, 그녀는 주님이 자신의 목소리를 듣고 잘못된 것을 바로잡아 주시기만 한다면 자신의 삶과 죽음을 모두 주님에게 맡기겠다고 맹세한다. 침례교인들은 하느님 앞에서 무릎을 꿇지 않는단다, 톰. 그 대신 쪼그려 앉지. 하지만 우리 도러시는 하느님이 그녀를 곤경에서 구해 주시기만 했다면, 그날 당장 워터마스터 타일 바닥에 납작 엎드려 교황의 엄지발가락에 입을 맞췄을 것이다.

나한테 그녀의 사진이 한 장 있는데, 가끔은 사진을 한 장만 더 구할 수 있다면 영혼이라도 바칠 수 있을 것 같다는 생각이 든다. 아니, 이제는 그렇지 않다, 정말이야, 그녀는 이제 내게 죽은 사람이다. 나는 톰의 나이 때 낡고 닳아빠진 성경책 안에서 그 사진을 발견했다. 그때 우리는 교외의 집을 급히 비우는 중이었다. 〈나의 모든 특별한 사랑을 담아 도러시에게, 메이크피스.〉 성경 안쪽에는 이런 구절이 적혀 있다. 세상에 단 하나뿐인 사진. 여기저기 얼룩이 있는 어두운 갈색 사진 한 장. 택시에서 내리는 그녀의 모습이 정지 화면처럼 찍혀 있다. 도망치다 찍힌 사진 같다. 자동차 번호판은 보이지 않고, 그녀는 아마도 들꽃인 듯 싶은 작은 꽃들을 직접 모아 만든 꽃다발을 꼭 쥐고 있다. 그 큰 눈에 담긴 것이 너무 많아서 보는 사람의 마음이 편안해지지 않는다. 그녀는 결혼식에 참석하러 가는 길일까? 혹시 그녀 자신의 결혼식? 아니면 친척의 병문안을 온 건가? 혹시 넬의 병문안? 여기가 어디지? 이번에는 그녀가 어디로 도망치는 길일까? 그녀는 꽃다발을 턱밑으로 들고 양 팔꿈치는 한데 모으고 있다. 허리에서부터 목까지 그녀의 팔이 수직선처럼 뻗어 있다. 긴 소매는 손목까지 닿고, 손에는 모슬린 장갑을 끼고 있어서 반지가 보이지 않는다. 하지만 왼손 약지의 세 번째 관절이 조금 불룩한 것 같다. 벙거지 모양의 보닛이 머리카락을 덮고 그녀의 무서운 눈 위에 가면처럼 그림자를 드리운다. 어깨는 금방이라도 균형을 잃고 넘어질 것처럼 비스듬한데, 넘어지는 것을 막으려는 듯이 작은 발 한 짝이 옆으로 기울어져 있다. 연한 색 스타킹의 정강이 부분이 비단처럼 지그재그 모양으로 은은히 빛난다. 에나멜 구두는 끝이 뾰족하고 단추가 달렸다. 이유는 모르겠지만, 구두 때문에 그녀의 발이 아프다는 확신이 든다. 그녀가 입은 옷과 마찬가지로 이 구두도 시간에 쫓겨 급히 산 것이다. 그녀가 이 물건들을 산 가게의 사람들은 그녀가 누군지 몰랐고, 그녀 역시 자신이 누구인지 알려지는 것을 원하지 않았다. 그녀의 얼굴 아래쪽은 응달에서 자라는 식물처럼 창백하다. 그녀가 자란 집인 〈글레이즈〉를 생각해 보라! 나처럼 외동으로 자란 사람이라는 사실을 한눈에 알아볼 수 있다. 스물다섯 살 위의 오빠가 있다는 사실은 신경 쓸 필요 없다.

예전에 내가 그녀처럼 아이였을 때 워터마스터 일가의 크고 어두운 과수원을 헤매다가 무엇을 발견했는지 말해 줄까? 그녀가 성경 수업에서 상으로 받아 온 색칠책 『그림으로 보는 우리 구세주의 일생』이었다. 그런데 내 귀여운 도트가 그 책을 어떻게 했는지 아니? 성자 같은 얼굴들을 모두 크레용으로 무지막지하게 칠해 버렸다. 처음에 나는 충격을 받았지만, 곧 이해할 수 있었다. 그 책 속의 얼굴들은 그녀가 속하지 않은 현실 세계 속의 무서운 사람들이었다. 그들은 여러 사람들과 함께 시간을 보내며 상냥한 미소를 주고받지만, 그녀는 그런 것을 누린 적이 없었다. 그래서 크레용으로 지워 버린 것이다. 화가 나서가 아니었다. 미워서도 아니었다. 심지어 부러워서도 아니었다. 그들의 편안한 삶을 이해할 수 없기 때문이었다. 사진을 다시 보자. 턱. 웃음을 지을 줄 모르는 엄격한 턱은 표정이 없다. 작은 입술은 비밀을 안전히 지키기 위해 꾹 다물린 채 아래로 쳐져 있다. 그 얼굴은 나쁜 기억이나 경험을 하나도 버리지 못한다. 그것들을 함께 나눌 사람이 전혀 없기 때문이다. 그 얼굴은 지나친 부담으로 인해 쓰러지는 날까지 모든 기억과 경험을 저장해 둬야 하는 저주를 받았다.

이쯤 하면 되었다. 내가 또 앞서 나가고 있다. 도트, 일명 도러시, 성은 워터마스터. 다른 기업과는 아무런 관계 없음. 추상적인 존재. 내 사람. 영원히 도주 중인, 비현실적이고 공허한 여자. 만약 그녀가 내게 얼굴이 아니라 등을 향하고 있었다 해도, 나는 지금만큼 그녀를 잘 알고 꼭 지금만큼 그녀를 사랑했을 것이다.

워터마스터 집안의 두 여자 뒤쪽, 한참 떨어진 자리, 그러니까 신도석 중앙의 긴 회랑 맨 끝 닫힌 문 바로 옆자리에 우리 젊은이들의 정화(正化)가 앉아 있다. 빳빳한 옷깃에 바싹 당겨 맨 넥타이가 튀어나와 있고, 매끈하게 넘긴 머리의 가르마는 면도날처럼 정확하다. 이들은 야학생이라는 다정한 이름으로 불린다. 우리 성전의 미래 사도들, 우리의 희망, 미래의 목사, 박사, 선교사, 자선가, 이 땅에서 가장 높은 자, 언젠가 세상에 나아가 이전에 누구도 해내지 못한 방식으로 세상을 구할 청년들. 관습적으로 더 나이가 많은 남자들에게 맡겨지던 일을 그들이 맡게 된 것은 그들의 열정 덕분이었다. 찬송가 책과 특별 공고문을 나눠 주는 일, 헌금을 모으는 일, 신도들의 겉옷을 걸어 두는 일. 일주일에 한 번씩 자전거나 오토바이, 또는 마음씨 좋은 부모의 자동차를 타고 하느님을 두려워하는 사람들의 집을 찾아가 우리 교회 회보를 배포하는 일을 맡은 것도 그들이다. 그들이 찾아가는 집

중에는 메이크피스 워터마스터 경의 집도 포함되어 있는
데, 그 집 요리사에게는 항상 케이크 한 쪽과 레몬 향 보
리차 한 잔을 준비해 놓고 회보를 가져오는 사람을 기다
리라는 지시가 떨어져 있다. 교회가 빈민들에게 빌려 주
는 집에서 몇 실링밖에 안 되는 집세를 걷는 일도, 아이
들 소풍 때 브린클리 연못에서 배를 모는 사람도, 밴드
오브 호프[5]의 크리스마스 다과회를 주최하는 사람도, 크
리스천 인데버[6] 활동에 열기를 불어넣는 사람도 그들이
다. 5천 파운드를 목표로 한 여성 연맹의 모금 또한 그들
은 예수님께서 직접 맡기신 일로 생각하고 있다. 2백 파
운드 정도면 일가족이 1년 동안 먹고살 수 있는 시대인
데 말이다. 그들이 순례하듯 일대를 돌아다니며 초인종
을 눌러 보지 않은 집이 없다. 어느 집에서든 그들은 예
수님을 위해 창문을 닦아 주겠다고, 꽃밭의 잡초를 솎아
내고 땅을 골라 주겠다고 나선다. 이 젊은이들은 매일 씩
씩하게 나갔다가 박하 냄새를 풍기며 돌아온다. 부모들
은 이미 잠자리에 든 지 오래다. 메이크피스 경은 그들에
게 찬사를 보냈고, 우리 목사 역시 찬사를 보냈다. 아버
지 주님께 그들의 헌신을 다시 말씀드리지 않는 한 어떤
안식일도 완전해질 수 없다. 교회 출입문에 세워진 합판
모금 온도계의 빨간 눈금은 용감하게 50파운드대와 1백

5 어린이들에게 금주의 중요성을 가르치는 영국의 단체.
6 개신교 청년들이 교파를 초월해서 봉사와 전도를 위해 모인 단체.

파운드대를 통과해 1천 파운드대로 진입했다. 그러고는 그곳에 한동안 머무르고 있다. 그들이 갖은 노력을 기울이는데도 그대로 멈춰 버린 것 같다. 운동이 힘을 잃은 것은 아니다. 전혀 그렇지 않다. 그들은 실패를 전혀 생각하지 않는다. 메이크피스 워터마스터는 비록 브루스 왕의 거미[7] 이야기를 자주 하는 사람이지만 이 청년들에게 그 이야기를 일깨워 줄 필요는 없다. 야학생들은 흔히들 하는 말처럼 〈끝내주는 녀석들〉이다. 야학생들은 그리스도의 전위대이며, 이 땅의 가장 높은 사람이 될 것이다.

그 다섯 청년들 한가운데 릭이 앉아 있다. 그들 모임의 창설자이자 관리자이자 인도자이자 재무 담당자인 그는 여전히 벤틀리 자동차를 꿈꾸고 있다. 그의 본명은 리처드 토머스. 그의 사랑하는 아버지, 세계 대전 때 참호에서 싸우고 그 뒤에 우리 시장이 되었다가 7년 전 세상을 떠난, 사랑받는 TP의 이름을 딴 것이다. 그가 세상을 떠난 것이 마치 어제 일 같다. 조물주께서 데려가시기 전 **그가** 얼마나 대단한 설교자였는지! 톰, 릭은 네 할아버지지만 그저 이름뿐이다. 나는 너와 릭을 결코 만나게 하지 않을 생각이다.

7 옛날 브루스 왕이 잉글랜드군에 쫓기던 중 거미가 여섯 차례나 실패를 겪고서도 끝내 집을 짓는 것을 보고 재기에 성공했다는 고사에서 나온 말로, 가능성이 희박한 환경에서도 노력한다는 뜻.

메이크피스의 메시지를 내가 두 가지 버전으로 갖고 있는데 둘 다 불완전하고, 둘 다 언제 어디서 어떻게 작성된 건지 알 수 없다. 누렇게 변한 신문 기사들, 지역 신문의 종교 면에서 손톱 깎는 가위로 아무렇게나 잘라 낸 것처럼 보이는 이 기사들은 요즘 신문들이 축구 선수의 일상을 보도하듯이 목사들의 일상을 충실히 보도하고 있다. 나는 이것들을 도러시의 사진이 들어 있던 그 성경책 안에서 발견했다. 메이크피스는 누구도 노골적으로 비난하지 않고, 어떤 혐의도 주장하지 않았다. 여기는 풍자의 땅이니, 단도직입적인 말투는 죄인의 것이다. 〈의원이 청년의 탐욕에 대해 엄격히 경고.〉첫 번째 버전은 이렇게 노래한다. 〈청년의 야망이 지닌 위험을 훌륭하게 강조.〉이 익명의 필자는 메이크피스의 당당한 모습 속에 〈켈트의 시인 같은 우아함, 정치인의 웅변, 정의에 대한 입법부 의원의 무쇠 같은 감각〉이 한데 모여 있다고 단언한다. 신도들은 〈가장 온순한 사람에 이르기까지 마법에 홀린 듯〉했다. 하지만 릭보다 더 홀린 사람은 없었다. 그는 넋을 잃고 무아지경에 빠져, 메이크피스가 말하는 박자에 맞춰 커다란 머리를 끄덕이고 있다. 워터마스터는 우울한 집게손가락을 어설프게 찌르는 동작으로, 웨일스를 연상시키는 그 리듬을 통로 저 끝의 릭에게 직접 내던져 쾅쾅 박아 넣는다. 릭 주위에서 들떠 있는 사람들이 보고 듣기에도 그 리듬에는 확실히 웨일스의 분위기가 있다.

두 번째 버전은 묵시록 같은 면이 좀 덜하다. 이 땅에서 가장 높은 사람은 청년의 죄에 대해 노호를 터뜨리지 않았다. 전혀 그러지 않았다. 그는 휘청거리는 청년에게 구원의 손길을 내밀었다. 청년들의 이상을 별에 비유하며 칭찬했다. 이 두 번째 버전을 믿는다면 메이크피스가 별을 엄청 좋아하는 것처럼 보일 것이다. 그는 별들에서 벗어나지 못했고, 이 두 번째 버전의 필자도 마찬가지였다. 별은 우리의 운명. 사막을 건너 진리의 요람까지 현자를 인도하는 별. 죄의 구덩이 속에서도 절망의 어둠을 밝혀 줄 별. 형태와 때를 막론한 모든 별. 하느님의 빛처럼 우리의 머리 위에서 빛나는 별. 이 글의 필자는 틀림없이 몸과 영혼이 모두 메이크피스 워터마스터의 소유였을 것이다. 어쩌면 메이크피스 본인이었을 수도 있다. 설교단 위에 당당하고 무섭게 선 그의 모습을 이토록 달콤하게 표현할 수 있는 사람은 또 없다.

이날 나는 아직 눈을 뜨기 전인데도, 나중에 직접 만났을 때처럼 그를 똑똑히 본다. 언제나 그를 보게 될 것이다. 그의 공장 굴뚝처럼 키가 크고, 끝으로 갈수록 가늘어진다. 누가 손으로 집어 놓은 것 같은 어깨에는 힘이 없고, 널찍한 허리는 유연하다. 관절이 없는 것 같은 팔 한 짝이 철로 신호기처럼 우리를 향해 뻗어 나와 있고, 그 끝에서 불룩한 손이 파닥거린다. 촉촉하고 탄력 있는 입술은 여자의 것이라고 해도 될 것 같다. 너무 작아서

과연 음식을 먹을 수나 있을까 싶은 그 입술이 늘어났다
가 줄어들기를 반복하며 분노에 찬 소리를 전달하려고
애쓴다. 길고 긴 설교를 통해 마침내 무서운 경고를 충분
히 던지고 죄인이 받을 벌도 충분히 상세하게 설명한 그
가 몸에 힘을 주고 뒤로 고개를 숙여 입술을 축이는 모습
이 보인다. 설교를 끝맺기 위해서다. 나 같은 아이들은
40분 전부터 벌써 이 순간을 고대하고 있었다. 집에서 아
무리 화장실에 많이 다녀왔다 해도, 지금 오줌이 마려워
서 죽을 것 같았기 때문에 우리는 다리를 꼬았다. 내가
찾아낸 신문기사들 중 하나에 이 터무니없는 마지막 구
절 전문이 실려 있다. 내가 그것을 여기에 다시 적어 두
겠다. 이것은 그들의 말이지 내가 만든 말이 아니다. 그
이후 내가 들은 워터마스터의 설교는 언제나 이 구절이
있어야만 완전해졌어도, 이 구절이 릭의 본성 중 일부가
되어 평생 그와 함께했으므로 결과적으로 내 것이 되었
어도. 릭이 죽을 때 그의 귓속에서 이 말이 울리지 않았
다면, 조물주를 향해 성큼성큼 걸어가는 그의 곁에 마침
내 재회한 친구처럼 이 말이 함께하지 않았다면, 그것이
오히려 놀라운 일일 것이다.

「젊은 형제들이여, 이상이란!」 여기서 메이크피스가
잠깐 말을 멈추고 릭을 한 번 더 쉭 쏘아본 뒤 다시 말을
잇는 모습이 보이는 듯하다. 「사랑하는 모든 형제들이여,
이상이란 우리 머리 위의 저 찬란한 별들과 비교할 수 있

는 것입니다.」 그가 별빛 하나 없이 슬픈 눈을 들어 소나
무 지붕을 올려다보는 모습이 보인다. 「우리는 별에 닿을
수 없습니다. 우리와 별들 사이에는 엄청난 거리가 있습
니다.」 그가 쓰러지는 죄인을 붙잡으려는 것처럼, 살이
늘어진 양팔을 내미는 것이 보인다. 「하지만 오, 나의 형
제들이여, 우리는 저 별들에게서 얼마나 많은 도움을 받
습니까!」

　기억해라 톰. 잭, 당신은 내가 미친 소리를 한다고 생
각하겠지만, 아무리 환상에 불과하다 해도 그 별들은 몹
시 중요한 작전 정보예요. 릭이 운명에 대해 품고 있던
불굴의 확신에 가장 먼저 이미지를 빌려 준 것이 바로 별
이니까요. 그것이 릭의 대에서 끝난 것도 아니고요. 어찌
끝날 수 있었을까요. 예언자의 아들이 예언 그 자체일 수
밖에 없는데. 그 아버지나 아들이 무엇을 예언하고 있는
지, 이 하느님의 대지에 사는 사람들이 전혀 알아차리지
못하더라도 달라지는 것은 없어요. 메이크피스는 훌륭한
설교자들이 항상 그러듯이, 마지막 커튼콜이나 박수갈채
가 없어도 잘 해냈습니다. 그래도 침묵 속에서 아주 잘
들리는 소리가 있어요(자기가 분명히 그 소리를 들었다
고 주장하는 증인들이 있습니다). 릭이 두 번 〈아름다워〉
라고 속삭이는 소리. 메이크피스 워터마스터도 그 소리
를 듣고, 커다란 발로 설교단 계단을 내려오다 멈춰 서서
놀란 얼굴로 주위를 둘러봐요. 마치 누군가에게 무례한

말을 들은 사람처럼. 메이크피스가 자리에 앉자, 오르간이 「우리의 심장 속에서 불타는 사명」을 연주하기 시작합니다. 메이크피스는 우스꽝스러울 정도로 작은 엉덩이를 어디에 둬야 할지 모르겠다는 듯 다시 일어서죠. 사람들이 지루한 찬송가를 끝까지 불러요. 별에 치인 릭을 중심에 둔 야학생들이 통로를 걸어와서, 미리 연습한 동작으로 각자 정해진 자리를 향해 흩어집니다. 오늘을 포함해서 일요일마다 몹시 말쑥해지는 릭은 워터마스터 집안의 두 숙녀에게 헌금 판을 내밉니다. 그의 푸른 눈이 신성한 지성으로 반짝입니다. 그들이 얼마를 내놓을까? 얼마나 빨리 내놓을까? 이 묵직한 질문에 침묵이 긴장을 더하죠. 먼저 레이디 넬이 나섭니다. 그녀는 기다리는 릭을 그대로 둔 채 자신의 가방을 뒤지며 투덜거리지만, 오늘 릭은 너그러움과 사랑과 별 그 자체예요. 나이와 미모를 상관하지 않고 모든 여성에게 들뜬 성자 같은 미소를 지어 보이죠. 그러나 어리석은 넬이 그에게 선웃음을 치며 매끈하게 빗어 넘긴 머리칼을 엉망으로 헝클어 기독교인다운 널찍한 앞이마로 끌어 내리려 하는 반면, 나의 도트는 바닥만 바라보며 계속 기도만 합니다. 일어나서도 기도는 계속 이어져요. 그래서 릭이 손가락으로 그녀의 팔을 건드려 자신의 신성한 존재를 알릴 수밖에 없죠. 지금 그의 손가락이 내 팔을 건드리는 것 같아요. 증오심과 헌신으로 무릎에서 힘이 빠진 내 몸을 그 손길에 담긴 치유

사의 힘이 훑고 지나갑니다. 야학생들이 성찬대 앞에 늘어서자, 목사가 그들의 봉헌물을 받아 들고 형식적인 축복을 내리더니, 모금 위원회를 제외한 모든 사람에게 즉시 조용히 밖으로 나가라고 지시합니다. 예상치 못한 **상황**이 이제부터 시작될 참이에요. 그리고 그 상황과 더불어 리처드 T. 핌의 첫 번째 대시련이 시작됩니다. 이 뒤로도 수많은 시련이 있었던 것은 사실이지만, 그가 심판에 대해 정말로 흥미를 갖게 된 것은 이 시련 때문이에요.

그날 아침 그가 혼자 서 있는 모습, 북적거리는 출입구에 서서 생각에 잠긴 모습을 나는 1백 번쯤 보았다. 릭은 자기 아버지를 닮아서, 그 위대한 유산의 영광이 이마에 주름살로 남아 있었다. 전투를 앞둔 나폴레옹처럼 릭은 운명의 공격 나팔 소리를 기다렸다. 그는 인생에 결코 게으르게 발을 들여놓지 않았고, 적당한 시기나 자신이 미칠 영향에 대해 실수하지도 않았다. 그때까지 무슨 생각을 했든, 그것은 잊어버려도 좋다. 오늘의 주제가 방금 걸어 들어왔으니까. 그 비 내리는 안식일에 성전에서, 하느님의 바람이 저 높이 소나무 서까래들 사이에서 깊게 울리는 소리를 내고, 신도석 앞줄에 쓸쓸하게 모여 있는 인간들은 어색하게 릭을 기다리고 있다. 하지만 우리도 알다시피 별은 이상과 같아서 쉽사리 손에 잡히지 않는다. 사람들의 목이 점점 길어지고 의자가 삐걱거리지만 릭은 여전히 보이지 않는다. 벌써 자리를 잡은 야학생들은 입술을 축이며 불안한 듯 넥타이를 살짝 건드린다. 리키는 도망쳤다. 리키는 저 음악을 차마 견딜 수 없다. 갈색 양복을 입은 교회 집사가 장인(匠人)들 특유의 정체 모를 불편한 표정으로 제의실을 향해 절뚝절뚝 걸어간다. 어쩌면 거기에 릭이 숨어 있을지도 모른다. 곧 쿵 하는 소리. 모두의 고개가 그 소리를 향해 휙 돌아간다. 그러다 보니 통로 끝의 서쪽 문을 모두 곧장 바라보게 되었다. 정체 모를 손이 밖에서 그 문을 열어 두었다. 역경을 뜻하는 회색 바다 구름을 배경으로 릭 T. 핌의 실루엣이 보인다. 데이비드 리빙스턴[8]의 자연스러운 후계자가 있는지는 몰라도, 지금까지 그렇게 여겨졌던 그가 재판관과 조물주를 향해 엄숙하게 고개를 숙여 인사하고, 안으로 들어와 커다란 문을 닫는다. 그러자 그의 모습이 또다시 어둠 속으로 거의 사라져 버린다.

「하르만 노부인께서 전하는 메시지입니다, 필폿 씨.」 필폿은 목사의 이름이다. 릭의 목소리가 들려오자 사람들은 모두 여느 때처럼 그 아름다움을 되새기며 사랑에 빠진다. 무슨 일이 있어도 흔들리지 않는 그 자신감에 두려움과 매력을 동시에 느끼면서.

「아, 그렇습니까?」 필폿이 말한다. 저렇게 멀리서 이렇게 차분하게 말을 걸어오는 목소리에 몹시 놀란 기색이

8 19세기 영국의 선교사이자 탐험가.

다. 필폿도 웨일스 사람이다.

「내일 부인의 남편께서 수술을 받기 전에 남편을 만날수 있게 엑서터 종합 병원까지 차로 데려다주시면 감사하겠다고 하십니다, 필폿 씨.」 릭이 아주 미세한 질책의기운을 섞어 말한다. 「아무래도 남편분의 수술이 잘될 거라는 기대가 없으신 것 같습니다. 필폿 씨가 힘드시다면, 저희가 부인을 보살펴 드릴 수 있습니다. 그렇지, 시드?」

시드 레먼은 런던 출신인데, 얼마 전 관절염에 걸린 아버지와 함께 남쪽에 있는 이 지방으로 이주했다. 시드는아버지가 곧 지루해서 죽어 버릴 것 같다고 생각하고 있다. 그는 릭이 가장 아끼는 부하이고, 몸집은 작지만 훌륭한 싸움꾼이며, 도시 사람답게 몸놀림이 민첩하고 경쾌하다. 내게 시드는 언제나 시드다. 지금도 마찬가지. 양귀비를 빼면 내게 고해 신부와 가장 비슷한 역할을 해주는 사람이기도 하다.

「필요하다면 밤새 부인과 함께 앉아 있기라도 해야지.」 시드가 열정적이고 정직하게 말한다. 「내일도 하루종일 같이 있어 드릴 수 있어. 그렇지, 리키?」

「시끄러워.」 메이크피스 워터마스터가 으르렁거린다. 하지만 릭에게 하는 소리는 아니다. 릭은 교회 문을 안에서 잠그고 있다. 포치의 빛과 그림자 사이에서 그의 모습을 간신히 알아볼 수 있다. 탕 하고 첫 번째 자물쇠가 잠긴다. 높이 달려 있는 자물쇠라 그는 손을 한껏 뻗어야 한다. **탕**, 두 번째 자물쇠. 낮게 달려 있어서 그는 허리를 숙인다. 마침내 그가 처형대를 향해 앞으로 다가오기 시작하자, 분위기에 쉽게 휩쓸리는 사람들이 눈에 띄게 안도한다. 기가 약한 사람들은 이미 그에게 의존하고 있기 때문이다. 우리는 벌써 속으로 그에게 한 번 웃어 달라고 간청하고 있다. 우리가 잘 아는 TP의 아들인 그에게, 절대 개인적인 호기심 같은 것이 아니라면서, 그의 가엾은 어머니에 대해 속으로 묻는다. 그 부인이 오늘은 평소와 달라서 누가 뭐래도 꼼짝도 하지 않기 때문이다. 모두들 그 사실을 알고 있다. 릭의 어머니는 에어데일 로드에 있는 집에서 커튼을 닫아 놓고 위풍당당한 과부처럼 앉아 있다. 시장의 기장을 단 TP의 커다란 사진 앞에서 울며 기도하는 중이다. 죽은 남편을 돌려 달라고 간청하는가 하면, 곧바로 그가 지금 있는 그곳에 계속 머물러 수치를 당하지 않게 해달라고 간청하는 내용으로 기도가 바뀐다. 그다음에는 남몰래 숨기고 있는 도박꾼 기질을 발휘해서 릭을 응원한다. 「본때를 보여 줘. 놈들에게 당하기 전에 네가 먼저 놈들과 싸워서 쓰러뜨려. 네 아버지는 옛날에 정말 잘 싸웠어.」 이 임시 법정에서 세속과는 조금 거리가 먼 사람들조차 이제는 릭의 편이 되어 있다. 아예 타락했다고까지 말할 수는 없지만 하여튼 그렇다. 웨일스인 필폿은 자신들의 권위를 더욱 무너뜨릴 생각이었는지, 릭을 설교단 바로 옆에 세우는 순진한 실수를 저질렀다. 과거에 그가 몹시 생기 있고 설득력 있는 목소리로 우리에게 그날의 교훈을 읽어 주던 바로 그 자리다. 설상 가상으로 웨일스인 필폿은 릭을 이 자리까지 안내한 뒤, 그가 앉을 의자를 획 잡아당기기까지 한다. 하지만 릭은 그렇게 쉬운 사람이 아니다. 그는 그대로 서서 의자 등받 이에 한 손을 편안히 올려놓는다. 마치 그 의자를 받아들 이기로 결정한 사람처럼. 그러면서 필폿 씨와 몇 마디 더 편안한 대화를 나눈다.

「아스널이 토요일에 엄청 큰 실수를 저질렀지요.」 릭 이 말한다. 좋던 시절에 아스널은 필폿이 두 번째로 사랑 하는 대상이었다. TP와 같았다.

「그런 건 신경 쓰지 말게, 릭.」 필폿 씨가 황급히 대꾸 한다. 「자네도 잘 알다시피, 우리가 처리해야 할 일이 있 잖나.」

목사는 초라한 모습으로 메이크피스 워터마스터 옆의 자기 자리에 앉는다. 하지만 릭은 목적을 달성했다. 필폿 이 원하지 않는 유대를 만들었고, 우리에게 악당이 아니 라 감정이 있는 사람이라는 이미지를 보여 주었다. 릭은 이 점을 알아차리고 미소를 짓는다. 우리 모두를 향해 한 꺼번에. 오늘 이 자리에 우리와 함께하다니 훌륭하십니 다. 그의 미소가 우리들을 훑고 지나간다. 건방진 미소가 아니다. 우리를 이 불행한 길로 이끈 인간적인 오류와 실 수의 힘에 대해 연민을 표하는 인상적인 미소다. 메이크피스 경과 돌리시 출신의 훌륭한 변호사로 영장 전문가 퍼스라고 불리는 퍼스 로프트만이 화강암처럼 못마땅한 표정을 유지한다. 퍼스 로프트는 메이크피스 경 옆에 서류를 들고 앉아 있다. 하지만 릭은 그들에게 겁먹지 않는다. 메이크피스에게도, 확실히 퍼스에게도. 릭은 최근 몇 달 동안 퍼스와 좋은 관계를 맺고 있었다. 서로를 존중하고 이해하는 관계라고 한다. 퍼스는 릭에게 변호사 공부를 권유한다. 릭도 그쪽으로 생각이 많이 기울어 있지만, 어쨌든 지금은 자신이 생각하고 있는 어떤 거래에 대해 퍼스의 조언을 원한다. 언제나 이타적인 퍼스는 공짜로 서비스를 제공하고 있다.

「오늘의 말씀이 정말 훌륭했습니다, 메이크피스 경.」 릭이 말한다. 「오늘만큼 열심히 들은 적이 없습니다. 제가 살아 있는 한, 경의 말씀이 제 머릿속에서 천국의 종소리처럼 계속 울릴 겁니다. 안녕하십니까, 로프트 씨.」

퍼스 로프트는 격식을 지나치게 따지는 사람이라 대답하지 않는다. 메이크피스 경은 이미 찬사를 들어 본 적이 있기 때문에 릭의 말을 당연한 듯 받아들인다.

「앉게.」 이 지역구의 자유당 의원이자 평화의 법관께서 말한다.

릭은 즉시 그의 말을 따른다. 그는 권위를 적대하는 법이 없다. 아니, 그 자신이 권위를 지닌 사람이다. 우리처럼 잘 흔들리는 사람들이 이미 알고 있듯이, 권력과 정의

가 하나로 합쳐진 사람이다.

「모금된 돈은 어디로 갔나?」메이크피스 워터마스터가 지체 없이 다그치듯 묻는다. 「지난달만 해도 4백 파운드 가까운 돈이 모였네. 그 전달에는 3백 파운드, 8월에도 3백 파운드. 그런데 그 기간 동안 계좌에 들어온 돈은 112파운드뿐이야. 저축한 돈도 없고, 현찰로 갖고 있는 돈도 없어. 그 돈으로 뭘 했나?」

「버스를 한 대 샀습니다.」릭이 말한다. 그리고 시드는, 그의 말을 직접 인용하자면, 다른 사람들과 함께 피고인석에 앉아 있다가 단체 행동을 하고 싶은 것을 참느라 애를 먹는다.

시드의 아버지 시계로 쟀을 때 릭은 12분 동안 발언했다. 발언이 끝났을 때, 그의 승리를 방해하는 존재는 메이크피스 워터마스터뿐이었다. 시드는 그렇게 확신한다. 「목사는 네 아빠가 입을 열기도 전에 이미 우리 쪽으로 넘어와 있었어, 꼬맹이. 그럴 수밖에 없었지. 목사가 처음 설교단에 설 수 있게 해준 사람이 TP니까. 퍼스 로프트는…… 그래, 퍼스는 다른 할 일이 있었지, 응? 릭이 일을 그렇게 꾸며 놨거든. 다른 사람들은, 메이크워터 경이 어느 쪽으로 뛸 것인지 지켜보면서 매춘부의 속바지 자락처럼 오르락내리락했고.」

릭은 무엇보다도 먼저 모든 일이 전적으로 자기 책임

이라고 고결하게 주장한다. 누군가를 비난해야 한다면 온전히 자신을 비난하라고. 그가 우리에게 내뱉는 은유에 비하면 별과 이상은 아무것도 아니다. 「손가락질을 할 거라면, 여길 가리키십시오.」 그가 자신의 가슴을 한 번 손가락으로 찌른다. 「대가를 받아 내야 한다면, 여기 주소가 있습니다. 제가 있는 곳입니다. 제게 청구서를 보내세요. 그리고 이런 일을 초래한 사람의 실수에서 사람들이 교훈을 얻게 하세요. 만약 그런 실수가 있었다면 말입니다.」 그는 시범을 보이듯이 통통한 손날로 영어를 때려 굴복시키면서 사람들에게 도전장을 던진다. 여자들은 릭의 생이 끝날 때까지 그의 손에 감탄했다. 그의 손가락 둘레가 그들이 내리는 결론의 근거였다. 그의 손가락들은 그가 손짓을 할 때 결코 벌어지는 법이 없었다.

「그런 말솜씨를 어디서 배운 거예요?」 내가 시드에게 공손하게 물은 적이 있다. 그와 메그가 살고 있던 서비튼의 집에서 벽난로 앞에 앉아 가볍게 술을 마실 때였다. 「메이크피스 외에 누가 롤 모델이었죠?」

「로이드 조지, 하틀리 쇼크로스, 애버리, 마셜 홀, 노먼 버킷, 기타 당대의 위대한 변호사들.」 시드가 즉시 대답했다. 뉴마켓 경마장의 기수와 출발 신호원 이름을 외는 것 같았다. 「내가 아는 사람 중에 네 아빠만큼 법을 존중한 사람은 없었어, 꼬맹이. 법률가들의 연설을 연구해서 아주 잘 따라 했지. TP가 기회를 주었다면, 네 아빠는 최고 판사가 됐을 거다. 그렇지, 메그?」

「총리가 됐을걸.」메그가 진심으로 맞장구를 친다. 「윈스턴 처칠이랑 릭을 빼면 누가 있어?」

릭은 이어서 자신의 재산 이론으로 넘어간다. 나는 나중에 그가 이 이론을 다양한 방식으로 상세히 설명하는 것을 여러 번 들었지만, 아마 이때가 이 이론을 처음으로 사람들 앞에 내놓은 날이었을 것이다. 연설의 요지는, 무슨 돈이든 릭의 손을 거치고 나면 새로 정의된 소유권법이 적용된다는 것이다. 그가 그 돈으로 무슨 일을 하든 인류를 향상시킬 것이고, 릭은 바로 인류의 가장 중요한 대표이기 때문이다. 간단히 말해서, 릭은 가져가는 사람이 아니라 주는 사람이며, 사람들이 간혹 그를 다르게 보는 것은 믿음이 부족한 탓이다. 그는 문법적으로 기가 막히는 성경 비슷한 구절들을 열정적으로 폭격하듯 점점 강하게 쏟아 내면서 사람들에게 마지막 도전장을 던진다. 「오늘 이 자리에 있는 여러분 중 누구라도…… 단 한 가지 이로운 점…… 단 한 가지 혜택의 증거를 찾을 수 있다면…… 설사 그것이 과거의 일이라 해도, 미래를 위해 저축해 둔 것이라 해도…… 이 사업에서 직접적으로든 간접적으로든 그런 적이 있다면…… 이 사업은 내가 파생시킨 것으로…… 비록 포부가 컸음에는 이견의 여지가 없지만…… 그런 사람이 있다면 솔직하게 지금 앞으로 나와서…… 그것이 어디에 속하는지 손가락으로 알려 주기 바랍니다.」

여기서부터 〈핌 & 구원 버스 회사PSC〉라는 숭고한 이상까지는 딱 한 걸음이다. 이 회사는 신앙심에 이윤을, 우리의 사랑하는 성전에 신자들을 가져다줄 것이다.

마법 상자의 자물쇠가 열렸다. 릭은 상자의 뚜껑을 뒤로 젖히고, 혼란스럽게 뒤섞인 약속과 통계를 눈부시게 꺼내 보인다. 팔리 애벗에서 우리 성전까지 버스 요금은 현재 2펜스다. 탬버컴에서 오는 버스 요금은 4펜스고, 두 곳에서 모두 택시를 타면 6펜스가 든다. 그랜빌 헤이스팅스 버스 한 대의 값은 현금으로 할인을 받았을 때 908파운드이며, 좌석은 서른두 개이고, 여덟 명이 더 서서 타고 올 수 있다. 안식일만 따져도(여기 있는 제 비서들이 아주 철저히 조사했습니다, 여러분), 이 훌륭한 성전에서 열리는 예배에 참석하기 위해 6백 명이 넘는 사람들이 도합 6천4백 킬로미터를 이동한다. 그들이 이 성전을 좋아하기 때문이다. 그것은 릭도 마찬가지고, 우리 모두 마찬가지다. 이 자리에 있는 모든 사람이 그렇다. 그러니 그 점을 솔직히 인정하자. 사람들은 **외곽에서 중심으로 이끌려 온** 기분을 느끼고 싶어 한다. 그들이 따르는 믿음과도 어울리는 일이다. 릭이 마지막으로 한 말은 메이크피스 워터마스터가 사용한 표현 중 하나다. 시드는 릭이 메이크피스의 면전에서 그 말을 던진 것이 다소 뻔뻔스러웠다고 말한다. 일주일에 세 번(밴드 오브 호프,

크리스천 인데버, 여성 연맹 성경 그룹), 사람들은 또 1천1백 킬로미터를 이동한다. 그러니 평범하게 상업적인 활동을 할 수 있는 날은 사흘이다. 내 말을 믿지 못하겠다면, 팔꿈치를 픽픽 내질러 의심하는 자들을 앞길에서 쫓아내는 내 팔을 지켜보기 바란다. 오목하게 웅크린 내 손가락이 서로 떨어지는 법은 결코 없을 것이다. 지금까지 말한 숫자들에서 나올 수 있는 결론은 딱 하나뿐이라는 사실이 문득 분명해진다.

「여러분, 만약 우리가 기존 요금의 **절반**으로 요금을 책정하고, **또** 장애인과 노인, 그리고 여덟 살 미만 어린이에게는 돈을 받지 않는다면…… 보험도 제대로 들고…… 점점 분주해지는 우리 시대에 상업적인 교통수단들에 올바로 적용되는 모든 규칙을 지키고…… 자신이 맡은 일을 잘 알고, 하느님을 두려워할 줄 아는 전문적인 운전기사들을 우리들 중에서 뽑고…… 감가상각과 정비 및 유지비, 연료비, 승차권 발매를 비롯한 잡다한 일의 경비를 감안하고, 상업적인 활동이 가능한 사흘 동안 승차율을 50퍼센트로 가정하면…… 우리 모금 위원회가 확실히 40퍼센트의 이윤을 올리고도 모든 사람을 넉넉히 보살필 수 있는 여유가 남습니다.」

메이크피스 워터마스터는 질문을 던지기 시작하지만, 다른 사람들은 머리가 너무 꽉 찼기 때문인지 아니면 텅 비었기 때문인지 아무 말도 하지 않는다.

「그래서 그 버스를 샀다고?」 메이크피스가 말한다.

「그렇습니다.」

「자네들은 아직 성인이 아니잖아. 자네들 중 절반은.」

「중개인이 있었습니다. 이 지역 출신의 훌륭한 변호사 이신데, 겸손한 분이라 이름을 알리지 말라고 하셨습니다.」

메이크피스 워터마스터는 릭의 대답을 듣고 그 믿을 수 없을 만큼 작은 입술로 보기 드문 미소를 짓는다. 「난 익명을 원하는 변호사를 한 번도 본 적이 없네.」 그가 말한다.

퍼스 로프트는 마음이 어지러운 표정으로 인상을 찌 푸린 채 벽을 바라본다.

「그래, 지금 어디 있나?」 메이크피스 경이 말을 잇 는다.

「뭐가 말입니까?」

「그 버스 말이야.」

「지금 도색 중입니다.」 릭이 말한다. 「초록색 바탕에 황금색 글자로요.」

「도대체 누구의 허락을 받고 이런 일을 시작한 건가?」 워터마스터가 묻는다.

「미스 도러시에게 테이프 커팅을 부탁할 생각입니다, 메이크피스 경. 초청 명단은 이미 작성했고요.」

「누구 허락을 받은 거야? 여기 필폿 씨가 허락했나? 집사들인가? 위원회인가? 나인가? 과부들의 푼돈을 모아 만든 모금 위원회 기금에서 908파운드를 꺼내 버스를 사도 된다고 누가 허락했어?」

「저희는 여러분을 깜짝 놀라게 해드리고 싶었습니다, 메이크피스 경. 한꺼번에 휩쓸고 싶었거든요. 미리 소문이 퍼져서 사람들 사이에 얘기가 돌면 김이 빠져 버리지 않습니까. PSC는 아무것도 모르는 세상 사람들 앞에 갑자기 짠 하고 나타날 겁니다.」

메이크피스는, 시드의 표현에 따르면, 이제 아슬아슬한 상태다.

「책은 어디 있나?」

「책 말입니까? **제가** 아는 책은 하나뿐인데…….」

「장부 말이야. 숫자가 적힌 책. 듣자 하니 회계는 자네 혼자 다 알아서 했다던데.」

「일주일만 주십시오, 메이크피스 경. 제가 1페니도 빼먹지 않고 모두 정리해 드리겠습니다.」

「그건 제대로 된 회계 처리가 아니지. 회계 부정이야. 자네 아버지에게서 배운 것이 하나도 없나?」

「엄정함을 배웠습니다. 예수님 앞에서 겸손해야 한다는 것도 배웠고요.」

「돈을 얼마나 썼나?」

「쓴 것이 아니라 투자한 겁니다.」

「얼마야?」

「1천5백입니다. 대략적으로.」

「지금 버스는 어디 있어?」

「아까 말씀드렸습니다. 도색 중이라고요.」

「어디서?」

「브린클리의 밸럼즈입니다. 버스 제조 회사예요. 이 지역의 훌륭한 자유주의자들이 일하는 곳이죠. 기독교인이고요.」

「밸럼즈는 나도 알아. TP가 10년 동안 밸럼즈에 목재를 팔았지.」

「그쪽에서 비용을 청구할 겁니다.」

「자네 지금 대중교통 사업을 하겠다는 건가?」

「그건 일주일에 사흘입니다.」

「대중 버스 정거장을 사용해서?」

「물론입니다.」

「데번의 돌리시 & 탬버컴 운수 회사가 이 사업에 어떤 태도를 취할지 알고 있나?」

「이렇게 대중적인 수요가 있는데…… 그놈들도 막을 수 없을 겁니다, 메이크피스 경. 우리에게는 우리 뒤를 밀어주는 하느님이 계십니다. 이 일로 변화가 일어나는 것을 보고 그 맥박을 느낀다면, 그들도 물러서서 우리가 꼭대기까지 쭉 올라갈 수 있게 내버려 둘 겁니다. 그들이 진보를 막을 수는 없습니다, 메이크피스 경, 기독교인들의 행진을 막을 수 없습니다.」

「그럴까?」메이크피스 경은 이렇게 말하고 나서, 앞에 있던 종이에 숫자를 휘갈긴다. 「월세도 850파운드가 비는군.」숫자를 쓰며 그가 말한다.

「그 돈도 투자했습니다.」

「그럼 1천5백 파운드가 넘잖아.」

「2천이라고 하지요. 대략적으로. 의원님께서 모금 위원회 돈만 말씀하시는 줄 알았습니다.」

「모금한 돈이 왜?」

「일부가 들어갔으니까요.」

「자네가 끌어온 돈을 전부 합하면 얼마인가? 대략적으로.」

「개인 투자자까지 합하면, 메이크피스 경…….」

워터마스터가 허리를 곧추세웠다. 「개인 투자자도 있어? 세상에, 자네, 아주 제대로 일을 쳤구먼. 어떤 사람들인가?」

「개인 고객입니다.」

「누구의?」

퍼스 로프트는 지루하고 지루해서 금방이라도 잠들 것 같은 모습이다. 눈꺼풀이 5센티미터쯤 늘어져 있고, 염소 같은 머리는 앞으로 수그러졌다.

「메이크피스 경, 그건 제가 말씀드릴 수 없는 문제입니다. PSC가 비밀 보장을 약속했으니 지켜야지요. 성실이 저희 표어입니다.」

「법인을 설립한 건가?」

「아뇨.」

「왜?」

「보안 때문입니다. 숨겨 두는 거죠. 아까 말씀드린 것처럼요.」

메이크피스는 다시 메모를 시작한다. 모두들 그가 다시 질문을 던지기를 기다리지만, 질문은 나오지 않는다. 할 일을 모두 끝냈다는 불편한 분위기가 메이크피스에게 내려앉고, 릭은 그것을 누구보다 빨리 알아차린다. 「마치 늙은 의사 앞에 있는 것 같은 심정이었다, 꼬맹이.」시드가 내게 말했다. 「내가 무슨 병으로 죽어 가고 있는지 알아낸 의사가, 내게 그 소식을 알려 주기 전에 처방전을 쓰고 있는데 내가 그 앞에 있는 것 같은 기분.」

릭이 다시 말한다. 누가 묻지도 않았는데. 그가 궁지에 몰렸을 때 사용하는 목소리였다. 시드는 그때 그 목소리를 들었고, 나는 나중에 딱 두 번 그 목소리를 들었다. 그것은 전혀 듣기 좋은 소리가 아니었다.

「오늘 저녁에 회계 자료를 모두 가져다 드릴 수 있습니다, 메이크피스 경. 안전한 곳에 보관해 두었거든요. 제가 가서 자료를 가져와야 합니다.」

「경찰에 넘기게.」메이크피스가 메모를 계속하며 말한다. 「우리는 형사가 아니잖나. 교회 신자일 뿐.」

「미스 도러시의 생각은 다를지도 모르죠, 그렇지 않습

니까, 메이크피스 경?」

「미스 도러시는 이 일과 아무 상관이 없어.」

「직접 물어보세요.」

그러자 메이크피스가 메모를 멈추고, 고개를 조금 급하게 홱 들어 올린다. 시드의 말에 따르면 그렇다. 메이크피스는 그 아기 같은 눈에 약간의 의심을 담고 릭을 바라본다. 리키의 시선에 어둠 속에서 갑자기 잭나이프의 칼날이 튀어나온 듯한 번득임이 나타난다. 시드는 그 시선을 나처럼 자세히 묘사하지 않는다. 자신이 평생 영웅으로 생각했던 사람의 어두운 면을 건드릴 생각이 없기 때문이다. 하지만 나는 건드릴 수 있다. 그의 시선은 가면의 눈구멍으로 세상을 바라보는 아이의 눈 같다. 겨우 1초 전에 자신이 대변하던 모든 것을 부정하는 눈. 이교도의 눈. 도덕을 모르는 눈. 상대의 결정과 상대의 유한한 생명을 유감스러워하는 눈. 하지만 그 눈에는 선택의 여지가 없다.

「자네 말은, 미스 도러시가 이 프로젝트에 투자했다는 뜻인가?」메이크피스가 말한다.

「투자할 수 있는 것은 돈만이 아닙니다, 메이크피스 경.」릭이 가까우면서도 멀게 들리는 목소리로 말한다.

이 지점에서 시드가 서둘러 설명한다. 릭이 그런 주장을 내놓을 정도로 메이크피스가 그를 몰아붙이지 말았어야 했다는 점이 중요하다고. 메이크피스는 강한 척하는 약한 사람이었고, 그들은 최악의 상태였다. 만약 메이크피스가 합리적인 사람이었다면, 가엾은 TP의 아들을 믿지 못해 다른 사람들의 믿음까지 무너뜨리는 대신 그를 믿고 더 긍정적인 눈으로 바라보았다면, 우호적이고 긍정적인 방향으로 일이 해결되어 모두들 릭이 원하는 대로 그의 사업 계획을 믿으며 행복한 마음으로 집에 돌아갈 수 있었을 것이다. 사실 메이크피스는 최후의 장벽이었는데, 그의 태도 때문에 리키는 그를 쓰러뜨리는 것 외에 다른 대안이 없었다. 그래서 리키는 그렇게 했어, 그렇지? 그럴 수밖에 없었으니까, 꼬맹이. 그건 자연스러운 일이야.

나는 힘을 주고 스트레칭을 한다, 톰. 내 상상력의 힘을 모두 동원해서, 내 선사 시대의 무거운 어둠 속으로 감히 용기를 내어 최대한 깊이 들어가 본다. 나는 펜을 내려놓고, 광장 맞은편의 섬뜩한 교회 탑을 빤히 바라본다. 릭과 메이크피스 워터마스터 경이 서로 힘을 겨루는 목소리가 아래층 미스 더버의 텔레비전 소리만큼이나 또렷하게 들리는 듯하다. 내가 거의 발을 들여놓을 수 없었던 글레이즈의 어두운 응접실을 상상하며, 그 두 남자가 그날 저녁 함께 그곳에 갇혀 있는 모습을 그려 본다. 내 가엾은 도러시는 우리의 어두운 위층 방에서 덜덜 떨며, 손으로 꿰매 만든 설교집을 읽고 있다. 지금 미스 더버가 하느님의 꽃, 하느님의 사랑, 하느님의 뜻에서 위로를 빨아내려고 층계참에 장식해 둔 설교집과 똑같은 것이다. 그날 아침 두 사람이 미처 끝내지 못한 이야기를 끝내느라 무슨 말을 주고받았는지 내가 말해 줄 수 있다. 한두 문장을 내가 상당히 흡사하게 알고 있는 것 같다.

릭은 다시 평소 모습으로 돌아와 있다. 칼날의 번득임이 오래가는 경우는 거의 없고, 그는 이미 그 무엇보다 중요한 목적을 달성했기 때문이다. 설사 릭 본인은 아직 그 사실을 모른다 해도. 그는 메이크피스를 자극해서 그에 대해 완전히 다른 두 가지 생각을 하게 만들었다. 어쩌면 그보다 더 많은 것을 이뤘을 수도 있다. 그는 자신의 신분에 대해 공식적인 이야기와 비공식적인 이야기를 들려주었다. 그는 복잡한 인물인 릭을 존중하고, 릭의 비밀스러운 세계를 겉으로 드러난 세상만큼 고려하는 법을 가르쳤다. 마치 그 방에 자기들끼리만 남은 두 사람이 자신의 패를 많이 드러내 보여 준 것 같다. 그 카드가 진짜인지 가짜인지는 중요하지 않다. 메이크피스의 앞에는 이제 칩이 하나도 남아 있지 않았다. 하지만 사실을 말하자면, 두 사람은 모두 비밀을 간직한 채 이미 무덤에 들어가 있다. 메이크피스 경이 30년 앞서서 세상을 떠났다. 그리고 그 비밀에 대해 알고 있을 가능성이 있는 또 다른 한 사람은 입을 열 수 없다. 만약 그녀가 지금도 존재한다면, 자신의 삶과 내 삶에 출몰하는 유령으로만 존재하기 때문이다. 그녀는 그날 저녁 두 남자가 나눈 운명적인 대화 때문에 오래전 목숨을 잃었다.

역사는 안식일 전 릭과 나의 도러시가 두 번 만난 것을 기록해 두었다. 첫 번째 만남은 그녀가 자유주의 청년 클럽에 가서 융숭한 대접을 받았을 때였다. 당시 릭은 그 클럽의 간부로 선출되어 일하고 있었는데, 내 생각엔, 하느님 맙소사, 회계 담당이었던 것 같다. 두 번째 만남은 릭이 성전의 축구팀 주장일 때였다. 야학생이자 릭의 부하 중 하나인 모리 워싱턴이라는 청년은 팀의 골키퍼였다. 도러시는 현역 의원의 누이로서 우승컵을 수여할 사람으로 추대되었다. 모리는 양 팀 선수들이 정렬해 있을 때의 일을 지금도 기억한다. 도러시가 선수들의 줄을 따라 걸으며 승리를 거둔 이들의 가슴에 메달을 달아 주었다. 주장인 릭이 가장 먼저 메달을 받았다. 그런데 그녀가 메달의 고리를 제대로 잠그지 못하고 더듬거린 것 같다. 아니면 그녀가 그런 것처럼 릭이 술수를 부렸을 수도 있다. 어쨌든 그가 아픈 척 비명을 지르며 가슴을 부여잡고 한쪽 무릎으로 주저앉아, 그녀가 자신의 심장을 찔렀다고 주장했다. 대담하고 다소 고약한 술수였다. 그가 그렇게까지 했다는 사실이 놀라울 뿐이다. 희극적인 장면을 연출할 때조차 릭은 대개 품위를 잃지 않으려고 몹시 애썼으며, 전쟁 전까지 크게 유행했던 화려한 무도회에서는 조롱받을 위험을 무릅쓰기보다는 로이드 조지[9]처

9 영국의 수상. 제1차 세계 대전을 승리로 이끌었다.

럼 구는 편을 택했다. 어쨌든 그가 그렇게 쓰러진 일을
모리는 마치 어제 일처럼 기억하고 있었다. 도러시는 그
모습을 보고 웃음을 터뜨렸는데, 모두들 처음 보는 광경
이었다. 그녀가 웃다니. 그 뒤로 무슨 이야기가 오갔는지
우리는 영원히 알 수 없을 것이다. 다만 모리에 따르면,
릭이 교회 회보를 배달하러 글레이즈에 가면 자신을 기
다리는 것이 케이크와 레몬 향 보리차만은 아니라고 한
번 자랑한 적이 있다고 했다.

내 생각에 시드는 모리보다 더 많이 아는 것 같다. 그
는 많은 것을 보았다. 그가 비밀을 지켜 주기 때문에 다
른 사람들이 와서 들려주는 이야기도 많다. 내 생각에 시
드는 메이크피스 워터마스터의 집에 도사리고 있던 비밀
을 대부분 알고 있다. 하지만 노인이 된 뒤에도 그는 그
비밀들을 깊숙이 파묻어 버리려고 최선을 다했다. 레이
디 넬이 술을 마신 이유, 메이크피스가 그토록 자신감이
없었던 이유, 그의 촉촉하고 작은 눈이 그토록 괴로운 빛
을 띠었던 이유, 작은 입에 비해 식욕이 강했던 것, 그가
아주 친숙한 것을 대하듯이 그토록 강하게 죄에 벌을 내
릴 수 있었던 이유를 시드는 알고 있다. 그가 내 도러시
의 성경책에 자신의 야비한 이름을 적을 때 특별한 사랑
이라는 말을 함께 쓴 이유도. 도러시가 레이디 넬의 방에
서 멀리 떨어진 곳, 메이크피스의 방에서는 더욱더 멀리
떨어진 구석진 방에서 잠을 청한 이유도. 마치 어디에든

그녀를 위해 도로를 짓고, 자신의 버스에 그녀를 태워 그리로 데려다줄 것처럼 듣기 좋은 말만 해주는 축구팀의 건방진 녀석에게 도러시가 그토록 쉽게 넘어간 이유도. 하지만 시드는 좋은 사람이고, 비밀 조합원이다. 그는 릭을 사랑해서 그와 술을 마시며 함께 노는 일에, 그의 옷자락을 붙잡고 늘어지는 일에 인생의 가장 좋은 시절을 바쳤다. 누구든 지나치게 상처 받지 않는다는 조건이 충족되면 함께 웃으며 이야기를 들려줄 것이다. 그래도 어두운 이야기에는 손을 대지 않으려 한다.

역사에는 릭이 그날 저녁 만남에 회계 장부를 가져가지 않았다는 사실도 기록되어 있다. 하지만 또 다른 야학생이며 뛰어난 회계사인 머스폴 군이 그에게 장부를 좀 써주겠다는 제안을 하기는 했다. 실제로 써주었을 가능성도 높다. 머스폴은 다른 사람들이 휴가 때 엽서를 쓰듯이, 또는 마이크를 들고 재미있는 이야기를 풀어놓듯이, 없는 장부를 만들어 낼 수 있는 사람이었다. 릭은 마음의 준비를 위해 혼자서 브린클리 절벽으로 산책을 갔다. 이것도 역사에 기록되어 있다. 그가 이런 식으로 산책한 사실이 알려진 최초의 사례인 듯싶다. 릭은 어떤 결정을 내릴 때나 누군가의 목소리를 듣고 싶을 때 항상 거침없이 앞으로 나아가는 사람이었다. 그를 닮은 나도 그렇다. 그가 메이크피스 워터마스터와 다르지 않은, 고위 공직자 같은 분위기를 두르고 글레이즈에서 돌아왔다는 기록도 있다. 다만 그의 그러한 분위기는 더 자연스럽게 빛을 발하고 있었다. 그런 빛은 깨끗한 내면에서 나온다고 한다. 그는 모금 위원회 문제가 해결되었다고 자기 가신들에게 알렸다. 유동성 문제가 해결되었다는 말도 했다. 모두 아무 문제 없을 것이라고. 어떻게? 그들은 그에게 물었다. 어떻게, 리키? 하지만 릭은 계속 그들의 마술사로 남아 있고 싶었기 때문에, 누구에게도 소매 속에 감춰 둔 한 수를 보여 주지 않았다. 나는 축복받았으니까. 조종간을 쥔 사람이 나니까. 나는 이 땅의 가장 높은 사람이 될 운명이니까.

그가 가져온 또 다른 좋은 소식도 그들에게 알려지지 않았다. 워터마스터의 개인 계좌에서 5백 파운드를 인출할 수 있는 수표였다. 시드의 말에 따르면, 아마도 오스트레일리아 외곽에서 그가 자리를 잡을 수 있는 금액이었다. 릭이 그 수표에 이서를 했고, 시드가 수표를 현금으로 바꿨다. 릭의 계좌가 일시적으로 거래 정지 상태였기 때문이다. 그런 일은 나중에도 자주 일어났다. 그러고 며칠 뒤, 릭은 이 보조금에 힘입어 브린클리 타워스 호텔에서 다소 칙칙하긴 해도 돈을 아끼지 않은 연회를 열었다. 당시 그를 따라다니던 가신 전원과 항상 시선에서 벗어나 있던 그 지역 미녀 여러 명이 그 자리에 참석했다. 시드는 뭔가 역사적인 변화가 일어날 것 같은 분위기가 그 자리를 지배했다고 말하지만, 정확히 무슨 일이 어떻게 진행되고 있는지 아는 사람은 하나도 없었다. 사람들이 발언을 했다. 오랜 친구들이 한데 뭉쳐야 한다는 주제로 말하는 사람이 대부분이었다. 평생 훌륭한 일을 계속해야 한다고 말하는 사람도 있었다. 하지만 사람들이 릭을 향해 건배하자, 그는 평소와 달리 짤막한 대답만 했다. 사람들은 그가 감정이 북받친 모양이라고 수군거렸다. 그가 우는 것을 보았기 때문이다. 그때도 그는 자주 울었다. 손수건만 떨어져도 양동이로 눈물을 흘릴 수 있는 사람이었다. 훌륭한 변호사 퍼스 로프트가 그 자리에 참석한 것을 보고 몇몇 사람들은 깜짝 놀랐다. 그가 주위와 잘 어울리지는 못해도 하여튼 젊고 아름다운 음악 학교학생 애니 립시츠를 데려온 것은 더욱 놀라운 일이었다. 그녀는 옷을 제대로 차려입지 않았는데도 다른 미녀들을 무색하게 만들었다. 사람들은 그녀를 립시라고 불렀다. 독일 난민인 그녀는 이민 문제로 퍼스를 찾아왔는데, 착한 퍼스는 그녀에게 도움의 손길을 뻗기로 했다. 릭에게 도움의 손길을 뻗었던 것처럼. 연회를 마무리하기 위해, 재담꾼 역할을 맡은 모리 워싱턴이 노래를 불렀고, 립시는 다른 여자들과 함께 코러스를 맡았다. 하지만 그녀의 노래 솜씨가 지나치게 좋았다. 외국인이라 노래 가사의 야한 의미를 제대로 알아차리지 못하기도 했다. 이미 동이 틀 무렵이었다. 릭은 그날 매끈한 택시를 타고 떠난 뒤 오랫동안 그 지역에 나타나지 않았다.

역사에는 또 다른 기록도 남아 있다. 독신 남자인 리처드 토머스 핌과 독신 여성인 도로시 갓차일드 워터마스터가 이 교구에 아주 잠깐 거주했으며, 연회 다음 날 서쪽 우회 도로, 즉 노솔트 비행장을 향해 왼쪽으로 길이 휘어지는 바로 그 지점 근처의 등기소 신(新)청사에서 멋대로 데려온 두 증인이 지켜보는 가운데 엄숙하고 신중하게 결혼했다는 기록이다. 그러고 6개월도 안 돼서 두 사람 사이에 태어난 사내아이는 매그너스 리처드라는 이름으로 세례를 받았다. 몸무게가 아주 가벼운 아기였다. 주님이 그 아이를 보호해 주시길. 내가 찾아본 기업 등기부에도 그 일이 기록되어 있지만, 내용이 조금 다르다. 아이가 태어나고 48시간이 지나기 전에, 릭이 매그너스 스타 에퀴터블 보험 회사를 열었다는 기록이다. 회사의 주식 자본금은 2천 파운드였다. 이 기업의 사업 목적은 〈가난한 사람, 장애인, 노인에게 생명 보험을 제공하는 것〉이라고 적혀 있었다. 회계 담당은 머스폴 씨, 법률 자문은 퍼스 로프트였다. 모리 워싱턴은 비서였고, 고인이 된 시 의원 토머스 핌, TP라는 애칭으로 불리는 그는 이 회사의 수호 성자였다.

「그럼 정말로 버스가 있었던 건가요, 아니면 모두 허세였던 건가요?」 내가 시드에게 물었다.

시드는 항상 신중하게 대답한다. 「글쎄, 버스가 있었을

수도 있지, 꼬맹이. 버스가 없었다는 얘기가 아니야. 그런 말을 한다면 그건 거짓말이지. 내가 하고 싶은 말은, 단지 네 아빠가 그날 아침 교회에서 버스 얘기를 우연히 꺼낼 때까지 나는 그에 대한 이야기를 들어 본 적이 없다는 것뿐이야. 그렇게 된 거다.」

「그럼 그 사람은 그 돈으로 뭘 한 거예요? 버스가 없었다면 말이에요.」

시드는 정말로 모르겠다고 말했다. 그 뒤로 수천 파운드나 되는 돈이 다리 아래로 떠갔다. 수많은 훌륭한 비전이 나타났다 사라졌다. 혹시 릭이 그 돈을 어디에 줘버린 건 아닐까. 시드가 어색하게 말한다. 네 아빠는 사람들한테 거절을 잘 못했거든. 특히 미녀들한테는 더. 남에게 베풀지 않으면 스스로 참지를 못했어. 어쩌면 사기꾼한테 걸려서 돈을 잃었을지도 모르겠다. 네 아빠는 항상 사기꾼들을 아주 좋아했으니까. 그때 놀랍게도 시드가 얼굴을 붉힌다. 그의 입가에서 희미하지만 또렷하게 타닥타닥 하는 소리가 들린다. 내가 어렸을 때 말발굽 소리를 들려 달라고 하면 그가 그런 소리를 내곤 했다.

「그 사람이 모금 위원회 돈으로 경마를 했다는 뜻이에요?」 내가 묻는다.

「꼬맹이, 네 아빠가 말한 버스라는 게 사실은 마차였을 수도 있다는 뜻일 뿐이야. 내가 하고 싶은 말은 그것뿐이라고, 그렇지, 메그?」

아, 하지만 버스는 분명히 있었다! 물론 마차도 아니었다. 그때까지 만들어진 버스 중 가장 화려하고 힘센 버스였다. 금색으로 새겨진 〈핌 & 구원 버스 회사〉라는 글자가 반들반들한 버스 옆구리에서 반짝였다. 릭이 어렸을 때 보던 모든 성경책에서 새로운 장이 시작될 때마다 나타나던, 화려한 색깔로 장식된 제목 같았다. 몸체의 초록색은 영국 경마장의 초록색이었다. 맬컴 캠벨 경이 직접 이 버스를 운전하고, 이 땅의 가장 높은 사람이 거기에 탈 예정이었다. 사람들이 이 버스를 보면 모두 무릎을 꿇고 손을 모아 하느님과 릭에게 똑같이 감사할 것이다. 그리고 고마운 마음에 릭의 집 앞에 모여서 밤늦게까지 그의 이름을 외쳐 그를 발코니로 불러낼 것이다. 나는 그가 그런 일을 기대하고 손 흔드는 연습을 하는 것을 본 적이 있다. 마치 나를 머리 위에서 흔들어 줄 때처럼 양손을 흔들면서 그는 환한 미소를 띤 채 눈물을 흘린다. 「이 모든 것은 우리의 TP 덕분입니다.」 만약 브린클리의 밸럼즈나 훌륭한 자유주의자들 중 일부가 순전히 선의에서 릭의 버스에 도색을 해주기는커녕 엄밀히 말해서 릭의 버스에 대해 들어 본 적도 없는 것으로 드러났다면, 틀림없이 실제로 이런 일이 벌어졌을 테지만, 어쨌든 그런 일이 벌어졌다면 그들 역시 버스와 마찬가지로 이 현실 세계가 아닌 잠정적인 세계에 존재한다고 봐야 했다. 그들은 거기서 릭이 마술 봉을 휘둘러 자신들을 현실로 불러

주기를 기다렸다. 메이크피스 워터마스터 같은 귀찮은 불신자들이 이런 상황을 잘 받아들이지 못할 때에만, 릭은 자신이 종교적 전쟁 상태에 있음을 깨닫고 그보다 앞서 이런 전쟁을 벌인 사람들이 그랬듯 자신의 믿음을 지키기 위해 어쩔 수 없이 불쾌한 수단을 썼다. 그가 원하는 것은 상대의 전적인 사랑뿐이었다. 우리는 그에게 보상으로 최소한 맹목적인 사랑 정도는 주어야 했다. 그리고 하느님의 은행가인 그가 6개월 동안 그 사랑을 두 배로 불려 주기를 기다릴 뿐이었다.

3

 메리는 만반의 준비를 갖추고 있었지만, 이것만은 예
상하지 못했다. 이토록 다급하게 여러 사람이 난입할 줄
은. 잭 브러더후드의 분노가 이토록 크고 복잡할 줄은.
그의 당혹감이 그녀의 당혹감보다 훨씬 더 큰 것 같았다.
그리고 그가 와준 것이 이토록 지독히 위안이 될 줄도 역
시 예상하지 못했다.

 현관홀로 들어온 그는 메리를 제대로 보지도 않았다.
「너는 눈치를 채고 있었나?」

 「그랬다면 당신에게 말했을 거예요.」그녀가 말했다.
제대로 이야기를 시작하기도 전에 싸움부터 하는 꼴이
었다.

 「그 녀석에게서 전화는?」

 「아뇨.」

 「다른 사람에게서도?」

 「없어요.」

「**누구**에게서도 연락이 없다고? 아까 그대로라고?」

「네.」

「내가 손님을 데려왔다.」 그가 뒤에 그림자처럼 서 있는 두 사람 쪽을 엄지손가락으로 가리켰다. 「런던에서 온 친척들. 한동안 널 위로해 주려고 온 사람들이지. 앞으로 더 올 거야.」 그러고 나서 잭은 또 다른 사냥감을 향해 움직이는 크고 거친 매처럼 그녀 옆을 휙 지나쳤다. 그가 응접실로 거침없이 걸어가는 동안, 주름살이 지고 망가진 그의 얼굴과 하얗게 센 앞머리가 얼어붙은 이미지처럼 그녀의 머릿속에 새겨졌다.

「저는 본부에서 온 조지예요.」 현관 계단에 선 여자가 말했다. 「이쪽은 퍼거스고요. 유감입니다, 메리.」

두 사람은 짐 가방을 들고 있었다. 메리는 그들을 계단 발치로 안내했다. 두 사람은 어디로 가야 하는지 알고 있는 것 같았다. 조지는 키가 크고 날카롭게 날이 선 느낌을 주었으며, 곧게 뻗은 생머리가 단정했다. 퍼거스는 아직 조지에 미치지 못하는 수준이었는데, 요즘 본부가 이런 식으로 직원들을 배치하곤 했다.

「이렇게 되어서 유감입니다, 메리.」 퍼거스가 조지를 따라 계단을 올라가며 똑같은 말을 했다. 「저희가 한번 둘러봐도 괜찮겠죠?」

응접실에서 브러더후드는 불을 모두 끄고, 베란다로 통하는 유리문의 커튼을 휙 열었다. 「여기 이것 열쇠가 필요해. 이 처브 자물쇠 열쇠. 여기에 뭐가 있는지는 몰라도.」

메리는 서둘러 벽난로 선반으로 달려가 열쇠를 놓아 두는 은색 장미 모양 그릇을 더듬더듬 찾았다. 「그 사람은 어디 있어요?」

「세상 어딘가에 있거나, 세상 밖에 있겠지. 일을 할 때의 솜씨를 발휘하고 있어. 우리도 쓸 줄 아는 그것. 에든버러에 그가 아는 사람이 있나?」

「없어요.」 장미 모양 그릇에는 메리가 톰과 함께 만들어 놓은 포푸리가 가득했다. 하지만 열쇠는 없었다.

「거기서 그의 흔적이 잡혔다는 것 같다.」 브러더후드가 말했다. 「그 녀석이 히스로에서 5시 셔틀을 탄 것 같다는군. 키가 큰 남자가 무거운 서류 가방을 들고 탔대. 하지만 우리는 매그너스를 잘 아니까, 지금쯤 아프리카 어디쯤에 가 있을지도 모르는 일이지.」

열쇠를 찾는 일이 매그너스를 찾는 일과 같았다. 어디서부터 시작해야 할지 알 수 없었다. 메리는 차통을 움켜쥐고 흔들었다. 무서워서 속이 뒤집히는 것 같았다. 그녀는 톰이 학교에서 받아 온 은색 컵 모양 트로피를 잡았다. 안에서 금속이 미끄러지는 소리가 났다. 메리는 열쇠를 잭에게 가져가다가 눈앞이 흐려질 정도로 심하게 정강이를 어딘가에 부딪혔다. 망할 놈의 피아노 의자 같으니.

「레더러의 전화는?」

「아뇨. 말했잖아요. 아무도 연락하지 않았다고. 난 11시에야 공항에서 돌아왔어요.」

「열쇠 구멍이 어디야?」

그녀는 잭 대신 뚜껑의 열쇠 구멍을 찾아내서 그의 손을 이끌었다. 내가 직접 열걸 그랬어. 그러면 이 사람 손을 만지지 않아도 되었을 텐데. 메리는 한쪽 무릎을 바닥에 대고 앉아 더듬더듬 아래쪽 열쇠 구멍을 찾기 시작했다. 이거야 원, 이 사람 발에 거의 입을 맞추는 것 같잖아.

「그가 전에도 이렇게 사라진 적이 있나? 네가 나한테 말하지 않은 거야?」 그녀가 계속 더듬거리는 동안 브러더후드가 다그치듯 물었다.

「아뇨.」

「난 솔직한 걸 원해, 메리. 런던 전체가 지금 내 목을 노리고 있어. 보는 우울증에 빠졌고 나이절은 대사와 함께 처박혀 있지. 이런 한밤중에 아무 이유도 없이 공군 비행기가 날지는 않아.」

나이절은 보 브래멀이 부리는 사형 집행인이라고 매그너스가 말한 적이 있었다. 보는 모든 사람에게 두말하면 잔소리라면서 적극적으로 맞장구를 치고, 나이절은 그의 뒤를 따라다니면서 사람들의 목을 자른다고.

「없어요, 그런 적은. 맹세코.」 메리가 말했다.

「어디든 그가 좋아하는 장소가 있나? 자기만의 은신처라든가.」

「한 번 아일랜드 얘기를 한 적이 있어요. 바다가 보이는 작은 농가를 사서 글을 쓰고 싶다고요.」

「북쪽, 남쪽?」

「몰라요. 남쪽 같기도 하고. 바다만 있다면요. 그러다 갑자기 바하마가 나왔어요. 좀 더 최근에.」

「거기 누가 있는데?」

「아무도 없어요. 내가 아는 한은.」

「혹시 저쪽 편으로 가는 얘기를 한 적은 없나? 흑해 옆의 작은 러시아 별장이라든가.」

「바보 같은 소리 마세요.」

「그래, 처음에는 아일랜드, 그다음에는 바하마라. 바하마 얘기는 언제 한 거지?」

「말 안 했어요. 『타임스』에 실린 부동산 광고에 표시를 해둔 걸 내가 본 거예요.」

「무슨 신호 같은 건가?」

「질책이에요. 날 다그친 거죠. 여기 말고 다른 데서 살고 싶다는 신호이기도 하고. 매그너스는 다양한 방식으로 이야기를 전하니까요.」

「자신을 처리한다는 얘기를 한 적은? 사람들이 네게 물어볼 거야, 메리. 그러니 내가 먼저 묻는 편이 낫겠지.」

「아뇨, 아뇨, 그런 적 없어요.」

「별로 자신이 없는 것 같은데.」

「맞아요. 생각을 좀 해봐야겠어요.」

「혹시 그가 위험을 느끼고 겁을 먹은 적은?」

「이런 걸 전부 한꺼번에 대답할 수는 없어요, 잭! 그 사람은 복잡한 사람이었다고요. 그러니까 나도 생각할 시간이 필요해요!」 메리는 마음을 다스렸다. 「원칙적으로는 없어요. 모든 질문의 답이 똑같아요. 그래서 완전히 충격적이에요.」

「그래도 공항에서 아주 신속하게 전화를 걸었잖아. 그 녀석이 비행기에 타지 않은 걸 알자마자. 〈잭, 잭, 매그너스는 어디 있어요?〉라고. 네 생각이 옳았어. 그 녀석은 사라져 버렸어.」

「그 사람 여행 가방이 수하물 작업대에서 돌아가는 걸 내가 봤어요. 분명히 탑승 수속을 했다고요! 그런데 왜 비행기에 타지 않은 거죠?」

「음주 습관은 어떤가?」

「전보다 덜 마셔요.」

「레스보스 때보다?」

「훨씬 덜 마시죠.」

「두통은?」

「없어졌어요.」

「다른 여자는?」

「몰라요. 있어도 난 모르겠죠. 내가 어떻게 알겠어요? 그 사람이 밤에 볼일이 있다고 하면 그런가 보다 하는 수밖에요. 여자를 만나는 것일 수도 있고, 정보원을 만나는 것일 수도 있고, 비 레더러를 만나는 것일 수도 있고. 그 여자가 항상 매그너스를 원했으니까 가서 물어보세요.」

「아내들은 항상 뭔가 달라진 걸 느낄 수 있는 줄 알았는데.」 브러더후드가 말했다.

매그너스라면 얘기가 달라요. 메리는 속으로 이렇게 생각하면서, 점차 그의 속도에 적응하기 시작했다.

「지금도 그 녀석이 밤에 집으로 서류를 가져와서 일하나?」 브러더후드가 눈 덮인 정원을 바라보며 물었다.

「가끔요.」

「혹시 지금 집에 서류가 있어?」

「내가 아는 한은 없어요.」

「미국 서류? 연락관 관련 서류?」

「난 그 사람 서류를 읽지 않아요, 잭. 그러니까 당연히 모르죠.」

「그가 서류를 보관하는 곳이 어디지?」

「밤에 서류를 가져왔다가 아침에 다시 가지고 나가요. 다른 사람들과 똑같이.」

「그러니까 서류를 어디에 두느냐고, 메리.」

「침대 옆. 책상 서랍 속. 어디든 자기가 일하는 장소에 두죠.」

「레더러에게서는 전화가 없었고?」

「말했잖아요. 없어요!」

브러더후드가 뒤로 물러났다. 남자 둘이 밤이라 소리

를 죽인 채 방으로 구르듯이 들어왔다. 대사의 개인 비서인 럼스던은 메리도 아는 사람이었다. 얼마 전 빈 사람들에게 모범을 보이는 차원에서 대사관 앞마당에 빈병 회수 통을 비치하는 문제를 놓고 그의 아내 캐럴라인과 한바탕한 적이 있었다. 메리는 그런 통을 마련해 놓는 것이 꼭 필요하다고 생각했다. 캐럴라인 럼스던은 그런 것이 별로 중요하지 않다면서, 외교관 아내들 내면의 목소리를 하나로 모아 놓은 것 같은 태도로 벌컥 화를 냈다. 캐럴라인의 설명에 따르면, 메리는 진정한 외교관의 아내가 아니었다. 그녀는 차마 입에 담을 수 없는 존재였으며, 그녀가 외교관 아내로 받아들여진 것은 **순전히** 그녀의 남편의 어설픈 위장 신분을 보호하기 위해서였다.

그 여자들은 학교에 다닐 때부터 전의를 다진 것 같았다. 매그너스의 비밀을 지켜 주기 위해 눈이 50센티미터쯤 쌓인 길을 헤치고 온 사람들 같았다.

「아베 마리아.」 럼스던이 최대한 보이 스카우트 단장 같은 목소리로 밝게 말했다. 그는 가톨릭 신자였지만, 오늘 밤은 물론이고 언제나 그녀에게 이런 식으로 인사했다. 평범하게 보이기 위해서.

「파티 날 밤에도 혹시 그가 서류를 가져왔나?」 브러더 후드가 다시 커튼을 닫으며 물었다.

「아뇨.」 메리가 불을 켰다.

「그가 들고 있던 그 검은 서류 가방에 뭐가 들었는지

알아?」

「여기서 들고 나간 가방은 아니니, 틀림없이 대사관에서 가방을 챙겼겠죠. 그 사람이 여기서 가지고 나간 건 공항에 있는 여행 가방뿐이에요.」

「있던.」 브러더후드가 말했다.

럼스던 말고 또 다른 남자는 키가 크고, 어디가 아픈 사람 같았다. 그는 장갑을 낀 양손에 각각 불룩한 가방을 하나씩 들고 있었다. 불법으로 낙태를 해주는 의사 같았다. 비행기는 거의 만석이었어. 메리는 멍하니 생각했다. 본부에는 틀림없이 이탈 대응 팀이 24시간 대기 중일 거야.

「이쪽은 해리.」 브러더후드가 말했다. 「그가 이 집 전화기에 장치를 설치할 거야. 그냥 평소처럼 전화기를 사용하면 돼. 우리는 신경 쓰지 말고. 싫은가?」

「내가 어찌 싫다고 하겠어요?」

「그래, 그렇지. 그냥 예의상 물어봤으니 너도 예의상 대답을 하는 게 어때? 이 집엔 자동차가 두 대지. 지금 어디 있나?」

「로버는 밖에 있고, 메트로는 공항 주차장에서 그 사람을 기다리고 있어요.」

「그의 차가 거기 있는데 넌 왜 공항에 간 거지?」

「내가 가면 그 사람이 좋아할지도 모른다 싶어서 택시로 간 거예요.」

「왜 로버를 가져가지 않고?」

「올 때 그 사람하고 같이 타고 싶었으니까요. 그 사람을 호위하는 게 아니라.」

「메트로 열쇠는 어디 있나?」

「아마 그 사람 주머니에 있겠죠.」

「예비 열쇠는?」

메리는 자신의 가방을 뒤져 열쇠를 찾아냈다. 그는 그것을 자기 주머니에 넣었다.

「내가 그 차를 처리하지.」 그가 말했다. 「누가 물어보면 수리를 맡겼다고 해. 그 차가 공항을 돌아다니는 건 좋지 않으니까.」

위층에서 묵직하게 쿵 하는 소리가 들렸다.

메리는 해리가 고무장화를 벗어 베란다 유리문 옆의 깔개 위에 가지런히 놓는 모습을 지켜보았다.

「그의 아버지가 수요일에 죽었어. 런던에서 아버지 장례식 외에 또 무슨 볼일이 있었을까?」 브러더후드의 질문이 이어졌다.

「난 그 사람이 본부에 들를 줄 알았어요.」

「들르지 않았어. 전화도, 방문도 없었어.」

「그럼 바빴나 보네요.」

「런던에서 뭘 할 거라고 네게 말한 것은 없나?」

「학교로 톰을 만나러 갈 거라고 했어요.」

「음, 그건 했지. 학교에 갔으니까. 또 다른 건? 친구? 약속? 여자?」

메리는 갑자기 잭이 몹시 지겨워졌다. 「그 사람은 아버지 장례식을 치르고 뒷정리를 하러 간 거예요, 잭. 할 일이 다 정해져 있었다고요. 당신에게도 아버지가 있고 그 아버지가 돌아가셨다면 내 말이 무슨 뜻인지 알 텐데요.」

「그가 런던에서 네게 전화했나?」

「아뇨.」

「진정하고 잘 생각해, 메리. 거기에 닷새나 있었는데.」

「전화는 없었어요. 당연하죠.」

「보통 그런 편인가?」

「본부 전화를 쓸 수 있다면, 전화해요.」

「쓸 수 없다면?」

메리는 생각을 해보았다. 정말로 열심히 생각했다. 아까부터 너무 오랫동안 생각을 하고 있었다. 「그래요.」 그녀가 인정했다. 「그래도 전화할 거예요. 우리가 잘 있는지 항상 확인하고 싶어 하거든요. 걱정이 많은 사람이에요. 그래서 그 사람이 나타나지 않았을 때 내가 그렇게 놀란 것 같아요. 나도 곧바로 걱정을 하기 시작한 것 같네요.」

럼스던은 양말만 신은 발로 응접실 안을 천천히 돌아다니며, 메리가 수채화로 그린 그리스의 풍경들에 감탄하는 척했다.

「정말, 정말 재능이 많으십니다.」그가 플로마리[10]의 풍경을 그린 그림에 얼굴을 바짝 대고 감탄했다. 「혹시 미술 학교에 다니셨습니까? 아니면 그냥 그리신 건가요?」

메리는 그를 무시했다. 브러더후드도 그를 무시했다. 그건 두 사람 사이의 암묵적인 약속이었다. 괜찮은 외교관은 귀가 들리지 않는 수도사뿐이다. 잭이 즐겨 하는 말이었다. 메리도 차츰 그 말이 옳다는 생각이 들기 시작했다.

「고용인은 어디 있지?」브러더후드가 말했다.

「아까 내보내라고 했잖아요. 전화로. 내가 전화했을 때.」

「그 여자가 무슨 낌새를 알아챘을까?」

「아닐걸요.」

「이 일이 새 나가면 절대 안 돼, 메리. 최대한 오랫동안 우리가 깔고 앉아 있어야 한다고. 알겠어?」

「그런 것 같네요.」

「그의 정보원들도 생각해야지. 오만 가지를 생각해야 해. 네가 이루 다 알 수 없을 만큼 많아. 런던에서는 온갖 가설을 세워 놓고 시간이 필요하다고 말하는 중이야. 레더러가 전화하지 않은 게 확실한가?」

「아, 진짜.」

그의 시선이 해리에게 향했다. 그는 장치들의 포장을

10 레스보스의 마을 이름.

풀고 있었다. 회색에 가까운 초록색 장치들에는 조종 버튼이 전혀 없는 것 같았다. 「고용인한테 저건 변압기라고 해둬.」 그가 말했다.

「*Umformer.*」 럼스던이 한쪽 옆에서 친절하게 알려 주었다. 「변압기는 독일어로 *Umformer* 예요. 「*Die keleinen Büchsen sind Umformer.*」[11]

두 사람은 이번에도 그를 무시했다. 잭은 매그너스만큼이나 독일어에 능했다. 럼스던에 비하면 3백 배쯤 될 것이다.

「그 여자가 언제 다시 오기로 되어 있지?」 브러더후드가 물었다.

「여자라니, 누구요?」

「여기 고용인 말이야, 젠장.」

「내일 점심때요.」

「이틀 정도 그 여자가 오지 않게 할 방법을 강구해 봐. 내 말대로 해.」

「지금 이 시간에요?」

「시간이야 언제든 그냥 해.」

메리는 부엌으로 가서 잘츠부르크에 사는 바우어 부인의 어머니에게 전화를 걸었다. 이런 시간에 전화해서 미안하지만, 사람의 죽음이라는 것이 원래 그렇잖아요. 그녀는 이렇게 말했다. 핌 씨는 며칠 동안 런던에 머무를

11 이 작은 상자들은 변압기예요.

거예요. 핌 씨가 집을 비운 동안 좀 쉬시는 게 어떨까요?

메리가 통화를 끝내고 돌아오자, 이번에는 럼스던이 나섰다. 그녀는 그가 어떤 식으로 말하는 사람인지 즉시 알아차리고 일부러 그의 말에 귀를 닫았다. 「그냥 가만히 있는 게 어색해서 드리는 말씀입니다만, 메리…… 우리모두 말을 맞추는 편이……. 나이절이 아직 대사님과 함께 있으니……. 그런 일은 없어야겠지만, 혹시 만약의 경우 우리가 일을 다 정리하기 전에 가증스러운 기자들이달려들지도 모르니까요, 메리……」 럼스던은 모든 상황에 맞는 클리셰를 알고 있었고, 머리가 빨리 돌아가는 사람으로 유명했다. 「어쨌든 대사님은 우리 모두 이 루트를타기를 원하십니다.」 그는 가장 최근에 생긴 대담한 전문용어를 사용해서 말을 맺었다. 「물론 누가 우리에게 물어보지 않는 한 그럴 필요 없지만, 만약 물어본다면 그렇다는 겁니다. 그리고 메리, 대사님이 엄청 사랑한다고 전해달라고 하셨습니다. 끝까지 함께하실 거라고요. 물론 매그너스와도. 깊은 조의를 표하신다고도 했습니다.」

「그냥 레더러 무리한테 아무 말도 하지 마.」 브러더후드가 말했다. 「모든 사람에게 입을 다물어야 하지만, 특히 레더러는 안 돼. 사라진 사람도 없고, 평소와 다른 점은 하나도 없는 거야. 그 녀석은 아버지 장례식 때문에 런던에 갔고, 본부에 일이 생겨서 더 머무르는 것뿐. 그게 전부야.」

「내가 이미 타고 있는 루트랑 같네요.」메리가 말했다. 마치 럼스던이 이 자리에 없는 것처럼 그녀는 브러더후드에게 자신의 뜻을 피력하고 있었다. 「다만 매그너스가 장례식을 위한 휴가를 미리 신청하지 않았다는 게 문제죠.」

「그렇긴 한데, 지금 생각해 보니 대사님도 우리가 그 부분을 말하지 **않기를** 바라시는 것 같습니다. 부인이 괜찮다면요.」럼스던이 이렇게 말하면서 강철같이 단단한 표정을 지었다. 「그러니까 말하면 안 됩니다, 절대로.」

브러더후드가 그를 똑바로 바라보았다. 메리는 가족 같은 사람이었다. 그러니 감히 자신 앞에서 메리에게 이래라저래라 하는 꼴을 가만히 둘 수는 없었다. 학벌만 지나치게 높은 외무성의 풋내기라면 더욱더 안 될 말이었다.

「볼일 끝났으면 이제 그만 사라지게. 당장.」브러더후드가 말했다.

럼스던은 들어올 때처럼 자리를 떴다. 다만 그때보다 동작이 더 빨랐다.

브러더후드가 다시 메리에게 시선을 돌렸다. 이제 단 둘뿐이었다. 그는 아주 마음이 넓은 사람이었지만, 원한다면 거칠어질 수도 있었다. 하얗게 센 앞머리가 이마로 내려와 있었다. 그는 예전처럼 그녀의 입술을 손으로 막고 그녀를 끌어당겼다. 「젠장, 메리.」그가 그녀를 안은 채 말했다. 「매그너스는 내가 가장 아끼던 녀석이야. 도대체 그 녀석한테 무슨 짓을 한 거야?」

위층에서 뭔가의 다리가 삐걱거리더니, 또 크게 쿵 하는 소리가 났다. 앞이 불룩한 서랍장에서 나는 소리였다. 아니, 저건 우리 침대야. 조지와 퍼거스가 한 바퀴 둘러보고 있어.

책상은 부엌 옆의 옛 하인 방에 있었다. 거미줄이 있는 이 널찍한 반지하 방에 하인이 마지막으로 살았던 것은 벌써 40년 전의 일이었다. 창가에는 메리의 화분들 사이에 그녀의 이젤과 수채화들이 서 있었다. 벽 앞에는 낡은 흑백텔레비전과 앉아서 텔레비전을 볼 수 있는 불편한 소파가 있었다. 「어떤 프로그램이 볼만한지 판단하기에 조금 불편한 자리만 한 게 없지.」 매그너스는 새침한 표정으로 자주 이런 말을 했다. 나란히 뻗어 있는 배관들 아래 구석진 곳에 탁구대가 있었다. 제본 작업을 하던 그 탁구대 위에는 그녀가 사용하던 가죽, 버크럼,[12] 아교, 집게, 실, 대리석 무늬가 있는 면지, 칼, 벽돌을 넣어 놓은 매그너스의 낡은 양말이 놓여 있었다. 그 벽돌은 메리가 문진 대신으로 사용하는 것이었다. 그녀가 벼룩시장에서 몇 실링을 주고 사 온 망가진 책들도 있었다. 그 옆, 고장 난 보일러 옆에 책상이 있었다. 웃기지도 않는 합스부르

12 면이나 삼베를 아교나 고무 등으로 빳빳하게 만든 것.

크 양식의 그 커다란 책상은 그라츠에서 노래 한 곡을 값으로 치르고 산 것으로, 문을 통과하기에는 너무 커서 영리한 매그너스가 일단 톱으로 잘라 방 안에 들여놓은 뒤 아교로 다시 붙인 것이었다. 브러더후드는 서랍들을 열려고 했다.

「열쇠는?」

「매그너스가 가져갔나 봐요.」

브러더후드가 고개를 들었다. 「해리!」

해리는 자물쇠 따는 도구들을 열쇠고리 같은 것에 끼워서 들고 다녔다. 그 도구들로 자물쇠를 따는 동안 그는 소리를 들으려고 숨을 죽였다.

「그 녀석이 항상 여기서 일을 했나, 아니면 다른 곳이 있나?」

「아버지가 옛날에 쓰시던 책상을 물려주셨어요. 그래서 그 사람이 가끔 그걸 사용했죠.」

「어디 있는데?」

「위층에요.」

「위층 어디?」

「톰의 방.」

「거기에도 서류를 두었나? 회사 서류 말이야.」

「아닐걸요. 어디에 뒀는지 난 몰라요.」

해리가 고개를 숙인 채 빙긋 웃으며 밖으로 나갔다. 브러더후드가 서랍 하나를 잡아당겨 열었다.

「그건 그 사람이 쓰고 있는 책 원고예요.」그가 꺼낸 빈약한 서류철을 보고 메리가 말했다. 매그너스는 모든 것을 어딘가에 넣어 둔다. 뭐든 가면을 써야만 진짜가 된다고 여기는 모양이다.

「그래?」그는 빨간 양쪽 귀에 차례로 안경다리를 걸었다. 잭도 소설에 대해 알고 있어. 메리는 그를 지켜보며 속으로 생각했다. 아예 놀란 척도 안 하네.

「네.」그러니까 그 망할 놈의 원고를 다시 서랍에 넣어요. 그녀는 속으로 생각했다. 잭이 이렇게 차갑고 냉혹해진 것이 마음에 들지 않았다.

「스케치는 그만둔 모양이군, 그렇지? 너랑 그 녀석 둘이 같이 스케치에 빠진 줄 알았는데.」

「그 사람이 그걸로는 만족하지 못했어요. 그보다는 글이 더 좋다는 결론을 내렸죠.」

「글을 많이 쓴 것 같지도 않은데. 녀석이 생각을 바꾼 게 언제야?」

「레스보스에 갔을 때요. 휴가로. 아직 본격적으로 쓰고 있지는 않아요. 준비 중이에요.」

「아.」브러더후드는 또 다른 페이지를 읽기 시작했다.

「그 사람은 그걸 매트릭스라고 불러요.」

「그래?」브러더후드는 계속 원고를 읽었다. 「이걸 보에게 좀 보여 줘야겠는걸. 보가 문학에 조예가 있거든.」

「은퇴하면, 은퇴했을 때, 그러니까 만약 일찍 은퇴한다면, 그 사람은 글을 쓸 거예요. 나는 그림을 그리면서 제본도 할 거고요. 그게 우리 계획이에요.」

브러더후드가 종이를 넘겼다. 「도싯에서?」

「네, 플러시에서요.」

「뭐, 일찍 은퇴하긴 했네.」 브러더후드가 다시 글을 읽기 시작하면서 별로 달갑지 않은 목소리로 말했다. 「중간에 조각에도 좀 손을 대지 않았나?」

「그건 실용적이지 못했어요.」

「그렇긴 하지.」

「당신이 그 사람한테 그런 걸 권유했죠. 회사도 마찬가지고. 우리더러 취미랑 여가를 즐겨야 한다고 항상 말하잖아요.」

「그런데 이 책 주제가 뭐야? 뭐 특별한 거라도 있나?」

「아직 이것저것 생각하는 중이에요. 그 사람이 그 얘기는 잘 안 하려고 해요.」

「이걸 한번 들어 봐. 〈끔찍하기 짝이 없는 어둠이 그 집을 덮쳤을 때, 에드워드 본인이 괴로워하면서도 자신이 아는 한 가장 멋지게 행동할 때.〉 본동사조차 없는걸. 적어도 내가 보기에는.」

「그 사람이 쓴 거 아니에요.」

「그 녀석 필체야, 메리.」

「그 사람이 읽은 걸 적어 놓은 거예요. 책을 읽을 때 그 사람은 연필로 밑줄을 그어 뒀다가, 다 읽은 다음에 마음에 드는 구절들을 따로 옮겨 적어요.」

위층에서 날카로운 소리가 났다. 목재가 우지끈 부러지는 소리 같기도 하고, 옛날 그녀가 교육받던 시절에 들은 권총 소리 같기도 했다.

「저긴 톰의 방인데요.」메리가 말했다. 「저기까지 들어갈 필요는 없잖아요.」

「가서 봉투 하나 가져와.」브러더후드가 말했다. 「콩자루 같은 것도 괜찮아. 하나 가져다주겠어?」

메리는 부엌으로 갔다. 왜 내가 잭의 말에 순순히 따르고 있지? 내 집, 내 결혼 생활, 내 머릿속으로 잭이 멋대로 들어와서 아무거나 내키는 대로 가져가는데 왜 나는 가만히 있는 거야? 메리는 평소 고분고분한 편이 아니었다. 같은 가게에서 두 번씩 바가지를 쓰는 일도 없었고, 영국 학교나 교회나 외교관 아내 모임에서도 그녀는 함부로 건드리면 안 되는 여자로 통했다. 하지만 잭 브러더후드가 그 연한 색 눈으로 한 번 무섭게 쏘아보면, 음색이 풍부하고 무심한 목소리로 한 번 으르렁거리기만 하면, 그녀는 냉큼 그에게 달려갔다.

잭이 아버지랑 너무 비슷해서 그래. 그녀는 속으로 결론을 내렸다. 잭은 우리 영국을 사랑해. 나머지는 어떻게 되든 상관없어.

내가 재능이라고는 사소한 것 딱 하나뿐이고 머리에는 아무것도 든 것 없는 학생일 때 베를린에서 잭 밑에서 일을 해서 그래. 한때는 나이 많은 내 연인이기도 했고. 그때는 그런 사람이 필요할 것 같았지.

매그너스가 이혼을 앞두고 우유부단하게 굴 때 잭이 나를 위해 매그너스의 이혼을 유도해서 그래. 그러고는 이른바 〈후식〉이라면서 매그너스를 나한테 줬지.

잭도 매그너스를 사랑해서 그래.

브러더후드는 그녀의 탁상 일지를 뒤적거리고 있었다.

「P가 누구야?」 그가 어느 페이지를 가볍게 두드리며 다그치듯 물었다. 「9월 25일, 6시 30분, P. 16일에도 P가 있어, 메리. 핌의 P가 아니지? 아니면 내가 또 멍청하게 구는 건가? 그 녀석이 만나기로 한 이 P가 누구야?」

메리의 머릿속에서 비명 소리가 들리기 시작했지만 그 소리를 잠재울 위스키가 전혀 남아 있지 않았다. 수십 개나 되는 일지 내용 중에 하필 저걸 고르다니. 「난 몰라요. 정보원이겠죠. 난 몰라요.」

「네가 쓴 거 아냐?」

「매그너스가 써달라고 했어요. 〈P와 만날 예정이라고 써줘〉라고요. 그 사람은 따로 일지를 쓰지 않아요. 보안이 힘들다고 했어요.」

「그래서 너더러 대신 써달라고 했다?」

「그 사람 말로는, 누가 일지를 보더라도 그 사람 일정과 내 일정을 구분할 수 없을 거라고 했어요. 서로 같이 나누는 것 중 하나죠.」 브러더후드의 강렬한 시선이 느껴졌다. 저런 식으로 내 입을 열려는 거야. 메리는 생각했다. 내 목소리가 떨리는 걸 확인하려고 해.

「나누다니, 뭘?」

「그 사람의 일요.」

「자세히 말해 봐.」

「그 사람이 자기 일을 나한테 말해 줄 수는 없었지만, 언제 일하는지를 나한테 보여 줄 수는 있었어요.」

「그 녀석이 그렇게 말했나?」

「내가 느낀 거예요.」

「뭘 느꼈는데?」

「그 사람이 자랑스러워한다는 거요! 나한테 알리고 싶어 한다는 거요!」

「뭘 알려?」

브러더후드가 일부러 이렇게 속을 긁어 댄다는 걸 알면서도 그녀는 정말로 미칠 것 같았다. 「그 사람한테 또 다른 삶이 있다는 거요! 아주 중요한 삶. 자신이 이용당하고 있다는 것도요.」

「우리한테?」

「잭, 당신한테요. 회사한테요! 누구겠어요? 설마 미국이겠어요?」

「그건 또 무슨 소리야? 미국이라니? 그 녀석이 미국에 무슨 감정이라도 있었나?」

「그럴 리가 없잖아요. 워싱턴에서 근무한 적이 있는데.」

「그렇다고 꼭 그런 것만은 아니지. 오히려 감정이 더 강해졌을 수도 있으니까. 워싱턴에서부터 레더러 부부와 아는 사이였나?」

「그거야 당연하죠.」

「하지만 여기서 더 친해졌다는 거지? 그 여자 꽤 손이 많이 간다던데.」

브러더후드는 이제 앞으로 견뎌 내야 하는 시간으로 나아가고 있었다. 내일과 모레. 산산이 부서진 그녀의 우주에서 이미 커다란 구멍처럼 그녀를 향해 입을 벌리고 있는 주말.

「내가 이걸 가져가도 괜찮나?」 브러더후드가 물었다.

전혀 괜찮지 않았다. 메리에게는 여분의 일지도, 여분의 삶도 없었다. 그래서 일지를 낚아채듯 가져와서, 다른 종이에 자신의 미래를 옮겨 적었다. 〈술 레더러 부부…… 딩켈 부부…… 톰 학기말…….〉 그러다 〈오후 6시30분, P〉에 이르렀지만, 이 항목은 옮기지 않았다.

「이 사람은 왜 비어 있는 거야?」 브러더후드가 물었다.

「난 그게 빈 줄도 몰랐어요.」

「원래 여기에 뭐가 있었는데?」

「옛날 사진. 추억의 물건. 별것 아니에요.」

「언제부터 비어 있었어?」

「몰라요, 잭. 모른다고요! 날 좀 가만히 둬요, 네?」

「그 녀석이 서류를 여행 가방에 넣었나?」

「그 사람이 짐 싸는 걸 내가 지켜보지는 않았어요.」

「짐 싸는 소리가 여기 아래층에서 들리지 않았어?」

「들렸어요.」

전화벨이 울렸다. 메리가 번개처럼 손을 뻗어 전화를 받으려 했지만, 브러더후드에게 벌써 손목이 잡혀 있었다. 그는 손목을 잡은 채로 문을 향해 몸을 기울여 해리를 큰 소리로 불렀다. 전화가 계속 울렸다. 벌써 새벽 4시였다. 이런 새벽에 전화할 사람이 매그너스 말고 또 누가 있을까? 메리는 마음속으로 너무나 간절히 기원하고 있었기 때문에 브러더후드의 고함 소리가 거의 들리지 않았다. 전화가 계속 그녀를 불렀다. 매그너스와 가족 외에는 그 무엇도 중요하지 않다는 깨달음이 그녀를 찾아왔다.

「톰일지도 몰라요!」 메리가 몸부림치면서 소리쳤다. 「이것 좀 놔요, 젠장!」

「레더러일 수도 있지.」

해리가 계단을 날아서 내려온 모양이었다. 벨 소리가 두 번 더 들린 뒤, 해리가 문간에 서 있었다.

「이 전화 추적해.」 브러더후드가 큰 소리로 천천히 지시했다. 해리가 사라지고, 브러더후드는 메리의 손을 놓아주었다. 「아주, 아주 길게 통화해, 메리. 최대한 시간을 끌어. 어떻게 하는지 알잖아. 그대로 해.」

메리는 수화기를 들고 말했다. 「핌입니다.」

대답이 없었다. 브러더후드가 힘센 손으로 그녀에게 뭐라고 말을 해보라고 지시하며 압박을 주었다. 금속이 팅 부딪치는 듯한 소리를 들은 뒤 그녀는 송화구를 손으로 막았다. 「전화 암호일 수도 있어요.」 그녀는 한 번 팅 소리가 날 때마다 손가락 하나를 들었다. 두 번째 팅. 세 번째 팅. 전화 암호가 맞았다. 그들이 베를린에서 사용한 적이 있었다. 두 번은 이런 뜻, 세 번은 저런 뜻 하는 식으로. 정보원과 기지가 미리 정해 둔 신호를 은밀하게 주고받는 방식이었다. 메리는 어떻게 할까요 하고 묻는 표정으로 브러더후드를 향해 눈을 크게 떴다. 그는 자신도 모른다는 뜻으로 고개를 저었다.

　「말을 해.」 그가 입술을 움직여 말했다.

　메리는 심호흡을 했다. 「여보세요? 말을 하셔야죠.」 그녀는 독일어로 피신했다. 「여기는 영국 대사관의 매그너스 핌 참사관 집입니다. 누구십니까? 말씀을 해보세요. 핌 씨는 지금 여기 안 계십니다. 메시지를 남기시겠습니까? 아니라면 나중에 다시 걸어 주세요. 여보세요?」

　더 해보라고 브러더후드가 부추겼다. 시간을 더 끌어봐. 메리는 독일어와 영어로 자신의 전화번호를 말했다. 지직거리는 레코드를 원래의 절반 속도로 틀어 놓은 것 같은 소음과 자동차 소리가 들리는 것을 보면 통화는 계속 이어지고 있었다. 하지만 팅 소리는 들리지 않았다. 메리는 영어로 전화번호를 다시 말했다. 「말씀하세요. 점점 무서워집니다. 여보세요. 제 말 들리세요? 실례지만 누구십니까? 말-씀-을 하-세-요.」 더 이상 참을 수가 없었다. 그녀는 눈을 감고 고함을 질렀다. 「매그너스, 지금 어디인지 제발 말해!」 하지만 브러더후드가 그녀보다 훨씬 더 앞서 있었다. 한때의 연인답게 그는 그녀가 폭발 직전임을 알아차리고 수화기 거치대의 버튼을 손으로 눌러 버렸다.

「너무 짧았습니다.」 문간에서 해리가 아쉽다는 듯이 말했다. 「적어도 1분은 더 필요했습니다.」

「외국이었나?」 브러더후드가 말했다.

「그럴 수도 있고, 옆집일 수도 있습니다.」

「무슨 짓이야, 메리. 다시는 그러지 마. 지금 우린 한편이고, 지시는 내가 내려.」

「그 사람은 납치당했어요. 틀림없어요.」 메리가 말했다.

모든 것이 얼어붙었다. 메리 본인도, 브러더후드의 연한 색 눈도, 심지어 문간의 해리도. 「이런, 이런.」 한참 만에 브러더후드가 말했다. 「그러면 네 기분이 좀 나아지나 보지? 납치라고? 왜 그런 소리를? 납치보다 더 심각한 게 뭐가 있을지 궁금하군.」

메리는 그의 시선을 피하지 않으려고 애쓰면서 급격히 시간이 뒤틀리는 듯한 감각을 경험했다. 난 아무것도 몰라. 난 플러시를 원해. 샘과 아버지가 목숨을 바쳤던 그 나라를 내게 돌려줘. 마지막 학기 중간에 중퇴를 결정하고 진로 담당 선생님 앞에 앉아 있던 자신의 모습이 눈에 보이는 것 같았다. 또 다른 여자가 그녀와 함께 있다. 런던 출신의 강한 여자. 「이분은 외무부 쪽 인사 담당관이시란다.」 선생님이 말한다. 「특수한 부서지.」 강한 여자가 말한다. 「이분이 네 **그림**에 아주 깊은 인상을 받으셨다는구나.」 선생님이 말한다. 「너의 제도 솜씨도 아주 감탄스럽대. 우리 모두 그렇지. 그래서 네 화첩을 하루나 이틀 런던으로 가져가서 다른 사람들한테 보여 주는 게 어떨지 물으시는구나.」 「나라를 위한 일이야.」 강한 여자가 영국 애국자의 자식에게 의미심장하게 말한다.

이스트앵글리아에 있던 훈련소가 생각났다. 그녀와 비슷한 여자들이 그곳에 있었다. 모사(模寫), 판화 제작, 색칠, 서류, 마분지, 린넨, 실 등에 대해, 워터마크 만드는 법과 기존의 워터마크를 바꾸는 법, 고무 스탬프를 새기는 법, 서류를 오래된 것처럼 꾸미는 법과 최근의 것처럼 꾸미는 법에 대해 그곳에서 즐거운 수업을 받던 기억이 났다. 그녀는 이것이 영국 스파이들을 위해 문서를 위조하는 법이라는 사실을 정확히 언제 깨달았는지 기억해 내려고 애썼다. 베를린 장벽에서 엎어지면 코 닿을 곳에 있던 잭 브러더후드의 낡아 빠진 2층 사무실에, 그의 앞에 서 있던 기억이 났다. 그는 〈까발리는 잭〉, 〈담비 잭〉,

〈검은 잭〉 등 수많은 별명으로 알려져 있었다. 베를린 지부의 책임자인 그는 신참들을 직접 만나려고 애쓰는 편이었다. 스무 살의 예쁜 여자 신참이라면 더욱 그러했다. 그의 하얀 시선이 그녀의 몸을 천천히 훑던 것이 떠올랐다. 그러면서 그는 그녀의 몸매와 성적인 가치를 추측해 보고 있었다. 그를 보자마자 싫은 마음이 든 것도 떠올랐다. 그리고 지금 그녀는 그가 서랍에서 가족 간의 편지를 모아 둔 서류철을 꺼내 뒤적이는 모습을 지켜보며, 그를 싫어하려고 애쓰고 있었다.

「그중 절반이 톰이 기숙 학교에서 보낸 편지라는 건 아시겠죠.」메리가 말했다.

「아이가 왜 엄마 아빠 모두에게 편지를 쓰지 않는 거지?」

「당연히 우리 둘한테 모두 편지를 쓰지요, 잭. 나도 톰과 편지를 주고받고 있어요. 매그너스와 톰이 또 따로 편지를 주고받고요.」

「상호 의식이 없는걸.」브러더후드가 베를린에서 메리에게 가르쳐 주었던 업계 전문 용어를 사용했다. 그러곤 통통한 노란색 담배에 불을 붙인 뒤, 불꽃 뒤편에서 연극처럼 과장되게 그녀를 지켜보았다. 이 사람들은 전부 가식적이야. 메리는 속으로 생각했다. 매그너스와 그랜트도 포함해서.

「말도 안 되는 소리를 하시네요.」메리가 불안과 분노

를 드러내며 말했다.

「지금 상황이 말이 안 돼. 곧 나이절이 오면 더욱더 말이 안 되는 상황이 펼쳐질 거고. 원인이 뭔가?」 그는 또 다른 서랍을 열었다.

「그 사람 아버지요. 이게 상황이라고 부를 만한 일이라면 말이죠.」

「이건 누구 카메라지?」

「톰 거예요. 하지만 식구들이 다 같이 써요.」

「집에 다른 카메라가 있나?」

「아뇨. 매그너스는 일 때문에 카메라가 필요하면 대사관에 있는 것을 써요.」

「지금은 여기에 대사관 카메라는 없고?」

「없어요.」

「그 녀석 아버지가 원인일 수도 있고, 수많은 것들이 원인일 수도 있지. 내가 잘 알지 못하는 가벼운 부부 싸움이 원인일 수도 있어.」

브러더후드는 카메라를 사려고 살펴보는 사람처럼 커다란 두 손으로 이리저리 돌려 보고 있었다.

「우린 안 싸워요.」 메리가 말했다.

그가 다 안다는 듯한 표정으로 시선을 들었다. 「어떻게 그럴 수가 있지?」

「그 사람이 싸우려고 하지 않으니까요.」

「하지만 넌 다르잖아. 발동이 걸리면 작은 악마가 되

니까, 메리.」

「지금은 안 그래요.」 메리는 그의 매력적인 모습을 믿지 않았다.

「넌 그 녀석 아버지를 만난 적이 없지?」 브러더후드가 카메라 안의 필름을 돌리며 말했다. 「그 사람한테 뭔가가 있었던 것 같은데.」

「두 사람은 서로 연락을 안 하는 사이였어요.」

「아.」

「대단한 일이 있었던 건 아니에요. 어쩌다 보니 멀어진 거죠. 그런 가족이에요.」

「어떤 가족?」

「흩어져 사는 가족. 사업을 하거든요. 그 사람은 첫 번째 결혼식 때 집안사람들을 부른 것으로 충분하다고 말했어요. 우리는 그 문제에 대해 거의 이야기한 적이 없어요.」

「톰도 받아들였고?」

「톰은 아직 어려요.」

「톰은 매그너스가 사라지기 전에 마지막으로 만난 사람이야, 메리. 클럽의 짐꾼을 빼면.」

「그럼 톰을 체포하시죠.」 메리가 건방지게 말했다.

브러더후드는 필름을 자루에 넣은 뒤, 매그너스의 작은 트랜지스터라디오를 집어 들었다.

「이거 새로 나온 단파 라디오인가?」

「그럴 거예요.」

「휴가 때 이걸 가져갔지?」

「네, 맞아요.」

「자주 듣나?」

「당신이 전에 말했듯이, 그 사람 혼자서 체코슬로바키
아 일을 하고 있으니 만약 듣지 않는다면 상당히 놀라운
일이겠죠.」

브러더후드가 라디오를 켰다. 어떤 남자가 체코어로
뉴스를 읽고 있었다. 브러더후드는 뉴스를 틀어 놓은 채
로 멍하니 벽을 바라보았다. 그 시간이 한 몇 시간은 되
는 것 같았다. 그는 라디오를 끄고 자루에 넣었다. 그의
시선이 커튼을 치지 않은 창문으로 옮겨 갔지만, 그가 입
을 연 것은 한참 뒤였다. 「아침인데 여기에 불이 별로 켜
져 있지 않군, 안 그래, 메리?」 그가 다른 데 정신이 팔린
사람처럼 물었다. 「이웃에서 쓸데없는 말이 나오면 안 되
겠지, 응?」

「여기 사람들도 릭의 죽음에 대해 알아요. 그러니 지
금이 평소와는 다르다는 것도 알죠.」

「맞는 말이군.」

난 저 사람이 싫어. 옛날부터 싫었어. 저 사람한테 반
했을 때조차. 저 사람이 날 마음대로 평가하고, 나는 울
면서 저 사람에게 고맙다고 할 때도, 그때도 저 사람이
싫었어. 문제의 그날 밤에 대해 말해 봐. 그가 말하고 있

었다. 릭이 죽었다는 소식을 들은 그 밤 얘기였다. 메리는 미리 연습했던 그대로 그에게 그날의 이야기를 들려주었다.

그는 외투 보관실을 찾아내서, 톰의 암녹색 겉옷과 메리의 양가죽 외투 사이에 걸린 낡은 더플코트 앞에 서 있었다. 주머니를 뒤적이는 중이었다. 위층에서 단조로운 소음이 들려왔다. 그는 더러운 손수건과 반쯤 먹고 남은 폴로 박하사탕 롤을 주머니에서 꺼냈다.

「날 놀리는군.」 그가 말했다.

「맞아요, 놀리는 거예요.」

「무도회용 구두를 신고 차가운 눈 속에서 두 시간을 있었다고, 메리? 한밤중에? 우리 나이절 형제님이 들으면 내가 거짓말을 꾸며 냈다고 생각할걸. 그 녀석이 그런 구두를 신고 뭘 했는데?」

「걸었죠.」

「어디로?」

「나한테 말하지 않았어요.」

「물어는 봤나?」

「아뇨.」

「그럼 그 녀석이 택시를 타지 않았다는 걸 네가 어떻게 알지?」

「돈이 없었으니까요. 그 사람 지갑이랑 동전이랑 열쇠

고리가 2층 옷 방에 있었어요.」브러더후드는 손수건과 박하사탕을 더플코트 주머니에 다시 넣었다.

「그럼 여기엔 아무것도 없어?」

「없어요.」

「네가 어떻게 알아?」

「그런 면에서는 꼼꼼한 사람이니까요.」

「다른 식으로 돈을 냈을지도 모르잖아.」

「아니에요.」

「다른 사람이 마중을 나왔을지도 모르지.」

「아니에요.」

「왜?」

「그 사람은 걷기를 좋아하고, 그때 충격을 받은 상태였어요. 그게 이유예요. 설사 아버지를 별로 좋아하지 않았다 해도, 어쨌든 아버지가 돌아가신 거예요. 감정이 점점 차올랐겠죠. 긴장감이든 뭐든. 그러니까 걸어간 거예요.」그리고 그 사람이 돌아왔을 때 내가 그 사람을 안아 줬지. 메리는 속으로 생각했다. 그 사람 뺨이 차갑고, 가슴이 가늘게 떨리고 있었어. 몇 시간 동안 걸은 탓에 뜨거운 땀이 겉옷으로 배어 나올 정도였고. 난 또 안아 줄 거야. 그 사람이 저 문으로 들어오자마자.「내가 이렇게 말했어요.〈가지 말아요. 오늘 밤엔 안 돼요. 가서 술이나 마셔요. 나랑 같이 취하도록 마셔요.〉그래도 그 사람은 갔어요. 그 사람 특유의 표정을 하고.」메리는 이 말을 하지 말걸 그랬다는 생각이 들었지만, 순간적으로 브러더후드 못지않게 매그너스에게도 화가 났다.

「그게 어떤 표정인데, 메리? 〈특유의 표정〉이라니. 난 무슨 소리인지 모르겠는걸.」

「텅 빈 표정이에요. 배역을 맡지 못한 배우 같은 표정.」

「**배역**? 그 녀석 아버지가 **죽어서** 매그너스에게 배역이 없어졌다는 건가? 그게 도대체 무슨 뜻이야?」

저 사람이 날 죄어들고 있어: 메리는 이런 생각을 하며 고집스럽게 대답을 거부했다. 조금만 있으면 저 사람이 자신감 넘치는 손으로 나를 만질 거고, 나는 누워서 가만히 있겠지. 이제 더 이상 꾸며 낼 말이 없으니까.

「그랜트에게 물어보세요.」 메리는 브러더후드에게 상처를 주고 싶었다. 「우리의 심리를 잘 아는 사람이니, 답을 알 거예요.」

두 사람은 이제 응접실에 와 있었다. 그는 뭔가를 기다렸다. 메리도 마찬가지였다. 나이절이 오기를, 핌이 오기를, 전화가 오기를. 2층에 있는 조지와 퍼거스의 일이 끝나기를.

「이걸 너무 많이 마시는 건 아니겠지?」 브러더후드가 그녀에게 위스키를 한 잔 더 따라 주면서 물었다.

「당연하죠. 혼자 있을 때는 거의 안 마셔요.」

「그래, 마시지 마. 자칫하면 순식간이야. 우리 나이절

형제님이 오면 모든 걸 완전히 감춰. 알았나?」

「네, 잭.」당신은 마지막으로 남은 하느님의 은총을 이용하려는 음란한 성직자예요. 그녀는 그에게 이런 말을 하면서, 그가 천천히 모종의 목적을 갖고 자신의 잔을 채우는 모습을 지켜보았다. 처음에는 포도주, 그다음에는 물. 이제 눈꺼풀을 내리고, 성배를 들어 올린다. 자신을 이곳으로 보내신 하느님과 신성한 대화를 나누기 위해.

「만약 그 녀석이 자유라면 나도 자유야.」그가 말했다. 「릭이 죽어서 매그너스가 자유가 됐단 말이지. 그 녀석은 〈아버지〉라는 단어를 말할 수 없는 프로이트 타입이군.」

「그 사람 나이에는 지극히 평범한 일이에요. 아버지를 이름으로 부르는 것 말이에요. 서로 15년 동안 만나지 않은 사이라면 더욱더 그럴 만하죠.」

「네가 그 녀석을 그렇게 감싸는 게 좋아.」브러더후드가 말했다. 「놀라운 의리야. 그 사람들도 감탄할 거야. 넌 절대 날 실망시키는 법이 없지. 확실해.」

의리라. 메리는 속으로 생각했다. 당신 아내가 알아차릴지도 모르니까 기지 근처에서는 내가 멍청하게 입을 놀리지 않았던 것 말이죠.

「그리고 넌 울었지. 상당히 잘 우는 편이니까, 메리. 난 몰랐지만. 메리가 울고, 매그너스는 달래 준다. 아무 생각 없이 구경하는 사람한테는 이상한 일이지. 릭은 **그 녀석** 아버지지 네 아버지가 아닌데. 역할이 완전히 뒤바뀌었잖아. 그 녀석 대신 네가 죽은 이를 애도한 거니까. 정확히 누굴 위해 눈물을 흘린 거지? 넌 아나?」

「그 사람 아버지가 죽었어요, 잭. 그런데 내가 자리에 앉아서 〈내가 릭을 위해 울어야지, 매그너스를 위해 울어야지〉 이런 건 아니죠. 그냥 운 거예요.」

「난 너 자신을 위한 눈물이었을 수도 있다고 생각했는데.」

「그게 무슨 소리예요?」

「네가 언급하지 않은 사람은 너뿐이잖아. 그 얘기를 한 거야. 넌 지금 뭔가 찔리는 구석이 있는 사람 같아.」

「찔리는 구석 같은 건 없어요!」

목소리가 지나치게 컸다. 메리 본인도 그것을 알았고, 브러더후드도 알았다. 그래서 흥미를 보였다.

「매그너스는 메리를 다 위로하고 나서…….」 브러더후드는 탁자 위의 책을 들어 휘리릭 넘기면서 말을 이었다. 「더플코트를 입고, 무도회용 구두를 신고 산책을 나갔다. 넌 그 녀석을 붙잡으려고 했지. 네가 간청하는 모습은 잘 상상이 안 가지만, 그래도 한번 상상해 보지, 뭐. 그런데도 그 녀석은 그냥 가버렸어. 녀석이 나가기 전에 전화가 오지는 않았나?」

「없었어요.」

「이쪽에서 전화를 걸지도 않았어?」

「없었다니까요!」

「가족을 잃은 사람이라면 다른 가족들한테 곧바로 전화를 걸어서 그 나쁜 소식을 알리려고 할 텐데.」

「그 집안은 그렇지 않아요. 아까 말했잖아요.」

「먼저 톰한테는 알려야 하잖아.」

「톰한테 전화하기에는 너무 늦은 시간이었어요. 그리고 매그너스는 어쨌든 직접 만나서 전하는 편이 낫다고 생각했고요.」

그는 책을 보고 있었다. 「여기 그 녀석이 밑줄을 그어놓은 보석이 또 있군. 〈내가 날 위하지 않으면 누가 날 위할까. 나의 모습을 모두 드러낸 나는 어떤 사람인가. 지금이 아니라면 언제?〉 이런, 이런. 깨달음을 얻었는걸. 넌 어때?」

「난 아니에요.」

「나도 그래. 그 녀석은 자유야.」 그는 책을 덮어서 다시 탁자 위에 놓았다. 「산책을 나갈 때 아무것도 가져가지 않았다고? 이를테면 서류 가방도?」

「신문요.」

점점 귀가 안 들리는 모양이네. 인정해요. 보청기를 끼면 모습이 망가질까 봐 걱정하고 있죠. 말해요, 젠장!

말해 버렸다. 자신이 말한 것을 그녀도 알고 있었다. 저녁 내내 그 말을 할 순간을 기다리며 모든 각도에서 대비하고, 연습하고, 부정하고, 잊었다가 되살려 냈다. 그리고 이제 그 말이 폭음처럼 머릿속에서 울리는 가운데, 그녀는 무서울 정도로 아무렇게나 위스키를 쭉 마셨다. 하지만 그녀를 똑바로 바라보는 그의 눈은 아직도 기다리고 있었다.

「신문요.」 그녀가 같은 말을 되풀이했다. 「그냥 신문 하나. 그게 어때서요?」

「어떤 신문?」

「『프레스』.」

「그건 일간지잖아.」

「맞아요. 『프레스』는 일간지죠.」

「이 지역 일간지. 매그너스가 그걸 가져갔단 말이지. 어둠 속에서 읽으려고. 무도회용 구두를 신은 차림으로. 무슨 소리인지 알겠네.」

「그러니까 말했잖아요, 잭.」

「아니, 말하지 않았어. 제대로 말해야 할 거야, 메리. 여기에 묵직한 총을 가진 놈들이 오면, 넌 도움이 간절히 필요해질 테니까.」

메리는 그날의 일을 완벽히 기억했다. 매그너스는 문 옆에 서 있었다. 지금 브러더후드가 서 있는 곳에서 한 발짝 떨어진 곳이었다. 창백한 안색으로 서 있는 그에게 감히 손을 댈 수 없었다. 어깨에 더플코트를 비스듬하게 걸친 그가 뻣뻣하게 딱딱 끊어지듯이 시선을 옮겨 가며 이것저것 차례로 노려보았다. 벽난로, 아내, 시계, 책. 방금 브러더후드에게 했던 것과 똑같은 말을 그에게 하고 있는 메리 자신의 목소리가 들렸다. 하지만 그에게 한 말이 더 많았다. 제발, 매그너스, 여기 있어. 상복을 입지 말고 여기 있어. 우울하게 가라앉지 말고 여기 있어. 사랑을 나눠. 취하도록 술을 마셔. 같이 있어 줄 사람이 필요하다면, 내가 그랜트와 비를 다시 불러올게. 아니면 우리가 그쪽으로 가도 되고. 그가 딱딱하면서도 밝은 특유의 미소를 짓는 것이 보였다. 너무 편안해서 싫은 그의 목소리가 들렸다. 레스보스에서 그가 들려준 목소리. 메리 자신이 그의 말을 정확히 되풀이하는 소리가 들렸다. 지금, 브러더후드에게.

「그 사람이 말했어요. 〈맵스, 그 망할 놈의 신문 어디 있지?〉 나는 『타임스』에서 스코틀랜드 부동산 시장 기사를 보려는 줄 알고 이렇게 말했죠. 〈당신이 대사관에서 퇴근해 돌아온 뒤 놓아둔 곳에 있겠지.〉」

「하지만 녀석이 말한 건 『타임스』가 아니었군.」 브러더후드가 말했다.

「그 사람은 선반으로 갔어요……. 저기…….」 메리는 선반을 눈으로 보기만 하고 손으로 가리키지는 않았다. 그런 몸짓에 지나친 의미가 부여될까 봐 두려웠다. 「그러곤 직접 신문을 들었어요. 『프레스』였어요. 『프레스』를 놓아두는 선반에서요. 매주 주말까지 놓아두는 곳. 그 사람은 저더러 날짜가 지난 신문도 보관해 두면 좋겠다고 했거든요. 그 사람은 그 신문을 들고 밖으로 나갔어요.」

메리는 모든 것이 완전히 평범한 일인 척하며 말을 끝맺었다. 실제로도 당연히 평범한 일이었다.

「그걸 들어서 실제로 기사를 보기는 하던가?」

「날짜만 확인했어요.」

「네가 보기에는 그 녀석이 왜 그 신문을 찾은 것 같아?」

「심야 영화라도 보러 갈 생각이었나 보죠.」 매그너스는 평생 단 한 번도 심야 영화를 본 적이 없는 사람이었다. 「아니면 카페에서 읽을거리가 필요했던 것일 수도 있고요.」 수중에 돈도 한 푼도 없는데 말이지. 메리는 이런 생각으로 브러더후드의 침묵이 만들어 낸 공간을 채웠다. 「아니면 그냥 기분 전환을 위한 것이었을 수도 있어요. 누구나 그렇잖아요. 살다 보면. 누구나 가까운 사람을 잃으면 그런 걸 원할 수 있죠.」

「아니면 자유로워졌을 때도 그렇지.」 브러더후드가 의견을 내놓았다. 하지만 그의 도움은 이것뿐이었다.

「어쨌든 그 사람은 마음이 몹시 어지러웠는지 엉뚱한 날짜의 신문을 집었어요.」 메리가 밝은 목소리로 이야기를 매듭지었다.

「너도 봤군, 그렇지?」

「나중에 신문들을 버리려다가 알아차린 거예요.」

「그게 언젠데?」

「어제요.」

「녀석이 집어 든 건?」

「월요일 자예요. 사흘 전 신문. 그러니까 그 사람이 정말로 크게 충격을 받았던 것 같아요.」

「그렇게 보일 수도 있겠군.」

「뭐, 그 사람이 아버지를 엄청나게 사랑하지 않은 건 맞아요. 그래도 일단 아버지가 돌아가신 거잖아요. 그런 일이 일어났을 때 이성적인 사람은 없어요. 아무리 매그너스라도요.」

「그래, 녀석이 그다음에 뭘 했지? 날짜를 보고, 엉뚱한 신문을 집어 든 다음에.」

「밖으로 나갔어요. 아까 말씀드렸잖아요. 산책하러 갔다고요. 내 말을 안 들으시네요. 언제나 그런 분이지만.」

「신문을 접었나?」

「정말, 잭! 신문을 어떻게 들고 가든 그게 무슨 상관이에요?」

「자존심은 잠깐 접어 두고 대답이나 해. 녀석이 그 신문을 어떻게 했어?」

「둘둘 말았어요.」

「그다음에는?」

「아무것도요. 그냥 손에 들었어요.」

「그리고 다시 들고 돌아왔나?」

「여기 집으로요? 아뇨.」

「그걸 네가 어떻게 알지?」

「현관홀에서 그 사람을 기다리고 있었으니까요.」

「그때 알아차렸군. 신문이 없다는 걸. 둘둘 만 신문이 없다고 혼잣말을 했겠네.」

「순전히 우연한 일이지만, 맞아요.」

「우연은 없어, 메리. 넌 그걸 살펴봐야겠다고 마음에 새겼던 거야. 녀석이 신문을 가지고 나간 걸 알고 있었으니, 신문 없이 돌아온 걸 곧바로 알아차린 거지. 그건 우연이 아니야. 녀석을 염탐한 거야.」

「마음대로 생각하세요.」

브러더후드는 화를 냈다. 「넌 지금 그런 말을 할 때가 아니야, 메리.」그가 큰 소리로 느릿느릿 말했다. 「지금으로부터 약 5분 뒤에 넌 우리 나이절 형제님의 마음에 들려고 노력해야 돼. 저쪽에서는 지금 발작을 일으키고 있다고, 메리. 자기들 발밑에서 다시 땅이 열리는 것을 보면서 어찌할 바를 모르고 있거든. 문자 그대로 어찌할 바를 모르고 있어.」그의 분노가 가라앉았다. 잭은 이런 사람이었다. 「그리고 나중에 기회가 생기자마자 넌 우연히 녀석의 주머니를 뒤졌겠지. 그래도 신문은 없었고.」

「신문을 **찾으려던** 게 아니에요. 그냥 신문이 없다는 걸 알아차렸을 뿐이에요. 그리고, 신문이 주머니에 없었던 건 맞아요.」

「녀석이 날짜가 지난 신문을 들고 나갈 때가 많은가?」

「일 때문에 뉴스를 확인할 필요가 있을 때는, 워낙 양심적인 공무원이니까, 신문을 가지고 나가죠.」

「둘둘 말아서?」

「가끔은요.」

「다시 가지고 들어온 적은?」

「내 기억에는 없어요.」

「녀석한테 그 점에 대해 말한 적은?」

「없어요.」

「녀석이 너한테 말한 적은?」

「잭, 그건 그 사람의 버릇이에요. 난 당신하고 부부 싸움을 하고 싶지 않아요!」

「우린 부부가 아니야.」

「그 사람은 신문을 둘둘 말아서 들고 걸어다녀요. 아이들이 막대기 같은 걸 들고 다닐 때처럼. 마음의 의지가 되나 보죠. 폴로 사탕처럼요. 맞아요. 그 사람 주머니에 폴로 사탕이 있었어요. 다 같은 거예요.」

「항상 날짜가 지난 신문만?」

「항상 그런 건 아니에요. 모든 걸 그렇게 너무 심각하게 보지 마세요!」

「그리고 항상 신문을 잃어버린단 말이지?」

「잭, 그만해요. 그만하라고요. 네?」

「혹시 그런 행동을 하는 시기가 특별히 정해져 있나? 보름달이 뜰 때? 매달 마지막 수요일? 아니면 아버지가 죽었을 때만? 녀석의 행동에서 패턴을 알아차린 적 없어? 말해 봐, 메리. 알아차렸잖아!」

차라리 날 때려. 메리는 생각했다. 거칠게 붙잡든지. 무엇이든 저 얼음 같은 시선보다 나을 것 같아.

「가끔 P를 만날 때예요.」 메리는 버릇없는 아이를 달래는 것 같은 목소리를 내려고 애썼다. 「잭, 제발요, 그 사람은 정보원들을 관리해요. 그게 그 사람 인생이에요. 당신이 그 사람을 훈련시켰잖아요! 그 사람한테 어떤 방법을 사용하는지, 누구랑 무슨 일을 하는지 난 묻지 않아요. 나도 훈련받았으니까!」

「그래서 집에 돌아왔을 때 녀석의 상태는?」

「아무 이상 없었어요. 차분했죠. 더할 나위 없이. 걸으면서 마음을 정리했다는 걸 느낄 수 있었어요. 모든 면에서 아무 이상이 없었어요.」

「녀석이 없을 때 걸려 온 전화는?」

「없어요.」

「녀석이 돌아온 뒤에는?」

「한 통 있어요. 아주 늦게. 하지만 우리가 전화를 받지 않았어요.」

메리는 잭이 놀라는 모습을 많이 보지 못했다. 그런데 지금 거의 그런 표정이었다. 「전화를 안 받았어?」

「꼭 받을 필요 없잖아요.」

「필요가 없다니? 네 말대로 녀석의 직업을 생각해야

지. 녀석 아버지가 죽은 직후야. 그런데 왜 전화를 안 받아?」

「매그너스가 받지 말라고 했어요.」

「왜 그런 말을 했지?」

「우리가 사랑을 나누고 있었으니까요!」 이 말을 하고 나서 메리는 사상 최악의 창녀가 된 기분이었다.

해리가 다시 문간에 불쑥 모습을 드러냈다. 위아래가 붙은 파란색 작업복을 입은 그는 힘들게 움직인 탓에 얼굴이 붉게 변해 있었다. 손에 긴 드라이버를 든 채 민망하면서도 즐거운 표정이었다.

「잠시 좀 올라와 보시겠습니까, 브러더후드 씨?」 그가 말했다.

외교관 아내들이 여는 바자회 직전의 침실 같잖아. 침대에 온통 버릴 옷들 천지야. 메리는 생각했다. 「매그너스, 여보, 정말로 낡은 카디건이 세 개나 필요해?」 의자에도 옷들이 걸쳐져 있었다. 화장대에도, 수건걸이에도 마찬가지였다. 베를린 시절 이후로 입은 적이 없는 내 여름 잠바. 전신 거울 위에 건조 중인 가죽처럼 걸려 있는 매그너스의 정장 재킷. 바닥에는 아무것도 없었다. 바닥이 없었으니까. 퍼거스와 조지는 바닥의 카펫을 걷어 내고, 그 밑의 마룻널도 대부분 떼어 내 창문 아래에 샌드위치처럼 쌓아 놓았다. 바닥에 남은 것이라고는 바닥 전체를 받치는 장선과 통로용으로 남겨 둔 마룻널뿐이었다. 두

147

사람은 침대 옆 램프들도 조각조각 분해했다. 침대 옆 가구와 전화기도 마찬가지였다. 욕실 바닥 역시 분해되어 있었다. 욕조로 이어진 판벽 널과 약장, 그리고 지붕이 비스듬한 다락방 문. 그 다락방은 톰이 지난 크리스마스에 탐정 흉내를 내며 꼬박 30분 동안 숨어 있던 곳이었다. 톰은 그때 용감한 척하다가 겁을 먹고 거의 죽을 뻔했다. 세면대에서는 조지가 메리의 물건들을 샅샅이 살피고 있었다. 얼굴에 바르는 크림. 피임 도구.

「네 것도 그 녀석의 것이지. 저 둘이 보기에는. 반대의 경우도 마찬가지고.」브러더후드가 말했다. 그는 문이 사라진 문간에 메리와 함께 서서 안을 바라보았다. 「물건이 누구 것인지 구분하지 않는다는 얘기야, 저 둘은. 구분할 수가 없지.」

「당신도 마찬가지겠죠.」메리가 말했다.

톰의 방은 복도를 사이에 두고 부부 침실 맞은편에 있었다. 반짝거리는 슈퍼맨 인형이 침대 위에 널브러져 있었다. 스머프 인형 서른한 개와 티거 인형 세 개도 거기 함께 있었다. 메리의 아버지가 물려준 탁자는 벽 앞에 접혀 있었다. 장난감 궤짝이 방 한복판으로 끌려 나와 그 뒤의 대리석 벽난로가 모습을 드러냈다. 훌륭한 벽난로였다. 공사 담당자들은 외풍을 막기 위해 그 벽난로를 판자로 덮어 버리자고 했지만 매그너스가 허락하지 않았다. 대신 이 낡은 궤짝을 사서 벽난로 앞에 놓았다. 궤짝

위의 벽난로 선반은 가려지지 않았다. 이 궤짝 덕분에 톰은 옛날 빈에서 살 때의 풍경 중 일부를 온전히 제 것으로 만들 수 있었다. 그런데 지금은 벽난로가 훤히 드러나 있고, 50기니짜리 자유의 투사 옷을 입은 조지가 그 앞에 공손하게 무릎을 꿇고 있었다. 조지 앞에는 뚜껑이 사라진 하얀 신발 상자가 있고, 그 안에는 작은 꾸러미 여러 개에 둘러싸인 천 꾸러미가 있었다.

「쇠창살 위쪽 선반에서 이걸 발견했습니다.」퍼거스가 말했다.「중앙 굴뚝과 연결되는 부분에서요.」

「먼지 한 톨 묻어 있지 않았습니다.」조지가 말했다.

「손을 뻗었더니 바로 만져지던걸요.」퍼거스가 말했다.

「사실 저 궤짝을 치울 필요도 없습니다. 요령만 익히면요.」조지가 말했다.

「본 적이 있는 물건인가?」브러더후드가 물었다.

「보아하니 톰의 물건이네요.」메리가 말했다.「애들은 뭐든지 숨기잖아요.」

「본 적이 있는 물건이야?」브러더후드가 다시 물었다.

「아뇨.」

「안에 뭐가 있는지 아나?」

「본 적도 없는데 어떻게 알겠어요?」

「쉽지.」

브러더후드는 허리를 숙이지 않고 양팔을 뻗었다. 조

149

지가 상자를 그에게 건네자, 그는 탁자로 그것을 가져갔다. 톰이 스피로그래프[13]와 레고를 가지고 놀거나, 플러시의 석양을 배경으로 독일 비행기가 격추당하는 모습을 한없이 그려 대던 탁자였다. 톰의 그림에서 추락하는 비행기 뒤편에는 가족들이 모두 지극히 즐거운 모습으로 손을 흔들고 있었다. 브러더후드는 가장 큰 다발을 먼저 꺼내서 모두 지켜보는 가운데 천을 풀다가 생각을 바꿨다.

「받아.」그가 조지에게 그것을 건네며 말했다. 「여자의 손길이 좋겠어.」

잭의 정부 중 한 명이구나. 메리에게 갑작스러운 깨달음이 왔다. 왜 좀 더 일찍 깨닫지 못했는지 의아했다.

조지는 우아한 동작으로 일어나 몸을 똑바로 폈다. 다리를 차례로 펴고, 생머리를 귀 뒤로 넘겨 정리한 뒤, 여자의 손길로 침대보를 길게 찢은 천 조각들을 풀기 시작했다. 매그너스는 그 천 조각들을 자동차에 쓸 것이라고 말했었다. 마침내 작고 멋진 카메라가 모습을 드러냈다. 그다음에 나온 것은 망원경이었다. 거기 달린 까치발을 끝까지 잡아당겨 길이를 늘이면 카메라를 나사로 고정할 수 있는 받침대가 되었다. 고개를 아래로 숙이고, 고정된 거리에서 장인이 물려준 책상 위에 놓인 서류를 사진으로 찍을 수 있도록. 망원경 다음에는 필름, 렌즈, 필터, 고

13 복잡한 그림을 그릴 수 있게 해주는 교재 완구.

리 그리고 메리가 금방 정체를 알아볼 수 없는 여러 장비가 연달아 나왔다. 그 모든 것 아래의 얇은 종이 뭉치에는 숫자가 열을 맞춰 적혀 있었는데, 종이 가장자리에 고무가 두껍게 둘러져서 뒤에 붙어 있는 페이지들을 볼 수 없었다. 메리는 이런 종이가 무엇인지 알고 있었다. 베를린에서 메리 자신도 이런 종이를 다룬 적이 있었다. 성냥을 가까이 갖다 대기만 하면 이 종이는 고사리처럼 오그라들었다. 뭉치에는 종이가 절반만 남아 있었다. 종이 뭉치 아래에는 뒤에 마분지를 댄 낡은 군용 수첩이 있었다. 거기에 적힌 〈W. D. 소유〉라는 말에서 W. D.는 전쟁부 War Department를 뜻했으며, 전시에 만든 물건답게 얼룩이 가득하고 줄이 쳐진 수첩 종이에는 아무것도 적혀 있지 않았다. 브러더후드가 계속 꾸러미 안을 뒤지자 빨간색 압화 두 개가 나왔다. 몹시 오래된 양귀비 같았는데, 어쩌면 장미일 수도 있었다. 메리는 확실히 장담할 수 없었다. 어쨌든 이때쯤 그녀는 이미 소리를 질러 대는 중이었다.

「회사 일에 쓰는 거예요! 당신을 위해 일하는 데 쓰는 거예요!」

「물론이지. 내가 나이절에게 말할 테니 걱정 마.」

「그 사람이 나한테 말하지 않았다고 해서 이 물건들이 문제가 되는 건 아니에요! 이건 그 사람이 서류를 갖고 집에 올 때를 대비한 거예요! 주말용이라고요!」 그런 뒤 그녀는 자신이 무슨 말을 했는지 깨닫고 다시 말을 이었다. 「정보원들용이에요. 그 사람들이 서류를 가져왔을 때를 대비한 거라고요, 멍청이! 그랜트가 나서면 그 사람이 짧은 시간 안에 정보원들을 돌려세워야 되잖아요! 이게 무슨 문제가 있다고 그래요!」

퍼거스가 반만 남은 종이 뭉치를 이리저리 돌려 보다가 톰의 탁상용 스탠드 불빛 속에서 비스듬히 기울였다.

「체코어 같습니다, 솔직히.」 퍼거스가 빛을 향해 종이 뭉치를 기울인 채 말했다. 「러시아어일 수도 있지만, 체코어 쪽이 더 맞을 것 같습니다, 솔직히. 네.」 그는 유쾌한 목소리로 이렇게 말하다가 고무로 처리한 가장자리에서 알 수 없는 무언가를 발견했다. 「맞습니다. 체코어예요. 이걸 만드는 곳은 체코밖에 없거든요. 이걸 나눠 준 사람이 누구인지는 또 다른 문제지만요. 특히 요즘은요.」

브러더후드는 압화에 더 관심을 보였다. 그는 꽃을 손바닥에 놓고, 마치 거기서 미래를 읽어 내기라도 하려는 듯이 뚫어져라 바라보고 있었다.

「넌 나쁜 아이로군, 메리.」 그가 신중하게 말했다. 「넌 나한테 말한 것보다 훨씬 더 많이 알고 있어. 녀석은 아일랜드나 그놈의 바하마에 있는 게 아닐 거야. 그건 그저 연막이었을걸. 녀석도 나쁜 놈이야. 너도 함께 나쁜 짓을 했는지 궁금하네.」

메리는 자제력을 모두 잃어버리고, 〈이 망할 놈!〉이라고 소리를 지르며 손바닥으로 그를 때리려 했다. 그가 그녀를 막았다. 그는 한 팔로 그녀를 안고 바닥에서 휙 들어 올렸다. 마치 그녀가 두 다리를 잃어버리기라도 한 것처럼. 그렇게 복도를 건너가 바우어 부인의 방으로 갔다. 아직 분해되지 않은 유일한 방이었다. 그는 메리를 침대에 내동댕이치고 옛날 추레한 안가에서 그랬던 것처럼 그녀의 신발을 휙 벗겨 냈다. 그 안가는 그가 섹스를 하던 곳이었다. 그는 그녀를 굴려 깃털 이불 속으로 넣은 뒤, 이불을 구속복으로 이용했다. 이어 그녀를 깔고 누워 몸싸움 끝에 제압했다. 조지와 퍼거스가 그 광경을 지켜보았다. 그런데 놀랍게도 이런 기괴하고 과격한 행동을 하는 내내 잭 브러더후드는 왼손에 쥔 압화 두 송이를 어떻게든 잃어버리지 않았다. 초인종이 권위를 상징하듯 길게 한 번 울렸을 때도 그는 여전히 그 꽃들을 손에 쥐고 있었다.

4

〈소란한 모습을 위에서 내려다보는 작가는 왕이다.〉
핌은 자신에게 되새기고 싶은 말을 별도의 종이에 썼다.
〈작가는 사랑의 눈길로 신민을 내려다보아야 한다. 설사
그 신민이 자기 자신이라 해도.〉

인생은 립시와 함께 시작되었다, 톰. 립시가 나타난 건
네가 태어나기 한참 전, 아니 다른 모두가 나타나기 한참
전이었다. 핌이 회사 용어로 결혼 적령기가 되기 훨씬 전.
립시가 나타나기 전에 핌이 기억하는 것은 다양한 색깔
의 집들을 정처 없이 떠도는 생활과 많은 고함 소리뿐이
었다. 그녀가 나타난 뒤에는 모든 것이 도저히 막을 수
없는 흐름을 이루어 한 방향으로 흘러가는 것처럼 보였
다. 그래서 그는 자신의 배에 가만히 앉아서 물살에 몸을
맡기기만 하면 되었다. 립시에서 양귀비에게로, 릭에서
잭에게로, 모두 즐거운 하나의 물살이었다. 도중에 물살
이 많이 흔들리기도 하고 저절로 갈라지기도 했지만. 삶

뿐만 아니라 죽음 또한 그녀와 함께 시작되었다. 핌을 움직인 것은 사실상 립시의 시신이었으니까. 비록 그가 그 시신을 직접 본 적은 없지만. 시신을 본 것은 다른 사람들이었다. 시신은 종탑 마당에 있었고 아주 한참 동안 누구도 그 시신을 덮어 주지 않았으므로, 핌이 가서 보려면 볼 수도 있었다. 하지만 아직 어린 핌은 당시 신경질적이고 자기중심적인 시기를 지나고 있었다. 그래서 자신이 직접 보지만 않는다면 그녀가 죽은 것이 아니라 그저 죽은 척하는 것이 될지도 모른다는 생각을 갖고 있었다. 자신이 얼마 전 텅 빈 수영장에서 다람쥐 한 마리를 죽이는 데 참여한 탓에 그녀의 죽음이라는 심판이 내려진 것 같기도 했다. 다람쥐 사냥을 이끈 사람은 까마귀 코보라고 불리는 사팔눈 수학 교사였다. 다람쥐가 완전히 함정에 걸린 뒤, 코보는 학생 세 명에게 하키 스틱을 들고 수영장 사다리를 내려가라고 말했다. 핌도 그중 한 명이었다. 「가라, 피미. 핌한테 맡겨 줘!」 코보가 응원했다. 핌은 다람쥐가 절룩거리며 다가오는 모습을 지켜보았다. 녀석이 고통스러워하는 모습이 무서워진 그는 하키스틱을 크게 휘둘렀다. 생각했던 것보다 더 세게. 옆의 아이 앞으로 내동댕이쳐진 녀석은 그대로 꼼짝도 하지 않았다. 「잘했다, 피미! 잘했어. 다음번에는 훈족한테 그렇게 해!」

그다음에 든 생각은 세프턴 보이드 무리가 그를 놀리려고 이 일을 전부 가짜로 꾸며 냈다는 거였다. 언제나 가능한 일이었다. 핌은 임시방편으로 책상 앞에 앉아 사람들의 증언을 모으는 일을 자처했다. 아직 사람들이 입을 닫아 버릴 생각을 하기 전에 그렇게 정보를 모아서 그녀의 모습을, 아마도 누구 못지않게 뚜렷하게 그려 내기 위해서였다. 그녀는 달리는 듯한 자세로 포석 위에 모로 누워 있었다. 앞으로 뻗은 손은 결승선을 향하고, 뒤로 뻗은 발은 이상한 방향을 향하고 있었다. 세프턴 보이드가 가장 먼저 그녀를 발견하고 학생들이 아침 식사를 하는 동안 교장에게 알렸다. 그는 이상한 방향을 향한 그 발을 보기 전까지는 그녀가 정말로 달리는 **중**인 줄 알았다고 말했다. 모로 누워서 특별한 운동을 하는 줄 알았다는 것이다. 발차기 동작이나 자전거 타기 같은 운동. 그녀의 몸을 둘러싼 피를 망토나 수건으로 착각한 그는 그녀가 그 위에 누워 있다고 생각했으나, 늙은 밤나무에서 떨어진 이파리들이 거기 달라붙어 바람에 날아가지 않는 것을 보고 자신이 틀렸음을 알았다. 종탑 마당은 지붕이 위험하다는 이유로 6학년생들조차 접근할 수 없는 곳이었으므로, 그는 그곳에 가까이 다가가지 않았다. 그는 자신이 토하지 않았다고 우리에게 자랑했다. 우리 세프턴 보이드 집안은 워낙 땅을 많이 갖고 있기 때문에, 내가 아버지랑 사냥을 많이 했거든. 그래서 피와 창자를 보는 것쯤 항상 있는 일이야. 하지만 그는 6학년 교실 구역의 계단을 뛰어 올라가 탑의 창문으로 향했다. 나중에 경찰은 그녀가 거기서 떨어졌다고 말했다. 뭔가를 하려고 몸을 창밖으로 내민 것 같다고. 그녀가 잠옷을 입고 있는 것으로 봐서, 어지간히 다급하고 중요한 일이었음이 분명했다. 한밤중에 오버플로 하우스에서 1.6킬로미터 떨어진 탑까지 자전거를 타고 올 정도였으니까. 격자무늬 안장이 있는 그녀의 자전거는 여전히 주방과 주방 사이 쓰레기 수거대에 세워져 있었다.

세프턴 보이드는 평소 제 아버지의 모습을 바탕으로, 그녀가 술에 취해 그렇게 됐을 것이라고 신나게 떠들어 댔다. 그는 그녀를 지칭할 때 〈그녀〉라는 말 대신 〈똥립스Shitlips〉라는 말을 썼다. 그의 무리가 나름 재치를 부린답시고 립시츠의 이름을 가지고 말장난을 한 결과였다. 하기야 그가 얼마 전부터 넌지시 말했던 것처럼, 똥립스가 정말로 독일 간첩이었을 수도 있었다. 등화관제 이후에 모종의 메시지를 전하려고 탑으로 몰래 올라간 겁니다, 선생님. 탑의 창가에 서면 계곡 너머 브레이스 오브 파트리지스까지 곧장 볼 수 있으니까, 독일 폭격기에 신호를 보내기에 딱 좋은 곳입니다, 선생님. 문제는 그녀가 자전거에 달린 전등을 제외하고는 수중에 빛을 낼 만한 것을 갖고 있지 않았다는 점이었다. 물론 자전거 전등은 자전거 핸들에 단단히 고정되어 있었다. 질(膣) 속에 전등을 숨겨 왔는지도 모르잖아요. 세프턴 보이드는 추락하면서 잠옷이 찢어진 덕분에 자신이 똑똑히 보앉다고 주장했다.

그렇게 아침에 소문들이 떠돌아다니는 동안 핌은 교직원 화장실의 고급 나무 변좌 위에 서 있었다. 처음 소동이 벌어진 뒤 이곳으로 피신한 그는 거울 앞에서 숨을 참아 얼굴을 붉혔다가, 다시 하얗게 만들었다. 슬픔에 걸맞은 표정을 지어내기 위한 당혹스러운 노력의 일환이었다. 주머니에서 스위스 아미 나이프를 꺼낸 그는 쓸모는 없지만 봉헌물로 바치려고 앞머리를 조금 톱질하듯 잘라낸 뒤, 빈둥빈둥 돌아다니며 수도꼭지들을 만지작거렸다. 모두들 자신을 찾고 있으면 좋겠다는 생각이 들었다. 핌은 어디 있어? 핌은 도망쳤어요! 핌도 죽었어요! 하지만 핌은 도망친 것이 아니었다. 죽지도 않았다. 종탑 마당에 립시의 시체가 누워 있고 구급차와 경찰이 도착하는 혼란 속에서, 사람들은 다른 사람의 행방을 궁금해하지 않았다. 특히 교직원 화장실은 학교에서 가장 출입이 제한된 곳이었다. 세프턴 보이드마저 함부로 들어오지 못할 정도였다. 수업이 취소되었다. 모두들 그렇게 고함을 질러 대며 소란을 피운 뒤 할 수 있는 일은 조용히 교실로 돌아가 복습하는 것뿐이었다. 물론 핌처럼 종탑 마당이 내려다보이는 자리에 교실이 있는 2학년생들은 예외였다. 그들은 예술관으로 가야 했다. 원래 캐나다 군인들이 지은 조립식 막사였던 이곳에서 립시는 음악과 미술과 연극을 가르쳤으며, 평발을 지닌 소년들을 치료하기 위한 운동 수업도 했다. 학교의 하급 교사로서 타자기로 서류를 작성하는 일도 그곳에서 했다. 학교가 걷어야 하는 여러 명목의 돈과 학교가 지불해야 하는 돈을 정리하고, 종교 수업을 듣는 학생들을 위해 택시를 부르는 등 학교 운영에 필요한 일들을 혼자 해내다시피 하면서도, 그녀는 누구에게서도 고맙다는 인사를 받지 못했다. 핌은 예술관에 가고 싶지 않았다. 나무로 비행정을 반쯤 깎다 말았으니 칼로 마저 작업을 해야 하고, 그곳에 있는 낡은 책에서 사람들이 잘 모르는 시를 베껴 자기 것이라고 우길 계획도 얼추 세워 두었지만 가고 싶지 않았다. 용기와 기회가 생긴다면, 지금까지 립시와 함께 살았던 오버플로 하우스로 돌아가야 했다. 그곳에는 그와 같은 오버플로 소년 열한 명도 함께 살고 있었다. 그곳에 돌아가서 편지들을 어떻게 하기 전에는 감히 어디도 갈 수 없었다. 자칫하면 릭이 감옥에 다시 갇힐 수도 있었다.

그가 어쩌다 이 길에 들어섰는지, 처음 맡은 이 비밀 작전에서 이렇게 솜씨를 발휘할 수 있는 훈련을 어떻게 받게 되었는지를 말한다면, 그것은 곧 그가 지금까지 살아온 이야기와 같았다. 기숙 학교에서 세 학기를 보낸 열 살 소년이 살아온 이야기.

지금도 핌의 삶을 통해 립시의 흔적을 더듬어 보는 것은 도저히 뚫고 들어갈 틈이 없는 수풀을 뚫고 제멋대로 움직이는 빛을 추적하는 것과 같다. 이제는 죽은 자의 대열에 합류한 퍼스 로프트에게 립시는 부정해도 되는 존재였다. 그는 그녀를 〈꼬맹이의 상상〉이라고 불렀다. 내가 만들어 낸 허깨비라는 뜻이었다. 하지만 훌륭한 변호사 퍼스는 에펠탑에 코를 부딪친 뒤, 필요하다면 거기서 상상의 이야기를 만들어 낼 수 있는 사람이었다. 그것이 그가 하는 일이었다. 시드를 비롯한 여러 사람들은 가장 먼저 그녀를 이용한 사람이 퍼스였다고, 핌이 태어나기 전 암흑시대에 그녀를 릭의 궁정에 소개한 사람이 퍼스였다고 증언한다. 퍼스처럼 이제는 고인이 되었으며, 생전에 회계 장부 처리에 놀라운 재주를 지니고 있었던 머스폴 씨가 퍼스의 뒤를 받쳐 준 것은 이해할 수 있는 일이었다. 그럴 만도 했다. 그도 그 일에 목까지 파묻혀 있는 상태였다. 시드는 당시 사정을 아는 이들 중 유일하게 아직 살아 있지만 딱히 크게 도움이 되지는 않는다. 그는 유대인들을 친근하게 일컫는 런던 사투리인 〈포 바이 투 four by two〉를 써서, 그녀를 가리켜 〈독일인 포 바이 투〉라고 말했다. 자신이 짐작하기에는 그녀가 뮌헨 출신인 것 같은데, 빈 출신일 수도 있다고 했다. 그녀는 외로웠어, 꼬맹이. 아이들을 아주 좋아하고, 너를 아주 좋아했지. 그는 그녀가 릭을 좋아했다는 말은 하지 않았지만, 릭의 무리는 그것을 당연한 사실로 받아들였다. 릭의 궁정에서 미녀들은 릭을 위한 존재였기 때문이다. 릭의 보살핌을 받으며 그의 영광을 담뿍 누리는 존재. 릭이 선한 마음에서 그녀에게 비서 자격증을 따게 했지. 시드가 말한다. 그리고 너의 도러시는 립시를 엄청 좋아해서 영어를 가르쳐 줬어. 그게 무슨 뜻이냐면……. 시드는 여기까지 말하다가 조개처럼 입을 다물어 버린다. 다만 참 안타까운 일이라면서 우리 모두 거기서 교훈을 배워야 한다고 한마디 할 뿐이다. 어쩌면 네 아빠가 그녀를 너무 심하게 굴렸는지도 모르겠다. 그녀는 너처럼 혜택을 누리지 못했거든. 그래, 그녀는 미인이었어. 그가 인정한다. 그리고 품위도 조금 있었지. 솔직히 우리들 중에는 그런 품위를 항상 보여 주지 못하는 사람도 있었는데 말이야, 꼬맹이. 그녀는 우스갯소리도 아주 좋아했단다. 그러다 독일군이 가엾은 자기 식구들에게 한 짓이 생각나면 분위기가 달라졌지만.

내가 은밀하게 기록을 확인해 본 결과도 그리 좋지 않았다. 몇 년 전 야간 당직자로 근무하는 동안 등기소를 드나들 수 있게 된 나는 일반 색인에서 애니 립시츠라는 이름을 찾아 보았지만, 철자를 아무리 바꿔서 찾아 봐도 나오는 게 전혀 없었다. 얼마 전 오스트리아 정보국의 인사부 책임자인 빈의 딩켈이 내 장황한 이야기를 듣고 역시 비슷한 조사를 해보았다. 쾰른에 있는 독일의 인사 담당자도 기록을 살펴봤다. 하지만 두 사람 모두 흔적을 찾지 못했다고 알려 왔다.

그러나 그녀는 내 기억 속에 분명히 존재한다. 키가 크고, 머리카락이 부드럽고, 생기가 넘치고, 커다란 눈은 겁을 먹은 것처럼 보이고, 성큼성큼 걸을 때는 통통 튀는 느낌이 나는 여자. 그녀는 무엇이든 느릿느릿 하는 법이 없었다. 기억나는 것이 또 있다. 우리가 임시로 머무르던 어떤 집에서 여름휴가를 보낼 때였을 것이다. 핌이 그녀의 알몸을 보고 싶어 안달이 난 나머지 하루 종일 그 궁리만 하던 일. 립시도 어떻게 눈치를 챘는지, 어느 날 오후 그에게 온수를 절약할 겸 함께 목욕을 하자고 제안했다. 심지어 손으로 물의 양을 재서 보여 주기까지 했다. 애국자들에게 허용된 물은 12센티미터인데, 립시는 한 번도 애국자가 아니었던 적이 없었다. 그녀는 알몸으로 허리를 숙이고 욕조에 손을 넣어 물을 휘젓는 모습을 내게 보여 주었다. 틀림없이 그랬다. 그녀는 젖은 손을 다시 꺼내서 내게 보여 주며 이렇게 말했다. 「봐, 매그너스! 우리는 절대 독일에 이로운 행동을 하는 게 아니야.」

그래, 나는 열렬히 그렇게 믿고 있다. 하지만 아무리 애를 써도 그녀의 얼굴이 전혀 기억나지 않는다. 그 집이 었는지 아니면 비슷한 다른 집이었는지, 하여튼 그녀의 방이 복도를 두고 핌의 방과 마주 보고 있었던 건 기억난다. 그 방에는 그녀의 마분지 옷상자와 형제자매의 사진이 있었다. 수염을 기른 남자 형제와 검은 모자에 은테 안경을 쓴 자매들은 엄숙한 표정으로 그녀의 화장대에 작고 반짝이는 묘비처럼 서 있었다. 그녀가 어떤 방에서 릭에게 고함을 지르며, 도둑질을 하느니 차라리 죽겠다고 말하던 기억도 있다. 역시 그 방에서 릭은 갈색이 풍부한 특유의 웃음을 터뜨렸다. 필요 이상으로 오래 지속된 그 웃음으로 모든 문제가 해결되었다. 나중에 또 문제가 터졌지만. 나는 전혀 기억이 없으나, 그녀가 핌에게 독일어를 가르쳤음이 분명하다. 세월이 흘러 정식으로 그 언어를 배우게 되었을 때, 그녀에 대한 정보가 머릿속에 있음을 그가 알게 되었기 때문이다. *Aaron war mein Bruder⋯⋯ mein Vater war Architekt.*[14] 이 문장들이 과거 시제인 것처럼, 그녀도 이제는 과거에 속한 인물이었다. 그가 더 세월이 흐른 뒤에 깨달은 사실이 또 있다. 그녀가 그를 부르던 *Mönchlein*이라는 호칭은 〈어린 수도사〉라는 뜻이었으며, 마르틴 루터의 힘든 길을 언급한 말이었다는 것. 「어린 수도사, 너만의 길을 가.」 하지만 당시 그는 그녀가 자신을 손풍금 연주자가 줄에 묶어 데리고 다니는 원숭이로 생각하는 줄 알았다. 여기서 손풍금 연주자는 릭이었다. 이 새로운 깨달음으로 그의 자부심이 한없이 높아졌다. 나중에 그녀의 말이 사실은 그에게 자신이 없어도 잘 지내라는 뜻이었음을 깨달을 때까지는 그랬다.

　나는 그녀가 우리와 함께 낙원에 있었다고 확신한다.

14 아론은 내 형제였다⋯⋯ 내 아버지는 건축가였다.

립시가 없다면 낙원은 존재하지 않았다. 낙원은 제러즈 크로스와 바다 사이에 있는 황금의 땅이었으며, 그곳에서 도러시는 앙고라 스웨터를 입고 다림질을 했다. 장을 보러 갈 때는 파란색 얼스터 외투[15]를 입었다. 낙원은 릭과 도러시가 도둑 결혼식을 올린 뒤 도망친 곳이었다. 새로운 시작과 짜릿한 미래가 있는 중심지. 하지만 내가 기억하기로, 그때의 풍경 속에 립시가 없었던 적은 단 하루도 없다. 그녀는 어딘가 가장자리에서 통통 뛰듯이 움직이거나, 내게 옳고 그른 것을 가르쳤다. 나는 그녀의 목소리가 거슬리지 않았다. 벤틀리 자동차를 타고 동쪽으로 한 시간쯤 달리면 런던이었다. 그리고 런던 웨스트엔드에 릭의 사무실이 있었다. 시장의 목걸이를 건 할아버지 TP의 커다란 사진이 걸려 있는 그 사무실에서 릭은 밤늦게까지 시간을 보냈다. 그것이 아기 핌에게는 더할 나위 없이 좋은 일이었다. 도러시의 침대로 들어가 그녀를 따뜻하게 해줄 수 있었기 때문이다. 아이가 보기에도 그녀는 너무나 작고, 금방이라도 부서질 것처럼 약했다. 립시는 우리와 함께 집에 남을 때도 있고, 릭과 함께 런던으로 갈 때도 있었다. 자격증을 따야 하기 때문이었다. 지금 생각해 보면, 자신의 동포들이 수없이 죽어 가는 시기에 자신은 살아남은 이유를 정당화할 필요도 있었던 것 같다.

15 띠가 달리고 품이 넓은 긴 외투.

낙원에는 반짝이는 경주마들도 있었다. 시드는 그들이 평생 이길 줄을 모른다고 말했다. 말보다 더 반짝이는 벤틀리 자동차들도 있었다. 그들은 집과 마찬가지로 빠르게 낡아 갔기 때문에 계속 더 비싼 신형 모델로 바꿔 줘야 했다. 대출을 받아 사는 것이라, 차를 바꾸는 속도에서 전율이 느껴졌다. 때로는 벤틀리가 너무 귀한 나머지 부정을 타지 않게 집 뒤편에 숨겨 놓아야 했다. 핌이 릭의 무릎에 앉아 엄청난 속도로 벤틀리를 몰 때도 있었다. 아직 공사가 끝나지 않아서 모래가 드러나 있고 양편에 시멘트 혼합기가 줄지어 늘어선 길을 달리며 그가 공사장 인부들을 향해 경적을 쾅쾅 울려 대면, 릭은 인부들에게 인사를 건네면서 자기 집으로 와서 샴페인이나 한잔 하자고 말했다. 립시도 우리 옆 조수석에 있었다. 마부처럼 허리를 꼿꼿이 펴고 초연한 얼굴을 한 채로. 그러다 릭이 그녀에게 말을 걸거나 농담을 던지면, 그녀는 휴일의 햇살 같은 미소를 지었다. 그녀는 우리 둘 모두를 사랑했다.

낙원은 또한 생모리츠이기도 했다. 스위스 아미 나이프가 거기서 왔다. 그런데 전쟁 전 스위스에서 보낸 두 번의 겨울과 벤틀리 자동차들이 이상하게 내 기억 속에서 하나로 합쳐져 있다. 지금도 나는 커다란 차 안의 가죽 냄새만 맡아도 릭이 생모리츠의 고급 호텔에서 광란의 파티를 즐긴 뒤의 풍경이 저절로 떠오른다. 쿨름, 수

브레타 하우스, 그랜드. 핌은 이 호텔들을 하나로 뭉뚱그려서 거대한 궁전으로 생각했다. 하인들은 다르지만 신하들은 항상 똑같은 궁전. 그곳은 광대, 곡예사, 왕의 고문, 기수 등이 있는 릭의 집이었다. 그가 그들을 대동하지 않고 어디에 가는 일은 거의 없었다. 낮에는 이탈리아인 도어맨이 긴 빗자루로 회전문을 드나드는 사람들의 신발에 묻은 눈을 털어 주었다. 저녁에는 릭과 신하들이 인근 미녀들과 연회를 즐겼다. 도로시는 너무 피곤해서 연회에 참석하지 못했다. 그럴 때 핌은 립시의 손을 잡고 눈 내리는 골목으로 용감히 나갔다. 주머니 속 아미 나이프를 꼭 쥔 그는 속으로 자신이 러시아의 왕자이며, 립시보고 너무 진지하다며 비웃는 사람들로부터 그녀를 지켜 주는 중이라고 상상했다. 아침에는 일찌감치 왕을 알현한 뒤, 호위도 없이 혼자서 까치발로 층계참에 나가 저아래 커다란 홀에서 땀 흘리며 일하는 농노들을 난간 틈새로 내려다보았다. 퀴퀴한 시가 냄새, 여자들의 향수 냄새, 긴 대걸레가 바닥을 스칠 때마다 이슬처럼 반짝이는 왁스의 냄새가 났다. 릭의 벤틀리에서 항상 나는 냄새와 같았다. 미녀들의 냄새, 밀랍의 냄새, 그가 피우는 백만 장자 시가의 연기 냄새. 그리고 아주 희미하게 남아 있는 또 하나의 냄새는, 립시와 나란히 썰매에 앉아 얼어붙은 숲을 달릴 때 느껴지던 추위와 말똥 냄새. 그녀는 달리는 동안 썰매를 모는 사람과 독일어로 수다를 떨었다.

다시 집으로 돌아와서, 낙원은 은박지에 피라미드 모양으로 쌓여 있는, 반짝이는 귤이었다. 식당의 분홍색 샹들리에이고, 멀리 떨어진 경마장에서 구경하던 시끄러운 경주였다. 우리는 마주의 배지를 휙 보여 주고 안으로 들어가, 평생 이길 줄 모르는 말들이 경주에서 지는 것을 지켜보았다. 커다란 마호가니 케이스 안에 들어 있는 자그마한 흑백텔레비전도 낙원이었다. 텔레비전은 하얀 점들이 흩어진 하늘 뒤에서 벌어지는 보트 경주를 우리에게 보여 주었다. 그랜드 내셔널 경마를 텔레비전으로 볼 때는 말들이 너무나 멀게 보였기 때문에 핌은 저들이 어떻게 집을 찾아가는지 궁금했다. 미안하지만, 릭의 말은 실제로 찾아가지 못할 때가 많았다. 시드가 그들을 평생 이길 줄 모르는 녀석들이라고 부른 이유가 그것이었다. 정원에서 시드와 함께 하던 크리켓 경기. 공이 여섯 번 오가는 동안 시드가 꼬맹이를 이기지 못하면 6펜스를 내는 경기였다. 응접실에서 모리 워싱턴과 하던 권투. 모리는 릭의 궁정에서 예술 담당 장관이었으므로, 격투 게임에도 전문가였다. 그는 버드 플래너건[16]과 이야기를 나눈 적이 있고, 조 루이스[17]와 악수를 한 적이 있으며, 영화 「엑스레이 눈을 가진 사나이」에 나온 마법사의 부하와 비슷한 역할을 했다. 훌륭한 회계사 머스폴 씨를 나는 결

---

16 영국의 유명한 코미디언 겸 배우.
17 미국의 프로 권투 선수.

코 좋아한 적이 없지만(머리로 산수 계산을 하는 것이 내게는 너무 힘든 일이었다), 그가 사람들의 귀에서 반 크라운짜리 동전을 꺼내는 묘기를 부리던 것도 낙원이었다. 퍼스 로프트의 변호사다운 중절모 아래로 설탕 덩어리가 사라지는 모습을 보던 것도. 설탕 덩어리들은 내 눈앞에서 상상 속 존재로 변해 버렸다. 조끼를 입은 기수들의 등에 업혀 정원을 돌아다니던 것도 낙원이었다. 빌리니 지미니 고든이니 찰리니 하는 이름으로 불리던 그들은 세계 최고의 마법을 만들어 내는 사람들이자 최고의 꼬마 요정들이었다. 그들은 내 만화책을 죄다 읽었으며, 자기들 만화책을 다 읽은 뒤 내게 주었다.

하지만 이 모든 광경들의 행렬 어딘가에는 항상 립시가 있었다. 어느 때는 어머니로, 어느 때는 타이피스트로, 음악가로, 크리켓 선수로. 그리고 언제나 핌에게 도덕을 가르쳐 주는 그만의 개인 교사로. 그녀가 외야에 높이 뜬 공을 잡으려고 마구 뛰어갈 때 사람들은 그녀를 향해 *Achtung*![18] 하고 외쳐 댔다. 이런, 꽃밭을 조심해야지. 릭이 새로 사 온 축구공을 핌의 어린 얼굴에 차버린 것도 낙원에서 벌어진 일이었다. 마치 릭이 갖고 있던 모든 벤틀리의 내부가 한꺼번에 그를 때린 것 같았다. 미친 듯한 속도로 움직이는 가죽이라는 점에서는 둘이 똑같았다. 핌이 정신을 차리고 보니, 도러시가 입에 손수건을 물고

18 조심해!

그를 향해 몸을 숙인 채 〈오, 안 돼, 제발, 오, 하느님, 안 돼요〉라고 울먹이고 있었다. 사방이 피투성이였다. 축구 공에 맞아 상처가 난 곳은 이마뿐이었지만, 도러시는 공 때문에 핌의 눈알이 머릿속 깊이 밀려 들어가서 다시는 제자리로 나오지 못하게 되었다고 주장했다. 가엾게도 마음이 여린 그녀는 무서워서 피를 닦아 내지 못했다. 그 래서 립시가 대신 할 수밖에 없었다. 그녀는 다친 짐승을 만지듯이 나를 만질 수 있었다. 그 뒤로 나는 립시 같은 손길을 지닌 여자를 만난 적이 없다. 지금 생각하면, 내 가 그녀에게 어떤 존재였는지를 그 손길이 보여 주었던 것 같다. 모든 것을 잃은 뒤에도 손으로 만지고, 소중히 지켜 줘야 하는 존재. 나는 릭이 그녀를 가둬 놓은 호화 로운 감옥에서 그녀에게 희망이자 사랑이었다.

낙원에 릭도 함께 살고 있을 때는 밤이 없었다. 잠자리 에 드는 사람은 릭의 궁정에서 잠자는 숲속의 미녀를 자 임한 도러시뿐이었다. 핌은 언제든 마음이 내키면 파티 에 참가할 수 있었다. 릭, 시드, 모리 워싱턴, 퍼스 로프 트, 머스폴 씨, 립시, 기수들 등 모두가 돈이 여기저기 쌓 여 있는 바닥에 누워 룰렛 구슬의 움직임을 지켜보았다. 벽에서는 시장의 기장을 단 TP가 그들을 내려다보았다. 그러니 우리가 옮겨 다닌 여러 군데 집에 그의 사진이 있 었음이 분명하다. 우리 모두가 축음기 소리에 맞춰 춤을 추는 모습, 리틀 오드리라고 불리던 침팬지에 대해 이야기하던 모습이 눈에 보이는 듯하다. 사람들은 농담을 주고받으며 웃고 또 웃어 댔다. 핌의 머리로는 이해할 수 없는 농담들이었지만, 그는 남을 즐겁게 해주는 법을 점차 배우는 중이었기 때문에 웃기는 목소리를 내며 누구보다 더 크게 웃어 댔다. 낙원에서는 모두가 모두를 사랑했다. 핌은 립시가 릭의 무릎에 앉아 있는 것이나 둘이 뺨을 맞대고 춤추는 것을 본 적이 있었다. 릭은 입에 시가를 물고 눈을 꾹 감은 채 「아치 아래서」를 부르고 있었다. 도러시가 또 너무 피곤하다며 릭이 사 온 실내용 가운을 입지 못한 것은 안타까운 일인 것 같았다. 프릴이 잔뜩 달린 분홍색 가운은 도러시 것, 하얀색 가운은 립시 것이었다. 도러시가 그 옷을 입고 내려와 함께 놀지 못한 것이 아쉬웠다. 하지만 릭이 2층의 그녀를 크게 불러 댈수록 그녀는 깊이 잠들었다. 도러시를 설득해 보라는 릭의 말에 2층으로 올라간 핌이 직접 보았다. 핌은 문을 두드렸지만 안에서는 아무 대답이 없었다. 그는 까치발로 살금살금 거대한 침대로 다가가 그녀의 뺨에서 언뜻 거미줄처럼 보이는 것을 살짝 걷어 냈다. 그러고는 그녀에게 귓속말을 하다가, 그다음에는 고함도 질러 보았다. 하지만 이렇다 할 성과를 올리지 못했다. 도러시가 자면서 울고 있어요. 그는 아래층으로 돌아와 이렇게 보고했다. 하지만 다음 날 아침이 되면 다시 모든 것이 멀쩡해졌다. 그 세 사람이 릭을 가운데 두고 침대에 나란히 누워 있었기 때문이다. 도로시가 아래층으로 내려가 토스트를 만드는 동안 핌은 허락을 얻어 립시 옆으로 꼬물꼬물 들어가 누울 수 있었다. 립시는 그를 꼭 안아 주면서, 걱정스럽고 도덕적인 표정으로 미간을 찌푸린 채 그를 바라보았다. 지금 생각해 보면 그것은 자신의 나약한 정신과 사랑이 부끄러워서, 나를 걱정하는 것으로 잘못을 깨끗이 씻어 내고 싶다는 그녀 나름의 표현이었던 것 같다.

낙원에서 릭이 소리를 질러 댄 것은 맞지만, 핌에게 소리를 지른 적은 한 번도 없었다. 그는 내게 단 한 번도 언성을 높이지 않았다. 그렇게 하지 않아도 될 만큼 그의 의지가 강했고, 그의 사랑은 더욱더 강했다. 그는 도로시에게 고함을 질렀다. 핌이 이해할 수 없는 모종의 일들과 관련해서 그녀를 구워삶기도 하고 경고를 하기도 했다. 그가 힘으로 그녀를 전화기 앞까지 끌고 가 억지로 수화기를 쥐어 준 적이 한두 번이 아니었다. 통화 상대는 메이크피스 삼촌이나 상점 주인 등 그때그때 어떻게든 우리를 위협하는 사람들이었다. 오로지 도로시만이 그들을 달랠 수 있었다. 립시는 그 일을 하지 않으려 했다. 그녀가 나섰더라도 말씨가 문제가 되었을 것이다. 핌이 웬트워스라는 이름을 아무래도 그때 처음 들었던 것 같다. 도로시가 웬트워스 부인에게 모두들 재촉하지만 않는다면 돈 문제가 잘 해결될 것이라고 말하면서, 용기를 얻기 위해 내 손을 쥐고 있었던 기억이 난다. 그러니 웬트워스라는 이름은 일찌감치 핌에게 나쁜 이름이었다. 두려움이나 모든 것의 끝과 동의어였다.

「웬트워스가 누구예요?」 핌이 립시에게 물었다. 그녀가 그에게 입 다물라고 말한 것은 그때가 유일했다.

도러시는 거래소에서 일하는 사람들을 모두 알고 있었다. 그들의 남편이나 약혼자의 직업은 무엇인지, 그들의 자녀가 다니는 학교가 어디인지도 다 알고 있었다. 핌과 단둘이 있을 때 그녀는 앙고라 스웨터 차림으로 덜덜 떨면서 하얀색 수화기를 들고 그들과 한참 수다를 떨었다. 실체가 없는 그 목소리들의 세계에서 위안을 얻는 것 같았다. 립시가 릭에게 반항하면 릭은 그녀에게도 고함을 질러 댔다. 지금 생각해 보면 내가 점점 자랄수록 립시가 더 반항했던 것 같다. 때로는 릭이 도러시와 립시에게 한꺼번에 소리를 질러 대기도 했다. 그러면 둘이 동시에 울음을 터뜨렸지만, 나중에는 커다란 침대에 함께 누워 화해했다. 릭은 침대에서 아침 식사로 토스트를 먹으며 분홍색 이불에 버터를 뚝뚝 떨어뜨렸다. 하지만 핌에게 상처를 주거나 그를 울린 사람은 하나도 없었다. 핌은 릭이 자신과 여자들의 관계를 자신과 핌의 관계에 견주어 보고 있으며, 여자들에게 부족한 점이 있다고 생각한다는 사실을 그때도 알고 있었던 것 같다. 가끔 릭은 도러시와 립시를 데리고 스케이트를 타러 갔다. 그는 검은색 연미복에 하얀 타이를 맸지만, 도러시와 립시는 팬터마임을 하는 소년 같은 옷을 입고 양쪽에서 릭의 팔을 한 짝씩 잡은 채 서로의 시선을 피했다.

가을은 어둠 속에서 시작되었다. 우리는 얼마 전부터 이사를 많이 다녔다. 인근의 부동산 시장에서 현기증이 날 정도로 상승을 거듭해, 이제는 언덕 위의 저택에 살고 있었다. 크리스마스가 가까운, 흐린 겨울날 오후였다. 핌은 립시와 함께 종이로 장식품을 만드는 중이었다. 만약 내가 그 집을 다시 찾을 수 있다면, 지금쯤 그 집이 시 정부의 재산이나 인터체인지의 일부가 돼 있지만 않다면, 왠지 그 장식품들이 지금도 옛날 그 모습 그대로 거기에 걸려 있을 것 같다. 다윗의 별과 베들레헴의 별. 립시는 거대하고 텅 빈 방에서 반짝거리는 이 두 종류의 별이 정확히 어떻게 다른지 내게 가르쳐 주었다. 먼저 엄청나게 넓은 핌의 아기방에서 불이 나가더니, 그다음에는 전기난로가 희미해졌고, 그다음에는 철로가 열 개나 되는 새 혼비 〈오〉 전기 기차가 작동을 멈췄고, 그다음에는 립시가 꺅 하고 소리를 지른 뒤 사라져 버렸다. 핌은 아래층으로 내려가 릭이 새로 산 딜럭스 칵테일 수납장의 호두나무 뚜껑을 열었다. 거울이 달린 수납장 내부에 불이 켜지지도 않고, 「부엌에 누가 다이너와 함께 있어」라는 노래가 연주되지도 않았다.

바로미터로 영구히 작동하는 시계의 황동 추만 빼고,

순식간에 온 집 안에서 모든 것이 동력을 잃어버렸다. 핌은 부엌으로 달려갔다. 쿠키도 없고 정원사 롤리 씨도 없었다. 롤리 씨의 아이들이 핌의 장난감을 훔치기는 했지만, 그들이 핌만큼 좋은 환경에서 살고 있지 않기 때문에 뭐라고 할 수도 없었다. 핌은 다시 2층으로 뛰어 올라가 추위에 덜덜 떨며 긴 복도를 다급히 정찰했다. 계속 〈립시, 립시〉 하고 소리쳐 봐도 아무 대답이 없었다. 층계참의 아치형 스테인드글라스 창문을 통해 그는 정원을 열심히 내다보았다. 진입로에 검은 차들이 있는 것이 보였다. 벤틀리가 아니라 경찰이 타고 다니는 울슬리 두 대였다. 운전석에는 뾰족모자를 쓴 경찰관이 앉아 있었다. 갈색 비옷을 입은 남자들이 자동차 옆에 서서 롤리 씨와 이야기를 하고 있었고, 쿠키는 릭이 겨우 일주일 전 궁정 사람들을 데리고 가서 보여 준 크레이지 갱 팬터마임 속 부인처럼 손수건과 양손을 쥐어짜고 있었다. 포위당한 사람은 위로 올라간다는 사실을 이제 나는 알고 있다. 아마 그래서 핌도 좁은 계단을 달려 다락방으로 올라갔을 것이다. 거기서 릭이 황급히 움직이고 있었다. 바닥에는 온통 서류철과 서류가 흩어져 있고, 릭은 그것들을 한 아름씩 들어 낡아서 모서리가 깨진 초록색 서류함에 집어넣고 있었다. 핌이 온 집 안을 탐험하며 돌아다녔어도 그 서류함은 한 번도 본 적이 없었다.

「전기가 나갔고, 립시는 무서워하고, 경찰이 와서 정원에서 롤리 씨를 체포하고 있어요.」핌은 단숨에 이렇게 말했다.

그러고도 여러 번 더 거듭해서 말했다. 이 말의 의미가 워낙 중요했으므로, 말할 때마다 목소리가 커졌다. 하지만 릭은 그의 말을 들으려 하지 않았다. 서류와 서류함 사이를 바삐 오가며 서랍을 채워 넣을 뿐이었다. 그래서 핌은 그에게 다가가 팔뚝을 주먹으로 세게 때렸다. 비단 셔츠의 소매가 흐트러지지 않게 하려고 스프링을 끼워 둔 곳 바로 위의 부드러운 부분을 있는 힘껏. 릭이 휙 돌아서서 핌을 때리려는 듯 손을 뒤로 젖혔다. 롤리 씨가 장작을 패려고 도끼를 최대한 들어 올리기 직전의 표정과 비슷한 표정이었다. 빨갛게 달아올라서 잔뜩 힘이 들어간 땀투성이 얼굴. 그러나 그는 곧 웅크린 자세로 몸을 낮추고, 두툼한 손을 오므려 핌의 양어깨를 움켜쥐었다. 도끼질을 할 것처럼 보이던 조금 전보다 지금의 표정이 핌은 더 걱정스러웠다. 그의 눈이 겁에 질려 울고 있는데도 얼굴의 다른 부분은 그 사실을 모르는 듯했고, 그의 목소리는 매끄럽고 거룩했기 때문이다.

「두 번 다시 날 때리지 마. 심판의 날은 누구에게나 똑같이 올 거야. 내가 널 어떻게 대했는지를 기준으로 하느님이 날 심판하시겠지. 겁 없이 굴지 마.」

「왜 경찰이 왔어요?」핌이 말했다.

「네 아버지가 일시적으로 유동성 문제를 겪고 있거든.

이제 벽장까지 길을 내. 아빠한테 문을 열어 줘야 착한 아이지. 빨리.」

벽장은 낡은 옷더미와 다락방 잡동사니 뒤편 구석에 있었다. 핌은 어떻게든 벽장문으로 다가가 힘껏 열었다. 릭은 계속 쾅쾅 소리를 내면서 서류함의 서랍들을 닫고 열쇠를 돌려 잠갔다. 그러고는 핌의 팔을 붙잡고, 그의 바지 주머니 깊숙이 열쇠를 찔러 넣었다. 모직 바지의 주머니가 작아서 열쇠 하나와 작은 사탕 봉지 하나가 간신히 들어갔다.

「그걸 머스폴 씨한테 줘, 알았니? 꼭 머스폴한테 줘야돼. 그러고 나서 이 서류함이 있는 곳을 머스폴에게 가르쳐 주면 된다. 여기까지 데려와서 가르쳐 줘. 다른 사람은 안 돼. 너, 아빠를 사랑하지?」

「네.」

「그래, 됐다.」

핌은 파수병처럼 자랑스럽게 벽장문을 잡아 주었다. 릭은 바퀴가 달린 서류함을 굴려서 벽장 안으로, 더 어두운 안쪽으로 들어갔다. 그러곤 온갖 잡동사니들을 던져서 서류함을 완전히 감춰 버렸다.

「어디 있는지 알겠지?」

「네.」

「문 닫아라.」

핌은 문을 닫은 뒤 가슴을 내밀고 쿵쿵 아래층으로 내

려갔다. 경찰차를 한 번 더 보고 싶었다. 도러시는 새로 산 모피 외투에 새로 산 솜털 실내화 차림으로 부엌에서 토마토 수프 통조림을 젓고 있었다. 입가에 거품이 묻어 있는 것을 보니, 목이 메서 말을 할 수 없는 모양이었다. 핌은 토마토 수프라면 질색이었다. 릭도 마찬가지였다.

「릭은 수도관을 고치고 있어요.」 그는 비밀을 지키기 위해 당당히 선언했다. 릭이 말한 유동성을 그의 머리로 는 이렇게 해석할 수밖에 없었다. 그는 점점 더 큰 소리 로 립시를 부르며 복도로 달려 나가 두 경찰관 앞으로 곧 장 다가갔다. 그들은 릭이 집에서 일할 때 쓰는 커다란 책상의 무게 때문에 낑낑거리고 있었다.

「그건 우리 아빠 거예요.」 핌이 열쇠가 든 주머니에 한 손을 짚으며 공격적으로 말했다.

지금 기억나는 사람은 두 경찰관 중 한 명뿐이다. 그는 친절했으며, TP처럼 하얀 콧수염을 기르고 있었다. 키는 하느님보다도 컸다.

「그래, 미안하지만 이젠 우리 것이 된 것 같구나. 거기 문 좀 붙잡아 줄래? 발가락 조심하고.」

문 잡아 주는 전문가가 된 핌은 시키는 대로 했다.

「네 아빠 책상이 더 있니?」 키 큰 경찰관이 물었다.

「아뇨.」

「벽장은? 어디든 아빠가 서류를 두는 곳이 있어?」

「전부 그 안에 있어요.」 핌은 한 손으로 계속 주머니를 짚은 채, 다른 손으로 단호하게 책상을 가리켰다.

「너 쉬야하고 싶지?」

「아뇨.」

「밧줄은 어디 있어?」

「몰라요.」

「알 텐데.」

「마구간에 있어요. 새로 산 잔디 깎는 기계 옆에 커다란 안장 걸이가 있는데, 거기 있어요. 고삐예요.」

「너 이름이 뭐니?」

「매그너스요. 립시는 어디 있어요?」

「립시가 누군데?」

「숙녀예요.」

「네 아빠 밑에서 일해?」

「아뇨.」

「살짝 가서 그 밧줄 좀 가져다줄래, 매그너스? 착하지. 나는 여기 내 친구랑 같이 네 아빠를 데리고 잠시 출장 겸 휴가를 떠날 거야. 그런데 네 아빠의 서류가 없으면 일을 할 수가 없단다.」

핌은 마당 맞은편, 망아지 방목장과 롤리 씨의 오두막 사이에 있는 헛간으로 뛰어갔다. 선반에 놓여 있는 초록색 차통은 롤리 씨가 못을 모아 두는 곳이었다. 핌은 그 안에 열쇠를 넣으며 머릿속으로 계속 중얼거렸다. 초록색 통, 초록색 서류함. 그가 고삐를 가지고 돌아왔을 때,

릭은 갈색 레인코트를 입은 두 남자 사이에 서 있었다. 나는 지금도 그때 그 광경을 정확히 그려 낼 수 있다. 릭은 얼굴이 어찌나 창백한지 세상의 모든 휴가를 끌어다 써도 정상으로 돌아오지 않을 것 같았지만, 그 눈으로 내게 충성을 요구하고 있었다. 키 큰 경찰관은 그의 납작모자를 써보고 싶다는 핌의 부탁을 받아 주었고, 검은 울슬리의 버튼을 눌러 보닛 아래 종도 울릴 수 있게 해주었다. 도로시는 릭보다도 훨씬 더 휴가가 필요한 얼굴이었지만 아까처럼 목이 메이는 것 같지는 않았다. 그녀는 모피 외투 앞에 하얀 두 손을 포갠 채 인형처럼 가만히 서 있었다.

기억은 아주 대단한 유혹의 기술을 지니고 있단다, 톰. 비극적인 그림을 그려 내지. 소수의 사람들, 겨울날, 크리스마스를 코앞에 둔 때. 울슬리 자동차들이 덜컹거리며 길을 달려 사라져 갔다. 핌이 해러즈 백화점에서 새로 사 온 6연발 장난감 총을 들고 오래전부터 순찰을 다니던 그 길이었다. 릭의 책상은 마구간에서 가져온 고삐로 맨 마지막 경찰차에 묶여 있었다. 그들은 나무들의 터널 속으로 사라지는 자동차 행렬을 뚫어져라 바라보며 꼼짝도 하지 않았다. 그 자동차들은 우리에게 풍족한 생활을 제공해 주는 한 사람을 어딘지 알 수 없는 곳으로 데려가고 있었다. 롤리 부인이 울었다. 쿠키는 아일랜드어로 울부짖었다. 핌은 엄마의 가슴에 작은 머리를 꼭 기대고 있었다. 수천 개의 바이올린이 「다시 돌아오지 않을 건가요?」를 연주했다. 내가 마음만 먹는다면 그 장면에서 페이소스를 한없이 짜낼 수 있다. 하지만 사실은, 내가 애써 기억을 되살려 본다면, 그렇지 않았다. 릭이 떠난 뒤 핌은 엄청나게 차분해졌다. 참을 수 없는 짐에서 벗어나 새로운 기운을 얻은 것 같았다. 그는 꽁무니에 릭의 책상을 매단 자동차 행렬이 사라지는 모습을 지켜보았다. 그가 불안한 마음으로 그들을 계속 지켜본 것은, 순전히 릭이 그들을 설득해서 차를 돌리라고 할까 무서웠기 때문이다. 그사이 립시가 머리에 스카프를 두른 모습으로 숲에서 나와, 자신의 중요한 소지품이 든 마분지 트렁크의 무게에 휘둘리면서도 그에게 다가오려고 애를 썼다. 핌은 그녀를 보는 순간 수프를 끓이는 도러시를 보았을 때보다 훨씬 더 화가 치밀었다. 숨어 있었어요? 그는 그녀와 항상 사용하던 비밀 대화로 그녀를 비난했다. 겁이 나서 숲에 숨는 바람에 재미있는 장면을 다 놓친 거예요? 물론 사람들이 잡혀가는 모습을 립시가 이미 본 적이 있다는 사실을 지금은 알지만, 그때는 알지 못했다. 그녀가 끌려가는 것을 목격한 사람들 중에는 형제인 아론과 건축가인 아버지도 있었다. 하지만 핌은 세상의 수많은 사람들과 마찬가지로 당시에는 유대인 학살에 별로 관심이 없었으므로, 자신이 평생을 걸고 사랑하던 사람이 이 역사적인 순간에 당당히 일어나지 못했다는 사실에 깊은 분노를 느낄 뿐이었다.

그날 저녁 머스폴이 왔다. 우리를 위해 닭 요리와 파이와 두툼한 커스터드와 보온병에 든 뜨거운 차를 들고 옆문으로 들어온 그는 자신이 조치를 취하고 있으니 내일이면 모든 문제가 해결될 것이라고 말했다. 핌은 그와 단둘이 되기 위해서 〈내 혼비를 보러 가요〉라고 말했는데, 도러시가 곧바로 울음을 터뜨렸다. 이미 혼비 기차가 사라진 뒤였기 때문이다. 압수 수색에 나선 경찰관들은 상품을 회수하려는 상점 주인들과 정당한 싸움을 벌였다. 혼비는 그들이 가장 먼저 노린 물건 중 하나였다. 그래도 머스폴 씨는 핌을 따라나섰다. 핌은 그를 헛간으로 데려가 열쇠를 건넨 뒤 다락방으로 가서 그에게 비밀을 보여 주었다. 이어 다시 모두가 지켜보는 가운데, 롤리 씨와 머스폴 씨가 훅훅 거친 숨을 내쉬며 서류함을 머스폴 씨의 차에 실었다. 사람들은 모자를 쓰고 석양을 향해 차를 몰아 사라지는 머스폴 씨에게 다시 손을 흔들어 주었다.

추락 뒤에는 당연히 연옥이 있었다. 연옥에는 립시가 없었다. 아마 그녀는 릭이 없는 틈을 타서 나와 떨어지려고 시도했던 것 같다. 연옥은 도러시와 내가 형기를 채우던 곳이었다, 톰. 연옥은 여기서 저 언덕만 넘으면 바로 있는 곳이다. 해안을 따라 뻗은 도로에서, 릭이 동일 요금 구간으로 묶은 구역을 몇 개만 지나면 되는 곳. 하지만 새로 들어선 콘도들 덕분에 견디기가 한결 더 수월했다. 연옥은 핌이 잉태되었던 그곳, 숲이 우거진 분지와 산등성이와 물을 뚝뚝 떨어뜨리는 월계수가 있는 곳이었다. 바람이 휩쓸고 간 빨간 해변은 언제나 한산하고, 삐걱거리는 그네와 축축한 모래밭은 안식일에 문을 닫았다. 하지만 핌에게는 다른 날에도 항상 닫혀 있었다. 연옥은 메이크피스 워터마스터의 크고 슬픈 집인 글레이즈였다. 그곳에서 핌은 맑은 날에는 담장이 둘러진 과수원에서 나올 수 없었고, 비 내리는 날에는 본채의 방에 들어갈 수 없었다. 연옥은 야학생들이 역사책에서 완전히 지워진 성전이었다. 메이크피스 워터마스터의 무시무시한 설교, 필폿 씨의 설교, 모든 숙모며 사촌이며 동네 철학자의 설교가 있는 곳. 그들은 릭의 불행에 한마디씩 하면서, 어린 범죄자인 핌에게도 적절한 훈계를 했다.

연옥에는 칵테일 수납장, 텔레비전, 기수, 벤틀리, 평생 이길 줄 모르는 말이 없었다. 식사 때는 버터를 바른 토스트 대신 빵과 마가린이 나왔다. 노래를 부를 때는 「저 멀리 초록색 언덕이 있네」를 단조롭게 부를 뿐, 「아치 아래서」나 립시가 즐겨 부르던 가곡을 부르는 일은 전혀 없었다. 당시에 찍은 사진 속 아이는 이가 다 드러나도록 환히 웃고 있다. 그만하면 잘생기고 잘 자란 아이지만, 마치 천장이 낮은 곳에서 산 사람처럼 허리가 굽어 있다. 사진마다 초점이 맞지 않는다. 몰래 훔쳐보며 찍은 사진처럼 보이긴 해도, 나는 사랑하려고 애쓴다. 그 사진들을 찍은 사람이 도러시인 것 같기 때문이다. 하지만 핌이 그리워한 사람은 립시였다. 아이가 자신에게 주의를 기울이는 엄마 같은 누군가의 팔을 잡아당기는 사진이 두어 장 있다. 아마 자신과 함께 가자고 설득하려는 것 같다. 어떤 사진에서는 아이가 꼭두각시 인형처럼 크기가 안 맞는 하얀 장갑을 끼고 있다. 메이크피스가 여기저기 지문이 묻을까 봐 그렇게 하라고 시킨 것이 아니라면, 아마도 모종의 피부병 때문이었을 것이다. 아니면 나중에 웨이터가 될 생각이었는지도 모르고.

커다란 몸에 똑같이 엄격한 제복을 입은 어머니들은 무슨 사감 선생들 같아서 메이크피스가 비행 청소년을 전문적으로 담당하는 기관에서 그들을 데려온 것이 아닌가 하는 생각이 진지하게 들 정도다. 한 어머니는 철십자 훈장처럼 생긴 기장을 달고 있다. 그들이 전혀 친절하지 않은 것은 아니다. 그들의 미소에서는 경건한 낙천주의가 빛을 발한다. 하지만 상대를 흘깃 바라보는 그들의 시선에는, 자신들이 맡은 잠재적인 범죄자를 항상 감시하고 있음이 분명히 드러난다. 립시는 그 그림에 포함되지 않았고, 어두운 뒤쪽 별채에 핌과 단둘이 갇혀 있는 가엾은 도러시는 예전보다도 훨씬 더 쓸모가 없었다. 핌이 회초리를 맞으면, 도러시는 상처에 붕대를 감아 줄 뿐 회초리의 필요성에 대해서는 한 번도 의문을 제기하지 않았다. 그가 침대에 오줌을 싼 벌로 기저귀를 차는 수치를 당해도, 도러시는 그저 오후에 물을 마시지 말라고 말할 뿐이었다. 그러다 핌에게 아예 차를 마시는 것이 금지되었을 때에는 도러시가 자기 몫의 비스킷을 남겨 두었다가 위층 방에서 단둘이 되었을 때 건네주었다. 눈에 보이지 않는 철창 사이로 비스킷을 하나씩 차례로 찔러주는 것 같았다. 낙원에서는 기분이 좋을 때 핌과 도러시가 가끔 함께 우스갯소리를 하기도 했다. 하지만 지금 도러시는 자기 집의 죄 많은 침묵에 다시 빠져 버렸다. 매일 그녀는 점점 더 말수가 줄어들었다. 그는 최선을 다해 농담을 건네고 그녀를 위하고 자기가 아는 최고의 그림을 그려 주었지만, 그녀는 미소를 길게 유지하는 법이 없었다. 밤이 되면 그녀는 끙끙 앓으면서 이를 갈아 댔다. 도러시가 불을 켜면 핌은 그 옆에 말똥말똥 누워서 립시를 생각하다가, 눈을 한 번 깜박이지도 않고 전등갓을 베들레헴의 별처럼 바라보는 도러시의 모습을 지켜보았다.

만약 도러시가 죽음을 앞두고 있었다면 핌은 영원히 그녀를 보살필 수 있었을 것이다. 거기에는 의문의 여지가 없다. 하지만 그녀는 그런 상태가 아니었으므로, 그는 그녀에게 화를 냈다. 솔직히 그는 곧 그녀에게 완전히 지쳐서, 아빠 말고 엄마가 휴가를 떠났어야 하는 게 아닌가 하는 생각이 들었다. 립시가 진짜 엄마인데 자기가 정말 엄청난 실수를 저질러서 이 모든 일이 일어난 것 같기도

했다. 전쟁이 터졌을 때 도러시는 그 놀라운 소식을 즐거워할 수 없는 상태였다. 메이크피스가 라디오를 켜자, 어떤 남자가 전쟁을 막기 위해 자기가 할 수 있는 일을 다 했다고 엄숙한 목소리로 말했다. 메이크피스가 라디오를 끄자, 차를 마시러 와 있던 필풋 씨가 전투가 어디서, 아, 어디서 벌어질 것 같으냐고 슬픈 목소리로 물었다. 결코 당황하는 법이 없는 메이크피스는 그건 하느님이 결정하실 문제라고 대답했다. 하지만 핌은 지나치게 들뜬 나머지 그의 말에 감히 의문을 제기했다.

「메이크피스 삼촌! 전투가 벌어지는 곳을 하느님이 결정할 수 있다면, 왜 전투를 아예 막지 않는 거예요? 막고 싶지 않으신 거겠죠. 원한다면 막을 수도 있는데요. 아주 쉽게. 그러기 싫은 거예요!」 지금도 나는 메이크피스의 말에 의문을 제기한 것과 하느님의 뜻에 의문을 제기한 것, 이 둘 중 어느 쪽이 더 큰 죄인지 모르겠다. 어느 쪽이든 해결책은 똑같았다. 제 아버지처럼 빵과 물만 먹는 벌을 핌에게 내리는 것.

하지만 글레이즈에서 최악의 괴물은 작은 장밋빛 귀를 가진 메이크피스 삼촌이 아니라, 적갈색 안경을 쓴 미친 외숙모 넬이었다. 그녀는 아무런 이유 없이 핌을 쫓아다니며 지팡이를 흔들어 대고, 그를 〈우리 작은 카나리아〉라고 불렀다. 도러시가 울면서 어찌어찌 짜준 노란색 스웨터 때문이었다. 넬 외숙모는 앞을 볼 때 필요한 하얀 지팡이와 걸을 때 필요한 갈색 지팡이를 갖고 있었다. 하지만 앞을 보는 데는 아무런 문제가 없었다. 하얀 지팡이를 들고 있을 때만 빼고.

「외숙모는 휘청거리는 걸 병에서 꺼내요.」 핌이 어느 날 도러시에게 말했다. 이런 말을 하면 그녀가 웃을까 싶어서였다. 「내가 봤어요. 온실에 병을 숨겨 둔 걸.」

도러시는 웃는 대신 엄청 겁에 질려서, 그에게 다시는 그런 말을 하지 않겠다고 단단히 다짐을 받았다. 외숙모는 아파서 그래. 도러시가 말했다. 외숙모가 아픈 것을 비밀로 하고 비밀 약을 먹는다는 것이었다. 만약 누가 그 사실을 알게 된다면 외숙모는 죽고 하느님이 엄청 화를 낼 것이라고 했다. 그 뒤 몇 주 동안 핌은 이 놀라운 사실을 혼자만 알고 있었다. 잠깐이었지만 릭의 비밀을 혼자만 알고 있을 때와 비슷했다. 하지만 이번 비밀이 더 근사하고 더 은밀했다. 마치 자기 손에 처음 돈을 쥔 것 같은 기분이었다. 자신이 처음 손에 넣은 권력의 한 조각. 이것을 어디에 쓸까? 누구와 나눌까? 외숙모를 그냥 살려 둘까, 아니면 날 작은 카나리아라고 부른 죄로 죽여 버릴까? 그는 요리사 배니스터 부인에게 비밀을 말하기로 했다. 「외숙모는 휘청거리는 걸 병에서 꺼내요.」 그는 도러시가 그토록 경악했던 말을 정확히 그대로 배니스터 부인에게 되풀이했다. 하지만 외숙모는 죽지 않았고, 배니스터 부인은 그 병에 대해 이미 알고 있었다면서 주제

넘은 행동을 한 죄로 그를 살짝 때렸다. 심지어 그 이야기를 메이크피스 삼촌에게까지 알린 모양이었다. 삼촌은 그날 밤 평소 잘 오지도 않던 감옥으로 찾아와 땀을 뻘뻘 흘리고 호통을 치고 몸을 흔들어 대며 핌에게 손가락질을 했다. 릭이 악마라는 말도 했다. 그가 사라진 뒤 핌은 문 맞은편에 잠자리를 마련했다. 혹시 메이크피스가 다시 와서 더 호통을 칠 수도 있기 때문이었다. 하지만 그는 다시 오지 않았다. 그래도 이 스파이 새싹은 위험한 정보 세계의 첫 교훈을 배울 수 있었다. 모두들 입이 가볍다는 것.

그가 그다음에 배운 것도 첫 번째 교훈 못지않았다. 점령지에서 통신의 위험성과 관련된 교훈이었다. 이제 핌은 매일 립시에게 편지를 써서 후문 옆에 서 있는 상자에 넣었다. 거기에 가치를 헤아릴 수 없는 정보를 암호도 거의 없이 쓴 것이 나중에 생각해 보니 몹시 부끄러운 일이었다. 밤에 글레이즈로 침투하는 법. 자신이 운동하는 시간. 지도. 자신을 괴롭히는 사람들의 성격. 자신이 저축한 돈. 독일인 경비들의 정확한 위치. 후원을 통과해서 부엌 열쇠가 보관된 곳까지 오는 경로. 〈내가 위험한 집으로 납치당했어요. 빨리 데리러 와요.〉 그는 이렇게 쓴 뒤 입에서 카나리아를 꺼내는 넬 외숙모의 그림을 동봉했다. 자신이 어떤 위험에 둘러싸여 있는지 더 강조하기 위해서였다. 하지만 문제가 있었다. 립시의 주소를 몰랐으므로, 핌은 우체국의 누군가가 그녀의 행방을 알아내 주기를 바라는 수밖에 없었다. 잘못된 믿음이었다. 어느 날 집배원이 그 최고 기밀 편지들을 통째로 메이크피스에게 직접 전달했고, 그는 대장 어머니를 호출했으며, 대장 어머니는 핌을 호출해 범죄자를 끌고 가듯이 메이크피스에게 끌고 갔다. 핌은 좀 비겁하기는 해도 어쨌든 매질을 몹시 싫어해서 용감하게 받아들이지 못했으므로 있는 힘껏 선웃음을 짓고, 애원하고, 아부를 떨었지만 소용없었다. 그 뒤로 그는 버스에서 립시를 찾는 걸로 만족했다. 나중에 시치미를 뗄 수 있을 만한 경우에는, 후문을 지나가는 사람들에게 혹시 립시를 보았느냐고 물어보기도 했다. 그는 특히 경찰관들에게 이런 질문을 던졌다. 그리고 경찰관들이 눈에 띌 때마다 환히 웃어 주었다.

「우리 아버지는 낡은 초록색 상자에 비밀을 담아 뒀어요.」어느 날 그는 경찰관에게 이렇게 말했다. 어머니 중 한 명과 추모 정원을 산책하는 중이었다.

「그래? 말해 줘서 고맙구나.」경찰관은 이렇게 말하고는 수첩에 적는 시늉을 했다.

비록 립시에게서는 소식이 없었지만, 릭의 소식은 멀리서 날아온 무선 통신이 미처 끝내지 못한 속삭임처럼 핌에게 닿았다. 네 아비는 잘 있다. 휴가를 오길 잘했어. 살도 빠지고, 맛있는 것도 많이 먹고 있으니 걱정할 것 없다. 운동도 하고, 법 공부도 하고, 학교에 다시 다니고 있어. 이 귀한 조각 정보의 출처는 어더 하우스였다. 연옥의 가난한 지역, 코크스 공장 옆에 있는 이곳은 메이크피스 삼촌 앞에서 절대 언급하면 안 되는 곳이었다. 릭을 만들어 내서, TP의 기억은 말할 것도 없고 워터마스터라는 위대한 가문 전체에 수치를 안겨 준 곳이기 때문이다. 도러시와 핌은 손에 손을 잡고 버스에 올라 그곳으로 갔다. 공습에 대비해서 버스 창문에는 철망이 붙어 있고, 공장 안에서는 독일군 조종사들을 혼란스럽게 만들기 위해 파란 불꽃이 타올랐다. 이 어더 하우스에서, 바위처럼 턱이 단단하고 신념이 단단한 아일랜드인 아주머니가 생강 상자에서 반 크라운을 꺼내 핌에게 주고는 마음에 든다는 듯이 그의 팔 근육을 꼭 잡고 릭처럼 그를 〈아들〉이라고 불렀다. 벽에는 전에 본 것과 똑같은 TP의 사진이 걸려 있었지만 이곳의 액자는 금이 아니라 관(棺)에 사용하는 나무였다. 유쾌한 표정의 아주머니들이 배급받은 설탕으로 핌에게 단것을 만들어 주고, 도러시를 끌어안고 울면서 왕족처럼 대했다. 실제로 한때 도러시는 왕족이나 마찬가지였다. 핌이 웃기는 목소리를 내면 그들은 환성을 질렀고, 그가 「아치 아래서」를 부르면 박수를 쳤다. 「또 해봐, 매그너스. 이번에는 메이크피스 경의 흉내를 내봐!」 하지만 핌은 하느님의 분노가 무서워서 감히 흉내를 낼 수 없었다. 옛날 넬 외숙모 사건을 생각해 보면, 하느님의 분노는 빠르고 무시무시했다.

그가 가장 좋아한 아주머니는 베스였다. 「말해 봐라, 매그너스.」 베스 아주머니가 싱크대 앞에 그와 단둘이 있게 되었을 때 그의 머리를 가까이 끌어당기며 속삭였다. 「네 아빠가 네 이름을 따서 매그너스 왕자라고 이름 붙인 경주마를 갖고 있었다는 게 사실이야?」

　　「아뇨.」 핌은 두 번 생각해 보지도 않고 말했다. 립시의 침대에 그녀와 나란히 앉아서, 어딘지 모를 곳에서 들려오는 매그너스 왕자에 대한 평을 들으며 좋아하던 기억이 났다. 「메이크피스 삼촌이 우리 아버지를 해치려고 지어낸 거짓말이에요.」

　　베스 아주머니는 그에게 뽀뽀를 해주고 웃음을 터뜨리더니, 안도한 표정으로 울었다. 그러곤 그를 더 단단히 끌어안았다. 「내가 이걸 물어봤다고 아무한테도 말하지 마. 약속이다?」

　　「약속할게요.」 핌이 말했다. 「하나님의 명예를 걸고.」

　　어느 찬란한 밤에 이 베스 아주머니가 글레이즈에서 몰래 핌을 데리고 나가 피어 극장으로 갔다. 거기서 두 사람은 립시처럼 긴 다리를 드러내고 한 줄로 늘어선 여자들과 맥스 밀러를 보았다. 돌아오는 버스에서 핌은 고마움이 넘친 나머지 그녀에게 자기가 아는 것을 모두 이야기해 주었다. 모르는 것에 대해서는 거짓말까지 지어냈다. 자신이 셰익스피어 이름으로 된 책을 썼는데, 비밀 집의 초록색 상자에 그 책이 들어 있다고 말했다. 언젠가 그 책을 가져와서 출판하면 큰돈을 벌 수 있을 것이라는 말도 했다. 경찰관이, 배우가, 기수가 되어 릭처럼 벤틀리를 몰고, 립시와 결혼해서 아이 여섯을 낳아 모두 할아버지의 이름을 따서 TP라고 부를 것이라는 이야기도 했다. 베스는 기수가 되고 싶다고 말했을 때만 빼고 내내 엄청 즐거워하면서, 매그너스에게 재미있는 녀석이라는 말을 남기고 집으로 돌아갔다. 그가 가장 원하던 말이었다. 그러나 만족감은 짧았다. 이번에는 핌 때문에 하느님이 정말로 화가 난 모양이었다. 여느 때처럼 하느님은 곧바로 행동에 나섰다. 바로 다음 날 아침 식사 전에 경찰이 와서 그의 도러시를 영원히 데려가 버렸다. 하지만 이 집의 여왕 어머니는 경찰이 아니라 구급차라고 말했다.

핌은 착한 아이답게 도러시를 위해 울면서 음식을 거부하고, 오랫동안 고생해 온 어머니들에게 주먹을 휘두르며 떼를 썼지만, 이번에도 그녀를 데려가기로 한 결정이 옳다는 사실을 깨달을 수밖에 없었다. 어머니들은 도러시가 행복하게 살 수 있는 곳으로 데려간 것이라고 말했다. 핌은 도러시의 행운이 부러웠다. 릭이 있는 그곳이 아니라 더 훌륭하고 조용한 곳에서 친절한 사람들의 보살핌을 받게 된다니. 핌은 그녀에게 갈 계획을 세웠다. 그때까지는 환상에 불과했던 탈출이 이제 진지한 목표가 되었다. 주일 학교에서 간질 환자로 널리 알려져 있는 사람이 핌에게 자신의 증상을 알려 주었다. 핌은 하루를 기다린 뒤 눈을 까뒤집으며 부엌으로 달려 들어가 배니스터 부인 앞에서 극적으로 쓰러졌다. 양손을 입에 쑤셔 넣고 제대로 몸부림을 치는 것도 잊지 않았다. 그런데 불려 온 의사가 정말 보기 드문 멍청이였는지 변비약을 처방해 주었다. 다음 날 핌은 또다시 주의를 끌기 위해 종이 자르는 가위로 자기 앞머리를 마구 잘라 버렸다. 아무도 알아차리지 못했다. 핌은 이제 임기응변을 동원하기로 하고, 배니스터 부인의 앵무새를 새장에서 풀어 주고, 조리 도구에 얇은 비누 조각들을 뿌려 놓고, 넬 외숙모의 깃털 목도리로 화장실 변기를 막아 버렸다.

아무 일도 일어나지 않았다. 모두가 허사였다. 아주 극적인 범죄를 저지를 필요가 있었다. 핌은 밤새 기다리다가 용기가 절정에 이른 새벽에 실내용 가운과 슬리퍼 차림으로 메이크피스 워터마스터의 서재까지 걸어갔다. 그는 하얀 카펫 한가운데에 오줌을 잔뜩 쌌지만, 그러고는 겁에 질려 자기 몸을 던져서 그 얼룩을 가렸다. 자기 체온으로 그 자리가 빨리 마르기를 바랄 뿐이었다. 하지만 하녀가 들어왔다가 비명을 질렀다. 어머니 한 명이 불려왔고, 핌은 카펫 위에 괴롭게 몸을 던진 자세 그대로 생생한 교훈을 얻었다. 위기 상황에서 역사가 어떻게 되풀이되는지 직접 경험한 것이다. 불려 온 어머니가 그의 어깨를 건드리자 그는 신음 소리를 냈다. 어머니는 어디가 아프냐고 물었다. 그는 사타구니를 가리켰다. 그것이 문자 그대로 그를 괴롭히는 원인이었다. 사람들이 메이크피스 워터마스터를 데려왔다. 애당초 네가 내 서재에는 왜 온 거냐? 아파서요, 삼촌, 아파서요, 삼촌한테 아프다는 얘기를 하고 싶었어요. 끽 하고 타이어가 땅을 긁는 소리를 내며 의사가 다시 왔다. 그가 핌에게 몸을 숙이고 그 멍청한 손끝으로 배를 진찰하는 동안 이제 모두들 기억을 떠올렸다. 그가 배니스터 부인 앞에서 쓰러진 것. 밤에는 끙끙 앓고 낮에는 얼굴이 창백하던 것. 도러시의 정신병. 사람들은 이런 이야기를 숨죽여 주고받았다. 심지어 핌이 밤에 침대를 적시는 증세조차 끌려 나와 증거로 사용되었다.

「가엾기도 하지. 저 아이도 그렇게 된 거야.」처음에 불려 온 어머니가 말했다. 환자는 조심스레 소파로 옮겨졌고, 하녀는 소독제와 걸레를 가져오려고 서둘러 달려갔다. 핌의 체온을 재본 의사는 어두운 표정으로 열이 없다고 말했다.「이건 아무 의미도 없습니다.」의사가 말했다. 그는 전에 환자를 제대로 진찰하지 못한 잘못을 보상하려고 애쓰면서, 어머니에게 이 가엾은 아이의 물건을 챙기라고 지시했다. 그런데 물건을 챙기는 과정에서 핌이 더 나은 삶을 위해 다른 사람들에게서 가져온 작은 물건들이 필연적으로 발견될 수밖에 없었다. 넬의 흑석 귀걸이, 쿡의 아들이 캐나다에서 보낸 편지, 메이크피스 워터마스터의 『당나귀와 함께하는 여행』. 제목 때문에 이 책을 고른 핌은 제목 외에 아무것도 읽지 않았다. 위기 상황에서는 그의 범죄를 보여 주는 이 시커먼 증거들조차 무시되었다.

결과는 핌이 바랐던 것보다 훨씬 더 효과적이었다. 일주일도 안 돼서 여덟 살하고 반인 매그너스 핌은 곧 다가올 공습 피해자들을 받기 위해 새로 장비를 갖춘 병원에 맹장을 바쳤다. 수술로 의도를 은폐하기 위해서였다. 마취에서 깨어난 그의 눈에 가장 먼저 보인 것은 침대 끝에 앉아 있는 코알라 인형이었다. 검은색과 파란색이 섞인 인형은 핌보다도 컸다. 두 번째로 보인 것은 인형보다 더 큰 과일 바구니였다. 생모리츠 한 조각이 전쟁 중인 영국에 실수로 잘못 떨어진 것 같았다. 세 번째로 보인 것은 릭이었다. 선원처럼 날씬하고 말쑥한 그는 차렷 자세에서 오른손을 들어 경례를 했다. 릭 옆에는 핌이 걸쳐져 있는 어두운 마취제의 땅에서 겁에 질려 억지로 끌려 나온 유령처럼 립시가 나타났다. 어깨에 새 모피 망토를 걸치고 웅크린 그녀는 시드 레먼의 부축을 받고 있었다. 젊은 시드가 지금 늙은 시드의 동생처럼 보였다.

립시가 나를 향해 무릎으로 앉았다. 두 남자는 서로 끌어안는 우리를 바라보았다.

「그래, 그렇게 해야지.」릭이 마음에 든다는 듯이 계속 말했다.「영국식으로 꼭 안아 줘. 그렇게 하는 거야.」

립시는 자기 새끼를 되찾아 가는 어미 개처럼 부드러

운 손길로 나를 여기저기 살피고, 찔러 보고, 아무렇게나 잘린 앞머리를 들어 올려 내 눈을 심각하게 들여다보았다. 마치 그 안에 나쁜 것이 들어갔을까 봐 겁을 내는 사람 같았다.

그들이 감옥에서 풀려난 것을 얼마나 기뻐했는지! 그들은 입고 있는 옷을 빼고 모든 것을 빼앗긴 상태였지만, 릭은 어떻게든 돈을 꿔서 다시 재건한 궁정을 끌고 길로 나섰다. 그들은 전쟁 중인 영국을 돌아다니는 십자군이었다. 석유는 배급제였고, 벤틀리는 사라졌고, 전국에는 〈당신의 여행이 꼭 필요합니까?〉라고 적힌 포스터 천지였다. 그들은 그 포스터 앞을 지날 때마다 속도를 늦추고 열린 창문을 통해 합창하듯 고함을 질러 댔다. 「그래, 필요하다!」 자동차 운전자들은 그들과 공범이 되거나, 서둘러 도망쳤다. 일주일 뒤 애버딘에서 험프리스 씨라는 사람은 그들을 사기꾼이라고 욕하면서 모두 길바닥으로 집어 던진 뒤 돈도 없이 차를 몰고 가버렸다. 그러고 다시는 그를 볼 수 없었다. 하지만 릭이 휴가 중에 만난 커들러브 씨라는 사람은 영원히 머무르며 음식과 행운을 함께 나누고 핌에게 끈으로 재주 부리는 법을 가르쳐 주었다. 그는 또한 토키의 상점에서 회계를 맡은 숙모의 도움으로 릭의 궁정이 일주일 외상을 얻을 수 있게 해주기도 했다. 그들은 어떤 때는 택시를 탔고, 또 어떤 때는 커

들러브 씨의 특별한 친구인 올리가 험버 자동차를 몰고
왔다. 그들은 순전히 핌을 위해 하루 종일 경주를 벌이기
도 했는데, 시드가 뒷좌석 창문 밖으로 몸을 내밀고 자동
차에 채찍질을 해댔다. 그들은 눈부시게 예쁜 다양한 어
머니들을 여기저기서 구했다. 짧은 시간 안에 어머니들
을 구해서 뒷좌석에 두 겹으로 겹쳐 앉게 한 적도 많았다.
핌은 친숙하지는 않지만 가슴을 두근거리게 만드는 누군
가의 무릎에 간신히 끼어 앉았다. 장미 냄새를 풍기던 톱
시라는 여자 때문에 핌은 머리를 그녀의 가슴에 박으며
춤을 추었다. 밀리는 방공복 차림으로 그와 함께 자주었
다. 그가 호텔 방의 검은 벽장을 너무 무서워했기 때문이
었다. 그녀는 그를 목욕시키면서 그에게 솔직한 손길을
내려 주었다. 그 밖에 여러 명의 아일린, 메이블, 조앤이
있었고, 사과주 때문에 멀미를 일으킨 바이얼릿도 있었
다. 그녀는 얼굴에 쓴 방독면과 핌의 몸 위로 토사물을
쏟아 냈다. 그러다 그들이 모두 사라졌을 때, 립시가 나
타났다. 그녀는 기차역에서 기관차의 증기 속에 가만히
서 있었다. 마분지 트렁크를 가느다란 손에 대롱대롱 매
단 채로. 핌은 어느 때보다 그녀를 사랑했지만, 점점 깊
어지는 그녀의 우울을 감당할 수 없었다. 위대한 십자군
의 소용돌이 속에서 그는 자신이 그 우울의 대상이 된 것
에 분개했다.

　「우리 립시한테는, 거 뭐냐, 그런 게 좀 있어.」 시드는

핌의 실망을 알아차리고 이렇게 상냥한 말을 하곤 했다. 그녀가 떠났을 때 두 사람은 함께 안도의 한숨을 내쉬었다.

「우리 립시가 다시 유대인처럼 되어 버렸어.」 한번은 시드가 슬픈 목소리로 이렇게 말한 적도 있었다. 「또 어디가 당했다는 소리를 계속 듣고 있거든.」

이런 말도 했다. 「우리 립시는 그 사람들처럼 죽지 않은 걸 죄스러워해.」

핌은 가끔 도러시에 대해 물어보았지만 아무 소득이 없었다. 네 엄마는 가엾어. 시드는 이렇게 말했다. 곧 돌아오실 거야. 지금 우리 매그너스가 엄마를 위해 할 수 있는 가장 좋은 일은 엄마 때문에 안달하지 않는 거야. 네가 안달한다는 얘기를 들으면 엄마가 더 나빠지기만 할 테니까.

릭은 상처 받은 사람처럼 굴었다. 「한동안 이 아비를 견디는 수밖에 없을 거다. 난 우리가 재미있게 지내는 줄 알았는데. 그게 아니었니?」

「세상에서 제일 재미있어요.」 핌이 말했다.

최근 잠시 사라졌던 것에 대해 릭은 궁정의 다른 사람들과 마찬가지로 말을 아꼈다. 그래서 곧 핌은 그들이 정말로 휴가를 다녀온 건지 의심스러워졌다. 가끔 던져지는 힌트로 알 수 있는 것은 그들이 서로 더 단단히 하나가 되는 경험을 함께 나눴다는 확신뿐이었다. 윈체스터는 레딩보다 나빴다. 솔즈베리 평원의 저 망할 집시들 때문이었다. 핌은 모리 워싱턴이 퍼스 로프트에게 이렇게 말하는 소리를 한 번 들은 적이 있었다. 시드도 그 말이 맞는다고 맞장구를 쳤다. 「윈체스터의 그 집시들이 얼마나 거칠었는지 말도 못 한다.」 시드의 목소리에 감정이 실려 있었다. 「간수들이라고 더 나을 건 없었지만.」 핌은 휴가를 다녀온 그들이 음식을 엄청 밝히게 된 것을 알아차렸다. 「완두콩 빼놓지 말고 먹어, 매그너스.」 시드가 와자하게 웃어 대는 사람들 속에서 이렇게 말했다. 「세상에는 여기보다 나쁜 호텔도 있어. 그건 **우리**가 확실히 알지.」

핌은 어휘력이 늘어서 어느 정도 정보를 모을 수 있게 된 1년쯤 뒤에야 비로소 그들이 말하던 그곳이 감옥임을 알아차렸다.

하지만 그들의 대장은 이런 농담을 함께 즐기지 않았으므로, 그들도 갑자기 농담을 그만두었다. 릭의 **엄숙한 태도**에 함부로 뭐라고 할 수 있는 사람은 없었다. 하물며 그 엄숙함을 뒷받침해야 하는 사람들이라면 말할 것도 없었다. 릭이 하는 모든 행동에서 그의 우월성이 뚜렷이 드러났다. 그의 옷차림, 그러니까 우리가 빈털터리일 때조차 깨끗하게 빤 옷을 입고 깨끗하게 닦은 신발을 신는 것에서. 그가 요구하는 음식과 그것을 세련되게 먹는 태도에서. 그가 머무르는 호텔방에서. 당구를 칠 때 꼭 브랜디가 있어야 하는 것에서. 그가 곰곰이 생각에 잠겨 있을 때 모두들 겁을 먹고 조용해지는 것에서. 자선에 대한 그의 집착에서. 여기서 자선에는 빈궁한 사람들이 다니는 병원에 가는 일이나 자녀를 전쟁에 내보낸 노인들을 돌보는 일이 포함되었다.

「전쟁이 끝나면 립시도 돌봐 줄 거예요?」 어느 날 핌이 물었다.

「우리 립시는 아주 멋진 사람이야.」 릭이 말했다.

그동안 우리는 거래를 했다. 무엇을 거래했는지 핌은 끝내 제대로 알지 못했다. 지금의 나도 모르기는 마찬가지다. 때로는 햄이나 위스키처럼 구하기 힘든 일용품을 거래했고, 때로는 약속을 거래했다. 궁정은 그것을 〈믿음〉이라고 불렀다. 전쟁 중이라 텅 빈 도로 저편에서 햇빛을 받아 반짝거리는 수평선만큼이나 실체가 없는 것을 거래할 때도 있었다. 크리스마스가 다가오자 누군가가 색이 들어간 주름 종이 수천 장을 꺼내 놓았다. 그 뒤로 몇 날 며칠 동안 핌과 궁정 사람들은 이 필수적인 전쟁 사업을 위해 추가로 투입된 어머니들과 함께 디드콧에서 텅 빈 기차 안에 웅크리고 앉아 크리스마스 크래커[19] 모양으로 종이를 접었다. 안에 장난감도 없고 폭죽처럼 터지지도 않는 물건이었지만, 사람들은 그것을 만들면서

---

19 양쪽에서 잡아당기면 폭죽처럼 터지면서 과자나 장난감이 나오는 튜브 모양의 꾸러미.

서로에게 터무니없는 이야기를 들려주기도 하고 파라핀 스토브에 빵을 구워 토스트를 만들기도 했다. 일부 크리스마스 크래커에 작은 나무 병정이 들어 있었던 것은 사실이지만, 견본이라고 불리던 이런 물건들은 따로 보관되었다. 나머지는 장식용이야, 꼬맹이. 시드가 설명했다. 꽃이 없을 때 장식하는 꽃 같은 거야. 핌은 그 말을 전부 믿었다. 그는 세상에서 가장 기꺼이 노동에 나선 어린이였다. 바로 앞에서 칭찬이 그를 기다리는 한 그는 일을 마다하지 않았다.

오렌지 상자가 가득한 트레일러를 사람들이 끌어온 적도 있었다. 핌은 그 오렌지가 뜨겁다고 시드가 말하는 것을 들었기 때문에 그것을 먹으려 하지 않았다. 사람들은 오렌지를 버밍엄으로 가는 길목의 주점에 팔았다. 죽은 닭이 한 무더기 생긴 적도 있었다. 시드는 기온이 차가운 밤에만 닭을 옮길 수 있다고 말했다. 오렌지가 잘못된 이유도 어쩌면 그것일 수 있었다. 내 기억 속에서 영원히 돌아가는 필름도 있다. 황무지에서 달빛을 받고 있는 울퉁불퉁한 산꼭대기가 나오는 필름이다. 우리가 탄 자동차 두 대가 헤드라이트가 나간 채로 정상을 향해 불안하게 굽이굽이 올라가고 있다. 그런데 어두운 형체들이 화물차 뒤에 서서 우리를 기다린다. 사람들이 위대한 회계사 머스폴 씨를 위해 돈을 세고 시드는 트레일러에서 짐을 내리는 동안 램프에는 갓이 씌워졌다. 핌은 깃털

이 싫어서 멀리서 지켜볼 뿐이었지만, 한밤중에 경계선을 넘는 일이 그렇게 짜릿했던 적은 그 뒤로 한 번도 없었다.

「이 돈을 이제 립시에게 보낼 수 있어요?」 핌이 물었다. 「립시에게는 아무것도 남은 게 없잖아요.」

「네가 그런 걸 어떻게 알지, 아들?」

립시가 아버지에게 보낸 편지를 봤으니까요. 핌은 속으로 생각했다. 아버지가 주머니에 넣어 둔 편지를 내가 읽었어요. 하지만 릭의 눈이 잭나이프처럼 번득여서 그는 〈그냥 지어낸 이야기예요〉라고 말하고는 빙긋 웃었다.

릭은 우리의 모험에 동참하지 않았다. 그는 자신을 아끼고 있었다. 핌이 들을 수 있는 자리에서 그 이유를 물은 사람은 하나도 없었다. 핌도 그런 질문을 던진 적이 없다. 릭은 자선 사업에 헌신했다. 노인을 돌보고, 병원을 찾아가는 일. 「그거 다림질해서 입은 거니, 아들?」 릭은 아버지와 아들이 이렇게 고상한 일을 하려고 함께 나서는 특별한 때에 이렇게 말하곤 했다. 「세상에, 머스폴, 저 아이 옷을 좀 봐. 이거야 원 창피해서! 저 아이 머리도 좀 봐.」 어떤 어머니에게 다림질을 하라는 지시가 급히 떨어지고, 또 다른 어머니에게는 구두를 닦고 손톱을 정리해 주라는 지시가 떨어졌다. 머리를 얌전하고 품위 있게 빗어 주라는 지시를 받은 어머니도 있었다. 커들러브 씨는 인내심이 종잇장처럼 얇아서, 핌이 혹시 부주의하게 놓친 부분이 없는지 최종 점검을 받는 동안 열쇠로 자동차 지붕을 두드려 댔다. 그 과정을 거친 뒤에야 그들은 나이 많고 훌륭한 어떤 사람의 집이나 병상을 향해 쌩 달려갔다. 핌은 릭이 상대에 맞춰 재빨리 예의 바른 태도를 다듬는 모습, 상대를 가장 편안하게 해주는 말투와 목소리를 자연스럽게 이끌어 내는 모습, 자유주의와 프리메이슨과 선친에 대해 이야기하고 최고급 수익을 이야기하는 동안 그 선한 얼굴에 하느님의 사랑이 깃드는 모습을 홀린 듯이 지켜보며 앉아 있었다. 그는 노인에게 당신이 살아 있기만 한다면 10퍼센트의 보장 수익에 추가 수익까지 줄 수 있다고 말했다. 선물로 햄을 가져가서, 햄이 사라진 세상의 천사가 될 때도 있었다. 비단 스타킹 한 켤레나 천도복숭아 한 상자를 가져갈 때도 있었다. 릭은 실제로는 빼앗아 오는 사람일 때조차 항상 이렇게 주는 사람 행세를 했다. 핌은 기회가 생기면 자신이 지은 기도문을 암송하거나, 「아치 아래서」를 부르거나, 십자군 활동 중에 배운 다양한 사투리로 재치 있는 이야기를 들려주는 식으로 매력을 발산하며 손을 거들었다. 「독일 사람들이 유대인을 전부 죽이고 있어요.」 그가 한번은 이런 말을 했는데, 효과가 굉장했다. 「립시라는 친구가 있는데요, 립시의 친구들이 전부 죽었어요.」 그의 공연에 부족한 점이 있으면 릭은 너무 거칠지 않게 그 점을 알려 주었다. 「아드모어 부인 같은 사람이 너한테 자기를 기억하느냐고 물으면 말이다, 아들, 머리를 긁적이거나 얼굴을 찡그리지 마. 상대의 눈을 들여다보면서 웃는 얼굴로 〈네!〉라고 말해야지. 그게 노인들을 대하는 자세야. **그러면** 네 아비가 칭찬을 받아요. 넌 아비를 사랑하니?」

「당연하죠.」

「그래, 좋다. 어젯밤 스테이크는 어땠어?」

「엄청 좋았어요.」

「어젯밤 영국에서 스테이크를 먹은 사내아이가 스무 명도 안 됐을 거다. 알고 있니?」

「알아요.」

「그럼 우리한테 뽀뽀나 해주렴.」

시드는 이렇게 점잖지 않았다. 「사람들 벗겨 먹는 법을 배우려면 말이야, 매그너스, 먼저 비누칠하는 법을 배워야 돼!」 그는 이 말을 하면서 윙크를 잔뜩 했다.

애버딘 근처 어딘가에서 릭의 궁정은 느닷없이 화학 공방에 관심을 갖게 되었다. 그때 우리는 유한 회사가 되어 있었고, 그것이 핌에게는 경찰관이 되는 것만큼이나 좋은 일이었다. 릭은 믿음이 있는 은행가를 또 한 사람 찾아냈다. 우리 궁정에 자리 잡은 커들러브 씨의 친구 올리가 수표에 서명을 해주었다. 우리는 체리라는 용감한 새 어머니의 커다란 시골집 부엌에서 말린 과일을 수동 기계로 눌러 짓이겨서 물건을 생산했다. 이 커다란 집의 앞쪽에는 하얀 기둥이 있고, 정원에는 모두 립시처럼 생긴 하얀 조각상들이 있었다. 낙원에서도 궁정 사람들은 이렇게 웅장한 곳에 산 적이 없었다. 먼저 우리는 말린 과일을 물에 넣고 끓인 뒤 수동 압착기로 짓이겨 곤죽을 만들었다. 이때가 가장 즐거웠다. 그다음에는 거기에 젤라틴을 첨가해 마름모꼴로 잘라 냈고, 핌은 그렇게 잘라 낸 조각들을 설탕에 넣어 맨손으로 굴리고 또 굴렸다. 한 무더기를 그렇게 굴리고 난 뒤, 다음 무더기를 설탕에 넣기 전에는 손바닥에 묻은 설탕을 깨끗이 핥아 먹었다. 체리는 피난민과 말을 받아들였으며, 미국 군인들을 위해 곡식 창고에서 파티를 열어 주었다. 미군들은 그녀에게 깡통에 들어 있는 휘발유를 선물로 주었다. 체리는 사슴이 사는 넓은 사냥터와 농장을 소유하고 있었으며, 집에 없는 남편은 해군 소속이었다. 시드는 그를 제독이라고 불렀다. 저녁 식사 전에는 늙은 사냥터지기가 킹 찰스 스패니얼 한 무리를 몰고 들어왔다. 녀석들은 컹컹 짖어 대며 소파로 몰려들어 멋대로 돌아다니다가 다시 쫓겨났다. 핌은 생모리츠 시절 이후 처음으로 체리의 집에서 식탁에 앉은 사람들의 맨살이 드러난 어깨를 밝히는 은촛대를 보았다.

「립시는 우리 아버지를 사랑하는데요, 나중에 아버지랑 결혼해서 아가들을 낳을 거예요.」 어느 날 저녁 핌은 체리와 함께 걸으면서 친절하게 말해 주었다. 체리가 이 소식을 아주 진지하게 받아들이는 모습, 립시의 장점에 대해 열심히 묻는 모습이 무척 인상적이었다.「립시가 목욕하는 걸 봤는데 진짜 아름다웠어요.」핌이 말했다.

며칠 뒤 그곳을 떠날 때 릭은 그 집의 품위를 조금 닮은 모습이었다. 그 집 주인의 일부도 그를 따라온 것 같았다. 릭이 하얀 가죽 여행 가방을 양손에 하나씩 들고 웅장한 돌계단을 성큼성큼 걸어 내려오던 모습이 지금도 기억난다. 릭은 언제나 멋진 여행 가방을 좋아했다. 그날 릭은, 바다에 나가는 제독이 결코 입지 않을, 말쑥하고 활동적인 정장 차림이었다. 시드와 머스폴 씨는 흠집이 난 초록색 서류함을 함께 꼭 붙잡고 서커스의 난쟁이처럼 릭의 뒤를 따르면서 서로에게 소리를 질러 댔다.「네가 잘 잡아야지, 디어드러!」「계단 조심해서 내려가, 시빌!」

「너 다시는 체리한테 립시 얘기 하지 마라.」릭이 핌에게 어느 때보다 무겁고 도덕적인 말투로 경고했다.「이젠 너도 여자한테 다른 여자 이야기를 하는 것이 무례한 짓이라는 걸 배울 때가 됐어. 그걸 배우지 못한다면 네가 가진 장점을 제대로 써보지 못할 거다. 확실해.」

릭이 핌을 신사로 만들겠다는 결심을 굳힌 것 또한 체리 때문이었던 듯하다. 그때까지 사람들은 핌이 이미 귀족에 속한다고 생각하고 있었다. 하지만 자기주장이 강하고 뛰어난 여자인 체리는 릭에게 진정한 영국식 명예

는 고난을 통해 얻어지며, 영국의 기숙 학교야말로 최고
의 고난을 겪을 수 있는 곳이라는 사실을 가르쳐 주었다.
그녀는 또한 그림블 씨의 아카데미에 세프턴 보이드라는
조카가 다니고 있다는 이야기도 했다. 그녀는 그를 주로
귀여운 케니라고 불렀다. 이보다는 덜 부드러운 방식이
긴 하지만 하여튼 두 번째로 영향을 미친 것은 군대였다.
먼저 머스폴이 군대의 희생자가 되었고, 그다음에는 모
리 워싱턴, 그다음에는 시드가 뒤를 따랐다. 세 명 모두
안타까운 미소를 지으며, 작은 여행 가방을 꾸려서 사라
져 버렸다. 그러고는 몹시 짧은 머리를 한 채 아주 가끔
한 번씩만 나타날 뿐이었다. 그러던 어느 날 릭에게도 징
집 명령이 날아오자 릭은 자존심이 상한 표정으로 깜짝
놀랐다. 나중에 나이를 먹은 뒤에는 릭도 자신이 돌봐야
하는 사회의 쩨쩨함을 좀 더 너그러이 바라볼 수 있게 되
었지만, 아침 식탁에서 징집 명령서를 본 그날은 정당한
분노를 폭발시켰다.

「빌어먹을, 로프트, 우리가 이 문제를 해결한 것 아니
었어요?」 그는 퍼스를 향해 펄펄 뛰었다. 그는 모든 일을
면제받고 있었다.

「처리했지.」 퍼스가 엄지손가락으로 내가 있는 쪽을
쿡쿡 찌르며 말했다. 「예민한 아이, 정신병원에 간 엄마,
연민을 얻기에 물샐틈없는 조건이야.」

「그럼 그놈의 연민이 지금 어디로 간 건데요?」 릭은 퍼

스의 코 밑에 징집 명령서를 들이밀며 다그쳤다. 「부끄러
운 줄 아세요, 로프트. 정말로. 얼른 손을 써요.」

「네가 체리한테 립시 얘기를 해서 그래.」 퍼스 로프트
는 나중에 핌에게 불을 뿜었다. 「그 여자가 앙심을 품고
네 아빠를 밀고한 거야.」

하지만 군대는 물러나려 하지 않았다. 그래서 이제 퍼
스 로프트, 어머니들 10여 명, 올리, 커들러브 씨로 줄어
든 릭의 궁정은 브래드퍼드의 우중충한 호텔로 본거지를
옮겼고, 릭은 연병장의 굴욕과 경제계의 장군이 져야 할
짐을 함께 감당할 수밖에 없었다. 궁정 사람들은 호텔의
공중전화 박스와 외상을 이용하고, 호텔 방에서 타자기
로 서류를 작성했다. 정체를 알 수 없는 소지품들은 호텔
차고에 보관했다. 그렇게 해체의 위기에 맞서 용감히 후
위를 지키며 싸웠지만 소용없었다. 어느 일요일 저녁이
었다. 릭은 방금 다림질한 이등병 군복을 입고 막사로 돌
아갈 준비를 하고 있었다. 그는 새 다트 판을 겨드랑이에
끼고 있었는데, 그것을 부사관 식당에 내놓을 계획이었
다. 취사병 자리를 노리고 있기 때문이었다. 계획대로 된
다면 우리에게 부족한 물자들을 그가 마련해 줄 수 있을
터였다.

「아들. 이제 너도 그 고운 발을 힘든 길에 들여놓을 때
가 됐다. 법원장이 되어서 네 아버지의 자랑이 되어야지.
그동안 우리가 너무 게으르게 빈둥거렸어. 너도 마찬가

지고. 커들러브의 셔츠를 봐라. 일할 때 더러운 셔츠를
입으면 안 되는 법이다. 커들러브의 머리를 봐. 네가 잭
로빈슨이라는 말을 다 마치기도 전에 요정처럼 공중으로
날아갈 판이로구나. 넌 기숙 학교에 가야 한다. 하느님이
너도 축복하고, 나도 축복하시기를.」

　그는 한 번 더 핌을 폭 끌어안고, 마지막으로 눈물을
삼킨 뒤, 있지도 않은 카메라를 의식하듯 고귀하게 악수
를 했다. 다트 판을 언제라도 휘두를 수 있게 준비하고
전쟁터로 떠나는 위인 같았다. 핌은 그가 시야에서 사라
질 때까지 지켜보다가 살금살금 계단을 올라가 임시 귀
빈실로 갔다. 문은 잠겨 있지 않았다. 여자 냄새와 분 냄
새가 났다. 더블 침대는 흐트러져 있었다. 핌은 침대 밑
에서 돼지가죽 서류 가방을 꺼내 내용물을 쏟았다. 그러
곤 자주 그랬던 것처럼, 도무지 이해할 수 없는 서류와
편지를 보며 고민했다. 제독의 활동적인 정장, 몇 시간
걸치고 있던 탓에 아직 체온이 남아 있는 그 옷이 옷장에
걸려 있었다. 핌은 주머니들을 찔러 보았다. 전보다 더
흠집이 늘어난 초록색 서류함은 여느 때처럼 어둠 속에
웅크리고 있었다. 왜 저걸 항상 벽장 속에 넣어 두는 걸
까? 핌은 잠긴 서랍들을 잡아당겨 보았지만 소용없었다.
왜 저걸 무슨 병균처럼 따로 운반하는 걸까?

　「돈을 찾고 있니, 꼬맹이?」 욕실 문간에서 여자의 목소
리가 들려왔다. 타이피스트로 차출되어 일하고 있는 도

리스였다. 그녀는 또한 훌륭한 정찰병이기도 했다. 「말썽 피우지 마라. 나라면 조심할 거야. 네 아빠가 금방 알아차릴걸. 내가 봤어.」

「아빠가 여기 방에 내가 먹을 초콜릿을 뒀다고 했어요.」핌은 단호하게 대답하고는, 도리스가 지켜보는 가운데 계속 방을 뒤졌다.

「차고에 우유와 견과류가 들어간 군용 초콜릿 바 세 다스가 있어. 가서 마음껏 먹어라.」도리스가 조언했다. 「휘발유 쿠폰도 있지. 혹시 목이 마를까 봐 말해 주는 거야.」

「특별한 초콜릿 바랬어요.」핌이 말했다.

핌과 립시가 어떻게 해서 같은 학교에서 만나게 됐는지 나는 지금도 도저히 짐작할 수 없다. 두 사람이 각자 그곳으로 보내진 걸까, 아니면 한꺼번에 보내진 걸까? 한쪽은 배우는 학생으로, 다른 한쪽은 빚을 갚는 차원에서 노동력을 제공하는 쪽으로. 내 짐작에는 한꺼번에 보내진 것 같지만, 릭이 자주 쓰던 방법에 대한 일반적인 지식 외에는 증거가 전혀 없다. 릭은 평생 동안 헌신적인 여자들을 노동력으로 거느리고 다니면서, 수시로 그들을 버리거나 되살려 냈다. 궁정에 그들이 필요하지 않을 때는 넓은 세상에서 그를 위해 일하는 임무가 주어졌다. 그들에게 힘에 부치는 금액을 송금하거나, 보석 장신구를 팔거나, 저축한 돈을 찾거나, 릭이 자기 이름으로 거래할수 없는 은행에 계좌를 개설할 수 있게 이름을 빌려 주는 식으로 그의 십자군 활동을 돕는 것. 하지만 립시는 보석 장신구가 없었고, 은행 일을 도와줄 수도 없었다. 가진 거라고는 아름다운 몸과 음악과 죄책감뿐이었다. 그리고 그녀를 우러러보는 영국인 남학생 한 명. 지금 생각해 보면 릭은 그녀에게 쌓여 가는 미심쩍은 낌새들을 이미 알아차리고, 나를 보살필 사람으로 낙점해 내게 줘버린 것 같다. 그래도 우리가 함께 움직이는 것이 릭에게는 이득이 되었다. 릭은 철두철미한 기회주의자였다.

핌이 신사 계급 아들들을 위한 그림블 씨의 아카데미에 도착했을 때 가진 지식이 조금이라도 있었다면, 그것은 그가 그때까지 정신없이 릭을 따라다니며 여기저기서 다닌 10여 군데의 유아 학교, 성경 학교, 유치원 덕분이 아니라 립시 덕분이었다. 립시가 그에게 글을 가르쳐 주었다. 그래서 나는 지금도 *t*를 독일식으로 쓰고, 소문자 *z*에는 중간에 비스듬한 사선을 넣는다. 립시는 그에게 철자법도 가르쳐 주었다. 영어 단어 〈*address*〉에 *d*가 몇 개인지 기억나지 않는다는 말이 두 사람 사이에서는 항상 너무나 재미있는 우스갯소리였다. 지금도 나는 독일어로 그 단어를 먼저 써보기 전에는 *d*가 몇 개인지 알지 못한다. 그 밖에도 핌이 아는 모든 것, 성경의 무의미한 구절들을 제외한 모든 것이 립시의 마분지 트렁크 안에 들어 있었다. 어딜 가든 그녀는 먼저 그를 자기 방으로 데려가 트렁크 안의 지리 책이나 역사책을 안겨 주거나 플루트로 음계를 연주하게 했다.

「알았니, 매그너스? 정보가 없으면 우린 아무것도 아냐. 하지만 정보가 있으면 세상 어디든 갈 수 있어. 우린 거북이와 같아. 집을 항상 등에 지고 다니지. 그림 그리는 법을 배우면 어디서든 그림을 그릴 수 있어. 조각가, 음악가, 화가에게 허가 같은 건 필요하지 않아. 머리만 있으면 되지. 우리는 반드시 머릿속에 세상을 집어넣고 다녀야 돼. 안전한 길은 그것뿐이야. 이제 나한테 멋진 노래를 한 곡 연주해 줄래?」

그림블 씨의 아카데미는 이런 관계가 완벽히 꽃을 피울 수 있는 조건을 갖추고 있었다. 그들의 세계는 그들의 머릿속에 있었지만, 그 세계는 또한 그림블 씨의 긴 진입로 끝에 벽돌로 지은 정원사 오두막 안에 들어 있었다. 오버플로 하우스로 불리는 이곳은 오버플로 보이스의 본거지였는데, 핌은 이 무리의 가장 신참 회원이었다. 그리고 립시, 그의 평생의 사랑인 립시는 그들을 누구보다 살뜰하게 챙겨 주는 최고의 어머니였다. 그들은 자신이 소외되었음을 곧바로 알아차렸다. 설사 알아차리지 못했다 해도, 진입로 위쪽 학교 건물을 차지한 소년 여든 명을 통해 분명히 알아차릴 수밖에 없었다. 학교에는 이름에 h가 들어가지 않는 창백한 식품점 아들이 한 명 있었는데, 상인은 조롱의 대상이었다. 말을 할 때 폴란드어가 수시로 튀어나오는 유대인 세 명, 말더듬증이 하도 심해서 이름조차 마-마-말린이라고 불리는 녀석, 일본이 싱가포르를 점령했을 때 아버지를 잃은 안짱다리 인도인도 있었다. 핌은 점이 많은 오줌싸개였다. 하지만 립시 앞에서 그들은 서로 돋보이려고 애썼다. 학교 아이들이 정예부대라면, 오버플로 보이스는 훈장을 받기 위해 훨씬 더 열심히 싸우는 비정규군이었다. 그림블 씨는 교사들을 닥치는 대로 구해서 데려다 놓았는데, 모두 이 나라에 절대 필요하지 않은 사람들이었다. 오멀리 선생이라는 사람은 한 학생의 귀를 세게 주먹으로 쳐서 기절시켰고, 파본 선생이라는 사람은 두 학생의 머리를 한데 찧어 대다가 한 학생의 두개골을 골절시켰다. 과학 선생은 서리에 나선 마을 소년들을 볼셰비키로 착각하고 퇴각하는 그들의 궁둥이를 향해 엽총을 발사했다. 그림블 씨의 학교에서 학생들은 지각했다는 이유로, 단정하지 못하다는 이유로, 냉담하다는 이유로, 건방지다는 이유로, 매를 맞고도 나아지지 않았다는 이유로 매를 맞았다. 전쟁의 열기가 잔인성을 부추겼고, 참전하지 않은 선생들의 죄책감이 잔인성을 더 강화시켰다. 그리고 영국의 복잡한 위계 시스템은 사디즘을 실행할 수 있게 자연스러운 서열을 만들어 주었다. 그들의 신은 영국 시골 신사 계급을 보호했다. 신사 계급에게는 모자라게 태어난 사람을 벌하는 것이 곧 정의였고, 여기에 강한 사람들이 동참했다. 그중에서도 세프턴 보이드는 가장 강하고 가장 잘생긴 사람이었다. 지금 생각해 보면, 립시의 죽음을 둘러싼 아이러니 중 가장 슬픈 것은 그녀가 파시스트 국가를 위해 죽었다는 점이다.

쉬는 날마다 핌은 릭의 지시대로 학교 진입로 입구로 나가 커들러브 씨를 기다렸다. 아무도 나타나지 않으면 그는 다행한 마음으로 혼자 있을 곳과 산딸기를 찾아 숲으로 서둘러 들어갔다. 저녁이 되면 학교로 돌아와 정말 근사한 하루를 보냈다고 자랑했다. 그러다 가끔 사람들을 가득 태운 자동차가 나타나는 날은 최악의 날이었다. 릭, 커들러브 씨, 이등병 군복을 입은 시드, 기수 두어 명이 어떻게든 자동차 한 대에 전부 구겨져 있었다. 브레이스 오브 파트리지스에 잠깐 들렀다 온 덕분에 모두 아주 생기 넘치는 모습이었다. 그들이 도착했을 때 학교에서 경기가 벌어지고 있으면 그들은 홈팀을 시끄럽게 응원하며 자동차 트렁크에 있던 상자에서 생전 처음 보는 오렌지를 꺼내 사람들에게 나눠 주었다. 경기가 없으면 시드와 모리 워싱턴이 우연히 자전거를 타고 지나가는 학생을 아무나 붙잡아 억지로 운동장에서 경주를 벌였다. 시드는 양손을 오목하게 구부려 입에 대고 힘차게 이 경기를 해설했다. 제독의 정장을 입은 릭이 손수건을 멋지게 흔들어 직접 출발 신호를 보냈다. 그리고 승자에게 상상도 하지 못한 초콜릿 한 상자를 직접 선물로 주었다. 그동안 궁정 사람들 사이에서는 지폐가 오갔다. 저녁이 되면 릭은 단 한 번도 빼먹지 않고 오버플로 하우스에 자리를 잡았다. 립시의 기분을 북돋아 줄 샴페인 한 병도 가져왔다. 립시가 너무 우울해 보이는데, 무슨 일이 있었던 거냐, 아들? 릭은 확실히 립시의 기운을 북돋아 주었다. 핌은 그동안 쿵쿵, 삐걱삐걱 소리와 크게 질러 대는 소리를 들으며 실내 가운 차림으로 립시의 방문 앞에 웅크리고 앉아 저 둘이 지금 싸우는 건지 싸우는 척하는 건지 고민했다. 다시 침대로 돌아와 누우면, 릭이 까치발로 살금살금 계단을 내려가는 소리가 들렸다. 릭은 고양이처럼 가볍게 걸을 수 있는 사람이었는데도.

그런데 어느 날 릭은 그렇게 조용하게 학교를 나서지 않았다. 오버플로 보이스는 소란스러운 소리에 자다가 깨어나 신나게 구경했다. 립시가 고함을 질러 대고, 릭은 그녀를 진정시키려 애쓰는 중이었다. 하지만 그가 친절하게 대하면 대할수록 립시는 터무니없는 소리를 해댔다. 「당신이 날 **토툭**으로 만들었어.」 그녀는 크게 헉하고 숨을 들이마시며 고함을 질렀다. 「날 벌주려고 **토툭**으로 만든 거야. 당신은 나쁜 신부님이야, 리키 핌. 나한테 토툭질을 시켰어. 난 정직한 사람이었는데. 피난민이라도 정직한 사람이었는데.」 왜 모두 작년에 일어난 일인 것처럼 말하는 거지? 「우리 아버지도 정직한 사람이었어. 내

홍제도 정직한 사람이었어. 모두 착한 사람이었어. 나처럼 나쁘지 않아. 당신이 나한테 토룩질을 시켜서 나도 당신 같은 범죄자가 됐어. 언젠가 하느님의 벌을 받을 거야, 리키 핌. 어쩌면 하느님이 당신도 울게 만들지 몰라. 그랬으면 좋겠어. 좋겠어, 좋겠다고!」

「우리 립시가 조금 우울한 모양이다, 아들.」 릭이 밖으로 나가려다가 계단에서 핌을 발견하고 이렇게 설명했다. 「네가 이리 와서 립시에게 이야기를 들려주겠니? 립시가 웃을 수 있게? 그림블 영감이 너희한테 먹을 것은 잘 주니?」

「엄청 좋아요.」 핌이 말했다.

「네 아비가 부족하지 않게 보살펴 주기 때문이야, 알아? 영국에서 가장 건강한 학교란다, 여기는. 관청에 물어봐. 반 크라운을 줄까? 그래, 알았다.」

핌은 셉턴 보이드에게서 배운 걸음걸이로 립시의 자전거가 있는 곳까지 갔다. 등 뒤에서 두 손을 가볍게 맞잡고, 고개를 앞으로 내밀고, 지평선의 어렴풋이 보기 좋은 물체에 시선을 고정한 채 걷는 걸음걸이. 다리는 넓고 높게 움직이고, 다른 목소리에 귀를 기울이는 사람처럼 살짝 미소를 지어야 한다. 그래야 우리가 권위 있게 보이니까. 핌은 몸이 너무 작아서 자전거 안장에 앉을 수 없었지만, 여성용 자전거는 가로대가 있어야 할 자리가 비어 있었다. 세프턴 보이드는 그 점을 항상 기쁘게 지적하곤 했다. 핌은 그 빈 공간에서 흔들흔들 페달을 밟으며 핸들을 움직여 빗물 웅덩이들을 요리조리 피했다. 난 정식으로 자전거를 수집하는 사람이다. 오른쪽에는 그와 립시가 승리의 정원[20]을 만들어 놓은 부엌 텃밭이 있고, 왼쪽에는 독일군의 폭탄이 떨어졌던 잡목 숲이 있었다. 폭탄이 떨어진 날, 그가 인도인과 식품점 아들과 함께 쓰는 침실 창문에 검게 탄 잔가지 조각들이 마구 부딪쳤다. 핌은 자전거 뒤쪽에 꼭 세프턴 보이드가 있을 것만 같아서 무서웠다. 그가 끌고 온 패거리들이 립시를 흉내 내며 있는 힘껏 고함을 지르고 있는 것 같았다. 그들은 핌이 립시를 사랑하는 것을 알고 있었다. 「어티 가는 고니, 내 작은 암시장아? 너 애인이랑 멀 할 고야, 내 작은 암시장아? 그 여자 죽었는데.」그가 커들러브 씨를 기다리며 서 있던 출입문이 앞에 있고, 문 왼편에는 전시 물자 때문에 철제 난간이 뜯겨 나간 오버플로 하우스가 있고, 그 빈자리에 경찰관 한 명이 서 있었다.

「자연 교과서를 가지러 왔는데요.」 핌은 립시의 자전거를 벽돌 기둥에 비스듬히 기대 놓으면서 경찰관의 눈을 똑바로 들여다보았다. 전에도 경찰관에게 거짓말을 해본 적이 있기 때문에 반드시 아주 정직한 사람처럼 보

20 세계 대전 때 미국과 영국 등지에서 주민들이 식량 부족의 대안 중 하나로 집에서 가꾸던 텃밭.

여야 한다는 것을 알고 있었다.

「자연 교과서?」 경찰관이 말했다. 「너 이름이 뭐지?」

「핌이에요. 여기 살아요.」

「핌 누구?」

「매그너스.」

「그래, 얼른 뛰어가, 핌 매그너스.」 경찰관이 이렇게 말했지만 핌은 너무 안달하는 티를 내지 않으려고 계속 천천히 걸었다. 은색 액자에 들어 있는 립시의 가족들 사진이 협탁에 줄지어 놓여 있었지만, 릭의 묵직한 얼굴이 돼지가죽 액자 속에서 예민하고 정치적인 표정으로 그들 모두를 지배했다. 릭의 현자 같은 눈은 핌이 움직이는 곳마다 계속 그를 따라왔다. 핌은 립시의 옷장을 열고 그녀의 체취를 들이마신 뒤, 프릴이 달린 하얀색 실내용 가운과 모피 망토와 요정 같은 후드가 달린 낙타털 외투를 옆으로 밀었다. 이 외투는 릭이 생모리츠에서 그녀에게 사준 것이었다. 핌은 옷장 안쪽에서 립시의 마분지 트렁크를 꺼내 바닥에 놓고, 립시가 계속 웃고 웃고 또 웃어 대는 부드러운 침팬지 인형 리틀 오드리 옆의 타일 장식 벽난로 선반에 있는 토비 저그[21]에 숨겨 둔 열쇠로 그것을 열었다. 그러곤 작은 검은색 칼날 같은 글자들이 적혀 있는 성경 비슷한 책과 악보집과 그가 이해할 수 없는 독본과 립시의 젊었을 적 사진이 붙어 있는 여권과 립시의 자

21 사람의 얼굴 모양을 한 커다란 도자기 잔.

매이지만 이제는 편지를 보내지 않는 레이철, 독일어로 라-하-엘이 쓴 독일어 편지 다발을 꺼냈다. 트렁크 맨 밑바닥에는 노끈으로 묶어 둔 릭의 편지 다발이 있었다. 핌은 개중에 일부 편지를 거의 외우다시피 했지만, 그 문장들 아래에서 들끓고 있는 불길한 낌새를 풀어내기는 쉽지 않았다.

지금 우리를 에워싼 구름이 영원히 흩어지는 데에는 며칠이 아니라 몇 주가 걸릴 거야, 달링. 로프트가 내 **제**대 명령을 받아 내면, 당신과 나는 우리가 마땅히 받아야 하는 보상을 **즐**길 수 있겠지. (……) 당신을 어머니로 생각하는 내 아들을 잘 보살펴 주고, 그 녀석이 허공을 둥둥 떠다니지 않게 해줘…….

트러스트에 대한 당신의 의심은 완전히 잘못된 거야. (……) **어**쩌면 영원히 **돌**아오지 못할 수도 있는 소집 신호를 여기서 기다리고 있는 내게 걱정거리만 하나 더 얹어 주는 꼴이니 당신은 공연히 **골**머리를 썩히지 마. (……) 지금 하고 있는 일이 웬트워스 같은 **수많**은 사람들에게 이루 말할 수 없는 이득을 가져다줄 거야. (……) W 부부에 대해 나한테 뭐라고 하지 마, W의 아내는 최악의 전문 말썽꾼이니까…….

훌륭한 **교**육자이자 **교**장인 테드 그림블에게 안부를 대신 전해 줘. 서양자두 1헌드레드웨이트[22]가 또 곧 도착할 거라고도 전해 주고. (……) 크고 신선한 최고의 오렌지 **두** 개를 위한 부엌도 준비해야 할 거야. 로프트가 3주의 특별 휴가를 **얻**어 줬는데, 이건 내가 다시 소집되는 경우 처음부터 **다**시 시작해야 한다는 뜻이지. **화**제를 **바**꿔서, 머스폴이 물건들을 계속 전처럼 보내라고 하네. 빨리 그렇게 해주면 좋겠어. 순전히 이쪽의 **일**시적인 유동성 문제로 웬트워스처럼 점잖은 사람들이 제대로 보살핌을 받지 못하고 있으니…….

당신이 즉시 수표를 더 보내지 않으면 여느 때처럼 퍼스를 제외한 모든 사람과 나를 다시 **감**옥으로 돌려보내는 꼴이 될 거야. **확**실해. (……) 자살을 생각하는 건 **어**리석은 짓이야. 이 **몰**상식하고 **비**극적인 전쟁 때문에 전 세계에서 수많은 사람이 서로를 **죽**고 죽이는 마당에. (……) 머스폴 말로는, 만약 당신이 내일 특급우편으로 보내면 토요일에 우체국이 문을 여는 시간에 자기가 가서 즉시 웬트워스에게 보내 줄 거라고 해…….

핌이 마지막까지 아껴 둔 립시의 편지는 이와 대조적

---

22 무게의 단위. 1헌드레드웨이트는 영국에서 약 51킬로그램에 해당한다.

으로 놀라울 만큼 간결했다.

　　내 귀여운 매그너스,
　　항상 착하게 살아야 한다. 음악을 연주하고, 아버지
한테 남자답고 강한 사람이 되어야 해.
　　사랑한다.
　　립시.

　　핌은 립시의 편지를 포함해서 이 편지들을 한 다발로
묶은 뒤, 자연 교과서 안에 넣고 교과서를 허리띠에 끼웠
다. 그러곤 고양이 발톱이 등을 노리고 있는 것 같은 기
분으로 경찰관 앞을 천천히 지나갔다. 학교의 보일러는
지하실에 벽돌로 설치되어 있었는데, 부엌 마당의 구멍
으로 연료를 넣게 되어 있었다. 연료 투입구에 다가가다
가 들켰을 때의 벌은 그럭저럭 견딜 수 있었지만, 거기서
종이를 태우는 것은 매국 행위라서 만약 그가 선원이었
다면 물에 빠뜨려 죽이는 벌을 받을 터였다. 다운스에서
사나운 빗줄기가 세찬 바람에 실려 오고, 백악질 산들은
먹구름을 배경으로 검게 보였다. 핌은 어깨를 목까지 높
이 올린 채 열린 연료 투입구 앞에 서서 편지들을 그 안
으로 쑤셔 넣은 뒤 그 모습이 사라질 때까지 지켜보았다.
교직원과 학생을 포함해서 10여 명이 그의 행동을 보았
을 것이다. 그리고 개중에 일부는 확실히 세프턴 보이드

의 패거리일 터였다. 하지만 그가 전혀 숨길 생각 없이 대놓고 그런 행동을 했기 때문에, 그들은 그가 그렇게 해도 된다는 허락을 받았을 것이라고 확신했다. 적어도 핌이 그렇게 자신을 설득한 것은 확실했다. 그는 마지막 편지, 그러니까 그에게 강한 사람이 되라고 말해 준 편지를 투입구에 쑤셔 넣은 뒤, 자신의 행동을 본 사람이 있는지 두리번거리며 확인해 보지도 않고 그냥 그 자리를 떴다.

이번에도 교직원 화장실이 필요했다. 외따로 떨어진 그만의 비밀 생모리츠가 필요했다. 황동 수도꼭지와 마호가니 틀 안의 거울이 보여 주는 비밀스러운 웅장함이 필요했다. 핌은 호화로운 것을 사랑했다. 그것은 사랑을 빼앗긴 사람에게서만 볼 수 있는 현상이었다. 그는 직원실로 통하는 금단의 계단을 올라가서 층계참에 다다랐다. 화장실 문이 살짝 열려 있었다. 그는 문을 밀어 열고 살그머니 안으로 들어간 뒤 등 뒤로 손을 돌려 문을 잠갔다. 혼자였다. 그는 자신의 얼굴을 빤히 바라보며 점점 표정을 굳혔다가, 풀었다가, 다시 굳은 표정을 지었다. 수도꼭지를 열고 뺨을 반짝반짝 씻었다. 방금 엄청난 일을 저지른 뒤 이렇게 갑자기 혼자가 되니, 자신이 아주 특별한 존재가 된 것 같았다. 자신이 너무 위대해졌다는 생각에 현기증이 나서 머리가 빙빙 돌았다. 그는 신이었다. 그는 히틀러였다. 그는 웬트워스였다. 그는 초록색 서류함의 왕이며 TP의 고귀한 후손이었다. 이제부터는

지상의 무슨 일도 그의 개입 없이 일어나지 않을 것이다. 그는 주머니칼을 꺼내 열어서 큰 칼날을 거울 속 자기 얼굴 앞에 높이 들어 올리고 아서 왕의 맹세를 했다. 엑스칼리버를 걸고 맹세하노라. 점심 식사 종이 울렸지만, 점심때는 출석을 부르지 않았다. 배가 고프지도 않았다. 앞으로 다시는 배가 고프지 않을 것이다. 그는 불멸의 기사니까. 그는 자기 목을 그을까 생각했지만 맡은 임무가 너무 중요했다. 그는 여러 이름들을 떠올렸다. 이 학교에서 최고의 가문 출신이 누구지? 나. 핌 가문은 최고이고, 매그너스 왕자는 세상에서 가장 빠른 말이야. 그는 나무 벽널에 뺨을 대고 크리켓 채와 스위스 숲의 냄새를 맡았다. 손에는 아직 칼을 들고 있었다. 눈이 뜨겁고 흐릿해지더니 귀가 울렸다. 그의 내면에서 신성한 목소리가 그에게 보라고 말했다. 최고의 벽널에 KS−B라는 이니셜이 아주 깊숙이 새겨져 있었다. 그는 허리를 숙여 발치의 나뭇조각들을 하나로 모아서 변기에 넣었다. 나뭇조각들이 물 위에 둥둥 떴다. 변기 레버를 잡아당겼지만, 물 위에는 여전히 나뭇조각들이 떠 있었다. 그는 그대로 내버려 둔 채 미술실로 가서 도르니에[23] 폭격기를 완성했다.

오후 내내 그는 아무 일도 없었다고 확신하며 기다렸다. 그건 내가 한 일이 아니야. 지금 다시 가보면 거기엔 아무것도 없을 거야. 3학년의 매그스가 한 짓이야. 쿠크

23 독일의 비행기 제작자.

리 칼을 갖고 있는 건 제임슨이야. 걔가 들어가는 걸 내가 봤어. 마을의 건방진 놈이 한 짓이야. 그놈이 허리띠에 단검을 꽂고 몰래몰래 움직이는 걸 내가 봤어. 그놈 이름은 웬트워스. 저녁 기도 때 핌은 독일 폭격기가 교직원 화장실을 파괴하게 해달라고 기도했다. 그런 일은 일어나지 않았다. 다음 날 그는 셉턴 보이드에게 자신의 가장 귀한 보물인 코알라 인형을 선물로 주었다. 그가 맹장 수술을 받았을 때 립시가 선물한 인형이었다. 쉬는 시간에 그는 크리켓 경기장 뒤편의 무른 흙 속에 주머니칼을 묻었다. 지금이라면 아마 은닉했다고 말할 것이다. 저녁 점호 때가 되어서야 당직 선생님이 무서운 목소리로 케네스 셉턴 보이드의 이름을 귀족의 경칭까지 붙여서 제대로 불렀다. 사디스트 오멀리 선생이었다. 어린 귀족 셉턴 보이드는 어리둥절한 얼굴로 그림블 교장 선생의 서재로 끌려갔다. 핌도 어리둥절한 얼굴로 그 모습을 지켜보았다. 저놈을 도대체 왜 데려가는 걸까? 나의 절친한 친구이고, 내 코알라 인형을 갖고 있는 놈을. 마호가니 문이 닫히자 여든 쌍의 눈이 훌륭한 솜씨로 조각된 그 문을 뚫어져라 바라보았다. 핌도 바라보았다. 그림블 교장 선생의 목소리, 언성을 높여 항변하는 셉턴 보이드의 목소리가 차례로 들렸다. 이어 무거운 침묵 속에서 하느님의 정의가 실현되었다. 퍽퍽. 핌은 그 소리의 횟수를 헤아리면서 자신의 정당함이 입증되고 정화되는 기분이었다. 그래, 매그스도 제임슨도 나도 아니야. 세프턴 보이드가 직접 저지른 거야. 그러지 않고서야 저렇게 얻어맞을 리가 없지. 정의는 정의를 실천하는 종의 실력에 좌우된다는 것을 그는 차츰 알 것 같았다.

「거기 하이픈이 있었어.」 다음 날 세프턴 보이드가 그에게 말했다. 「누가 저지른 짓인지 몰라도 우리한테는 없는 하이픈을 거기 넣어 뒀다고. 내가 그놈을 찾기만 하면 죽여 버릴 거야.」

「나도 마찬가지야.」 핌은 의리 있게 약속했다. 한 마디 한 마디가 진심이었다. 릭처럼 그는 여러 세상에서 동시에 사는 법을 배우고 있었다. 자신이 지금 딛고 서 있는 땅과 지금 짓고 있는 표정을 빼고는 모조리 잊어버리는 것이 요령이었다.

립시의 죽음은 어린 핌에게 많은 영향을 미쳤지만, 어느 모로 보나 부정적인 영향만 있었던 것은 아니다. 그녀의 죽음으로 핌은 독립적인 사람이 되었으며, 여자들은 변덕스러워서 곧잘 사라진다는 자신의 지식이 옳다는 것을 확인했다. 릭이 모범적으로 보여 준 위대한 교훈, 즉 훌륭한 외모가 중요하다는 사실도 터득했다. 언제나 정당한 행동을 하는 것처럼 보여야만 안전하다는 사실도 배웠다. 그는 사람이 살면서 겪는 일들을 비밀리에 조종하는 사람이 되겠다고 결심을 다졌다. 예를 들어 그림블 교장 선생의 자동차 타이어를 주저앉힌 사람도, 수영장에 3킬로그램짜리 요리용 소금 세 봉지를 쏟아부은 사람도 핌이었지만, 그 범인을 찾는 조사를 이끈 사람 또한 핌이었다. 그는 감질나는 단서들을 많이 던져 놓고, 평판이 탄탄한 많은 사람들에게 의심의 그림자를 드리웠다. 립시가 사라지자 핌은 또다시 아무런 방해물 없이 릭을 사랑할 수 있었다. 릭이 또 사라진 탓에 멀리서 그를 사랑할 수 있게 되었으니 더 좋았다.

릭이 립시에게 말했던 것처럼 감옥으로 돌아간 걸까? 경찰이 초록색 서류함을 찾아낸 건가? 당시 핌은 사정을 알지 못했다. 시드는, 내 짐작에 스스로 원해서 그렇게 된 것 같기는 한데, 지금도 당시 사정을 알지 못한다. 군대 기록에는 릭이 문제의 그 기간보다 6개월 앞서 갑작스러운 제대 허락을 받은 것으로 되어 있다. 그리고 자세한 정보를 원하는 사람은 전과 기록을 찾아보라는 설명도 붙어 있다. 하지만 전과 기록을 찾을 길이 없다. 어쩌면 그 기록을 관리하는 사람 중에 퍼스를 엄청 우러러보는 여성이 있었기 때문인지도 모른다. 이유가 무엇이었든 핌은 또 혼자 떨어져 나와 상당히 즐거운 시간을 보냈다. 주말에는 풀럼의 지하 아파트에서 올리와 커들러브 씨가 그를 기다리고 있다가 상상할 수 있는 온갖 응석을 받아 주었다. 언제나 운동을 해서 몸이 탄탄한 커들러브 씨는 핌에게 레슬링을 가르쳐 주었고, 올리는 셋이 함께 강으로 진탕 놀러 나갔을 때 여자 옷을 입고 여자 목소리를 그럴듯하게 흉내 냈다. 그래서 핌과 커들러브 씨를 빼고는 아무도 그가 사실 남자라는 사실을 알지 못했다. 방학 때는 세프턴 보이드와 함께 체리의 넓은 땅을 돌아다니며 그가 곧 가게 될 훌륭한 사립 학교에 대한 끔찍한 이야기들을 들어 주어야 했다. 그 학교에서는 신입생들을 빨래 바구니 안에 묶은 뒤 돌계단에 내동댕이친다는 얘기, 낚싯바늘로 귀를 뚫어 신입생을 망아지처럼 마차에 연결한 뒤 학급의 반장들을 거기에 태워 마당을 돌게 한다는 얘기.

「우리 아버지는 감옥에 갔다가 도망쳤어.」핌은 이야기를 들은 보상으로 이렇게 말했다. 「아버지가 기르는 갈까마귀가 아버지를 돌봐 주고 있지.」그는 다트무어의 동굴에 사는 릭을 상상해 보았다. 사냥개들이 그의 냄새를 좇아 그를 추적하는 동안 시드와 메그가 손수건에 싼 파이를 그에게 가져다줄 것 같았다.

「우리 아버지는 비밀 정보국 소속이야.」다른 날에는 세프턴 보이드에게 이런 이야기를 했다. 「게슈타포한테 고문을 당해서 죽었지만, 더 이상은 말할 수 없어. 아버지의 본명은 웬트워스야.」

이런 말을 해놓고 스스로 놀란 핌은 이야기에 더 공을 들였다. 릭에게는 다른 이름과 용감한 죽음이 훨씬 더 잘 어울렸다. 핌은 자신에게 품격이 부족한 것 같다는 생각을 조금씩 하고 있었는데, 그런 이야기가 자신에게 품격을 주고 립시와의 관계도 똑바로 정리해 주는 것 같았다. 그래서 어느 날 릭이 고문을 받지도 않고 예전과는 달라진 부분도 없이 기수 두 명과 모자에 깃털을 꽂은 새 어머니를 대동하고 천도복숭아 한 상자와 함께 기운차게 나타났을 때, 핌은 어떻게 하면 게슈타포에 들어갈 수 있을지 진지하게 고민했다. 평화가 찾아와 그에게서 무참하게 기회를 앗아 가지 않았다면 정말로 게슈타포에 들어갔을 것이다.

많은 것을 배운 이 시기에 핌의 정치적 견해에 대해서도 마지막으로 한마디 해둘 필요가 있다. 그가 보기에 처칠은 부루퉁하게 골을 내고 있었고, 인기가 지나치게 높았다. 머리가 한쪽으로 기울어진 파인애플 모양인 드골은 메이크피스 삼촌과 너무 비슷했고, 루스벨트는 지팡이와 안경과 휠체어 때문에 어떻게 보나 변장한 넬 외숙모 같았다. 히틀러는 정말 비참할 정도로 사랑받지 못하는 사람이라서 핌은 그에게 적잖이 마음이 쓰였지만, 그가 아버지 대리로 낙점한 사람은 이오시프 스탈린이었다. 스탈린은 부루퉁하지도 않고 설교를 늘어놓지도 않았다. 뉴스 영화 속에서 키득키득 웃어 대고, 개들과 장난치고, 장미를 꺾으며 시간을 보내는 사람이었다. 그동안 그의 충성스러운 군대는 생모리츠의 눈 속에서 그를 위해 승리를 거뒀다.

핌은 펜을 내려놓고 자신이 쓴 글을 빤히 바라보았다. 처음에는 두려웠지만 점차 마음이 놓이더니 결국 웃음이 나왔다.

「난 꺾이지 않았어.」 그는 속삭였다. 「소동에 휘말리지 않았어.」

그러고 나서 그는 과거의 추억을 위해 양귀비가 마시던 것만큼 보드카를 따랐다.

5

바우어 부인의 침대는 동화 속 하인의 침대처럼 좁고 울퉁불퉁했다. 메리는 브러더후드가 던져 둔 자세 그대로 그 침대에 누워 있었다. 자신을 방어하려는 듯 무릎을 올리고, 양손으로 어깨를 움켜쥔 채 이불에 돌돌 말린 모습. 그가 그녀의 몸에서 떨어져 나갔기 때문에 그의 땀 냄새와 입 냄새가 더 이상 나지 않았다. 하지만 침대 발치에서 그의 덩치가 느껴졌다. 그래서 조금 전 두 사람이 사랑을 나누지 않았다는 기억이 순간순간 흐려졌다. 옛날 그 시절 그녀가 침대에 누워서 졸고 있으면, 그는 지금처럼 침대 발치에 앉아 전화를 하거나 지출된 경비를 확인하는 등 남자들만의 일들로 이루어진 자기 인생의 질서를 회복하는 데 필요한 일을 하곤 했기 때문이다. 그는 어딘가에서 찾아낸 녹음기를 들고 있었고, 혹시 그 녹음기가 작동하지 않을 경우를 대비해서 조지가 또 다른 녹음기를 갖고 있었다.

사형 집행인 나이절은 몸집이 작지만 지극히 날렵한 사람이었다. 그는 허리가 잘록한 줄무늬 정장을 입고, 소매에 비단 손수건을 꽂고 있었다.

「메리에게 자발적으로 진술해 달라고 요청해 주시겠습니까, 잭?」 나이절이 말했다. 마치 이런 일을 매주 하는 사람 같았다. 「자발적이지만 공식적인 어조로요. 어딘가에 사용될 수도 있으니까요. 결정은 보 혼자 내리는 것이 아니거든요.」

「자발적이라니, 누가 그런 말을 합니까?」 브러더후드가 말했다. 「메리는 회사에 들어올 때 비밀 서약에 서명했어요. 회사를 나갈 때도 또 서명했고요. 핌과 결혼할 때도 다시 서명했습니다. 메리, 네가 아는 건 전부 우리거야. 버스 지붕에서 들은 소리든, 그 녀석의 손에서 연기가 피어오르는 총을 봤다는 진술이든.」

「당신의 훌륭한 조지가 증인이 될 수 있지요.」 나이절이 말했다.

메리의 귀에 자신의 목소리가 들렸지만, 그녀는 자신의 말을 대부분 이해할 수 없었다. 한쪽 귀는 베개에 대고, 다른 쪽 귀로는 레스보스의 아침에 들려오던 소리에 귀를 기울이고 있었기 때문이다. 플로마리 마을의 기반이 된 언덕 중턱의 작은 갈색 테라스 주택에서 열린 창문을 통해 들려오던 소리, 모터 자전거와 배와 부주키[24] 연

24 손가락으로 연주하는 그리스의 현악기.

주와 골목에서 공회전하는 화물차의 시끄러운 소리. 정육점에서 양이 목을 베이며 질러 대는 비명 소리와 자갈 포장 위를 미끄러지듯 움직이는 당나귀의 발굽 소리와 항구 시장에서 상인들이 외쳐 대는 소리. 눈을 아주 꼭 감으면 길 맞은편의 오렌지색 지붕들 위, 굴뚝과 빨랫줄과 제라늄이 가득한 옥상 정원을 지나 부두까지, 그리고 빨간 불빛이 깜박거리는 긴 방파제까지 전부 보이는 것 같았다. 못된 황갈색 고양이들이 햇빛을 흠뻑 받으며, 부정기선이 안개 속에서 느릿느릿 나타나는 모습을 지켜보던 것도.

메리는 지금 잭 브러더후드에게 들려주는 이야기 역시 앞으로 그렇게 생각할 터였다. 용기를 낸다 해도 아주 짧은 일부밖에 볼 수 없는 악몽 같은 필름으로. 거기서 메리 자신은 역사상 최악의 악당이었다. 부정기선이 다가오고, 고양이들이 몸을 쭉 펴고, 배에서 트랩이 내려오고, 영국인인 핌의 가족(매그너스와 메리 부부, 아들 토머스)이 완벽한 휴가지를 찾아 배에서 내린다. 이제는 아주 멀다고 할 만한 곳도 없고, 아주 외진 곳도 없다. 핌 일가는 에게해를 유령선처럼 떠돌아다니면서 뭍에 오르자마자 다시 짐을 싸서 다른 배로 갈아타고, 뭔가에 쫓기는 사람처럼 다른 섬으로 간다. 하지만 자기들이 이런 저주를 받았다는 사실을 아는 사람은 매그너스뿐이다. 누가 왜 자기들을 추적하고 있는지 아는 사람도 매그너스뿐이다. 매그너스는 그 비밀을 다른 모든 비밀들과 마찬가지로 미소 뒤에 가둬 두었다. 메리는 앞에서 활기차게 성큼성큼 걷고 있는 그를 본다. 바람 때문에 한 손으로 밀짚모자를 붙든 그의 다른 쪽 손에는 서류 가방이 대롱대롱 매달려 있다. 톰이 긴 회색 플란넬 바지와 학교 잠바 차림으로 그의 뒤를 따라 걷는 것이 보인다. 기온이 섭씨 30도에 육박하는데도 그는 굳이 고집을 부려 그 잠바를 입었다. 메리 본인은 어젯밤에 마신 술과 휘발유 냄새에 아직도 취한 채 벌써 저 두 사람을 배신할 계획을 짜고 있다. 그들 뒤에서 맨발로 따라오는 사람들은 지나치게 많은 팀의 가방을 든 이곳 짐꾼들이다. 수건과 침대보, 톰이 먹을 시리얼 등 메리가 멋진 휴가를 위해 빈에서 챙긴 여러 쓸데없는 물건들도 그들이 들고 있다. 매그너스는 이번 여행이 온 식구가 내내 꿈꾸던 평생 단 한 번의 가족 휴가가 될 것이라고 말하지만, 메리는 떠나기 며칠 전까지 이런 여행 이야기를 들은 기억이 없다. 솔직히 말해서 여기에 있기보다는 영국으로 돌아가 정원사에게 맡겨 둔 개들과 탭 숙모에게 맡겨 둔 장모종 샴고양이를 데려와 플러시에서 시간을 보내고 싶다.

짐꾼이 짐을 내려놓는다. 언제나 인심이 좋은 매그너스는 메리의 핸드백에서 돈을 꺼내 그들 각자에게 팁을 준다. 메리는 그를 위해 핸드백을 열린 상태로 붙잡고 있다. 톰은 그들을 맞이하는 레스보스 고양이들을 향해 멍청히 허리를 숙인 채로 녀석들의 귀가 셀러리처럼 생겼다고 단언한다. 호루라기 소리가 나자 짐꾼들이 트랩으로 훌쩍 뛰어 올라가고, 부정기선이 안개 속으로 돌아간다. 매그너스, 톰 그리고 배신자 메리는 바다에서 슬픈 일을 당한 사람들처럼 그들의 뒷모습을 빤히 바라본다. 그들의 짐이 모두 주위에 널려 있고, 빨간 불빛이 그들의 머리 위로 불똥처럼 느릿느릿 떨어진다.

「여기 있다가 빈으로 돌아가는 거예요?」 톰이 묻는다. 「베키 레더러 아줌마가 보고 싶어요.」

매그너스는 대답하지 않는다. 열성적인 모습을 보이느라 너무 바쁘다. 그는 자기 장례식 때도 열성적으로 굴 사람이고, 이것은 메리가 그를 사랑하는 수많은 이유들 중 하나다. 그녀는 지금도 그를 사랑한다. 때로는 선하기만 한 그의 마음이 날 비난하는 것 같아.

「여기야, 맵스.」 그가 나무 한 그루 없이 갈색 주택들이 서 있는 원뿔 모양 언덕을 향해 멋들어지게 한 팔을 흔들며 소리친다. 그곳이 그들의 새로운 집이 될 것이다. 「우리가 찾아냈어. 바닷가의 플러시.」 그러고 나서 그는 그녀를 향해 시선을 돌린다. 얼굴에는 이번 휴가를 떠난 뒤에야 처음 보는 미소가 걸려 있다. 아주 씩씩하고, 절망에 지쳤으면서도 밝은 미소. 「여기는 안전해, 맵스. 괜찮을 거야.」

메리는 한 팔로 자신의 몸을 감싸는 그를 내버려 둔다.

그가 그녀를 잡아당겨 포옹한다. 톰이 가운데로 비집고 들어와 두 사람을 양팔로 감싼다. 「**나도** 할래요.」톰이 말한다. 세상에서 가장 가까운 동맹처럼 그렇게 단단히 뭉친 채로 세 사람은 방파제를 벗어난다. 묵을 곳을 찾을 때까지 짐 가방은 그냥 여기에 이대로 둘 것이다. 그들은 한 시간 안에 묵을 곳을 찾는다. 영리한 매그너스가 가장 먼저 어느 주점으로 가야 하는지, 누구의 호감을 사야 하는지, 여행 중에 만든 그리스 신분증으로 누구를 꼬드겨야 하는지 정확히 알고 있기 때문이다. 그가 무슨 수를 썼는지는 몰라도 신분증은 놀라울 정도로 그럴싸했다. 하지만 아직 저녁이 남았다. 저녁이 점점 견디기 힘들어져서, 그녀는 아침에 일어난 순간부터 저녁이 머리 위에 매달려 있는 것 같은 기분이다. 하루 내내 저녁이 자신의 몸을 타고 기어오르는 것이 느껴진다. 새로운 집을 찾은 것을 기념하기 위해 매그너스가 스톨리치나야 보드카 한 병을 샀다. 지난 며칠 동안 독한 술은 잊어버리고 그 지역의 포도주만 마시자고 몇 번이나 서로 약속한 것이 수포로 돌아갔다. 보드카 병이 거의 비었을 때, 다행히 톰은 새 침실에서 잠이 들었다. 아니, 메리는 그렇게 되었기를 기원한다. 그녀의 아버지가 쓰던 표현을 빌리자면, 톰은 요즘 담배꽁초처럼 변해서 계속 두 사람 주변을 맴돌곤 하기 때문이다.

「맵스, 왜 그래? 표정이 안 좋은데.」매그너스가 일부러 유쾌하게 말한다. 「우리의 새로운 슐로스[25]가 마음에 안 들어?」

「당신이 웃기는 행동을 해서 내가 웃은 거잖아.」

「그게 미소라고?」 매그너스가 미소가 어떤 것인지 보여 주려는 듯 혼자 빙긋 웃으면서 말한다. 「여기서 보면 미소라기보다 좀 찡그린 것처럼 보이는데, 여보.」

하지만 메리는 점점 혈압이 오르고 있기 때문에 언제나 그렇듯이 성질을 참지 못한다. 아직 짓지도 않은 죄 때문에 죄책감이 그녀를 누르고 있다.

「당신이 쓰는 글의 주제가 그거지?」 메리가 쏘아붙인다. 「엉뚱한 여자한테 쓸데없이 신경을 쓰는 거.」

자신의 불쾌한 태도에 스스로 경악한 메리는 울음을 터뜨리면서 골풀 의자의 팔걸이를 주먹으로 쾅쾅 내려친다. 하지만 매그너스는 전혀 놀란 기색이 아니다. 매그너스는 잔을 내려놓고 그녀에게 다가와 손끝으로 부드럽게 그녀의 팔을 두드린다. 자신을 허락해 달라는 듯이. 그러곤 그녀의 잔을 손이 닿지 않는 곳으로 조심스레 옮긴다. 얼마 뒤 새로운 침대의 스프링이 조율 중인 관악대처럼 핑핑, 칭칭 울어 댄다. 필사적이고 에로틱한 열기가 매그너스를 도우러 와주었기 때문이다. 그는 그녀와 영원한 이별을 앞둔 사람처럼 사랑을 나눈다. 그녀가 유일한 피난처라도 되는 것처럼 그녀의 몸속에 자신을 묻는다. 메

25 독일어로 〈성〉 또는 〈궁전〉이라는 뜻.

리도 맹목적으로 그에게 장단을 맞춘다. 그녀는 점점 높이 올라가고, 그가 손을 뒤로 내밀어 그녀를 이끌어 준다. 그녀가 그에게 소리친다. 「제발, 오, 하느님!」 그가 과녁을 명중시키자, 황홀경에 빠진 메리는 순간적으로 이 망할 놈의 세상에 미련 없이 작별 키스를 할 수 있을 것 같다.

「그건 그렇고, 지금 우리 이름은 펨브로크야.」 매그너스가 나중에, 하지만 너무 늦지는 않게 말해 준다. 「틀림없이 그럴 필요까지는 없겠지만, 그래도 혹시 모르는 일이니까.」

펨브로크는 매그너스가 일할 때 사용하는 이름 중 하나다. 메리는 펨브로크라는 이름의 여권이 그의 서류 가방에 들어 있다는 것을 이미 알아차렸다. 예술적으로 흐릿하게 만든 사진이 거기 붙어 있다. 매그너스인지 아닌지 헷갈리는 사진이다. 베를린의 모조품 공방 사람들은 이런 사진을 뜨내기라고 불렀다.

「톰한테는 뭐라고 말해?」 메리가 묻는다.

「그 애한테 뭘 말할 필요가 있나?」

「우리 아들의 성은 핌이야. 그러니 펨브로크라는 성을 써야 한다고 말하면 이상하게 생각할거야.」

메리는 멋대로 구는 자신의 성격을 몹시 싫어하면서 답을 기다린다. 아무리 아들을 속이는 법에 관한 것이라 해도 매그너스가 답을 찾지 못해 고민하는 것은 그리 자주 있는 일이 아니다. 메리는 어둠 속에서 그가 자신과 나란히 누워 고민하는 것을 느낀다.

「그럼 지금 이 집이 펨브로크 일가의 소유라고 말해. 내가 말해야겠네. 상점에서 물건을 주문할 때 집주인 이름을 쓰기로 했다고. 물론 톰이 묻지 않으면 굳이 말해줄 필요가 없지만.」

「물론이지.」

「그 아저씨 둘이 아직도 거기 있어요.」 톰이 문간에서 말한다. 이제 보니 한참 전부터 두 사람의 대화를 다 듣고 있었던 것 같다.

「무슨 아저씨?」 메리가 말한다.

하지만 목덜미가 따끔거리고, 온몸에 식은땀이 난다. 톰이 얼마나 듣고 보았을까?

「강가에서 오토바이를 수리하던 사람들이요. 특별한 군용 침낭이랑 손전등이랑 특별한 텐트를 갖고 있어요.」

「이 섬에는 캠핑하는 사람들 천지야.」 메리가 말한다. 「가서 자.」

「우리랑 같은 배를 타고 왔어요.」 톰이 말한다. 「구명보트 뒤에서 카드놀이를 하면서 우리를 감시했어요. 독일어를 썼고요.」

「그 배에는 사람이 많이 타고 있었어.」 메리가 말한다. 당신도 뭐라고 말 좀 해봐, 이 못된 자식아. 메리는 머릿속에서 매그너스를 향해 이렇게 고함을 지른다. 벌써 열기가 식은 것도 아닐 텐데 왜 날 돕지 않고 죽은 사람처럼 누워만 있어?

톰과 매그너스가 각각 그녀의 양편에 있다. 플로마리의 종들이 시간을 알리는 소리가 들린다. 나흘만 더. 메리는 속으로 말한다. 일요일이면 톰이 새 학기 수업을 위해 런던으로 돌아갈 거야. 그리고 월요일에는 내가 갈 거고. 어떻게 되든 나도 몰라.

브러더후드가 그녀를 흔들어 댔다. 나이절이 그에게 뭐라고 말을 했기 때문이다. 처음에 어떻게 됐는지 물어봐요. 저 여자를 몰아붙여요.

「이야기를 차례대로 해주면 좋겠는데, 메리. 할 수 있지? 지금 너무 앞서 나가고 있어.」

메리의 귀에 중얼거리는 소리가 들리더니, 곧 조지가 녹음기의 테이프를 바꾸는 소리가 났다. 중얼거리는 소리는 메리 자신의 목소리였다.

「애당초 어떻게 그 휴가를 가게 된 건지 말해 주겠어? 누가 제안했지?…… 아, 매그너스가 제안했나? 그렇군……. 여기 이 집에서?…… 그렇군……. 그게 몇 시쯤이었을까? 일어나 앉아 주겠어?」

메리는 일어나 앉아서 잭이 원하는 부분부터 다시 이야기를 시작했다. 감미로운 초여름의 어느 날 저녁 빈. 아직 아무런 문제도 없고, 레스보스든 그 전에 들렀던 섬

238

들이든 그 무엇도 매그너스의 영리한 눈 속에 아직 들어 있지 않았을 때. 메리는 위아래가 붙은 작업복 차림으로 지하실에서 카를 크라우스가 쓴 희곡 『인류 최후의 날들』 초판의 제본을 손보고 있었다. 매그너스가 레오벤에 정보원을 만나러 갔다가 발견한 책인데 메리는…….

「정규 정보원인가? 레오벤의?」

「네, 잭, 레오벤은 정규 정보원이었어요.」

「매그너스가 거기에 얼마나 자주 갔지?」

「한 달에 두 번. 세 번. 그냥 나이 많은 헝가리인이었어요. 특별한 건 없어요.」

「그 녀석이 너한테 말해 줬군, 그렇지? 자기 정보원들을 비밀에 부치는 줄 알았는데.」

「아주 오래 전부터 알던 헝가리 포도주 판매상인데, 런던과 부다페스트에 회사가 있대요. 매그너스는 대개 비밀을 혼자 간직했어요. 가끔 나한테 말해 줬을 뿐이고요. 이제 이야기를 계속해도 되나요?」

톰은 학교에 있고, 바우어 부인은 기도를 하려고 외출한 상태였다. 가톨릭의 무슨 축제일이었다. 성모 승천, 예수 승천, 기도와 참회. 이런 축일이 워낙 많아서 메리는 뭐가 뭔지 알 수 없었다. 매그너스는 미국 대사관에 가 있어야 하는 시간이었다. 새로운 위원회의 회의가 방금 시작되었으므로, 그는 늦게야 집에 돌아올 터였다. 메리가 한창 아교를 바르고 있는데 갑자기 그가 문간에 서

있었다. 그녀는 그때까지 아무 소리도 듣지 못했다. 아주
흡족한 표정을 하고 자신이 좋아하는 방식으로 그녀의
모습을 지켜보며 그가 문간에 언제부터 서 있었는지는
하느님만 아실 것이다.

「그게 무슨 뜻이지, 메리? 어떤 방식으로 널 지켜본 거
야?」브러더후드가 치고 들어왔다.

메리는 그런 말을 한 자신에게 깜짝 놀라서 말을 더듬
었다. 「왠지 우월감을 느끼는 것 같은 모습. 괴로운 우월
감이에요. 잭, 난 그 사람을 미워하고 싶지 않아요, 제
발요.」

「그래, 그 녀석이 널 지켜보고 있었단 말이지?」브러더
후드가 말했다.

그녀가 자신을 지켜보는 그의 존재를 알아차리자 그
는 크게 웃음을 터뜨리더니 프레드 아스테어[26]의 노래를
흥얼거리며 열정적인 키스로 그녀의 입을 막아 버린다.
그러고는 2층으로 올라가서 솔직하고 허심탄회하게 서
로의 의견을 교환한다. 그의 표현이다. 사랑을 나눈 뒤
그는 그녀를 욕실로 데려가 씻겨 주고, 다시 데리고 나와
물기를 닦아 준다. 20분 뒤 메리와 매그너스는 행복한 부
부처럼 더블링 지구의 고지대 공원을 뛰어다니고 있다.
실제로도 거의 행복한 부부라고 할 수 있는 그들은 모래
밭을 지나고, 톰보다도 어린 아이들을 위한 정글짐을 지

26 미국의 영화배우로 브로드웨이 무대에서도 활동했다.

나고, 톰이 축구를 하는 코끼리 우리를 지나 테헤란 식당을 향해 비탈을 내려간다. 그들이 가기에는 뜻밖의 장소지만, 매그너스는 손님들이 쿠스쿠스[27]를 먹고 칼터러를 마시는 동안 이 식당에서 소리를 줄인 채 틀어 주는 아랍의 흑백 로맨스 영화를 몹시 좋아한다. 식탁에서 그는 메리의 팔을 사납게 붙잡는다. 그녀를 곁에 두고 보니 더욱더 그녀를 원하게 되었다는 듯이 그의 들뜬 마음이 전기처럼 그녀를 휩쓸고 지나간다.

「우리 도망쳐, 맵스. 정말로 도망치자. 연기하지 말고 모처럼 진짜 인생을 살아 보는 거야. 여름 내내 톰을 데리고 여길 떠나는 거지. 당신은 그림을 그리고, 나는 책을 쓰고, 지칠 때까지 사랑도 나누고.」

메리가 어디로 갈 거냐고 묻자 매그너스는 그런 것이 무슨 상관이냐고 말한다. 내일 링에 있는 여행사에 가야겠어. 메리는 새로 시작한 위원회가 있지 않느냐고 말한다. 매그너스는 그녀의 손을 자신의 손으로 감싸고, 손끝으로 작게 튀어나온 관절을 만진다. 메리는 다시 그를 미친 듯이 사랑하게 되고, 그는 그것을 좋아한다.

「새로운 위원회라, 메리.」매그너스가 말한다. 「내 평생 그렇게 웃기지도 않는 연극에 휘말린 적이 없어. 그런 연극을 이미 몇 번 봤는데도 그래. 그 위원회는 고작해야 회사의 자존심을 높여 주고, 우리가 침대에서 미국인들

27 경단처럼 생긴 북아프리카 요리.

과 난잡하게 뒹굴고 있다는 이야기를 누구든 듣고 싶은 사람에게 해주는 말잔치에 불과해. 레더러는 우리가 우리 네트워크를 자기한테 밝힐 거라고는 상상도 못할 거고, 레더러 역시 자기 정보원은 둘째치고 단골 양복점 이름도 나한테 말해 주지 않을걸. 단골 양복점도 정보원도 레더러한테는 없을 것 같긴 하지만.」

브러더후드가 다시 말했다. 「레더러가 **왜** 자기한테 입을 열지 않을 것 같은지 그 녀석이 말해 주던가?」

「아뇨.」메리가 말했다.

모처럼 나이절이 나섰다. 「위원회가 왜, 어떻게 연극이 된 건지 다른 이유는 말하지 않았소?」

「그건 연극이고, 사기극이고, 거짓이다, 그 말만 했어요. 제가 그 사람의 정보원에 대해 물어봤더니, 정보원들이 알아서 잘할 거면서, 만약 잭이 정보원 때문에 신경을 쓴다면 자기가 임시 대리인을 보낼 수도 있다고 했어요. 그래서 잭이 어떻게 생각하겠느냐고 제가…….」

「그래, 잭이 어떻게 **생각하겠습니까?**」나이절이 호기심을 노골적으로 드러내며 말했다.

「그 사람은 잭도 사기꾼이라고 했어요. 〈난 잭이랑 결혼하지 않았어, 당신과 결혼했지. 회사에서 잭을 이미 10년 전에 은퇴시켰어야 하는 건데. 꼴 보기 싫은 놈.〉미안하지만, 이게 그 사람이 한 말이에요.」

브러더후드는 양손을 주머니에 쑤셔 넣고 작은 방 안

을 한 바퀴 돌면서 바우어 부인의 사생아 딸 사진들을 찔러 보고, 로맨스 소설이 꽂힌 선반도 열심히 들여다보았다.

「나에 대해 다른 말은 없었나?」 그가 물었다.

「잭의 시대가 너무 길었지. 보이 스카우트의 시대는 이미 끝났어. 이 새로운 시대에 잭은 맞지 않아.」

「다른 말은?」 브러더후드가 말했다.

나이절은 손에 턱을 괴고 작지만 아주 완벽한 모양을 갖춘 신발 한 짝을 열심히 살펴보고 있었다.

「없었어요.」 메리가 말했다.

「그날 밤 그 녀석이 산책을 나갔나? P를 만나러?」

「그 전날 밤에 나갔어요.」

「내가 그날 밤이라고 했잖아. 대답이나 해!」

「그러니까 전날 밤이라고 했잖아요!」

「신문도 가지고 나가고?」

「네.」

브러더후드는 여전히 양손을 주머니에 넣고, 고개를 높이 든 채로 뻣뻣하게 나이절을 향해 시선을 돌렸다. 「메리에게 말해야겠습니다.」 그가 말했다. 「난리를 피울 거요?」

「공식적으로 묻는 겁니까?」 나이절이 물었다.

「딱히 그런 건 아닙니다.」

「공식적인 질문이라면, 보에게 대답을 맡기는 수밖에

없습니다.」나이절은 이렇게 말하고 나서 자신의 금시계를 공손히 바라보았다. 마치 그 시계도 그에게 지시를 내리고 있는 것 같았다.

「레더러도 알고 우리도 알아요. 핌 역시 안다면, 누가 남았습니까?」브러더후드가 고집스레 말했다.

나이절은 잠시 생각에 잠겼다. 「당신 몫입니다. 당신 부하고, 당신의 결정이고, 당신의 꿍무니죠. 솔직히.」

브러더후드는 메리의 귀 가까이 고개를 숙였다. 그녀는 그의 체취를 기억하고 있었다. 트위드 천 냄새와 아버지 냄새. 「듣고 있나?」

그녀는 고개를 저었다. 아뇨, 절대 안 들을 거예요, 전에도 듣지 말걸 그랬어요.

「너의 매그너스가 깔본 새 위원회는 아주 강력한 장치가 될 예정이었어. 현장 수준에서 우리가 아주 오랜만에 미국인들과 최고의 잠재적 관계를 맺을 수 있었을지도 몰라. 그 게임의 이름은 상호 신뢰였지. 요즘은 옛날만큼 그걸 구축하기가 쉽지 않지만, 그래도 우린 어찌어찌 해냈어. 졸린가?」

메리는 고개를 끄덕였다.

「너의 매그너스는 이 사실을 알고 있었을 뿐만 아니라, 그 위원회를 띄운 중요 인물 중 하나였어. **유일하게 중요한 인물이라고까지 할 수는 없더라도.** 심지어 우리가 그 일로 협상 중일 때, 런던이 교환 조건을 너무 편협하게 해석한다고 나한테 불평을 할 정도였다니까. 우리가 미국에게 더 많은 걸 내줘야 한다고 주장했지. 그 대가로 더 많은 걸 받아 내면 된다고. 그게 첫 번째야.」

나는 할 말이 전혀 없었다. 내 주소도, 내 가족도 다 가져가요, 그게 당신 일이잖아요. 내가 혹시라도 붙잡힐까 봐 당신이 나한테 가르쳐 준 거예요, 잭.

「두 번째는, 위원회가 열리기 시작한 지 3주도 안 돼서 미국이 네 남편의 위원회 참여에 반대하며 좀 더 마음에 드는 다른 사람으로 바꿔 달라고 나한테 말한 거야. 당시 나는 그쪽에서 내세운 이유가 허울만 그럴듯할 뿐 모욕적이라고 생각했는데⋯⋯. 매그너스가 체코 작전을 비롯해서 동유럽에서 벌어진 여러 작전의 중심이었기 때문에 미국의 요구는 완전히 비현실적이었어. 그 전해에도 워싱턴에서 똑같이 매그너스를 반대하는 바람에 보가 그쪽에 고개를 숙였는데, 나는 그걸 실수라고 생각했지. 그러니 놈들의 수작을 또다시 받아 줄 생각이 없었어. 미국인이든 누구든 남이 내 일에 이러쿵저러쿵 간섭하는 건 별로니까. 그래서 미국의 요구를 거절하고, 매그너스에게 휴가를 얻어 빈을 떠나라고 지시했지. 내가 돌아오라고 할 때까지 빈 근처에도 오지 말라고. 그렇게 된 거야. 이제 너도 뭔가 들은 기억이 날 텐데.」

「그건 아주 중요한 기밀이었습니다.」 나이절이 말했다.

메리는 정말로 놀라운 일이 일어나기를 기다렸지만 허사였다. 반박이 튀어나오지도 않았고, 그녀 가문의 그 유명한 성질이 반짝 모습을 드러내지도 않았다. 브러더후드는 창가로 가서 밖을 내다보고 있었다. 눈 때문에 아침이 일찍 밝은 것 같았다. 브러더후드는 늙고 몹시 지쳐 보였다. 불빛 속에서 흰머리가 솜털처럼 부풀어 있고, 분홍색 두피가 들여다보였다.

「당신이 그 사람을 지켜 줬네요.」 메리가 말했다. 「의리를 지켰어요.」

「나도 정말 엄청 멍청한 자식이었던 것 같네.」

집 안이 난장판이었다. 쿵쿵 가구를 옮기는 소리가 아래층 응접실에서 들려왔다. 가장 안전한 곳은 여기였다. 잭과 함께 있는 2층.

「자신을 너무 몰아붙이지 말아요, 잭.」 나이절이 말했다.

브러더후드는 메리를 의자에 앉히고 위스키 한 잔을 건넸다. 딱 한 잔만 먹는 거야. 그가 말했다. 그게 마지막 잔이야. 나이절은 침대를 차지하고 빈둥거리면서, 양복을 입은 다리 한 짝을 앞으로 쭉 내밀고 있었다. 마치 계단을 올라가다가 다리를 접질린 사람 같았다. 브러더후드는 두 사람 모두에게 등을 돌렸다. 창밖의 풍경이 더 마음에 들었다.

「그래서 너희 가족은 먼저 코르푸로 갔지. 네 고모의 집이 거기 있으니까, 네가 그 집을 빌렸어. 그 얘기를 좀 해봐. 꼼꼼하게.」

「탭 고모예요.」 메리가 말했다.

「이름을 전부 말해요.」 나이절이 말했다.

「레이디 태비사 그레이. 아버지의 여자 형제예요.」

「한때 회사에서 일했습니다.」 브러더후드가 나이절에게 중얼거리듯이 말했다. 「메리의 가족들은 거의 모두 우리 회사에 이름을 올린 적이 있네요. 지금 생각해 보니.」

메리는 그날 저녁 외출에서 돌아오자마자 탭 고모에게 전화를 걸었다. 마침 예약이 취소되어 그 집이 비어 있었던 것은 기적이었다. 메리는 그 집을 빌리기로 하고, 톰의 학교에 전화를 걸어 학기가 끝나면 아이가 그쪽으로 곧바로 날아오게 해달라고 부탁했다. 레더러 부부는 소식을 듣자마자 당연히 함께 가고 싶다고 나섰다. 그랜트는 만사 팽개치고 가겠다고 했지만, 매그너스는 들으려고 하지도 않았다. 레더러 부부는 내가 뻥 차버려야 하는 사교계 인맥 중의 일부야. 그는 이렇게 말했다. 내가 왜 휴가를 떠나면서 일거리를 같이 데려가야 돼? 닷새 뒤 메리 가족은 탭의 집에 자리를 잡았고, 모든 일이 순조로 왔다. 톰은 인근 호텔에서 테니스 강습을 듣고, 수영을 하고, 집주인의 염소를 먹이고, 코스타스와 함께 어슬렁 어슬렁 돌아다녔다. 코스타스는 집을 보살피고 정원에

물을 주는 사람이었다. 톰은 매그너스와 함께 저녁마다 마을 외곽으로 가서 터무니없는 크리켓 경기를 구경하는 것을 가장 좋아했다. 매그너스는 영국인들이 나폴레옹에 맞서 이 섬을 방어하면서 크리켓을 전파했다고 말했다. 매그너스는 그런 지식이 많았다. 아니면, 그런 척한 것일 수도 있고.

코르푸의 크리켓 경기장에서 매그너스는 그 어느 때보다 톰과 가까워졌다. 두 사람은 잔디밭에 누워 아이스크림을 우적우적 먹으며 좋아하는 선수를 응원하고 남자끼리의 대화를 나눴다. 그것이 톰의 행복에 가장 크게 기여했다. 그는 매그너스를 미친 듯이 좋아하는, 아빠의 아들이었다. 한편 메리는 여름의 코르푸가 너무 더워서 평소처럼 수채화를 그릴 수 없었기 때문에 대신 파스텔을 손에 잡았다. 수채화 물감이 너무 빨리 마르는 것이 문제였다. 하지만 파스텔로 좋은 그림들을 그리면서, 이 섬에 사는 개들 중 절반의 주인 노릇을 해주었다. 그리스인들은 개를 먹이지도 돌보지도 않기 때문이었다. 메리의 식구들은 이렇게 모두 행복했고, 정말이지 아무런 문제도 없었다. 매그너스는 시원한 온실에서 글을 쓰고, 가만히 앉아 있기 힘들 때는 섬 안쪽으로 산책을 갔다. 그는 아침에 막 일어났을 때, 그리고 하루 일을 마친 저녁때 그런 기분이 되곤 했다. 점심은 보통 주점 겸 식당에서 늦게 먹었다. 솔직히 그냥 술만 마실 때가 많았지만, 어차피 휴가 중이니 안 될 것도 없었다. 점심을 마친 뒤에는 길고 섹시한 시에스타 시간이었다. 메리와 매그너스는 발코니에서 사랑을 나누고, 톰은 바닷가에서 매그너스의 쌍안경으로 사람들의 벗은 몸을 연구하는 시간. 매그너스의 표현에 따르면, 모두가 자기 몸의 맨살을 보는 시간이었다. 그러던 어느 날 시계가 멈추고, 매그너스는 밤 산책에서 돌아와 글이 막혔다고 고백했다. 그는 그냥 성큼성큼 들어와서 독한 우조[28]를 한 잔 따르더니 의자에 몸을 던지고 불쑥 말을 꺼냈다.

「미안, 맵스. 미안하다, 톰. 하지만 여긴 너무 한가해서 미치겠어. 조금 거칠어질 필요가 있어. **사람들**이 필요하다고, 젠장. 연기랑 흙이랑 고난이 필요해. 여긴 무슨 달나라 같아, 맵스. 빈보다 더해. 정말로.」

말투는 유쾌했지만 그의 뜻은 강경했다. 이미 어딘가에서 술을 마시고 온 것처럼 보였지만, 사실은 그냥 흥분 상태일 뿐이었다. 「점점 미치는 것 같아, 맵스. 정말 견디기가 힘들어. 톰한테는 이미 말했어. 그렇지, 톰? 난 더 이상 참을 수가 없는데, 당신이랑 톰은 너무 즐거운 것 같아서 기분이 거지 같다고 말이야.」

「네, 맞아요.」톰이 말했다.

「여러 번 이야기했지. 그런데 오늘은 정말 못 견디겠어, 맵스. 날 좀 도와줘. 둘 다.」

28 그리스의 술.

그래서 두 사람은 당연히 돕겠다고 말했다. 메리는 즉시 탭에게 전화해서 다시 집을 내놓으시라고 말했다. 그리고 온 식구가 서로를 꼭 끌어안아 준 뒤 개운한 기분으로 잠자리에 들었다. 다음 날 매그너스는 다음 여행지로 갈 표를 사러 시내로 나갔고, 메리는 짐을 쌌다. 하지만 몸을 씻으면서 수다를 떠는 버릇이 있는 톰은 그날도 그 시간에 식구들이 코르푸를 떠나는 이유에 대해 다른 이야기를 늘어놓았다. 아빠가 크리켓 경기장에서 정체불명의 남자를 만났다는 것이었다. 진짜 끝내주는 경기였어요, 엄마. 이 섬의 최고 팀 둘이 완전 복수전을 벌였거든요. 우리가 정신없이 경기를 보고 있는데, 마르고 현명해 보이는 아저씨가 갑자기 나타났어요. 마법사처럼 이상한 콧수염을 기르고 다리를 저는 아저씨였는데 아빠가 갑자기 딱 굳어 버리는 거예요. 그 아저씨가 웃으면서 아빠한테 다가와서 조금 이야기를 나눴어요. 운동장 주위를 계속 돌면서 이야기하는 동안 그 아저씨는 어디 아픈 사람처럼 천천히 걸었어요. 그리고 아빠가 엄청 형분했는데도 그 아저씨는 아빠한테 엄청 친절했어요.

「흥분한 거겠지.」 메리는 자동적으로 틀린 말을 고쳐 주었다. 「너무 크게 말하지 마, 톰. 아빠가 여기 어디서 일하고 계실 거야.」

「그때 진짜 엄청난 타자가 있었는데요…….」 톰이 말했다. 「이름이 필리피예요.」 그는 톰이 본 타자들 중에 절대로 최고라고 했다.「그 사람이 한 오버[29]에 18점이나 점수를 올리니까 사람들이 막 난리가 났는데 아빠는 그걸 알아차리지도 못했어요. 그 친절한 아저씨 말을 듣느라고요.」

「그 사람이 친절한 걸 네가 어떻게 알아?」메리는 묘하게 짜증이 났다.「목소리 낮추라니까.」온실에는 불이 꺼져 있었지만, 매그너스가 어두운 온실에 앉아 있을 때도 있었다.

「아빠한테 아버지 같았어요, 엄마. 나이도 많고, 차분했다고요. 그리고 계속 아빠를 자기 차에 태워 준다고 했어요. 아빠는 계속 싫다고 했고요. 그런데 그 아저씨는 화도 안 내고, 진짜 현명했어요. 아빠를 부드럽게 달래면서 웃었다니까요.」

「차라니? 그건 그냥 꾸며 낸 말일 거야, 톰. 틀림없어.」

「볼보예요. 칼루메노스 아저씨의 차 같은 볼보요. 한 사람이 운전하고, 다른 한 사람이 뒤에 타고 있었어요. 아빠랑 그 아저씨가 이야기를 하면서 운동장을 돌 때는 펜스 뒤편에서 그 속도에 맞춰서 움직였고요. 진짜예요, 엄마. 그 마른 아저씨는 한 번도 화를 안 냈어요. 진짜 아빠를 좋아하는 거예요. 그냥 팔만 잡은 게 아니라, 서로 친구였어요. 그랜트 아저씨보다도 훨씬 더. 잭 아저씨랑 비슷했어요.」

29 투수 한 명이 연속해서 여섯 번 공을 던지는 것.

메리는 그날 밤 매그너스에게 물었다. 짐은 다 싸두었고, 메리는 다른 곳으로 옮길 생각에 마음이 들떴다. 아테네 박물관을 꼭 보고 싶었다.

「당신 크리켓 경기장에서 어떤 사람한테 지긋지긋하게 시달렸다면서? 톰한테 들었어.」힘든 하루를 보내고 잠자리에 들기 전에 매그너스와 함께 다소 독한 술을 한잔 하면서 메리가 말했다.

「내가?」

「몸집이 작은 남자가 당신을 쫓아서 경기장을 빙빙 돌았다고 하던데. 화가 나서 마누라를 쫓아온 남편처럼. 톰이 멋대로 상상한 게 아니라면, 콧수염을 기른 남자라고 했어.」

그러자 매그너스가 어렴풋이 기억을 떠올렸다. 「아, 그래. 진짜 지루하고 나이 많은 영국인이 자꾸 나더러 자기 별장을 구경하러 가자고 귀찮게 굴었지. 사실은 사기로 나한테 그 집을 팔아 치우려는 거였지만. 어찌나 지긋지긋하던지.」

「그 아저씨는 독일어를 썼어요.」다음 날 매그너스가 산책을 나간 사이에 아침 식사를 하면서 톰이 말했다.

「누가?」

「아빠가 만난 마른 아저씨요. 크리켓 경기장에서 아빠랑 만난 사람. 아빠도 그 아저씨랑 독일어로 말했어요. 근데 왜 늙은 영국인이라고 한 거죠?」

메리는 톰에게 몸을 날렸다. 아들에게 이렇게 화가 나기는 몇 년 만이었다. 「엄마 아빠가 하는 얘기를 듣고 싶으면 아예 방으로 들어와서 들어. 무슨 첩자처럼 밖에서 몰래 듣지 말고.」

그리고 나서 메리는 자신의 행동이 부끄러워져서 배 시간까지 톰과 테니스를 쳤다. 배에 오른 뒤 톰은 단단히 탈이 났다. 피라에스에 도착했을 때는 체온이 39도 넘게 치솟았기 때문에 메리는 죄책감에서 빠져나올 수가 없었다. 아테네 병원에서 그리스인 의사는 새우 알레르기라는 진단을 내렸다. 터무니없는 소리였다. 톰은 새우라면 질색해서 손도 대지 않는 아이였다. 이제는 아이의 얼굴이 햄스터처럼 부어올랐다. 메리와 매그너스는 비싼 방을 잡아 아이를 침대에 눕히고 얼음주머니를 놓아 주었다. 메리는 아이에게 판타지 소설을 읽어 주었고, 매그너스는 그 소리에 귀를 기울이거나 톰의 방에 앉아서 글을 썼다. 하지만 글을 쓰기보다는 듣는 쪽을 더 좋아했다. 그는 아내가 아이를 달래는 모습이 자기 인생에서 최고의 광경이라고 항상 말하곤 했기 때문이다. 메리는 그의 말을 믿었다.

「그 녀석이 밖에는 전혀 안 나갔나?」 브러더후드가 물었다.

「처음에는요. 나가고 싶어 하지 않았어요.」

「전화는 안 걸었어요?」 나이절이 말했다.

「대사관에요. 자기가 있는 곳을 알리기 위해서요.」

「그 녀석이 말해 준 거야?」 브러더후드가 말했다.

「네.」

「그가 전화할 때 당신은 그 자리에 없었습니까?」 나이절이 말했다.

「네.」

「벽을 통해 소리를 들었나요?」 다시 나이절이었다.

「아뇨.」

「통화 상대가 누구였는지 알아요?」 또 나이절.

「아뇨.」

나이절은 침대에서 브러더후드를 향해 시선을 들었다. 「그가 전화한 상대는 **당신**이지요, 잭.」 그가 격려하듯이 말했다. 「가끔 느닷없는 곳에서 옛 상관에게 전화를 걸어 잠깐 수다를 떨잖습니까. 사실상 의무적이죠? 정보원들을 확인해야 하니까. 〈어디어디 출신의 우리 옛 친구는 잘 지냅니까?〉 하고 묻는 식으로요.」

나이절은 새로 채용된 비전문가 중 한 명이었다. 메리는 매그너스에게서 이 말을 들은 기억이 났다. 그가 영국 관가에 현실 감각을 조금이라도 도입하기 위해 채용된 멍청이들 중 한 명이라고. 이거야말로 앞뒤가 안 맞는 말이야. 매그너스는 이렇게 말했다.

「아무 소식도 없었습니다.」 브러더후드가 대답했다. 「웃기지도 않는 엽서만 연달아 보냈어요. 〈당신이 여기 없는 게 다행입니다)라면서 자신이 머무는 곳의 주소만 알려 줬습니다.」

「그가 언제 외출을 시작했습니까?」나이절이 말했다.

「톰의 열이 내린 뒤에요.」메리가 대답했다.

「일주일?」나이절이 기분 좋게 대답을 이끌어 내려는 듯이 말했다.「2주일?」

「그보다 짧았어요.」메리가 말했다.

「설명해 봐.」브러더후드가 말했다.

저녁이었다. 아마도 나흘째 되던 날. 톰의 낯빛이 다시 정상으로 돌아오자 매그너스는 자기가 톰을 보고 있을 테니 나가서 쇼핑도 하고 좀 쉬다 오라고 메리에게 말했다. 하지만 메리는 혼자 아테네 거리를 용감하게 돌아다닐 생각이 별로 없었으므로 대신 매그너스가 외출했다. 메리는 오전에 박물관에나 다녀올 생각이었다. 매그너스는 자정쯤 몹시 흡족한 얼굴로 돌아와서, 힐튼 호텔 맞은편의 지하 사무실에서 영업 중인 굉장한 그리스 여행사를 발견했다고 말했다. 거기 사장이 엄청나게 세련된 사람인데, 같이 우조를 마시면서 우주의 문제들을 해결했다는 것이었다. 그 영감은 섬 여행자들에게 별장을 빌려주는 사업을 하고 있었으므로, 매그너스 가족이 일주일 정도 아테네를 실컷 구경한 뒤 별장 예약 손님 중 취소자가 나오면 좋겠다고 말했다.

「이제 섬에는 안 가는 줄 알았는데.」메리가 말했다.

온 식구가 코르푸를 떠난 이유를 매그너스가 잠시 잊어버린 것 같았다. 그는 어설프게 웃으면서 모든 섬이 똑같지는 않다고 말했다. 그 뒤로 메리는 날짜의 흐름을 잊어버렸던 것 같다. 그들은 좀 더 작은 호텔로 거처를 옮겼고, 매그너스는 종일 글만 쓰다가 저녁에 외출했다. 톰이 건강을 회복한 뒤에는 그를 수영장에 데리고 갔다. 메리는 아크로폴리스를 스케치하고, 톰과 함께 박물관 두 군데를 구경했다. 하지만 톰은 수영을 더 좋아했다. 그렇게 시간을 보내면서 그들은 그리스인 여행사 사장이 뭔가 좋은 소식을 가져오기를 기다렸다.

브러더후드가 다시 끼어들었다. 「그 녀석이 썼다는 글 말인데, 정확히 얼마나 그 글에 대해 이야기하던가?」

「그 사람은 비밀을 지키고 싶어 했어요. 그래서 아주 단편적인 이야기만 해줬어요.」

「정보원들과 같군.」 브러더후드가 의견을 내놓았다.

「나한테 보여 줄 수 있을 만큼 원고가 쌓였을 때 내가 신선한 눈으로 원고를 읽으면 좋겠다고 했어요. 그래서 다 털어놓지 않으려고 했어요.」

조용히 시간이 흘렀다. 지금 생각해 보면, 어느 날 밤 매그너스가 사라질 때까지 묘하게 은밀한 느낌이 들었던 것 같다. 매그너스는 여행사 사장을 한번 재촉해 봐야겠다면서 저녁 식사 뒤에 외출했다. 하지만 아침에도 돌아오지 않았고, 점심때가 되자 메리는 겁이 났다. 대사관에

전화해야 한다는 생각이 들었다. 하지만 공연한 소란이
되거나 매그너스가 곤란해지는 것은 싫었다.

브러더후드가 또 끼어들었다. 「곤란해지다니?」

「그 사람이 어디서 흥청망청 술을 마시고 못 돌아온
것일 수도 있잖아요. 그런 사실이 알려지면 인사 평가에
딱히 좋지는 않겠죠. 안 그래도 그 사람은 승진을 원하고
있었는데요.」

「녀석에 전에도 그렇게 술을 마신 적이 있나?」

「천만에요. 그랜트랑 가끔 취한 적은 있지만, 그게 전
부였어요.」

나이절이 고개를 휙 쳐들었다. 「그가 왜 승진을 기대
한 겁니까? 누가 승진에 대해 언질이라도 했습니까?」

「내가 했습니다.」 브러더후드는 후회하는 기색이 전혀
없었다. 「그 녀석을 그렇게 고생시켰으니 이제 보상을 받
을 때가 되었다고 봤으니까요.」

나이절은 깔끔한 동작으로 수첩에 메모를 하면서 즐
거움이 전혀 느껴지지 않는 미소를 지었다. 메리는 말을
이었다.

어쨌든 메리는 저녁까지 기다리다가 톰을 데리고 힐
튼으로 올라가 호텔 맞은편의 집들을 모두 살펴보았다.
마침내 지하 사무실의 그 여행사를 찾아냈다. 매그너스
가 설명한 인상착의 그대로인 늙은 그리스인 사장은 일
주일 동안 매그너스를 보지 못했다고 말했다. 메리는 커

피를 마시고 가라는 권유를 거절했다. 메리와 톰이 숙소
로 돌아와 보니 매그너스가 와 있었다. 얼굴에는 이틀 치
수염이 자랐고, 옷은 사라질 때의 옷차림 그대로였다. 그
는 식당의 야외 테이블에 앉아서 베이컨과 달걀을 먹고
있었다. 술에 취해 있었지만 정신이 나갈 정도는 아니었
다. 그는 그럴 수 없는 사람이었다. 술에 취해 화를 내지
도 않았고, 감상적으로 눈물을 흘리지도 않았고, 공격적
으로 변하지도 않았다. 경솔한 행동도 결코 하지 않았다.
술을 마시면 그는 방어가 더 강해지는 사람이었기 때문
이다. 따라서 술에 취하면 더 예의 바르고 상냥한 사람이
되어, 아주 드물게 실수할 때만 빼면 평소 남들에게 보여
주는 겉모습을 완벽히 지킬 수 있었다.

「미안. 내가 디미트리한테 좀 화가 나서. 그 돼지 같은
놈이 나랑 같이 마셔 놓고 혼자만 너무 멀쩡하잖아. 잘
있었니, 톰?」

「네.」톰이 말했다.

「디미트리가 누구야?」메리가 물었다.

「당신도 알잖아. 그 그리스 여행사 영감. 힐튼 맞은편
에서 영업한다는.」

「세련됐다는 사람.」

「그래.」

「어젯밤에?」

「내 기억으로는 그래. 어젯밤.」

258

「디미트리는 지난 월요일 이후로 당신을 본 적이 없다던데. 한 시간 전에 그 사람한테서 직접 들었어.」

매그너스는 잠시 생각에 잠겼다. 톰은『아테네 뉴스』한 부를 찾아내서 선 채로 영화 면을 열심히 읽고 있었다.

「내 행적을 조사했군, 맵스. 그런 짓은 하지 말아야지.」

「조사라니, 당신을 찾아다닌 거야!」

「소란 피우면 안 되지, 아가씨. 여긴 다른 사람들도 식사를 하는 곳이잖아.」

「소란 피우는 사람은 내가 아니라 당신이야. 이틀 동안 사라졌다 돌아와서 거짓말을 늘어놓은 건 내가 아니잖아. 톰, 방에 가 있으렴. 엄마도 곧 올라갈게.」

톰은 아무 소리도 듣지 못했다는 듯 밝게 웃으며 들어갔다. 매그너스는 커피를 길게 쭉 들이켰다. 그러고는 메리의 손을 잡고 입을 맞추더니, 그녀를 끌어당겨 자기 옆의자에 앉혔다.

「내가 어떤 이야기를 해주면 좋겠어, 맵스? 매춘부랑 흥청거렸다는 쪽, 아니면 정보원이랑 문제가 생겼다는 쪽?」

「그냥 사실대로 말하면 되잖아.」

매그너스는 재미있다는 듯한 표정을 지었다. 잔인하거나 냉소적인 표정은 아니었다. 그저 톰이 전 세계의 빈곤 문제나 군비 경쟁에 대한 자기 나름의 해결책을 찾아냈다고 말할 때 보여 주는, 안타깝지만 귀여워서 받아 준다는 듯한 표정이었다.

「그거 알아?」 그는 메리의 손에 다시 입을 맞춘 뒤 손을 자기 뺨에 댔다. 「우리 삶에서 사라지는 것은 없어.」 메리는 그의 수염이 축축한 것을 깨닫고 깜짝 놀랐다. 이제 보니 그는 울고 있었다. 「난 신타그마 광장에 있었어. 술집 그랑드 브르타뉴를 나서는 중이었지. 내 볼일을 생각하면서. 그다음에 어떻게 됐느냐고? 옛날에 내가 관리하던 체코인 정보원이 바로 내 앞에 있었어. 진짜 다루기 힘든 거짓말쟁이라 우리를 엄청 힘들게 했던 그자가 내 팔을 붙잡고 소리치는 거야. 〈맨체스터 대령님! 맨체스터 대령님!〉 돈을 주지 않으면 경찰을 불러서 내가 영국 스파이라는 사실을 폭로하겠다는 거지. 이 세상에 남은 자기 친구는 이제 나밖에 없다면서. 〈저랑 같이 술이나 한잔 해요, 맨체스터 대령님. 옛날처럼.〉 그래서 그렇게 했어. 그 친구를 취하게 만들었지. 그러고는 그대로 달아났어. 나도 좀 취했던 것 같아. 업무상 어쩔 수 없이. 이제 그만 자러 갈까?」

두 사람은 잠자리에 들어 사랑을 나눈다. 옆방에서 톰이 판타지 소설을 읽고 있는데, 두 사람은 그날 처음 만난 사람들처럼 필사적으로 정사를 벌인다. 이틀 뒤 그들은 히드라섬으로 떠나지만, 히드라는 너무 비좁고 불길하다. 그러고 나니 갈 곳이 스페체스섬밖에 남지 않았다. 이맘때쯤이면 그 섬이 괜찮을 것 같다. 톰은 베키가 와도 되느냐고 묻지만, 매그너스는 절대로 안 된다고 말한다. 베키를 허락하면 다들 오겠다고 할 텐데, 자기가 글을 쓰는 동안 레더러 부부의 금지옥엽을 머리 꼭대기 위에 올려놓고 싶지 않다는 것이 이유다. 그것만 빼면, 그리고 술을 마시는 것만 빼면, 매그너스가 지금만큼 상냥하고 정중했던 적은 없다.

메리는 말을 멈췄다. 그림을 절반쯤 그린 뒤 뒤로 물러나 서듯이. 지금까지 들려준 이야기를 살폈다. 그녀는 위스키를 조금 마시고 담배에 불을 붙였다.

「젠장.」 브러더후드는 작게 이 한 마디만 말하고는 입을 다물었다.

나이절은 지나치게 작은 손가락 등 쪽에서 각질을 발견하고 꼼꼼히 떼어 내는 중이었다.

다시 레스보스. 동틀 녘. 레스보스의 그 집, 그 침대. 플로마리가 다시 깨어나고 있지만, 메리는 사람들이 다시 잠들기를 기원하고 있다. 마을의 소리들이 희미하게 사라지고, 해가 지붕 아래로 다시 들어가 버리기를. 오늘은 월요일이고, 톰이 어제 학교로 돌아갔기 때문이다. 메리의 베개 아래에 증거인 토끼 가죽이 있다. 그녀는 자신의 안전을 위해 톰이 준 토끼 가죽을 그곳에 두겠다고 약속했다. 그녀가 결심을 다지는 데 그것이 필요하기라도 한 듯이. 톰이 떠나기 전에 남긴 마지막 말은 끔찍한 기억이

다. 메리와 매그너스는 톰을 차에 태워 공항까지 바래다
주었다. 톰과 메리는 탑승 안내 방송을 기다리는 동안 서
로에게 차마 손을 대지 못하고 가만히 서 있고, 매그너스
는 톰이 여행 중에 먹을 피스타치오 한 봉지를 가게에서
사는 중이다. 기왕 사는 김에 자신이 마실 우조도 한 잔
산다. 메리는 톰에게 여권과 돈, 그리고 새우 알레르기에
대해 교장 선생님에게 설명하는 편지를 잘 챙겼는지 여
섯 번이나 확인했다. 할머니한테 보내는 편지도 잘 챙겼
지. 런던 공항에서 할머니랑 만나는 **즉시** 건네 드려야 해.
그래야 안 잊어버리지. 하지만 톰은 평소보다도 훨씬 더
산만하다. 중앙 출입구를 뒤돌아보면서 드나드는 사람들
을 지켜본다. 왠지 필사적인 표정이다. 혹시 저 문으로
냅다 달려갈 생각을 하고 있는 건가 하고 의아한 마음이
들 정도다.

　「엄마야?」 톰은 가끔 정신이 다른 곳에 팔렸을 때 메리
를 이렇게 부른다.

　「그래, 톰.」

　「그 사람들이 왔어요.」

　「그 사람들?」

　「플로마리에서 야영하던 사람들요. 지금 공항 주차장
에서 오토바이에 앉아 아빠를 지켜보고 있어요.」

　「아냐, 톰, **그러지 마.**」 메리가 단호하게 나무란다. 톰의
머릿속에서 어두운 그림자를 반드시 몰아낼 생각이다.

「절대 그러지 마, 알았지?」

「저 사람들 얼굴이 눈에 들어오는데 어떻게 해요? 오늘 아침에 답을 찾았어요. 기억이 났거든요. 코르푸의 크리켓 경기장에서 아빠를 찾아온 아저씨가 아빠더러 드라이브를 가자고 할 때 차를 몰고 경기장 밖을 빙빙 돌던 사람들이에요.」

메리는 이런 괴로운 일을 이미 10여 번이나 겪었는데도, 순간적으로 소리를 지르고 싶어진다. 「여기 있어. 가지 마. 네 교육 따위 내가 알 게 뭐야. 엄마랑 같이 있어.」 하지만 그녀는 바보처럼 아들에게 손을 흔들어 작별 인사를 하고 눈물을 참는다. 눈물은 집으로 돌아가는 길에 흘릴 것이다. 매그너스는 언제나 그렇듯이 그녀에게 다정하기 그지없다. 그리고 하루가 지난 오늘 아침. 톰이 지금쯤 학교에 도착했을 것이다. 메리는 감옥 창살처럼 생긴, 키리아 카티나의 집의 썩어 가는 덧문을 빤히 바라보고 있다. 갈라진 틈새로 보이는 하늘은 잔인할 정도로 하얗고, 그녀는 발밑의 수도관에서 나는 시끄러운 소리를 듣지 않으려고 애쓴다. 매그너스가 신나게 아침 샤워를 하는 동안 돌바닥 위로 물이 쏴쏴 쏟아지고 있다.

「우와! 세상에! 아가씨, 일어났어? 여기 황동색 원숭이가 있어, 정말로!」

정말이겠지. 메리는 속으로 중얼거리면서 이불 속으로 더 깊이 들어간다. 여기에 올 때까지 지난 15년 동안 매그녀스는 그녀를 아가씨라고 부른 적이 없었다. 그런데 여기서는 온종일 아가씨라고 부른다. 마치 그녀가 여자라는 사실을 이제야 깨달은 사람처럼. 그와 그녀는 바닥 마룻널 한 개의 폭만큼 떨어져 있다. 만약 그녀가 용기를 내서 그쪽을 바라본다면 판자의 틈새로 그의 낯선 알몸을 언뜻 볼 수 있을 것이다. 그녀가 아무 대답도 하지 않자, 핌은 철벅철벅 물소리를 내며 길버트와 설리번[30]의 곡 중 자신이 아는 단 하나의 노래를 부르기 시작한다.

「**아침 일찍 일어나 우리는 벽난로에 불을 지피고……**」 내 노래 어때?」 그는 자신이 아는 부분을 모두 부른 뒤 이렇게 소리친다.

메리도 예전에는 음악으로 조금 명성을 얻은 적이 있었다. 플러시에서 그럭저럭 들어 줄 만한 마드리갈[31] 밴드를 이끌었기 때문이다. 본부에서 일할 때는 회사 합창단에서 솔로를 맡은 적도 있었다. 아무도 당신한테 레코드를 틀어 주지 않았나 보네. 그녀는 핌에게 이렇게 말하곤 했다. 그의 전처 벨린다를 에둘러 비난하는 말이었다. 언젠가 당신의 노래하는 목소리도 말하는 목소리만큼 근사해질 거야.

메리는 숨을 크게 들이쉬고 소리친다. 「카루소보다도 잘해!」

30 빅토리아 시대에 활동한 오페레타 작곡가들.
31 무반주 합창곡의 일종.

대화에 성공했으니, 이제 매그너스는 다시 샤워에 전념할 것이다.

「잘 풀렸어, 맵스. 정말 잘 풀렸어. 불멸의 문장을 일곱 페이지나 썼다고. 밑그림이지만 잘됐어.」

「잘됐네.」

매그너스는 면도를 하고 있다. 그가 플라스틱 그릇에 주전자 물을 따르는 소리가 들린다. 컨투어 칼. 세상에, 저 사람이 쓰는 컨투어 칼을 사야 하는데 깜박했어. 공항에 다녀오는 내내 그녀는 뭔가 잊은 것이 있음을 알고 있었다. 요즘은 큰 물건만큼 작은 물건에도 신경이 쓰였다. 오늘은 점심때 먹을 치즈를 사야 돼. 치즈랑 같이 먹을 빵도 사야 하고. 메리는 눈을 감고 또 크게 숨을 들이쉰다.

「잠은 좀 잤어?」 그녀가 묻는다.

「죽은 듯이 잤지. 당신 몰랐어?」

아니, 알았어. 당신이 2시에 침대에서 살짝 벗어나 2층 작업실로 올라가는 것도 알았고, 당신이 서성거리다가 우뚝 멈춘 것도 알았지. 당신의 의자가 삐걱거리는 소리도 들었고, 당신의 펠트펜이 종이 위를 움직이며 속삭이는 듯한 소리를 내는 것도 들었어. 누구한테 속삭인 거지? 어떤 목소리로? 어떤 걸로?

쿵쾅거리는 음악에 면도 소리가 묻힌다. 그가 라디오 주파수를 BBC의 「월드 뉴스」에 맞춰 놓았다. 매그너스는 밤이나 낮이나 시간을 분 단위까지 정확히 알고 있다. 그가 손목시계를 보는 것은 오로지 머릿속에 담아 둔 스케줄을 확인하기 위해서다. 메리는 아무도 통제할 수 없는 사건들을 읊어 대는 라디오 소리에 멍하니 귀를 기울인다. 베이루트에서 폭탄이 터졌다. 엘살바도르의 어떤 도시가 싹 쓸려 나갔다. 파운드화의 가치가 떨어졌다. 아니, 올라갔다. 다음 올림픽에 러시아가 나오지 않을 것이다. 아니, 결국은 나올 것이다. 매그너스는 지나치게 현명해서 돈을 걸지 못하는 도박꾼처럼 정치 뉴스를 확인한다. 매그너스가 라디오를 들고 2층으로 올라오자 소음이 점점 커진다. 알몸에 샌들만 신은 그가 움직일 때마다 철벅철벅 소리가 난다. 그가 그녀를 향해 허리를 숙이자, 면도 비누 냄새와 그가 글을 쓰는 동안 피우는 습관을 들인 심심한 그리스 담배 냄새가 난다.

「아직도 졸려?」

「조금.」

「쥐는 좀 어때?」

메리는 정원에서 창자가 반쯤 흘러내린 쥐를 발견해서 보살피고 있다. 녀석은 지금 톰의 방에서 지푸라기 상자에 누워 있다.

「아직 안 가봤어.」메리가 말한다.

그가 그녀의 귀 근처에 폭탄처럼 입을 맞추고 젖가슴을 만지작거리기 시작한다. 자신을 받아들여 달라는 신호다. 하지만 그녀는 어색하게 〈나중에〉라고 말하고는 돌아눕는다. 그가 철벅거리며 옷장으로 가는 소리, 낡은 옷장 문이 저항하다가 갑자기 휙 열리는 소리가 들린다. 그가 반바지를 선택한다면 그것은 산책을 간다는 뜻이다. 청바지를 선택한다면 시내에 가서 빈둥거리는 사람들과 술을 마실 것이라는 뜻이다. 파키 파커 대령이라고 불러요, 그리스의 피를 받은 아들이 하나 있고, 이 복슬복슬한 개는 내가 찻주전자처럼 목줄을 붙잡고 있소. 엘시와 에설은 리버풀 출신의 은퇴한 교사들로 레즈비언이다. 이름이 자크 어쩌고인 사람은 던디에서 작은 사업을 하고 있다고 한다. 매그너스는 셔츠를 꺼내 입는다. 그가 반바지 앞섶을 잠그는 소리가 들린다.

「어디 가?」 그녀가 말한다.

「산책.」

「잠깐만. 나도 같이 가. 당신한테 듣고 싶은 얘기도 있고.」

갑자기 그녀의 입을 빌려 말하고 있는 이 여자는 누구인가? 곧바로 핵심을 찔러 버리는 이 어른스러운 여자는 누구지?

메리 못지않게 매그너스도 놀란 표정이다. 「듣고 싶은 얘기라니?」

「뭐가 됐든 지금 당신이 고민하는 거. 난 괜찮으니까 말해 줘. 뭐가 됐든. 그래야 나도…….」

「당신도 뭐?」

「꾹꾹 눌러 참으면서 시선을 돌리지 않아도 되겠지.」

「말도 안 돼. 아무 문제도 없어. 톰이 없으니까 우리 둘다 조금 우울해졌을 뿐이야.」 그가 메리에게 다가와 마치 환자를 대하듯이 그녀를 다시 베개 위에 눕힌다. 「당신은 자면서 풀어. 난 걸으면서 풀 테니까. 3시쯤 주점에서 봐요.」

키리아 카티나의 집 현관문을 그렇게 조용히 닫을 수 있는 사람은 매그너스밖에 없다.

메리는 갑자기 기운이 솟는다. 그가 나가면서 그녀가 자유로워졌다. 숨을 들이쉰다. 그러곤 북쪽 창문으로 간다. 모든 계획이 마련되었다. 전에도 해본 적이 있는 일이다. 그때 자신의 실력이 좋았다는 사실이 기억난다. 남자들보다 더 흔들리지 않을 때가 많았다. 베를린에서도, 잭에게 별도로 일해 줄 여자가 필요할 때면 메리가 나서곤 했다. 누군가를 감시하고, 관리인을 속여서 방 열쇠를 빼내고, 위험한 책상에 훔친 서류를 되돌려 놓고, 겁에 질린 정보원을 차에 태워 안가로 데려오는 일 같은 것. 난 이런 상황을 내가 생각했던 것보다 더 잘 이해하고 있어. 그녀는 속으로 생각했다. 잭이 나의 침착함과 예리한 눈을 칭찬하곤 했지. 창가에 서니 새로 포장한 도로가 구불구불 산속으로 뻗어 있는 것이 보인다. 가끔 그가 그길을 걷기도 하지만 오늘은 아니다. 메리는 창문을 열고,

이 장소와 아침 공기를 음미하듯이 몸을 밖으로 내민다. 마녀 같은 카티나가 오늘은 염소젖을 일찍 짰다. 그렇다면 지금은 시장에 나가 있을 것이다. 메리는 말라 버린 강바닥을 향해 딱 한 번만 슬쩍 시선을 준다. 거기 돌다리의 그림자 속에 숨어서. 전에 보았던 두 청년이 독일 번호판을 단 오토바이를 어설프게 고치고 있다. 만약 청년들이 빈에서 이런 식으로 집 밖에 나타났다면, 메리는 즉시 매그너스에게 연락했을 것이다. 필요하다면 대사관에 전화를 하는 한이 있더라도. 「오늘은 천사들이 좀 낮게 날고 있는 것 같아.」 그녀가 이렇게 말하면 매그너스는 필요한 조치들을 취했을 것이다. 대사관 순찰대에 알리고, 부하들을 보내 청년들을 확인하는 일. 하지만 지금은 서로 다른 세계에서 살고 있기 때문에, 아무리 수상쩍은 천사들이 보이더라도 입에 담으면 안 된다는 합의가 두 사람 사이에 이뤄져 있는 것 같다.

매그너스의 작업실은 1층에 있다. 그가 그 방문을 잠가 놓지는 않지만, 그가 분명히 그녀를 부르는 경우를 빼고는 그녀가 그 방에 들어가지 않는 것이 두 사람 사이의 윤리적인 규칙이다. 메리는 문손잡이를 돌려 문을 열고 방 안에 발을 들인다. 덧창이 닫혀 있지만, 유리창 위쪽은 덧창으로 가려지지 않아서 사물을 분간할 수 있을 만큼 빛이 들어온다. 묵직하게 발을 옮겨야 돼. 그녀는 옛날 훈련받던 일을 떠올리며 혼잣말을 한다. 소리를 낼 수밖에 없다면 대담하게 구는 편이 좋아. 방은 휑한 편이다. 매그너스가 좋아하는 스타일. 책상 하나, 의자 하나, 창의력이 폭발해서 글을 쓰다가 짬짬이 쓰러져 쉴 수 있는 싱글 침대 하나. 메리가 의자를 뒤로 잡아 빼자 그 서슬에 보드카 병 하나가 주르르 굴러간다. 책상에는 책과 종이가 가득하지만 메리는 아무것도 손대지 않는다. 버크럼으로 제본된 낡은 『짐플리치시무스』[32]가 여느 때처럼 최고의 자리를 차지하고 있다. 그의 마스코트. 그에게 의미 있는 물건. 메리는 그가 그 책의 제본을 자신에게 결코 맡기려 하지 않는 것에 언제나 화가 난다. 지금 이대로가 좋아. 내가 이 책을 받았을 때의 모습 그대로니까. 매그너스는 고집스럽게 이렇게 말한다. 틀림없이 어떤 여자가 선물로 주었을 것이다. 〈절대 나의 적이 되지 않을 매그너스 경에게.〉독일어로 적힌 글귀의 뜻이다. 웃기는 여자. 별명은 또 왜 저따위야.

브러더후드가 또 끼어들었다.

「지금은 어디 있나? 그 책 말이야.」

메리는 약간 화를 내면서 힘들게 현재로 돌아왔다.

하지만 브러더후드는 고집스러웠다. 「아래층 책상에는 없었어. 응접실에서 그 책을 보지도 못했고. 침실이나 톰의 방에도 없었지. 지금 어디 있나?」

32 한스 폰 그림멜스하우젠의 피카레스크 소설. 최초의 독일 소설로도 일컬어진다.

「말했잖아요.」메리가 말했다.「그 사람이 어딜 가든 가지고 다닌다고.」

「아니, 말하지 않았어. 그래도 고맙네.」브러더후드가 맞받아쳤다.

메리는 땀과 때가 묻는 것을 막으려고 면장갑을 끼고 있다. 매그너스는 술수를 부릴 것이다. 본능적으로 그렇게 하는 사람이다. 그의 낡은 서류 가방이 활짝 열린 채 바닥에 누워 있지만, 메리는 그것도 손대지 않는다. 다른 책들은 원고를 고정하는 문진처럼 흩어져 있는데, 겉으로 보기에는 아무렇게나 놓아둔 것 같다. 메리는 제목 하나를 읽는다. 독일어로 『자유와 양심』이라는 제목이 적혀 있고, 저자는 메리가 한 번도 들어 보지 못한 사람이다. 그 옆에는 매덕스 포드의 『좋은 군인』이 있다. 요즘 매그너스가 끊임없이 읽는 책이다. 그에게 성경처럼 되어 버린 것 같다. 그 책 옆에는 낡은 앨범이 있다. 메리는 낯선 앨범 표지를 부드럽게 들어 올린 뒤, 앨범이 움직이지 않게 몇 장 넘겨 본다. 여덟 살 때 축구복을 차려입은 매그너스. 팀의 단체 사진이다. 스키장에서 썰매를 붙잡고 있는 다섯 살의 매그너스. 톰의 나이 때 벌써 지나치게 기꺼운 미소를 짓고 있는 매그너스. 자신이 유혹당할 것이라는 생각은 전혀 하지 않으면서 상대방을 유혹하는 듯한 미소다. 벨린다와 신혼여행을 갔을 때의 매그너스. 두 사람 모두 기껏해야 열두 살밖에 안 된 것처럼 보인다.

메리가 처음 보는 사진들이다. 그녀는 앨범 표지를 손에서 놓은 뒤 뒤로 물러나 다시 책상 위를 살핀다. 그러자 그의 작업 방식이 점차 분명히 눈에 들어온다. 종이 위에 아무렇게나 놓아둔 것 같은 책 세 권은 중앙에 있는 가위의 뾰족한 끝을 가리키고 있다. 메리는 부엌으로 가서 식탁보를 들고 돌아와 책상 옆 바닥에 펼친 뒤, 장갑을 낀 손으로 책상 위 물체들 사이의 거리를 잰다. 그러곤 상처에서 붕대를 떼어 내듯이 지극히 조심스러운 손길로 책을 들어 식탁보 위에 똑같이 놓는다. 이제 책상 위의 종이들을 자유로이 살펴볼 수 있다. 하지만 먼지가 이렇게 많을 줄은 몰랐다. 바닥을 가로지르기만 했는데 먼지가 구름처럼 일어난다. 도굴꾼이 된 것 같네. 그녀는 속으로 생각한다. 먼지 때문에 목이 칼칼하다. 그녀는 손으로 쓴 원고 한 뭉치를 바라본다. 맨 위 페이지에는 원래 썼던 글자를 지워 버린 검은 선들이 잔뜩 그어져 있다. 메리는 다른 것은 모두 그대로 둔 채 그 원고 뭉치를 들고 싱글 침대로 가서 앉는다. 어렸을 때 살던 플러시에서 해마다 신년 전야에 하던 킴의 게임이라는 것이 있다. 어른 대우를 받던 훈련소에서는 이 게임을 〈관찰〉이라고 부르면서 데덤, 매닝트리, 버골트 같은 조용한 마을에서 실시하곤 했다. 이번 주에 대문에 새로 색을 칠한 사람이 누구인가. 장미의 가지치기를 한 사람이 누구인가. 새 자동차를 산 사람이 누구인가. 18번지 문간에 우유가 몇 병이나 놓였

나. 게임을 하는 곳이 어디든 메리는 항상 남들보다 월등한 1등이었다. 한 번 보기만 하면 거의 잊어버리는 일이 없는 기억력을 저주처럼 지니고 있기 때문이었다.

소설의 일부였어요. 메리가 브러더후드에게 말했다. 전부 도입부만.

10여 개의 1장들이 일부는 타자로, 일부는 육필로 적혀 있었지만 모두 죽죽 그어 놓은 줄로 지워진 상태였다. 주로 벤이라는 고아 소년의 어린 시절에 대한 이야기였다.

낙서. 물건을 훔치려고 뻗은 팔을 그린 그림. 여자의 사타구니.

그가 자신에게 쓴 지독한 메모들. 〈감상적인 헛소리.〉 〈다시 쓰든지 없애 버려.〉 〈아버지가 자식에게 물려 주는 저주를 빼먹었어.〉 〈언젠가 웬트워스가 우리 모두를 잡으러 올 거야.〉

분홍색 서류철에는 〈생각나는 대로 쓴 구절들〉이라는 제목이 붙어 있었다. 벤이 당국에 투신한다. 벤은 또 다른 기관, 진짜 정보국이 있다는 사실을 알아내고 때마침 그곳에 합류한다. 파란색 서류철에는 〈마지막 장면〉이라고 적혀 있었는데, 양귀비에게 이야기를 건네는 형식으로 된 것이 여럿 있었다. 망할 놈의 양귀비. 메리의 스케치북에서 훔쳐 낸 도화지 한 장에 매그너스는 말풍선들을 서로 연결한 그림을 그려 놓았다. 매그너스가 자신의

273

생각을 정리해 놓은 흐름도였다. 톰이 학교에서 배운, 에세이를 준비하는 요령 그대로였다. 말풍선: 〈만약 자연이 진공을 지극히 싫어한다면, 진공은 자연을 어떻게 생각할까?〉 말풍선: 〈이중성이란 한 사람을 희생해서 다른 사람을 기쁘게 해주는 것.〉 말풍선: 〈우리는 코즈모폴리턴이 되기 무서워서 애국자가 되고, 애국자가 되기 무서워서 코즈모폴리턴이 된다.〉

문을 두드리는 소리가 났지만, 브러더후드는 조지에게 고개를 저으며 그냥 무시하라고 말했다.

「그 사람이 진심으로 작정하고 쓴 글은 아니었어요.」 메리가 말했다. 「전부 뾰족뾰족한 내용이었죠. 한동안 그렇게 흘러가다가 멈춰 버렸어요. 계속하기가 괴로웠나 봐요.」

브러더후드는 누가 괴롭든 말든 눈 하나 깜짝하지 않았다.

「더.」 그가 말했다. 「더 말해. 빨리.」

「접니다.」 퍼거스가 문밖에서 소리쳤다. 「급한 전갈이 있어요. 아주 급해요.」

「기다리라고 했다.」 브러더후드가 명령했다.

〈벤의 일생이 담긴 시스템들이 전부 무너지고 있다.〉 메리가 말을 이었다. 〈벤은 평생 사실과는 다른 자신의 여러 모습들을 만들어 냈는데, 이제 진실이 그를 잡으려고 다가오고 있다. 그래서 그는 도망치는 중이다. 그의

웬트워스가 문 앞에 서 있다.〉

「더.」 브러더후드가 탑처럼 우뚝 서서 그녀를 내려다
보았다.

「〈릭이 나를 만들어 냈어, 릭은 곧 죽을 거야. 릭이 줄
을 놓아 버리면 어떻게 되는 거지?〉」

「계속해.」

「〈루가의 복음서〉의 글귀. 난 그 사람이 성경을 펼치는
걸 한 번도 못 봤는데 말이에요. 〈지극히 작은 것에 충성
된 자는 큰 것에도 충성되고.〉」

「그리고?」

「〈지극히 작은 것에 불의한 자는 큰 것에도 불의하니
라.〉 그 사람은 종이 가장자리를 장식하는 데 한 번에 몇
시간씩 쏟곤 했어요. 각각 다른 색으로.」

「그리고?」

「〈웬트워스는 릭의 천벌이었고, 양귀비는 나의 천벌이
었다. 우리는 우리가 그들에게 저지른 짓을 올바르게 고
치려고 애쓰며 평생을 보냈다.〉」

「그리고?」

「〈이제 모두가 날 뒤쫓는다. 회사도 나를 뒤쫓고, 미국
도 나를 뒤쫓고, 당신도 날 뒤쫓는다. 심지어 가엾은 메
리조차 날 뒤쫓는다. 그녀는 당신이 존재한다는 사실을
모른다.〉」

「**당신**이 누구야? 이 시에 나오는 **당신**이 누구지?」

「〈양귀비. 내 운명. 사랑하는 양귀비, 최고 중에서도 최고의 친구, 그 망할 개를 데리고 내 집 앞에서 꺼져.〉」

「양귀비는 꽃을 말하는 건가.」 브러더후드가 이렇게 의견을 내놓으면서, 조지의 마이크를 옆으로 밀어 버리고 그녀 옆에 무릎을 꿇었다. 「굴뚝에 피는 그 꽃 말이야. 하지만 단수로군. 양귀비 한 송이.」

「네.」

「그리고 웬트워스는 지명과 같군. 햇빛 밝은 웬트워스, 멋진 서리주의 그곳?」

「네.」

「남자든 여자든, 혹시 그런 이름의 사람을 아나?」

「아뇨.」

「그럼 양귀비는?」

「몰라요.」

「계속해.」

「8장이 갑자기 나타났어요. 2장부터 7장을 뛰어넘어 8장이 나타난 거죠. 전부 그 사람 필체였고, 줄을 그어 지운 부분도 없었어요. 제목은 〈기한을 넘긴 청구서〉. 1장에는 제목이 없었는데 말이에요. 벤이 자신의 모든 약속에 반기를 든 하루의 일을 묘사한 내용이었어요. 3인칭 시점에서 1인칭 시점으로 넘어가서 계속 그 시점을 유지했어요. 1장에서는 〈그〉 또는 〈벤〉이 주어였거든요. 〈빚쟁이들이 문을 두드린다. 웬트워스가 앞에 나섰지만, 벤은 거들떠보지도 않는다. 나는 고개를 낮추고 어깨를 끌어 올린 채 그들에게 달려들어 주먹질을 하고, 팔을 휘두르고, 그들을 들이받는다. 그들에게 맞은 얼굴이 곤죽이된다. 하지만 얼굴이 다 사라졌어도 나는 35년 전에 했어야 하는 일을 하고 있다. 잭과 릭과 모든 어머니들과 아버지들에게, 내가 빤히 지켜보는 앞에서 내 인생을 훔쳐가버린 그들에게. 양귀비, 잭, 그리고 다른 사람들 모두나를 평생의…… 평생의…… 평생의…….〉」

메리의 말이 멈췄다. 강철 죔쇠가 숨통을 막아 버린 것같았다. 문이 열리더니 퍼거스가 다짜고짜 들어왔다. 이렇게 규율을 우습게 여긴 죄로 그는 틀림없이 처벌받을 것이다. 나이절은 무표정하게 그를 빤히 바라보고 있었다. 조지는 그에게 눈을 부라리고 문을 가리키며 입술만움직여서 나가라고 말했다. 하지만 퍼거스는 꿋꿋했다.

「평생의 뭐?」 브러더후드가 메리의 귓가에서 고함을질렀다.

메리는 속삭였다. 메리는 비명을 질렀다. 메리는 입안에 있는 그 단어와 격투를 벌이며 가쁜 숨으로 밀어내려했지만, 아무 말도 나오지 않았다. 브러더후드가 그녀의몸을 흔들었다. 처음에는 살살, 그다음에는 좀 세게, 그다음에는 엄청 세게.

「배신.」 메리가 말했다. 「〈우리는 의리를 위해 배신한다. 배신은 현실이 마뜩지 않을 때의 상상과 같다.〉 그 사

277

람이 이렇게 썼어요. 배신을 희망이나 보상처럼. 더 나은 세상을 만드는 일처럼. 사랑처럼. 우리가 살지 못한 삶에 바치는 공물처럼. 계속 이런 식으로 배신에 대한 묵직한 표현이 이어져요. 배신은 탈출구. 건설적인 행동. 이상의 선언. 숭배. 영혼의 모험. 배신은 여행. 집을 떠나지 않으면 어떻게 새로운 곳을 발견할 수 있겠는가? 〈당신은 내게 약속의 땅이었어, 양귀비. 당신이 내 거짓말에 이유를 주었어.〉」

메리는 바로 여기까지, 그러니까 양귀비와 약속의 땅을 말하는 구절까지 읽었을 때 뒤를 돌아보니, 반바지 차림의 매그너스가 작업실의 열린 문간에 서 있었다고 설명했다. 한 손에는 커다란 파란색 봉투, 다른 손에는 전보를 든 그가 학교의 대장 소년처럼 웃고 있었다.

「그 사람 안에 다른 누군가가 있었어요.」메리는 자신의 목소리에 충격을 받았다. 「그건 그 사람이 아니었어요.」

「그게 도대체 무슨 소리야? 매그너스가 문간에 서 있었다며? 무슨 소리를 하려는 거야?」

그녀 자신도 알 수 없었다. 「어렸을 때 겪은 일 때문인가 봐요. 문간에 선 누군가가 그 사람을 지켜보던 경험. 그 사람이 그걸 되풀이하고 있었어요. 그 사람 얼굴에 뭔가를 알아차린 표정이 떠오르는 걸 내가 봤어요.」

「그가 뭐라고 **말했습니까?**」나이절이 도우려는 듯이 끼어들었다.

메리는 목소리로 매그너스를 흉내 낼 수 있었다. 아니, 그냥 표정만 흉내 낸 것 같기도 했다. 공허하지만 속을 알 수 없는 표정. 언제나 지칠 줄 모르고 정중한 태도. 「안녕, 옛 사랑. 그 위대한 소설을 읽고 있네? 뭐, 제인 오스틴 수준은 아니지만, 내가 제대로 손을 보고 나면 일부는 쓸 수 있을지도 몰라.」

바닥에는 식탁보가 펼쳐져 있고, 그 위에 그의 책과 종이 절반이 놓여 있었다. 하지만 그는 그녀 쪽으로 전보를 내민 채 승리감과 안도감이 섞인 미소를 반짝 지어 보였다. 메리는 그의 손에서 전보를 받아 들고 읽어 보려고 창가로 걸어갔다. 아니, 그가 책상에 시선을 돌리는 것을 막기 위해서였다.

「잭, 당신이 보낸 전보였어요.」 메리가 말했다. 「빅터라는 가명으로. 수신인은 펨브로크 씨 댁의 핌. 내용은 당장 돌아오라, 모두 용서한다, 빈에서 오전 10시에 위원회 다시 모임, 빅터.」

브러더후드는 마침내 천천히 퍼거스에게로 돌아섰다.

「도대체 무슨 일이야?」 그가 말했다.

퍼거스의 말투는 톰이 어른들의 허락을 기다리며 너무 오랫동안 참았을 때의 말투와 같았다.

「대사관의 우리 직원에게서 온 긴급 메시지입니다. 전화를 통해 암호로 전달되었고, 제가 방금 풀었습니다. 특별실에 있던 지부 번박스가 사라졌답니다.」

나이절은 긴장된 분위기를 풀기 위해 일부러 웃기는 몸짓을 했다. 자신이 사랑해 마지않는 양손을 들어 손끝으로 대충 하늘을 가리킨 뒤, 손톱의 매니큐어를 말릴 때처럼 손을 파닥거렸다. 하지만 여전히 메리 옆에 무릎으로 앉아 있는 브러더후드는 갑자기 무기력증에 걸린 것 같았다. 그는 천천히 일어나더니, 손으로 입을 천천히 쓸었다. 혀끝에 쓴맛이 남은 사람처럼.

「언제부터?」

「알 수 없습니다. 반출 서명도 없고요. 지난 1시간 동안 찾아 보았는데 찾지 못했답니다. 그쪽에서 아는 건 이제 전부입니다. 거기에 붙어 있던 외교 문서 전달 카드도 사라졌답니다.」

메리는 아직도 분위기를 파악할 수 없었다. 동기화가 잘못되었다는 생각이 들었다. 문간에 있는 게 누구지? 퍼거스? 매그너스? 잭은 귀가 멀었나. 일제 사격처럼 질문을 퍼붓더니 탄약이 다 떨어진 모양이야.

「대사관 경비 말로는, 핌 씨가 목요일 아침 일찍 공항으로 가는 길에 대사관에 들렀답니다. 경비가 그 말을 일찌감치 할 생각을 못 한 것은 핌 씨의 이름을 일지에 적어 두지 않은 탓이라고 합니다. 2층에 있다가 아래층으로 다시 내려온 핌 씨한테 아버님 일은 유감이라고 인사를 했다는데, 계단을 내려오는 핌 씨의 손에 묵직한 검은색 주머니가 들려 있었답니다.」

「그런데 그 녀석한테 아무것도 물어보지 않았다고?」

「뭐, 별로 그러고 싶지 않았겠지요. 얼마전 아버지를 잃은 데다 바빠 보이는 사람한테.」

「더 사라진 건?」

「없습니다. 번박스뿐입니다. 적어도 알려진 바로는요. 아까 말씀드린 카드랑 같이.」

「어디 가세요?」 메리가 말했다.

나이절은 조끼 끝을 잡아당기며 일어서 있고, 브러더후드 역시 먼 길을 떠날 사람처럼 재킷 주머니에 이런저런 물건을 넣고 있었다. 노란색 담배. 펜과 수첩. 낡은 독일제 라이터.

「번박스가 뭐예요?」 메리가 거의 공황 상태로 물었다. 「어디 가세요? 제 얘기 아직 안 끝났어요! 앉으세요!」

마침내 브러더후드가 메리의 존재를 기억해 내고는 앉아 있는 그녀를 빤히 내려다보았다.

「넌 모를 거야, 그렇지?」 그가 말했다. 「당연히 모르겠지. 9급이었으니까. 넌 그 답을 알아낼 수 있을 만큼 높이 올라가지 못했어.」 설명하는 것은 귀찮은 허드렛일이었지만, 그는 옛정을 생각해서 설명을 시작했다. 「번박스는 문자 그대로야. 작은 금속 상자인데 이 경우에는 가장자리에 강철을 두른 외교 행낭이라고 할 수 있지. 사람이 명령만 내리면 그 안의 모든 것이 불에 타게 되어 있어.

지부장이 가장 귀한 보석을 보관해 두는 곳이야.」

「그럼 그 안에 뭐가 있었는데요?」

나이절과 브러더후드가 시선을 교환했다. 퍼거스는 여전히 눈을 크게 뜨고 있었다.

「그 안에 뭐가 있었는데요?」 조금 전과는 종류가 다른 두려움이 메리를 점차 사로잡았다. 하지만 어떤 종류의 두려움인지 쉽게 판단할 수 없었다.

「아, 별것 아니야.」 브러더후드가 말했다. 「요원들 배치 현황. 체코 요원 전원. 폴란드 요원 몇 명. 헝가리 요원 한두 명. 우리가 빈에서 운용하는 거의 모든 것이지. 아니, 운용하던 것들. 웬트워스가 누구지?」

「아까 당신이 물어봤잖아요. 난 몰라요. 지명이겠죠. 번박스 안에 또 뭐가 있어요?」

「그렇군. 지명.」

브러더후드가 흥미를 잃었다. 잭은 사라졌다. 연인이던 그도, 친구이던 그도, 직장 상사이던 그도. 그녀가 샘이 사망했다는 소식을 가지고 갔을 때 아버지의 표정이 지금 잭의 표정이었다. 잭의 사랑이 사라지면서 남아 있던 믿음도 함께 사라졌다.

「넌 알고 있었군.」 그가 아무렇지도 않게 말했다. 문을 향해 이미 얼마쯤 걸어간 그는 그녀를 돌아보지도 않았다. 「젠장, 넌 알고 있었어. 아주, 아주 오래 전부터.」

우리 모두 그랬죠. 메리는 속으로 이런 생각을 했지만

감히 말할 수는 없었다. 솔직히 그럴 생각도 없었다.

마치 방문 시간 종료를 알리는 종이 울리기라도 한 것처럼 나이절 역시 작별 인사를 했다. 「메리, 조지와 퍼거스를 말동무로 남겨 두고 가겠습니다. 당신에게 맞춰서 신분을 위장할 거고, 어떻게 행동해야 하는지 당신에게 잘 가르쳐 줄 겁니다. 항상 나한테 보고할 거고. 지금부터는 당신도 나한테 보고해야 합니다. 나한테만. 알겠습니까? 혹시 연락할 일이 생기면, 나 나이절, 사무국장을 찾으세요. 내 비서 이름은 마샤입니다. 회사의 다른 사람하고는 한 마디도 하지 마세요. 미안하지만 이건 명령입니다. 심지어 잭도 안 됩니다.」이건 특히 잭을 조심해야한다는 뜻이었다.

「번박스에 또 뭐가 있었는데요?」메리가 같은 질문을 되풀이했다.

「아무것도. 아무것도 없었습니다. 그냥 일상적인 물건들뿐. 괜히 고민하지 마세요.」그가 그녀에게 다가오더니, 브러더후드의 친밀한 태도에서 용기를 얻었는지 그녀의 어깨에 한 손을 어색하게 올려놓았다. 「상황이 심각해 보이겠지만 꼭 그렇지만도 않습니다. 물론 주의는 해야겠죠. 최악의 상황을 가정하고 움직여야 합니다. 하지만 잭은 가끔 모든 걸 고딕 소설처럼 바라보는 경향이 있어요. 대개는 비교적 평범한 설명이 진실에 훨씬 더 가깝습니다. 경험이 많은 사람은 잭뿐만이 아니에요.」

6

　어두운 바다가 불러온 비가 핌의 영국을 에워쌌다. 그는 경계를 늦추지 않고 빗속을 걸었다. 초저녁인 지금까지 그는 평생 그 어느 때보다 오랜 시간 글을 썼다. 이제는 마음이 텅 비어서 다가오는 사람을 막을 수 없었고, 겁도 났다. 고동 소리가 울렸다. 짧게 한 번, 길게 두 번. 등대의 고동 소리거나 뱃고동 소리일 것이다. 가로등 밑에서 걸음을 멈춘 그는 다시 손목시계를 보았다. 이제 남은 시간은 110분, 흘러간 세월은 53년. 야외 음악당은 텅 비었고, 잔디 볼링장은 빗물에 흠뻑 젖었다. 진열창들에 붙어 있는 더러운 노란색 셀로판지는 여름비에 맞서 아직 버티고 있었다.

　그는 시내를 빠져나가는 중이었다. 도중에 블랜디 양품점에서 비닐 망토를 하나 샀다. 「**안녕하십니까**, 캔터베리 씨. 무엇을 찾으십니까?」 빗줄기 때문에 머리에 쓴 망토 후드에서 양철 지붕 같은 소리가 났다. 망토 자락 안에 그는 미스 더버의 심부름으로 산 물건들을 들고 있었다. 에이트킨 씨의 가게에서 베이컨을 사 와요. 5번만 썰면 된다고 꼭 말해야 돼요. 그보다 두껍게 썰어 줄 가능성도 좀 있지만. 그리고 크로스 씨한테 지난주에 내가 산 토마토 중 세 개가 썩었더라고 말해 줘요. 그냥 상한 정도가 아니라 썩었더라고. 다른 식료품점이 없어도 난 그 집에 다시는 안 갈 거유. 핌은 미스 더버의 지시를 그대로 따랐지만, 그녀가 원했던 것처럼 사나운 표정을 짓지는 못했다. 크로스와 에이트킨 모두 오래전부터 그에게서 비밀리에 보조금을 받으며 미스 더버에게는 실제 물건값의 절반만 받고 있기 때문이었다. 그는 파웨이스 여행사에서 엿새 뒤 개트윅을 떠나는 이탈리아 어르신 투어에 대한 정보도 얻었다. 보그너에 사는 미스 더버의 사촌 멜러니에게 전화를 걸어야겠어. 그는 생각했다. 내가 멜러니의 여행 비용까지 내겠다고 하면 미스 더버도 거절하지 못할 거야.

106분. 고작 4분이 지났다. 사촌 멜러니와 미스 더버는 이미 잊었다. 머릿속에서 자신을 알아봐 달라고 아우성치는 수많은 기억들 중에서 핌은 워싱턴과 풍선을 선택했다. 혼이 빠질 것 같은 이야기들 중에서도 가장 혼을 쏙 빼놓는 것이 바로 그 풍선 이야기였다. 당신은 잠깐 이야기를 나누고 싶어 했지만 난 당신을 만나고 싶지 않았어. 겁이 나서 당신을 완전히 무시해 버렸지. 하지만 당신은 그렇게 무시를 당하고 가만있을 사람이 아니지. 내 기분을 맞춰 주려고 작은 은박 풍선을 워싱턴 하늘로 띄워 보냈으니까. 지름은 50센티미터. 가끔 톰이 슈퍼마켓에서 공짜로 얻어 오는 풍선이었지. 우리가 시내 양편에서 각자 차를 몰아 달리고 있을 때, 당신은 나더러 당신을 피하려 한 것이 바보짓이었다고 독일어로 말했어. 빈대처럼 펄쩍펄쩍 주파수대를 옮겨 다니는 단말기를 통해서. 엿듣는 자들이 아주 정신이 없었을 거야.

그는 절벽에 난 길을 올라가고 있었다. 저택의 정원과 차단된 방갈로에 불이 켜져 있었다. 미스 더버의 주치의에게 전화해서 휴식이 필요하다고 설득해 달라고 부탁해야지. 아니면 목사한테 연락하든지. 미스 더버가 목사 말에는 귀를 기울일 거야. 아래쪽에서는 놀이공원의 동화 같은 불빛들이 안개 속에서 통통한 열매처럼 반짝였다. 그 불빛들을 따라 소프타 아이스 팔러의 네온사인이 보였다. 파란색과 흰색이 섞인 네온사인이었다. 페니. 당신은 이제 다시는 날 보지 못할 거야. 내 얼굴이 신문에 실리지 않는 한. 페니는 그의 비밀 애인 군단에 속한 사람이었다. 얼마나 비밀스러운지 페니 본인도 자신이 그 군단의 일원이라는 사실을 몰랐다. 5년 전 그녀는 산책로 노점에서 피시 앤드 칩스를 팔면서 빌이라는 남자와 연애 중이었다. 폭주족인 빌은 페니에게 폭력을 휘둘렀는데, 어느 날 핌이 회사 컴퓨터로 빌의 오토바이 번호판을 조회해 그가 자식을 둔 유부남이며 톤턴에 가족들이 살고 있다는 사실을 밝혀냈다. 핌은 자신의 신분을 감춘 채 자세한 정보를 교구 목사에게 보냈고, 1년 뒤 페니는 에우제니오라는 유쾌한 이탈리아인 아이스크림 상인의 아내가 되어 있었다. 하지만 오늘 밤은 아니었다. 오늘 밤 핌이 평소처럼 코니시 아이스크림 두 스쿱을 사려고 그녀의 카페에 다가갔을 때, 그녀는 중절모를 쓴 덩치 큰 남자와 정면으로 대거리를 하고 있었다. 핌으로서는 도무지 마음에 들지 않는 광경이었다. 저 사람은 그냥 평범한 여행자일 뿐이야. 핌이 이렇게 속으로 되뇌는 동안 바람 한 줄기가 그의 망토를 채웠다. 식자재 판매원이거나 세금 징수원이겠지. 잭을 빼고 요새 혼자 사람을 잡으러 다니는 사람이 어디 있어? 그 사람은 잭이 아니었다. 나이가 서른 살쯤 차이가 났다. 자동차가 문제네. 그는 속으로 생각했다. 흙받기가 깨끗하고 안테나가 말쑥해. 남의 말을 들을 때 고개를 움직이는 모습도.

「저를 찾는 연락은 없었나요, 미스 D?」 핌은 사 온 물건들을 선반에 꺼내 놓으며 말했다.

미스 더버는 부엌에 앉아 미국 연속극을 보고 있었다. 토비는 그녀의 무릎 위에 있었다.

「다들 정말 못됐어요, 캔터베리 씨.」 그녀가 말했다. 「저 사람들 전부 여기서 하룻밤도 재워 주기가 싫다, 그렇지, 토비? 무슨 차를 사 온 거유? 아삼을 사 오라고 했는데. 가서 물러와요.」

「아삼입니다.」 핌이 허리를 숙여 차를 그녀에게 보여
주며 부드럽게 말했다. 「포장이 바뀐 거예요. 값도 3펜스
내렸던데요. 제가 나가 있는 동안 연락 온 것은 없습
니까?」

「가스 검침원만 왔다 갔어요.」

「평소 그 사람입니까? 아니면 새 사람?」

「새로운 사람. 요즘은 전부 새로운 사람이 다녀요.」 핌
은 미스 더버의 뺨에 가볍게 입을 맞추며 그녀가 어깨에
걸친 새 숄을 매끈하게 펴주었다. 「보드카를 한 잔 쭉 마
셔요.」 그녀가 말했다.

하지만 핌은 일해야 한다면서 그녀의 권유를 사양
했다.

방으로 돌아온 그는 책상 위의 문서들을 확인했다. 찻
잔 손잡이와 스테이플러. 책과 연필의 조합. 번박스는 책
상 다리와 나란히. 그만하자. 미스 더버는 메리가 아니다.
핌은 면도를 하다가 문득 자신이 릭을 생각하고 있음을
깨달았다. 난 당신의 유령을 봤어요. 여기가 아니라 빈에
서. 옛날 덴버, 시애틀, 샌프란시스코, 워싱턴에서 당신
을 직접 만났을 때처럼. 모든 진열창에서, 가을의 문턱에
서 가려운 등을 긁으려고 애쓰면서 당신의 유령을 봤어
요. 당신은 낙타털 외투를 입고, 한 모금 빨아들일 때마
다 인상을 찌푸리던 시가를 피우고 있었죠. 그런 모습으

로 날 따라왔어요. 파란 눈에는 물에 빠져 죽은 사람의 눈처럼 그림자가 드리워져 있고, 눈동자가 윗꺼풀에 달라붙어 있어서 어찌나 무섭던지. 「어디 가는 거냐, 아들? 너의 그 훌륭한 다리가 이 늦은 시간에 널 어디로 데려가는 거야? 좋은 여자라도 있는 거냐? 널 아주 우러러보는 여자라도 있어? 그러지 말고, 아들. 아비한테 한번 말해 봐. 우선 한번 안아 보자꾸나.」 당신은 런던에서 죽음을 앞두고 있었지만 나는 당신을 찾아갈 생각이 없었어요. 당신에 대해서는 알고 싶지도, 말하고 싶지도 않았습니다. 그게 당신을 추모하는 나 나름의 방법이에요. 「아냐, 안 갈 거야. 안 갈 거야.」 나는 발꿈치가 바닥에 닿을 때마다 이렇게 말했습니다. 그래서 대신 당신이 내게 왔지요. 빈으로 와서 내게 웬트워스를 했습니다. 모퉁이를 돌 때마다 당신이 있었어요. 나중에는 당신의 다정한 시선이 내 등에 열기처럼 느껴지더군요. 내가 결코 지워 버릴 수 없는 열기처럼. 저리 가요, 젠장. 나는 이렇게 속삭였습니다. 내가 당신에게 어떤 죽음을 바랐느냐고요? 모든 죽음을 차례대로. 죽어 버려요. 내가 당신에게 말했습니다. 누구나 볼 수 있는 길에서 죽어요. 날 사랑스럽게 보지도 말고, 날 믿지도 말아요. 돈이 필요해요? 이젠 안 됩니다. 당신은 최고의 소유권을 위해 돈을 포기했잖아요. 당신은 매그너스를 원했습니다. 나의 살아 있는 영혼이 죽어 가는 당신 몸에 들어가 당신에게 빚진 생명을 되돌려 주기를 바랐어요. 「그래도 재미있지 않니, 아들? 그 옛날 양귀비의 놀라운 재주. 우선 그것이 보이는구나. 너희 둘 거기서 뭘 꾸미고 있는 거냐? 그러지 말고, 친구 같은 아비한테는 털어놔도 되잖아! 뭔가 일이 있는 모양인데, 그렇지? 주머니에 돈을 좀 챙기고 있는 거냐? 옛날에 아비가 가르쳐 준 대로?」

3분. 나는 항상 분명하게 똑 떨어지는 것을 좋아한다. 핌은 얼굴을 깨끗이 닦고 안주머니에서 언제나 믿음직한 그리멜스하우젠의 『짐플리치시무스』를 꺼냈다. 낡은 갈색 버크럼으로 제본된 이 책은 아주 많은 곳을 돌아다녔다. 핌은 책상 위의 종이 더미와 연필 옆에 그 책을 놓은 뒤, 방을 가로질러 충실한 윈스턴 라디오 앞에 앉아 주파수가 잡힐 때까지 다이얼을 이리저리 돌렸다.

소리 줄이고, 스위치 켜고, 잠깐. 남자 한 명과 여자 한 명이 과일 협동조합의 경제적 측면에 대해 체코어로 토론하고 있다. 그러다 중간에 목소리가 희미해지더니, 시보(時報)와 함께 저녁 뉴스가 시작된다. 대기하라. 핌은 차분하다. 작전을 수행할 수 있을 만큼.

하지만 동시에 정신이 조금 다른 곳에 가 있는 것 같기도 하다. 이 세상의 것이라고 할 수 없는 고요함. 젊은 시절 그의 애정 어린 미소 속에 살짝 엿보이던 신비로운 친근함. 지구에 속하지 않는 누군가에게 〈안녕〉 하고 인사를 건네는 것 같다. 지금까지 그를 알았던 모든 사람 중이 낯선 외계인을 제외하면 아마 미스 더버만이 그 표정을 보았을 것이다.

첫 번째 소식. 최근 군축 회담 결렬 이후 미 제국주의자들을 비난하는 장광설. 종이 넘기는 소리, 준비 신호, 알아들었다는 신호. 당신이 이제부터 내게 말을 할 것이라는 신호. 고마운 일이다. 그 신호가 반갑다. 두 번째 소식이 곧 뒤따른다. 아나운서가 브르노에서 온 대학교수를 소개한다. 안녕하십니까, 교수님. 오늘 저녁 체코 비밀 정보국의 상황은 어떻습니까? 교수가 말하면 통역이 이어진다. 모든 신경이 곤두서고, 내 몸이 한껏 긴장하고 있다. 첫 번째 문장 통역: **회담이 교착 상태에 빠졌습니다.** 무시. **다른 조건 제시.** 메모해야지. 천천히, 서두르지 말고. 첫 번째 숫자를 기다리며 우리는 다시 인내심을 발휘한다. **플젠 출신의 55세 용접공.** 핌은 라디오를 끄고, 메모지를 손에 든 채 책상으로 돌아갔다. 눈은 똑바로 앞만 바라보았다. 그리멜스하우젠의 책 55페이지를 편 그는 일일이 헤아리지도 않고 자연스레 다섯 줄을 내려갔다. 그러곤 새 종이에 그 줄의 맨 앞 글자 열 개를 적은 뒤, 그 글자들이 알파벳에서 각각 몇 번째 자리를 차지하는지 숫자로 적었다. 뺄셈. 이유를 생각하지 말고 그냥 해. 다시 덧셈. 여전히 의미 없는 결과. 이제 숫자를 글자로 변환하는 중이었다. 이유를 생각하지 마. 신…… 경…… 쓰…… 지…… 마…… 에…… 웨 아무 의미도 없었다. 그는 10시에 다시

라디오를 켜고 새로운 글자들을 받아 적었다. 그는 빙긋 웃고 있었다. 고난이 끝난 성자처럼 빙긋 웃고 있었다. 눈물이 차오르기 시작했다. 그러라지. 그는 양손으로 종이를 쥐고 머리 위로 들어 올린 채 서 있었다. 그는 울고 있었다. 그는 소리 내어 웃고 있었다. 자신이 적은 것을 읽을 수가 없었다. 〈신경 쓰지 마, E. 웨버 사랑해 항상, 양귀비.〉

「이 뻔뻔스러운 인간.」 그는 눈물을 주먹으로 쓱쓱 닦아 내면서 소리 내어 속삭였다. 「아, 양귀비. 아, 이런.」

「무슨 문제라도 있우, 캔터베리 씨?」 미스 더버가 엄격한 목소리로 다그치듯 물었다.

「미스 D의 보드카를 빼앗아 가려고 왔습니다. 보드카요.」 그가 설명했다. 「보드카랑 다른 것도.」

그는 벌써 술을 섞고 있었다.

「2층에 올라간 지 한 시간밖에 안 됐우, 캔터베리 씨. 그런 건 일하는 게 아니지. 안 그러냐, 토비? 이러니 나라가 엉망이 될 수밖에.」

핌의 미소가 한층 더 환해졌다. 「엉망이라니요?」

「축구 관중 말이우. 외국인들한테 그런 꼴을 보여 주다니. **당신**이라면 절대 그런 일을 용납하지 않았을 텐데, 그렇죠, 캔터베리 씨?」

「물론이죠.」

병에 들어 있는 따뜻한 오렌지 주스, 아, 반가워라! 뿌연 수돗물, 여기 말고 어디서 또 이런 걸 찾을 수 있을까? 그는 미스 더버 옆에 한 시간 동안 앉아서 나폴리의 매력에 대해 종알종알 떠들어 대다가 나라를 구하는 일로 돌아갔다.

릭이 어떻게 평화를 얻었는지 난 결코 제대로 알 수 없을 거다, 톰. 하지만 어쨌든 릭은 해냈어. 평소처럼 하루 아침에. 우리들 중 누구도 다시는 걱정할 필요 없을 거다, 아들. 모두에게 골고루 돌아갈 수 있을 만큼 세상이 풍요롭고 네 아비가 하려던 일을 해냈으니까. 새로이 맞이한 번영의 열기 속에서 아버지와 아들은 시골 신사라는 직업을 택했다. 유럽이 여전히 승리의 분위기에 젖어 있을 때, 이제 청소년이 된 핌은 그동안 탐내던 목탄색 긴 바지 정장을 해러즈에서 샀다. 검은 타이와 어느 모로 보나 빳빳한 흰 옷깃도. 그리고 세프턴 보이드가 말한 대로 낚싯바늘을 귓불에 끼우기 위해 마음을 다잡았다. 그동안 릭은 엄청나게 성숙한 어른답게 애스콧에 하얀 울타리가 있는 20에이커 넓이의 저택을 구입했다. 제독의 것보다 더 요란한 트위드 정장도 줄줄이 사들이고, 정신 나간 빨간색 사냥개 두 마리와 녀석들을 산책시킬 때 신을 컨트리 슈즈, 초상화를 그릴 때 소품으로 들 퍼디 엽총 두 자루, 샴페인을 마시고 룰렛 게임을 하면서 소박한 시골 저

녁을 보낼 긴 칵테일 바, TP의 청동 흉상도 사들였다. 이
흉상은 그보다 더 커다란 릭의 흉상과 나란히 홀의 받침
대 위에 놓여 있었다. 살 곳을 잃은 폴란드인 일개 소대
를 끌어들여 이 집의 여러 일들을 맡겼고, 세련된 모습을
한 새 어머니는 하이힐 차림으로 잔디밭에서 하인들에게
고함을 지르고 핌에게 위생과 상류층의 말씨에 관한 토
막 조언을 해주었다. 벤틀리 한 대가 나타나 몇 주 동안
훤히 보이는 자리에 계속 놓여 있었다. 불만을 품은 폴란
드인 하인 한 명이 살짝 열린 차창 틈으로 호스를 밀어
넣고 그 안을 물로 채워 다음 날 아침 이 자동차의 문을
열 릭의 품위까지 물에 빠뜨리려고 했지만 소용없었다.
커들러브 씨는 짙은 자주색 제복과 오두막 한 채를 얻었
다. 그 오두막이 있는 땅에서 올리는 제라늄을 기르면서
오페라 「미카도」의 노래를 부르고, 신경을 진정시키기
위해 부엌에 새로 페인트칠을 했다. 가축들과 퉁명스러
운 목부 한 명 덕분에 이곳이 농장처럼 보였다. 이제 릭
이 납세자가 되었기 때문이었다. 이때가 유동성을 위한
그의 영웅적인 투쟁이 정점에 이른 시기였음을 이제는
나도 알고 있다. 「정말 안타까운 일이야, 맥시.」 릭은 조
언을 듣기 위해 불러온 맥스웰 캐번디시 소령에게 자랑
스럽게 선언하듯 말했다. 「노동의 과실을 즐길 수 없다면
우리는 도대체 무엇을 위해 전쟁터에서 싸웠던 거지?」
연하게 색이 들어간 외알 안경을 쓴 소령은 〈그러게〉라

고 말하고는 입술을 뾰로통하게 오므려 호랑가시나무 이파리 모양으로 만들었다. 핌은 방금 오간 말에 온 마음으로 찬성하며 소령의 잔에 다시 술을 채워 주었다. 여전히 학교에 다시 다니고 싶어 하는 그는 주체성이 없는 시기를 지나고 있었다.

런던으로 올라온 릭의 궁정은 체스터 거리에서 기둥들로 장식된 집을 멋대로 차지해 관저로 삼았다. 그곳에서 일하는 미녀 군단은 바뀌기도 자주 바뀌고, 지치기도 자주 지쳤다. 기수 인형은 사람들을 향해 작은 말채찍을 휘두를 것 같은 자세를 취하고 있고, 결코 이길 줄 모르는 릭의 말들을 찍은 사진과 〈릭 T. 핌 & 아들〉이라는 제국에서 쓰러지지 않은 회사들을 기리는 기념패가 명예의 벽을 완성했다. 그들의 이름은 내 안에 영원히 살아 있는 듯하다. 나는 아주 오랫동안 맹세를 거듭한 뒤에야 그들과 연을 끊을 수 있었지만, 그 이름은 지금도 대부분 기억 속에 남아 있다. 릭이 우리를 위해 혼자 힘으로 성취했다고 확신하는 최고의 승리는 바로 〈앨러마인 질병 & 건강 회사〉, 〈군대의 평생 연금 펀드〉, 〈됭케르크 뮤추얼 & 제너럴〉, 〈TP 참전 군인 동맹 회사〉……. 모두 아무런 제약을 받지 않는 것 같았지만 사실은 위대한 지주 회사인 〈릭 T. 핌 & 아들〉의 위성 기업이었다. 과부들의 푼돈을 받는 이 지주 회사에 법적인 한계가 있다는 사실이 아주 천천히 밝혀지고 있었다. 나는 조사해 보았다, 톰. 아는 것이 많은 변호사들에게 물어보았어. 자본금 100파운드면 충분하다고 하더구나. 게다가 우리에게는 장부도 있었다! 불법에는 윈필드, 보험에는 맥길리브레이, 주식에는 스넬, 종교에는 또 다른 누구. 그들은 머리가 허옇게 센 늙은 변호사들이었지만, 분위기가 안 좋을 때는 가장 먼저 사라졌다가 우리가 싸움에서 이기고 나면 가장 먼저 웃으며 돌아오는 자들이었다. 체스터 거리 너머에는 메이페어의 비교적 조용한 지역에 안가처럼 박혀 있는 클럽들이 있었다. 올버니, 벌링턴, 리전시, 로열티. 이런 이름들도 그 안에서 우리를 기다리는 찬란한 모습에 비하면 아무것도 아니었다. 그런 곳이 지금도 존재하느냐고요? 회사 돈으로는 못 가지요, 잭, 그건 확실해요. 그런 것이 가능하다면 그곳은 금욕이 아니라 이미 쾌락에 헌신하는 세상일 겁니다. 그런 클럽에 들어간다고 해서 불법적인 게임 판에서 불법적인 노름을 하지는 않는다. 앞섶이 깊이 파인 옷을 입은 불법적인 어머니들이 나를 보고 나중에 여자깨나 울리겠다고 말하는 일도 일어나지 않는다. 우리가 사랑하는 미친 무리의 진짜 멤버들이 우울하게 바에 몸을 기대고 있다가 1시간 뒤 무대에서 우리를 배꼽 빠지게 만드는 일도. 기수들이 자기 키에 비해 지나치게 높은 당구대 주위를 바삐 돌아다니는 일도. 귀퉁이를 한 번 돌 때마다 100파운드씩. 그러다 매그너스 너 왜 아직 학교 안 갔니 그리고 이 망할 놈의 당구대는 어디로 간 거야? 하고 말하는 일도. 커들러브 씨가 자주색 제복 차림으로 밖에 서서 어느 불운한 신사나 신성한 손길을 원하는 부인과의 중요한 만남을 위해 우리를 태워 가려고 기다리는 동안 벤틀리의 핸들에 『자본론』을 펼쳐 놓고 읽는 일도.

클럽들 뒤에는 주점들이 있었다. 메이든헤드에는 비들스, 브레이에는 슈거 아일랜드, 여기에는 클록, 저기에는 고트, 또 다른 어딘가에는 벨. 모두 은색 격자무늬와 은발의 피아니스트와 은발의 여성들이 있었다. 그중 한 곳에서 몸집 작은 웨이터가 머스폴 씨에게 모욕을 당하고는 그에게 망할 놈의 모리배라고 말했다. 핌은 싸움을 막기 위해 일부러 웃기는 말을 하며 뛰어들려고 했다. 그 말이 무엇이었는지는 기억나지 않지만, 머스폴 씨가 예전에 내게 보여 준 적이 있는 황동 너클을 그날 밤 수중에 지니고 있다는 사실을 나는 알고 있었다. 그 웨이터의 이름이 빌리 크래프트라는 것도 기억난다. 그는 나를 슬라우 끝에 있는 자기 집으로 데려가 영양이 부족해 보이는 아내와 자식들을 소개해 주었다. 그의 집은 밥 크래치트[33]가 살 것 같은 아파트였다. 핌은 그 집에서 즐거운 밤을 보내고, 뼈대만 남은 소파에서 온 식구의 털실 옷을 덮고 잤다. 15년 뒤 본부에서 열린 회의에서 많은 사람

33 찰스 디킨스의 소설 『크리스마스 캐럴』에서 스크루지에게 혹사당하는 사무직원.

중에 누가 불쑥 나타났냐면, 바로 그 빌리 크래프트였다.
국내 감시 팀의 팀장.「사람들에게 먹을 것을 주느니 뒤
를 따라다니자, 그렇게 된 겁니다.」그가 내 손을 붙잡고
쉰 번쯤 흔들어 대며 수줍게 웃었다.「아버님에 대해 무
례한 말을 하려는 건 아닙니다. 그분은 물론 훌륭한 분이
셨죠.」알고 보니 머스폴 씨의 행동에 문제를 제기한 사
람은 핌뿐만이 아니었다. 릭은 그날 크래프트 부인을 위
한 나일론 스타킹 열두 켤레와 샴페인 한 상자를 보내 주
었다고 했다.

　주점을 나온 뒤에 운이 좋으면 새벽녘 코번트 가든에
들이닥쳐 베이컨 에그를 기분 좋게 먹고 기운을 차렸다.
그러고는 시속 160킬로미터의 속도로 마구간을 향해 달
려가는 것이다. 갈색 모자를 쓰고 승마 바지를 입은 기수
들은 그곳에서 핌이 항상 알던 대로 템플 기사단이 되어
서리가 끼고 소나무 잔가지들로 표시된 경주로에서 평생
이길 줄 모르는 말들을 타고 달렸다. 그러다 보면 핌의
정직한 상상 속에서 그들이 또다시 우리 모두를 위해 전
투에서 이기려고 하늘을 향해 달려가는 것처럼 보였다.

　잠? 그건 딱 한 번만 기억난다. 우리가 주말을 맞아 푹
쉬려고 토키로 갈 때의 일이었다. 릭은 그곳의 임페리얼
호텔에서 바다를 굽어볼 수 있는 스위트룸에 불법 슈맹
드페르[34] 게임 판을 벌여 놓았다. 틀림없이 커들러브 씨

　34 카드 게임의 일종.

가 일을 그만둔 시기였을 것이다. 사무실 냄새를 강하게 풍기던 릭이 길을 착각하는 바람에 갑자기 달빛을 받은 옥수수 밭 한복판으로 들어가게 된 것을 보면. 우리 부자는 벤틀리 지붕에 나란히 누워서 뜨거운 달빛에 얼굴을 지졌다.

「괜찮으세요?」 핌이 물었다. 유동성은 어떻게 됐어요, 우린 이제 감옥에 가나요, 라는 뜻이었다.

릭은 핌의 손을 사납게 꼭 쥐었다. 「아들. 네가 내 옆에 있고 하느님이 저기 별들과 함께 앉아 계시고 우리 밑에 벤틀리가 있으니 난 세상에서 가장 괜찮은 사람이야.」 이 말은 한 마디도 빼지 않고 모두 진심이었다. 그의 평생에 가장 자랑스러운 날은 핌이 중앙 형사 법원에서 대법원장의 옷을 완전히 갖춰 입고, 우리가 결코 인정한 적이 없는 그 시절에 릭이 받았던 선고를 남에게 내리는 날이 될 것이다.

「아버지.」 핌은 이 말만 하고 입을 다물어 버렸다.

「왜? 아비한테 말해 봐.」

「아니, 그냥……. 아버지가 1학기 기숙사비를 미리 내줄 수 없어도 괜찮아요. 그러니까 그냥 통학하는 학교에 다니겠다는 뜻이에요. 어디 다른 학교에 가죠, 뭐.」

「네가 할 말이 그것뿐이야?」

「어떤 학교든 상관없어요. 정말로.」

「너 내 편지를 읽었구나, 그렇지?」

「아뇨. 그럴 리가요.」

「넌 뭔가 원한 적이 있니? 지금까지 사는 동안?」

「한 번도 없어요.」

「그렇구나.」 릭은 이렇게 말하고 나서 핌의 목을 팔로 세게 조이듯이 끌어안았다. 금방이라도 목이 부러질 것 같았다.

「그 돈이 어디서 난 거예요, 시드?」 나는 고집스럽게 묻고 또 묻는다. 「그게 왜 끊어졌지요?」 지금도 나는 어떻게 해볼 수 없을 만큼 열성적으로, 그 시절에 자행된 폭력의 진지한 중심을 간절히 찾고 싶다. 발자크의 말처럼, 모든 행운의 뒤에는 하나의 커다란 범죄가 존재한다는 것을 알게 되는 한이 있더라도. 하지만 시드는 한 번도 객관적인 연대기 작가였던 적이 없다. 그의 반짝이는 눈이 흐려지더니, 그는 새처럼 자그마한 얼굴에 아련한 미소를 띠며 술을 한 모금 마신다. 마음속 깊은 곳에서 그는 지금도 릭을 커다란 강으로 생각한다. 정처 없이 흐르는 그 강에서 우리들 각자가 알 수 있는 곳은 운명이 우리에게 할당해 준 부분뿐이다. 「우리의 한탕은 돕시였어.」 그가 기억을 떠올린다. 「다른 건들이 없었다는 얘기는 아니야, 꼬맹이, 있었어. 훌륭한 계획들, 미래를 내다본 많은 계획들이 환상적이었지. 하지만 한탕은 역시 돕시였어.」

시드에게는 항상 반드시 한탕이 있어야 한다. 그는 도박꾼이나 배우처럼 평생 한탕을 위해 살아왔으며 지금도 그렇게 살고 있다. 하지만 그날 밤 몇 잔인지 헤아리기도 힘들 만큼 많은 술을 마시며 그가 내게 들려준 돕시 이야기는, 비록 제대로 다루지 못한 어두운 구석들을 남겨 두기는 했어도 어느 이야기 못지않게 그럴듯하다.

메그가 우리에게 파이를 더 덜어 주고 장작의 불꽃을 키우는 동안 시드가 들려준 이야기는 이러하다. 꼬맹이야, 한동안…… 전쟁에서 양편이 밀치락달치락하다가 하느님의 도움으로 당연히 연합군 측이 점차 유리해졌을 때, 네 아빠는 자신의 환상적인 능력을 발휘할 수 있는 새로운 기회를 찾는 데 몹시 공을 들이고 있었다. 우리 모두 잘 알고 있는 그의 재능 말이야. 1945년에는 물자가 부족해졌지만, 그런 현상이 영원히 계속될 리는 없지. 물자 부족을 노리는 건, 솔직히 말해서, 위험 부담이 있는 일이었어. 평화가 아주 가까이 와 있었으니, 초콜릿, 나일론 스타킹, 말린 과일, 석유가 언제든 시장에 흘러넘칠 수 있었지. 앞으로 노려야 하는 건 말이다, 꼬맹이야(시드의 이 말에서 흘러나온 릭의 말투가 내 머리에서 떠나지 않는다), 재건이었어. 그래서 머리 좋은 네 아버지는 다른 훌륭한 애국자들과 마찬가지로 거기서 파이를 한 조각 차지할 생각이었지. 그게 옳은 일이기도 했고. 이럴 때 언제나 걸림돌이 되는 건, 발 디딜 곳을 찾는 일이다. 아무리 릭이라도 자본 한 푼 없이 영국의 시장을 궁지에 몰아넣을 수는 없으니까. 그런데 정말 우연히 그런 발판이 마련된 거야. 머스폴 씨의 누이 플로라의 뜻하지 않은 활약 덕분에. 그래, **너**도 플로라를 기억하지! 물론 기억하죠. 플로라는 정찰 업무에 딱 맞아. 당당한 젖가슴을 인색하게 아끼지 않아서 기수들 사이에서 인기가 좋았으니까. 하지만 플로라가 진심으로 충성하는 사람은 돕스라는 신사였다. 정부 일을 하는 사람이었지. 어느 날 저녁 애스콧에서 술을 한잔 하면서, 그때 네 아빠는 무슨 회의 때문에 다른 곳에 가 있었다, 꼬맹이, 어쨌든 그때 플로라가 아무렇지도 않게 슬쩍 말을 흘렸어. 돕시가 도시의 건물들을 짓는 건축가인데 아주 중요한 일을 맡았다고 말이야. 그게 무슨 일인가요? 릭의 신하가 정중하게 묻자 플로라는 말을 더듬었다. 그녀는 길게 말하는 재주가 없었어. **보상 평가래요.** 그녀가 자기도 잘 모르는 누군가의 말을 인용해서 대답했다. 무슨 보상? 신하가 귀를 쫑긋 세우며 물었지. 보상이 누군가에게 손해가 되는 법은 아직까지 한 번도 없었으니까. **폭격 피해 보상.** 플로라가 이렇게 말하고는, 점점 자신이 없어져서 주위를 노려봤다.

　「당연한 일이었어, 꼬맹이.」 시드가 말한다. 「돕시는 자전거에 올라타고 폭탄 맞은 집 주위를 돌아본 뒤 관청에 전화를 걸었지. 〈돕스입니다. 목요일까지 2만 파운드

를 주십시오. 이의는 받지 않습니다.〉 그러면 정부가 얌
전히 그 돈을 내놓았어. 왜냐고?」 시드가 검지로 내 무릎
위쪽을 쿡쿡 찌른다. 릭의 버릇 그대로다. 「돕시가 공평
한 사람이니까, 꼬맹이, 그걸 절대 잊지 마.」

나도 어렴풋이 돕시가 기억난다. 샴페인 두 잔에 취해
버리던, 정직하지 못한 자그마한 남자. 그 사람에게 착하
게 굴어야 한다는 말을 들은 기억이 난다. 언제 핌이 그
러지 않은 적이 있었던가? 「아들, 만약 돕스 씨가 너한테
뭘 요구하면…… 저기 저 벽에 걸린 좋은 그림을 갖고 싶
다고 하면…… 그냥 줘버려. 알았지?」

핌은 그날부터 빨간 바다 위에 배들이 떠 있는 그림을
다른 눈으로 바라보았지만, 돕시는 그 그림을 달라고 한
적이 없었다.

시드의 이야기가 계속된다. 플로라의 놀라운 비밀을
알게 된 뒤, 상업적인 계획이 최고 속도로 돌아가기 시작
한다. 회의에 참석하고 있던 릭이 불려 오고, 돕시와 만
나는 자리가 마련되고, 서로의 관계가 정립된다. 두 남자
모두 자유주의자거나 프리메이슨이거나 위대한 아버지
의 아들이며, 아스널의 팬이고, 조 루이스를 우러러보고,
노엘 카워드[35]를 호모로 생각하며, 하나의 천국을 향해
손에 손을 잡고 행진하는 모든 인종의 모든 사람들과 똑
같은 생각을 갖고 있다. 솔직히 천국은 피부색이나 신념

35 영국의 극작가 겸 배우.

을 막론하고 모든 사람이 들어갈 수 있을 만큼 넓지 않은
가. 이것은 릭이 정해 놓고 하는 말 중의 하나로, 언제나
그를 울게 만들었다. 돕스는 궁정의 명예 회원이 되더니
며칠 안 돼서 사랑하는 동료 폭스를 소개한다. 그도 인류
를 위해 좋은 일을 하고 싶어 하는 사람인데, 전후(戰後)
의 유토피아 건설을 위해 적당한 땅을 골라내는 것이 그
가 맡은 일이다. 이렇게 음모의 잔물결이 점점 퍼져 나가
며 동참할 사람들을 찾아낸다.

그다음으로 축복을 받은 사람은 퍼스 로프트다. 퍼스
는 잉글랜드 중부 지방에서 자기 나름대로 일을 하다가,
다 죽어 가던 어느 공제 조합이 행운을 만났다는 이야기
를 듣고 수소문한다. 조합장은 힉스라는 사람인데, 음모
에 가담하는 사람의 이름은 모두 짧아야 한다고 운명이
정해 놓기라도 한 모양이다. 어쨌든 이 힉스는 알고 보니
날 때부터 침례교인이다. 릭도 그렇다. 그렇지 않았다면
결코 지금의 위치까지 오지 못했을 것이다. 그가 지닌 재
산의 출발점이 된 가족 신탁을 맡아서 관리한 사람은 크
래브라는 시골 변호사였다. 그런데, 그는 전쟁이 일어나
자마자 신탁이 저절로 알아서 굴러가게 내버려 두고 전
쟁터로 가버렸다. 침례교인 힉스는 크래브가 없으면 어
떤 돈도 만지작거릴 수 없다. 릭은 크래브의 부대에 손을
써 그를 제대시킨 뒤 곧바로 벤틀리에 실어 체스터 거리
로 데려온다. 크래브는 거기서 명예의 벽과 법률 서적과

미녀 들을 다 살펴본 뒤 친숙한 올버니로 이동해서 훌륭한 대화와 휴식을 즐긴다.

직접 만나 보니 크래브는 성미 고약하고 멍청한 남자로, 술을 마실 때는 팔꿈치를 쑥 내밀고, 자신이 빈틈없는 군인임을 과시하기 위해 콧수염을 배배 꼬고, 술을 몇 잔 마신 뒤에는 자신이 이러저러한 싸움에 참가해서 총탄과 포탄 속에 목을 내걸고 있을 때 너희 민간인 놈들은 어디서 뭘 하고 있느냐고 다그친다. 그러나 고트에서 술을 몇 잔 마신 뒤에는 릭이야말로 지휘관으로 모시고 싶은 사람이라면서 필요하다면 그를 위해 죽을 수도 있다고 선언한다. 뭐, 실제로 몇 번 그럴 뻔한 사람이 있지만 그 말은 아무에게도 하면 안 된다. 크래브는 심지어 릭을 〈대령〉이라고 부르기까지 한다. 이것이 그 대단한 인물의 출세에 있어 기괴한 간주곡을 촉발한 셈이 되었는데, 릭이 그 호칭에 완전히 마음을 빼앗긴 나머지 진심으로 대령을 자처하기로 했기 때문이다. 그가 말년에 에든버러 공작에게서 비밀리에 기사 작위를 받았다는 믿음에 빠져, 자신이 이 비밀을 털어놓은 절친한 사람들에게만 줄 명함을 따로 갖고 있었던 것과 비슷하다.

하지만 이렇게 책임질 일이 늘어났어도 릭의 힘찬 왈츠는 단 1분도 멈추지 않는다. 밤새, 주말 내내, 애스콧의 그 집에는 훌륭한 사람, 아름다운 사람, 귀가 얇은 사람들이 줄줄이 찾아온다. 릭은 바보와 말뿐만 아니라 유명

인사들도 그런 식으로 수집하고 있었다. 테스트 크리켓[36] 선수, 기수, 축구 선수, 세련된 법조인, 부패한 의원, 도움이 될 만한 정부 부처의 매끈한 차관, 그리스인 선주, 런던 토박이 미용사, 신분을 잘 드러내지 않는 인도의 왕, 술 취한 치안 판사, 돈에 잘 넘어가는 시장, 이미 존재하지 않는 나라의 군주, 스웨이드 부츠를 신고 가슴을 십자가로 장식한 고위 성직자, 라디오 코미디언, 여성 가수, 귀족 게으름뱅이, 전쟁 백만장자, 영화배우……. 이들 모두가 릭의 위대한 비전을 어리둥절한 얼굴로 들으며 우리 무대를 거쳐 간다. 지금껏 한 번도 춤을 춰본 적이 없는 호색한 은행 간부와 주택 금융 조합장이 재킷을 벗어 던지고, 자신의 삶이 황폐하다고 고백하며, 자기들에게 햇살과 비를 내려 주시는 릭을 숭배한다. 그들의 아내는 손에 넣기 힘든 나일론 스타킹, 향수, 석유 쿠폰, 은밀한 낙태 수술, 모피 외투를 받는다. 그중 운이 좋은 사람들은 릭 본인을 받기도 한다. 누구나 반드시 그가 돌봐 줘야 하고, 반드시 그를 우러러보아야 한다. 저축이 있는 사람들은 릭을 만나 그 돈을 두 배로 불릴 수 있을 것이다. 내기를 좋아하는 사람들은 릭을 만나 마권업자보다 더 높은 승률을 올리게 될 것이다. 나한테 현금을 찔러주면 알아서 해드리죠. 그들의 자녀들은 누군가의 개입 덕분에 병역을 면제받고 핌에게 맡겨진다. 그들에게는 금

36 5일간 경기를 치르는 최고 수준의 국제 크리켓을 말한다.

시계, 결승전 입장권, 사냥개 새끼가 주어지고, 그들이 병에 걸리면 최고의 의사가 그들을 돌본다. 이렇게 큰 씀씀이 때문에 성장기의 핌은 한때 불안과 시기심을 느끼기도 했다. 하지만 지금은 아니다. 지금은 그것을 그저 평범한 정보원 복지 정책으로 보고 싶다.

규모가 커진 궁정의 조용한 사람들, 머스폴 씨 쪽 사람들, 어깨가 넓은 정장을 입고 나지막한 갈색 중절모를 쓴 사람들이 그들 사이를 고양이처럼 무심하게 돌아다닌다. 그들은 컨설턴트를 자처하며 수화기를 귀에 대고 있지만, 말은 한 마디도 하지 않는다. 그들이 누구인지, 어디서 왔는지, 어디로 갔는지는 지금까지도 악마와 릭의 유령만이 알고 있다. 시드는 그들에 대한 이야기를 딱 잘라 버린다. 하지만 시간이 흐르면서 내가 이렇게 저렇게 들은 이야기를 꿰어 맞춰 그들이 맡은 일에 대해 그럭저럭 파악해 낸 것 같다. 그들은 릭의 희비극에서 도끼를 휘두르는 역할을 맡았다. 그들은 때로 거짓 미소를 지으며 무릎을 꿇기도 하고, 릭의 무대에서 셰익스피어 연극 속 파수병처럼 서 있기도 한다. 어둠 속에서 흰자위를 번득이는 그들은 릭의 창자를 헤집을 기회를 기다리고 있다.

이 모든 사람들 사이에서 까치발로 움직이는 핌, 이미 그 사람들 중 절반과 맞먹을 만큼 키가 자랐는데도 마치 다리 사이로 요리조리 돌아다니는 것처럼 보이는 핌이 언뜻 다시 보인다. 자진해서 움직이는 심부름꾼, 온순한 시종, 미래의 대법원장인 그는 사람들의 시가를 잘라 주고 술잔에 술을 더 따라 준다. 아버지의 손에 자란 핌, 이제 막 잉태된 새끼 외교관인 그가 이 사람 저 사람이 부를 때마다 바삐 돌아다닌다. 「여기다, 매그너스……. 새로 들어간 학교에서 너한테 무슨 짓을 한 거냐? 너한테 비료라도 쏟은 거야?」「여기다, 매그너스. 그 머리는 누가 잘라 준 거니?」「여기다, 매그너스. 아내를 임신시켰다는 그 택시 기사 얘기 좀 해봐!」 그레이터 애스콧을 통틀어 나이와 몸무게에 비해 가장 뛰어난 이야기꾼인 핌은 사람들의 요구를 들어주고, 미소를 짓는다. 서로 부딪치는 구석이 많은 파격적인 사람들 사이에서 옆걸음질로 움직인다. 올리와 커들러브 씨의 오두막에서 급진 정치에 대한 야간 수업을 듣는 시간이 그에게는 휴식 시간이다. 그 시간에 그들은 훔쳐 온 카나페와 코코아를 먹으며, 모든 사람은 형제지만 네 아빠에게는 반대할 생각이 없다고 진심으로 의기투합한다. 당시 핌에게 그랬던 것처럼 지금의 나에게도 정치적 주장의 뿌리는 무의미하지만, 우리가 세상의 잘못을 바로잡겠다고 다짐하며 나누던 이야기의 소박한 인간애와 잠자리에 들면서 서로에게 이오시프 스탈린의 영혼 속에서 평화를 누리라고 빌어줄 때의 진실한 선의는 지금도 기억난다. 솔직히 말해서 꼬맹이야, 네 아빠한테 반대할 생각은 **절대** 없지만, 이 빌어먹을 자본주의자들을 위해 전쟁에서 승리를 거둔 사람이 바로 스탈린 아니겠니.

궁정의 휴일이 되살아난다. 누구도 휴식 없이는 최고의 능력을 발휘할 수 없기 때문이다. 생모리츠는 릭이 그곳에서 청구된 금액을 지불하는 대신 아예 리조트 전체를 사버리겠다고 제안했다가 거절당한 뒤 지도에서 지워졌다. 요즘 유행하는 말처럼 그 보상으로, 릭과 그의 보좌관들은 남프랑스로 마음이 기울어서 트랭 블뢰[37]를 타고 몽트까지 내달린다. 가는 동안 놋쇠와 벨벳으로 장식된 식당차에서 내내 잔치를 벌이다가, 1급 자유주의자인 기관사 프로기에게 팁을 줄 때만 잔치를 멈춘다. 기차에서 내린 뒤에는 불법으로 마련한 돈을 들고 카지노로 달려간다. 그곳의 커다란 게임장에서 핌은 릭과 나란히 서서 1년 치 학비가 몇 초 만에 사라지는 것을 지켜본다. 그런데 그 돈을 쓰고도 뭔가를 배운 사람은 하나도 없다. 술집을 좋아하는 편이라면 드 월드망 소령과 의견을 교환할 수 있다. 그가 어느 부대 소속인지는 주님만이 아시겠지만, 어쨌든 그는 자신이 이집트 파루크 왕의 시종무관이며, 카이로까지 개인 전화가 연결되어 있어서 왕에게 직접 게임의 결과를 보고한 뒤 왕이 예언자의 조언을 받아 이집트의 부를 흩어버리는 방법에 대해 내리는 지시를 듣는다고 주장한다. 이 지중해 지역에 먼동이 터오면, 부두에서 밤새 영업하는 전당포까지 우울하게 걸어

37 1886년에서 2003년까지 프랑스에서 운행된 야간 고급 특급 열차.

가는 사람들의 줄이 이어진다. 거기서 릭의 백금 시계, 금 담뱃갑, 금 칵테일 막대, 금 커프스단추가 미꾸라지 같은 신(神)인 유동성의 제단에 바쳐진다. 각자 성찰에 빠지는 오후에 우리는 비둘기 사냥을 한다. 점심을 푸짐하게 먹은 궁정 사람들은 사격장에 엎드려 터널에서 나오는 불운한 비둘기들을 닥치는 대로 쏜다. 녀석들은 파란 하늘을 향해 날아가다가 쭈그러진 채 빙글빙글 돌며 바다로 추락한다. 우리는 비용을 모두 해결한 뒤, 그러니까 청구서에 서명한 뒤 런던의 집으로 돌아온다. 수위와 수석 웨이터도 잘 돌봐 주었다. 즉, 마지막 남은 현금으로 후하게 팁을 주었다는 뜻이다. 런던에서 우리는 점점 더 손이 많이 가는 〈핌 & 아들 제국〉을 다시 보살피기 시작했다.

모든 것이 항상 변하므로 너무 많이 가지고 있어도 충분하지 않다. 시드 본인도 인정하는 바이다. 지출이 절대로 초과할 수 없는 신성한 수입이란 존재하지 않는다. 댐이 무너지는 것을 막기 위해 대출을 새로 받지 못할 만큼 엄청난 지출 또한 존재하지 않는다. 불리한 건설법이 통과되면서 건설 호황이 잠시 수그러들자, 맥스웰 캐번디시 소령이 스포츠를 좋아하는 릭의 영혼에 딱 맞는 계획을 내놓았다. 아이리시 스위프 경마에서 말을 끌어 본 적이 있는 사람을 전부 사들이면 우리가 자동적으로 1등, 2등, 3등을 모두 차지할 수 있다는 계획이다. 머스폴 씨가 아는 사람 중에 뼈대만 남은 신문사 주인이 있다. 그는 그동안 어울리지 말아야 할 사람들과 어울린 탓에 급히 신문사를 팔아야 하는 상황이다. 릭은 언제나 자신이 사람들의 생각을 좌우하는 사람이라고 생각한다. 훌륭한 변호사 퍼스 로프트는 풀럼에서 집을 1천 채 사들이자는 의견을 내놓는다. 릭은 신의가 있는 사람이 조합장으로 있는 주택 금융 조합을 알고 있다. 커들러브 씨와 올리는 계획 중인 영국 페스티벌을 위해 당나귀 타기 체험 허가를 얻어 낸 젊은 드레스 디자이너와 친밀한 관계다. 릭은 우리 영국 아이들이 잠시 즐거운 시간을 보낼 수 있게 해 주는 것을 무엇보다 좋아하는 사람이다. 사실 말이지, 아이들이야말로 그런 시간을 누릴 자격이 있는 법이다. 모리 워싱턴의 조카가 수륙 양용 자동차를 설계했고, 겨울에 축구 도박을 대신할 전국 크리켓 도박을 누군가가 생각해 냈으며, 퍼스는 새로 만들어진 건강 보험 제도의 후한 인심 덕분에 빠르게 커지고 있는 가발 시장을 겨냥해 아일랜드의 한 마을과 계약해서 사람의 머리카락을 길러 내는 사업 계획을 또 내놓았다. 오렌지 껍질을 자동으로 까주는 기계, 물속에서 쓸 수 있는 펜, 일시적으로 멈춘 전쟁에서 사용된 탄피. 각각의 계획이 위대한 사상가인 릭의 관심을 끌고 전문가와 연금술사의 마음을 끌면, 그때마다 체스터 거리의 그 집에 걸린 〈핌 & 아들 명예의 벽〉에 한 줄이 추가된다.

그런데 뭐가 잘못된 거예요? 내가 피할 수 없는 결말을 언뜻 미리 내다보면서 다시 시드에게 묻는다. 이번에는 어떤 운명의 변덕이 그 위대한 사람의 발목을 붙잡은 거예요, 시드? 내 질문이 보기 드문 분노에 불을 붙인다. 시드가 잔을 내려놓는다.

「돕시가 잘못됐지. 그게 문제였다. 그가 더 이상 플로라에게 만족할 수 없게 됐다는 것. 전부 가지고 싶어 했어. 그러다 여자들 때문에 머리가 멍청해졌어, 그렇지, 메그?」

「돕시가 너무 나댔어.」 메그는 언제나 인간의 연약함에 대해 엄격한 태도를 취한다.

가엾은 돕스는 지나치게 긴장이 풀린 나머지 폭격이 끝나고 1년이 지날 때까지도 아직 지어지지 않은 주택 개발 사업에 10만 파운드를 쳐버렸다.

「돕시 때문에 모두 망했어.」 시드가 정당한 분노로 파르르 떨면서 말한다. 「돕시는 이기적이었다, 꼬맹이. 그런 놈이었어. 저밖에 몰랐다고.」

릭의 부유함이 찬란한 정점에 이르렀던 이 짧은 시기와 관련해서 덧붙일 이야기가 하나 있다. 기록에 따르면, 그는 1947년 10월에 자기 머리를 팔았다. 나는 화장장 계단에 서서 장례식 참석자 중 누군지 잘 모르겠는 사람들의 정체를 남몰래 밝혀 보려고 애쓰다가 우연히 이 정보를 알게 되었다. 어느 의과 대학 부속 병원을 대표해서 왔다고 주장하는 한 젊은이가 숨이 턱에 닿도록 달려와 종이 한 장을 흔들어 대며 내게 당장 장례식을 중단하라고 요구했다. 〈현금 50파운드의 보수를 받고, 체스터 거리 W에 사는 나 리처드 T. 핌은 내가 사망할 시 내 머리를 의학 발전의 목적으로 사용할 수 있다고 동의한다.〉 가랑비가 내리고 있었다. 나는 지붕이 있는 포치에서 그 청년에게 1백 파운드 수표를 휘갈겨 써주고, 머리를 사고 싶으면 다른 데 가서 알아보라고 말했다. 만약 그 청년이 사기꾼이라면, 릭이 누구보다 먼저 그의 계획에 감탄했을 것이다.

이렇게 정신없는 와중에도 항상 웬트워스라는 이름이 핌의 비밀스러운 귓속에서 작게 울렸다. 조직에 받아들여진 사람만이 아는 작전용 암호명 같았다. 외부인인 핌은 얼른 조직의 일원이 되어 그런 정보를 알아내려고 애쓰고 있었다. 본부에 있는 고위급 전용 술집에서 시간을 보내는 고참 직원들과 구석에서 그들의 이야기를 들으며 아는 척해야 하는지 아니면 귀가 안 들리는 척해야 하는지 머뭇거리는 신참 핌 사이에 오가는 전문 용어 같은 것. 「우리가 그걸 웬트워스에서 입수했어.」 「최고 기밀과 웬트워스.」 「웬트워스 허가를 받았나?」 그러다 나중에는 이 이름 자체가 핌에게 지혜를 거절당했다고 놀리는 상징이 되어 버렸다. 그 이름이 그에게 쓸 만한 사람인지

증명해 보라고 을러대는 것 같았다. 「놈이 우리한테 웬트
워스를 하고 있어.」 어느 날 저녁 퍼스 로프트가 숨죽인
목소리로 투덜거리는 소리가 들렸다. 「그 웬트워스 여자
는 호랑이야.」 시드가 이런 말을 한 적도 있었다. 「그 여
자의 멍청한 남편보다 더해.」 매번 이 이름을 들을 때마
다 핌은 새로이 조사를 시작했다. 하지만 릭의 주머니도
책상 서랍도, 협탁도, 돼지가죽 주소록도, 펼치면 페이지
가 쑥 올라오는 플라스틱 전화번호부도, 심지어 핌이 매
주 릭의 열쇠고리에서 빼낸 열쇠로 조사하는 서류 가방
도 단서를 전혀 내놓지 않았다. 난공불락의 초록색 서류
함도 마찬가지였다. 그 서류함은 자꾸만 이리저리 옮겨
다니는 릭의 믿음의 중심이 어디인지 알려 주며 함께 돌
아다니는 상징 같은 존재가 되어 있었다. 핌이 아는 한
어떤 열쇠도 거기에 맞지 않았고, 억지로 열어 보려고 아
무리 애를 써도 소용없었다.

  그리고 마지막으로 학교가 있었다. 학교로 보낸 수표
에 다행히 문제가 없었다. 기차가 무겁게 움직였다. 창가
에서는 커들러브 씨와 다른 승객들의 어머니들이 손수건
으로 얼굴을 찍어 내다가 뒤로 사라져 버렸다. 객실에서
는 핌보다 더 큰 아이들이 칭얼거리며 새로 산 회색 재킷
의 소매 끝을 씹어 댔다. 하지만 핌은 고개를 한 번 돌려
지금까지의 인생을 흘깃 돌아본 뒤, 가을 안개 속으로 구

불구불 뻗어 있는 앞의 철길로 시선을 돌렸다. 그러곤 생각했다. 내가 간다. 당신네 학교 최고의 신입생. 난 당신네 학교에 꼭 필요한 사람이니까 날 잡아. 기차가 목적지에 도착했다. 학교는 언제나 어스름한 황혼 녘인 중세의 던전이었다. 하지만 체념의 성자 핌은 즉시 동료들을 도우려고 나서서 함께 트렁크를 어깨에 메고 구불구불한 돌계단을 올라갔다. 익숙하지 않은 옷깃 단추와 씨름하는 친구, 자기 침대와 사물함과 옷걸이를 찾지 못해 헤매는 친구를 도와주고, 핌 자신은 가장 나쁜 것을 차지했다. 면담을 위해 사감 선생에게 불려 갈 차례가 됐을 때, 핌은 기쁜 기색을 숨기지 않았다. 윌로 씨는 트위드 양복에 크리켓 타이를 맨 덩치 크고 수수한 남자였다. 애스콧에서 살다 온 핌은 그리스도교인답게 소박한 그의 방을 보고 즉시 그가 성실한 사람이라고 확신하게 되었다.

「이런, 이런, 이 안에는 뭐가 있지?」 윌로 씨는 꾸러미를 커다란 귀 옆에 들고 흔들어 보면서 상냥하게 물었다.

「향수scent입니다, 선생님.」

윌로 씨는 그의 말을 잘못 알아들었다. 「보냈다sent고? 자네가 가져온 물건인 줄 알았는데.」 그가 계속 웃는 얼굴로 말했다.

「선생님 사모님께 드리는 선물입니다. 몽트에서 산 거예요. 프랑스 사람들이 만드는 것 중에 최고인 것 같다고 들었습니다.」 핌은 신사인 맥스웰 캐번디시 소령의 말을 인용했다.

월로 씨의 무척 넓은 등이 갑자기 핌의 시야를 가득 채웠다. 허리를 구부정하게 숙인 그가 뭔가를 열었다가 닫는 소리가 나더니, 꾸러미가 그의 거대한 책상 속으로 사라졌다. 설사 그가 바다에서 적의 배에 던지는 쇠갈고리를 선물로 가져왔다 해도 이렇게 싫어하는 기색을 내보이지는 않았을 것 같았다.

「티트 월로를 조심해야 돼.」 세프턴 보이드가 경고했다. 「주말에 회복하면 된다면서 금요일마다 학생들을 때리는 사람이야.」

그래도 핌은 몸부림치고 피를 흘리면서 모든 일에 자원하고, 자신을 부르는 모든 종소리에 복종했다. 그 삶의 조건. 아침 식사 전에 뛰고, 뛰기 전에 기도하고, 기도하기 전에 샤워하고, 샤워하기 전에 화장실에서 볼일을 본다. 럭비 경기장의 플랑드르 진흙에 몸을 던지고, 이른바 학습이라는 것을 찾기 위해 땀 흘리는 포석 위를 바삐 움직이고, 훌륭한 병사가 되기 위해 열심히 훈련하다가 거대한 리 엔필드 라이플의 노리쇠에 맞아 빗장뼈가 부러지고, 권투 경기장에서 천국이 보일 만큼 주먹으로 얻어맞았다. 그런데도 웃음을 잃지 않고 비틀비틀 탈의실로 가면서 남들이 던져 주는 선심을 향해 손을 내밀었다. 당신이 봤으면 그 애를 아주 좋아했을 거예요, 잭. 아이와 말은 기를 죽여 놓을 필요가 있다고, 사립 학교가 나를 사람으로 만들고 있다고 말했겠죠.

내 생각은 완전히 다르다. 나는 그 학교가 하마터면 날 죽일 뻔했다고 생각한다. 하지만 핌은 아니었다. 핌은 모든 것이 놀랍기 그지없다고 생각하며, 더 달라고 접시를 내밀었다. 지금 생각하면 주말만 빼고 매일 밤 그랬던 것 같은데, 어쨌든 제멋대로 만들어진 엄격한 규칙에 따라 힘없는 앞머리를 더러운 세면대에 박고, 욱신거리는 양손으로 수도꼭지를 꼭 잡은 뒤, 윌로 씨나 그의 대리인이 한 건에 한 대씩 때리면서 사려 깊게 읊어 줄 때까지 정작 본인은 알지도 못했던 죄들을 줄줄이 속죄했다. 그러고 나서 마침내 기숙사로 돌아오면 그는 어둠 속에 떨리는 몸을 눕히고 갈망에 찬 10대들의 강아지 같은 기침 소리와 삐걱거리는 소리를 들으며 자신이 왕이 되는 교육을 받고 있다고, 예수처럼 아버지가 신이라서 이런 벌을 받는 거라고 열심히 자신을 설득했다. 그러면 그의 진심, 같은 인간들을 향한 동질감이 무성히 꽃을 피웠다.

어느 날 오후, 그는 운동장 관리인 녹스와 함께 사과술 공장 옆에 있는 그의 오두막에 앉아 케이크와 비스킷을 먹으며, 애스콧의 자기 집 파티에서 위대한 운동선수들이 편안하게 마음을 놓은 나머지 평소 같으면 하지 않을 행동들을 했다는 이야기를 지어내서 왕년의 운동선수인 녹스를 눈물짓게 했다. 모두 말도 안 되는 헛소리였지만, 마법을 자아내는 그에게는 더할 나위 없는 진실이었다.

「설마 돈이?」녹스가 믿을 수 없다는 듯이 소리쳤다. 「그 위대한 돈 브래드먼[38]이 부엌 식탁 위에서 춤을 췄다고? 피미 너의 집에서? 계속 말해 봐!」「그러면서 노래도 불렀어요. 〈내가 다섯 살 아이였을 때〉라는 노래.」핌이 말했다. 그러고 나서 이런 이야기들로 감정이 복받친 녹스를 내버려 두고 언덕을 곧바로 올라가 미술 선생님 보조인 글로버 씨에게 갔다. 시들시들한 몸에 샌들을 신은 글로버 씨를 도와 팔레트를 씻고 중앙 홀에 있는 대리석 아기 천사상의 성기에 매일같이 처덕처덕 칠해지는 분말 페인트를 지우기 위해서였다. 글로버 씨는 녹스와 완전히 정반대의 사람이었다. 핌이 없으면 그 두 사람은 도저히 어울리지 못했다. 글로버 씨는 학교 스포츠가 히틀러의 폭정보다 더 나쁜 폭압이라고 생각했다. 내 생각에도 사람들이 그 망할 놈의 축구화를 확 강물에 던져 버리면 좋을 것 같다. 정말이다. 그러고 나서 운동장을 쟁기로 갈아엎어 아름다운 예술을 시도해 보는 게 어떨까. 핌도 같은 소원을 갖고 있었으므로, 아버지가 미술 학교를 지금의 두 배로 다시 지을 수 있게 기부금을 보내 줄 것이라고 장담했다. 십중팔구 수백만 파운드쯤. 하지만 사람들에게 말하지는 마세요.

「내가 너라면 아버지에 대해서는 입을 다물 거야.」세프턴 보이드가 말했다. 「여기서는 건달을 좋아하지 않

38 오스트레일리아 출신의 크리켓 선수.

거든.」

「여기서는 이혼한 어머니들도 안 좋아해.」핌이 모처럼 반격했다. 하지만 대개 그는 평화와 화해를 추구하며, 모든 가닥을 자기 손으로 쥐고 흔드는 편이었다.

핌이 정복한 또 다른 인물은 독일어 선생님 벨로그였다. 그는 자신이 새로운 조국으로 선택한 나라의 죄 때문에 몸이 실제로 쭈그러든 것처럼 보였다. 핌은 일부러 시간을 내서 그를 쫓아다니고, 토머스 굿의 가게에서 릭의 돈으로 값비싼 독일 맥주잔을 사주고, 그의 개를 산책시키고, 모든 비용을 대주겠다며 그를 몽트로 초대했다. 하지만 다행히 그는 이 초대를 거절했다. 지금의 나라면 그렇게 세련되지 못한 방식으로 그에게 다가갔던 것에 얼굴을 붉히며 벨로그의 마음이 돌아섰는지 고민했을 것이다. 하지만 핌은 아니었다. 핌은 다른 모든 사람을 사랑할 때와 똑같이 벨로그를 사랑했다. 그에게는 독일인의 영혼이 필요했다. 립시 이후로 힘들었으므로, 그는 독일인의 영혼에 자신을 내맡길 필요가 있었다. 화들짝 놀란 벨로그 선생님의 손에 곧장. 하지만 독일 그 자체는 그에게 아무런 의미도 없었다. 다만 자신의 재능이 인정받을 수 있는 인기 없는 분야를 향한 탈출구였을 뿐. 그 영혼의 품, 그 신비로움, 인생의 비밀스러운 또 다른 측면이 필요했다. 영국인으로 태어난 자신을 사랑하기는 하지만 그래도 그 영국인다움을 향해 문을 닫아걸고, 어딘가에서 새로이 이름을 만들어 낼 필요가 있었다. 심지어 그는 가끔 독일식 말씨를 가볍게 흉내 내기까지 했다. 그러면 세프턴 보이드는 거의 발작하듯이 화를 내곤 했다.

그럼 여자들은? 잭, 여성 요원을 잘 관리했을 때의 잠재적인 장점에 대해 핌보다 더 생생하게 아는 사람은 없습니다. 하지만 그 학교에서 여자를 보기란 하늘의 별 따기였고, 자기 자신을 포함해서 누군가를 관리하다가 들키면 구타를 당할 수 있었죠. 그는 언제나 윌로 부인을 사랑할 준비가 되어 있었지만, 그녀는 항상 임신 상태인 것 같았습니다. 그래서 핌의 번민하는 시선은 그녀에게 아무 소용이 없었어요. 그녀는 성품이 아주 좋은 사람이었지만, 늦은 밤에 그가 혹시라도 청혼을 할 수 있지 않을까 하는 어렴풋한 희망을 품고 머리가 아프다고 꾀병을 부리며 찾아가면 날카로운 목소리로 얼른 가서 잠자리에 들라고 명령했습니다. 바이올린을 가르치는 미스 호지스만이 잠깐이나마 가능성을 보여 주었죠. 핌은 그녀에게 해러즈에서 산 돼지가죽 악보 케이스를 선물로 주면서 직업적인 음악가가 되고 싶다고 말했습니다. 하지만 그녀는 울면서 그에게 다른 악기를 선택하라고 조언했습니다.

「내 누이가 너랑 그걸 하고 싶어 해.」 어느 날 밤 세프턴 보이드가 핌의 침대에 그와 나란히 누워 건성으로 서로를 끌어안은 채 이렇게 말했다. 「학교 신문에서 네 시를 읽고는 널 무슨 키츠쯤으로 생각하거든.」

핌은 별로 놀라지 않았다. 그의 시는 분명히 걸작이었고, 제미마 셉턴 보이드는 주말에 식구들과 함께 셉턴 보이드를 데리러 왔을 때 랜드로버 차창 너머로 그를 향해 여러 번 얼굴을 찡그린 적이 있었다.

「애가 하고 싶어서 아주 난리야.」 셉턴 보이드가 설명했다. 「아무하고나 그걸 하거든. 엄청 밝혀.」

핌은 즉시 그녀에게 편지를 썼다. 시인의 편지였다.

너의 부드러운 머리카락 속에 틀림없이 머무르는 이야기 하나. 아름다움이 일종의 죄라는 기분을 느껴본 적이 있어? 백조 두 마리가 수도원 해자에 내려앉았어. 난 자주 녀석들을 보며 너의 머리카락을 꿈꾸지. 사랑해.

제미마는 답장을 보내왔지만, 그 전에 핌은 이미 자신이 너무 경솔했다며 괴로운 후회를 한바탕 겪었다.

편지 고마워. 25일부터 학교에서 긴 외박 허가를 얻었어. 그날은 네가 외박할 수 있는 주말이기도 하지. 이런 우연의 일치라니 정말 운명적이야. 엄마가 일요일 밤에 널 초대할 거고, 윌로 선생한테서 우리 집에서 자고 가도 된다는 허가를 얻을 거야. 혹시 사랑의 도피를 생각하고 있어?

두 번째 편지는 더 구체적이었다.

하인들이 쓰는 계단이 상당히 안전해. 내가 불을 밝혀 놓고, 혹시 네가 목이 마를지도 모르니 포도주도 준비할게. 지금 하고 있는 일이 있으면 무엇이든 가져와도 되는데, 부탁이니 날 먼저 쓰다듬어 줘. 지난 연휴 때 스모키를 타고 점프해서 받은 빨간 장미꽃 장식을 내 방 문에서 볼 수 있을 거야.

핌은 겁에 질려서 뻣뻣하게 굳었다. 그렇게 경험 많은 여자한테 그가 어떻게 자기 역할을 다 할 수 있을까? 젖가슴에 대해서는 그도 알고 있었고, 좋아하기도 했다. 하지만 제미마에게는 젖가슴이 없는 것 같았다. 다른 부분들도 도저히 해석할 수 없는 위험과 질병의 수풀 같았다. 게다가 립시와 함께 목욕하던 기억은 시시각각 흐릿해지고 있었다.

이건 일종의 카드 게임이었다.

주말인 25일에 네가 해드웰의 우리 집에 와주면 정말 기쁠 거야. 윌로 선생님에게도 따로 편지를 보낼게. 옷차림은 걱정하지 마. 우리는 여름 저녁에 옷을 차려

입지 않거든.

엘리자베스 세프턴 보이드

윌로 선생의 집 위쪽 언덕에 갈색 처녀들이 가득한 여학교가 있었다. 남학생들이 그곳에 침투했다가 들키면 매를 맞고 쫓겨났다. 하지만 넬슨 하우스의 엘피크는 여자애들이 하키장으로 가는 길에 인도교를 건널 때 그 밑에 서 있으면 많은 것을 배울 수 있다고 주장했다. 핌은 이 조언을 실행해 보았으나 안타깝게도 보이는 것이라고는 자신의 것과 아주 비슷한 차가운 무릎 몇 개뿐이었다. 게다가 여자 체육 선생님의 야한 농담에도 시달려야 했다. 그 선생님은 인도교 난간 너머로 몸을 기울이고 그에게 함께 가서 놀자고 말했다. 핌은 역겨운 기분을 느끼며 돌아와 독일 시인들의 시를 읽었다.

시내 도서관을 운영하는 사람은 나이 많은 페이비언 주의자였는데, 핌의 정보원이기도 했다. 핌은 점심을 거르고 그곳에 가서 〈성인용〉이라고 표시된 서가를 멋대로 뒤졌다. 『결혼에 관한 지침서』는 주택 담보 대출 안내서인 것 같았다. 『중국 잠자리 책의 예술』은 시작이 좋았지만 곧 다트 게임과 훌쩍 도약하는 하얀 호랑이에 대한 설명으로 변해 버렸다. 반면 삽화가 잔뜩 있는 『아모르와 로코코 여성』은 완전히 달랐다. 그래서 해드웰에 도착했을 때 핌은 벌거벗은 미의 여신들이 정원에서 애인들과 장난치며 노는 모습을 기대하고 있었다. 하지만 다행히 저녁 식사 때는 사람들이 모두 옷을 입고 있었다. 그 자리에서 제미마는 핌을 완전히 못 본 척하며 머리카락으로 얼굴을 가리고 제인 오스틴의 글을 읽었다. 제미마의 가장 친한 친구라는 평범한 소녀 벨린다도 제미마를 따라 한마디 하라는 요청을 거절했다.

「젬이 원래 몸이 달아오르면 그렇게 굴어.」세프턴 보이드가 설명했다. 가까이에 있던 벨린다는 그 말을 듣고는 그를 한 대 치려고 하다가 벌컥 화를 내며 밖으로 나가 버렸다.

핌은 자기 방으로 가기 위해 둥글게 휘어진 커다란 계단을 올라갔다. 10여 개의 시계들이 그의 죽음을 알리는 종을 울리는 것 같았다. 그에게서 돈 외에는 아무것도 원하지 않는 여자를 조심하라고 릭이 얼마나 많이 주의를 줬던가. 학교에 있는 자신의 안전한 침대가 그립기 짝이 없었다. 층계참을 지나는데 흐릿한 빛 속에서 장미꽃 장식이 피처럼 반짝이는 것이 보였다. 한 층을 더 올라가자 벨린다가 자기 방문 뒤에서 머리만 내밀고 그를 향해 인상을 썼다. 「들어오고 싶으면 들어와도 돼.」그녀가 건방지게 말했다.

「고맙지만 괜찮아.」핌은 자신의 방으로 들어갔다.

베개 위에 그가 제미마에게 보낸 연애편지 여덟 통과 시 네 편이 리본에 묶여 놓여 있었다. 가죽을 닦는 비누 냄새가 났다.

　네 편지 도로 가져가. 우리가 이제는 서로에게 어울
리지 않는 것 같아서 이 편지도 갑갑해. 네가 무엇에
홀려서 심부름꾼처럼 앞머리에 기름을 발랐는지 모르
겠어. 이제부터 우리는 서로 모르는 사이야.

　수치심과 절망에 사로잡힌 핌은 급히 학교로 돌아와
서, 바로 그날 밤 모든 어머니에게 편지를 썼다. 현재 활
동 중이든 은퇴했든 상관없이 자신이 주소를 구할 수 있
는 모든 어머니에게.
　〈친애하는 톱시, 체리, 사랑하는 오길비 부인, 메이블,
사랑하는 바이얼릿, 시를 썼다는 이유로 무자비하게 당
하고 있어서 몹시 슬퍼요. 이 끔찍한 곳에서 제발 날 좀
데려가 줘요.〉 하지만 그들이 보내온 답장에서 너무 기다
렸다는 듯이 사랑을 표현한 것을 보니 반감이 생겨 그는
그들의 편지를 제대로 읽지도 않고 던져 버렸다. 그런데
그들 중 한 명이 모든 일을 팽개치고 비싼 돈을 들여
160킬로미터를 달려와서 그를 페더스로 데려가 고기구
이를 사주었다. 핌은 그녀의 질문에 냉담하고 정중한 태
도로 응수했다. 「네, 고마워요, 학교는 최고예요. 모든 게
완전히 좋아요. 잘 지내셨어요?」 그러고는 그녀를 한 시
간 일찍 기차역으로 데려다주었다. 친선 축구 경기에서

325

좋은 성적을 올리고 싶어서였다.

친애하는 벨린다(그는 시인답게 흘림체를 사용했
다), 젬이 불안정하다고 편지로 설명해 줘서 고마워.
이 나이 때 여자애들이 엄청나게 예민하고 많은 변화
를 겪는다는 건 나도 알아. 그러니까 정말로 괜찮아.
우리 학교 팀이 주니어 경기에서 이겼는데, 그게 여기
서 상당한 화제가 됐어. 너의 아름다운 눈이 자주 생각
난다. 매그너스.

아버지께(그는 세프턴 보이드를 흉내 내서 에드워
드 시대의 무뚝뚝한 말투를 사용했다), 여기서 기본적
으로 사람들을 많이 대접하고 있는데, 정말 적성에 잘
맞아요. 사람들도 모두 저한테 고마워하고 있어요. 하
지만 과자 가게의 물건값이 올라서 그러는데, 혹시
5파운드를 더 보내 주시면 안 될까요.

놀랍게도 릭은 아무것도 보내 주지 않고 대신 직접 찾
아왔다. 돈이 아니라 사랑을 지니고서. 애당초 핌이 편지
를 쓴 목적도 그것이었다.

릭이 학교에 온 것은 처음이었다. 그때까지 핌은 부모
가 유명한 사람이면 오히려 좋게 보이지 않는다면서 릭

이 학교에 오지 못하게 했다. 릭은 평소와 달리 머뭇거리면서 그의 말을 받아들였다. 그리고 지금 여전히 머뭇거리는 태도로 찾아온 그는 깔끔하고, 애정이 넘치고, 이상하게 겸손했다. 그는 무작정 학교에 들어오지 않고 직접 쓴 편지를 보내 바닷가의 팔리 애벗으로 가는 도로에서 만나자고 제안했다. 핌은 릭이 말한 대로 자전거를 타고 그곳으로 가면서 궁정 사람 절반이 벤틀리를 타고 왔을 것이라고 생각했지만, 그곳에는 릭 혼자뿐이었다. 핌과 마찬가지로 자전거를 탄 그는 몇 킬로미터나 떨어진 곳에서도 핌이 알아볼 수 있는 사랑스러운 미소를 지으며 「아치 아래서」를 엉뚱한 음정으로 흥얼거리고 있었다. 자전거 바구니에는 소풍을 위해 두 사람이 좋아하는 것들이 담겨 있었다. 핌이 마실 진저에일 한 병, 릭이 마실 샴페인, 낙원의 흔적인 축구공 하나. 두 사람은 모래밭에서 자전거를 타고, 파도를 향해 조약돌을 던져 물수제비 뜨기를 했다. 그리고 모래 언덕에 누워 푸아그라와 라이비타 크래커를 씹었다. 좁은 시내를 돌아다니며 릭이 이 마을을 사버릴 것인지를 놓고 토론을 벌였다. 교회를 빤히 바라보며 앞으로 절대 기도를 잊어버리지 않겠다고 서로 약속하기도 했다. 두 사람은 부서진 울타리 문을 골대 삼아 서로를 향해 세상 끝까지 축구공을 찼다. 서로 키스하고 울고 폭 끌어안은 채 평생 친구가 되자고, 핌이 대법원장이 되고 손주들이 있는 할아버지가 되더라도 일요일마다 함께 자전거를 타자고 맹세했다.

「커들러브 씨가 그만뒀어요?」 핌이 물었다.

릭은 간신히 듣는 시늉을 했지만, 그의 얼굴은 직접적인 질문이 다가올 때 으레 그렇듯이 벌써 꿈꾸는 듯한 표정을 짓고 있었다.

「그래, 아들.」 그가 인정했다. 「우리 커디는 지난 몇 년 동안 이런저런 굴곡을 겪더니 이제 좀 쉴 때가 됐다는 결정을 내렸단다.」

「수영장은 어떻게 됐어요?」

「거의 완성됐어. 거의. 인내심을 가져야지.」

「끝내주네요.」

「넌 어떠냐, 아들?」 릭이 이제는 가장 점잖아 보이는 표정을 짓고 있었다. 「조금 있으면 방학인데, 그동안 널 재워 줄 만한 친구를 한두 명 사귀었니?」

「그럼요, 엄청 많아요.」 핌은 무심한 척 보이려고 애썼다.

「그럼 친구들의 초대를 받아들이는 편이 좋겠구나. 애스콧에서는 지금 사방이 재건 중이라 네가 호젓하게 휴식을 즐길 수 없을 거야. 너처럼 훌륭한 아이는 마땅히 그런 휴식을 즐겨야 하는데 말이지.」

핌은 즉시 그러겠다고 대답하고는, 아무것도 눈치채지 못한 척하느라 한층 더 호들갑을 떨었다.

「저도 꽤 끝내주는 여자애랑 사귀게 됐어요.」 헤어질

328

때가 가까워졌을 때 핌은 이렇게 말했다. 자신이 행복하게 잘 지낸다고 릭을 다시 한 번 설득하기 위해서였다. 「꽤 재미있어요. 매일 서로 편지도 써요.」

「아들, 인생에서 좋은 여자의 사랑보다 훌륭한 건 없단다. 너야말로 그런 사랑을 받을 자격이 있지.」

*

「말해 봐라.」 어느 날 저녁 윌로가 그와 단둘이 견진성사 수업을 하다가 이렇게 말했다. 「네 아버지 직업이 정확히 뭐냐?」

이 말에 핌은 윌로의 마음을 사야 한다는 본능이 발동해서, 잘은 모르지만 아버지가 자유로운 개인 사업을 하는 것 같다고 대답했다. 윌로는 화제를 바꿨지만 그다음 수업 때 핌에게 어머니에 대해 설명해 보라고 말했다. 처음에 핌은 어머니가 매독으로 죽었다고 말하려고 했다. 〈생명의 씨앗 뿌리기〉에 관한 윌로의 수업에서 그 병은 상당한 부분을 차지하고 있었다. 하지만 핌은 생각을 바꿨다.

「제가 어렸을 때 그냥 사라지셨어요, 선생님.」 핌이 의도했던 것보다 훨씬 더 많은 진실이 흘러나왔다.

「누구랑?」 윌로 선생이 말했다. 그래서 핌은 이렇게 말했다. 나중에 생각해 봐도 왜 이런 말을 했는지 딱히 이유를 알 수 없었다. 「군대 부사관하고요. 유부남이라서 어머니를 데리고 아프리카로 사랑의 도피를 했어요.」

「어머니도 너한테 편지를 쓰니?」

「아뇨.」

「왜?」

「아마 너무 면목이 없으신가 봐요, 선생님.」

「어머니가 돈을 보내 주시나?」

「아뇨, 선생님. 어머니는 돈이 없어요. 그 사람이 어머니를 속여서 가진 걸 전부 빼앗아 갔거든요.」

「그 부사관이라는 사람 얘기인 거지?」

「네, 선생님.」

월로 선생은 잠시 생각에 잠겼다. 「너, 〈머스폴 프렌들리 & 아카데믹 유한 회사〉라는 곳이 어떤 활동을 하는지 알아?」

「아뇨, 선생님.」

「네가 그 회사의 사장인 것 같은데.」

「저는 모르는 일이에요.」

「그렇다면 그 회사가 왜 네 학비를 대고 있는지에 대해서도 역시 모르겠구나? 내야 할 학비를 내지 않는 이유에 대해서도?」

「네, 선생님.」

월로 선생은 턱을 치켜들고 눈을 가늘게 떴다. 심문 기법을 한층 날카롭게 다듬고 있다는 신호였다. 「그럼 네 아버지는, 말하자면 여기 다른 학생들의 부모에 비해 어느 정도 호화로운 생활을 하고 있다고 해도 될까?」

「그런 것 같아요.」

「같아?」

「그렇게 살고 계세요.」

「넌 그게 마음에 들지 않고?」

「조금 그런 것 같아요.」

「언젠가 너도 하느님과 탐욕의 신 사이에서 하나를 골라야 할 때가 올지 모른다는 생각은 해본 적 있니?」

「네, 선생님.」

「머고 신부님이랑 이런 얘기를 해본 적은 있어?」

「아뇨, 선생님.」

「얘기해 봐.」

「네, 선생님.」

「성직에 들어갈 생각은 해본 적 있니?」

「자주 해요, 선생님.」 핌은 영혼의 열기가 가득한 표정을 지었다.

「여기 기금이 하나 있다, 핌. 성직에 들어가고 싶어 하는 가난한 학생들을 위한 거야. 네가 이 기금의 혜택을 볼 수 있을 것도 같다는 생각을 우리 회계원이 떠올렸다는구나.」

「네, 선생님.」

머고 신부는 뻐드렁니가 나고 뭔가에 쫓기는 듯이 보

이는 자그마한 사람으로, 사립 학교들을 돌아다니며 재능 있는 아이들을 발굴하는 하느님의 일을 하고 있었으나 원래 프롤레타리아 출신이라는 점을 감안하면 그 일에 잘 맞는 것 같지 않았다. 윌로는 비밀이 없다는 점이 다를 뿐 천둥처럼 호통을 치고 딱딱하게 구는 등 여러 면에서 메이크피스 워터마스터를 닮은 반면, 머고는 자루속에 묶여 있는 흰족제비처럼 사제복에 갇혀 꿈틀거렸다. 두려움을 모르는 윌로의 시선은 지식으로 인해 흔들리지 않지만, 머고의 시선은 그가 독방에 갇힌 사람처럼 고뇌하고 있음을 암시했다.

「그 사람은 제정신이 아니야.」 세프턴 보이드가 단언했다. 「발목에 딱지가 앉은 걸 봐. 그 돼지 같은 놈이 기도하면서 제 발목을 잡아 뜯는 거야.」

「고행을 하는 거야.」 핌이 말했다.

「매그너스?」 머고의 날카로운 북부 콧소리가 울려 퍼졌다. 「도대체 누가 널 그런 이름으로 부른 거냐? 매그너스[39]는 하느님이야. 넌 파르부스[40]다.」 재빨리 나타났다 사라지는 그의 빨간 미소가 낫지 않는 채찍 자국처럼 번득였다. 「오늘 저녁에 와라. 앨런비 계단으로. 교직원용 객실에 와서 노크를 해.」

「미쳤어? 그놈이 널 만질 거야.」 세프턴 보이드가 소리

---

39 *magnus*는 라틴어로 〈위대하다〉는 뜻.
40 *parvus*는 라틴어로 〈작다〉는 뜻.

쳤다. 그는 질투로 제정신이 아니었다. 하지만 머고는 핌이 짐작했던 것처럼 누구도 함부로 만진 적이 없었다. 그의 외로운 손은 소매 안에 보이지 않는 끈으로 묶여 있다가, 식사를 할 때나 기도할 때만 밖으로 나왔다. 그 뒤로 여름 학기 내내 핌은 꿈꾸지 못했던 자유를 누리며 구름처럼 떠다녔다. 며칠 전에 윌로는 감히 크리켓을 여가 활동이라고 부른 학생을 매질하겠다고 다짐했다. 이제 핌은 머고와 산책하기로 했다는 말만으로도 윌로의 수작에서 빠져나올 수 있었다. 미처 하지 못한 숙제도 신기하게 그냥 면제되었고, 막연히 그에게 책임이 있는 잘못으로 인한 매질도 연기되었다. 숨 가쁘게 걸을 때, 자전거를 탈 때, 시골의 작은 찻집에서, 밤에 머고의 궁색한 침실 구석에 구겨져 있을 때, 핌은 열심히 자신의 이야기를 다양하게 각색해서 들려주었고, 두 사람은 그것에 충격과 전율을 번갈아 느꼈다. 핌의 집에서 대책 없이 펼쳐지는 물질적인 생활. 믿음과 사랑을 찾으려는 그의 노력. 케네스 세프턴 보이드 같은 유혹자와 수음이라는 악마에 맞서는 그의 싸움. 남매처럼 지내고 있는 벨린다와의 관계.

「그럼 방학은?」 머고가 어느 날 저녁 풀밭에서 서로를 어루만지고 있는 연인들을 지나 승마용 길을 핌과 함께 성큼성큼 달리면서 이렇게 물었다. 「재미있니? 풍족해?」

「방학은 사막이에요.」 핌이 성실하게 대답했다. 「벨린다네도 마찬가지고요. 그 애 아버지는 주식 중개인이에요.」

이 말이 머고를 부추겼다.

「아, 사막이라고? 황야? 그렇구나. 무슨 말인지 알겠다. 그리스도도 황야에 있었어, 파르부스. 지긋지긋하게 오랫동안. 성 안토니오도 마찬가지고. 나일강 변의 더러운 요새에 20년 동안 갇혀 있었지. 아마 넌 잊어버린 모양이다만.」

「아뇨, 전혀 그렇지 않아요.」

「뭐, 성 안토니오는 그랬지. 그래도 하느님께 말을 거는 걸 멈추지 않았고, 하느님도 계속 그에게 말을 거셨다. 안토니오는 특권층이 아니었어. 돈도 재산도 좋은 자동차도 주식 중개인의 딸도 그에게는 없었어. 하지만 그는 기도했지.」

「알아요.」

「라임으로 와라. 부름에 응답해. 안토니오처럼 되어라.」

「너 앞머리가 어떻게 된 거야?」 그날 저녁 세프턴 보이드가 그를 보고 소리를 질렀다.

「잘랐어.」

세프턴 보이드의 웃음이 멈췄다. 「너 그러다 원숭이 머고가 되겠다.」 그가 작은 목소리로 말했다. 「그 인간한테 푹 빠졌군, 미친놈.」

세프턴 보이드가 학교를 떠날 날이 가까워지고 있었

다. 윌로 선생은 수집한 정보(그 정보의 출처를 생각하면 지금도 얼굴이 붉어진다)를 근거로, 케네스의 나이가 이 학교에 다니기에는 너무 많은 것 같다는 결론을 내린 뒤였다.

하지만 당신이 모르는 핌이 하나 더 있어요, 잭. 별로 칭찬할 만한 녀석도 아니고 아마 당신이 이해할 수도 없는 녀석이겠지만, 그래도 그 녀석을 당신의 파일에 추가해 두는 게 좋을 겁니다. 하지만 양귀비는 처음부터 그 녀석을 속속들이 알고 있었어요. 그 핌은 사람들 마음속의 사랑을 건드릴 때까지 도통 가만히 있지 못하는 녀석이었습니다. 마침내 그 사랑에 닿은 뒤에는 거기서 마구 쫓겨날 때까지 또 가만히 쉬지 못했고요. 극적인 일이 벌어질수록 더 좋았습니다. 그 핌은 무엇을 하든 냉소적으로 구는 법이 없고, 항상 확신을 갖고 움직였죠. 자신이 시작한 일의 희생자가 되기 일쑤인데도 그런 것을 자신의 결정이라고 불렀고, 무의미한 관계에 스스로를 묶으면서 그것을 의리라고 불렀습니다. 그다음에는 자신을 거기서 빼내 줄 다음 사건을 기다리며, 그것을 운명이라고 불렀습니다. 그 핌은 스코틀랜드에서 제미마를 포함한 세프턴 보이드 일가와 2주 동안 함께 지내자는 초대를 거절했습니다. 예전에 맨체스터 출신의 어느 열성분자가 고문을 당한 뒤에 그랬던 것처럼 자신도 도싯의 산

속에 몸을 던지기로 약속했기 때문입니다. 그는 자신을 뿌리까지 오싹하게 만드는 사람들 사이에서, 실제로 실행에 옮길 생각이 조금도 없는 삶을 거기서 준비할 작정이었습니다. 그 핌은 벨린다에게 매일 편지를 썼습니다. 제미마가 그의 신성(神性)에 의문을 던졌다는 것이 그 이유였죠. 그 핌은 토요일 밤에 탁자 주위를 뛰어다니며 연달아 접시를 돌리는 곡예사였습니다. 누구든 잠시라도 낙담해서 자부심을 잃어버리는 광경을 참을 수가 없었거든요. 그렇게 그는 산으로 떠나 숨이 막힐 만큼 향을 피우고, 젖은 개처럼 고약한 냄새가 나는 감방 같은 곳에서 자고, 쐐기풀 스튜 때문에 하마터면 죽을 뻔했습니다. 경건한 신자가 되어 학비를 해결하고 머고의 귀여움을 받기 위해서였죠. 그러는 동안 그는 새로운 약속들을 착착 쌓아 올리며, 자신이 천국으로 가는 길을 밟고 있다고 스스로를 설득했습니다. 하지만 사실은 자신을 더욱더 엉망진창으로 만들고 있을 뿐이었어요. 일주일이 지난 뒤, 그는 헤리퍼드에서 열린 소년 캠프, 종파를 초월한 슈롭셔의 피정, 웨이크필드에서 열린 노동조합원들의 순례, 더비에서 열린 간증 축제에 자신의 의사와 상관없이 참가하게 되었습니다. 일주일이 더 지난 뒤에는 그가 여섯 가지 방법으로 자신의 거룩함을 맹세하지 않은 마을이 영국에 남아 있지 않았죠. 그가 삶을 포기한 초췌한 사도가 되어 아름다운 여자들과 백만장자들을 가난한 그리스도교인의 삶으로 개종시키는 환상을 간헐적으로 보았다는 말도 빼놓을 수 없네요.

  핌이 기다리던 탈출구를 하느님이 마련해 준 것은 꼬박 한 달이 흐른 뒤였다.

  체스터 거리로 즉시 올 것 국내외적으로 중요한 문제 핌 기업 전무 이사 리처드 T. 핌

「꼭 가야 한다.」 제3시과 기도 이후 그에게 이 운명적인 전보를 건네는 머고의 홀쭉한 뺨에 고통스러운 눈물이 흘러내렸다.

「제가 감당할 수 있을 것 같지 않아요.」 핌도 감정에 복받쳐서 말했다. 「언제나 돈, 돈.」

  두 사람은 인쇄실과 바구니 공방을 지나, 텃밭을 통과해서 작은 울타리 문에 이르렀다. 릭의 세상을 그 문이 막아 주고 있었다.

「설마 네가 이 전보를 직접 보낸 건 아니지, 파르부스?」 머고가 물었다.

  핌은 절대 아니라고 맹세했다. 사실이었다.

「네가 어떤 녀석인지 너는 몰라.」 머고가 말했다. 「난 네가 없던 시절의 나로는 절대 돌아가지 못할 것 같다.」

  머고가 변할 수 있다는 생각을 핌은 그때까지 한 번도 해본 적이 없었다.

「자.」머고가 마지막으로 슬프게 꿈틀거렸다.

「안녕히 계세요.」핌이 말했다. 「감사합니다.」

하지만 두 사람 모두 즐겁게 기대할 일이 남아 있었다. 핌이 크리스마스 때 돌아오겠다고 약속했기 때문이었다.

일이 정신없이 돌아갔다, 톰. 정신없는 도약과 사랑, 그보다 더 정신없는 위기. 그즈음에는 도러시에게도 편지를 보냈다. 하원 의원 메이크피스 워터마스터 경의 댁에 사는 도러시. 그가 이미 이 세상 사람이 아니라는 사실을 알면서도 나는 이렇게 썼다. 그러고선 일주일을 기다리다가 잊어버렸지만, 어느 날 문득 초라한 편지 한 장이 내 책략의 보답으로 날아왔다. 줄이 쳐진 공책에서 뜯어 낸 그 종이에는 눈물 자국인지 술 자국인지 모를 얼룩이 있었고, 봉투에는 주소 없이 이스트런던의 소인만 찍혀 있었다. 내가 한 번도 가본 적이 없는 곳. 그 편지가 지금 내 앞에 있다.

오랜 세월의 복도를 지나 네 목소리가 들려왔구나. 시간이 날 때 보려고 찬장 안에 그릇들과 함께 넣어 두었다. 오후 3시 유스턴역 상행선 플랫폼에 있을게. 허비는 빼고, 목요일에. 네가 언제나 좋아했던 라벤더 꽃다발을 들고 있을 거야.

핌은 벌써 후회를 곱씹으며 약속 시간보다 늦게 역에

도착해서 우편 행낭 근처의 철제 아치 아래 총잡이처럼 위치를 잡았다. 상당히 많은 어머니들이 북적거렸다. 비슷해 보이는 사람도 있고 아닌 사람도 있었지만, 그가 원하는 사람은 없었다. 술에 취한 사람도 여러 명 보였다. 그중 한 명이 신문지로 싼 꽃다발을 꽉 움켜쥐고 있는 것 같았지만, 그때 이미 그는 플랫폼을 잘못 찾아온 것 같다는 결론을 내린 뒤였다. 핌이 원한 것은 사랑하는 도러시였지, 팬터마임 배우 같은 모자를 쓰고 비실거리는 할머니가 아니었다.

평일 저녁이다, 톰. 비가 내리는 체스터 거리에서 자동차들이 시끄럽게 빵빵거린다. 하지만 릭의 궁정 관저 안은 푸르른 일요일이다. 수도원 분위기가 아직 남아서 경건한 표정을 한 핌이 초인종을 누르지만, 거기에 응답하는 종소리가 들리지 않는다. 그는 커다란 놋쇠 노커를 두드린다. 레이스 커튼이 열렸다가 닫힌다. 멀지 않은 곳에서 문이 열린다.

「커닝엄이라고 합니다, 도련님.」 뚱뚱한 남자가 이곳에 어울리지 않는 진한 런던 사투리로 이렇게 말하면서 재빨리 문을 닫는다. 마치 세균이 들어올까 봐 무서워하는 것 같다. 「커닝이 절반, 엄이 절반이죠. 후계자인 아드님이시군요. 인사드립니다, 도련님. 살람.」

「안녕하세요?」 핌이 말한다.

「장래를 낙관하고 있습니다, 도련님. 감사합니다.」커닝엄 씨가 중부 유럽 사람처럼 곧이곧대로 대답한다. 「우리가 이해를 향한 길에 들어선 것 같습니다. 처음에는 저항이 예상됩니다만, 빛이 차츰 밝아 오는 것이 보입니다.」

펌의 생각과는 조금 다르다. 커닝엄 씨가 이렇게 자신 있게 가고 있는 길이 칠흑같이 어둡기 때문이다. 법전들이 꽂혀 있던 벽의 창백한 자국에 반사된 불빛만이 유일하게 주위를 밝히고 있다.

「독일어를 공부하셨군요, 도련님.」커닝엄 씨가 더 걸쭉한 목소리로 말한다. 마치 걷느라 몸을 움직이는 바람에 인두(咽頭)가 영향을 받은 것 같다. 「훌륭한 언어죠. 사람들에 대해서는 잘 모르겠습니다만. 그래도 딱 맞는 분이 사용한다면 정말 사랑스러운 언어입니다. 틀림없어요.」

「왜 2층으로 올라가는 거예요?」펌이 말한다. 그는 임박한 대학살의 친숙한 징조들을 이미 여러 개 알아차렸다.

「승강기에 문제가 있습니다, 도련님.」커닝엄 씨가 대답한다. 「기술자를 부르러 사람을 보냈으니 지금 서둘러 오고 있는 줄 압니다.」

「하지만 릭의 사무실은 1층에 있잖아요.」

「2층이 더 호젓합니다, 도련님.」커닝엄 씨가 두 짝으로 된 문을 밀어 열면서 설명한다. 두 사람은 가로등 불빛이 밝혀 주는 귀빈실로 들어간다. 가구는 모두 내가고 없다. 「아드님이십니다. 예배당에서 방금 오셨어요.」커닝엄 씨가 이렇게 알리고는 앞에 있는 핌에게 고개 숙여 인사한다.

처음에 핌은 촛불 빛을 받아 반짝이는 릭의 이마밖에 보지 못한다. 하지만 곧 그 이마를 둘러싼 커다란 머리가 보이더니, 덩치 큰 몸이 재빨리 다가와 축축하고 열렬하게 그를 끌어안는다.

「잘 지냈니, 아들?」그가 다급히 묻는다. 「기차는 어땠어?」

「좋았어요.」일시적인 유동성 문제로 히치하이크를 한 핌이 말한다.

「먹을 것도 좀 주던? 무슨 음식이 나왔어?」

「그냥 샌드위치랑 맥주 한 잔요.」머고의 식당에서 가져온, 돌처럼 딱딱한 빵 한 조각으로 견딜 수밖에 없었던 핌이 말한다.

「우리 아들은!」커닝엄 씨가 열렬히 외친다. 「저를 보면 아시겠지만, 뭘 먹을 때만 만족한답니다.」

「아들, 넌 술을 조심해야 돼.」릭이 거의 무의식적인 반사 작용처럼 이렇게 말하며, 핌의 겨드랑이를 꽉 붙잡은 채 아무것도 깔리지 않은 바닥을 걸어 임페리얼 사이즈의 침대로 다가간다. 「네 몫으로 현금 5천 파운드가 있다.

네가 스물한 살 때까지 담배와 술을 하지 않으면 받을 수 있어. 이제 됐군. 그대, 내 아들 어떻소?」

어두운색 옷을 입은 사람이 침대에서 그림자처럼 일어나 있다.

도러시다. 핌은 생각한다. 립시다. 불만을 말하고 있는 제미마의 어머니다. 하지만 어둠이 걷히자, 이 수도사 지망생은 앞에 있는 사람이 립시의 스카프도 도러시의 벙거지도 쓰지 않았음을 알아차린다. 레이디 세프턴 보이드처럼 압도적인 기세를 내보이지도 않는다. 립시처럼 그녀는 전쟁 전 유럽의 고풍스러운 제복을 입고 있지만, 비슷한 점은 그것뿐이다. 그녀의 플레어스커트는 허리가 잘록한 모양이다. 블라우스에는 레이스 러플이 달려 있고, 깃털 같은 느낌의 모자 때문에 전체적인 옷차림이 세련되어 보인다. 『아모르와 로코코 여성』에 나오는 최고의 전통을 따르고 있는 그녀의 젖가슴이 흐릿한 불빛에 더욱 둥글게 돋보인다.

「아들, 고귀하고 영웅적인 여성을 소개하마. 좋은 일도 불행도 모두 경험하고, 치열한 전투를 치르고, 운명의 잔인한 손에 고통을 받은 사람이지. 여자가 남자에게 줄 수 있는 최고의 찬사를 내게 바친 사람이기도 하다. 어려운 때에 나를 만나러 와줬으니까.」

「로트실트야, 달링.」 여자가 부드럽게 말하면서 나긋나긋한 손을 들어 올린다. 핌이 입을 맞추거나 악수할 수 있는 높이로.

「이 이름을 들어 본 적이 있니, 아들? 훌륭한 교육을 받았으니 말이야. 로스차일드 **남작**은? 로스차일드 **경**은? 로스차일드 **백작**은? 로스차일드 **은행**은? 아니면 솔로몬의 모든 부를 손끝으로 부리는 이 위대한 유대인 가문의 이름을 잘 모른다고 할 참이냐?」

「그럴 리가요. 당연히 들어 봤죠.」

「그렇지. 그럼 여기 앉아서 여기 이 남작 부인의 말씀을 들어라. 앉아요, 그대. 여기 가운데로 와요. 내 아들을 보니 어떻소, 엘레나?」

「아름다워요, 달링.」 남작 부인이 말한다.

아버지가 날 저 여자에게 팔아넘기려는 거로구나. 핌은 생각한다. 전혀 싫지 않다. 내가 아버지의 마지막 필사적인 거래품이야.

그래, 그런 상황이다, 톰. 모두들 계속 움직이고 있고, 광기가 머무르는 상황. 네 아버지와 할아버지가 전기도 들어오지 않는 웨스트엔드의 어느 거창한 건물에서 가구도 별로 없는 중역의 방에 유대인 남작 부인과 엉덩이를 맞대고 앉아 있다. 마치 유곽에 앉아 있듯이. 나는 커닝엄 씨가 문 앞에서 망을 보고 있음을 서서히 깨닫는다. 어리석기 짝이 없는 음모의 기운. 여기에 필적할 만한 것은 나중에 회사가 추진한 어리석은 음모뿐이다. 부인의 부드러운 목소리가 난민들이 참을성 있게 늘어놓는 독백을 시작한다. 너의 잭 아저씨와 나는 기억도 잘 나지 않을 만큼 이미 여러 번 들은 이야기지. 다만 오늘 밤의 핌은 이런 이야기에 아직 문외한이고, 남작 부인의 허벅지가 이 수도사 지망생의 허벅지를 아늑하게 누르고 있다는 점이 다를 뿐이다.

「나는 소박하지만 신앙심 깊은 가문의 보잘것없는 과부야. 세상을 떠난 루이지 스보도바-로스차일드 남작과의 결혼 생활은 행복했지만 아 정말 짧아. 그 사람은 훌륭한 체코 혈통의 마지막 후손이야. 나는 열일곱 살이고 그는 스물한 살, 우리가 얼마나 즐거웠을까. 가장 안타까운 일은 내게 아이가 없다는 거야. 우리의 시골 저택은 브르노에 있는 님프 궁전인데, 독일군과 러시아군이 차례로 와서 정말 여자를 겁탈하는 것보다 훨씬 더 심하게 겁탈해. 내 사촌 안나는 케이프타운의 다이아몬드 회사 드비어스 사장과 결혼해, 너는 상상도 할 수 없을 집을 갖고 있어. 그런 사치는 정말 마음에 안 들어.」 핌은 수도사답게 공감한다는 뜻으로 억지웃음을 지으며 자신도 마음에 안 든다는 말을 하려고 한다. 「난 볼프람 숙부님과 절대로 말을 섞지 않는다. 천만다행한 일이지. 그자가 나치 부역자거든. 유대인들이 그자를 거꾸로 매달아.」 핌은 잘했다는 듯이 냉혹한 표정으로 턱에 힘을 준다. 「데이비드 삼촌 할아버지는 갖고 있던 태피스트리를 전부 프라도 미술관에 줘. 그래서 지금은 러시아의 쿨라

344

크[41]처럼 가난하지. 삼촌 할아버지가 먹고살 수 있게 미술관 측에서 뭘 줘야 하지 않아?」핌은 스페인 사람들의 저열한 영혼에 절망해서 고개를 꺾는다. 「우리 발도르프 숙모님은······.」부인이 아름답게 말을 끊는다. 핌은 자신의 몸이 들썩이는 것이 이 어둠 속에서 그녀의 눈에 보이는지 궁금하다.

「정말 말도 안 되는 일이야!」남작 부인이 마음을 진정시키는 동안 릭이 소리친다. 「세상에, 아들, 볼셰비키들이 허락도 받지 않고 내일이라도 당장 애스콧으로 몰려와 멋대로 값나가는 것들을 가져갈 수도 있어. 계속해요, 그대. 아들, 부인에게 계속하시라고 말해. 엘레나라고 불러 드리면 좋아하실 거다. 부인은 속물이 아니야. 우리랑 같아.」

「*Weiter, bitte.*」[42] 핌이 말한다.

「*Weiter.*」남작 부인이 마음에 든다는 듯이 핌의 말을 따라 하더니, 릭의 손수건으로 눈을 두드린다. 「*Jawohl*, 달링. *Sehr gut!*」[43]

「도련님의 발음을 들어 보세요.」커닝엄 씨가 문에서 소리친다. 「흠잡을 데가 없어요. 틀림없습니다. 제 아들이나 마찬가지예요.」

---

41 제정 러시아 시대의 부농을 부르던 이름.
42 계속하세요, 부디.
43 물론이지, 달링, 아주 좋아!

「부인이 뭐라고 한 거냐, 아들?」

「하실 수 있대요.」핌이 말한다. 「감당할 수 있대요.」

「정말 보석 같은 사람이야. 내가 돌봐 줄 거다, 반드시.」

핌도 마찬가지다. 최소한 그녀와 결혼이라도 하게 될 것이다. 하지만 지금은 세상을 떠난 남작, 그녀의 남편에 대한 찬사를 더 들을 수밖에 없다는 사실이 짜증스럽다. 나의 루이기는 커다란 궁전의 주인이었을 뿐만 아니라 금융 분야의 천재라서 전쟁이 발발할 때까지 프라하에서 로스차일드 가문의 의장이었어요.

「그 집안이 그쪽에서 가장 부자였지.」릭이 말한다. 「그렇지 않니, 아들? 너도 역사 공부를 했을 것 아니냐. 네 판단을 말해 봐.」

「돈을 헤아릴 수 없을 정도였죠.」커닝엄 씨가 문에서 확인해 준다. 자신이 연출한 연극에 만족한 감독처럼 뿌듯한 목소리다. 「그렇죠, 엘레나? 부인에게 물어봐요. 수줍어하지 말고.」

「우린 정말 훌륭한 콘서트를 열어, 달링.」남작 부인이 핌에게 털어놓는다. 「모든 나라에서 온 귀족들. 대리석으로 된 집. 거울이 있고 문화가 있지. 여기처럼.」그녀가 방목장에 있는 매그너스 왕자를 그린 유화를 가리키며 우아하게 덧붙인다. 값을 헤아릴 수 없는 그 그림은 사진을 옮긴 것이다. 「우린 모든 걸 잃어.」

「전부는 아니지.」릭이 숨죽인 목소리로 말한다.

「독일군이 올 때, 나의 루이기는 도망을 거부해. 손에 권총을 들고 발코니에서 나치 돼지들과 마주하는데, 그 뒤로 소식이 없어.」

또다시 어쩔 수 없이 말이 끊기고, 그사이 남작 부인은 바닥에 줄줄이 놓인 크리스털 술병을 들어 우아하게 브랜디를 한 모금 마신다. 그때 릭이 부인 대신 이야기를 시작하는 바람에 픰은 분노한다. 아마 릭이 이미 남의 이야기를 듣는 데 질린 탓이겠지만, 그보다는 비밀이 곧 나올 참이기 때문일 가능성이 더 크다. 궁정의 에티켓에 따르면, 비밀을 밝힐 수 있는 사람은 릭뿐이다.

「남작은 훌륭한 남자이자 훌륭한 남편이었다, 아들. 그래서 훌륭한 남편이라면 마땅히 했을 법한 행동을 했지. 만약 네 엄마가 그런 것을 제대로 평가해 줄 수 있는 상황이라면, 나도 내일 당장 네 엄마를 위해…….」

「아버지가 그럴 분이신 거 알아요.」픰이 말한다.

「남작은 그 궁전에서 최고의 보물들을 일부 가지고 나와 상자에 넣은 다음, 그 상자를 아주 절친한 친구들에게 맡겼다. 여기 계신 훌륭한 부인의 친구들이기도 하지. 남작은 영국이 전쟁에서 이기면 그 상자를 사랑하는 젊은 아내에게 건네주라고 지시했어. 상자 안에 든 물건도 모두. 그동안 그 물건의 가치가 아무리 올랐어도 상관없이 말이야.」

남작 부인도 그때 일을 기억하고 있으므로, 다시 핌에게 이야기를 시작한다. 그를 자신의 청중으로 만들기 위해서는 섬세한 손으로 핌의 손목을 잡아 그가 자신에게 온전히 주의를 기울이게 만들 필요가 있다.

「보존 상태가 좋은 구텐베르크 성경 한 권, 초기 르누아르 그림 한 점, 레오나르도의 의학 문서 두 점. 고야의 공상적인 작품 한 점, 고야 본인의 주석이 달려 있어서 미국 최고의 금 본위 달러로 3백 달러. 루벤스의 풍자화 두 점.」

「커닝엄 말로는 폭탄처럼 가치가 엄청나다는구나.」부인의 말이 끝난 듯 보이는 순간 릭이 말한다.

「히로시마 수준이에요.」커닝엄 씨가 문에서 말한다.

핌은 위대한 예술 작품에는 값을 매길 수 없다는 뜻을 전달하기 위해 열심히 이 세상의 것 같지 않은 미소를 지어 보인다. 남작 부인이 그 미소를 중간에서 가로채더니 이해했다는 표정을 짓는다.

한 시간 뒤. 남작 부인은 보호자와 함께 떠났고, 불이 켜지지 않은 큰 방에는 아버지와 아들만 남았다. 창문 아래 도로의 자동차 소리도 줄어들었다. 두 사람은 침대에 어깨를 맞대고 앉아 피시 앤드 칩스를 먹고 있다. 핌이 릭의 뒷주머니에 있던 귀한 1파운드 지폐를 들고 나가 사 온 것이다. 두 사람은 해러즈 포장 상자 속의 샤토 디

켐 한 병으로 음식을 씻어 내린다.

「놈들이 아직도 거기 있니, 아들?」릭이 말한다. 「놈들이 널 봤어? 라일리의 그놈들 말이다. 체격이 건장하던.」

「아직 있는 것 같아요.」

「너 부인을 믿지, 아들? 괜히 내 감정을 고려해 줄 필요 없다. 저 훌륭한 부인을 믿는 거야? 아니면 그녀가 속이 시커먼 거짓말쟁이에 협잡꾼이라고 생각하는 거야?」

「굉장한 사람이에요.」

「별로 그렇게 믿는 눈치가 아닌데. 털어놓고 말해 봐. 그 여자가 우리의 마지막 희망이다. 그 말은 얼마든지 해 줄 수 있어.」

「그냥 그 부인이 왜 자기 동포들에게 가지 않았는지 궁금할 뿐이에요.」

「그건 네가 유대인들을 나만큼 몰라서 그래. 유대인은 세계 최고의 민족 중 하나지. 다른 유대인들이라면 그녀를 보는 순간 입고 있던 외투를 벗겨 갈 거다. 나도 그녀에게 같은 걸 물어봤어. 인정사정없이.」

「커닝엄은 누구예요?」픰은 싫은 기색을 잘 감추지 못한다.

「우리 커니는 최고지. 이번 일이 끝나면 그 친구를 회사로 데려올 거다. 수출 쪽으로. 아주 거칠게 굴 거야. 그 친구의 유머 감각 하나만으로도 1년에 5천의 가치가 있지. 오늘 밤에는 그 친구가 평소 모습이 아니었다. 긴장하고 있었어.」

「어떻게 된 거예요?」

「네 아비를 믿으면 돼. 부인이 나한테 이렇게 말했다. 〈리키.〉 부인이 날 이렇게 부르거든. 그녀도 인정사정이 없어. 〈리키, 당신이 나 대신 그 상자를 가져가서 그 안에 있는 것들을 팔고, 그 돈을 당신의 훌륭한 회사 중 한 곳에 투자해 줘요. 당신이 내 어깨에서 그 짐을 덜어 주고, 내가 살아 있는 동안 평생 매년 10퍼센트씩 주면 좋겠어요. 당신이 나보다 먼저 세상을 떠난다면 보험이며 뭐며 필요한 조치를 취해 주고요. 당신이 그 돈을 갖고 세상을 보살펴 줘요. 뭐가 됐든 지혜로운 당신이 옳다고 생각하는 방식으로.〉 그건 정말 큰 책임이지. 내게 여권이 있었다면 직접 갔을 거야. 시드를 보낼 수 있다면 보냈을 거고. 시드라면 가겠다고 했을 거다. 소와 돼지. 이번 일이 끝난 뒤 내가 할 사업이 그거야. 땅 몇 에이커와 가축 몇 마리만 가지고. 그렇게 은퇴할 거다.」

「아버지 여권이 왜 없는 거예요?」핌이 말했다.

「아들, 너한테 솔직히 말하마. 나야 항상 그러지만. 네가 다니는 그 동화 같은 학교의 흥정 솜씨가 보통이 아니다. 반드시 정해진 날짜에, 현금이 아니면 안 받아. 넌 부인의 모국어를 할 줄 알지. 그게 중요해. 부인은 너를 좋아하고 너를 믿는다. 넌 내 아들이야. 머스폴을 보낼 수도 있겠지만, 그 친구가 돌아올지 난 결코 확신할 수 없을 거다. 퍼스 로프트는 너무 법률가 같아서 부인이 겁을 먹을걸. 저기 창가로 슬쩍 가서 라일리가 갔는지 한번 봐라. 얼굴에 빛이 닿지 않게 해. 놈들은 여기에 들어올 수 없다. 영장이 없거든. 난 정직한 시민이고.」

홈집이 난 초록색 서류함 뒤에 몸을 반쯤 숨긴 채 핌은 은밀한 역감시를 위해 거리를 향해 가파르게 몸을 구부리고 눈을 가늘게 뜬다. 라일리는 아직 그 자리에 있다.

침대에 담요가 없기 때문에 두 사람은 먼지를 막으려고 가구를 덮는 천과 커튼을 이불 대용으로 삼는다. 핌은 남작 부인이 나오는 꿈 때문에 선잠을 자며 얼음처럼 얼어붙는다. 한번은 릭의 팔이 그의 몸 위에 세게 떨어지기도 하고, 릭이 목이 졸린 듯한 목소리로 페기라는 나쁜 년에게 악담을 퍼붓는 소리에 깨기도 한다. 새벽 언제쯤에는 여자처럼 부드럽고 가벼운 릭의 몸이 비단 셔츠와 팬티 차림으로 그에게 달라붙는다. 그래서 차라리 바닥에서 자는 편이 더 편하겠다는 생각이 든다. 아침이 되어도 릭은 이 집에서 나가려 하지 않아서, 핌은 손잡이 아래에 릭의 이니셜이 황동으로 박혀 있는 화려한 하얀색 송아지 가죽 여행 가방에 몇 개 되지도 않는 소지품을 넣어 들고 혼자서 빅토리아역으로 걸어간다. 릭의 낙타털 외투 중 하나를 입고 있는데, 그의 몸에는 옷이 너무 크다. 어느 때보다 유쾌해 보이는 남작 부인이 플랫폼에서 기다리고 있다. 커닝엄 씨가 배웅하러 나와 있다. 기차

안 화장실에서 핌은 릭이 준 봉투를 열어, 흰색 10파운드 지폐 뭉치를 꺼낸다. 은밀한 만남을 위해 릭이 생전 처음으로 적어 준 지시 사항도 그 안에 들어 있다.

베른으로 가서 그랜드 팰리스 호텔에 방을 잡아라. 거기 직원 베르틀 씨가 최고다. 숙박비는 이미 처리해 두었어. 시뇨르 라파디가 남작 부인과 접촉해서 널 오스트리아 국경으로 안내할 거다. 라파디에게서 상자를 받으면 안에 물건들이 제대로 있는지 우리말로 확인해 준 뒤, 여기 동봉한 돈으로 그의 편의를 봐줘. **그전에는 절대 안 된다.** 이 일이 우리를 구할 거다, 아들. 네가 가져갈 돈을 마련하느라 힘이 들었어. 하지만 이번 일이 끝나면 우리 모두 두 번 다시 걱정할 필요가 없을 거다.

이 로스차일드 임무의 자세한 부분들은 빨리 넘기겠습니다, 잭. 희망의 나날, 의심의 나날, 갑작스러운 변화. 그 이후에 내가 수행한 많은 작전들이 그랬듯이, 그 일이 불확실한 결론을 향해 천천히 추락해 가기 전에 어느 길모퉁이를 지나고 어떤 암호를 댔는지는 정말로 잊어버렸으니까요. 핌이 얼마나 많은 의심과 맹목적인 믿음을 안고 이 일의 필연적인 결말까지 나아갔는지를 잊어버린 것처럼. 사실 그때도 그런 걸 제대로 알지는 못했던 것 같지만. 물론 그 뒤로도 성공 가능성이 희박한데도 실행되어 돈보다 훨씬 더 많은 대가를 가져간 작전들을 경험하기는 했지요. 시뇨르 라파디는 남작 부인하고만 이야기를 했고, 남작 부인은 경멸스러운 표정으로 그의 말을 내게 전해 주었습니다.

「라파디가 페르트라우엔스만Vertrauensmann을 만나라고 해, 달링.」 핌이 페르트라우엔스만이 뭐냐고 묻자 부인은 너그러운 미소를 지었다. 「페르트라우엔스만은 우리가 믿는 사람을 뜻한다. 어제는 아니고, 어쩌면 내일도 아닐지 모르지만 오늘은 우리가 그를 영원히 믿고 있지.」

「라파디에게 1백 파운드가 필요하다, 달링.」 하루나 이틀 뒤의 일이었다. 「페르트라우엔스만이 아는 남자가 있는데, 그 남자의 누이가 세관장을 안다. 지금 우정을 위해 그에게 돈을 주는 게 좋아.」

릭의 지시 사항을 떠올린 핌은 저항하는 시늉을 하지만, 남작 부인이 벌써 손을 내밀고 손가락을 비비며 즐거운 표정으로 넌지시 재촉하고 있다. 「집에 페인트칠을 하려면, 달링, 먼저 붓을 사야 돼.」 부인은 이렇게 설명하고는 놀랍게도 치맛자락을 허리까지 들어 올려 지폐 뭉치를 스타킹 밴드에 꽂는다. 「내일 너한테 좋은 정장을 사준다.」

「부인한테 돈을 줬다고, 아들?」 그날 밤 해협 건너편에서 릭이 고함을 지른다. 「맙소사, 무슨 생각이야? 엘레나를 바꿔라.」

「나한테 소리 지르지 말아요, 달링.」 남작 부인이 수화기를 향해 조용히 말한다. 「사랑스러운 아들이에요, 리키. 나한테 아주 엄격해요. 언젠가 훌륭한 배우가 될 거예요.」

「남작 부인 말이, 너더러 최고라는구나, 아들. 너 거기서 부인이랑 우리말을 쓰니?」

「네, 계속.」 핌이 말한다.

「너 하느님께 맹세코 진짜 영국식 고기구이 먹어 봤어?」

「아뇨, 그건 아끼는 중이에요.」

「그럼 내 돈으로 먹어라. 오늘 밤에.」

「그럴게요, 아버지. 고마워요.」

「하느님의 축복을 빈다, 아들.」

「아버지도요.」 핌은 정중하게 말한 뒤, 집사처럼 무릎과 발을 하나로 모은 자세로 수화기를 내려놓는다.

지금까지 내게 더 중요한 것은 핌이 현명한 부인과 생애 처음으로 플라토닉하고 달달한 여행을 한 기억이다. 엘레나와 함께 핌은 베른의 구시가를 돌아다니고, 발레 지방의 가벼운 포도주를 마시고, 대형 호텔에서 오후의 다과 무도회를 구경하고, 자신의 과거를 역사의 영역에 맡겼다. 부인은 향기가 나고 프릴이 화려한 상점들을 본능적으로 찾아내는 듯했는데, 그곳에서 그들은 그녀의 낡은 옷을 모피 망토로 바꾸고, 얼어붙은 자갈 포장 위에서 주르르 미끄러지는 안나 카레니나의 승마 부츠도 샀다. 핌이 학교에서 입던 우중충한 옷은 가죽 재킷과 멜빵용 단추가 없는 바지로 바뀌었다. 정신이 없는 와중에도 남작 부인은 반드시 핌의 의견을 들어야 한다며 거울이 달린 작은 탈의실로 그를 불러 마치 자신은 전혀 그럴 의도가 아니라는 듯이 자신의 로코코식 매력을 그의 기분 좋은 시선 앞에 허락해 주었다. 이번에는 한쪽 젖꼭지, 그다음 번에는 어쩌다 보니 커튼으로 미처 가리지 못한 둥근 엉덩이 한쪽, 그다음에는 그녀가 스커트를 바삐 갈아입는 동안 드러난, 둥근 양쪽 허벅지 중앙의 놀라운 그림자. 그녀는 립시야. 핌은 들뜬 마음으로 생각했다. 립시가 죽음에 대해 그렇게 많이 생각하지 않았다면 이 부인처럼 됐을 거야.

「*Gefall'ich dir*,[44] 달링?」

「*Du gefällst mir sehr.*」[45]

「언젠가 예쁜 아가씨를 만나 딱 이대로 말하면 아가씨는 난리가 나. 너무 매춘부 같아?」

「아뇨, 완벽해요.」

「좋아, 두 개 사. 하나는 내 자매 차차 것. 나랑 같은 사이즈야.」

44 맘에 들어?
45 정말 좋은데요.

살짝 기울어진 하얀 어깨, 틀어진 속옷 자락을 무심하게 잡아당기는 손길. 직원이 계산서를 가져오자 핌은 거기에 서명을 하고, 검소한 베르틀 씨의 이름을 적었다. 자신의 낭패스러운 꼴을 숨기기 위해 부인에게 등을 돌리고 앞으로 몸을 웅크린 채였다. 두 사람은 헤렝가세의 한 보석상에서 부다페스트에 있는 또 다른 자매를 위해 진주 목걸이를 하나 사고, 뒤늦게 생각난 파리의 어머니를 위해 토파즈 반지도 하나 샀다. 남작 부인이 고향으로 돌아가는 길에 어머니에게 그 반지를 전할 작정이라고 했다. 지금도 그 반지가 눈앞에 보이는 듯하다. 우리가 묵는 대형 호텔의 식당에 있는 어항에서 송어를 따라 앞뒤로 움직이던 그녀의 손, 방금 깨끗하게 손질된 그 손가락에서 반짝이던 반지. 부인의 뒤에서는 수석 웨이터가 언제라도 공격할 수 있게 어망을 펼쳐 들고 서 있었다.

「*Nein, nein*, 달링, 이거 아냐, 저거! *Ja, ja, prima*.」[46]

어느 날 이런 저녁 식사 자리에서 핌은 사랑과 혼란으로 마음이 어지러운 나머지 남작 부인에게 자신이 수도사 생활을 지망하고 있다고 밝혀야 할 것 같았다. 그 결과 그날의 식사가 마지막 식사가 되고 말았다. 남작 부인은 나이프와 포크를 시끄럽게 내려놓았다.

「수도사 얘기는 하지 마!」 부인이 성난 목소리로 명령했다. 「수도사를 너무 많이 봐. 크로아티아의 수도사, 세

46 〈아니, 아냐〉, 〈그래그래, 멋져.〉

르비아의 수도사, 러시아. 하느님이 수도사로 이 망할 세
상을 망가뜨려.」

「음, 꼭 그렇게 확신할 수는 없어요.」핌이 말했다.

그가 웃기는 목소리를 한참 내고, 내밀한 이야기를 한
참 지어서 해준 뒤에야 비로소 부인의 갈색 눈에 조심스
레 빛이 돌아왔다.

「그래서, 그 여자 이름이 립시였다고?」

「우리는 그렇게 불렀어요. 부인에게 그녀의 본명을 말
해 줄 수는 없어요.」

「그 여자가 너처럼 어린 소년과 잤다고? 그렇게 어릴
때 그녀와 사랑을 나눴어? 매춘부 같은데.」

「그냥 외로웠던 거겠죠.」핌이 현명하게 말했다.

하지만 부인은 계속 생각에 잠긴 표정이었다. 핌이 여
느 때처럼 그녀를 방 앞까지 바래다주었을 때, 그녀는 그
를 유심히 살피더니 양손으로 그의 머리를 잡고 입술에
키스했다. 갑자기 그녀의 입술이 열리고 핌의 입술도 열
렸다. 키스가 깊어지자 친숙하지 않은 둔덕 같은 것이 그
의 허벅지에서 바삐 움직이는 것이 느껴졌다. 그것의 온
기도 느껴졌다. 그녀가 더욱더 역동적으로 리듬에 맞춰
밀어붙이자 부드러운 털이 비단 천에 미끄러지는 것도
느낄 수 있었다. 그녀가 〈Schatz〉[47]라고 속삭이고, 그의
귀에 꺅 하는 소리가 들렸다. 자신이 그녀를 아프게 한

47 보물.

건가 싶었다. 그녀의 고개가 비틀어지고, 그녀의 목이 그의 입술을 밀어붙였다. 그녀는 비밀을 말하는 듯한 손가락으로 그에게 자기 방 열쇠를 건네고는, 그가 문을 여는 동안 다른 곳을 바라보았다. 그는 열쇠 구멍을 찾아 열쇠를 돌린 뒤 그녀가 들어갈 수 있게 문을 잡아 주었다. 그런 뒤 그녀의 손바닥에 열쇠를 놓아 주자 그녀의 눈에서 빛이 흐려지는 것이 보였다.

「그래, 달링.」 그녀는 이렇게 말하고서 그의 양볼에 차례로 입을 맞추더니, 그를 빤히 바라보면서 자신이 잃어버린 뭔가를 찾으려 했다. 그는 다음 날 아침에야 그것이 그녀의 작별 키스였음을 깨달았다.

달링(그녀는 이렇게 썼다), 넌 좋은 남자야. 미켈란젤로의 몸을 갖고 있지만 너의 아빠는 심각한 문제가 있어. 베른에 남는 게 좋아. 신경 쓰지 마. E. 베버는 언제나 널 사랑해.

봉투 안에는 우리가 옥스퍼드에 사는 그녀의 사촌 빅토어를 위해 산 금 커프스단추가 있었다. 펌이 정체를 알 수 없는 라파디 씨를 위해 그녀에게 준 5백 파운드 중 2백 파운드도 함께 들어 있었다. 나는 지금 이 글을 쓰면서도 그 커프스단추를 달고 있다. 작은 다이아몬드를 왕관 모양으로 박아 놓은 금 커프스단추. 남작 부인은 언제나 왕족의 느낌이 나는 것을 좋아했다.

미스 더버의 집에도 아침이 왔다. 닫힌 커튼을 통해 우유 배달 승합차가 동네를 돌아다니며 울려 대는 종소리가 들렸다. 그는 손에 펜을 든 채 RTP라고 간단히 표시된 분홍색 서류철을 잡아당겨, 검지와 엄지에 침을 묻혀 꼼꼼하게 종이를 넘겨 가며 약 여섯 장의 문서를 골라냈다.

리처드 T. 핌이 라임 리지스의 가디언 신부에게 보낸 편지, 1948년 10월 1일 자, 아들 매그너스를 유괴한 것에 대해 법적인 절차를 밟겠다고 위협하는 내용(RTP 파일).

1948년 9월 15일 자 보고서, 사기 단속반이 여권 관리과에 보낸 것, 범죄 수사를 앞두고 RTP의 여권을 압수하라고 권고(본부 경찰 연락부를 통해 비공식적으로 입수했음).

학교 회계실에서 RTP에게 보낸 편지, 등록금 일부나 전액 대신 말린 과일, 복숭아 통조림 등의 상품을 받지 않겠다고 거절하는 내용. 이사회가 무상으로 핌을 교육시킬 방법을 찾을 수 없어 유감이라는 내용도 있음. 〈선생은 무일푼이고 아드님은 성직자가 될 운명이라고 진술하지 않겠다고 하시는 것 또한 유감입니다〉(RTP 파일).

베른의 그랜드 팰리스 호텔에서 한때 근무했던 에버하르트 베르틀의 변호사들이 수훈장을 받은 리처드 T. 핌 대령에게 보낸 분노의 편지, 연속해서 날아온 편지 중 하나로, 1만 1018스위프랑 40상팀의 돈과 매달 4퍼센트의 이자를 갚으라고 요구하는 내용(RTP 파일).

런던 『크로니클』 1949년 11월 8일 자에서 발췌한 기사, RTP의 개인 파산을 선언하고, 핌 제국에 속하는 여든세 개 기업의 강제 해체를 알리는 내용. 여기에는 머스폴 프렌들리 & 아카데믹도 당연히 포함되었음.

1948년 10월 9일 자 『데일리 텔레그래프』에서 발췌한 기사, 콘월의 트루로 병원에서 존 레지널드 웬트워스라는 사람이 부상으로 인한 긴 투병 끝에 사망했다는 내용, 그는 페기의 사랑하는 남편임.

그리고 출처가 어디인지 하느님만 아실 것 같은 기묘한 기사 조각, 항해 중인 크루즈선 SS 그랜드 브르타뉴호에서 악명 높은 사기꾼인 베버와 울프, 일명 커닝엄이 세비야 공작 부부 행세를 하다가 체포되었다는 내용.

핌은 빨간 펜을 손에 들고 모든 문서의 오른쪽 위 귀퉁이에 차례로 번호를 매긴 뒤, 참고를 위해 자신이 작성한 글 중 관련된 부분에 같은 번호를 적었다. 그러곤 관료처럼 깔끔한 태도로 증거들을 한데 모아 스테이플러로 찍은 뒤 〈첨부〉라고 표시된 서류철 안에 집어넣었다. 그 서류철을 닫고 일어선 그는 마음껏 안도의 한숨을 내쉬며 양팔을 등 뒤로 돌려 아래로 쭉 내렸다. 권총집을 벗을 때와 비슷한 동작이었다. 유령처럼 형태가 확실치 않은 청소년기가 끝났다. 성숙한 남자의 시기가 그를 손짓하고 있었다. 그가 거리를 벌린 적이 없는데도. 그는 마침내 사랑하는 스위스에 와 있었다. 타고난 스파이들의 영적인 고향. 창가로 다가간 그는 마지막으로 한 번 더 광장을 살펴보았다. 그동안 영국의 지친 불빛들이 희미해졌다. 그는 심각한 얼굴로 옷을 갈아입고, 마지막 보드카한 잔을 마시고, 심각한 표정으로 거울 속 자신을 바라본뒤 잠자리에 들 준비를 했다. 하지만 가볍게, 아주 가볍게. 거의 까치발로 살금살금 걷듯이. 자신을 깨우기가 두렵다는 듯이. 침대로 가던 도중에 그는 책상 앞에서 걸음을 멈추고, 암호를 해독해서 내용을 파악했는데도 모처럼 굳이 파기하지 않은 메시지를 다시 읽어 보았다.

양귀비, 그 자리에 딱 가만히 있어. 그는 속으로 생각했다.

7

5년 전 잭 브러더후드는 키우던 래브라도 암캐를 총으로 쏘았다. 녀석은 류머티즘 때문에 덜덜 떨고 있었다. 잭이 약을 주었지만 녀석은 약을 토한 뒤 카펫에 오줌까지 지리고 말았다. 그가 잠바를 걸쳐 입고 문 뒤에서 12구경 산탄총을 꺼내자 개는 범죄자처럼 그를 바라보았다. 이제는 자신이 너무 아파서 그를 위해 범죄자를 찾아줄 수 없음을 알기 때문이었다. 그는 개에게 일어나라고 명령했지만 개는 일어나지 못했다. 그가 〈찾아〉라고 소리치자 개는 몸을 굴려 앞발로 일어섰다가, 바구니 위에 멍청하게 머리가 낀 채로 다시 엎드리고 말았다. 그래서 잭은 총을 내려놓고 헛간에서 삽을 가져다가 오두막 뒤 벌판에 구덩이를 팠다. 강어귀가 내려다보이는 비탈을 조금 올라간 자리였다. 그러고 나서 그는 가장 아끼던 트위드 재킷으로 개를 감싸서 구덩이까지 올라가 개의 뒤통수를 총으로 쏘았다. 개의 목덜미 척수가 박살 나버렸다. 잭은 개를 묻어 준 뒤 반쯤 남은 위스키 병을 들고 그 옆에 앉았다. 서펀의 이슬이 그의 몸에도 내려앉았다. 훌륭한 죽음을 보기 힘든 세상에서 개가 어쩌면 최고의 죽음을 맞은 것 같다는 생각이 들었다. 개를 위해 묘석이나 소박한 나무 십자가를 세우지는 않았지만, 교회 탑과 죽은 버드나무와 풍차를 기준으로 그 자리를 기억해 두었기 때문에 언제든 그곳을 지날 때면 머릿속으로 퉁명스레 인사를 건넸다. 그가 사후의 세계에 대해 조금이라도 생각해 보는 것은 그럴 때뿐이었다. 인적 드문 버크셔의 도로에서 차를 몰면서 다운스 위로 해가 떠오르는 모습을 지켜보고 있는 이 공허한 일요일 아침까지는 그랬다. 「잭은 그 자리에 너무 오래 있었어요.」 과거에 핌은 이렇게 말했다. 「회사에서 10년 전에 잭을 은퇴시켰어야 하는 건데.」

그럼 넌 언제 은퇴시켰어야 했을까, 응? 잭은 생각했다. 20년 전? 30년 전? 넌 그 자리에 얼마나 앉아 있었지? 노출된 필름을 몇 번이나 신문에 둘둘 말아 숨긴 거야? 신문을 버려진 편지함에 집어넣거나 공동묘지 담장 너머로 던진 건 또 몇 번이나 되지? 암호표를 들고 앉아서 프라하 라디오에 귀를 기울인 시간은 얼마나 돼?

그는 창문을 내렸다. 차창 옆을 질주하는 공기에서 나는 사일로 냄새와 나무 타는 연기 냄새에 마음이 들떴다. 브러더후드는 시골 사람이었다. 그의 선조들은 집시와

363

성직자, 사냥터지기와 밀렵꾼과 해적이었다. 아침 바람이 얼굴로 쏟아지자 그는 다시 누더기 차림의 소년이 되어 안장도 없이 미스 섬녀의 사냥용 말을 타고 그녀의 땅을 달려 최고의 은신처를 찾아냈다. 서쪽 늪지의 진흙 속에서 금방이라도 얼어 죽을 것 같았지만, 사냥감을 하나도 잡지 못하고 돌아가는 것은 자존심이 허락하지 않았다. 그는 애빙던 비행장에서 생애 처음으로 공중 강하를 했다. 도중에 한 번 소리를 지른 뒤에는 바람 때문에 계속 입을 다물 수가 없었다. 회사에서 날 내쫓으면 나도 회사를 떠날 것이다. 너랑 이야기를 나눈 뒤에 회사를 떠날 것이다.

그는 48시간 동안 6시간을 잤다. 그나마도 타이피스트들을 위해 따로 마련해 둔 방에서 울퉁불퉁한 야전 침대에 누워 잔 시간이 대부분이었지만 전혀 피곤하지 않았다. 「잠깐 시간 있어요, 잭?」 5층의 정숙한 아가씨 케이트가 말했다. 그녀의 시선이 그에게 조금 길게 머물렀다. 「보와 나이절이 또 잠깐 이야기를 나누자고 해요.」 그는 잠을 자거나 전화를 받거나 여느 때처럼 케이트에 대해 복잡한 생각을 하고 있을 때를 빼면, 언제나 자신의 인생이 적지에서 황망한 자유 낙하를 하는 것 같은 모습으로 흘러가는 것을 지켜보았다. 그래, 이런 거로군. 여기가 황무지고, 이건 무화과 잔가지처럼 그곳을 향해 팽팽 돌아가는 내 발이야. 그는 핌이 성장하는 동안 거친 모든 단계를 생각했다. 그와 함께 술을 마신 것, 함께 일한 것. 지금까지 까맣게 잊고 있던 베를린의 하룻밤도 떠올렸다. 그날 밤 두 사람은 나란히 붙은 방에서 각자 군대 간호사들과 한판 잠자리를 했다. 1943년 겨울에 자신의 망가진 팔을 가만히 바라보던 기억도 났다. 독일군의 기관총탄 세 개가 장식품처럼 박힌 팔이 힘없이 늘어져 있던 기억을 떠올리자, 그때와 똑같이 믿을 수 없을 만큼 초연한 기분이 들었다.

「우리한테 조금만 더 일찍 알려 줬으면 좋았을 텐데요, 잭. 당신이 미리 예측할 수만 있었다면.」

그래요, 미안합니다, 보. 내가 부주의했어요.

「잭, 그 친구가 사실상 당신의 아들이나 마찬가지라고 우리가 말하곤 했지요.」

그래요, 그랬죠, 보. 맞아요, 정말 멍청했습니다.

케이트는 여느 때처럼 눈으로 그를 나무랐다. 잭, 잭, 정신을 어디 팔고 있어요?

물론 그가 살아오는 동안 다른 사건들도 있었다. 전쟁이 끝난 뒤로 브러더후드의 일을 둘러싼 환경은 자주 휙휙 뒤집히곤 했다. 그때그때 발생한 회사의 치명적인 스캔들 때문이었다. 그가 베를린 지부장으로 있는 동안 그런 일을 겪은 것이 두 번도 아니고 무려 세 번이었다. 밤에 날아온 전신. 브러더후드만 볼 것. 걸려 온 전화. 그 친구 어디 있습니까? 잭, **당장** 이리로 들어오세요. 그는 죽도록 진지한 얼굴로 비에 젖은 거리를 질주했다. 전신 1, 곧바로 이어질 전신의 주제는 이제 소련의 첩보원으로 밝혀진 우리 직원임. 공식적인 관련자들이 조간신문에서 이 기사를 읽기 전에 은밀히 알릴 것. 암호 책 옆에서 기다리면서 생각한 것은 그 녀석인가? 그녀인가? 아니면 나인가? 오랜 기다림 끝에 들어온 전신 2, 여섯 글자 이름을 댈 것. 여섯 글자 이름을 내가 어떻게 알아? 첫 번째 글자 M…… 젠장, 밀러잖아! 두 번째 글자 A…… 맙소사, 매케이야! 그러다 마침내 한 번도 들어 본 적이 없는 이름이 나온다. 존재하는 줄도 몰랐던 부서 소속이라는 사람. 민감한 정보가 삭제된 사건 자료가 그의 책상에 도착할 때쯤이면, 그의 눈앞에 떠오르는 이미지라고는 복지 혜택을 제대로 받지 못한 유약한 청년이 바르샤바의 암호실에 있는 모습뿐이다. 그 청년은 자기가 세상을 가지고 노는 줄 알지만, 사실은 자기 상관을 괴롭히고 싶은 마음뿐이다.

하지만 지금까지 벌어졌던 이런 스캔들은 절대 그가 있는 곳으로 다가오지 않을, 먼 곳의 포성 같은 것이었다. 그는 이런 사건들을 경고가 아니라, 자신이 회사를 싫어하는 이유에 대한 확인으로 보았다. 회사가 관료주의와 반쯤은 외교적인 술수에 의존하는 것, 미국의 방식과 본보기에 영합하는 것이 그는 싫었다. 이에 비해 자신이 직접 뽑은 직원들은 그의 눈에 더욱 훌륭해 보이기만 할 뿐이었다. 그래서 그랜트 레더러와 그의 고약한 모르몬교도 심부름꾼들이 이끄는 마녀사냥꾼들이 그의 문 앞에 모여 핌의 피를 요구하며 고작해야 전산상의 우연 몇 가지만을 근거로 터무니없는 의심을 늘어놓았을 때, 잭 브러더후드는 손바닥으로 회의실 탁자를 쾅 내리쳤다. 유리잔 속의 물이 펄쩍 뛰어오를 정도로. 「당장 그만두세요. 지금까지의 삶을 탈탈 털기 시작하면 이 방에 있는 사람 중 누구라도 반역자처럼 보일 겁니다. 10일 밤에 자기가 어디 있었는지 기억나지 않는다고요? 그럼 거짓말이라는 소리를 듣겠죠. 기억한다고요? 그러면 알리바이가 너무 완벽하다고 하겠죠. 이런 식으로 조금만 더 나아가면 진실을 말하는 사람들이 전부 뻔뻔스러운 거짓말쟁이가 됩니다. 일솜씨가 괜찮은 사람들은 모두 적의 첩자가 되고요. 계속 이렇게 해보십쇼. 그럼 소련 놈들은 엄두도 못 낼 만큼 훌륭하게 우리 정보국을 침몰시킬 수 있을 테니. 아니지, 그게 정말로 목적인 겁니까?」

그의 명성, 그의 분노, 그의 연줄, 그의 근무 기록, 즉 그가 혐오하는 현대식 전문 용어로 말하자면 저비용 고효율의 근무 기록 덕분에 그는 그날 회의를 주도했다. 가엾게도. 언젠가 그러지 말걸 그랬다고 후회하는 날이 올지도 모른다는 생각은 단 한 순간도 하지 않았다.

브러더후드는 창문을 닫고, 자신을 아는 사람이 하나도 없는 어느 마을에 차를 세웠다. 너무 이른 시각이었다.

런던을 벗어나 누구와도 연락이 닿지 않을 곳으로 가고
싶었다. 케이트의 갈색 시선에서 멀리 떨어진 곳으로. 아
무 희망도 없이 피해만을 최소화하기 위한 회의를 한 번
만 더 한다면, 미국인들에게 비밀을 지키는 방법에 관한
회의를 한 번만 더 한다면, 케이트에게서 연민이나 질책
이 담긴 시선을 한 번만 더 받는다면, 따분한 관료들로
구성된 보의 회색 군단의 노골적인 증오를 한 번만 더 받
는다면. 거기에 잭 브러더후드가 나중에 모두가 후회할,
특히 잭 본인이 가장 후회할 말을 했을지도 모른다는 가
능성, 그 가능성만으로도. 그래서 그는 이 심부름을 맡겠
다고 자원했다. 보는 보기 드물게 즉각적으로 나서서 그
것참 좋은 생각이라고, 이 일에 더 잘 어울리는 사람이
없다고 말했다. 보의 방을 나서는 순간 그는 자신이 이곳
을 떠나게 돼서 기쁜 만큼 다른 사람들도 그를 내보낼 수
있게 돼서 기뻐한다는 것을 깨달았다. 케이트만 예외
였다.

「괜찮다면 계속 이리로 전화를 걸어요.」 보가 뒤에서
소리쳤다. 「아무리 길어도 세 시간 간격으로. 케이트가
확인할 겁니다. 그렇죠, 케이트?」

나이절이 그를 따라 복도를 걸었다. 「전화를 걸 때 사
무국을 통하세요. 당신은 보의 직통 전화를 사용할 수 없
고, 나는 당신과 먼저 이야기를 나눠야 하니까요.」

「그건 명령이군요.」 브러더후드가 자신의 생각을 말

했다.

「그건 일시적인 허가에 불과하니까, 언제든 철회될 수 있습니다.」

교회에는 나무 포치와 운동장 옆으로 뻗은 오솔길이 있었다. 벽돌로 지은 헛간이 있는 농가 마당을 지나고 나니 가을 공기에서 따뜻한 우유 냄새가 났다.

「우리는 그들을 사다리꼴 대형으로 소개할 겁니다.」 프랑켈이 직접 만들어 낸 유럽식 영어로 말하고 있다. 「만약 소개하게 되면요.」

「내 지시로 말이죠.」 나이절이 한쪽 옆에서 말을 덧붙인다.

그들이 있는 방은 천장이 낮고, 창문이 없고, 불이 지나치게 환하다. 제복 차림의 경비원이 문에 난 구멍을 지키고 있다. 벽을 따라 간격을 두고 프랑켈의 여성 비서들이 버팀 다리 위에 상판을 올려놓은 모양의 책상에 앉아 있다. 흰머리가 희끗희끗한 그들은 보온병을 미리 준비해서 가져왔고, 서로 담배를 나눠 피운다. 이런 일을 모두 해본 적이 있는 사람들이다. 경마장에서 보내는 하루처럼. 프랑켈은 뚱뚱하고 못생긴 라트비아인 급사장이다. 브러더후드가 그를 데려와서 승진시켰는데, 이제는 그가 브러더후드가 만든 문제의 뒤처리를 하고 있다. 그렇게 흘러간다. 시각은 새벽 3시. 오늘, 6시간 전이다.

「첫째 날, 수석 요원들만 이동시킵니다, 잭.」 프랑켈이

거짓말로 환자를 안심시키는 의사처럼 말한다. 「프라하
의 콩거와 워치맨, 부다페스트의 볼테르, 그단스크의 메
리맨.」

「시작은?」 브러더후드가 말한다.

「보가 깃발을 흔들면. 그 전에는 안 됩니다.」 나이절이
말한다. 「아직 우리 평가가 진행 중이에요. 아직은 핌의
충성심이 흠잡을 데 없을 가능성이 상당하다고 생각합니다.」
나이절이 말한다. 발음하기 어려운 말을 능숙하게 익히
려고 애쓰는 사람 같다.

「아주 조용하게 옮길 겁니다, 잭.」 프랑켈이 말한다.
「작별 인사도, 이웃에게 보내는 꽃도, 고양이 맡길 곳을
찾을 여유도 없습니다. 둘째 날에는 무선 담당자들, 셋째
날에는 신분 위장용 중간 접선자, 하급 요원. 넷째 날에
는 남은 사람 모두.」

「연락은 어떻게 합니까?」 브러더후드가 묻는다.

「연락은 당신이 아니라 우리가 합니다.」 나이절이 말
한다. 「5층에서 필요하다고 말하면. 하지만 다시 말하자
면, 지금 이 시점에서 이런 이야기는 모두 순전히 가설에
불과합니다.」

케이트가 그들을 따라 안에 들어와 있다. 남편과 사별
하고 혼자 사는 영국 여성 케이트는 얼굴이 창백하고 조
각 같고 아름답다. 그리고 마흔 살의 나이에 항상 꿈꾸던
사랑을 해보지 못한 것을 슬퍼하고 있다. 그래도 케이트

370

는 케이트다. 언제나 그렇듯이, 그녀의 눈을 보면 분명히 알 수 있다.

「어쩌면 출근하는 사람들을 길에서 그냥 채 오는 방식이 될 수도 있습니다.」프랑켈이 말을 잇는다.「아니면 문을 쾅쾅 두드리거나, 친구를 통해 말을 전하거나, 어딘가에 쪽지를 남겨 둘 수도 있고요. 무엇이든 생각나는 방법을 쓸 겁니다. 지금까지 한 번도 시도된 적이 없는 방법이기만 하다면.」

「우리가 그 단계에까지 이르렀을 때 당신이 도와줄 수 있는 게 바로 그 부분입니다.」나이절이 설명한다.「예전에 시도했던 방법이 뭔지 우리한테 말해 주는 것.」

프랑켈은 동유럽 지도 앞에 서 있다. 브러더후드는 한 발짝 뒤에서 기다린다. 수석 요원들은 빨간색, 하급 요원들은 파란색. 사람보다 압정을 죽이기가 얼마나 더 쉬운지. 브러더후드는 계속 지도를 바라보면서 빈의 어느 저녁을 떠올린다. 핌이 모임의 주최자 역할을 하고, 브러더후드는 10년 근속에 대한 감사 인사를 전하기 위해 런던에서 온 피터 대령 역할을 했다. 핌이 체코어로 우아하게 발언하던 것, 샴페인과 훈장, 악수, 서로를 안심시키는 말, 축음기 음악에 맞춰 조용히 왈츠를 추던 것이 기억난다. 갈색 옷을 입은 볼품없는 커플도. 남자는 물리학자이고, 여자는 체코 내무부의 고위직원이었다. 배신을 속에 품은 연인 관계인 두 사람은 잔뜩 들떠서 얼굴을 빛내며

요한 슈트라우스의 음악에 맞춰 응접실을 빙글빙글 돌았다.

「그래, 언제 시작합니까?」브러더후드가 다시 묻는다.

「잭, 그건 보가 판단할 겁니다.」나이절이 고집스럽게 말한다. 너무 참을성을 발휘하는 것이 위험하다.

「잭, 5층에서는 분주한 척하면서 자연스럽게 행동하는 것, 모든 것이 평소와 똑같아 보이게 하는 것이 가장 중요하다는 결론을 내렸습니다.」프랑켈이 자기 책상에서 전신 한 장을 집어 들며 말한다. 「그들이 편지함을 이용한다고요? 그럼 평소와 똑같이 편지함을 비워야지요. 그들이 무선을 이용한다고요? 그럼 평소와 똑같은 시각에 평소처럼 무선을 보내야지요. 상대편이 듣고 있기를 바라면서.」

「지금 가장 중요한 건 그겁니다.」나이절이 말한다. 자신이 같은 말을 반복해야만 비로소 프랑켈의 말이 정당해진다고 생각하는 것처럼. 「모든 곳에서 완전히 평소 모습을 유지할 것. 너무 일찍 한 발만 삐끗해도 치명적입니다.」

「너무 늦어도 마찬가지죠.」브러더후드가 이 말을 하는 동안 그의 파란 눈이 타오르기 시작한다.

「사람들이 당신을 기다리고 있어요, 잭.」케이트가 말한다. 여기서는 당신이 할 수 있는 일이 하나도 없으니 자리를 뜨자는 뜻이다.

브러더후드는 움직이지 않는다. 「지금 해.」 그가 프랑켈에게 말한다. 「그들을 대사관으로 데려가. 널리 경고를 전하고. 중지시켜.」

나이절은 한 마디도 하지 않는다. 프랑켈은 도와 달라는 듯 그를 바라보지만 나이절은 팔짱을 낀 채 프랑켈의 여비서들 중 한 명의 어깨 너머를 바라보고 있다. 그녀는 신호를 입력하는 중이다.

「잭, 그 정보원들을 대사관이나 영사관으로 데려갈 수는 없어요.」 프랑켈이 나이절을 향해 인상을 찌푸리면서 말한다. 「그건 **금지된**일입니다. 우리로서는 5층에서 명령이 내려왔을 때 탈출할 수 있는 서류를 새로 만들어 주고, 돈과 교통수단을 제공하고, 기도를 좀 해주는 것이 고작이에요. 그렇지요, 나이절?」

「명령이 **내려온다면** 말이죠.」 나이절이 말한다.

「콩거는 동쪽으로 갈 거야.」 브러더후드가 말한다. 「딸이 부쿠레슈티 대학에 다니거든. 그러니 딸에게 갈 거야.」

「좋습니다. 그럼 부쿠레슈티에서 어디로 갈까요?」 프랑켈이 말한다.

브러더후드는 거의 고함을 지른다. 케이트도 그를 막을 수 없다. 「남쪽의 망할 불가리아로 가야지. 그것도 몰라! 우리가 날짜와 장소를 알려 주고, 비행기 편을 마련해서 그를 유고슬라비아로 보내!」

이제는 프랑켈도 언성을 높인다. 「잭, 내 말 잘 들어요, 알겠어요? 나이절, 내 말이 너무 부정적으로 들릴 수도 있으니까 당신이 확인을 좀 해주세요. 비행기도, 대사관도, 접경 지역의 불시착도 절대 안 됩니다. 지금은 60년대가 아니에요. 50년대도 아니고, 40년대도 아닙니다. 동유럽 어딘가에 비행기와 조종사를 새 모이처럼 떨어뜨려 놓을 수는 없다고요. 저쪽에서 우리 자신이나 우리 정보원을 위해 마련한 환영 위원회 같은 건 전혀 반갑지 않습니다.」

「똑바로 말하는군.」 나이절이 딱 알맞은 정도로 놀라움을 표시하며 확인해 준다.

「이 말은 꼭 해야겠습니다, 잭. 당신의 정보망이 지금 너무 심하게 오염되어서 외무부가 알면 아예 쓰레기통에 넣을 생각도 하지 않을 겁니다. 그렇지요, 나이절? 당신은 고립됐어요, 잭. 정부는 당신 손을 잡기 전에 자기 앞가림부터 해야 하고요. 그렇지 않습니까, 나이절?」 프랑켈은 자신이 무슨 말을 하는지 깨닫고 말을 멈춘다. 그러곤 다시 나이절을 바라보지만 여전히 위안이 되는 말을 듣지 못한다. 그는 브러더후드와 눈을 마주치고, 뜻밖의 대담한 시선으로 한참 동안 그를 빤히 바라본다. 어딘가에서 기념물을 바라보며 인간의 유한한 생명에 대해 자기도 모르게 깊이 생각하게 된 사람의 얼굴 같다. 「나는 명령대로 할 뿐입니다, 잭. 그런 식으로 날 보지 말고 기운 내요.」

브러더후드는 천천히 계단을 올라간다. 앞서 계단을 오르던 케이트가 속도를 늦추면서 그에게 잡으라는 듯 손가락 두 개를 뒤로 내민다. 그는 못 본 척한다.

「언제 만날 수 있어요?」 그녀가 말한다.

브러더후드는 이제 귀도 안 들린다.

그날 아침 톰 핌이 어깨에 짊어진 책임은 학급의 반장이자 판다스의 주장으로서 처음 한 달 동안 맞닥뜨렸던 책임만큼이나 무거웠다. 오늘은 판다스가 당번을 맡은 일주일의 첫 날이었다. 아주 끝내주는 일주일이 될 그 기간 동안 톰은 아침 종을 울리고, 양호 선생님을 도와 샤워실을 감독하고, 아침 식사 전에 출석을 불러야 했다. 오늘은 일요일이니 오락실에서 편지를 쓰는 것도, 예배당에서 성서를 읽는 것도, 탈의실이 지저분하거나 거기서 부적절한 행동을 하는 학생이 없는지 살피는 것도 그의 책임이었다. 마침내 저녁이 되면, 학교 생활에 관한 건의를 받는 남학생 위원회 회의를 주재해야 했으며, 그렇게 들어온 건의를 정리해서 케어드 교장 선생님에게 제출해야 했다. 케어드 교장 선생님은 그 무엇도 가벼이 여기지 않고 항상 모든 주장의 모든 면을 살펴야 하기 때문에 그런 제안들을 놓고 깊은 고민에 빠졌다. 톰이 이 모든 일을 어떻게든 마치고 소등 종을 울리고 나면, 곧 월요일 아침이 되어 깨어나야 했다. 지난주 당번은 라이언스였는데 평가가 아주 좋았다. 케어드 교장 선생님은 보기 드물게 확신을 드러내며, 라이언스가 여러 의견이 팽팽해질 때마다 위원회를 구성하고 투표로 의사를 결정하는 등 권력에 민주적으로 접근하는 태도를 보여 주었다고 선언했다. 톰은 예배당에서 찬송가 마지막 소절이 잦아들기를 기다리며, 돌아가신 할아버지의 영혼을 위해 진심으로 기도했다. 케어드 교장 선생님을 위해서도, 수요일에 뉴베리에서 세인트세이비어스와 치르게 될 스쿼시 원정 경기의 승리를 위해서도 기도했다. 하지만 아무래도 또 굴욕적인 패배를 하게 될 것 같았다. 케어드 교장 선생님이 운동 경기의 장점에 대해 아직 똑 부러지는 태도를 보이지 않기 때문이었다. 하지만 톰이 무엇보다 열렬히 기도한 것은, 돌아오는 토요일에(과연 토요일이 오기나 할지는 모르겠지만) 판다스도 케어드 교장 선생님의 칭찬을 듣게 해달라는 것이었다. 만약 케어드 교장 선생님이 실망한다면 톰은 도저히 참을 수 없을 것 같았다.

톰은 키가 몹시 컸으며, 벌써부터 영국 공무원처럼 위아래로 출렁이는 듯한 걸음으로 걸었다. 이 걸음걸이는 아버지의 특징이기도 했다. 앞머리 선이 점점 뒤로 물러나고 있어서 나이보다 성숙해 보였는데, 어쩌면 그 덕분에 학교에서 높은 자리에 오를 수 있었던 것 같기도 했다.

그가 뒷짐을 지고 반장의 자리에서 일어나 신도석 가운데의 통로로 나와서 제단에 이르러 고개를 숙이며 성서대까지 두 계단을 올라가는 모습을 지켜본다면, 이 청년이 학생인지 아니면 케어드 교장의 엄청 젊은 직원 중 한 명인지 헷갈릴 만도 하다는 생각이 들 것이다. 그날의 성경 구절을 읽는 변성기의 목소리만이 원로원 의원 같은 겉모습 속에 아이가 숨어 있음을 알려 주었다. 톰은 자신이 읽는 구절을 거의 듣지 못했다. 그날의 구절은 그가 처음 읽어 본 구절로, 하도 연습을 한 덕분에 이제는 눈을 감고도 외울 수 있었다. 하지만 막상 사람들 앞에서 그 구절을 읽으려니 눈앞의 빨갛고 검은 글자가 무슨 소리를 내는지, 무슨 뜻인지 도무지 알 수 없었다. 손톱을 잔뜩 씹어 놓은 엄지손가락이 성서대 양편을 붙잡고 있는 모습, 저기 신도석 뒤편에 하얀 머리 하나가 불쑥 튀어나와 있는 모습만이 그를 이 세상에 붙들어 주었다. 그 두 가지가 없었다면 그는 공중으로 떠올라 예배당 지붕을 뚫고 하늘로 날아갔을 것이다. 그 뒤로는 기념일에 그가 띄운 풍선처럼 공중을 둥둥 떠갔겠지. 그의 이름이 적힌 풍선은 메이든헤드까지 날아가 어느 노부인의 집 뒷마당에 내려앉았는데, 노부인은 5파운드 상당의 서적 구입권과 함께 보낸 편지에서 자기 아들도 이름이 톰인데 지금 로이즈에서 일하고 있다고 말했다.

「만민 중에 나와 함께한 자가 없이,」 그는 고함을 지르듯이 성경을 읽고 나서 스스로 깜짝 놀랐다. 「내가 홀로 포도즙 틀을 밟았는데 내가 노함을 인하여 무리를 밟았고 분함을 인하여 짓밟았으므로.」 이 구절 속의 위협에 놀란 그는 자신이 누구에게 왜 이 말을 하는 건지 궁금해졌다. 「그들의 선혈이 내 옷에 튀어 내 의복을 다 더럽혔음이니.」[48]

계속 성경을 읽는 동안 오금이 바지에 닿는 것이 느껴졌다. 톰은 자신의 마음을 짓누르고 있는 다른 문제들을 생각했다. 이제야 깨달은 것이지만, 개중에는 지금까지 전혀 인식하지 못한 문제도 있었다. 눈앞의 일들이 자신의 생각을 지배할 수 있을 것이라는 기대는 이제 하지 않았다. 공부할 때나 수업 시간에도 마찬가지였다. 금요일 체육 시간에 그는 자기도 모르게 라틴어 문법을 생각하고 있었다. 어제의 라틴어 수업 때는 어머니가 술을 마시는 것을 걱정했다. 한창 프랑스어를 해석할 때는 자신이 이제 베키 레더러를 사랑하지 않는다는 사실을 문득 깨달았다. 지금도 그녀와 열렬한 편지를 주고받고 있는데도, 그녀보다는 학교 회계원의 딸이 더 마음에 들었다. 높은 직책이 주는 압박 속에서 그의 머리는 과학실에 있는 해저 케이블 한 조각처럼 변했다. 처음에는 한 다발로 묶인 전선들이 각자 정해진 일을 하며 훌륭하게 메시지를 전달했다. 하지만 곧 훨씬 더 많은 메시지들이 눈에

48 「이사야」 63장 3절.

보이지 않는 투명 물고기 떼처럼 그 전선 다발 주위를 헤엄쳐 다니기 시작했는데, 어찌 된 영문인지 그들에게는 전선이 전혀 필요하지 않았다. 지금 그의 머릿속이 딱 그런 상태였다. 그래도 그는 최대한 묵직한 목소리를 내려고 애쓰면서 성경 구절을 꽥꽥 읽었다. 그래 봤자 귀에 들리는 자신의 목소리는 어딘가 멀리 떨어진 방에서 깨진 종이 딸랑거리는 소리 같았다.

「이는 내 원수 갚는 날이 내 마음에 있고 내가 구속할 해가 왔으나.」[49]

톰은 로이즈에서 일하는 톰과 풍선, 자신이 공통 입학 시험에 실패하면 다가올 묵시록, 바람 때문에 블라우스가 가슴에 납작하게 붙은 채로 자전거를 타던 회계원의 딸을 생각했다. 판다스의 부주장인 카터 메이저가 오후의 축구 시합을 감당할 수 있을 만큼 민주적인 지도력을 가지고 있는지도 걱정스러웠다. 하지만 그가 결단코 거부하는 생각이 하나 있었다. 사실 다른 생각들은 이 생각의 대용품에 불과했다. 생각만 해도 진실이 될 것 같아 차마 말로 표현하지도, 머릿속으로 상상해 보지도 못하는 생각.

「고기 맛있니?」잭 브러더후드가 물었다. 둘이 항상 가는 딕비 호텔에서 점심을 먹으면서, 20초쯤 뒤에.

「엄청 맛있어요, 잭 아저씨. 감사합니다.」톰이 말했다.

49 「이사야」63장 4절.

이런 얘기가 오간 것을 제외하면 두 사람은 대체로 침묵 속에서 식사를 했다. 브러더후드는 『선데이 텔레그래프』를 읽었고, 톰은 몇 번이나 거듭 읽고 있는 판타지 소설을 갖고 있었다. 이 소설에서는 모든 일이 올바르게 풀리는데, 다른 책들은 위험할 수 있었다. 학교에서 학생을 데리고 나오는 것에 대해 잭 아저씨만큼 잘 아는 사람은 없어. 톰은 책을 읽고, 음식을 먹고, 어머니를 생각하면서 이런 결론을 내렸다. 심지어 아버지도 매번 모든 것이 반드시 똑같으면서도 아주 사소한 부분이 근사하게 달라져야 한다는 사실을 똑똑히 알지 못했다. 전혀 놀라지 않고 차분한 태도를 유지하면서, 마지막 순간까지 지난번과는 다른 행동을 잔뜩 해서 하루를 길게 늘려야 했다. 학교는 그날 하루 중 대부분의 시간 동안 존재하지 말아야 할 곳이었으므로, 그곳으로 돌아가는 것은 전혀 생각할 문제가 아니었다. 마지막 카운트다운 시간이 되었을 때 학교를 충분히 되살려내기만 하면 되었다. 학교로 돌아가는 것이 가능해질 만큼만.

「하나 더 먹을래?」

「아뇨, 괜찮아요.」

「요크셔 푸딩은?」

「네, 좋아요. 조금만요.」

브러더후드가 웨이터를 향해 눈썹을 치올리자 웨이터가 즉시 다가왔다. 잭 아저씨는 웨이터들에게서 언제나 이런 서비스를 받았다.

「아버지 소식은 있니?」

톰은 즉시 대답하지 않았다. 갑자기 눈이 아파 오고 숨을 쉬기가 힘들어졌기 때문이다.

「아이고, 이런.」 브러더후드가 신문을 내려놓으며 말했다. 「무슨 일이야?」

「성경 말씀 때문에요.」 톰은 눈물을 꾹 참으며 말했다. 「이제 괜찮아졌어요.」

「너 그 성경 말씀 읽는 거 아주 잘했어. 누가 그걸 가지고 뭐라고 하면 한 대 쳐도 된다.」

「오늘의 구절이 아니었어요.」 톰은 여전히 마음을 가라앉히려고 애쓰면서 설명했다. 「그다음에 표시된 페이지로 갔어야 하는데 제가 깜박했거든요.」

「그까짓 게 뭐라고.」 브러더후드가 으르렁거리듯이 말했다. 말투가 하도 강렬해서 옆 자리의 노부부가 고개를 획 돌려 그를 바라볼 정도였다. 「만약 어제의 말씀이 좋은 것이었다면, 오늘 그 구절을 한 번 더 듣는다고 해서 문제가 될 리 없지. 진저에일 한 잔 더 해라.」

톰이 고개를 끄덕이자 브러더후드가 웨이터에게 주문한 뒤 다시 『선데이 텔레그래프』를 집어 들었다. 「어차피 처음 그 구절을 읽었을 때 다들 무슨 소리인지 이해하지도 못했을 거야.」 그가 한심하다는 듯이 말했다.

하지만 진짜 문제는 톰이 잘못된 구절을 읽었다는 것

이 아니었다. 사실 그는 오늘의 구절을 제대로 읽었다. 그도 그 사실을 잘 알았고, 잭 아저씨 또한 잘 알고 있을 것 같았다. 톰은 머릿속의 케이블 주위에서 돌아다니는 물고기 떼와 생각하고 싶지 않은 주제 말고, 자신이 눈물을 터뜨린 손쉬운 핑계로 성경 구절을 댔을 뿐이었다.

두 사람은 이렇게 화창한 날에 안에서 푸딩이나 먹는 것은 시간 낭비라는 결론을 내렸다.

슈가로프 힐은 버크셔 다운스에 있는 석회질 혹 같은 곳으로, 국방부의 철조망이 주위에 빙 둘러져 있고 출입을 금한다는 경고문이 걸려 있었다. 하지만 톰의 평생을 통틀어, 양들이 새끼를 낳을 시기의 집을 제외하면, 그에게 이보다 더 좋은 장소는 없을 듯했다. 아버지랑 스키를 타던 레히도, 어머니랑 자동차를 타고 돌아다니던 빈도 이곳에 미치지 못했다. 그가 지금까지 가보았거나 가보고 싶다고 꿈꾼 곳 중에 여기만큼 호젓한 곳은 없었다. 게다가 아무나 들어올 수 없는 장소이기도 했다. 비밀스러운 언덕 꼭대기의 건물들 주위에는 적의 침범을 막기 위한 가시철조망이 있기 때문이었다. 잭 브러더후드와 톰 핌, 대부와 대자 관계이자 언제나 절친한 친구 사이인 두 사람은 여기서 서로 번갈아 가며 톰의 20구경 총으로 클레이 사격을 했다. 표적을 맞힐 때도 있고 놓칠 때도 있었다. 처음 이곳에 왔을 때 톰은 신기하기 짝이 없었다. 「여기 전부 잠겨 있잖아요, 잭 아저씨.」 잭 아저씨가 차를 세웠을 때 그는 이렇게 말했다. 그때까지는 즐거운 하루였는데, 갑자기 모든 것이 이상해졌다. 둘이서 지도를 봐 가며 차를 몰고 16킬로미터를 달려왔는데, 보이는 것이라고는 높이 솟은 하얀 대문이 꼭꼭 잠겨 있는 모습뿐이었다. 그렇게 하루가 끝나 버리는 것 같았다. 톰은 차라리 학교로 돌아가서 자발적인 처벌을 받을 준비를 하는 편이 나을 거라는 생각이 들었다.

「그럼 가서 〈열려라 참깨!〉라고 소리쳐 봐.」 잭 아저씨는 주머니에서 열쇠 하나를 꺼내 톰에게 건네며 이렇게 조언해 주었다. 정신을 차리고 보니 그 권위적인 하얀 문이 어느새 등 뒤에서 닫히고, 두 사람은 차의 덮개를 연 채 여기 언덕 꼭대기에 들어올 수 있는 특별한 통행증을 지닌 특별한 사람들이 되어 있었다. 두 사람은 잭 아저씨가 점심을 먹는 내내 비밀로 하고 있던 클레이 표적 발사기를 끄집어냈다. 기계에는 녹이 슬어 있었다. 톰은 표적 스무 개 중 아홉 개를 맞혔고, 잭 아저씨는 열여덟 개를 맞혔다. 그는 역사를 통틀어 최고의 사수였다. 아니, 나이가 아주 많은데도 못하는 것이 없었다. 또한 상대의 기분을 고려해서 경기를 져주는 성격도 아니었다. 상대가 톰이라 해도 마찬가지였다. 만약 톰이 잭 아저씨를 이기고 싶다면 반드시 공정하게 이겨야 했다. 두 사람 모두 굳이 말하지 않아도 바로 그런 경기를 원했다. 오늘도 톰은 무엇보다 간절히 그런 하루를 원했다. 평범한 대화와 평범한 경기. 잭 아저씨가 누구보다 잘하는 것. 톰은 머릿속을 떠도는 최악의 생각들을 깊은 구멍 속에 숨겨 놓고, 자신이 영국을 위해 목숨을 바칠 때까지 아무에게도 보여 주고 싶지 않았다.

톰은 야외에 나오면 자유로워졌다. 잭 아저씨와는 아무 상관이 없었다. 말이 너무 많은 것도 싫었고, 특히 개인적인 이야기는 하기 싫었다. 지금이 환한 낮이라는 감각이 그에게는 부활 같았다. 시끄러운 총성과 10월의 바람 소리가 그의 빰을 때리고 교복 스웨터 속으로 파고들었다. 그는 갑자기 어른처럼 말하기 시작했다. 봉제 인형을 들고 이불 속에 누워 칭얼거리는 아이가 아니었다. 진보적인 케어드 교장 선생님은 그런 인형을 권장했지만. 강이 흐르는 저 아래 계곡에 있을 때는 바람이 전혀 불지 않았다. 지친 가을 태양과 갈색 낙엽만 있을 뿐이었다. 하지만 벌거벗은 석회석 언덕 꼭대기로 올라오니 터널을 통과하는 기차처럼 시끄러운 바람이 불어와 톰을 싣고 갔다. 두 사람이 지난번에 다녀간 뒤 새로 세워진 국방부 철탑 속에서 바람이 시끄러운 소리를 내며 웃어 댔다.

「만약 우리가 총을 쏘다가 저 철탑을 쓰러뜨린다면, 망할 놈의 소련군한테 길을 열어 주는 꼴이 될 거다.」 잭 아저씨가 양손을 오므려 입에 대고 소리쳤다. 「그러면 안 되겠지?」

「당연하죠!」

「좋았어. 그럼 어떻게 해야 하지?」

「표적 발사기를 철탑 바로 옆에 고정하고 거기서 표적을 발사해야죠!」 톰이 즐거운 얼굴로 마주 고함을 질렀다. 그러면서 마지막으로 남아 있던 근심이 가슴 밖으로 사라지는 것을 느꼈다. 어깨에서도 힘이 빠졌다. 톰은 바람이 이렇게 횡횡 불어 대는 언덕 꼭대기에서는 누구에게든 하고 싶은 말을 모두 할 수 있다는 것을 깨달았다. 잭 아저씨가 그를 위해 발사해 준 표적 열 개를 향해 톰은 총알 열한 개를 쏴서 여덟 개를 맞혔다. 바람을 감안하면 그의 역대 기록 중 단연코 최고였다. 톰이 표적을 발사할 차례가 됐을 때, 잭 아저씨는 톰에게 지지 않으려고 단단히 벼르고 있었다. 그리고 실제로 톰과 같은 성적을 냈다. 톰은 잭 아저씨가 정말 좋았다. 잭 아저씨에게 이기고 싶은 생각은 없었다. 아빠라면 모를까, 잭 아저씨는 아니었다. 그래 봤자 남는 게 없을 터였다. 두 번째로 발사된 표적 열 개에 대해서는 성적이 조금 전만큼 좋지 않았지만 그는 신경 쓰지 않았다. 팔이 욱신거린 탓인데, 그것은 그의 잘못이 아니기 때문이었다. 하지만 잭 아저씨는 성(城)처럼 꿈쩍도 하지 않았다. 총알을 장전하는 중에도 그의 하얀 머리는 솟아오르는 표적을 향해 앞으로 쭉 나와 있었다.

「열넷 열여덟이에요.」 톰이 빈 탄피를 수거하느라 이리저리 뛰어다니며 소리쳤다. 「굉장해요!」 그러고 나서 똑같이 크고 명랑한 목소리로 덧붙였다.「아빠는 괜찮으신 거죠?」

「괜찮지 않을 이유가 없지.」브러더후드가 마주 고함을 질렀다.

「할아버지 장례식을 끝내고 저를 보러 오셨을 때 좀 우울하신 것 같았거든요. 그래서요.」

「그래, **확실히** 우울했겠지. 너라면 **네** 아버지를 막 땅에 묻고 나서 어떤 기분이겠니?」

두 사람 모두 여전히 바람을 향해 소리를 질러 대고 있었다. 20구경 산탄총에 총알을 장전하고, 한 번 더 사격을 하기 위해 발사기로 돌아오는 동안에는 가벼운 잡담을 나눴다.

「아빠는 항상 자유를 이야기해요.」톰이 소리쳤다.「자유는 남이 주는 것이 아니라면서, 우리가 직접 쟁취해야 한다고 하세요. 솔직히 이젠 좀 지겨워요.」

잭 아저씨는 총을 장전하느라 여념이 없었기 때문에 톰은 그가 자기 말을 듣기나 했는지 궁금했다. 만약 들었다면 그가 흥미를 느꼈는지도 궁금했다.

「전부 아주 옳은 말이다.」브러더후드가 약실을 탁 닫으면서 말했다.「요즘은 애국심이 더러운 단어가 됐지.」

톰은 표적을 발사한 뒤, 그것이 잭 아저씨의 정확한 총알에 맞아 오그라들다가 터지면서 가루가 되는 모습을 지켜보았다.

「아빠가 딱히 애국심에 대해 이야기한 건 아니었어요.」톰은 새 탄약통을 찾느라 두리번거리면서 설명했다.

「그래?」

「제 생각에는, 저더러 만약 불행하다고 느낀다면 도망쳐야 한다고 말하신 것 같아요. 아빠는 편지에도 그렇게 쓰셨어요. 그건, 뭐랄까……」

「뭐랄까?」

「……마치 **아빠**가 학교에 다닐 때 하지 못했던 일을 제가 했으면 하고 바라시는 것 같았어요. 사실 좀 이상해요.」

「내가 보기에는 전혀 이상하지 않은걸. 네 아빠는 널 시험하신 거다. 도망치고 싶다면 문이 열려 있다고 말한 거지. 내가 듣기로는 너한테 신뢰를 보여 준 것 같은데. 네 아빠만큼 좋은 아버지는 없어, 톰.」

톰이 쏜 총알이 빗나갔다.

「그런데 편지라니, 무슨 소리냐?」브러더후드가 말했다. 「네 아빠가 널 만나러 온 줄 알았는데.」

「오셨어요. 편지도 보내셨고요. 아주 긴 편지였는데, 그냥 좀 이상하다는 생각이 들어서요.」톰은 〈이상하다〉라는 형용사가 새삼 마음에 드는지 다시 사용했다.

「그래, 뭐, 속이 속이 아니었겠지. 그게 잘못된 일도 아니잖아? 아버지가 돌아가신 뒤에 자리를 잡고 앉아서 아들에게 편지를 쓰는 것 말이다. 넌 영광인 줄 알아야 돼.

잘 쏘는구나, 녀석. 총을 잘 쏴.」

「감사합니다.」톰은 점수표에 명중 표시를 하는 잭 아저씨를 자랑스럽게 바라보았다. 잭 아저씨는 항상 점수를 기록했다.

「하지만 아빠는 그런 말을 하지 않았어요.」톰이 어색하게 말을 덧붙였다.「속이 상한 게 아니라 기쁘다고 하시던데요.」

「그런 말을 썼다고?」

「할아버지가 아빠의 자연스러운 인간성을 먹어 치워 버렸는데, 아빠는 나한테 같은 짓을 하고 싶지 않다고 했어요.」

「그것도 속이 상했다는 뜻이야.」브러더후드는 꿋꿋하게 말했다.「그건 그렇고, 네 아빠가 혹시 비밀 장소 얘기를 한 적이 있니? 어디든 조용하고 평화롭게 시간을 보낼 수 있는 곳 말이야.」

「별로요.」

「그래도 그런 곳이 있기는 했지?」

「별로요.」

「그게 어디니?」

「저더러 아무한테도 말하지 말라고 하셨어요.」

「그럼 하지 마라.」잭 아저씨가 단호하게 말했다.

그 말을 듣고 나니 아빠에 대해 이야기하는 것이 민주적인 반장에게 꼭 필요한 일인 것 같다는 생각이 갑자기

들었다. 특권을 누리는 사람들이 자신의 삶에서 가장 소중한 것을 희생할 의무가 있다는 케이드 교장 선생님의 말 때문이었다. 톰은 이루 말할 수 없을 만큼 아빠를 사랑했다. 자신을 바라보는 브러더후드의 시선을 느끼면서, 그는 비록 딱히 좋은 쪽의 흥미는 아닌 것 같지만 그래도 어쨌든 자신이 그의 흥미를 불러일으켰다는 사실이 반가웠다.

「잭 아저씨는 아빠랑 아주 오래 전부터 알던 사이죠?」 톰이 차에 오르면서 말했다.

「35년이 긴 세월이라면 그렇지.」

「기네요.」 톰은 아직 일주일도 영원처럼 느껴지는 나이였다. 차에 오르고 보니 갑자기 바람이 전혀 느껴지지 않았다. 「만약 아빠에게 아무 일도 없는 거라면…….」 톰은 안전벨트를 매면서 짐짓 대담한 척 입을 열었다. 「왜 경찰이 아빠를 찾아요? 제가 궁금한 건 그거예요.」

「오늘 우리의 운세를 말해 줄 거요, 메리 루?」 잭 아저씨가 물었다.

「오늘은 아니에요, 달링. 그럴 기분이 아니에요.」

「당신은 항상 그런 기분일 텐데.」 잭 아저씨는 이렇게 말하고 나서 메리 루와 함께 크게 웃음을 터뜨렸고, 톰은 얼굴을 붉혔다.

메리 루는 집시라고 잭 아저씨가 말해 주었다. 하지만

톰이 보기에 그녀는 해적에 더 가까운 것 같았다. 그녀는 엉덩이가 크고 머리카락이 검은색이었으며, 빈의 바우어 부인처럼 입술 위에 가짜 입술을 크게 그려 놓았다. 그녀는 공유지 주변에 나무로 지어진 카페에서 케이크를 굽고 크림 티를 팔았다. 톰이 토스트에 수란을 올려 달라고 말했더니, 플러시의 달걀처럼 신선하고 크림 같은 달걀이 나왔다. 잭 아저씨는 차 한 주전자와 메리 루가 자랑하는 최고의 과일 케이크 한 조각을 먹었다. 그는 톰이 지금까지 한 말을 모두 잊어버린 것 같았다. 톰에게는 다행한 일이었다. 신선한 공기 때문에 머리가 아프고, 자신이 머릿속으로 했던 생각이 당혹스러웠기 때문이다. 그가 저녁 기도 종을 울려야 하는 시간까지 2시간 8분이 남아 있었다. 그는 아빠의 조언대로 그냥 도망쳐 버릴까 하고 고민하는 중이었다.

「그럼 아까 경찰이 어쩌고 하던 얘기는 뭐냐?」 브러더후드가 약간 모호하게 물었다. 그가 그 말을 잊어버렸거나 듣지 못한 모양이라고 톰이 결론을 내린 지 한참 시간이 흐른 뒤였다.

「그 사람들이 와서 케어드를 만났어요. 그리고 케어드가 저를 불렀고요.」

「케어드 **선생님**이라고 해야지.」 브러더후드가 상냥하기 그지없는 말투로 톰의 말을 교정해 주고는 차 한 모금을 기분 좋게 마셨다. 「언제?」

「금요일에요. 럭비 경기가 끝난 뒤에. 케어드 선생님이 저를 부르신다고 해서 갔는데, 레인코트 차림의 남자가 케어드 선생님의 안락의자에 앉아 있다가 아빠 일로 경찰청에서 나왔다고 말했어요. 그러고는 혹시 아빠의 휴가지 주소를 갖고 있느냐고 묻더라고요. 아빠가 할아버지 장례식을 마치고 멍한 상태에서 휴가를 떠나면서 어디로 가는지 아무한테도 알리지 않았다면서요.」

「헛소리.」 한참 뒤에 브러더후드가 말했다.

「맞아요, 아저씨. 정말로 그래요.」

「아까 〈그 사람들〉이라고 하지 않았니?」

「한 명이었어요.」

「키는?」

「175센티미터.」

「나이는?」

「마흔 살.」

「머리카락 색은?」

「저랑 같아요.」

「수염은 없고?」

「네.」

「눈은?」

「갈색요.」

이건 두 사람이 옛날에 자주 하던 놀이였다.

「차는?」

「역에서 택시를 탔어요.」

「네가 어떻게 알아?」

「멜러 아저씨가 데려왔거든요. 제가 첼로를 배우러 갈 때 데려다주시고, 역에서 내리는 손님들을 태우는 택시 기사 아저씨예요.」

「정확히 말해야지. 경찰이 멜러 아저씨의 차를 타고 왔다고. 그 경찰이 기차를 타고 왔다고 너한테 직접 말했니?」

「아뇨.」

「그럼 멜러가?」

「아뇨.」

「그럼 그 사람이 경찰관이라는 얘기는 누가 했어?」

「케어드 선생님이요. 저를 소개하면서 그렇게 말했어요.」

「옷은 뭘 입고 있었지?」

「양복요. 회색.」

「자기 계급을 말하던?」

「조사관이랬어요.」

브러더후드는 빙긋 웃었다. 멋지고, 편안하고, 애정 어린 미소였다. 「이 멍청한 자식, 그 사람은 **외무부** 조사관이야. 네 아빠랑 같은 회사에서 일하는 심부름꾼이라고. **경찰관**이 아니란다, 애야. 할 일이 별로 없는 인사부의 멍청한 직원이야. 케어드가 이번에도 또 착각을 했구나.」

톰은 그에게 입을 맞추라면 맞출 수도 있을 것 같았다. 실제로 입을 맞출 뻔했다. 허리를 똑바로 세우자 키가 3미터쯤 더 커진 것 같았다. 잭 아저씨의 두툼한 트위드 재킷에 얼굴을 묻고 싶었다. 그래, 그 사람이 경찰관일 리가 없었다. 경찰관처럼 발이 크지도 않고, 머리가 짧지도 않았으니까. 친절하게 굴 때도 어딘가 벽을 세우는 것처럼 보이는 경찰관의 태도 또한 없었다. 괜찮아. 톰은 잔뜩 들떠서 혼잣말을 했다. 잭 아저씨가 다 설명해 줬어. 언제나 그러듯이.

톰은 브러더후드가 내민 손수건을 받아서 눈을 문질렀다.

「그래, 그 친구한테 무슨 얘기를 했니?」 브러더후드가 말했다. 톰은 자기도 아버지가 어디 있는지 모르지만, 며칠 동안 스코틀랜드에 파묻혀 있다가 빈으로 돌아간다는 얘기를 한 적이 있다고 말했다고 설명했다. 톰은 그 때문에 왠지 아버지가 뭔가 잘못한 것처럼, 무슨 범죄자가 된 것처럼 보였다는 얘기도 했다. 톰이 그 조사관과의 만남에 대해 기억나는 것, 그가 던진 질문, 혹시 아빠가 나타나면 연락해 달라고 남긴 전화번호(톰이 아니라 케어드 선생님이 갖고 있었다)에 대해 모조리 말하고 난 뒤, 잭 아저씨는 메리 루의 응접실에 있는 전화기를 들고 케어드 교장에게 전화를 걸어 톰의 귀교 시간을 9시로 늦춰 달라고 부탁했다. 가정 문제로 나눌 이야기가 있다는 것이 그가 내세운 이유였다.

「제가 종을 쳐야 하는데요?」 톰이 놀란 얼굴로 말했다.

「카터 메이저가 할 거야.」 잭 아저씨는 정말이지 모르는 것이 없었다.

전화하는 시간이 오래 걸린 것을 보니, 잭 아저씨가 런던에도 전화를 한 모양이었다. 그는 메리 루에게 크리스마스 양말인지 뭔지를 채우는 데 쓰라면서 5파운드를 더 주었다. 그러고는 메리 루와 함께 폭소를 터뜨렸다. 이번에는 톰도 함께 웃었다.

어쩌다가 코르푸에 대한 이야기를 하게 되었는지, 톰은 나중에 아무리 생각해 봐도 확실히 기억나지 않았다. 어쩌면 두 사람의 대화에 더 이상 방향이라는 것이 없었던 것 같기도 했다. 두 사람은 이번에 다시 만날 때까지 무엇을 하고 지냈는지에 대해서 가볍게 수다를 떨었다. 지난번에 만난 것이 여름 방학 전이었으니, 기꺼이 말할 생각만 있다면 할 얘기는 산더미처럼 많았다. 톰은 지금 수다를 떨고 싶은 기분이었다. 이런 식으로 대화를 해본 것이 아주 오랜만인 것 같았다. 아니, 생전 처음인 것 같기도 했다. 잭 아저씨는 편안한 사람이었다. 너그러움과 엄격함이 톰에게 딱 알맞을 정도로 어우러져 있었고, 든든한 내면과 강한 외면이 느껴지는 것도 좋았다.

「견진 성사는 어떻게 되어 가니?」 브러더후드가 물

었다.

「아무 문제 없어요.」

「너도 이제 다 컸구나, 톰. 정신 똑바로 차려야 돼. 네 나이면 벌써 군인이 되는 나라도 있어.」

「알아요.」

「일자리가 아직도 문제야?」

「조금요.」

「여전히 샌드허스트[50]를 생각하는 거니?」

「네. 봐서 제가 잘하면 저를 데려가겠다고 삼촌 쪽에서 말씀하셨어요.」

「기를 쓰고 열심히 해야겠네, 그렇지?」

「솔직히 진짜 열심히 노력하고 있어요.」

이때 잭 아저씨가 더 가까이 다가오더니 목소리를 낮췄다. 「너한테 이런 이야기를 해도 될지 잘 모르겠다만, 그래도 그냥 해야겠다. 너도 이젠 비밀을 지킬 수 있는 나이인 것 같으니까. 할 수 있겠니?」

「지금도 누구한테도 말하지 않은 비밀을 많이 알고 있는걸요.」

「사실 네 아빠도 좀 비밀스러운 사람이지. 너도 알았을 거다, 그렇지?」

「아저씨도 비슷하지 않아요?」

「아주 뛰어난 사람이기도 하지. 네 아빠 말이야. 하지

50 영국 육군 사관 학교의 소재지.

만 네 아빠는 조용히 입을 다물고 있어야 돼. 조국을 위해서.」

「아저씨를 위해서도요.」톰이 말했다.

「네 아빠의 인생 중 많은 부분이 완벽히 가려져 있어. 인간의 눈으로는 결코 볼 수 없을 정도라도 해도 될 만큼.」

「엄마도 아세요?」

「원칙적으로는, 그래, 안다. 하지만 자세한 부분에 대해서는 전혀 모르는 거나 마찬가지야. 우리가 일하는 게 원래 그렇거든. 만약 네 아빠가 혹시라도 거짓말을 하는 것처럼 보이거나 말을 피하는 것처럼 보인 적이 있다면, 그러니까 때로 사실을 말하지 않는 것처럼 보였다면, 틀림없이 나라에 대한 충성심과 일 때문에 그랬을 것이라고 장담해도 돼. 그게 네 아빠한테는 힘든 것 같다. 우리 모두 그렇지. 비밀은 스트레스의 근원이니까.」

「위험한 거예요?」

「그럴지도. 그래서 우리가 네 아빠한테 경호원을 붙인 거다. 예를 들어, 오토바이를 탄 청년들이 그리스에서 네 아빠를 따라다니면서 집 앞을 어른거린 것처럼.」

「저도 그 사람들 봤어요!」톰이 들뜬 목소리로 외쳤다.

「크리켓 경기장에서 네 아빠한테 다가온, 키가 크고 마른 콧수염 남자도…….」

「맞아요, 맞아요! 밀짚모자를 썼어요!」

「가끔은 네 아빠의 일이 워낙 극비라서 네 아빠가 완전히 사라질 수밖에 없을 때도 있어. 그럴 때는 경호원들조차 네 아빠의 주소를 모르지. 나는 알지만. 세상 다른 사람들은 전혀 모르고, 알아서도 안 돼. 그러니 만약 그 조사관이 너나 케어드 선생을 다시 찾아오거든, 아니면 그 조사관 말고 다른 사람이 찾아오더라도, 그 사람들한테 네가 아는 걸 다 말해 준 뒤에 즉시 나한테 알려야 돼. 내가 특별한 전화번호를 알려 주마. 케어드 선생한테도 특별히 말해 둘게. 네 아빠는 많은 도움을 받아야 마땅해. 그러니 도울 거다.」

「정말 다행이에요.」

「자, 그럼, 아빠가 보냈다는 편지 말이다. 네 아빠가 사라진 뒤에 온 긴 편지. 거기에 그런 말이 적혀 있었니?」

「몰라요. 아직 다 안 읽었거든요. 세프턴 보이드의 주머니칼이랑 교직원 화장실의 낙서랑 이런저런 문제가 많았어요.」

「세프턴 보이드가 누군데?」

「학교 친구예요.」

「네 아빠하고도 친하니?」

「아뇨. 그 애 아버지가 아빠하고 친했어요. 그 애 아버지도 학교에 다녔어요.」

「그럼 그 편지는 어떻게 했어?」

그것으로 스스로를 벌했다. 종이를 뾰족뾰족하고 단

단하게 뭉쳐서 바지 주머니에 넣고 다니며 허벅지에 고통을 느꼈다. 하지만 톰은 이런 말을 하지 않고, 그냥 남은 조각들을 기꺼이 잭 아저씨에게 건넸다. 아저씨는 그 종이를 세심하게 다루겠다면서, 다음에 만날 때 자세히 이야기해 주겠다고 약속했다. 물론 이야기를 나눌 만한 것이 있을 때의 이야기였다. 잭 아저씨는 아무래도 그런 것이 없을 것 같다고 생각하는 듯했다.

「봉투도 갖고 있니?」

아니, 봉투는 없었다.

「편지를 부친 곳이 어디야? 거기에 단서가 있을 텐데. 잘 찾아보면.」

「소인에는 레딩이라고 돼 있었어요.」

「요일은?」

「화요일요.」 톰이 마뜩잖게 말했다. 「하지만 월요일에 늦게 부쳤을 수도 있어요. 제 생각에 아빠는 월요일 오후에 빈으로 돌아가는 길이었을 거예요. 그러니까, 스코틀랜드로 간 게 아니라면 말이에요.」

잭 아저씨는 톰의 말을 제대로 듣지 않았는지, 다시 그리스 얘기로 돌아가서, 코르푸의 크리켓 경기장에 나타났던 그 껑충한 콧수염 남자를 놓고 이른바 〈보고서 쓰기〉 놀이를 했다. 〈보고서 쓰기〉는 두 사람이 붙인 이름이었다.

「틀림없이 아빠를 걱정했을 거다, 그렇지? 그 남자가

좋은 일로 네 아빠를 찾은 것처럼 보이지 않았을 거야. 그 남자가 아주 친절했다 해도. 만약 두 사람이 정말로 서로 그렇게 잘 아는 사이라면, 네 아빠가 그 사람을 집에 데려가서 엄마한테도 소개했겠지? 그러니 넌 나중에 그때 일을 생각하면서 그 점이 마음에 걸렸을 거야. 아빠가 엄마의 눈앞에서 비밀을 갖는 것도 좋게 보이지 않았을 테고.」

「그랬던 것 같아요.」 톰이 인정했다. 잭 아저씨는 언제나 모르는 게 없었다. 「그 사람이 아빠의 팔을 붙잡았어요.」

두 사람은 딕비로 돌아와 있었다. 이제 걱정을 떨쳐 버리고 즐거워진 톰은 다시 식욕이 생겨서 스테이크와 감자튀김을 먹는 중이었다. 브러더후드는 위스키 한 잔을 주문했다.

「키는?」 브러더후드가 다시 두 사람만의 특별한 놀이를 이어 갔다.

「180.」

「그래, 잘했다. 180이 맞아. 머리카락 색깔은?」

톰은 머뭇거렸다. 「칙칙한 황갈색에 줄무늬?」

「그게 도대체 무슨 뜻이야?」

「밀짚모자를 쓰고 있어서 잘 안 보였어요.」

「그 사람이 밀짚모자를 쓴 건 나도 알아. 그래서 너한테 물어보는 거잖아. 머리카락 색깔은?」

「갈색.」 결국 톰이 말했다. 「햇빛을 받은 갈색이에요. 이마는 천재처럼 아주 넓었고요.」

「아니, 모자 속으로 햇빛이 어떻게 들어가?」

「회색 같은 갈색이에요.」

「그럼 그렇게 말해야지. 이건 2점밖에 안 되겠다. 모자에 둘러진 띠는?」

「빨간색.」

「아이고.」

「빨간색이었어요.」

「더 노력해 봐.」

「빨간색이에요, 빨간색, 빨간색!」

「3점. 턱수염 색깔은?」

「턱수염 없었어요. 텁수룩한 콧수염이랑 아저씨처럼 진한 눈썹만 있었어요. 하지만 아저씨처럼 숱이 많지는 않았고요. 그리고 주름진 눈.」

「3점. 몸집은?」

「구부정하고 찔룩찔룩.」

「찔룩찔룩은 또 뭐야?」

「불룩찔룩 비슷한 거요. 그건 바다에 파도가 쳐서 울퉁불퉁해진 거예요. 찔룩찔룩은 그 사람이 빨리 걷다가 절룩거리는 것이고요.」

「절뚝거렸다는 말이군.」

「네.」

「그럼 그렇게 말해. 어느 쪽 다리?」

「왼쪽.」

「한 번 더.」

「왼쪽.」

「확실해?」

「왼쪽!」

「3점. 나이는?」

「일흔 살.」

「너 그렇게 멍청하게 굴래?」

「늙었어요!」

「그렇다고 일흔 살이야? 나도 일흔 살이 아니야. 예순 살도 아니야. 뭐, 비슷하긴 하지만. 그 사람이 나보다 늙었어?」

「같아요.」

「손에 든 건?」

「서류 가방. 코끼리 가죽처럼 보이는 회색이었어요. 그 사람은 툼스 선생님처럼 힘줄이 불거졌고요.」

「툼스가 누구야?」

「우리 체육 선생님이에요. 합기도랑 지리를 가르쳐요. 원래 그러면 안 되는데, 발차기로 사람을 죽인 적도 있대요.」

「그래, 툼스 선생처럼 힘줄이 불거졌고, 코끼리 가죽 서류 가방을 들었다. 2점. 다음에는 주관적인 말은 하지

401

마.」

「그게 뭔데요?」

「툼스 선생 이야기. 넌 그 선생을 알지만 난 모르잖아. 내가 모르는 사람을 내가 모르는 또 다른 사람과 비교하지 말라는 뜻이야.」

「아저씨가 그 사람을 안다면서요.」 톰은 잭 아저씨의 잘못을 잡아낸 것에 몹시 들뜬 기색이었다.

「알지. 널 속인 거야. 자동차가 있었니? 그 사람 말이야.」

「볼보. 칼루메노스 아저씨한테서 빌린 거예요.」

「네가 그걸 어떻게 알아?」

「그 아저씨는 누구한테나 그 차를 빌려 주고 돈을 받으니까요. 항구로 내려가서 얼쩡거리다가 차가 필요한 사람이 나타나면 그 볼보를 내줘요.」

「색은?」

「초록색. 흙받기가 구겨져 있고, 코르푸 번호판이고, 안테나에 여우 꼬리가 있고…….」

「빨간색이야.」

「초록색이에요!」

「0점.」 브러더후드의 단호한 목소리에 톰은 불끈 화를 냈다.

「왜요?」

브러더후드는 늑대 같은 미소를 지었다. 「그건 그 사

람 차가 아니야, 그렇지? 차 안에 두 사람이 더 앉아 있었는데, 그 차를 빌린 사람이 콧수염 친구라는 걸 네가 어떻게 알지? 넌 객관성을 잃었어.」

「그 사람이 대장이었어요!」

「그건 네가 확실히 **아는** 게 아니지. 추측일 뿐. 그런 식으로 이야기를 지어내다가는 너 때문에 전쟁이 벌어질 수도 있겠다. 양귀비 아주머니를 만난 적 있니?」

「아뇨.」

「삼촌은?」

톰은 키득거렸다. 「없어요.」

「웬트워스 씨라는 이름 들어 본 적 있어?」

「아뇨.」

「전혀?」

「없어요. 서리주의 지명인 줄 알았는데요.」

「잘했다. 네가 꼭 알아야 하는 걸 잘 모르는 상황이라도 절대 거짓말을 지어내지 마. 그게 규칙이야.」

「또 저를 놀리신 거죠?」

「글쎄, 그런지도 모르겠구나. 아빠가 언제 다시 만나자고 하던?」

「그런 말 없었어요.」

「원래 그런 말 안 해?」

「별로요.」

「그럼 호들갑 떨 일도 아니잖아.」

「편지 때문에요.」

「편지가 왜?」

「꼭 아빠가 죽은 것 같아요.」

「헛소리. 쓸데없는 상상을 하는구나. 네가 잘 아는 다른 얘길 해줄래? 네 아빠가 몰래 숨어 있는 은신처 이야기. 괜찮아. 우리도 이미 다 알고 있어. 아빠가 주소를 알려 줬니?」

「아뇨.」

「거기에서 가장 가까운 스코틀랜드 도시 이름 같은 건?」

「몰라요. 그냥 스코틀랜드라고만 했어요. 스코틀랜드의 바닷가라고. 다른 사람들의 방해 없이 글을 쓸 수 있는 곳이래요.」

「아빠가 너한테 해줄 수 있는 이야기를 모두 해줬구나, 톰. 그 이상은 비밀이라 말할 수 없었을 거야. 방이 몇 개나 된다고 하던?」

「말하지 않았어요.」

「장은 누가 봐주고?」

「말하지 않았어요. 집주인 아주머니가 엄청나대요. 나이도 많고요.」

「네 아빠는 좋은 사람이다. 현명하기도 하고. 그 집주인도 좋은 사람이야. 우리 직원이거든. 그러니 너도 더 이상 걱정하지 마라.」 잭 아저씨는 곁눈질로 손목시계를 흘깃 보았다. 「자, 그거 다 먹고 진저에일 하나를 주문해서 마시고 있어. 난 개 때문에 누굴 좀 만나고 와야겠다.」 잭 아저씨는 계속 웃는 얼굴로 화장실과 전화기 표시가 붙어 있는 문으로 성큼성큼 걸어갔다. 톰은 언제나 관찰에 온 힘을 쏟았다. 잭 아저씨의 뺨에 점점이 나타난 행복한 색깔. 톰 본인처럼 즐거운 느낌과 모두 아무런 문제도 없이 잘 지내고 있다는 느낌.

브러더후드는 램버스에 아내와 집이 있으므로 이론적으로는 그곳에 갈 수 있었다. 서퍽의 오두막에도, 비록 이혼했지만 미리 연락하면 기꺼이 그를 받아 줄 또 다른 아내가 있었다. 딸은 변호사와 결혼해서 피너에 살고 있었지만, 딸 부부나 잭이나 서로를 지옥에나 가버리라는 식으로 대했다. 그래도 그가 간다면 딸 부부는 의무적으로 그를 받아주었을 것이다. 연극을 한답시고 근근이 살고 있는 쓸모없는 아들도 있었다. 만약 브러더후드가 아들을 안쓰러워하는 마음을 갖고 있었다면(묘하게도 요즘 가끔 실제로 그런 마음이 들기는 했다), 그리고 불결한 환경과 대마초 냄새를 참을 수 있었다면(가끔 실제로 참을 수 있었다), 아들 에이드리언이 여분의 침대라고 놓아둔 더러운 이불 더미를 얼마든지 사용할 수 있었을 것이다. 하지만 오늘 밤은 물론이고 핌과 대화를 나눌 때까지 그 어느 날이라도 그는 식구들을 만나고 싶지 않았다.

셰퍼드 마켓에 있는 작은 안가에서 망명자처럼 지내는 편이 더 나았다. 악취 나는 이 작은 아파트의 난간에서는 검댕 묻은 비둘기들이 짝짓기를 하고, 저 아래 길에서는 몸 파는 여자들이 보초병처럼 서성거렸다. 전쟁 때 그랬던 것처럼. 회사는 주기적으로 그에게서 이 아파트를 빼앗거나 그의 월급에서 임대료를 제하려고 시도했다. 이 아파트 때문에 그를 몹시 싫어하는 책상물림들은 이곳을 가리켜 그의 섹스 오두막이라고 말했다. 가끔 그렇게 사용하는 것이 사실이기는 했다. 책상물림들은 그가 공짜 술이나 청소부를 요구하면 분개했다. 하지만 브러더후드는 그들보다 훨씬 더 배짱이 두둑한 사람이었고, 그들도 어느 정도는 그 사실을 알고 있었다.

「연구 결과 체코 정보부가 신문을 어떻게 이용하는지에 대해 더 많은 사실이 밝혀졌어요.」 케이트가 베개를 향해 말했다. 「하지만 결정적인 건 전혀 없어요.」

브러더후드는 보드카를 길게 들이켰다. 새벽 2시였다. 두 사람이 여기에 온 지는 한 시간째. 「말해서 뭐해. 위대한 스파이께서는 신문에서 자신이 원하는 글자들을 펜으로 찌른 뒤 스파이 대장한테 그 신문을 보내 연락하시지. 그 스파이 대장님은 빛을 향해 신문을 들어 올려 아마겟돈 계획을 읽어 내고 말이야. 이다음에는 수기(手旗) 신호를 쓸 거야.」

케이트는 작은 침대에서 그의 옆에 하얗게 빛나는 모

습으로 누워 있었다. 케임브리지 출신으로 무대에 처음
나선 마흔 살의 아가씨지만, 그녀는 이미 길을 잃어버렸
다. 더러운 커튼을 통해 들어오는 어둑한 분홍색 빛이 그
녀를 고전적인 조각들로 쪼개 놓았다. 여기에 허벅지 한
쪽, 여기에 종아리 한 쪽, 여기에 뾰족한 젖가슴 한쪽 또
는 칼날 같은 선을 그리고 있는 옆구리 한쪽. 그녀는 그
에게 등을 돌리고 한쪽 다리를 살짝 구부린 자세였다. 젠
장, 이 여자는 나한테서 뭘 원하는 거야, 5층에서 브리지
게임을 하는 이 슬프고 아름다운 여자가 왜 실연당한 사
람 같은 분위기로 새침을 떨며 관능적으로 구는 거지? 그
녀를 7년이나 겪었는데도 브러더후드는 전혀 짐작이 가
지 않았다. 그는 몇 달 동안 지부들을 순례하거나 어느
구석진 나라에 가 있을 때도 그녀에게 연락을 하거나 편
지를 보내지 않았다. 하지만 돌아온 뒤에는 여행 가방에
서 칫솔 하나를 꺼내 정리할 틈도 없이 벌써 그녀가 그의
품에 안겨 있었다. 그녀는 그 슬프고 굶주린 눈으로 그를
다그쳤다. 그녀에게는 나 같은 사람이 1백 명쯤 있는 걸
까? 우리는 임무를 마치고 절룩거리며 집으로 돌아올 때
마다 그녀의 총애를 두고 다투는 전투기 조종사들인가?
아니면 이 여신을 덮치는 사람은 나뿐인가?

「그리고 보가 최고의 정신과 의사를 잔치에 불러들였
어요.」케이트가 말했다. 모음의 발음이 흠잡을 데 없었
다.「무해한 신경 쇠약을 전문으로 다루는 사람이래요.

그 사람한테 핌의 서류를 던져 주고, 심한 스트레스를 받은 나머지 다른 사람들, 특히 미국인들에게 불안을 안겨 주고 있는 충성스러운 영국인의 프로파일을 만들어 보라고 했어요.」

「조금 있으면 영매도 불러들일 기세로군.」 브러더후드가 말했다.

「바하마, 스코틀랜드, 아일랜드행 비행기도 확인했어요. 다른 곳으로 가는 비행기도 마찬가지고요. 배와 렌터카 업체, 그리고 뭐든 확인할 수 있는 건 다 확인했죠. 그 사람이 사용했던 모든 전화기에 대한 영장과 나머지에 대한 포괄적인 영장도 받았어요. 모든 통신 담당자들의 휴가와 주말을 취소하고, 감시 팀을 24시간 비상 체제로 돌리고 있죠. 그런데도 이게 다 무슨 뜻인지 아직 누구한테도 말해 주지 않았어요. 구내식당은 장례식장 같아요. 대화가 전혀 오가지 않으니까요. 그 사람과 같은 사무실에서 일했거나 그 사람한테서 중고차를 산 사람까지 모두 조사 중이에요. 덜리치에 있는 핌의 집에서도 세입자들을 몰아내고 나무좀 퇴치 전문가 행세를 하면서 건물을 샅샅이 뒤집었어요. 이제 나이절은 수색 팀 전원을 노퍽 거리의 안가로 옮기자는 얘기를 하고 있어요. 규모가 너무 커지고 있거든요. 보조 인력을 포함해서 약 150명 규모예요. 그 번박스 안에는 뭐가 있어요?」

「왜?」

「뭔가 어두운 구석이 있는 것 같아서요. 보와 나이절은 누가 그 얘기를 꺼내기만 하면 조개처럼 입을 다물어요.」

「언론은?」브러더후드가 말했다. 그녀의 질문에 답을 피한다기보다 오히려 대답하는 것 같은 태도였다.

「평소처럼 봉합했죠.『팃비츠』부터 그 아래로. 보가 어제 편집장들하고 점심 식사를 했어요. 그리고 혹시 정보가 조금이라도 새어 나갈 때를 대비해서 언론사 사장들한테 편지도 보내 두었고요. 소문이 보안을 얼마나 약화시키는지 아시잖아요. 잘 알지도 못하고 추측하는 것은 진정한 내부의 적이죠. 나이절은 라디오와 텔레비전 사람들 쪽에 온 힘을 쏟고 있어요.」

「별로 힘도 못 쓰는 주제에. 그 가짜 조사관은?」

「톰의 교장을 찾아온 사람이 누군지는 몰라도 우리 쪽 식구는 아니었어요. 회사 사람도 아니고, 경찰관도 아니에요.」

「어쩌면 경쟁자 쪽 사람일 수도 있겠네. 그쪽이 우리한테 먼저 물어보고 행동하지는 않을 테니.」

「보가 두려워하는 건 미국 쪽이 따로 그 사람을 추적하는 거예요.」

「만약 놈이 미국인이었다면 신분이 세 개였을 거야. 놈은 건방진 체코인이었어. 그게 그쪽에서 일하는 방식이니까. 전쟁 때랑 똑같아.」

「교장의 설명에 따르면 그 사람은 외국인 티가 전혀 나지 않는 상류층 영국인이었대요. 오갈 때 기차를 이용하지 않았고, 자신이 특별 지부의 베어링 조사관이라고 밝혔죠. 하지만 그런 사람은 존재하지 않아요. 역에서 학교까지 택시비는 12파운드였는데 그 사람은 영수증을 요구하지 않았어요. 경찰관이 12파운드의 비용에 대한 영수증을 마다하다니 말이 돼요? 그 사람이 남기고 간 명함도 가짜였어요. 지금은 그 명함을 인쇄해 준 업체와 종이 제조사를 찾고 있어요. 모르긴 몰라도, 잉크 제조사도 찾고 있을 거예요. 하지만 경찰이나 경쟁자나 연락관을 이 일에 끌어들이진 않을걸요. 공연히 소란을 일으키지 않고 조용하게 할 수 있는 조사라면 생각나는 대로 전부 할 거예요.」

「그 녀석이 남긴 런던 전화번호는?」

「가짜예요.」

「내가 지금 웃을 기분이라면 웃음을 터뜨렸을지도 모르겠군. 크리켓 경기장에 가방을 들고 나타나서 핌의 팔을 잡은 그 콧수염 남자에 대해 보는 어떻게 생각하고 있지?」

「아직은 의견을 정하지 않으려고 해요. 만약 우리가 크리켓 경기장에서 아는 사람들을 모두 확인하겠다고 나선다면, 친구도 크리켓 경기도 사라질 거라면서요. 그 대신 여직원들을 더 데려와서 체코 인물 색인을 샅샅이 훑으라고 시켰어요. 아테네 지부에는 코르푸로 사람을 보내 자동차 빌려 주는 사람과 얘기를 해보라는 신호도 보냈고요. 지지부진한 상태에서 매그너스에게 제발 집으로 돌아와 달라고 기도나 하는 형국이에요.」

「그럼 내 위치는? 구석 자리인가?」

「그쪽에서는 당신이 신전을 무너뜨릴까 봐 겁을 내고 있어요.」

「핌이 이미 무너뜨린 줄 알았는데.」

「그럼 접선자에게 죄가 있는 건지도 모르죠.」 케이트가 단호한 여왕벌 같은 목소리로 말했다.

브러더후드는 또 보드카를 길게 들이켰다. 「놈들이 그 망할 네트워크를 끌어내기만 한다면. 한 번만이라도 뻔한 행동을 한다면 좋을 텐데.」

「미국이 경계심을 품을 만한 일은 절대 하지 않을걸요. 그러느니 무덤에 갈 때까지 줄곧 거짓말을 늘어놓을 거예요. 〈보잘것없는 3년 동안 거물 반역자가 세 명 있었습니다. 한 명만 더 나오면 파티가 끝났다고 인정해야 할 것 같네요.〉 보가 이렇게 말할 거예요.」

「그러면 정보원들은 그 특수 관계를 위해 목숨을 바치겠군. 마음에 드는걸. 정보원들도 그럴 거야. 사정을 이해할 테니까.」

「그 사람들이 그를 찾아낼까요?」

「그럴지도.」

「그건 충분한 대답이 아니에요. 내가 묻고 있잖아요, 잭. 그 사람들이 그를 찾아낼까요? 당신이 찾아낼 건가요?」

케이트의 목소리가 갑자기 당당하고 다급하게 들렸다. 그녀는 그의 손에서 잔을 가져가 남은 보드카를 다 마셔 버렸다. 그는 그녀를 지켜보았다. 그녀는 침대 옆으로 몸을 기울여 자신의 가방에서 담배 한 개비를 꺼낸 뒤 그에게 성냥을 건넸다. 그는 그녀의 담배에 불을 붙여 주었다.

「보가 많은 타자기 앞에 많은 원숭이들을 풀어놓았어.」 브러더후드가 여전히 그녀를 강렬하게 지켜보며 말했다. 「어쩌면 거기서 좋은 생각이 나올지도 모르지. 당신이 담배를 피우는 줄은 몰랐는데, 케이트.」

「안 피워요.」

「술도 잘 마시는걸. 반가운 일이야. 당신이 보드카를 이렇게 단숨에 마시는 걸 본 기억이 없어. 확실해. 그런 식으로 보드카를 마시는 건 누구한테서 배운 거지?」

「내가 그렇게 마시면 안 되나요?」

「그보다는 왜 꼭 그렇게 마셔야 하느냐고 묻는 편이 더 정곡이겠지. 당신은 지금 나한테 뭔가를 전하려고 하는 거잖아, 그렇지? 뭔가 전혀 내 마음에 들지 않는 일인 것 같은데. 난 조금 전에 당신이 보의 스파이인 줄 알았어. 나한테 요부 짓을 하는 건가 했다고. 하지만 곧 아니, 나한테 뭔가를 알려 주려는 거다, 이런 생각이 들었지.

뭔가 은밀한 고백을 하려는 거라고 말이야.」

「그 사람은 신성 모독을 저질렀어요.」

「누가?」

「매그너스.」

「아, 그래? 매그너스가 신성 모독을 저질렀다고? 왜 그렇게 생각하지?」

「안아 줘요, 잭.」

「무슨 말도 안 되는 소리야.」 그는 그녀에게서 물러난 뒤에야 자신이 당당함으로 착각했던 것이 사실은 절망을 인내하며 받아들이는 태도였음을 깨달았다. 그녀의 슬픈 눈이 그를 똑바로 바라보고, 얼굴은 체념한 표정으로 굳어져 있었다.

「〈사랑해요, 케이트. 내가 이걸 벗어나게 도와주면 당신이랑 결혼할 거예요. 우리 영원히 행복하게 살아요.〉」 케이트가 말했다.

브러더후드는 그녀의 담배를 빼앗아서 길게 빨아들였다.

「〈메리와는 헤어질 거예요. 우리 같이 외국에 가서 살아요. 프랑스. 모로코. 무슨 상관이에요?〉 지구 반대편에서 전화해서는 〈사랑한다는 말을 하려고 전화했어요〉라고 말하고, 꽃을 보낼 때도 〈사랑해요〉라는 말을 적어 보내고, 카드도 보냈어요. 메모지를 이런저런 모양으로 접어서 문 아래로 밀어 넣기도 했죠. 최고 기밀 봉투에 담아서 나만 볼 수 있게 한 개인적인 메시지. 〈나는 고민만 너무 오래 했어요. 이젠 행동하고 싶어요, 케이트. 당신이 내 탈출구예요. 도와줘요. 사랑해요. M.〉」

브러더후드는 다시 잠자코 기다렸다.

「〈사랑해요.〉 케이트가 같은 말을 되풀이했다. 「그 사람은 항상 이 말을 했어요. 자기도 그 말을 믿으려고 애쓰는 것처럼. 〈사랑해요.〉 아마 자기가 그 말을 많은 사람에게 자주 하면 언젠가 그 말이 진실이 될지도 모른다고 생각했나 봐요. 그런 게 아닌데. 그 사람은 평생 여자를 사랑한 적이 없어요. 우리는 적이었어요. 우리 모두. 날 만져 줘요, 잭!」

놀랍게도 그는 친근감에 압도당했다. 그는 그녀를 끌어당겨서 가슴에 꼭 안았다.

「보도 이 사실을 알아?」 그가 말했다.

등에 땀이 배어나는 것이 느껴졌다. 그녀의 몸 여기저기 자리한 틈새에서 핌이 가까이에 있음을 느낄 수 있었다. 케이트는 그의 가슴에서 고개를 저었지만, 그는 그녀를 가볍게 흔들어 소리 내어 대답하게 했다. 보는 아무것도 몰라요. 그래요, 잭. 보는 전혀 몰라요.

「매그너스는 그 게임을 완전히 중단할 때까지 아무런 관심이 없었어요.」 케이트가 말했다. 「그 사람은 언제든지 날 자기 사람으로 만들 수 있었지만, 그것만으로 만족하지 않았어요. 〈기다려요, 케이트. 난 나를 묶은 줄을 끊어 버리고 자유로워질 거예요. 케이트, 나예요. 지금 어디 있어요?〉 난 여기 있어요, 멍청이. 그러니까 지금 전화를 받은 거죠, 안 그래요? 그 사람은 바람을 피우는 게 아니에요. 여러 인생을 사는 거예요. 그 사람이 보기에 우리는 다른 행성에 있어요. 그 사람이 우주를 떠다니면서 연락할 수 있는 곳. 그 사람이 내 사진 중 뭘 가장 좋아했는지 아세요?」

「나야 모르지, 케이트.」 브러더후드가 말했다.

「노르망디의 해변에서 알몸으로 찍은 사진이에요. 우리가 주말에 몰래 놀러 갔을 때. 내가 그 사람을 등 뒤에 두고 바다로 걸어 들어가는 장면을 찍은 건데, 나는 그때 그 사람이 카메라를 갖고 있는 줄도 몰랐어요.」

「당신은 아름다운 여자야, 케이트. 나도 그런 사진을 보면 상당히 달아오를걸.」 브러더후드는 그녀의 머리카락을 잡아당겨 얼굴을 바라보았다.

「그 사람은 나보다 그 사진을 더 사랑했어요. 내 등만 보이니까 꼭 내가 아니라 다른 여자일 수도 있잖아요. 그냥 바닷가에서 찍은 그 사람의 여자인 거죠. 그게 그 사람의 꿈이었으니까요. 그 사람의 환상이 고스란히 보존된 거예요. 내가 여기서 빠져나올 수 있게 해줘요, 잭.」

「얼마나 깊이 빠졌기에?」

「아주 깊어요.」

「당신이 직접 그 녀석에게 편지를 쓴 적이 있나?」

그녀는 고개를 저었다.

「그 녀석의 부탁을 들어준 적은? 그 녀석을 위해 규칙을 어긴 적은? 나한테 말하는 게 좋을 거야, 케이트.」그녀의 반응을 기다리는 동안, 그녀의 머리가 그의 가슴에 점점 더 세게 밀착했다. 「내 말 들려?」그녀가 고개를 끄덕였다. 「난 죽은 사람이야, 케이트. 하지만 당신한테는 아직 시간이 남아 있지. 당신이 집으로 가려고 버스를 기다리던 중에 핌과 맥도날드에서 딸기 셰이크를 같이 먹었다는 이야기 정도만 알려지더라도, 사람들은 당신이 내 이름을 미처 외치기도 전에 당신 머리를 박박 깎아서 경제 개발부로 보내 버릴 거야. 당신도 알지?」

그녀가 또 고개를 끄덕였다.

「그 녀석을 위해서 뭘 해줬어? 비밀을 훔쳤나? 보한테서 근사한 걸 훔쳐 낸 거야?」케이트는 고개를 저었다. 「이러지 말고, 케이트. 그 녀석은 나도 속였어. 내가 당신을 늑대 무리에 내던지는 일은 없을 거야. 그 녀석을 위해 뭘 해줬어?」

「그 사람 인사 파일에 기록이 하나 있었어요.」

「그래서?」

「그 사람은 그걸 지우고 싶어 했어요. 오래전 일에 대한 기록이에요. 그 사람이 오스트리아에서 군 복무를 할 때 군에서 작성한 보고서.」

「그걸 없앤 게 언제야?」

「오래전이에요. 만나기 시작한 지 1년쯤 됐을 때. 그 사람이 프라하에서 돌아왔을 때예요.」

「그래서, 그 녀석을 위해 파일에 손을 댄 거야?」

「사소한 일이라고 그 사람이 말했어요. 그때는 아주 젊었죠. 아직 소년이라고 해도 될 정도로. 체코슬로바키아로 하급 정보원을 침투시키는 일을 할 때였는데, 아마 국경을 넘나드는 일이었을 거예요. 정말 작은 일. 하지만 작전에 참여한 사비나라는 여자가 그 사람과 결혼하고 싶다면서 망명해 버렸어요. 나도 그 사람 얘기를 똑똑히 듣지는 못했어요. 그 사람은 만약 누가 자기 파일에서 그 기록을 보면 절대 5층까지 승진하지 못할 거라고 말했어요.」

「뭐, 지금 생각하면 그걸로 세상이 끝나는 것도 아니잖아, 그렇지?」

케이트가 고개를 끄덕였다.

「그 정보원한테도 이름이 있었을 텐데.」

「암호명만 있었어요. 그린슬리브스.」

「그거 화려하군. 마음에 들어. 그린슬리브스라. 정말 영국적인 정보원이네. 그럼 인사 파일에서 그 기록이 적힌 종이를 빼내서 어떻게 한 거야? 일단 나한테 말해 봐, 케이트. 어차피 말한 거니까. 해보자고.」

「내가 그 기록을 훔쳤어요.」

「그래. 그걸 어떻게 했어?」

「그 사람도 그걸 물었어요.」

「언제?」

「나한테 전화했을 때.」

「언제?」

「지난 월요일 저녁. 그 사람이 빈으로 떠나기로 되어 있던 시간이 지난 뒤에요.」

「몇 시? 얼른, 케이트, 잘하고 있어. 그 녀석이 전화한 게 몇 시야?」

「10시 지나서. 10시 30분이 되기 전. 내가 10시 뉴스를 보고 있었거든요.」

「어떤 뉴스?」

「레바논 소식요. 포격 얘기. 트리폴리인지 어디인지. 그 사람 목소리를 듣자마자 텔레비전 소리를 줄였기 때문에 포격 장면이 무성 영화처럼 계속 흘러갔어요. 〈당신 목소리를 듣고 싶었어요. 케이트. 전부 내가 미안해요. 미안하다는 말을 하려고 전화했어요. 난 나쁜 남자가 아니에요. 케이트. 모든 게 가식은 아니었어요.〉」

「아니었다?」

「네. 아니었다고 했어요. 과거를 돌아보면서. 아니었다고. 나는 당신 아버지가 돌아가셔서 그런 거다, 곧 괜찮아질 테니 울지 마시라고 말했어요. 당신 자신이 죽은 것처럼 굴지 말고 얼른 기운 차리시라고. 지금 어디 있어요? 내가 갈게요. 그런데 그 사람은 그럴 수 없다고 말했」

어요. 이제 더 이상은 안 된다고. 그러고는 파일 얘길 꺼
낸 거예요. 내가 한 일을 모두에게 얼마든지 말해도 된다,
이제는 자신을 보호해 주려고 애쓸 필요 없다고요. 하지
만 일주일만 시간을 달라고 했어요. 〈일주일이에요, 케이
트. 오래 알고 지냈으니 그 정도는 해줄 수 있잖아요.〉 그
다음에 물어본 게 그거예요. 내가 훔친 그 문서를 아직
갖고 있는지, 폐기했는지, 사본을 보관해 두었는지.」

「그래서 뭐라고 대답했어?」

케이트는 화장실에 가서 자수로 장식된 화장품 가방
을 들고 돌아왔다. 그러곤 거기서 정사각형으로 접힌 갈
색 종이를 꺼내 그에게 주었다.

「그 녀석한테 사본을 줬나?」

「아뇨.」

「그 녀석이 달라고 하던가?」

「아뇨. 달라고 했어도 안 줬을 거예요. 그 사람도 알았
을걸요. 내가 그 기록을 가져왔으니 나를 믿으라고 그 사
람한테 말했어요. 언젠가 다시 돌려놓을 생각이었어요.
그게 연결 고리였으니까요.」

「월요일에 그 녀석이 어디에서 전화한 거야?」

「공중전화예요.」

「수신자 부담으로?」

「중거리 전화였어요. 50펜스 동전을 네 개까지 셌으니
까. 그래도 여전히 런던에서 건 전화일 수 있어요. 그 사

람이니까요. 20분쯤 통화했지만, 그 사람은 대부분 말을 제대로 못 했어요.」

「자세히 말해 봐, 날 잘 알잖아. 이번 한 번만 설명하면 돼. 다시는 할 필요 없을 거야. 그러니까 아주 속속들이 말해 줘야 돼.」

「내가 왜 빈에 가지 않았느냐고 물었어요.」

「그 녀석이 뭐라고 해?」

「동전이 다 떨어졌다고. 그게 그 사람이 나한테 마지막으로 한 말이었어요. 〈동전이 다 떨어졌어요.〉」

「그 녀석이 당신을 어디 데려간 적이 있나? 은신처라든가.」

「우린 내 아파트에서 만나든가 아니면 호텔로 갔어요.」

「어느 호텔?」

「빅토리아에 있는 그로브너. 리버풀 거리에 있는 그레이트 이스턴. 그 사람은 철도가 내려다보이는 방을 좋아했어요.」

「방 번호를 말해 봐.」

브러더후드는 케이트를 꼭 붙잡은 채로 함께 책상으로 걸어가 두 호텔의 방 번호를 재빨리 받아 적은 다음, 낡은 실내 가운을 걸치고 허리끈을 묶은 뒤 그녀에게 빙긋 웃어 보였다. 「나도 그 녀석을 사랑했어, 케이트. 바보짓을 한 걸로 따지면 내가 더해.」 하지만 그의 미소에 미소가 돌아오지는 않았다. 「그 녀석이 모든 걸 잊고 쉴 수 있는 장소에 대해 말한 적 없나? 녀석이 품고 있는 꿈 같은 건?」 그가 케이트에게 보드카를 조금 더 따라 주자 케이트가 잔을 받아 들었다.

「노르웨이요.」 케이트가 말했다. 「순록이 이동하는 모습을 보고 싶다고 했어요. 언젠가 나와 함께 가겠다고 했는데.」

「또 다른 곳은?」

「스페인. 북부. 거기에 우리가 쓸 별장을 하나 살 거라고 했어요.」

「자기가 쓰는 글에 대해서도 얘기하던가?」

「별로요.」

「그 훌륭한 책을 어디서 쓰고 싶은지는?」

「캐나다라고 했어요. 눈이 많이 내리는 곳에 겨울 내내 틀어박혀서 나랑 같이 통조림으로 끼니를 때우며 살겠다고.」

「바다…… 바다 얘기는 전혀 없었나?」

「네.」

「혹시 양귀비라는 이름을 녀석이 말한 적 있나? 예를 들어 자기 책에 나오는 양귀비라는 인물이라든가.」

「자기가 아는 여자들에 대해서는 전혀 말하지 않았어요. 말했잖아요. 우리는 서로 별개의 행성에서 살고 있었다고.」

「웬트워스라는 사람은?」

케이트가 고개를 저었다.

「〈웬트워스는 릭의 천벌이었고, 양귀비는 나의 천벌이었다. 우리는 우리가 그들에게 저지른 짓을 올바르게 고치려고 애쓰며 평생을 보냈다.〉」브러더후드가 읊조리듯 말했다.「당신도 그 테이프를 들었잖아. 녹취록도 봤고. 웬트워스.」

「그 사람은 미쳤어요.」

「여기 있어. 있고 싶은 만큼 있어도 돼.」

브러더후드는 책상으로 돌아가 그 위의 책과 종이를 죄다 한 팔로 쓸어 버리고 스탠드를 켰다. 그러곤 의자에 앉아 핌이 톰에게 보낸 구겨진 편지 옆에 갈색 종이를 놓았다. 그의 옆 바닥에는 런던 전화번호부가 있었다. 그는 먼저 빅토리아에 있는 그로브너 호텔의 번호를 찾아 호텔의 야간 당직자에게 케이트가 말한 방 번호를 대며 전화를 연결해 달라고 말했다. 어떤 남자가 졸린 목소리로 전화를 받았다.

「경비실입니다.」브러더후드가 말했다.「선생님 방에 여성분이 계시는 게 아닌지 여쭤보려고 전화드렸습니다.」

「내 방에 여자가 있는 거야 당연하죠. 난 정당한 돈을 내고 더블 룸을 빌렸고, 이 여자는 내 아내니까.」

핌의 목소리와는 전혀 닮은 구석이 없었다.

브러더후드는 한 번 웃어 준 뒤, 그레이트 이스턴 호텔에 전화해서 역시 비슷한 결과를 얻었다. 그다음에는 인디펜던트 텔레비전 뉴스에 전화를 걸어 야간 편집 책임자를 바꿔 달라고 말했다. 그는 편집 책임자에게 자신이 런던 경찰국의 마클리 형사인데 급히 물어볼 것이 있다고 말했다. 그러곤 월요일 밤 10시 뉴스에서 트리폴리 포격 소식을 보도한 것이 언제쯤이냐고 물었다. 그는 핌의 편지를 계속 뒤적이며 상대방의 답변을 끈질기게 기다렸다. 레딩의 소인. 월요일 밤이나 화요일 아침에 부친 편지.

「10시 17분 10초. 이게 그 녀석이 당신한테 전화한 시각이야.」 브러더후드는 이렇게 말하고 나서 흘깃 뒤를 돌아보며 케이트가 괜찮은지 확인했다. 그녀는 베개에 등을 기대고 앉아서, 라운드 사이 휴식 시간의 권투 선수처럼 고개를 뒤로 젖히고 있었다.

그는 우체국 조사부에 전화해서 야간 당직자를 바꿔 달라고 말했다. 그가 당직자에게 회사의 암호를 말하자 당직자는 세상의 종말을 예견한 사람처럼 〈듣고 있어요〉라고 대답했다. 금방이라도 제3세계에서 전쟁이 터질 것 같은 분위기였다.

「내가 불가능한 일을 요구하는 건 압니다. 당장 답이 필요해요.」 브러더후드가 말했다.

「최선을 다하겠습니다.」 당직자가 말했다.

「월요일 밤 10시 18분에서 22분 사이에 레딩 일대의 공중전화에서 런던으로 걸려 온 현금 통화 추적을 원합니다. 통화 시간은 대략 20분이에요.」

「불가능합니다.」 당직자가 즉시 대답했다.

「난 이 여자가 마음에 드는데.」 그가 어깨 너머로 케이트에게 말했다. 케이트는 몸을 돌려 엎드려서 한 팔에 얼굴을 묻었다.

그는 전화를 끊은 뒤 케이트가 핌의 인사 파일에서 훔친 기록을 열심히 파고들었다. 케이트가 훔친 기록은 모두 세 페이지 분량으로, 정보 군단 소속 매그너스 핌 중위(군번 포함)의 군대 기록 중 일부였다. 그가 속한 그라츠의 제6현장 조사부는, 각주의 설명에 따르면 지역 정보원을 제한적으로 운용할 수 있는 공격적인 정보 수집 부대였다. 작성자는 알 수 없으나 작성 날짜가 1951년 7월 18일로 표시되어 있는 문서의 여백에는 등록부에서 적어 둔 관련 메모가 있었다. 핌의 인사 파일 중 1952년 5월 12일 자 기록. 기록 사유는 핌이 이 부대의 신입 후보로 정식 지명되었다는 것. 케이트가 빼내 온 부분은 오스트리아 그라츠에서 핌이 임무를 마친 뒤 그의 지휘관이 작성한 평가 보고서 중 일부였다. 〈……몹시 뛰어난 젊은 장교. (……) 구내식당에서 인기가 좋고 예의가 바름. (……) 정보원 **그린슬리브스**를 훌륭하게 다뤄 높은 평판을 얻었음. 해당 정보원은 지난 11개월 동안 본 부대에 체코슬로바키아에 주둔 중인 소련 군대의 운용에 대한

기밀과 최고 기밀을 제공했음…….〉

「당신 괜찮아?」 브러더후드가 케이트를 불렀다. 「잘
들어. 당신은 아무 잘못 없어. 이 자료가 없어진 걸 아는
사람도 전혀 없고, 이 자료가 크게 도움이 될 것도 아니
었어. 자료의 내용을 추적해 보려고 한 사람도 전혀 없
었고.」

그는 종이를 한 장 넘겼다. 〈……정보원과 담당 장교
사이에 개인적으로 친밀한 관계 성립. (……) 위기 중에
발휘된 핌의 차분한 지도력. (……) 정보원은 오로지 핌
을 통해서만 작전을 수행하겠다고 고집함…….〉 브러더
후드는 끝까지 빨리 읽어 내린 다음 다시 처음으로 돌아
가 천천히 읽기 시작했다.

「그 녀석 지휘관도 녀석을 엄청 예뻐했구먼.」 그가 케
이트에게 말했다. 「……세세한 부분까지 기억하는 뛰어
난 기억력.」 그가 문서를 읽어 나갔다. 〈……명석한 보고
서 작성 능력. 긴 작전 수행 보고를 마친 뒤 새벽에 보고
서를 작성할 때가 많았음. (……) 주위를 즐겁게 해주는
능력이 뛰어남…….〉

「사비나라는 이름은 아예 보이지도 않네.」 그가 케이
트에게 투덜거렸다. 「그 녀석이 도대체 뭘 그렇게 걱정했
는지 알 수가 없어. 자기를 칭찬하는 말밖에 없고, 이미
암흑시대의 유물인 이 문서를 감추겠다고 굳이 위험하게
당신한테 전화를 한 이유가 뭐지? 녀석의 그 고약한 머릿

속에 뭔가가 있는 게 분명해. 우리는 전혀 모르는 일. 별로 놀랄 일도 아니지만.」

전화벨이 울렸다. 그는 주위를 흘깃 둘러보았다. 침대가 비어 있고 욕실 문이 닫혀 있었다. 그는 깜짝 놀라서 벌떡 일어나 재빨리 욕실 문을 열었다. 케이트는 세면대 앞에 무사한 모습으로 서서 얼굴에 물을 끼얹고 있었다. 그는 문을 닫고 서둘러 전화기로 향했다. 버튼이 크롬으로 되어 있는 이끼색 도청 방지 전화기였다. 그는 수화기를 들고 으르렁거리듯이 말했다.「네.」

「잭? 우리 넘어갑시다. 준비됐어요? 당장.」

브러더후드가 버튼을 누르자, 지직거리는 잡음 속에서 조금 전의 테너 목소리가 발랄하게 들려왔다.

「당신도 좋아할 겁니다, 잭…… 잭, 내 말 들려요? 여보세요?」

「들립니다, 보.」

「방금 카버랑 통화했어요.」 카버는 런던 주재 미국 지부장이었다. 「카버 말이, 자기네 쪽에서 우리 공통의 친구와 관련된 새로운 단서를 찾아냈다는 겁니다. 그러니 그 친구 이야기를 즉시 다시 열자고 합니다. 해리 웩슬러가 공정한 게임을 위해 워싱턴에서 날아올 예정이랍니다.」

「그게 전부입니까?」

「이거면 충분하지 않습니까?」

「그쪽에서는 그가 어디 있다고 봅니까?」 브러더후드
가 말했다.

「바로 그겁니다. 그쪽에서는 우리한테 묻지도 않고, 걱
정하는 기색도 아니었어요. 그가 아직도 아버지 일로 힘
들어한다고 생각하는 것 같습니다.」 브래멀이 몹시 흡족
한 목소리로 말했다. 「그쪽에서는 사실 지금이야말로 만
나기에 아주 좋은 때라고 주장했습니다. 우리 친구가 개
인적인 문제에 붙잡혀 있는 지금이 좋다고요. 그쪽이 보
기에는 모든 것이 여전히 제자리에서 잘 돌아가는 겁니
다. 물론 새로운 단서만 빼고요. 그게 뭔지는 모르겠
지만.」

「네트워크도 빼야죠.」 브러더후드가 말했다.

「당신이 나랑 같이 그 회의에 참석해 줘야겠습니다,
잭. 거기서 나 대신 공격을 좀 맡아 줘요. 평소처럼. 어떻
습니까?」

「명령이라면 무엇이든 하겠습니다.」

보는 마치 즐거운 파티를 계획하는 사람처럼 굴었다.
「보통 참석하는 사람들을 다 모을 겁니다. 누굴 빼놓을
생각도, 추가할 생각도 없어요. 뭐가 됐든 도드라지게 튀
어나오는 건 싫습니다. 우리가 그를 계속 찾는 동안에는
잔물결 하나도 안 됩니다. 이 모든 일이 찻잔 속의 태풍
이 될 가능성은 아직도 존재합니다. 정부는 그렇게 확신
하고 있어요. 지금 이 상황은 지난 작전의 연장이지 새로

운 상황이 전혀 아니라는 겁니다. 요즘 정부에는 정말로 영리한 사람들이 있어요. 개중 일부는 심지어 공무원도 아닙니다. 잠은 좀 잡니까?」

「별로요.」

「우리 다 마찬가집니다. 우리가 한데 뭉쳐야 돼요. 지금 나이절이 외무부에 가 있습니다.」

「그래요?」 브러더후드는 이렇게 말하면서 전화를 끊었다. 「케이트?」

「무슨 일이에요?」

「내 면도칼에 손대지 마. 알았어? 그런 신파적인 행동을 하기에는 우리 나이가 너무 많아. 우리 둘 다.」

그는 1초쯤 기다리다가 본부에 전화해서 야간 당직을 바꿔 달라고 말했다.

「거기 사람이 있습니까?」

「네.」

「브러더후드입니다. 육군성 파일을 원합니다. 오스트리아 주둔 영국 점령군, 옛 현장 작전. 그린슬리브스 작전입니다. 이름이 이상하게 들리겠지만. 서류가 어디 있을까요?」

「국방부일 겁니다. 육군성은 약 2백 년 전에 해체됐으니까요.」

「누구십니까?」

「니콜슨입니다.」

「그래요, 추측 같은 건 하지 마세요. 그게 어디 있는지 찾아내서 당신 책상에 확보되면 내게 전화하세요. 연필 갖고 있죠?」

「아뇨, 없는 것 같은데요. 나이절이 당신의 요청은 모두 먼저 사무국을 통해야 한다고 지시하셨습니다. 죄송합니다, 잭.」

「나이절은 지금 외무부에 있습니다. 보한테 확인해 봐요. 하는 김에 국방부에 연락해서 1951년 7월 18일 오스트리아 그라츠의 제6조사부 지휘관 이름이 뭐였는지도 물어보고. 급합니다. 그린슬리브스예요. 제대로 알아들었습니까? 혹시 음악을 잘 모릅니까?」[51]

그는 전화를 끊고, 핌이 톰에게 보낸 구겨진 편지를 아무렇게나 끌어당겼다.

「그 사람은 조개 같아요.」 케이트가 말했다. 「당신은 그 조개껍데기 안으로 기어 들어가 숨어 있는 소라게를 찾아내기만 하면 되는 거예요. 그 사람의 진실을 알려고 하지 마세요. 진실은 우리가 우리 자신에 대해 그 사람에게 알려 준 것뿐이에요.」

「맞아.」 브러더후드가 말했다. 그는 메모할 종이 한 장을 옆에 준비해 두고 소리 없이 편지를 읽었다. **혹시 나한테서 한동안 편지가 없더라도, 내가 항상 널 생각한다는 걸 잊지 마라.** 눈물 어린 넋두리. **도움이 필요한데 잭 아저씨한테**

---

51 〈그린슬리브스〉는 16세기부터 널리 알려진 영국의 민요 제목이다.

신세를 지기 싫을 때는 이렇게 해. 브러더후드는 계속 편지를 읽으면서, 핌이 아들에게 말한 내용을 하나씩 종이에 적었다. **종교적인 문제로 너무 걱정할 필요 없다. 그냥 하느님의 선함을 믿으려고 애쓰면 돼.** 그는 케이트를 위해 큰 소리로 〈망할 녀석!〉이라고 소리치며 연필을 쾅 내려놓고, 양주먹으로 관자놀이를 눌렀다. 그때 전화벨이 다시 울렸다. 그는 잠시 전화를 그대로 내버려 둔 채 마음을 조금 다스린 뒤에야 손목시계를 흘깃 보며 수화기를 들었다. 그렇게 하는 것이 언제나 그의 버릇이었다.

「어쨌든 당신이 원하는 기록은 이미 **오래전에** 사라졌습니다.」 니콜슨이 기쁜 듯이 말했다.

「어디로?」

「우리에게로요. 그쪽 말로는 우리에게 대출되었는데 우리가 반납하지 않았다고 합니다.」

「**우리**라는 게 구체적으로 누굽니까?」

「체코 담당입니다. 1953년에 런던 내근 직원 중 한 명이 요청했습니다.」

「직원 누구?」

「M. R. P.라는데 아마 핌일 겁니다. 빈에 전화해서 핌에게 그 문서를 어떻게 했는지 물어볼까요?」

「내가 아침에 직접 물어보겠습니다. 지휘관 이름은 알아냈습니까?」

「교육 군단의 해리슨 멤베리 소령이랍니다.」

「**무슨** 군단?」

「소령은 1950년부터 1954년까지 군 정보부에 임시로 파견되어 있었습니다.」

「기가 막히는군. 주소는 있습니까?」

브러더후드는 주소를 받아 적으면서 핌이 클레망소[52]의 말을 살짝 바꿔서 만들어 낸 우스갯소리를 떠올렸다. 〈군 정보부와 지능[53]의 관계는 군대 음악과 음악의 관계와 같다.〉

그는 전화를 끊었다.

「저 망할 야간 당직을 제대로 세뇌하지도 않았어!」 브러더후드는 이번에도 역시 케이트를 위해 소리쳤다.

그는 조금 나아진 기분으로 다시 편지를 읽기 시작했다. 그린 파크 너머 어딘가에서 새벽 3시를 알리는 시계 종소리가 들려왔다.

「이만 갈게요.」 케이트가 말했다. 그녀는 이미 옷을 차려입고 문간에 서 있었다.

브러더후드는 벌떡 일어났다.

「아니, 그러면 안 되지. 당신은 내게 웃음소리를 들려줄 때까지 여길 떠날 수 없어.」

그는 그녀에게 다가가 다시 옷을 벗기고, 그녀를 침대에 눕혔다.

---

52 프랑스의 정치인.
53 *intelligence*에는 〈정보〉와 〈지능〉이라는 뜻이 있음.

「왜 내가 자살할 거라고 생각해요?」그녀가 말했다. 「전에 그런 일을 겪은 적이 있어요?」

「그런 일은 한 번으로도 너무 많아.」그가 대꾸했다.

「그 번박스에 뭐가 있어요?」그녀가 이 질문을 던진 것은 그날 밤에 두 번째였다. 하지만 브러더후드는 이번에도 대답하기에는 너무 분주한 듯 보였다.

8

이 부분에서 내 기억이 선택적으로 변합니다, 잭. 여느 때보다 더. 아마도 당신이 그를 눈여겨보기 시작한 무렵의 그가 보입니다. 당신도 내 시야에 있습니다. 당신들과 관련되지 않은 것은 무엇이든 기차 차창을 스쳐 가는 풍경처럼 내 곁을 스쳐 갑니다. 핌이 불운한 베르틀 씨와 나눈 괴로운 대화를 내가 당신을 위해 그림처럼 그려 줄 수 있습니다. 그 대화에서 핌은 그것을 우편으로 부쳤으니 걱정하지 말라고, 모두 보살펴 줄 거라고, 아버지가 호텔을 사겠다는 제안을 하기 직전이라고 릭의 지시대로 몇 번이나 말하면서 그를 달래 주었습니다. 그러지 않았다면 아래층에 산처럼 쌓여 있는 청구서의 인질로 호텔 방에서 밤낮으로 시들어 가던 핌과 우리가 재미를 좀 볼 수도 있었을 텐데요. 거울이 달려 있던 베른의 탈의실에서 여러 가지 즐거운 포즈를 취하던 엘레나 베버의 우윳빛 몸을 상상하고, 소심한 자신을 질책하고, 미리 잔뜩 쌓아 둔 대륙식 아침 식사로 끼니를 때우고, 계속 청구서를 쌓아 가면서 전화가 오기를 기다리는 생활이었을 겁니다. 아니, 릭이 사라지는 순간을 기다렸을지도 모르죠. 릭은 전화하지 않았습니다. 핌이 그의 번호로 전화를 걸어 보았지만, 들리는 것이라고는 한 가지 음밖에 낼 줄모르는 늑대가 울부짖는 것 같은 소리뿐이었습니다.

그는 시드에게 전화를 걸어 보았지만 전화를 받은 사람은 메그였습니다. 메그도 E. 베버와 비슷한 충고를 하더군요. 「거기 그대로 있는 편이 더 나아.」 그녀는 누가 이 대화를 엿듣고 있다는 사실을 알리려는 듯이 뾰족한 목소리로 말했습니다. 「여긴 더위가 몰려와서 수많은 사람들이 타 죽을 지경이야.」 「시드는 어디 있어요?」 「몸을 식히고 있지.」 호텔의 모든 사람이 자비를 베풀듯 조용해지는 일요일 오후에 핌은 몇 개 되지 않는 소지품을 전부모아 가방을 꾸리고, 콩닥거리는 가슴으로 몰래 직원용 계단을 내려가 옆문으로 나갔습니다. 그러자 갑자기 적대적인 외국의 도시가 눈앞에 나타났지요. 그가 처음으로 시도한 은밀한 외출이자 가장 쉬운 외출이었습니다.

당신에게 아기 난민인 핌을 내밀 수도 있었습니다. 비록 내가 합법적인 영국 여권을 갖고 있었고, 굶주린 적도없고, 지금 생각해 보면 친절한 말을 원한 적도 별로 없지만요. 하지만 그는 신앙심 깊은 양초 제작자를 위해 녹인 동물 기름에 심지 적시는 일을 하고, 수도원의 복도를 청소하고, 양조장에서 통 굴리는 일도 하고, 자꾸만 자기 딸과 결혼하라고 귀찮게 구는 아르메니아인 노인의 작업장에서 카펫으로 만든 자루의 실밥을 뜯는 일도 했습니다. 지금 생각해 보면 그만하기가 다행이었던 것 같습니다. 아르메니아인 노인의 딸은 아름다운 여자였지만 소파에 늘어져서 계속 한숨만 쉬었습니다. 핌은 너무 예의가 발라서 그녀에게 다가가지 못했죠. 그가 했던 그 모든 일. 전부 밤에 이루어졌습니다. 시계와 우물과 자갈 포장로와 아케이드가 있고, 촛불을 밝힌 아름다운 도시의 거리를 달려 도망치는 야행성 동물처럼. 그는 눈을 쓸고, 수레로 치즈를 운반하고, 눈먼 짐말을 이끌고, 여행안내인 지망생들에게 영어를 가르쳤습니다. 베르틀 씨의 사냥개들이 언제 그의 냄새를 맡고 그를 잡아갈지 모르니까 항상 신분을 감춘 채 이런 일들을 했죠. 하지만 가엾은 베르틀 씨가 내게 아무런 불만도 품지 않았다는 것을 이제는 나도 압니다. 분노가 절정에 다다랐을 때도 그는 이 일에서 핌이 어떤 역할을 했는지 언급하지 않으려고 했습니다.

아버지께,

저는 여기서 정말 즐겁게 잘 지내니까 걱정하지 마세요. 스위스 사람들은 정말 친절해요. 법을 무척 공부하고 싶어 하는 젊은 외국인을 위한 온갖 장학금도 아주 많아요.

처음 머무르던 호텔에서 엎어지면 코 닿을 곳에 있는 또 다른 훌륭한 호텔 이야기를 할 수도 있습니다. 핌은 그곳에서 추적을 피해 야간 웨이터로 일하면서 다시 학생이 되어 지하 기숙사를 잠자리로 삼았습니다. 피복재로 감싼 파이프들이 천장에 사방으로 뻗어 있는 이 숙소는 절대 불이 꺼지는 법이 없는 공장만큼 컸습니다. 그가 작은 철제 침대를 보고 또다시 얼마나 반가워했는지, 학교에서 새로 사귄 친구들에게 했던 것처럼 동료 웨이터들에게도 얼마나 유쾌하게 굴었는지 모릅니다. 티치노에서 농사를 짓다가 온 동료 웨이터들의 머릿속에는 오로지 고향으로 돌아갈 생각밖에 없었습니다. 그는 종소리가 울릴 때마다 기꺼이 일어서서 흰색의 높은 칼라를 옷에 달았습니다. 지난밤에 때가 잔뜩 묻기는 했어도, 그 칼라는 윌로 씨의 옷깃에 비하면 절반만큼도 갑갑하지 않았습니다. 그러고 나서 그는 쟁반에 담긴 샴페인과 푸아그라를 정체가 모호한 커플들에게 가져다주었습니다. 개중에는 그에게 합석을 청하는 사람도 간혹 있었습니다. 그들의 시선에서는 아모르와 로코코가 손짓하고 있었지요. 하지만 이번에도 그는 너무 예의가 바르고 너무 무지해서 그들의 뜻을 따를 수 없었습니다. 당시 그에게 예의는 가시철망 철창과 같았습니다. 그는 혼자 있을 때에만 욕망을 느꼈지요. 그러나 내가 이 감칠나는 일화들의 기억을 살짝 스치듯이 떠올리는 외중에도, 내 심장이 먼저 우당탕 돌진합니다. 베른 기차역의 3등석 뷔페에서 성자 같은 올링거 씨를 만난 그날 밤으로요. 나는 그의 자비 덕분에 내 인생을 완전히 바꿔 버린 사람과 우연히 만나게 되었습니다. 나는 당신의 신변도 걱정스럽습니다, 잭. 비록 내가 얼마나 걱정하는지는 당신이 아직 모르겠지만요.

핌이 어떻게, 그리고 왜 대학에 등록하게 되었는지에 대해서도 내 기억은 역시 참을성이 없습니다. 대학은 위장용이었습니다. 모든 것이 으레 그렇듯이 위장용이었습니다. 그 얘기는 이 정도로 해두죠. 그는 겨울을 맞아 근거지에 머무르고 있던 서커스단에서 일했습니다. 그가 조심스러운 발걸음으로 자주 들르던 철도역 아래쪽의 작은 땅이 바로 그 근거지였죠. 이유는 잘 모르겠지만, 하여튼 그는 코끼리에게 마음이 끌려 그곳을 찾게 되었습니다. 코끼리를 씻기는 것은 바보라도 할 수 있는 일이지만, 길이가 6미터나 되는 솔의 머리를 양동이에 담그는 것은 깜짝 놀랄 만큼 어려웠습니다. 서커스 천막 천장의 조명등들이 기둥처럼 쏘아 보내는 불빛밖에는 없었으니까요. 새벽에 일을 마치고 나면, 그는 숙소인 구세군 호스텔로 향했습니다. 그곳이 그의 임시 애스콧이었습니다. 새벽마다 그는 대학의 초록색 둥근 지붕이 가을 안개

속에서 솟아오르는 것을 보았습니다. 볼품없는 로마가
그에게 어디 한번 개종해 보라고 을러대는 것 같았습니다. 그는 어떻게 해서든 그 안으로 들어가야겠다는 생각을 하게 되었습니다. 베르틀의 사냥개보다 더 무서운 존재가 있었기 때문입니다. 릭이 유동성 문제에도 불구하고 벤틀리를 몰고 나타나 그를 휙 집으로 데려갈지도 모른다는 공포였습니다.

그는 상상력을 동원해서 멋진 거짓말을 꾸며 냈습니다. 전에 말한 외국인 장학금을 얻어 냈다, 지금 스위스법, 독일법, 로마법, 그리고 다른 모든 법을 공부하는 중이다, 나쁜 길로 빠지지 않으려고 야학에도 다니고 있다. 그는 가상의 교사들을 만들어 내서 그들의 박식함을 찬양했고, 대학 목사들의 신앙심에도 찬사를 보냈습니다. 하지만 릭의 정보 시스템은 비록 변덕스럽기는 해도 대단했습니다. 핌은 자신의 거짓말이 실체를 얻기 전에는 결코 안전하지 않다는 것을 알고 있었습니다. 그래서 어느 날 아침에 용기를 내서 대학으로 걸어갔습니다. 그러곤 학력과 나이에 대해 먼저 거짓말을 늘어놓았죠. 둘 다 거짓으로 꾸며 내야 이야기의 앞뒤가 맞았습니다. 그는 E. 베버가 준 하얀 지폐 중 마지막으로 남은 것을 짧은 머리의 계산원에게 주고, 자신의 사진이 박힌 회색 카드를 받았습니다. 그가 정당한 학생임을 증명하는 카드였습니다. 가짜 서류가 그때만큼 반가웠던 적이 없습니다.

핌은 그것을 손에 넣기 위해 전 재산이라도 내놓았을 겁니다. 그래 봤자 수중에 남은 돈은 71프랑뿐이었지만요. *Philosophie Zwei*[54]가 학부 이름이었는데, 그것이 무엇을 하는 학부인지 나는 지금도 아주 어렴풋이 알고 있을 뿐입니다. 핌은 법을 공부하겠다고 했는데 어찌 된 영문인지 다른 학부의 학생이 되고 말았습니다. 그는 게시판에 붙은 학생들의 공고문을 번역해서 더 많은 사실을 알아냈습니다. 정체를 알 수 없는 이런저런 포럼에 참석하라고 권유하는 내용이었는데, 그는 정치적인 포화 소리를 거기서 들을 수 있었습니다. 올리와 커들러브 씨가 부자들을 향한 분노를 내뿜고, 립시가 소유의 허망함에 대해 경고한 뒤로 그런 기분은 처음이었습니다. 당신도 그런 포럼들을 기억하지요, 잭? 비록 보는 시각은 다르지만요. 당신이 그런 포럼들을 기억하는 이유에 대해서는 곧 다시 이야기하겠습니다.

핌이 외교관들의 동화 나라인 엘페나우에 영국인 교회가 있다는 사실을 알게 된 것도 대학 게시판을 통해서였습니다. 그는 도저히 기다릴 수가 없어서 그 교회를 찾아갔습니다. 2~3주 연속으로 일요일마다 갈 때도 많았습니다. 기도를 마친 뒤에는 문밖에서 어른거리며 움직이는 것이라면 무엇에든 다가가 악수를 나눴습니다. 움직이는 것이 많지는 않았지만요. 그는 나이 많은 어머니

54 철학 2.

들을 영혼이 담긴 눈으로 지긋이 바라보다가 여러 어머
니들과 사랑에 빠졌습니다. 두꺼운 커튼이 쳐진 그 어머
니들의 집에서 생기 없는 차와 케이크를 함께 먹으며 부
모 없이 자란 어린 시절에 대한 화려한 이야기로 어머니
들을 사로잡았습니다. 타국에서 망명자 같은 기분을 느
끼던 그는 곧 매주 한 번씩 평범한 영국식 분위기에 젖지
않고는 견딜 수 없는 상태가 되었습니다. 딱딱한 외교관
집안들, 나이 많은 영국인들, 수상쩍은 친영파들이 다니
는 이 영국 교회는 그에게 학교 예배당 같은 존재, 그가
도망쳐 나온 모든 예배당과 같은 존재가 되었습니다.

이 교회에 상응하는 또 다른 존재는 철도역의 3등석
뷔페였습니다. 쉬는 날이면 그는 밤새 그 식당에 앉아 맥
주를 앞에 놓고 담배를 피우고 음악을 들으며 자신이 지
금까지 만났던 누구보다 더 세상에 지쳐서 나라도 없이
세계를 떠돌아다니고 있다고 상상했습니다. 지금 그 철
도역은 멋진 상점과 식당이 들어선 실내 도시로 변신했
죠. 하지만 전쟁 직후에는 아직 불빛이 흐릿한 에드워드
시대 양식의 역이었습니다. 중앙 홀에는 박제한 수사슴
들과 해방돼서 국기를 흔들어 대는 농민들을 그린 벽화
가 있고, 독일 소시지와 양파튀김 냄새가 항상 허공을 떠
돌았습니다. 1등석 뷔페에는 검은 정장을 입고 목에 냅
킨을 두른 신사들이 가득했지만, 어둡고 맥주 냄새가 가
득한 3등석 뷔페에는 발칸의 무법적인 분위기와 음정을

무시하고 노래를 불러 대는 주정뱅이들이 있었습니다. 핌은 외투 옷걸이 근처의 나무 패널로 장식된 구석 자리를 가장 좋아했습니다. 엘리자베트라는 거룩한 웨이트리스가 그 자리에 앉은 그에게 수프를 더 가져다주곤 했지요. 올링거 씨도 그 자리를 좋아했던 모양입니다. 식당에 들어오자마자 그 자리로 향했으니까요. 그는 앞섶이 깊이 파이고 망사 주름 장식이 있는 전통 복장 차림의 엘리자베트에게 다정히 고개 숙여 인사한 뒤 핌에게도 인사했습니다. 그러곤 서류 가방을 든 채 안절부절못하면서 제멋대로 뻗치는 머리카락을 손으로 쓸어내리며 이렇게 물었습니다. 「내가 방해가 됐나요?」 숨도 쉬기 힘들 만큼 불안해하는 목소리였습니다. 말을 하는 동안 그는 목줄에 매여 으르렁거리는 노란색 늙은 개를 쓰다듬었습니다. 우리의 조물주께서 자신이 만든 최고의 대리인을 이런 식으로 변장시키신다는 사실을 이제는 나도 알고 있습니다.

올링거 씨는 나이를 짐작할 수 없는 모습이었지만, 지금 생각해 보면 쉰 살쯤이었던 것 같습니다. 그의 안색은 창백하고, 미소에는 후회가 섞여 있고, 보조개가 파이는 뺨은 노인의 엉덩이처럼 덜렁덜렁 흔들렸습니다. 그는 자기보다 우월한 존재들이 자리를 빼앗아 가지 않았다는 것을 마침내 인정한 뒤에도, 둥그런 몸을 아주 조심스레 의자에 앉혔습니다. 마치 자기보다 더 이 자리에 걸맞은 사람이 언제라도 나타나서 자신을 휘이휘이 쫓아낼 것이라고 예상하는 사람 같았습니다. 핌은 단골답게 자신 있는 태도로 그의 순순한 팔에서 갈색 레인코트를 가져가 옷걸이에 걸었습니다. 그는 올링거 씨와 그의 노란색 개가 다급히 필요하다는 결론을 내린 뒤였습니다. 당시 그는 일종의 휴지기를 거치는 중이라서 일주일 동안 사람들과 몇 마디 이상 대화를 나눈 적이 없었습니다. 올링거 씨는 그의 호의적인 태도에 걷잡을 수 없는 고마움의 소용돌이에 빠졌습니다. 그래서 얼굴을 빛내며 핌처럼 친절한 사람은 본 적이 없다고 단언했습니다. 그는 신문 진열대에서 『데어 분트』를 한 부 꺼내 얼굴을 묻었습니다. 개에게는 얌전히 굴라고 속삭이면서 주둥이를 툭툭 두드려 주었지만 별로 소용이 없었습니다. 개가 이미 모범적인 참을성을 보여 주고 있었기 때문입니다. 어쨌든 그가 먼저 입을 열었기 때문에 핌은 미리 준비한 문장으로 자신에 대해 설명할 기회를 얻었습니다. 안타깝게도 저는 외국인이라서 선생님의 사투리를 잘 알아듣지 못해요, 그러니 실례지만 표준 독일어로 말씀해 주시겠습니까. 이 말을 하고 나서 그는 배운 대로 자신의 성을 가르쳐 주었습니다. 「핌입니다.」 그러자 올링거 씨는 자신의 이름이 올링거라고 고백했습니다. 마치 이 이름이 무서운 치욕을 암시하기라도 하는 것 같았습니다. 그는 이어서 개의 이름이 바스틀 씨라고 말해 주었습니다. 순간적으로 불운한 베르틀이 생각나서 마음이 불편해졌죠.

「독일어 실력이 아주 좋은걸!」 올링거 씨가 반박했습니다. 「자네가 말하지 않았으면 그냥 독일인인 줄 알았을 거야! 그런데 아니라고? 그럼 어느 나라 출신인가? 너무 성급한 질문인 것 같기는 하네만.」

올링거 씨의 이런 반응은 친절한 것이었습니다. 당시 정신이 제대로 박힌 사람이라면 핌의 독일어를 진짜 독일인의 독일어와 혼동할 리가 없었으니까요. 핌은 처음 의도했던 대로 올링거 씨에게 자신이 살아온 이야기를 들려준 뒤, 상대에 대한 상냥한 질문들로 그의 넋을 빼놓았습니다. 자신이 아는 모든 방법을 동원해서 자신의 섬세한 매력을 올링거 씨에게 모두 발휘한 겁니다. 하지만 나중에 알고 보니 이것은 모두 전혀 쓸데없는 짓이었습니다. 올링거 씨는 지인을 골라서 사귀는 사람이 아니었기 때문이죠. 그는 모든 사람에게 감탄하고, 낮은 곳에 사는 모든 사람을 안쓰럽게 생각했습니다. 자신과 같은 세상에 살아야 하는 것이 그들에게 엄청난 불행이라는 생각이 거기에 큰 부분을 차지했어요. 올링거 씨는 천사와 결혼했으며, 음악 천재인 천사 딸 셋을 두었다고 말했습니다. 오스테르문디겐에 있는 아버지의 공장을 물려받았는데, 그 때문에 걱정이 많다는 이야기도 했고요. 사실 그럴 만도 했습니다. 지금 돌이켜 보면 그 가엾은 남자는 매일 아침부터 부지런히 일했는데도 공장이 점점 더 땅

속으로 처박히고 있었기 때문입니다. 올링거 씨는 바스틀 씨와 3년 전부터 함께 지내고 있지만, 아직도 이 개의 주인을 찾아 주려고 애쓰고 있기 때문에 어디까지나 임시 조치에 불과하다고 말했습니다.

핌은 올링거 씨의 호의에 보답하기 위해 대공습 때의 경험을 이야기했습니다. 자신이 코번트리에 사는 숙모 집에 간 날 밤에 성당이 폭격을 맞았는데, 성당 정문에서 고작 90미터 떨어진 숙모의 집은 기적적으로 긁힌 자국 하나 없었다는 이야기였습니다. 이렇게 이야기 속에서 코번트리를 파괴해 버린 그는 상상력을 결정적으로 발휘해서, 해군 제독의 아들인 자신이 실내 가운 차림으로 기숙사 창가에 서서 독일 폭격기들이 학교 상공을 떼 지어 날아가는 모습을 차분히 지켜보며 이번에는 수녀로 변장한 공수 부대원들이 어디로 떨어질지 궁금해했다는 이야기를 늘어놓았습니다.

「방공호가 있었을 텐데?」 올링거 씨가 소리쳤습니다. 「어찌 그런 일이! 그때 자네는 아직 어렸잖아, 세상에! 내 아내가 들었으면 화가 나서 펄펄 뛰었을 걸세. 빌데르스빌 출신이거든.」 그가 이렇게 설명하는 동안 바스틀 씨는 브레첼 하나를 먹고 방귀를 뀌었습니다.

핌은 이런 식으로 꾸며 낸 이야기를 하나씩 차곡차곡 쌓아 가며 재앙을 사랑하는 스위스인 올링거 씨의 마음에 호소하고, 전쟁의 참혹한 실상에 관한 이야기로 중립국 국민인 그의 영혼을 사로잡았습니다.

「자네는 그때 아직 어렸어.」 핌이 브래드퍼드의 신호 기지에서 처음 군사 훈련을 받을 때 얼마나 힘들었는지 이야기하자 올링거 씨는 또 이렇게 말했습니다. 「집의 따스함을 느끼지 못하다니. 아직 어렸는데.」

「어쨌든 위에서 우리를 실제로 전투에 투입할 필요가 없었던 게 천만다행이죠.」 핌은 계산서를 달라는 시늉을 하면서 아무려면 어떠냐는 식으로 말했습니다. 「우리 할아버지는 첫 번째 세계 전쟁에서 돌아가셨고, 아버지는 두 번째 세계 전쟁에서 돌아가신 것 같습니다. 그러니까 이번에는 우리 집안도 숨 쉴 틈이 좀 있어야 하지 않나 하는 생각이 떠나질 않아요.」 올링거 씨는 핌이 돈을 내겠다는 말을 아예 들으려 하지 않았습니다. 자신이 스위스의 자유로운 공기를 마시며 살고 있는 것은 3대에 걸친 영국인들 덕분이라는 것이었습니다. 핌이 먹은 소시지와 맥주 값을 낸 것은 시작에 불과했습니다. 그 뒤로 올링거 씨의 너그러움은 급속히 확대되었으니까요. 그는 먼저 어머니에게서 물려받은 렝가세의 작은 집에 와서 살아도 된다면서, 핌이 그에게 영광을 베풀어 주면 좋겠다는 말을 덧붙였습니다.

올링거 씨가 내어 준 방이 크지는 않았다. 사실은 아주 작은 방이었다. 다락방 셋 중 가운데 방이었는데, 핌이

일어설 수 있을 만큼 큰 방이 이곳뿐이었다. 그나마도 천
장의 채광창으로 고개를 내밀어야만 편안히 서 있을 수
있을 정도였다. 여름에는 밤새 해가 지지 않았고, 겨울에
는 눈 때문에 세상이 깜깜하게 가려졌다. 벽에 설치된 커
다란 검은색 라디에이터를 작동하려면 복도에 있는 나무
화덕에 불을 때야 했다. 그는 기분에 따라 추위에 떨 것
인지 아니면 절절 끓을 것인지 선택해야 했다. 하지만 말
이다, 톰, 나는 미스 더버의 집을 발견하기 전에는 어디
서도 그때만큼 만족하지 못했단다. 우리가 살다 보면 한
번쯤은 정말로 행복한 가정을 알 수 있는 기회가 생기지.
올링거 부인은 키가 크고 눈부시고 검소한 사람이었다.
핌은 평소처럼 집 안을 돌아다니다가 어느 날 살짝 열린
문틈으로 잠든 올링거 부인을 지켜보았는데, 부인은 빙
긋 웃는 표정이었다. 그 부인은 틀림없이 죽을 때도 그렇
게 웃고 있었을 거다. 올링거 씨는 뚱뚱한 학생처럼 아내
주위에서 호들갑을 피우고, 가정 경제를 마음대로 파탄
내고, 온갖 부랑자와 식객들을 만나는 대로 데려와 아내
에게 떠넘기면서도 아내가 좋아서 어쩔 줄을 몰랐다. 딸
들은 모두 평범하기 짝이 없었는데, 악기를 지독하게 연
주해 대서 이웃들의 분노를 사다가 한 명씩 차례로 자기
보다 더 평범하고 연주 솜씨가 더 형편없는 남자들과 결
혼했다. 하지만 올링거 부부는 사위들이 아주 똑똑하고
유쾌하다고 생각했다. 그리고 그런 생각이 실제로 사위

들을 바꿔 놓았다. 아침부터 밤까지 이주자, 부적응자, 아직 인정받지 못한 천재 등의 행렬이 그 집의 부엌을 스쳐 지나가며 손수 오믈렛을 만들어 먹고 리놀륨 바닥에 담배를 발로 비벼 껐다. 올링거 씨는 방에 사람이 있다는 사실을 잊어버리기 일쑤였으므로 방문을 잠가 두지 않으면 곤란해지곤 했다. 올링거 씨는 필요하다면, 그 방의 주인이 오늘 밤 외출했을 것이라거나 갈 곳이 없는 낯선 사람과 잠시 함께 지내는 것쯤 상관하지 않을 것이라고 혼자 납득해 버리는 재주도 뛰어났다. 나를 포함해서 그 집에 머무르던 사람들이 월세를 얼마나 냈는지는 기억나지 않는다. 우리가 낼 수 있는 돈은 거의 공짜에 가까운 금액이었으므로 오스테르문디겐에 있는 공장의 운영에는 도움이 되지 않았을 것이다. 내가 마지막으로 들은 소식에 따르면, 올링거 씨는 베른의 중앙 우체국 직원으로 즐겁게 일하며 박식한 친구에게 홀딱 빠져 있다고 했다. 바스틀 씨를 제외하고 내가 떠올릴 수 있는 그의 소유물은 수줍음이 많은 그가 스스로를 위로할 때 사용하는 야한 책들이었다. 그의 다른 물건들과 마찬가지로 누구나 함께 볼 수 있었던 그 책들은 『아모르와 로코코 여성』보다 훨씬 더 노골적이었다.

핌이 둥지를 튼 집은 그런 곳이었다. 그는 모처럼 온전한 삶을 즐길 수 있었다. 침대도 있고, 가족도 있는 곳. 그는 3등석 뷔페의 엘리자베트를 사랑하고 있었으므로, 일찍 결혼해서 아버지가 되는 것은 어떨지 생각 중이었다. 벨린다와는 감질나는 편지를 주고받고 있었는데, 그녀는 제미마의 연애에 대해 그에게 알려 주는 것이 자신의 의무라고 생각하는 것 같았다. 〈그 애가 연애를 하는 건 틀림없이 네가 멀리 있기 때문일 거야.〉 릭은 완전히 사라진 것은 아니라 해도, 최소한 아주 조용하기는 했다. 그가 살아 있다는 징조는 끊이지 않는 훈계조의 편지뿐이었다. 네가 지닌 이점에 항상 충실하라든가 낯선 유혹과 냉소주의의 덫을 피하라는 내용이었는데, 이건 릭이나 릭의 비서가 할 수 있는 말이 아니었다. 이 편지들에서는 도주 중에 타자기로 작성한 것 같은 분위기가 물씬 풍겼다. 편지를 보내는 장소도 매번 바뀌었다. 〈이스트 그린스테드, 퍼스의 톱시 이튼에게 안부를, 봉투에 내 이름을 쓸 필요는 없다…….〉 〈헐의 중앙 우체국 식당에서 일하며 나를 위해 우편물을 받아 주는 멜로 대령에게…….〉 한번은 손으로 직접 쓴 연애편지가 오기도 했다. 〈애니, 내 귀엽고 다정한 사람, 당신의 몸은 세상의 모든 재물보다 내게 더 의미가 있소.〉 릭이 봉투와 편지를 헷갈린 모양이었다.

따라서 핌에게 아쉬운 것은 딱 하나, 친구뿐이었다. 하지만 어느 토요일 한낮에 그는 올링거 씨의 집 지하실에서 친구를 만났다. 매주 한 번씩 하는 빨래를 위해 빨랫감을 가지고 내려갔을 때였다. 거리에서는 첫눈이 가을을 몰아내고 있었다. 핌은 젖은 옷가지를 눈이 가려질 만큼 한 아름 들고 있어서 돌계단을 어떻게 내려갈지 걱정스러웠다. 지하실 전등은 타이머로 작동하는 시스템이었으므로, 언제든 어둠 속에 빠져 보일러를 제 집으로 삼은 바스틀 씨를 밟을 수도 있는 노릇이었다. 하지만 전등은 꺼지지 않았다. 그는 타이머 앞을 스쳐 지나가면서 누군가가 기발하게 성냥개비를 꽂아 둔 것을 알아차렸다. 칼로 아주 매끈하게 다듬은 성냥이었다. 어디선가 시가 냄새가 났지만 베른은 애스콧과 달랐다. 돈 몇 푼만 있으면 누구나 시가를 피울 수 있었다. 안락의자가 눈에 들어왔을 때, 그는 토요일마다 말이 끄는 장식 수레를 타고 오는 앙상하고 추레한 남자 루비 씨에게 선물로 주겠다며 올링거 씨가 챙겨 두는 쓸모없는 물건으로 치부해 버렸다.

「스위스에서는 외국인들이 지하실에 빨래를 너는 것이 금지되어 있다는 거 몰라?」 어떤 남자의 목소리였다. 그는 사투리가 아니라 정확한 표준 독일어를 구사했다.

「몰랐는데요.」 핌은 이렇게 말하고 나서 살짝 뒤를 돌아보았다. 상대에게 사과를 하기 위해서였지만, 보이는 것은 안락의자에 몸을 둥글게 말고 있는 마른 남자의 흐릿한 형체뿐이었다. 그는 손가락이 긴 하얀 손 하나로 조각보 담요를 목까지 끌어 올려 붙들고 있었다. 다른 손에는 책이 들려 있었다. 머리에는 검은 베레모를 썼고, 콧

449

수염은 양쪽으로 늘어진 모양이었다. 발은 보이지 않았지만, 그의 몸은 반쯤 펴지다가 어딘가에 걸려 버린 삼각대처럼 뾰족하게 잘못 접힌 듯 보였다. 의자 옆에는 올링거 씨의 지팡이가 기대어져 있고, 담요를 붙든 손에는 연기를 피워 올리는 작은 시가 한 개비가 끼워져 있었다.

「스위스에서는 가난도 금지되어 있고, 외국인도 금지되어 있고, 빨래를 너는 것은 **완전히** 금지되어 있지. 넌 이 집의 수감자야?」

「올링거 씨의 친구입니다.」

「영국인 친구?」

「제 이름은 핌입니다.」

하얀 손의 손가락들이 콧수염을 찾아내서 아래로 쓸어내리기 시작했다. 남자가 생각에 잠긴 듯했다.

「핌 경?」

「그냥 매그너스입니다.」

「그래도 귀족 출신이겠지.」

「뭐, 별로 특별하지는 않습니다.」

「전쟁 영웅일 테고.」 남자는 이렇게 말하고 나서 뭔가를 빨아들이는 듯한 소리를 냈다. 그가 영어로 말했다면, 그 소리로 인해 회의적인 분위기가 만들어졌을 것이다.

핌은 남자의 말이 전혀 마음에 들지 않았다. 그가 올링거 씨에게 말해 준 자신에 대한 정보는 낡은 것이었다. 그래서 그 정보를 이렇게 다시 듣고 보니 당혹스러웠다.

「그러는 **댁**은 누구십니까, 실례지만?」핌이 물었다.

남자의 손가락이 뺨에서 신경을 건드리는 뭔가를 잡아 버리려고 위로 올라가고, 남자는 여러 대안을 고려하는 것처럼 보였다. 「내 이름은 악셀. 일주일 전부터 네 이웃이니, 밤마다 네가 이를 가는 소리를 들을 수밖에 없어.」남자가 시가를 빨아들이며 말했다.

「악셀 **씨**?」

「악셀 악셀 씨. 우리 부모가 내게 두 번째 이름을 지어 주는 걸 잊어버렸거든.」그는 책을 내려놓고 마른 손을 내밀어 인사를 청했다. 「아이고, 이런.」핌이 그 손을 잡자 그가 움찔하며 소리쳤다. 「살살 합시다, 응? 전쟁은 끝났어.」

이대로 그냥 넘어가기에는 마음이 편하지 않았으므로 핌은 빨래를 다른 날로 미루고 위층으로 올라갔다.

「악셀의 또 다른 이름은 뭐예요?」그는 다음 날 올링거 씨에게 물었다.

「아마 없을걸.」올링거 씨가 짓궂게 대답했다. 「아마 그래서 신분증이 없을 거야.」

「학생인가요?」

「시인이야.」올링거 씨는 뿌듯한 모양이었지만, 이 집에는 시인들이 우글거렸다.

「엄청 긴 시를 쓰는 모양이죠. 밤새 타자를 치던데요.」핌이 말했다.

「정말 그렇지. 그것도 내 타자기로.」 올링거 씨가 말했다. 더할 나위 없이 뿌듯한 목소리였다.

남편이 공장에서 그 녀석을 발견했어. 올링거 부인이 말했다. 핌은 저녁 식사로 먹을 채소를 다듬는 그녀를 도와주고 있었다. 정확히 말하자면, 야간 경비원 하르프레히트 씨가 녀석을 발견했지. 처음에 하르프레히트 씨는 창고 안의 자루들 위에서 자고 있던 악셀을 경찰에 넘기고 싶어 했어. 신분증도 없고, 외국인이고, 몸에서 냄새가 난다는 이유로. 하지만 천만다행으로 우리 남편이 늦지 않게 나서서 악셀에게 아침을 먹였지. 땀을 너무 흘리니까 의사에게도 데려갔고.

「어디 사람이에요?」 핌이 물었다.

올링거 부인은 평소답지 않게 그를 경계하면서 이렇게 말했다. 악셀은 **드뤼벤**[55] 출신이야. **드뤼벤**은 국경 너머, 스위스에 속하지 않은 유럽의 비이성적인 지역이지. 거기 사람들은 버스 대신 탱크를 타고 다니고, 굶주린 사람들은 매너가 형편없어서 가게에서 음식을 사 먹는 대신 폐허에서 먹을 것을 찾아.

「여기까지는 어떻게 왔어요?」 핌이 물었다.

「걸어온 모양이야.」 올링거 부인이 말했다.

「몸이 안 좋은데도요? 제대로 움직이지도 못하고 엄청 말랐던데요.」

55 독일어 *drüben*은 〈저쪽〉이라는 뜻이다.

「의지가 강하고, 꼭 그래야 할 필요가 있었겠지.」

「독일인인가요?」

「독일인도 여러 종류가 있어, 매그너스.」

「악셀은 어떤 종류인데요?」

「우린 그런 거 안 물어. 너도 묻지 마.」

「목소리로 추측할 수는 있잖아요.」

「우린 추측도 안 해. 악셀한테는 호기심을 전혀 품지 않는 게 좋아.」

「그 사람은 무슨 병이에요?」

「아마 전쟁 때 고생했나 봐. 너처럼.」 올링거 부인은 이해심이 지나치다 싶은 미소를 지어 보였다. 「악셀이 싫어? 위층에서 널 방해하니?」

나한테 말도 안 거는데 방해가 될 리 없죠. 핌은 속으로 생각했다. 그 사람 방에서 나는 소리라고는 올링거 씨의 타자기가 탁탁거리는 소리, 오후에 그를 찾아온 여성들이 황홀경에 이르러 내지르는 소리, 그가 올링거 씨의 지팡이를 짚고 힘겹게 화장실로 가며 발을 질질 끄는 소리뿐인데요. 보이는 거라고는 그 사람이 다 마셔 버린 빈 보드카 병과 그 사람이 복도에서 피워 대는 시가의 파란 연기구름과 그의 창백하고 텅 빈 몸이 계단 아래로 사라지는 모습뿐인데요.

「악셀은 끝내줘요.」 핌이 말했다.

그는 이미 크리스마스를 평생 가장 즐거운 순간으로

만들기로 마음먹고 있었다. 그리고 실제로 그런 시간을 보냈다. 릭이 〈아주 보잘것없는 **생필품조차 하**느님의 선물로 여겨지는 스코틀랜드의 황야에서 작은 **개인** 호텔〉에 머무르며 결핍에 시달린다는 이야기를 편지에 기가 막히게 늘어놓았어도 상관없었다. 나중에 알았지만, 이 편지에서 릭이 말한 스코틀랜드의 황야는 바로 글렌이글스였다. 크리스마스이브. 나이가 가장 어린 핌이 촛불을 밝히고, 올링거 부인을 도와 트리 주위에 선물을 늘어놓았다. 하루 종일 날이 멋지게 어둡더니, 오후에는 굵은 눈송이가 가로등 불빛 속에서 소용돌이치며 내려와 달리던 전차들을 막아세웠다. 올링거의 딸들이 일행과 함께 도착했고, 바젤에서 온 수줍은 부부도 곧 모습을 드러냈다. 그 부부에게 모종의 어둠이 드리워 있었는데, 어떤 어둠인지는 이제 기억나지 않는다. 그다음에 나타난 사람은 장피에르라는 프랑스인 천재였다. 그는 언제나 먹색을 배경으로 물고기의 옆모습을 그렸다. 그다음에는 사과를 아주 잘하는 일본인 신사 상 씨가 나타났다. 수수께끼 같은 이름이었다. 그때는 몰랐지만, 〈상〉 자체가 일본어에서 사람 이름 뒤에 붙는 호칭이기 때문이다. 상 씨는 올링거 씨의 공장에서 일종의 산업 스파이로 활동하고 있었는데, 지금 생각해 보면 우습기 그지없다. 만약 그 일본인 신사가 올링거 씨의 방식을 정말로 염탐해서 베끼려 했다면, 틀림없이 산업 생산이 10년쯤 뒷걸음질

쳤을 것이다.

마지막으로 악셀이 나무 계단을 천천히 내려와 모습을 드러냈다. 핌은 처음으로 한가할 때의 그를 볼 수 있었다. 몸이 기가 막히게 말랐는데도 그의 얼굴은 원래 둥근 편이었다. 이마가 넓었지만, 비스듬히 내려온 갈색 머리카락이 곡선을 그리면서 점점 슬퍼지는 듯한 분위기를 냈다. 마치 조물주가 그를 만들 때 엄지와 검지로 양쪽 관자놀이를 잡고, 경박하게 굴면 안 된다며 얼굴 전체를 아래로 확 끌어 내린 것 같았다. 둥글게 휜 눈썹부터 시작해서 눈과 콧수염을 차례로 끌어 내렸을 것이다. 콧수염은 텁수룩한 말굽 모양이었다. 이 모든 것 안에 악셀 본인이 있었다. 그늘에 가려진 두 눈이 반짝거렸다. 그는 핌이 결코 공감할 수 없는 어떤 일을 이기고 살아남은 것에 감사하는 사람이었다. 그는 올링거의 딸 한 명이 엉성한 솜씨로 짜준 카디건을 앙상한 어깨에 망토처럼 걸치고 있었다.

「*Schön guten Abend*,[56] 매그너스 경.」 그가 말했다. 그는 밀짚으로 만든 보닛을 거꾸로 들고 있었다. 그 안에 아름답게 포장된 꾸러미들이 들어 있는 것이 핌의 눈에 띄었다. 「우리가 저 위층에서는 왜 서로 대화를 하지 않을까. 20센티미터가 아니라 몇 킬로미터는 떨어져 있는 것처럼. 아직도 독일과 전쟁 중인 건 아닐 텐데. 우리는

56 좋은 밤이야.

동맹이야. 너와 나 말이야. 우린 곧 소련과 싸우게 될 거야.」

「그럴 것 같네요.」핌이 희미한 목소리로 말했다.

「외로울 때 내 방 문을 쾅 두드려 봐. 함께 시가를 피워도 되고, 세상을 조금 구할 수도 있으니. 허튼소리를 하며 노는 걸 좋아하나?」

「무척 좋아하죠.」

「좋아. 그럼 허튼소리를 하지, 뭐.」악셀은 상 씨에게 인사를 하러 가려고 발을 질질 끌며 움직이다가 걸음을 멈추고 돌아섰다. 그러곤 카디건을 망토처럼 걸친 어깨 너머로 핌에게 이상한 시선을 보냈다. 거의 도전하듯 이글거리는 시선이었다. 자신이 너무 쉽게 믿음을 준 건 아닌지 고민하는 것 같았다.

「*Aber dann können wir doch Freunde sein*, 매그너스 경?」 그럼 이제 우리 친구가 될 수 있는 건가?

「*Ich würde mich freuen!*」핌은 그의 시선을 대담하게 맞받으며 열성적으로 대답했다. 그러면 좋죠!

두 사람은 다시 악수했다. 이번에는 가벼운 악수였다. 그와 동시에 악셀의 얼굴이 모양을 바꿔서 아주 재미있다는 듯이 반짝거리는 미소를 지었다. 핌도 덩달아 가슴이 벅차올라서 크리스마스 때마다 악셀이 어디에 가든 그를 따라다녀야겠다고 다짐했다. 파티가 시작되었다. 여자들이 캐롤을 연주하자 핌은 누구 못지않게 따라 불렀다. 독일어 가사를 모를 때는 영어로 바꿔 가면서. 몇몇 사람이 나서서 발언을 했고, 이어 이 자리에 없는 친척들과 친구들을 위한 건배가 있었다. 이때 악셀은 무거운 눈꺼풀에 눈이 거의 덮인 채로 조용해졌다. 하지만 곧 나쁜 기억을 떨쳐 버리듯 벌떡 일어나 자신이 가져온 보닛 속의 물건들을 꺼내기 시작했다. 핌은 그의 주위를 얼쩡거리며 그를 도우려고 했다. 이것이 어디서든 매년 크리스마스 때 악셀이 하던 행동임을 깨달았기 때문이었다. 올링거의 딸들에게 주는 선물은 그가 직접 만든 피리였다. 심지어 아래쪽에 각자의 이름까지 새겨져 있었다. 갈대처럼 힘이 없어 보이는 그 하얀 손으로 어떻게 이름을 새겼을까? 핌이 칸막이 너머로 그 소리를 들은 적도 없는데, 저렇게 뛰어난 솜씨라니. 나무는 어디서 났을까? 물감과 붓은? 올링거 부부에게 준 선물은, 나중에야 깨달았지만 수감 생활의 또 다른 상징이었다. 성냥개비로 만든 방주 모형. 현창에서 손을 흔드는 우리들의 모습에는 색칠도 되어 있었다. 상 씨와 장피에르는 일종의 사각형 천을 받았다. 예전에 핌이 수제 베틀로 도러시에게 만들어 준 것과 비슷했다. 바젤에서 온 부부는 무늬가 있는 모직으로 만든 눈[眼]을 받았다. 무엇이든 그들을 괴롭히는 것을 그것이 물리쳐 줄 터였다. 핌은(그가 나를 맨 마지막까지 남겨 둔 것을 나는 지금도 일종의 찬사로 받아들이고 있다), 매그너스 경은 손때가 묻은 그리멜스하우젠의 『짐플리치시무스』를 받았다. 낡은 갈색 버크럼으로 제본된 책이었다. 핌은 그때까지 이 책의 제목조차 들어 본 적이 없었지만, 이 책을 핑계로 악셀의 방문을 두드릴 수 있을 것이라고 생각하니 한시라도 빨리 읽고 싶었다. 표지를 열자 독일어로 쓴 구절이 보였다. 〈결코 나의 적이 되지 않을 매그너스 경에게.〉 왼쪽 맨 위 구석에는 더 젊어 보이는 필체로 쓴 오래된 글귀가 있었다. 〈A. H. 카를스바트 1939년 8월.〉

「카를스바트가 어디에요?」 핌은 두 번 생각해 보지도 않고 일단 질문을 던진 뒤에야 주위 사람들의 어색한 표정을 알아차렸다. 마치 모두들 나쁜 소식을 들었는데, 핌에게만 아직 너무 어리다는 이유로 알려 주지 않은 것 같았다.

「카를스바트는 이제 존재하지 않아, 매그너스 경.」 악셀이 정중하게 대답했다. 「『짐플리치시무스』를 읽으면 그 이유를 알게 될 거야.」

「그게 어디였는데요?」

「내 고향이었어.」

「그럼 당신이 과거부터 간직하던 보물을 내게 준 거네요.」

「내가 별로 소중하게 생각하지 않는 물건을 주는 편이 더 나았을까?」

그럼 핌은 선물로 무엇을 가져왔을까? 하느님, 그를

도우소서. 고위 경영자의 아들인 그는 의미 있는 행사에 익숙하지 않았기 때문에, 친애하는 악셀을 위한 시가 한 상자 외에는 더 좋은 선물을 생각해 낼 수 없었다.

「왜 카를스바트가 이제 존재하지 않는 거죠?」 핌은 올링거 씨와 단둘이 있게 되자마자 이렇게 물었다. 올링거 씨는 공장을 운영하는 법만 빼면 모르는 것이 없었다. 그는 카를스바트가 수데텐란트에 있었다고 말했다. 아름다운 온천 도시라서 브람스와 베토벤, 괴테와 실러 등 수많은 사람들이 그곳에 들르곤 했다. 처음에는 오스트리아 땅이었지만 나중에 독일 땅이 되었고, 지금은 체코슬로바키아의 영토가 되어 새로운 이름을 얻었다. 그곳에 살던 독일인들은 모두 쫓겨나고 말았다.

「그럼 악셀은 어디 사람이에요?」 핌이 물었다.

「여기 사람일 뿐이야, 아마도.」 올링거 씨가 심각한 표정으로 말했다. 「우리가 조심하지 않으면 사람들이 와서 악셀을 데려갈걸. 아마 그럴 거야.」

「악셀의 방에 여자들이 있어요.」 핌이 말했다.

올링거 씨는 장난꾸러기처럼 즐거워하며 얼굴을 분홍색으로 물들였다. 「베른의 모든 여자들이 악셀을 좋아할걸.」 올링거 씨가 맞장구를 쳤다.

이틀이 지나고 사흘째에 핌은 악셀의 문을 세게 두드렸다. 악셀은 열어 놓은 창가에 서서 담배를 피우고 있었다. 창턱에는 무거워 보이는 책이 여러 권 놓여 있었다. 얼어붙을 듯이 추운 날인데도 책을 읽으려면 바깥바람이 필요한 모양이었다.

「같이 산책이나 나가죠.」핌이 용감하게 말했다.

「내 속도로 걸을 건가?」

「뭐, 내 속도로 걸을 수는 없잖아요?」

「사람이 많은 곳은 내 기질과 맞지 않아, 매그너스 경. 걸으려면 시내를 피하는 것이 좋아.」

두 사람은 바스틀을 빌려서 데리고 나와 물살이 빠른 아레강 옆의 텅 빈 뱃길을 따라 정처 없이 걸었다. 바스틀 씨는 오줌을 싼 뒤 두 사람을 따라오려 하지 않았고, 핌은 혹시 경찰관이 보이지 않는지 눈을 부릅뜨고 경계를 늦추지 않았다. 햇빛이 들지 않는 강 계곡에서 서리가 못된 구름과 함께 떠다녔고 추위는 무자비했다. 하지만 악셀은 그런 것을 전혀 느끼지 못하는 것 같았다. 그는 시가를 피우면서 특유의 부드럽고 즐거운 듯한 목소리로 질문을 툭툭 던졌다. 오스트리아에서 걸어올 때도 이런 식이었다면 몇 년이 걸렸겠는걸. 핌은 오들오들 떨리는 몸으로 그의 뒤를 따르며 이런 생각을 했다.

「베른에는 어떻게 왔어, 매그너스 경? 나아가는 중이었나, 물러나는 중이었나?」악셀이 물었다.

자신을 새로운 모습으로 포장할 기회에 결코 저항하는 법이 없는 핌은 즉시 작업에 나섰다. 버릇처럼 자신의 이미지에 맞게 사실을 재가공해서 현실보다 더 좋은 모습을 그려 내는 데 공을 들이기는 했지만, 그래도 본능적인 조심성 덕분에 자제할 수 있었다. 그가 고상하지만 평범하지만은 않은 어머니 이야기를 한 것도 사실이고, 릭이 원했지만 끝내 손에 넣지 못한 것들, 예를 들어 재산, 탁월한 전공(戰功), 최고위 인물들과의 일상적인 만남 등을 사실처럼 묘사한 것도 사실이기는 하다. 하지만 그 밖의 면에서는 자신을 낮추며 소박하게 굴었다. 그가 지금껏 아무에게도 말한 적이 없는 E. 베버의 이야기를 꺼냈을 때 악셀은 너무 심하게 웃은 나머지 숨을 고르기 위해 벤치에 앉아 새 시가에 불을 붙여야 했다. 핌은 자신의 이야기가 거둔 성공을 기뻐하며 악셀과 함께 웃었다. 그가 〈신경 쓰지 마. E. 베버는 언제나 널 사랑해〉라고 적혀 있는 그녀의 편지를 보여 주자 악셀은 이렇게 소리쳤다. 「*Nochmal!*[57] 다시 말해 봐, 매그너스 경! 명령이야! 이번에는 완전히 다르게 해봐. 그녀와 잤어?」

「물론이죠.」

「몇 번이나?」

「네댓 번.」

「전부 하룻밤에? 너 호랑이로군! 그 여자가 즐거워했어?」

「그녀는 아주, 아주 노련했어요.」

57 한 번 더!

「너의 제미마보다도 더?」

「음, 거의 비슷했죠.」

「어렸을 때 너를 유혹한 그 못된 립시보다도 더?」

「음, 립시는 그 두 사람과 격이 달랐어요.」

악셀이 유쾌하게 그의 등을 찰싹 때렸다. 「매그너스
경, 정말 대단해. 틀림없어. 다크호스야. 그거 알아? 어렸
을 때 그렇게 착했으면서도 모험을 즐기는 위험한 여자
들이나 영국의 젊은 귀족들과 자다니. 사랑한다, 듣고 있
어? 난 영국 귀족들을 모두 사랑하지만 네가 최고야.」

다시 걸으면서 악셀은 몸을 지탱하기 위해 하는 수 없
이 핌과 팔짱을 끼더니, 그때부터는 뻔뻔스러울 정도로
당당하게 그를 지팡이로 삼았다. 그 뒤로 평생 동안 우리
는 거의 매번 그런 식으로 걸었다.

그날 저녁 다리 밑에서 핌과 악셀은 손님 없는 카페를
발견했다. 악셀은 가죽끈으로 묶어 목에 걸고 다니는 검
은 지갑 속의 돈으로 보드카 두 잔을 사겠다고 고집을 부
렸다. 얼어붙을 듯이 추웠던 그날 집으로 돌아오는 길에
두 사람은 한 번도 받아 본 적이 없는 교육을 시작해야
한다는 데에 동의했다. 우선 그다음 날을 세상의 첫날로
규정하고, 『그리멜스하우젠』을 첫 번째 공부 주제로 삼
을 것이다. 이 세상은 원래 정신 나간 곳인데 시시각각
더욱더 미쳐 가고 있으며 옳아 보이는 모든 것이 사실은

틀렸음이 거의 확실하다는 그의 가르침 때문이었다. 악셀이 핌의 독일어 회화를 책임질 것이며, 그의 독일어가 완벽해질 때까지 쉬지 않을 것이라는 데에도 합의가 이루어졌다. 그렇게 해서 핌은 하루 만에 악셀의 다리가 되고 지적인 말동무가 되었다. 또한 처음에는 의도한 일이 아니었지만, 악셀의 제자도 되었다. 그 뒤로 몇 달에 걸친 악셀의 가르침 덕분에 핌이 자신의 독일인 뮤즈를 이해할 수 있게 되었기 때문이다. 악셀은 지식 면에서 핌을 능가했을 뿐만 아니라 호기심 면에서도 핌에게 지지 않았다. 지칠 줄 모르는 에너지도 마찬가지였다. 순진한 사람을 위해 조국의 문화를 되살리면서 최근까지 조국이 겪은 일들을 점차 받아들이게 된 것 같기도 했다.

한편 핌은 그토록 오랫동안 꿈꾸던 왕국의 찬란함을 마침내 바라볼 수 있게 되었다. 핌은 독일인 뮤즈에게 소란스레 열광했던 것에 비해 그녀에게 딱히 매력을 느끼지 못했다. 만약 그녀가 중국인이나 폴란드인이나 인도인이었다면 전혀 가망이 없었을 것이다. 중요한 것은 그녀가 핌에게 스스로를 신사로 바라보며 지적인 성찰을 할 수 있는 수단을 처음으로 제공해 주었다는 점이다. 이 점 때문에 핌은 그녀에게 영원히 감사했다. 그녀는 핌이 밤낮으로 악셀과 동행하게 만들어 그의 머릿속 세계를 알 수 있게 해주었다. 그가 어디든 머릿속에 가지고 다닐 수 있을 것이라고 그녀가 말했던 그 세계였다. 립시의 말이 옳았다. 올링거 씨가 자선 사업을 하는 동료에게 말해서 얻어 준 불법 야간 일자리를 위해 오스트링의 창고로 갈 때 핌은 걷거나 전차를 타지 않고 프라하행 버스를 타고 가면서 모차르트를 들었다. 밤에 코끼리들을 씻길 때는 렌츠의 희곡 「병사들」에 나오는 병사들처럼 굴욕을 견뎌 냈다. 3등석 뷔페에 앉아 엘리자베트에게 영혼이 담긴 눈빛을 보낼 때는 자신이 젊은 베르테르가 되어 자살하기 전에 어떤 옷을 입을지 계획하는 상상을 했다. 자신의 실패와 희망을 모두 생각해 볼 때는 자신의 *Werdegang*[58]을 빌헬름 마이스터의 도제 시절과 비교해 볼 수 있었다. 자신이 릭에 비해 얼마나 고상하고 감수성이 예민한 사람인지 온 세상에 보여 줄 훌륭한 자전적 소설에 대한 계획도 그때 이미 시작되었다.

그래요, 잭, 다른 씨앗들도 있었습니다. 당연히 있었지요. 두 사람이 당시의 능력껏 최대한 소화해 낸 속성 헤겔 공부, 마르크스와 엥겔스를 비롯해서 못된 공산주의자들에 대한 폭발적인 공부도 있었습니다. 악셀의 말처럼 그들에게 세상은 새로 시작된 것이나 마찬가지였으니까요. 「그리스도교가 초래한 인류의 불행을 기준으로 그리스도교를 판단하려 한다면, 그리스도교인이 될 사람이 누가 있을까? 편견을 용납하면 안 돼, 매그너스 경. 글을 읽을 때는 일단 모든 것을 받아들여야 해. 거부하는 것은

58 〈발전〉, 〈성장〉을 뜻하는 독일어.

나중 일이야. 히틀러가 이 사람들을 그렇게 미워한 것을 보면, 그렇게 나쁜 사람들은 아닐 거야.」그다음에 나온 것은 루소와 혁명가들,『자본론』,『반뒤링론』[59]입니다. 그렇게 여러 주가 흘렀지만, 내가 기억하는 한 우리는 어떤 결론에도 이르지 못했다고 단언할 수 있습니다. 이 공부가 끝났을 때 우리가 기뻤다는 기억뿐입니다. 지금 생각해 보면 솔직히 악셀이 가르친 주제들이 그에게서 뭔가를 배운다는 핌의 기쁨 외에 무슨 중요성이 있었는지 의심스럽습니다. 중요한 것은 핌이 잠자리에서 일어난 순간부터 다음 날 새벽까지 즐거웠다는 것, 그리고 두 사람이 검은색 라디에이터를 사이에 두고 마침내 잠자리에 들어, 악셀의 표현에 따르면 프랑스의 하느님처럼 자고 있을 때에도 핌의 머리는 탐구를 계속했다는 것입니다.

「악셀은 냉동 고기 훈장을 받았어요.」핌은 어느 날 퐁 듀를 만들기 위해 빵을 자르면서 올링거 부인에게 자랑스럽게 말했다.

올링거 부인은 징그럽다는 듯 소리를 질렀다. 「매그너스, 무슨 헛소리야?」

「진짜예요! 러시아 원정 훈장을 독일 군인들은 속어로 그렇게 말해요. 악셀은 김나지움에서 자원입대했어요. 아버지의 도움을 얻는다면 프랑스나 벨기에의 안전한 곳에 배치될 수도 있었죠. 남의 관심을 끌지 않는 안전한

59 엥겔스의 저서.

곳. 하지만 악셀은 그런 걸 원하지 않았어요. 학교 친구들처럼 영웅이 되고 싶었거든요.」

올링거 부인은 즐거운 기색이 아니었다. 「악셀이 어디에 배치되었는지는 말하지 마.」 그녀가 엄격하게 말했다. 「악셀은 공부하러 온 거야. 자랑하러 온 게 아니라.」

「악셀의 방에 여자들이 있어요.」 핌이 말했다. 「오후에 살금살금 계단을 올라오죠. 그와 사랑을 나눌 때는 소리를 지르고요.」

「그 여자들이 악셀을 행복하게 해주고 악셀의 공부에 도움이 된다면 얼마든지 환영이야. 너도 열정적인 제미마를 부르고 싶어?」

핌은 불같이 화를 내며 자기 방으로 가서 릭에게 긴 편지를 썼다. 일반적인 스위스인들이 일상생활에서 얼마나 불공정한지 이야기한 편지였다. 〈가끔은 여기 법이 평범한 상냥함의 대용품인 것 같아요.〉 그의 편지는 부루퉁했다. 〈여자들이 관련되면 특히 더 그래요.〉

릭은 답장에서 정숙함을 강조했다. 〈네게 **예**정된 선택을 하게 될 때까지 몸을 **깨**끗이 유지하는 게 좋아.〉

벨린다에게,

요즘 여기 분위기가 좀 그래. 이 집에 사는 외국인 학생 몇 명이 여자 문제에서 좀 심하게 나가는 바람에 내가 나설 수밖에 없었거든. 그러지 않았다면 난 절대 일을 마치지 못했을 거야. 너도 젬한테 똑같이 단호하게 나간다면, 장기적인 관점에서 젬에게 오히려 좋은 일이 될지도 모르겠다.

*

어느 날 악셀이 병에 걸렸다. 핌은 동물원에 갔다가 아주 재미있는 모험을 잔뜩 하고서 그에게 그 이야기를 들려주려고 서둘러 돌아왔지만, 악셀은 가장 싫어하는 곳인 침대에 누워 있었다. 그의 작은 방에는 시가 연기가 자욱하고, 창백한 얼굴은 수염 자국과 그림자로 어두웠다. 어떤 여자가 옆에서 얼쩡대고 있었지만, 핌이 나타나자 악셀은 그녀에게 나가라고 명령했다.

「어디가 아픈 거예요?」 핌은 올링거 씨가 부른 의사의 어깨 너머로 처방전의 뜻을 해석하려고 애쓰면서 이렇게 물었다.

「문제가 뭐냐면 말이야, 매그너스 경, 영웅적인 영국의 폭탄을 맞은 거야.」 악셀이 침대에서 가시 돋친 낯선 말투로 이렇게 말했다. 「영국의 폭탄 절반이 엉덩이에 박혀 있는데 똥으로 밀어내려고 해도 잘 안 되는 게 문제지.」

의사는 단순히 비밀을 지키는 수준이 아니라 아예 침묵하겠다는 맹세를 한 뒤, 핌을 친절하게 툭툭 두드려 주고는 방을 나갔다.

「어쩌면 그 폭탄을 던진 장본인이 너인지도 모르겠네, 매그너스 경. 혹시 노르망디에 상륙했어? 그 침공을 네가 이끌었어?」

「난 그런 일 한 적 없어요.」 핌이 말했다.

이렇게 해서 핌은 다시 악셀의 다리가 되어 그에게 약과 시가를 가져다주고, 요리를 해주고, 대학 도서관을 뒤져 책을 빌려 와서 그에게 소리 내어 읽어 주었다.

「이제 니체는 가져오지 마, 매그너스 경. 폭력의 정화 효과에 대해서는 이미 충분히 배운 것 같아. 클라이스트는 그리 나쁘지 않지만, 넌 그의 책을 제대로 읽지 않고 있어. 클라이스트의 책을 읽을 때는 고함을 질러야 돼. 그는 프로이센의 장교이지 영국인 영웅이 아니니까. 미술에 대한 책을 가져와.」

「어떤 종류로요?」

「추상파, 퇴폐파, 유대인. *entartet* [60]나 금지된 화가라면 누구든 좋아. 이런 미친 저자들한테서 휴식을 취할 수 있게 해줘.」

핌은 올링거 부인과 의논했다. 「그럼 나치가 좋아하지 않는 화가가 누구냐고 사서에게 물어보면 돼, 매그너스.」 부인은 가정 교사 같은 목소리로 이렇게 설명했다.

이민자인 사서는 악셀에게 무엇이 필요한지 마음으로 알고 있었다. 핌은 클레와 놀데, 코코슈카와 클림트, 칸

---

60 〈변종된〉, 〈타락한〉이라는 뜻의 독일어.

딘스키와 피카소에 관한 책을 가져왔다. 악셀이 고개를 움직이지 않아도 볼 수 있는 벽난로 선반에 그들의 그림이 실린 책과 카탈로그를 펼쳐서 세워 두고 페이지를 넘기며 그림 설명을 소리 내어 읽어 주었다. 여자들이 왔지만 악셀은 그들 역시 내보냈다. 「날 돌봐 주는 사람이 있으니까 내가 건강해진 다음에 와요.」 핌은 막스 베크만에 관한 책을 가져왔다. 슈타인렌의 책, 실레의 책, 또 실레의 책을 가져왔다. 다음 날에는 문필가들이 다시 자리를 차지했다. 핌은 브레히트와 추크마이어, 투홀스키와 레마르크의 책을 가져와 몇 시간 동안 소리 내어 읽어 주었다. 「음악.」 악셀이 명령했다. 핌은 올링거 씨의 축음기를 빌려 와 악셀이 잠들 때까지 멘델스존과 차이콥스키의 음악을 틀어 주었다. 자다가 깨어난 악셀은 헛것을 보며 땀을 비 오듯 줄줄 흘렸다. 절름발이에게 매달린 맹인과 함께 눈 속을 뚫고 후퇴하는데 상처에서 흐르는 피가 얼어붙었다고 중얼거리면서. 병원에 대해서도 이야기했다. 침대 하나에 사람 둘이 누워 있고 바닥에 시신이 누워 있었다고 했다. 악셀이 물을 요구하자 핌이 가져왔다. 악셀은 심하게 떨리는 두 손으로 잔을 받아 들어 올리다가 얼어붙은 듯 손을 멈추더니 움찔움찔 고개를 내려 입술을 잔에 대고 짐승처럼 물을 빨아 마셨다. 그 바람에 물을 옆으로 흘리면서도 열에 들뜬 눈에서는 경계심이 사라지지 않았다. 그는 다리를 가슴으로 모으고 오줌을 지리더니, 핌이 침대보를 가는 동안 못마땅한 표정으로 안락의자에 앉아 덜덜 떨었다.

「누구를 무서워하는 거예요?」 핌이 다시 물었다. 「여긴 아무도 없어요. 우리 둘뿐이에요.」

「그럼 너를 무서워하는 거겠지. 저 구석의 푸들은 뭐야?」

「바스틀 씨예요. 푸들이 아니라 차우차우고요.」

「악마인 줄 알았어.」

어느 날 핌이 자다가 깨어 보니 악셀이 완전히 옷을 차려입은 모습으로 그의 침대 옆에 서 있었다. 「오늘은 괴테의 생일이고, 지금은 오후 4시야.」 그가 군인 같은 목소리로 선언했다. 「우린 시내로 가서 멍청이 토마스 만을 들어야 해.」

「아직 몸이 아프잖아요.」

「일어나 있는 사람은 아프지 않아. 아픈 사람은 행군하지 않아. 옷을 입어.」

「만도 금서 목록에 있나요?」 핌은 옷을 입으며 물었다.

「거기에 끼지 못했어.」

「만이 왜 멍청이예요?」

올링거 씨가 악셀의 몸을 두 번쯤 감을 수 있을 만큼 커다란 레인코트를 내주었고, 상 씨는 널찍한 검은 모자를 주었다. 올링거 씨는 고장 난 차로 두 사람을 정해진 시간보다 두 시간 일찍 강연장까지 데려다주었다. 두 사람은 다른 사람들이 홀을 채우기 전에 뒷자리를 차지했다. 강연이 끝난 뒤 악셀은 핌을 앞세워 무대 뒤로 씩씩하게 걸어가서 분장실 문을 망치처럼 쾅쾅 두드렸다. 그때까지 핌은 토마스 만에게 관심이 없었다. 그가 보기에 만의 문장은 이해하기가 힘들었고, 마치 향수를 뿌려 놓은 것 같았다. 악셀을 위해서 최선을 다해 이해하려고 노력했는데도. 하지만 지금 앞에 서 있는 사람은 하느님의 현신 같았다. 만은 메이크피스 삼촌처럼 키가 크고 각진 모습이었다. 「여기 이 젊은 영국인 귀족이 선생님과 악수를 하고 싶어 합니다.」 악셀이 상 씨의 널찍한 모자 아래에서 권위적인 목소리로 말했다. 토마스 만은 핌과 악셀을 차례로 바라보았다. 악셀은 고열 때문에 얼굴이 몹시 창백해서 이 세상 사람 같지 않았다. 토마스 만은 귀족과의 접촉이 주는 압박을 견딜 수 있을지 자문하기라도 하는 것처럼 자신의 오른손 손바닥을 바라보며 인상을 찌푸리다가 손을 내밀었다. 핌은 그 손을 잡고 악수하면서, 만의 천재성이 자신에게 흘러 들어오는 느낌이 드는지 기다렸다. 옛날에 기차역에서 살 수 있었던 전기 충격기처럼 그 손을 잡고 그의 에너지가 자신에게 활기를 불어넣어 주기를 기다린 것이다. 결국 아무 일도 일어나지 않았지만, 악셀이 두 사람 몫의 열정을 보여 주었다.

「그분과 손을 잡았어, 매그너스 경! 넌 축복받은 거야! 불멸의 존재가 됐어!」

일주일도 안 돼서 두 사람은 다보스로 가서 만의 병든 영혼들이 안치된 곳을 방문할 수 있을 만큼 돈을 모았다. 두 사람은 화장실에 숨어서 여행했다. 핌은 서고, 베레모를 쓴 악셀은 변기에 끈기 있게 앉은 채로. 차장이 화장실 문을 두드리며 소리쳤다. 「*Alle Billette bitte.*」[61] 그러자 악셀이 여자처럼 앓는 소리를 내며 표 한 장을 문 밑으로 밀었다. 핌은 차장의 발그림자에 눈을 고정하고 가만히 기다렸다. 차장이 허리를 숙였다가 끙 소리를 내며 다시 허리를 펴는 기척이 느껴졌다. 중간에 새로 구멍이 뚫린 표가 문 밑으로 다시 나타나는 순간 그는 신경이 뚝 끊어지는 소리가 들리는 것 같았다. 차장의 그림자가 사라졌다. 걸어왔다는 게 이런 뜻이었군요. 이런 방법으로 스위스까지 온 거였어요. 핌은 악셀과 조용히 악수하며 속으로 이렇게 감탄했다. 그날 저녁 다보스에 도착한 뒤 악셀은 카를스바트에서 베른까지 그 악몽 같던 여행에 대해 핌에게 자세히 말해 주었다. 핌은 마음이 든든하고 뿌듯해진 나머지, 토마스 만이 세계 최고의 작가라는 결론을 내렸다.

아버지께(그는 다락방으로 돌아오자마자 기쁨에 들떠서 이런 편지를 썼다), 요즘 이곳에서 정말로 마법 같은 시간을 보내며 최고의 가르침을 얻고 있어요. 세

61 표 좀 보여 주세요.

상에 밝은 아버지의 조언이 얼마나 그리운지, 공부를 위해 저를 스위스로 보내신 아버지의 현명함이 얼마나 감사한지 이루 말로 다 할 수 없을 정도입니다. 오늘 변호사들을 만났는데, 인생의 모든 면을 잘 알고 있는 것 같았습니다. 제 사회생활에 그 사람들이 틀림없이 도움이 될 거예요.

벨린다에게,
이제 단호하게 생각을 정리하고 나니 상황이 훨씬 나아졌어.

*

그동안에도 당신은 존재했지요, 그렇지 않습니까, 잭? 또 다른 전쟁 영웅, 내 머릿속의 또 다른 존재. 그때 당신이 어떤 사람이었는지 설명하겠습니다. 이제는 우리 둘이 생각하는 사람이 같은 인물일 것 같지 않으니까요. 당신이 내게 어떤 존재였는지, 내가 당신을 위해 무엇을 했는지 설명하겠습니다. 그 이유도 최선을 다해 설명해 보지요. 역시 사건과 인물에 대한 우리의 해석이 다를 수도 있겠다는 생각 때문입니다. 정말로 그런 생각이 많이 듭니다. 잭에게 핌은 그저 풋내기 정보원 중 하나였습니다. 그가 키우고 있던 군대에 추가된 인물. 아직 기가 꺾이지도 않았고 훈련도 받지 않았지만, 벌써 목에 멋진 굴레를 걸고 설탕 한 조각을 위해 기꺼이 먼 길을 달려갈 녀석 중 하나였죠. 당신이 핌을 어떻게 스카우트했는지, 핌에게 어떻게 접근했는지 아마 기억나지 않을 겁니다. 기억할 이유도 없죠. 당신이 아는 것은 핌이 회사가 좋아하는 유형이라는 사실뿐. 그랬습니다. 나도 마음 한구석에서 그런 생각을 했고요. 옆머리와 뒷머리를 짧게 자르고, 영국식 영어를 구사하고, 언어에 뛰어나고, 훌륭한 시골 사립 학교를 다닌 아이. 게임을 할 줄 알고, 규율을 이해하는 사람. 예술가 행세를 하는 사람은 아니었습니다. 지나치게 지적인 부류도 확실히 아니었고요. 차분하고 평범했습니다. 살짝 남다른 구석이 있지만 편안한 수준일 뿐 지나치지 않았습니다. 아버지는 소규모 기업가라는 것 같았고요. 너무나 전형적이라서 당신은 릭에 대해 확인해 볼 생각조차 하지 않았습니다. 내일을 책임질 인물의 전형 같은 이런 녀석을 영국 교회가 아니라면 또 어디서 만날 수 있겠습니다. 스위스의 중립적인 산들바람에 잉글랜드의 깃발이 펄럭이는 교회 말입니다.

당신이 핌을 얼마나 오랫동안 지켜보았는지는 모르겠습니다. 틀림없이 당신도 모를 겁니다. 당신은 핌이 성경 말씀을 읽는 모습이 마음에 들었다고 말했습니다. 그러니 적어도 크리스마스 이전부터 그를 지켜보았을 겁니다. 핌이 읽은 것은 강림절[62] 초기와 관련된 구절이니까요. 당신은 핌에게서 대학에서 공부 중이라는 말을 듣고 놀란 기색이었습니다. 아마 핌이 대학에 등록하기 전에 처음 조사를 실시한 뒤 후속 조사를 하지 않았던 모양입니다. 핌이 당신과 처음으로 악수를 한 것은 크리스마스 날 아침 기도 이후였습니다. 교회의 포치에 사람들이 죄다 몰려나와 우산을 부딪치고 쏼라쏼라 영어로 떠들어 대는 바람에 북적이는 승강기 안에 들어와 있는 것 같았죠. 거리에서는 벌써부터 외교가 뭔지 아는 아이들이 서로에게 눈덩이를 마구 던져 대고 있었습니다. 핌은 E. 베버 재킷 차림이었고, 스물네 살의 그에게 트위드를 즐겨 입는 잭 당신은 도저히 오를 수 없는 영국의 산처럼 보였습니다. 우리의 나이 차이는 일곱 살이지만, 전쟁과 평화라는 측면에서 보면 한 세대와 맞먹었습니다. 아니, 두 세대에 더 가깝다고 해야겠네요. 사실 악셀의 경우와 아주 비슷했습니다. 당신과 악셀 모두 나보다 앞서서 아주 중요한 세월을 살았으니까요. 지금도 그렇고요.

당신이 그때 그 훌륭한 갈색 정장 외에 또 무엇을 몸에 걸치고 있었는지 압니까? 은색 날개의 말들이 하늘을 나는 모양이 그려진 넥타이였습니다. 밤색 벌판에서 왕관을 쓰고 서 있는 브리타니아[63]도 그려져 있었죠. 축하합니다. 당신은 나라를 위해 어디서 무엇을 했는지 내게 전

62 크리스마스 전의 4주간.
63 대영 제국을 상징하는 여인상.

혀 말해 주지 않았지만, 그때 내가 상상했던 것 못지않게 대단한 일을 당신이 해냈음을 이제는 나도 알고 있습니다. 유고슬라비아에서는 빨치산과, 체코슬로바키아에서는 레지스탕스와, 아프리카의 적지에서는 장거리 사막 정찰대[64]와 함께 활동했으니까요. 심지어 크레타에서도 활동한 적이 있는 것으로 알고 있습니다. 당신은 나보다 키가 2.5센티미터 더 큽니다. 하지만 핌이 당신의 크고 건조한 손을 잡았을 때, 그 넥타이가 바로 그의 눈앞에 있었던 것이 어제 일처럼 기억납니다. 핌이 고개를 들자 바위처럼 단단한 턱과 푸른 눈이 보였죠. 당신의 눈썹은 그때도 텁수룩하고 사나웠습니다. 그 순간 핌은 자신이 그동안 여러 학교를 다니며 목표로 삼아야 했던 인물, 가끔 상상 속에서 꿈꿨던 인물이 바로 자기 앞에 서 있음을 깨달았습니다. 허리를 꼿꼿하게 세운 용감한 영국인 장교, 주위 사람이 모두 당황해도 냉정을 잃지 않는 사람 말입니다. 당신은 핌에게 크리스마스 인사를 건네고 이름을 밝혔습니다. 그때 핌은 브러더후드라는 이름을 듣고 당신이 크리스마스와 관련된 농담을 하는 줄 알았습니다. 〈당신이 좋은 우정을 보여 주면 나는 형제애를 보여 주겠다〉라는 식으로요.

「아냐, 아냐, 본명이야.」 당신은 웃음을 터뜨리며 힘주어 말했죠. 「나같이 훌륭한 사람이 왜 가명을 쓰겠어?」

64 제2차 세계 대전 때 활약한 영국의 특수 부대.

그러게 말입니다. 당신은 이미 외교관이라는 신분을 갖고 있었는데 말이죠. 당신은 박싱 데이[65]인 그다음 날 점심 전에 셰리주나 한잔 같이하자면서, 주소를 알려 주면 초대장을 보내겠다고 말했습니다. 핌의 주소, 생년월일, 학력, 그 밖에 사람들이 손에 넣으려는 상대 앞에서 주도권을 쥐는 데 필요하다고 생각하는 모든 잡다한 정보를 이미 완벽하게 숙지하고 있었으면서 영리한 수를 쓴 겁니다. 그러고 나서 재미있는 행동을 했죠. 주머니에서 초대장을 꺼내더니, 그 북적이는 포치에서 다들 시끌시끌 떠들어 대는 와중에 핌을 돌려세워 그의 등에 초대장을 대고 그의 이름을 적어 건넸으니까요. 〈잭 브러더후드 대위 부부가 당신을 청합니다.〉 당신은 초대를 확실히 하기 위해 〈답변 바랍니다〉라는 문구를 지우고, 핌을 어떤 상대로 보고 있는지 표시하기 위해 〈대위〉라는 단어도 지웠습니다. 「식사 때까지 쭉 남아서 차가운 칠면조 요리를 다 해치울 수 있게 우리를 좀 도와줘도 돼. 옷은 그냥 대충 입고 오고.」 당신은 이런 말을 덧붙였습니다. 핌은 빗속을 성큼성큼 걸어가는 당신의 모습을 지켜보았습니다. 당신이 혼자 힘으로 너끈히 승리를 거둔 모든 전장에서 포화를 뚫고 걸을 때도 딱 그런 모습이었겠지요. 그동안 핌은 고작해야 교직원 화장실 벽에 세프턴 보이드의 이니셜이나 새기고 있었는데 말입니다.

65 크리스마스 다음 날.

다음 날 핌은 당신의 소박한 외교관 공관에 정확히 시간을 맞춰 나타났습니다. 초인종을 누르면서 그는 초인종 위에 끼워진 당신의 이름을 읽었죠. 〈J. 브러더후드 대위, 여권 담당관, 베른 주재 영국 대사관.〉 그때 당신의 아내는 펠리시티였습니다. 당신도 아마 기억할 겁니다. 에이드리언은 생후 6개월이었고요. 핌은 당신에게 잘 보이려고 몇 시간 동안 에이드리언과 놀아 주었습니다. 그것이 곧 버릇이 돼서, 그는 같은 일에 종사하는 어린 친구들을 같은 태도로 대하게 됐지요. 당신은 흠잡을 데 없이 친절한 태도로 핌에게 질문을 던졌습니다. 당신의 질문이 끝난 뒤에는 훌륭한 비밀 정보국 직원의 아내인 펠리시티가 그 자리를 이어받았지요. 신이시여, 그녀를 용서하소서. 「**친구**도 별로 없겠네, 매그너스. 여기서 지내는 게 얼마나 **외로울까.**」 펠리시티가 외쳤습니다. 「**여가 시간**에는 뭘 해, 매그너스?」 대학에서 수업 외 활동으로 무엇이 있느냐는 질문도 있었습니다. 예를 들어 정치 단체 같은 것도 있어? 아니면 베른이 원래 그렇듯이 대학도 온통 단조롭고 지루한가? 핌은 베른이 단조롭고 지루하다는 생각이 전혀 없었지만, 펠리시티를 위해 그렇게 생각하는 척했습니다. 이때는 핌이 악셀과 우정을 맺은 지 열두 시간밖에 되지 않았으므로 그는 악셀을 생각하지 않았습니다. 왜 그를 생각하겠습니까. 잭과 펠리시티에게 잘 보이려고 여념이 없는 마당인데요.

당신에게 어떤 부대 소속으로 참전했느냐고 물은 기억
이 납니다. 당신이 제5공부 수대나 아티스츠 라이플스[66]
에서 복무했다고 하면, 나는 거기에 걸맞게 감탄하는 표
정을 지을 작정이었습니다. 그런데 당신은 조금 무뚝뚝
한 표정으로 이렇게 말했습니다. 「GSC.」[67] 당신이 외교
관이라는 위장 신분을 이때 이중으로 이용했다는 것을
이제는 나도 알고 있습니다. 그 신분으로 당신 자신을 위
장하는 한편, 핌이 그 위장을 꿰뚫어 보기를 바랐죠. 당신
이 비정규 요원임을, 당신 표현대로 외무부 출신의 머리
만 좋은 기둥서방들과는 다른 존재임을 핌이 알아내기를
바란 겁니다. 당신은 핌에게 여기저기 돌아다녀 보았느
냐고 물은 뒤, 혹시 그가 어딘가로 자동차 여행을 떠나게
되면 자신이 동행하고 싶다고 말했습니다. 그러고 나서
우리는 부츠를 신고 엘페나우 숲으로 갔습니다. 억지로
행군하듯 숲을 걸으면서 당신은 그것을 〈즐거운 파티〉라
고 부르더군요. 그렇게 걷는 동안 당신은 핌에게 자신을
너무 어렵게 대할 필요 없다고 말했습니다. 우리가 돌아
와 보니 에이드리언에게 이미 젖을 먹인 펄리시티가 나
이가 좀 있는 능글맞은 남자와 이야기를 하고 있었습니
다. 당신은 그가 대사관의 샌디라고 핌에게 소개해 주었
습니다. 핌은 샌디가 당신의 상관인 듯한 인상을 어렴풋

---

66 영국 예비군 연대.
67 General Service Corps라는 영국군 부대의 약어.

이 받았습니다. 지금은 그가 지부장이었다는 사실을 알고 있습니다. 당신은 지부의 2인자였고요. 그는 그때 당신이 더 깊이 들어가기 전에 상대를 자세히 살펴보는 기본적인 임무를 수행하는 중이었습니다. 하지만 당시 핌은 샌디를 교장, 당신을 사감 정도로 단순하게 생각했습니다. 당신도 딱히 틀렸다고 말해 주지 않았고요.

「그래, 독일어 실력은 어느 정도나 되니?」 샌디가 능글맞게 웃으며 핌에게 물었습니다. 우리 셋은 함께 펄리시티의 고기 파이를 우적우적 먹고 있었죠. 「여기서는 독일어를 배우기가 좀 힘들지 않아? 스위스 사투리가 있어서 말이야.」

「매그너스는 대학에서 이주민들을 많이 사귀었습니다.」 당신이 나 대신 설명해 주었습니다. 내 장점을 강조해 준 거죠. 샌디가 실없이 웃음을 터뜨리며 자기 무릎을 찰싹 쳤습니다.

「그래, 그렇다고? 그 친구들 중에 틀림없이 괴상한 놈들도 있겠군!」

「이 친구가 그 사람들에 대해서도 많은 이야기를 해줄 수 있을 겁니다. 그렇지, 매그너스?」 당신이 말했습니다.

「그래도 되겠어?」 샌디가 여전히 능글맞게 웃으며 물었습니다.

「안 될 것도 없지요.」 핌이 말했습니다.

샌디는 패를 영리하게 돌렸습니다. 핌이 사람들 앞에

서 성급한 결정을 즐겨 내린다는 사실을 감지하고, 이를 이용해 그가 뭐가 뭔지 깨닫기도 전에 밀어붙인 겁니다.

「학문의 신성함이니 뭐니 하는 고상한 원칙 같은 건 없어?」 샌디가 고집스럽게 물었습니다.

「전혀 없어요.」 핌이 대담하게 말했습니다. 「우리 조국을 위한 일이라면요.」 그는 이 대답의 보상으로 펄리시티의 미소를 얻었습니다.

그날 핌이 자신의 어떤 모습을 보여 주었는지, 그 뒤 몇 달 동안 계속 유지해야 했던 모습이 어떤 것인지 지금은 기억나지 않습니다. 틀림없이 아주 절제된 모습이었을 겁니다. 나중에 대가를 치러야 하는 어색한 부분이 별로 없는 모습. 핌은 당신이 원하는 것 같은 모습을 연출하기 위해 최선을 다했습니다. 자신이 돈을 벌고 있다는 사실도 신중하게 감췄습니다. 당신도 그 점에 대해 아무 불만이 없었죠. 핌이 밤에 독일인들의 표현으로 **검은 일**, 즉 불법적인 일을 하고 있다는 사실을 당신은 이미 알고 있었으니까요. 약삭빠르고 수완이 좋은 친구라고 생각했을 겁니다. 살짝 절도죄에 발을 걸치고 있다고. 핌은 올링거 부부가 제공해 주는 가정적인 분위기를 깎아내렸습니다. 성숙한 망명자라는 이미지에 대리 부모의 존재는 도움이 되지 않으니까요. 당신이 핌에게 여자 경험이 있느냐(즉, 동성애의 그림자가 있느냐)고 물었을 때 핌은 즉시 그 뜻을 알아차리고 마리아라는 이탈리아인 미인을 코스모 클럽에서 만나 열렬히 사귀는 중이라는 이야기를 꾸며 냈습니다. 영국에 있는 원래 여자 친구 제미마의 빈 틈을 잠시 메우려고 사귀는 여자라고 했지요.

「제미마 누구?」 당신의 질문에 핌은 세프턴 보이드라는 성을 알려주었고, 사람들은 만족스러운 듯 크게 한숨을 내쉬었습니다. 사실 마리아라는 여자는 실존 인물이었고 정말로 미인이었지만, 핌은 혼자 속으로만 그녀를 좋아할 뿐 말 한 번 걸어 본 적이 없었습니다.

「코스모?」 당신이 물었습니다. 「그런 이름은 처음 듣는 것 같은데. 들어 보셨습니까, 샌디?」

「아닌 것 같은데. 어째 좀 수상한 이름인걸.」

핌은 코스모가 외국인들의 정치 포럼 같은 곳이며, 마리아는 그곳의 간부, 그러니까 이를테면 회계 같은 존재라고 설명했습니다.

「특징은?」 샌디가 물었습니다.

「뭐, 가무잡잡하죠.」 핌이 솔직하게 말하자 당신과 펄리시티와 샌디는 웃음을 터뜨렸습니다. 만화 주인공처럼 웃어 댔죠. 그러고는 펄리시티가 말했습니다. 매그너스의 정치적 입장이 무엇인지 **확실히** 알겠다고요. 그 뒤로는 만날 때마다 누군가가 마리아의 피부색에 대해 물었습니다. 그러고는 모두들 그렇게 건전한 오해가 있느냐며 웃음을 터뜨렸습니다. 핌은 저녁때가 돼서야 당신의 집을 나섰습니다. 당신은 추위를 녹이라면서 면세점에서 산 위스키 한 병을 선물로 주었죠. 당시에는 회사 비용으로 결제했는데, 아마 값이 5실링쯤 되었을 겁니다. 당신은 핌을 집까지 데려다주겠다고 말했지만, 핌은 걷는 게 좋다고 말했습니다. 이것으로 점수를 더 얻었죠. 그리고 실제로 걸어갔습니다. 허공을 둥둥 떠가듯이. 그는 깡충깡충 뛰면서 웃음을 터뜨리다가, 위스키 병을 끌어안았습니다. 열일곱 해를 살면서 그때만큼 행복했던 적이 없었어요. 크리스마스 한 번에 하느님이 성자 두 명을 보내주시다니. 한 명은 도주 중이라 걸을 수 없는 사람이었고, 다른 한 명은 박싱 데이에 셰리주를 내놓는 멋진 영국 군인이었습니다. 이 군인은 인생에 회의라고는 느껴 본 적이 없는 사람이기도 했고요. 이 두 사람 모두 핌에게 감탄했고, 그의 농담과 목소리를 사랑했으며, 그의 가슴에서 빈자리를 차지하려고 소란을 피웠습니다. 그 보답으로 그는 이 두 사람에게 각각 그들이 원하는 것 같은 모습을 보여 주었죠. 두 사람의 존재를 서로에게 비밀로 하기로 그가 일부러 결정을 내린 것은 아닙니다. 집에 있는 아내를 순수하게 유지해 주는 애인 대하듯이 하자고 핌은 생각했습니다. 애당초 생각이라는 걸 했다면 말입니다.

「그거 어디서 훔친 거야, 매그너스 경?」 악셀이 위스키 라벨을 유심히 살피며 딱딱한 영어로 물었습니다.

「목사님한테서요.」 핌은 1초도 망설이지 않고 대답했

습니다. 「진짜 멋진 사람이에요. 전직 군인인데, 내가 훔친 게 아니라 그분이 준 거예요. 진짜로요. 착실히 교회에 나오는 사람들에게 공짜로 한 병씩. 물론 외교관 가격으로 산 거죠. 가게에서 살 때만큼 비싸지 않아요.」

「그 사람이 담배는 안 줬어?」

「담배는 왜요?」

「네 누이와의 하룻밤을 위한 초콜릿은?」

「난 누이가 없어요.」

「잘됐네. 그럼 같이 마시자.」

우리의 자동차 여행을 기억합니까, 잭? 아무래도 기억하는 것 같다는 생각이 듭니다. 자동차가 나오기 전에 우리 선조들이 어떻게 공작원들을 이동시켰는지 생각해 본 적 있습니까? 우리의 첫 번째 여행은 더 이상 유용할 수 없을 정도였죠. 당신은 로잔에 약속이 있었습니다. 3시간이 필요하다면서, 왜 로잔에서 3시간을 보내야 하는지 말해 주지 않았어요. 아무 이야기나 꾸며서 얘기할 수도 있었을 텐데. 역시 지금에야 아는 것이지만, 당신은 그때 무슨 일인지 내게 알려 주지 않은 채 당신의 비밀스러운 일 속으로 나를 신중히 받아들이고 있었습니다. 그때 당신은 핌에게 아무것도 요구하지 않았습니다. 친밀한 관계를 쌓고 있을 뿐이었죠. 기껏해야 접선 계획과 2차 접선 장소에 대해 알려 주고 핌이 잘해 내는지 지켜보았을 뿐입니다. 「잘 들어. 내가 어디 한 군데를 더 들르게 될지도 몰라. 만약 3시에 도라 호텔 앞에서 날 보지 못하면 3시 20분에 중앙 우체국 서쪽으로 와.」핌은 방향 감각이 별로 좋지 않았지만, 여섯 명쯤 되는 사람들에게 물어본 끝에 서쪽이 어디인지 알아내 정확히 3시 20분에 2차 접선 장소에 나타났습니다. 비록 심장이 터질 만큼 숨을 몰아쉬기는 했지만요. 당신은 광장을 한 바퀴, 두 바퀴 돌고 난 뒤 차를 멈추지 않은 채 문을 열었고, 핌은 자신이 얼마나 유능한지 보여 주려고 공수 부대원처럼 차 안으로 뛰어들었습니다.

「샌디랑 이야기를 해봤는데 말이야…….」일주일 뒤 당신이 나와 함께 차를 타고 제네바로 가는 길에 이렇게 말했습니다. 「샌디가 너한테 일을 하나 맡겨 보고 싶어 해. 괜찮겠니?」

「당연하죠.」

「너 혹시 번역 잘하나?」

「어떤 번역인데요?」

「비밀 지킬 수 있지?」

「그럴걸요.」

당신은 그에게 처음으로 〈오늘 밤의 목표〉를 알려 주었습니다. 「가끔 우리한테 기술적인 내용이 들어올 때가 있어. 주로 웃기지도 않은 스위스 회사들에 대한 자료인데, 우리가 별로 좋아하지 않는 물건들을 제조하는 곳들이지. 고약한 폭발물 같은 것 말이야.」당신은 빙긋 웃으면서 말을 덧붙였습니다. 「딱히 비밀이랄 것까지는 없지만, 대사관에서 현지인 직원들이 많이 일하고 있기 때문에 그 일을 외부인에게 맡겼으면 한다. 영국인이면 더 좋고. 우리가 믿을 만한 사람으로. 해볼래?」

「그럼요.」

「보수도 지불할 거야. 많지는 않지만, 가끔 마리아랑 식사를 할 수 있을 정도는 될걸. 최근 제미마한테서는 소식이 있었니?」

「젬은 잘 지내요.」

핌은 평생 그때만큼 겁에 질렸던 적이 없습니다. 그는 당신에게서 받은 봉투를 주머니에 넣었고, 당신은 음모의 제왕 같은 특유의 표정으로 핌을 바라보면서 이렇게 말했죠. 「행운을 빈다, 녀석.」 그래요, 잭, 정말로 이렇게 말했습니다! 우리가 서로 이런 말투로 대화를 했어요! 핌은 그 망할 놈의 봉투를 이 주머니 저 주머니로 계속 옮기면서 집까지 걸어갔습니다. 누가 봤으면 사고를 치고 도망치는 마권업자인 줄 알았을 겁니다. 그 봉투 안에 뭐가 있었냐고요? 아무 말 마세요. 내가 말할 테니. 쓰레기였습니다. 유행이 지난 무기 카탈로그를 복사한 쓰레기였어요. 당신이 원한 것은 핌의 영혼이지, 시시한 번역 따위가 아니었습니다. 핌의 다락방에서도 봉투는 여섯 번쯤 사라졌습니다. 침대 밑, 매트리스 아래, 거울 뒤, 굴뚝 위에서 발견되었죠. 어쨌든 핌은 그 서류를 번역했습니다. 그가 그렇게 시간을 낼 수 있을 줄은 악셀도 미처 알지 못했죠. 당신은 핌에게 20프랑을 지불했습니다. 기술 사전의 값이 25프랑이었지만, 신사는 그런 문제를 입에 담지 말아야 한다는 것을 핌은 알고 있었죠. 설사 릭의 수표가, 그러니까 그가 정말로 수표를 보내 줄 때의 이야기지만 어쨌든 그 수표가 은행에서 지불 거절을 당하곤 하더라도 그는 돈 문제를 입에 담을 수 없었습니다.

「요즘도 코스모 클럽에 다니니?」 취리히로 향하는 길에 당신이 가볍게 물었습니다. 당신은 개와 관련해서 취리히에서 누굴 만나기로 되어 있다고 말했죠. 핌은 최근 그 클럽에 간 적이 없다고 고백했습니다. 악셀과 잭 브러더후드가 그의 우주를 가득 채우고 있는데, 또 누가 필요하겠습니까?

「거기 다니는 사람들 중에 솔직한 사람들이 있다고 들어서 말이야. 마리아에 대해 나쁜 말을 하려는 건 아니다. 그런 데에는 원래 다양한 사람들이 드나드는 법이니까. 그런 것도 민주주의지. 그래도 네가 좀 신경 써서 살펴보는 게 좋을지도 몰라. 너무 눈에 띄게 굴지 말고. 만약 사람들이 널 좌익으로 여기는 것 같으면, 그렇게 생각하라고 내버려 둬. 중도 우파 영국인을 원하는 사람들 앞에서는 또 그렇게 굴면 되고. 필요하다면 두 가지 모습을 모두 보여 줘도 좋을 거다. 하지만 너무 지나치면 안 돼. 네가 스위스 당국과 문제를 일으키면 안 되니까. 거기서 너

말고 다른 영국인을 본 적 있니?」

「스코틀랜드 출신 의대생 두 명이 있긴 한데, 둘 다 여자를 만나러 온다고 말했어요.」

「생각나는 이름이 있으면 몇 개 말해 봐.」

지금 생각해 보면, 이 단 한 번의 대화로 핌은 핌이 아니게 되었습니다. 코스모에 파견된 우리 요원이 됐으니까요. 민감한 문제를 전화로 말하면 안 된다는 주의가 뒤따랐죠. 핌은 상징적인 요원, 비몽사몽 등급의 요원이 되었습니다. 이건 자신이 무슨 일을 왜 하고 있는지 대략 절반쯤 아는 듯 마는 듯한 요원을 우리가 재미있게 일컫는 표현이죠. 그때 핌은 열일곱 살이었습니다. 만약 당신이 급히 필요한 일이 생기면, 펠리시티에게 전화해서 삼촌이 오셨다고 말하면 되었습니다. 당신이 그에게 연락할 일이 생기면 공중전화로 올링거의 집에 전화를 걸어 버밍엄의 맥이 이곳에 들른 김에 연락했다고 말하기로 했고요. 이런 경우를 빼면, 우리는 언제나 한 번 만났을 때 다음 만남을 정하는 식으로 움직였습니다. 그냥 자유롭게 돌아다녀, 매그너스. 당신은 이렇게 말했습니다. 거기 들어가서 평소처럼 매력적으로 굴면 된다, 매그너스. 눈과 귀를 열어 놓고 눈에 띄는 부분을 살피되, 제발 부탁이니 너 때문에 우리까지 스위스 당국과 문제가 생기게 만들지는 마. 그리고 자, 이건 네 다음 달 용돈이다, 매그너스. 샌디가 사랑한다고 전해 달라는구나. 분명히 말하지만요, 잭, 사람은 뿌린 대로 거두는 법입니다. 설사 서른다섯 해의 여름을 거친 뒤에 하는 추수라 해도요.

코스모의 간사인 안카는 활기 없는 루마니아인 왕당 파로, 강연 때 이유 없이 눈물을 흘리곤 했다. 몸이 호리호리하고 성격이 거친 그녀는 걸을 때면 손목 안쪽이 밖으로 나오게 팔을 비틀었다. 핌이 통로에서 그녀를 불러 세우자, 그녀는 붉게 충혈된 눈으로 인상을 쓰며 머리 아프니까 저리 꺼지라고 말했다. 하지만 핌은 스파이 활동 중이었으므로 거절을 허용하지 않았다.

「내가 코스모 소식지를 만들어 볼까 생각 중이에요.」 핌이 선언하듯 말했다. 「각 그룹에서 기고를 받으면 어떨까 싶은데요.」

「코스모에 그룹이 어디 있어? 코스모에 소식지 같은 건 필요 없어. 멍청이 같으니. 저리 꺼져.」

핌은 그녀의 본거지인 작은 사무실까지 그녀를 따라갔다.

「회원 명부만 있으면 돼요.」 핌이 말했다. 「회원 명부가 있으면 내가 안내장을 보내서 관심을 보이는 사람이 있는지 알아볼 수 있어요.」

「그냥 다음 회합 때 와서 직접 물어보지 그래?」 안카가 의자에 앉아 금방 토할 사람처럼 양손에 얼굴을 묻으며 말했다.

「회합에 모두 참석하는 건 아니잖아요. 난 모든 사람에게 물어보고 싶어요. 그 편이 더 민주적이니까.」

「민주적인 게 어디 있어. 전부 환상이지. 이 자식 진짜 영국인이구먼.」 앙카는 서랍을 열어 혼잡하게 뒤섞여 있는 내용물을 뒤지기 시작하면서 혼자 큰 소리로 설명하듯 말했다. 「영국인이 환상에 대해 알 리가 없지.」 그녀에게는 고해 신부가 필요한 것 같았다. 「미친놈.」 그녀는 사람들의 이름과 주소가 적힌 더러운 종이를 핌에게 건넸다. 나중에 알게 된 사실이지만, 거기에 적힌 대부분의 이름이 틀린 철자로 표기되어 있었다.

사랑하는 아버지(핌은 신이 나서 편지를 썼다), 아직 어리지만 여기서 한두 번 놀라운 성공을 거뒀어요. 스위스 학교에서는 저한테 우등상 같은 걸 줄까 생각하는 중인 것 같아요.

사랑해(핌은 벨린다에게 이렇게 썼다), 누군가한테 이런 말을 쓴 건 처음이야.

*

밤이다. 베른의 어둡고 어두운 겨울밤. 이 도시는 두 번 다시 낮을 보지 못할 것이다. 숨이 막힐 듯한 갈색 안

개가 헤렝가세의 젖은 자갈 포장 위로 흘러가고, 선한 스위스 사람들은 전선으로 향하는 예비군 병사들처럼 얌전히 그 안개 속을 서둘러 뚫고 간다. 하지만 핌과 잭 브러더후드는 자주 가는 작은 식당의 구석 자리에 아늑하게 앉아 있다. 샌디가 또 특별히 사랑한다는 말과 함께 따뜻하기 짝이 없는 축하를 전해 왔다. 정보원과 관리자가 표적으로 삼은 도시에서 공공장소에 함께 앉아 식사를 하는 것은 처음 있는 일이다. 혹시 누군가와 우연히 마주칠 경우를 대비해서 두 사람은 정교한 이야기를 이미 만들어 두었다. 잭이 대사관의 영국-스위스 기독교회 총무를 맡아 대학생들의 관심을 끌기 위해 핌을 만났다는 이야기다. 이런 목적이라면 영국 교회에서 알게 된 매그너스를 먼저 만나는 것만큼 자연스러운 일이 어디 있겠는가? 이 이야기를 더욱 확실한 것으로 만들기 위해서 그는 사랑스러운 웬디를 데려왔다. 법원에서 일하는 웬디는 좋은 집안 출신이고 머리는 벌꿀색이며, 윗입술이 살짝 튀어나와 있어서 언제나 턱 바로 아래의 촛불을 끄려는 사람처럼 보인다. 웬디는 두 남자를 똑같이 좋아한다. 그녀의 손길은 자연스럽고, 가슴은 아담해서 위협적이지 않다. 핌이 어떻게 멋진 성공을 거뒀는지 설명하자 웬디는 참지 못하고 그의 뺨을 한 손으로 어루만지며 이렇게 말한다. 「세상에, 매그너스, 어쩜 **그렇게** 용감하니. 정말 놀랍다. 제미마도 이걸 알 수만 있다면 자랑스러워할 텐데.

그렇지, 잭?」이 목소리가 어찌나 조용하고 부드러운지 모른다. 그러고 나서 그녀는 잭에게 아주 가까이 다가가 대화를 나눈다.

「너 정말 아주 잘했어.」브러더후드가 군인 같은 미소를 지으며 말한다.「교회에서도 널 자랑스러워할 거다.」그는 자신의 정보원을 똑바로 바라본다. 그리고 다들 핌이 교회를 위해 훌륭한 일을 한 것을 축하하며 건배한다.

커피가 나오자 브러더후드는 재킷의 한쪽 주머니에서 봉투 하나를, 다른 쪽 주머니에서 반달 모양의 철테 안경을 꺼낸다. 영국인 용사 같은 얼굴에 그 안경을 쓰니 신비롭고 유한한 권위가 느껴진다. 이번에는 용돈이 아니다. 용돈은 워터마크가 없는 하얀 봉투에 넣어 주지, 오늘처럼 어두운 갈색 봉투에 넣어 주지 않는다. 그는 봉투를 핌에게 건네지 않고 누구나 훤히 볼 수 있는 곳에서 직접 열더니 웬디에게 연필을 청한다. 그 화려한 황금색 연필 말이야, **그걸** 어떻게 손바닥에 넣었는지는 말하지 않아도 돼. 그러자 웬디가 말한다.「당신을 위해서라면 뭐든지.」그녀가 오목하게 구부린 그의 손바닥에 연필을 놓자, 그의 손이 그녀의 손을 잡는다. 그러고 나서 잭은 앞에 있는 서류를 펼친다.

「여기 주소 중에 확인하고 싶은 게 몇 개 있어서.」그가 말한다.「우리 문서를 발송하기 전에 확실히 해야지. 그렇지?」

여기서 **그렇지?**는 이 중의적인 표현을 해석했느냐는 뜻이다.

핌은 아무 문제 없다고 말하고, 웬디는 예쁜 손톱으로 명단의 이름들을 짚어 내려가다가 체크 표시와 가위표가 그려져 있는 행운의 이름 한두 개에서 멈춘다.

「우리 성가대원 중 한두 명이 개인적인 사항들에 대해 꽤 심하게 조심성을 보이는 것 같아서 말이야. 마치 자기 본모습을 감추려고 하는 것 같다고나 할까.」 브러더후드가 말한다.

「난 자세히 살펴보지 않았어요.」 핌이 말한다.

브러더후드가 목소리를 확 낮춘다. 「당연하지. 그건 우리가 할 일이야.」

「너의 사랑스러운 마리아는 **어디에도** 없던데.」 웬디의 실망한 목소리가 심상치 않다. 「네가 무슨 짓을 한 거니?」

「아마 이탈리아로 돌아간 모양이에요.」 핌이 말한다.

「그럼 그 애를 대신할 새 사람을 찾을 생각은 없는 거야, 귀여운 매그너스?」 웬디의 말이 끝난 뒤 모두 박장대소를 터뜨린다. 핌의 웃음소리가 가장 크지만, 지금 그는 웬디의 젖가슴을 한 쪽만이라도 볼 수 있다면 남은 수명을 모두 내놓을 수 있을 것 같은 심정이다.

브러더후드가 주소가 없는 사람들의 이름을 말한다. 핌은 전혀 도움이 되지 못한다. 이름을 들어도 얼굴이 기억나지 않고, 성격이 어떤 사람인지도 설명하지 못한다. 다른 때 같았으면 기꺼이 거짓말이라도 지어냈겠지만, 브러더후드는 질문을 던지기도 전에 벌써 상대가 무슨 대답을 할지 알아차리는 불편한 재주를 지니고 있기 때문에 핌도 허튼짓을 하지 않게 되었다. 웬디가 두 남자의 잔을 채워 주고, 자신의 잔은 바닥에 술이 조금만 남은 상태로 내버려 둔다. 브러더후드가 이번에는 주소만 있고 이름이 없는 부분들을 언급한다.

「A. H.」 그가 무심하게 말한다. 「뭔지 알겠어? A……H?」

핌은 잘 모르겠다고 고백한다. 「난 정말 아직 회합에 많이 나가지 않았어요.」 그가 미안한 표정으로 말한다. 「곧 시험이 있어서 일을 하기가 좀 힘들었거든요.」

브러더후드는 여전히 미소를 지으며, 여전히 아주 느긋한 태도를 유지하고 있다. 핌에게 곧 치를 시험 따윈 없다는 사실을 그가 알고 있을까? 핌은 웬디의 연필이 꽉 쥔 그의 주먹 속으로 거의 사라지다시피 한 것을 알아차린다. 주먹에서 튀어나와 있는 뾰족한 연필 끝이 아주 자그마한 총신 같다.

「생각을 좀 더 해봐라.」 브러더후드가 무슨 암호를 말하듯이 천천히 입술을 움직이며 철자를 다시 불러 준다. 「A……H…….」

「어쩌면 A. H.가 이름이고 성이 따로 있는 건지도 모

494

르겠어요.」핌이 말한다. 「A. H. 스미스나 슈미트, 이런 식으로요. 원하신다면 내가 좀 알아볼게요. 다들 상당히 솔직하거든요.」

웬디는 파티에서 게임을 하며 놀다가 갑자기 음악이 멈췄을 때처럼 얼어붙은 채 꼼짝도 하지 않는다. 그녀의 미소도 덩달아 얼어붙었다. 웬디는 개인 비서답게 필요한 순간이 아니면 자신의 성격을 드러내지 않는 재주를 지니고 있는데, 지금이 바로 그 재주를 발휘해야 할 순간이라고 느낀 것 같다. 웨이터가 접시들을 치우고 있다. 브러더후드의 주먹이 아주 우연하게 종이를 가리고 있어서, 지나가는 사람들의 눈에는 명단의 이름이 전혀 보이지 않는다.

「A. H.가 누군지는 모르겠지만, 하여튼 그 사람의 주소가 렝가세로 되어 있다고 하면 기억을 살리는 데 도움이 될까? 뭐, 이 사람의 말일 뿐이지만, 올링거의 집에 살고 있다는데. 거긴 너도 살고 있는 집 아닌가?」

「아, 그럼 악셀이네요.」핌이 말한다.

*

어딘가에서 수탉이 울고 있지만 핌은 듣지 못했다. 일종의 폭포 소리 같은 것이 그의 귀에 가득하고, 심장은 옳은 일을 해야 한다는 의무감으로 터질 듯했다. 릭의 옷

방에서 자신이 한때 잘못된 이유로 주었던 사랑을 다시 훔쳐 올 방법을 찾으려 하는 것 같았다. 교직원 화장실에서 학교에서 가장 세련된 학생에게 칼질을 하는 것 같았다. 악셀이 열에 들떠 양손에 쥔 물컵의 물을 흘리고 헛것을 볼 때 그에게 해준 이야기가 있었다. 두 사람이 다 보스의 요양소로 토마스 만을 만나러 갔을 때 그가 해준 이야기도 있었다. 그가 가끔 스스로 악셀의 방을 조사하면서 찾아낸 부스러기들도 있었다. 게다가 브러더후드가 영리하게 그를 다그치며 그에게서 자신도 미처 깨닫지 못하던 사실들을 이끌어 내고 있었다. 악셀은 자기 아버지가 스페인에서 텔만 연대 소속으로 싸웠다고 말했다. 그는 구식 사회민주주의자였으므로, 나치에게 체포당하기 전에 죽은 것이 행운이었다.

「그럼 좌익인가?」

「죽었어요.」

「아니, 그 아들 말이야.」

「꼭 그렇지만은 않아요. 악셀 말로는요. 그냥 뒤처진 공부를 따라잡고 있을 뿐, 딱히 열성적이지는 않아요.」

브러더후드는 눈썹을 하나로 모으고, 자신의 성가대 명단에 연필로 〈텔만〉이라고 썼다. 악셀의 어머니는 가톨릭 신자였지만, 아버지는 가톨릭에 반대하는 로스 폰 롬 운동에 참여했다. 핌은 그 운동의 참가자들이 루터파 신도였다고 말했다. 악셀의 어머니는 개신교도와 결혼했다는 이유로 고해의 권리를 잃어버렸다.

「게다가 사회주의자였지.」 브러더후드가 연필로 메모하면서 숨죽인 소리로 핌에게 일깨워 주었다.

김나지움에서 악셀의 친구들은 모두 영국에 맞서 싸우는 전투기 조종사가 되고 싶어 했지만, 악셀은 학교를 찾아온 스카우트 팀의 설득에 넘어가 육군에 자원했다. 그는 소련에서 포로로 잡혔다가 탈출했고, 연합군이 프랑스에 쳐들어왔을 때 노르망디에 배치되어 싸우다가 척추와 엉덩이를 다쳤다.

「소련에서 **어떻게** 탈출했는지 들었어?」 브러더후드가 말을 끊고 끼어들었다.

「걸어 나왔다고 했어요.」

「스위스까지 걸어온 것처럼 말이지.」 브러더후드가 딱딱한 미소를 지으며 말했다. 핌은 브러더후드의 말을 들은 뒤에야 모종의 패턴을 서서히 깨닫기 시작했다.

「그 친구가 거기에는 얼마나 있었어?」

「몰라요. 하지만 러시아어를 배울 정도는 됐어요. 악셀의 방에는 러시아어로 된 책도 있어요.」

독일로 돌아온 그는 부상 때문에 몸져누웠다가 걸을 수 있을 만큼 건강을 회복하자마자 미국과의 전투에 투입되었다. 여기서 또 부상을 입은 그는 고향인 카를스바트로 돌아갈 수 있었다. 그런데 어머니가 황달로 누워 있어서 어머니와 가재도구를 수레에 싣고 드레스덴까지 걸어갔다. 드레스덴은 아름다운 도시였지만, 그가 도착하기 얼마 전에 연합군의 폭격으로 폭삭 무너진 상태였다. 그는 실레지아의 피난민들이 모여 있는 곳으로 어머니를 데려갔으나 어머니가 얼마 되지 않아 세상을 떠났기 때문에 결국 혼자가 되었다. 이쯤에서 핌의 머릿속은 이미 빙빙 돌고 있었다. 브러더후드의 얼굴 뒤쪽 벽의 색깔들이 하나로 뒤섞여서 미끄러지듯 흘러내렸다. 내가 아니야. 나야. 난 조국을 위해 의무를 다하고 있어. 악셀, 도와 줘요.

「좋아. 이제 평화가 온 다음으로 가자. 1945년. 그 친구가 무엇을 했지?」

「소련 구역에서 나왔어요.」

「왜?」

「소련 사람들이 자기를 찾아내서 다시 감옥으로 보낼까 봐 무서웠거든요. 소련 사람들도 싫고, 감옥도 싫고, 공산주의자들이 동독을 차지해 가는 방식도 싫었대요.」

「여기까지는 좋은 이야기로군. 그래서 그 친구가 어떻게 했어?」

「자기 군인 신분증을 태워 버리고 새로운 신분증을 샀어요.」

「누구한테서?」

「카를스바트에서 만난 어떤 군인한테서요. 뮌헨 출신이었는데, 악셀과 상당히 비슷하게 생겼대요. 게다가 악

498

셀 말로는 1945년 독일 사람들 얼굴은 모두 사진과 달랐다고 하던데요.」

「그 사람 좋은 군인은 왜 자기 신분증을 판 거야?」

「동독에 머무르고 싶어서요.」

「왜?」

「악셀도 모른대요.」

「조금 빈약하네, 그렇지?」

「그런 것 같아요.」

「계속해 봐.」

「악셀은 뮌헨으로 가는 송환 열차에 올랐어요. 다 순조로웠는데, 목적지에 도착한 뒤 미군들이 악셀을 기차에서 곧바로 끌어내 감옥에 가두고 두들겨 팼죠.」

「왜 그런 짓을 한 거야?」

「그 신분증 때문이었어요. 그 병사가 수배자였던 거예요. 그냥 완전히 함정에 스스로 걸어 들어간 셈이죠.」

「하지만 그 신분증이 애당초 남에게 산 것이 아니라 그 친구 자신의 것이었을 수도 있겠지.」 브러더후드가 다시 메모를 하면서 의견을 내놓았다. 「미안하다. 네 환상을 깨뜨릴 생각은 없었어. 그저, 세상이 그런 곳이니까. 그래, 그 친구는 얼마나 살았다던?」

「몰라요. 다시 병이 들어서 병원으로 옮겨졌고, 거기서 탈출했대요.」

「탈출하는 솜씨가 상당히 좋은 모양이야. 여기까지는

499

걸어서 왔다고 했나?」

「음, 걷기도 하고 기차에 몰래 타기도 하고 그랬죠. 전에 독일에서 치료를 받다가 다리 한쪽이 조금 짧아졌대요. 소련에서 돌아온 다음에요. 그래서 지금도 다리를 절어요. 이 말을 먼저 했어야 하는 건데. 그러니까 중간중간 기차를 탔다 해도 걸어오는 것이 보통 일은 아니었을 거예요. 뮌헨에서 오스트리아까지, 그리고 오스트리아에서 밤에 국경을 넘어 스위스까지. 그다음에는 오스테르문디겐까지.」

「어디?」

「올링거 씨의 공장이 있는 곳이에요.」핌이 듣기에도 자신이 열심히 변명을 하고 있는 것 같았다. 「악셀한테는 신분증이 전혀 없잖아요. 자기 신분증을 카를스바트에서 없애 버렸으니까요. 군인한테서 산 신분증은 미군한테 빼앗겼고요. 그 뒤로 새로운 신분증을 구해 줄 만한 사람을 만나지도 못했죠. 게다가 연합국 수배자 명단에는 아직도 악셀의 이름이 있어요. 악셀 말로는 자기 죄목이 뭔지만 알았다면 미군의 질문에 모든 걸 자백했을 거래요. 하지만 죄목을 몰랐으니 계속 얻어맞은 거죠.」

「어디서 들어 본 적이 있는 이야기로군.」브러더후드가 또 메모를 하면서 작은 소리로 말했다. 「그 친구가 여기서는 뭘 하며 지내니, 매그너스? 자주 어울리는 친구들은 누구고?」

너무, 너무나 늦게 핌의 머릿속에서 조심해야 한다는 목소리들이 들려왔다.

　「외사 경찰한테 체포당할까 봐 무서워서 밖에 못 나가요. 시내에 나갈 때는 큰 모자를 빌려 쓰고요. 외사 경찰만 무서운 게 아니에요. 그냥 평범한 스위스 사람이라도 악셀에 대해 알게 된다면 고발할 거예요. 정말로 그런다고 하더라고요. 그게 이 나라 사람들의 취미 생활이라고. 악셀 말로는 스위스 사람들이 시기심 때문에 그런 짓을 하면서 그걸 시민 정신이라고 부른대요. 이건 그냥 떠돌아 다니는 얘기를 말씀드리는 거예요.」

　「네가 그런 얘기를 좀 더 일찍 해줬으면 좋았을걸.」

　「그냥 아무 의미도 없는 얘기예요. 아저씨가 관심을 보일 만한 일이 아니었어요. 대부분 올링거 씨한테서 들은 얘기인데, 올링거 씨는 항상 잡다한 소문을 떠들어 대거든요.」

　밖에 브러더후드의 차가 세워져 있었다. 그는 소년과 함께 차에 올랐지만 출발하지 않았다. 웬디는 이미 집으로 돌아갔다. 브러더후드는 악셀의 정치적 견해에 대해 물었다. 핌은 악셀이 기성 질서를 몹시 싫어한다고 말했다. 브러더후드는 자세히 설명해 보라고 말했다. 이제 그는 메모를 하지 않았고, 고개도 전혀 움직이지 않았다. 핌은 언젠가 악셀이 고통이 민주적이라는 말을 한 적이 있다고 말했다.

「독서 습관은?」 브러더후드가 말했다.

「뭐, 사실 뭐든 다 읽어요. 전쟁 때 못 읽은 거라면 전부. 타자도 많이 쳐요. 주로 밤에.」

「타자로 뭘 치는데?」

「책이래요.」

「그 친구가 뭘 읽는다고?」

「음, 뭐든지요. 가끔 악셀이 아플 때는 내가 도서관에서 대신 책을 대출해서 가져다줘요.」

「네 이름으로?」

「네.」

「그건 좀 무모한데. 무슨 책을 빌리지?」

「다양해요.」

「설명해 봐.」

핌이 설명하다 보니 필연적으로 마르크스와 엥겔스, 그리고 못된 공산주의자들의 이야기가 나왔다. 브러더후드는 그 이름들을 모두 받아 적었다. 집에 도착한 뒤에는 뒤링이 누구냐고 그에게 묻기도 했다.

브러더후드는 악셀의 버릇에 대해서도 물었다. 핌은 그가 시가와 보드카를 좋아하고, 가끔 버찌술을 마신다고 말했다. 위스키 이야기는 하지 않았다.

브러더후드는 악셀의 성생활에 대해서도 물었다. 핌은 이 부분에 대해서는 조심스러운 태도를 모두 쓸어버리고, 그의 성생활에 여러 가지가 섞여 있다고 단언했다.

「설명해 봐.」브러더후드가 또 말했다.

핌은 최선을 다했지만, 자신의 성에 대해 모르는 만큼 악셀의 성에 대해서도 아는 것이 별로 없었다. 다만 그가 어떤 형태의 성을 추구하든, 핌과는 달리 자신의 성과 좋은 관계를 유지하고 있다는 것을 알 뿐이었다.

「가끔 여자들을 데려오긴 해요.」핌이 애원하듯이 말했다. 마치 우리 모두 하는 짓이지 않냐고 말하는 것 같았다. 「대개는 코스모에서 미인으로 이름난 여자가 와서 요리를 해주거나 방 청소를 해줘요. 악셀은 그 사람들을 마르타라고 부르고요. 처음에는 마르타가 아니라 마터[68]라고 하는 줄 알았어요.」

사랑하는 아버지(핌은 그날 밤 다락방에서 혼자 비참한 기분이 되어 이렇게 편지를 썼다), 저는 정말 잘 지내고 있어요. 온갖 세미나와 강의 때문에 머릿속이 붕붕 울릴 지경이에요. 하지만 아버지가 보고 싶어 죽겠어요. 얼마 전 친구한테 실망하는 나쁜 일도 있었어요.

그 뒤로 몇 주 동안 핌이 악셀을 얼마나 사랑했는지 모른다! 하루나 이틀 정도 그가 악셀 옆에 다가가지 않은 것은 사실이다. 악셀에게 너무나 화가 났기 때문이다. 악

68 *martyr*. 〈순교자〉라는 뜻.

셀의 모든 점이 싫어서, 라디에이터 뒤편에서 그가 움직일 때마다 화가 났다. 날 위에서 내려다보는 것처럼 굴고 있어. 내 장점을 존중해 주지 않고 내 무지를 비웃고 있어. 오만하고 못된 독일인이야. 잭이 악셀을 경계한 게 옳았어. 핌은 악셀이 받는 편지에 대해서도 화가 났다. 올링거 씨 댁의 악셀 씨라니. 위대한 사상가의 성스러운 방을 향해 계단을 오르는 수줍은 제자처럼 까치발로 조심조심 올라갔다가 두 시간 뒤 다시 내려가는 마르타들에게도 어느 때보다 화가 났다. 난봉꾼. 변태. 저 여자들을 우쭐하게 만들고 있어. 나한테 그랬던 것처럼. 그는 다음에 브러더후드를 만날 때 주려고 악셀에 관한 일지를 부지런히 작성했다. 엘리자베트를 위해 흐린 표정을 하고 3등석 뷔페에서도 많은 시간을 보냈다. 하지만 그와 떨어져 지내려는 이런 노력은 오래가지 못했고, 악셀과 연결된 끈은 날이 갈수록 더욱 단단해지기만 했다. 그는 악셀의 타자 속도로 그가 신이 났는지 화가 났는지 피곤한지 상태를 가늠할 수 있다는 사실을 알아냈다. 악셀은 우리에 대한 보고서를 쓰고 있어. 그는 이렇다 할 확신도 없이 속으로 이렇게 되뇌었다. 독일의 상관들에게 외국인 학생들을 팔아넘기고 있어. 원래 나치 전범이었는데, 좌익이었던 아버지의 본을 따라서 이제 공산당 첩자로 변신한 거야.

「언제쯤 그 책을 읽을 수 있는 거예요?」 핌은 악셀과 가까이 지내던 시절에 수줍은 얼굴로 이렇게 물은 적이 있었다.

「일단 내가 원고를 끝내야지. 그다음엔 출판사에서 출판해 줘야 하고.」

「지금 읽으면 안 돼요?」

「그랬다가는 네가 좋은 걸 싹 걷어 가고 엉킨 부분만 남겨 놓을 것 같아서.」

「주제가 뭐예요?」

「수수께끼로 남겨 둬, 매그너스 경. 그런 걸 큰 소리로 말했다가는 영영 쓸 수 없게 될 거야.」

악셀은 지금 빌헬름 마이스터 같은 자서전을 쓰고 있어. 핌은 화를 내며 생각했다. 원래 그건 내 아이디어였는데.

악셀이 성냥을 켜서 시가에 불을 붙이는 소리를 들으면 그가 잠을 잘 이루지 못한다는 것을 알 수 있었다. 그가 몸 상태 때문에 미칠 지경일 때는 몸을 움직이는 리듬이 달라진다는 사실도 알 수 있었다. 그는 단호하고 유쾌하게 노래를 부르며 복도의 나무 바닥을 쿵쿵 걸어가, 핌과 함께 쓰는 화장실에 몇 시간 동안 웅크리고 있기도 했다. 그런 식으로 여러 날 밤이 지난 뒤 핌은 무절제하다는 이유로 악셀을 미워할 수 있게 되었다. 왜 다시 병원에 가지 않는 걸까? 〈악셀은 독일 행진곡을 부른다.〉 핌은 수첩에 브러더후드를 위해 이렇게 메모했다. 〈오늘 밤에는 화장실에서 「호르스트 베셀 리트」[69]를 처음부터 끝까지 불렀다.〉 사흘째 밤에 픰이 잠자리에 들고 한참 시간이 흘렀을 때 갑자기 문이 벌컥 열리더니 올링거 씨의 실내용 가운으로 몸을 감싼 악셀이 나타났다.

「어때? 아직도 날 용서하지 않았어?」

「내가 당신을 용서할 일이 있었나요?」 픰은 비밀 일지를 조심스레 이불 밑으로 밀어 넣으며 대답했다.

악셀은 문간에서 움직이지 않았다. 실내용 가운이 그의 몸에 비해 너무 커서 우스꽝스러운 몰골이었다. 흘러내린 땀 때문에 콧수염은 검은 엄니처럼 변해 있었다. 「네 신부님의 위스키 좀 줘.」 그가 말했다.

그 뒤로 픰은 악셀의 얼굴에서 의심의 그림자를 모두 씻어 낼 때까지 그를 그냥 내버려 둘 수 없었다. 여러 주가 흘러 봄이 시작될 무렵 픰은 앞으로 아무 일도 일어나지 않을 것이고, 자신은 애당초 악셀을 배신한 적이 없다는 사실을 깨달았다. 만약 그가 배신한 거라면 이미 오래전에 무슨 일이 있어도 있었을 것이다. 가끔 브러더후드가 후속 질문을 두어 가지 던지기는 했지만, 그저 일상적인 일처럼 느껴졌다. 한번은 그가 이렇게 물었다. 「그 친구가 저녁에 외출할 것이라고 확실하게 말할 수 있는 날이 있나?」 픰은 악셀의 삶에 확실한 것은 하나도 없다고 대답할 수 있었다. 「그럼 이렇게 하자. 네가 그 친구를 데

69 Horst Wessel Lied. 나치 독일의 국가.

리고 나가서 우리 돈으로 최고급 저녁 식사를 사주는 거야.」브러더후드가 말했다. 핌은 어느 날 밤 브러더후드의 말대로 해보려고 악셀에게 아버지한테서 뜻밖의 돈이 왔으니 전에 토마스 만을 만나러 갔을 때처럼 또 변장을 하고 나가면 재미있지 않겠느냐고 말했다. 악셀은 고개를 저었다. 핌은 감히 이유를 물어볼 수 없었다. 그 뒤로 핌은 자신이 아는 모든 방법을 동원해서 악셀을 연구하고 그를 위해 애썼다. 어떤 순간에는 브러더후드가 오로지 자신의 머릿속에만 존재하는 사람인 것 같다가, 또 어떤 때는 악셀이 계속 살아남은 것에 대해 자신을 칭찬하는 기분이 되었다. 저항할 수 없는 세력들을 순전히 핌이 영리하게 조종한 덕분에 악셀이 살아남은 것 같았다.

그들은 어느 봄날 깊은 새벽에 왔다. 우리가 그들을 가장 두려워하는 시간에. 우리가 오래 살 수 있기를 바라며 죽기를 가장 두려워하는 시간에. 내가 그들에게 움직일 필요가 없음을 보여 주지 못한다면, 그들이 곧 똑같은 방식으로 나를 잡으러 올 것이다. 그렇게 된다면, 나는 그것이 내게 응분의 대가임을 알아차리고 삶의 순환성을 음미할 것이다. 그들은 출입문 열쇠를 손에 넣고, 미스 더버의 것과 비슷한 올링거 씨의 사슬을 푸는 방법도 알아냈다. 그들은 이 집을 속속들이 알고 있었다. 몇 달 동안 감시하면서 드나드는 사람들을 사진으로 찍고, 가짜

검침원과 창문 청소부를 들여보내고, 우편물을 가로채 먼저 읽어 보았기 때문이다. 올링거 씨가 자신의 채권자들, 파산한 사람들과 전화로 나눈 쓸쓸한 대화도 틀림없이 엿들었을 것이다. 핌은 삐걱거리는 맨 위층 계단을 그들이 산타클로스처럼 몰래 밟고 올라오는 소리를 헤아릴 수 있었기 때문에 그들이 모두 세 명임을 알아차렸다. 그들은 먼저 화장실을 확인한 뒤, 악셀의 문 앞에 자리를 잡았다. 핌이 이 사실을 아는 것은 화장실 문이 삐걱거리며 열리는 소리를 들었지만 닫히는 소리는 듣지 못했기 때문이었다. 혹시 절박한 상황에 몰린 범죄자가 화장실에 들어가 문을 잠그려 할 경우를 대비해서 화장실 열쇠를 빼내느라 덜컥거리는 소리가 들렸다. 하지만 핌은 직접 나서서 할 수 있는 일이 전혀 없었다. 어린 시절 침대에서 느꼈던 모든 두려움에 빠져 깊은 꿈을 꾸고 있었기 때문이다. 립시와 그녀의 형제 아론이 나오는 꿈이었다. 핌은 그림블 씨의 학교 옥상에서 아론과 힘을 합쳐 립시를 밀어 버렸다. 도러시를 데려가려고 글레이즈로 왔던 차와 비슷한 구급차가 집 밖에 서 있는 모습도 꿈에 나왔다. 올링거 씨가 계단을 올라오는 남자들을 막으려고 했지만, 남자들은 무서운 스위스 사투리로 그에게 방으로 돌아가라고 명령했다. 악셀의 방이 있는 쪽에서 〈핌, 이 자식, 너 어디 있어?〉라고 외치는 소리도 꿈에 나왔다. 그 직후에는 양다리의 길이가 다른 남자가 건강한 침입자

세 명에 맞서 몸싸움을 하는 끔찍한 소리가 잠깐 천둥처럼 들렸고, 한때 악셀이 파우스트의 악마 같다고 욕했던 바스틀이 나서서 미친 듯이 짖어 대는 소리도 들려왔다. 하지만 핌이 베개에서 고개를 들어 현실을 향해 귀를 기울였을 때는 침묵뿐이었다. 세상에는 정말이지 아무런 문제가 없었다.

솔직히 말해서 나는 그것이 당신 탓이라고 생각합니다, 잭. 머릿속에서 나는 오랫동안 당신과 언쟁을 벌였어요. 내가 회사에 들어간 뒤에도 오랫동안. 왜 악셀에게 그런 짓을 했습니까? 악셀은 영국인도 아니고, 공산주의자도 아니고, 미군의 주장처럼 전범도 아니었습니다. 당신과 아무 상관이 없는 사람이었어요. 죄라고 해봤자 가난했다는 것, 불법 체류자였다는 것, 다리를 절었다는 것뿐입니다. 거기에 자유로운 사고방식도 덧붙일 수 있겠죠. 우리가 그런 자유를 보호해야 한다고 생각하는 사람도 있을 겁니다. 어쨌든 난 당신에게 불만을 품었어요. 유감입니다. 당신이 그 일에 대해 제대로 생각해 본 적도 없다는 걸 이제 나는 알고 있으니까요. 악셀은 또 다른 물물 교환 품목 중 하나였죠. 당신이 그를 명단에 적어 넣었습니다. 그래서 웬디의 완벽한 타자 실력으로 작성된 문서에서 악셀은 불길하고 만만찮은 존재로 되살아났습니다. 당신은 파이프에 불을 붙이고 자신의 솜씨에 감탄하며 이렇게 생각했을 겁니다. 어이, 스위스 영감들이 틀림없이 이 냄새를 좋아할 거야. 이걸 툭 내려 주고 점수를 얻어야겠어. 그래서 한두 군데에 전화를 걸어 스위스 보안국의 아는 사람들을 초대했겠죠. 당신이 좋아하는 식당에서 느긋하게 오찬을 즐기자고요. 식사를 마친 뒤 커피와 슈냅스를 마시면서 당신은 익명의 갈색 봉투를 상대에게 슬쩍 밀어 주었습니다. 뒤늦게 생각났다는 듯이 미국인 동료에게도 같은 서류를 한 부 슬쩍 주었죠. 이걸로 한쪽의 호의를 얻는 김에 다른 한쪽의 호의도 얻으면 좋지 않습니까? 결국, 악셀을 감옥에 집어넣은 것은 양키들이었습니다. 비록 잘못된 기록 때문이기는 했지만.

당시 당신은 아직 젊었습니다, 그렇죠? 앞길을 스스로 개척할 필요가 있었어요. 누구나 그렇죠. 지금은 우리 둘 다 그때보다 성숙해졌습니다만. 이렇게 장황하게 기억을 떠올려서 죄송합니다. 하지만 이 일을 잊는 데 시간이 좀 오래 걸렸어요. 이제 생각이 모두 정리됐습니다. 정보국 외부에 친구가 있는 것이 제대로 도움이 되네요.

「캔터베리 씨! 캔터베리 씨! 손님 왔우!」

핌은 이미 펜을 내려놓은 뒤였지만, 문 쪽을 바라보지 않았다. 미처 의식하기도 전에 그는 슬리퍼를 신은 채 벌떡 일어나 가장자리를 금속으로 두른 검은색 서류 가방을 향해 날 듯이 움직이고 있었다. 아직 잠긴 채인 서류 가방은 벽 앞에 서 있었다. 핌은 그 앞에 쪼그리고 앉아서 첫 번째 구멍에 복잡하게 생긴 열쇠를 넣고 돌렸다. 그다음에는 두 번째 구멍이었다. 시계 반대 방향으로 돌리지 않으면 모든 것이 날아간다.

「손님이라니요, 미스 D?」 그는 가장 부드럽고 믿음직스러운 어조로 말했다. 한 손은 벌써 서류 가방 안에 들어가 있었다.

「**서류함**을 가져왔구먼, 캔터베리 씨.」 미스 더버가 열쇠 구멍을 통해 마뜩잖다는 듯이 대답했다. 「갑자기 웬서류함이우? 하기야 아예 뭘 가져온 적이 없기는 하지. 방문을 이렇게 잠근 적도 없었고. 무슨 일 있우?」

핌은 웃음을 터뜨렸다. 「아무 일도 아니에요. 그냥 서류함일 뿐인데요. 제가 주문한 겁니다. 몇이나 왔어요?」

그는 서류 가방을 들고 까치발로 살금살금 창가로 가서 벽에 등을 붙인 채 커튼 틈새로 조심스레 밖을 내다보았다.

「하나뿐이우. 그거면 충분하지 않우? 아주 크고 볼품없는 초록색 철제 서류함이구먼. 이렇게 필요하면 나한테 말하지 그랬어요? 2호실에 있는 터튼 부인의 장을 가져다 써도 됐을 텐데.」

「저는 몇 명이나 왔냐고 물은 건데요.」

한낮이었다. 노란색 배달 트럭이 밖에 서 있고, 운전석에는 운전자가 앉아 있었다. 핌은 광장의 다른 곳들도 흘 긋 훑어보았다. 빠른 속도로 모든 것을 확인한다. 그다음 에는 느린 속도로 한 번 더 모든 것을 확인.

「사람이 몇 명이든 무슨 상관이우, 캔터베리 씨? 고작 서류함인데 사람 수를 세야 할 필요가 뭐 있어?」

핌은 긴장을 늦추며 서류 가방을 구석에 되돌려 놓고 다시 잠금장치를 잠갔다. 시계 방향으로 돌리지 않으면 모든 것이 날아간다. 그는 열쇠를 다시 주머니에 넣고 문 을 열었다.

「죄송합니다, 미스 D. 제가 깜박 졸았나 봐요.」

미스 더버는 계단을 내려가는 핌을 지켜보다가 자신 도 뒤따라 내려와서 다시 그를 지켜보았다. 핌은 먼저 남 자 둘을 본 뒤 초록색 서류함을 수줍은 듯 바라보며 페인 트가 살짝 벗겨진 자리를 가볍게 만져 보고, 서류함을 위 아래로 쓸어 보고, 서랍들을 차례로 일일이 잡아당겨 보 았다.

「이거 엄청 무겁습니다, 손님. 진짜예요.」두 남자 중 한 명이 말했다.

「그래, 이 안에 누가 들어 있는 겁니까?」다른 한 명이 말했다.

미스 더버는 핌이 양쪽에서 서류함을 든 남자들을 데 리고 방으로 올라갔다가 다시 내려오는 모습을 지켜보았 다. 그가 뒷주머니에서 현금을 꺼내 남자들에게 값을 치르고 팁으로 5파운드를 더 주는 모습도 지켜보았다.

「죄송합니다, 미스 D.」남자들이 차를 몰고 떠나자 핌이 말했다. 「제 작업에 정부 부처의 옛날 자료가 필요하거든요. 아, 이것 한번 보세요.」그는 방에서 가지고 내려온 여행 팸플릿을 미스 더버에게 건넸다. 대문자로 적혀 있는 글귀에서 릭의 분위기가 났다. 〈냉방이 완비된 **호화차**량으로 튀니지를 경험하세요. 어르신 **전**문. 지중해에서 느끼는 **동**방의 분위기. **군**침이 돌지 않습니까?〉

하지만 미스 더버는 팸플릿을 받으려 하지 않았다. 「토비랑 나는 이제 어디에도 안 갈 거유, 캔터베리 씨. 무슨 문제가 있는 건지는 모르겠지만, 우리가 떠난다고 문제가 사라지지는 않아요. 그건 확실하지.」

제2권에 계속

옮긴이 **김승욱** 성균관대학교 영문학과를 졸업하고 뉴욕 시립대학교 대학원에서 여성학을 전공했다. 동아일보 문화부 기자로 근무했으며 현재 전문 번역가로 활동 중이다. 옮긴 책으로는 존 르카레의 『스파이의 유산』, 『모스트 원티드 맨』, 주제 사라마구의 『히카르두 헤이스가 죽은 해』, 데니스 루헤인의 『살인자들의 섬』, 존 윌리엄스의 『스토너』, 아서 C. 클라크의 『2001 스페이스 오디세이』, 프랭크 허버트의 『듄』, 에이모 토울스의 『우아한 연인』, 리처드 플래너건의 『먼 북으로 가는 좁은 길』, 윌 듀런트의 『노년에 대하여』, 『위대한 사상들』, 도리스 레싱의 『19호실로 가다』, 『사랑하는 습관』, 콜슨 화이트헤드의 『니클의 소년들』, 『제1구역』 등이 있다.

완벽한 스파이 1

발행일 2021년 2월 5일 초판 1쇄
         2023년 4월 20일 초판 3쇄

지은이 존 르카레
옮긴이 김승욱
발행인 홍예빈 · 홍유진
발행처 주식회사 열린책들

경기도 파주시 문발로 253 파주출판도시
전화 031-955-4000 팩스 031-955-4004
www.openbooks.co.kr